KB117548

일곱 성당 이야기

일곱 성당 이야기

Sedmikostelí

밀로시 우르반 장편소설

정보라 옮김

MINISTERSTVO
KULTURY

The translation of this book was supported by the Ministry of Culture of the Czech Republic.

이 책은 체코 문화부로부터 지원을 받아 출간되었습니다.

SEDMIKOSTELÍ
by MILOŠ URBAN

이 책은 실로 꿰매어 제본하는 정통적인 사철 방식으로 만들어졌습니다.
사철 방식으로 제본된 책은 오랫동안 보관해도 손상되지 않습니다.

이 소설의 모든 등장인물은 한 명만 제외하고 모두 가공의 인물이다. 반대로 건물은 하나만 제외하고 모두 실제로 있는 건물들이다. 연구소들은 예외 없이 모두 허구이다.

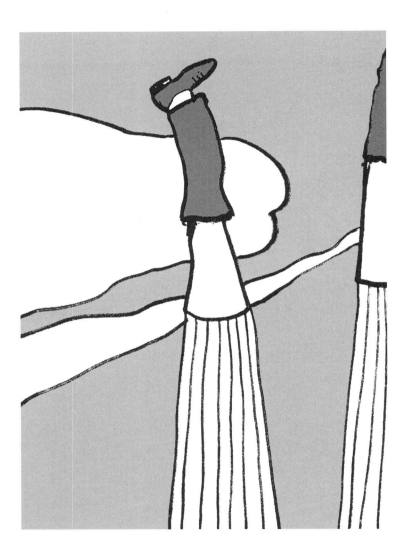

프라하 신시가지

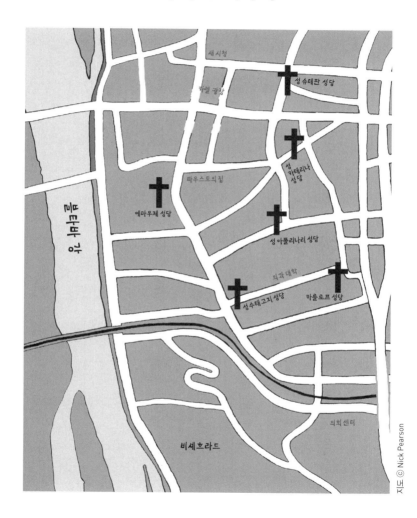

새 시청

카렐 광장

성 슈테판 성당

성 카테리나 성당

파우스트의 집

에마우제 성당

성 아폴리나리 성당

블타바 강

의과 대학

성 수태고지 성당

카를로프 성당

비셰흐라드

의회 센터

프라하에 바친다

이성과 감정 사이의 새로운 긴장감, 주관과 심리의 요구에 관한 새로운 관심이 고딕 소설을 탄생시켰다……. 소설은 낭만적이고 환상적인 근원을 어느 정도 되찾고 있었을 뿐만 아니라, 동시에 이성과 상상력, 안정된 것과 혁명적인 것 사이의 관계를 숙고하고 있었다.

『청교도주의에서 포스트모더니즘으로』

리처드 룰런드, 맬컴 브래드버리

공포 소설과 역사적 사건은 서로를 발전시킬 수 있을 뿐 아니라 본래 역사에 관심이 없는 독자들에게 과거에 대한 인식과 감각을 불러일으킬 수 있다.

마르틴 프로하스카

낭만주의적 예술가는 자기 자신과 자신이 살아가는 사회로부터 눈길을 돌려 과거를 바라본다.

프리드리히 니체

1

나는 새 계절에 대해 이야기한다.
봄은 겨울에 찾아왔다.
나뭇가지 위의 눈은
꽃송이처럼 달콤하게 떠다니리라.

— T. S. 엘리엇

11월의 어느 아름다운 아침이었다. 10월 내내 때 아닌 늦
더위가 가을이 오는 것을 막았지만, 결국 쥐어뜯듯이 날카로
운 첫 추위가 회초리처럼 도시를 후려쳐서 꼼짝도 못 하게
만들어 버렸다. 마지막으로 〈새로운〉 시대라고 감히 말할 수
있었던 시대로부터 반년도 채 지나지 않았다. 도시는 다가올
겨울을 대비하고 있었다. 해가 점점 짧아졌고 손은 추위로
곱았으나 공장의 굴뚝들은 열기를 뿜어냈고 창문의 유리에
는 하얗게 수증기가 끼어 빛났다. 그것은 부패의 연기, 죽음
의 땀이었다. 잘 치장한 건물 정면도, 보석처럼 반짝이며 달
려가는 차도, 카렐 광장의 나무들처럼 벌거벗겨진 진실을 숨
길 수는 없었다. 이해는 낡았고 이 세기도 낡았으며 이 천 년
은 말할 수 없이 낡았다. 모두들 이것을 알고 있었다. 많은
사람들이 목이 답답해 오는 걸 느꼈으며 눈길을 다른 데로
돌리고 마지막 남은 가을의 손아귀에 기꺼이 몸을 맡겼다.
가을은 머리 셋 달린 개처럼 프라하에 덤벼들어 인류 역사의
이 늦은 시기에 감히 앞으로 나서려 하는 생명체는 그것이 무

엇이든 그 세 개의 굶주린 입으로 집어삼켜 버렸다. 학살은 무자비했다.

그것은 작년의 일이었고, 그 후로 모든 것이 변했다. 그리고 자비의 시대가 찾아왔다.

낮게 뜬 하얀 태양이 병원 담벼락 위를 지나 거미줄처럼 얽힌 단풍나무 꼭대기에 걸렸다. 태양은 천천히, 마치 내키지 않는다는 듯 건조하고 차가운 대기를 데웠고 그 공기는 보도를 뒤덮은 낙엽의 냄새로 가득 차 있었다. 카테르진스카 거리의 낙엽은 다른 해에 비해 더 많이 떨어지지 않았지만 비니치나 거리에 쌓인 낙엽은 바삭바삭 소리 내는 거대한 언덕이 되어 아스팔트와 보도의 포석을 모두 가렸다. 발아래 단단한 땅이 있을 거라는 확신은 모두 사라졌다. 보도를 걷는 사람으로서는 뚜렷한 자취도 없이 희미하게 불길한 발자국만 남기며 새빨간 무더기 속으로 걸어 들어가는 그 한 걸음 한 걸음이 전부 모험이었다. 낙엽에 파묻힌 거리를 헤치고 걸어가는 것은 얼어붙은 강 위로 걸어가는 것만큼이나 위험할 수 있다.

노란 바다를 가르고 소용돌이치며 쏟아지는 황토색, 주황색, 황갈색 나뭇잎을 피하며 나는 베트로프 언덕을 올라 카를로프로 향했다. 거리는 골짜기로 변해 버렸고 왼쪽의 병원 담벼락과 오른쪽의 카렐 대학교 자연과학대학 건물이 깎아지른 절벽을 이루었다. 내 기억이 맞다면 베트로프 언덕을 올라가 저 계곡을 건너야만 한다. 그런 뒤에야 성당에 도달할 수 있다. 신실한 순례자에게 길잡이는 필요치 않다.

구급차가 한 대 지나갔고 또 한 대가 그 뒤를 따르더니 잠시 사이를 두고 세 번째가 지나갔다. 많지 않다. 예전에 여기서 나는 훨씬 더 많은 구급차를 보았다. 그때 나는 제복을 입고 있었고 나 자신의 즐거움을 위해 이곳에 온 것이 아니었다. 마약도 위조지폐도 나타난 적 없는 이 조용한 거리에서는 아무도 마주치지 않고 길게 산책할 수 있다. 나는 오늘 어째서 이곳으로 향했던가? 아마 습관이겠지. 빛이 어둠으로 변하는 순간에 찰칵 하고 들려오는 가로등 스위치의 건조한 소리보다, 앞으로 남은 하루에서 많은 것을 얻을 수 있다고 약속하는 새벽의 산책이 훨씬 즐겁기 때문이다. 도대체 누가 울부짖는 구급차를 타고 이 아침의 성스러운 정적을 깨뜨리며 신시가지를 달려가고 싶어 한단 말인가?

비니치나 거리는 길이가 3백 미터인데 화살처럼 곧아서 한눈에 쭉 볼 수 있다. 거리를 거의 절반 정도 갔을 때 앞서 가는 여자를 발견했다. 어째서 더 빨리 보지 못했던 것일까? 거리에 사람이 없다고 생각했기 때문에 나는 놀랐다. 여자는 키가 작았고 천천히 앞으로 나아가는 것처럼 보였다. 몸을 수그리고 있었지만 병약한 것은 아니었고 희끗희끗한 머리는 짧았으며 나이 든 여자들의 전형적인 차림새대로 갈색 외투를 입고 갈색 가방을 들고 있었다. 여자를 놀라게 하지 않으려고 나는 걸음을 늦추었다. 사실 그럴 필요는 없었다. 나뭇잎이 무릎까지 쌓였는데도 여자는 놀랄 정도로 기운차게 걸어가고 있었다.

진홍색과 황금빛의 바다를 헤치고 나아가면서 여자는 누렇게 변한 왼쪽의 병원 담벼락을 몇 번이고 쳐다보았는데, 마치

거리 이름이 적힌 빨간 표지판이나 뭔가 다른 표식이라도 찾고 있는 것 같았다. 확실히 여자는 이곳 사람이 아닌 것 같았다. 나는 여자가 얼굴의 위쪽 절반을 전부 덮는 커다란 안경을 쓰고 있는 것을 보았다. 여자는 고개를 오른쪽으로 돌리더니 어느 집의 마당을 들여다보기 위해서 걸음을 멈추었다. 그리고 동시에 여자 바로 위, 대문 기둥 위로 뾰족한 지붕이 달린 성 아폴리나리 성당의 거대한 종탑이 나타났다. 그것은 마치 성당에 찾아오는 운 나쁜 순례자를 밟아 버리려고 기다리는 악랄한 수도승 같았다. 나는 여자에게 경고하기 위해 소리를 지르려다가 문득 희미하게 빛나는 공기가 눈속임을 한 것임을 깨달았다.

여자는 망설이다가 계속 걸어갔고 나의 환각은 두 번째 단계로 넘어갔다. 여자가 걸을 때 들리는 사각사각 소리가 저 앞쪽이 아니라 내 바로 등 뒤에서 들리는 것 같았다. 뒤에 아무도 없다는 걸 알고 있었지만 어쩐지 불안해서 나는 고개를 돌려 뒤를 봤다. 거리에는 인적이 전혀 없었다. 낙엽이 덮인 차로에는 검게 바퀴 자국이 나 있었고 구급차의 사이렌이 잦아들고 나니 사방을 뒤덮은 정적은 더욱 깊어졌다. 바람이 불자 바퀴 자국은 나뭇잎으로 뒤덮였다.

나는 괜히 겁먹은 것에 웃어 버리고 계속 가던 길을 가려고 했다. 그런데 앞서 가던 조그만 여인은 어디론가 사라져 버렸다. 아폴리나르즈스카 거리로 꺾어 들어간 것이 분명했다. 오른쪽으로 방향을 틀어 성당으로 갔든지 아니면 왼쪽으로 꺾어서 도시를 가로지르는 마기스트랄레 대로를 향해 갔을 것이다. 아니면 곧장 앞으로 가서 알베르토프의 오래된 계단을 걸어 내려간 것일까? 그 여자가 그런 용기를 낼 수 있었을까?

베트로프 언덕은 그 아름다움에 혹할 정도의 바보들에게는 적대적이고 신뢰할 수 없는 장소이다. 그곳의 바람은 비니치나와 아폴리나르즈스카를 휩쓸고 올라와 두 거리의 교차로에서 작은 토네이도 같은 돌풍을 일으킨다. 몇 번이나 그 돌풍이 내 제모를 벗겨 울타리 너머나 자동차 아래로 날려 보냈고 비는 언제나 주변에 피할 데가 전혀 없을 때만 쏟아졌다. 오늘 아침에 이 두 불량배는 아마도 골짜기 건너편으로 가버린 것 같았지만 베트로프 언덕은 나를 위해 다른 장난을 준비해 두었다. 교차로가 멀지 않은 곳에서 나는 낙엽에 덮인 보도를 걷다가 발이 걸려 신발이 긁히고 엄지발가락을 세게 부딪쳤다. 발로 나뭇잎을 헤집어 보니 보도가 부서진 곳이 드러났다. 초록색을 띤 네모난 포석은 기하학적인 형태로 짜맞추어졌으나 군데군데 빠져 있었다. 그 틈새에 낀 회색 먼지 사이로 창백한 여름의 기억을 되살리는 잔디가 잎사귀를 흔들었다.

한때, 학생들과 범죄자들이 자주 찾기로 악명 높았던 술집 〈독이 든 술잔〉이 있던 교차로에서 나는 오른쪽으로 꺾어졌고 사제관 정원의 꽃들이 자랑하는 찬란한 색채에 벌써 몇 번째인지 모르게 또 놀랐다. 아마도 꽃들은 지금은 사라진 술집을 추억하며 피어나는 것인지도 모른다. 대를 이어 찾아오는 단골들이 술집이 문 닫는 시간에야 비틀비틀 걸어 나와 판자 울타리 너머로 정원에 〈물〉을 주었기 때문이다. 나는 꽃에 대해 좀 아는 편이지만 달리아와 아스테르를 확실히 구분하는 법은 끝내 배우지 못했다. 나는 둘 다 무척 좋아한다.

〈키 큰 아스테르, 저물어 가는 여름의 마지막 별자리가 그곳에서 풍성하게 자라났네.〉 이 구절은 내 기억 속에 남아 있었고 나는 그것을 어떤 힌트로 받아들였다. 누가 썼는지, 내가 언제 읽었는지는 모르겠지만 지금 이렇게 떠오른 그 구절이 마음속의 모든 의심을 지워 버렸다. 다음번에 성 아폴리나리 성당 사제관을 지나갈 때면 울타리 너머로 솟아난 키 큰 꽃들이 아스테르라는 것을 기억하리라. 이름은 중요하다.

나는 빨간색과 연한 자주색의 꽃들에서 시선을 들어 습관적으로 성당의 거대한 벽과 어두운 창문을 쳐다보았다. 이 방향에서 다가가면 성 아폴리나리 성당은 난공불락의 성채처럼 보인다. 너무 가까이 다가가면 높이 솟은 널따란 벽이 마구 뒤섞인, 그러나 사실은 하나하나 정확하게 개수를 세어 쌓아 올린 석재로 깔아뭉개려고 위협하는 것처럼 느껴지기 때문에 저절로 발걸음을 재촉하게 된다. 성당은 이 동쪽보다 남쪽에서 보면 훨씬 좋다. 여기서는 전체를 다 볼 수 있기 때문이다. 이쪽에서 보면 성당은 더 환하고 친절해 보인다. 그러나 동남쪽에서 바라보아야만 비로소 종탑과 중앙 통로와 본당의 모습을 한눈에 감상할 수 있다. 이 성당이 최근까지 거의 버려지다시피 했던 것은 사실이지만 이만큼 아름다운 성당을 찾기도 힘들 것이다.

나의 시선은 부벽을 따라 올라가서 창문의 납 창살과 뾰족한 모서리 위를 훑었다. 본당 벽에는 세월에 시달린 흔적이 남아 있었다. 황토색 회벽은 초록빛으로 변했고 땅에 닿는 곳은 이끼로 뒤덮였다. 군데군데 습기가 스며들어 불룩 부풀어 올라 허약해졌고 그 구멍 안에는 벌레들이 우글거렸다. 부벽의 돌이 드러난 곳에는 물기가 번쩍거렸고 여기저기 갈라 졌으며 돌 사이의 틈에는 이미 오래전부터 이끼와 그을음과 썩은 진흙이 잔뜩 생겨 있었다. 갈라진 틈바구니에서 거미들 이 햇볕을 쬐러 기어 나왔다. 어느 높은 창문의 창틀에 갈색 바퀴벌레가 있었다. 아마 방금 잠에서 깨어 뭔가에 놀라 겁먹 은 것 같았다.

오래전 이곳에는 다른 부류의 주민들이 살았다. 성당 벽을 지탱해 주는 공중 부벽은 나뭇가지로 엮어 만든 가리개의 받 침대 노릇을 했고, 그 그늘 아래서 거지들이 미사 보러 가는 장인(匠人)과 서기와 상인들에게 구걸하며 문드러진 손을 내 밀었다. 거지들은 또한 자기들만의 조합을 만들어서 시골에 서 올라온, 정말 아무것도 가진 게 없는 신참들로부터 남루 한 소유물을 지켜 냈다. 이제 거지의 흔적조차 찾을 수 없지 만 이곳의 사마리아인 정신은 아직도 남아 있다. 성당에서 멀 지 않은 곳에 20세기의 나병 환자인 약물 중독자를 위한 치 료 센터가 있었다.

그러나 이날 아침에는 아무도 나와서 돌아다니지 않았고 눈이 멀 것 같은 햇빛을 피해 모두 숨어 버렸다. 아폴리나르 즈스카 거리는 텅 비어 고요했다. 성당은 수리하기 위해 폐쇄 되었으므로 미사를 보러 몰려오는 신자도 없었다. 대체로 모 든 것이 일상적이었다. 단 한 가지, 길 건너 유아원의 콘크리 트 건물 앞 놀이터에 있는 무릎 꿇은 소녀 조각상 옆에 또 다 른 형체가 나타났다는 점이 달랐다.

내 앞을 걸어가던 바로 그 여인이었다. 여자는 여전히 갈색 가방을 든 채 순진무구한 어린 시절을 형상화한 조형물을 바라보며 서 있었다. 나는 여자의 입술이 움직이는 것을 보았다. 그 조각상을 보고 뭔가 생각난 것 같았다. 나는 더 가까이 가보았다. 사람이 조각상과 대화하는 특이한 광경을 보자 불안해졌다. 더 이상 제복을 입은 신분이 아니라는 사실을 완전히 잊어버리고 나는 조용히 여자에게 다가가서 도움이 필요한지 물어보았다.

여자는 조각상을 가리켰다.

「저럴 리가 없어요…….」

뭐가 저럴 수 없단 말이지? 이곳에 전혀 어울리지 않는 저 흉측한 건물 말인가? 아니면 그 건물에 속한 유아원? 근처에 있던 〈독이 든 술잔〉은 여러 번 유명한 살인 사건이 일어났던 장소로 이미 오래전에 철거되었고 그 자리에 들어선 것은 바로 개명한 시대의 상징, 유아원이었다! 그렇다고 그 장소 본래의 불길한 성격이 쉽사리 변하지는 않았을 것이다. 하지만 커다란 안경을 쓰고 가방을 움켜쥔 채 너무 놀라서 눈을 휘둥그렇게 뜬 여인의 표정은 분개가 아니라 공포를 나타내고 있었다. 여자가 미쳤을지도 모른다는 생각이 내 머릿속을 스쳤다. 어쩌면 여자는 의사를 만나러, 혹은 거리 바로 위쪽에 있는 정신 병원으로 가다가 어디를 가려고 했는지 잊어버렸을 수도 있다. 익숙지 않은 거리에서 길을 잃고, 친숙한 기억에 정신을 잃은 것이다.

나는 최대한 상냥하게 다시 여인에게 말을 걸었다.

「그저 조각상일 뿐이에요. 병원에 가려다 길을 잃으신 거라면 제가 모셔다 드리죠.」

「안 보이는 건가요?」

여자가 화난 표정으로 돌아보며 쏘아붙였다.

「저게 무슨 꽃인지 모르냐고요?」

나는 이제 확신했다. 말할 필요도 없이 여자는 미친 것이다. 그래도 어쨌든 나는 무너져 가는 콘크리트 조각상을 쳐다보았다. 왼쪽 팔에 남아 있는 것은 녹슨 철사뿐이었다. 소녀의 머리는 이슬에 젖어 몸통보다 짙은 색이었는데, 불구의 소녀는 머리 위에 밝은 노란색 꽃으로 된 화환을 쓰고 있었다. 어떤 다른 소녀, 살과 피로 이루어진 살아 있는 소녀가 남겨 두고 간 것이 분명했다.

「꽃이 신선해요.」

안경을 쓴 키 작은 숙녀가 말했다.

「누군가 오늘 아침에 꽃을 따서 화환을 만든 거라고요. 돌로 된 처녀를 위한 화환을요. 하지만 대체 어떻게……? 이 꽃은 봄에만 피는 종류란 말이에요.」

「그게 그렇게 큰일인가요?」 나는 여자를 안심시키려 했다. 「언덕 바로 아래에 연구소가 있는데, 이름이 브로주쿠프였나, 카렐 대학교 자연과학대학에 딸린 식물원이에요. 거기서 가을에 피는 품종을 개발한 거겠죠.」

여자는 마치 그녀가 아니라 내가 미친 사람이라는 듯 쳐다보았다.

「이 꽃이? 그런 걸 개발한 사람이 있다면 내가 무릎 꿇고 그 사람을 위해 기도하겠어요! 이건 약초라고요. 젊은이, 게다가 희귀종이에요. 그래 봤자 젊은이에게는 별것 아니겠지만, 이건 이른 봄에만 꽃을 피운단 말이에요.」

어린 시절의 추억이 머릿속을 스쳤다. 할머니와의 산책, 노란색 꽃을 땄던 것, 꿀과 기침약 시럽, 오래된 민간요법.

나는 더 자세히 살펴보았다. 조그만 숙녀는 내가 다가설 수 있게 비켜 주었다. 나는 조심스럽게 손을 뻗어 소녀의 머리에서 화환을 벗겨 냈다. 이리저리 돌려보고 냄새를 맡아 보았다. 갑자기 꽃의 이름이 떠올랐다. 머위.

여전히 화환을 손에 쥐고 들여다보고 있는데 어디선가 뭔가 부서지는 소리가 크게 들리고 이어서 귀를 찢는 금속성 굉음이 울렸다. 소리는 어딘가 위쪽, 공기 중에서, 하늘에서 들려왔다. 다시 사방이 조용해진 뒤에 나는 여전히 노란 화환을 손에 든 채로 하늘을 올려다보았다. 나는 조각상 앞에 혼자 서 있었고 조그만 여인은 어딘가로 사라졌다. 그리고 또다시 똑같은 소리가 들려왔다. 이번에는 소리가 더 분명했고 그 괴이하고 불규칙한 음조가 사방에 울려 퍼졌다. 딩〈댕〉, 딩〈댕〉…… 그러나 소리는 어딘지 기묘하게 어긋나 있었다. 성당 종탑에서 종이 울리고 있었으나 그 소리는 끔찍하게 잘못되었다. 손목의 시계는 8시 45분을 가리켰다. 나는 문득 소름이 끼쳤다. 성당은 임시 폐쇄되었는데 누군가가 미사 종을 울리고 있는 것이다!

나는 영웅이 아니다. 근처의 병원 경비실로 가서 경찰에 전화를 걸었다. 자동적으로 옛날 상사의 번호를 누르고는 상사가 직접 받지 않고 비서가 받았을 때 내심 안도했다. 4분 뒤 순찰차가 경관 두 명을 태우고 나타났는데, 두 명 다 내가 아는 사람이었다. 귀가 찢어질 듯한 종소리는 전혀 멈출 기색이 없이 계속되었다.

옆문이 한 군데 열려 있어서 우리는 성당 안으로 들어갔다. 본당의 더러운 창문 사이로 흐릿한 빛이 통로를 비추었다. 이곳에서는 대낮의 햇빛마저 너무 흐려서 리모델링이 필요한 것처럼 보였다. 통로는 비어 있었고 제단에는 먼지가 두껍게 쌓여 있었으며 오르간 뒤쪽은 캄캄하고 거미줄이 엉겨 있었다. 우리는 손으로 더듬기보다는 귀가 터질 것처럼 시끄러운 소리를 따라 성가대석의 어둠 속을 가로질러 종루로 올라가는 계단의 문을 찾아냈다. 문은 잠겨 있지 않았다. 문 뒤의 계단은 칠흑 같은 어둠에 잠겨 있었다. 경관 한 명이 라이터를 켜서 계단 입구를 비추었고 우리는 한 번에 세 단씩 뛰어 올라갔다. 그 위쪽으로는 하얀 햇빛이 비쳤기 때문에 라이터 불빛은 곧 필요 없게 되었다.

마침내 우리는 커다란 종이 매달린 대들보 아래로 나왔다. 소리는 도저히 견딜 수 없을 정도라서 1초만 더 있었더라면 그 굉음을 피하기 위해서라도 우리 셋 모두 종루 창문에서 뛰어내렸을 것이다. 사방에 짙은 먼지가 흩날린 데다 벽에 수천 배로 반사된 햇빛이 눈부셔서 우리는 거의 아무것도 볼 수 없었다. 분명하게 볼 수 있었던 것은 기다란 거미줄에 매달려 앞뒤로 흔들리는 거대한 거미의 윤곽뿐이었다. 유령인가? 무서운 허수아비인가? 아니, 거기 매달린 것은 사람이었다. 밤의 괴물에게 당한 운 나쁜 희생자가 이제는 자기 자신이 괴물이 되어 버린 것이다. 그 사람 자체는 무서울 것이 없었으나 그가 당한 일은 끔찍했다. 그 남자는 마치 마리오네트 인형처럼 종소리에 맞추어 거꾸로 매달린 채 춤추기도 하고 벽을 기어다니기도 하고 낚싯바늘에 걸린 물고기처럼 허공을 떠다니며 몸부림치기도 했다. 종의 무쇠 추가 박자를 맞추며 남자를 이리저리 집어던졌다. 남자의 한쪽 다리가 종 추에 밧줄로 묶여 있었다.

우리는 그 사람을 향해 달려갔지만 관성의 힘이 남자를 반대 방향으로 낚아채어 벽에 집어던졌다. 밧줄에 매달린 살아 있는 추가 우리 쪽으로 다시 날아온 순간 우리는 불운한 남자의 팔을 잡고 성난 무쇠 추가 움직임을 멈출 때까지 버텼다. 불쌍한 희생자는 마지막으로 오른쪽, 다음에는 왼쪽으로 흔들렸고 우리도 마치 파도에 흔들리는 배 위의 어부들처럼 말없이 그와 함께 흔들렸다. 귀가 아프고, 머리가 아프고, 온몸이 다 아팠다.

경관들이 남자의 팔을 잡고 있는 동안 내가 밧줄을 잘랐다. 피투성이 머리가 내 가슴 높이에서 축 늘어졌다. 눈은 굳게 감겼고 얼굴은 잿빛이었다. 입술 사이로 새어나온 가느다란 신음만이 그가 살아 있다는 유일한 증거였다. 우리는 조심스럽게 그를 바닥에 눕혔다. 그는 기절한 상태였다. 우리는 먼저 남자의 호흡을 확인한 뒤에 온몸을 주의 깊게 만져보고 복부에 내출혈이 없는지 보기 위해서 셔츠를 들추었다. 갈비뼈 하나가 금이 갔거나 어쩌면 부러진 것 같았고 이 불운한 남자는 뇌진탕을 일으킨 것이 확실했다. 무쇠 추가 그를 돌벽 사방에 인정사정없이 두드려 댔으니 말이다. 그러나 분명 아주 절망적인 상태는 아니었다. 경관 한 명이 무전기로 구급차를 호출했다.

그 이상은 우리가 할 수 있는 게 없었다. 나는 손수건으로 얼굴의 땀을 닦으며 몸을 일으켰다. 그리고 그때서야 본의 아니게 종 치는 사람이 되어 버린 남자가 얼마나 잔인한 일을 당했는지 알게 되었다. 우리는 밧줄이 그저 그의 발목에 묶여 있는 줄 알았다. 그런데 지금 보니 밧줄은 남자의 다리를 뚫고 들어가 있었다. 밧줄이 오른쪽 종아리의 발목과 아킬레스건 사이에 난 흉측한 상처 사이로 사라지고 그 주위의 피부와 살이 무시무시하게 부은 모습을 보며 우리는 공포에 질렸다. 밧줄은 마치 바늘귀에 꿰인 실처럼 반대쪽으로 나왔고 그 끝은 이중 매듭으로 단단히 묶여 있었다. 출혈은 거의 없었지만 상처 주위의 피부는 급속도로 새빨갛게 변하면서 군데군데 푸르스름한 얼룩이 나타났다…….

　바깥에서 사이렌 소리가 들리더니 육중한 발소리가 계단을 올라왔고 빨간 제복을 입은 구급 요원들이 나타났다. 그들은 상처를 보고 눈에 띄게 놀랐지만 말없이 남자를 들것에 눕히고 보조 띠로 고정시킨 뒤 가파른 계단을 따라 들고 내려갔다. 나는 경찰에게 내 의견을 말했다. 우리가 도착하기 바로 전에 누군가 남자를 매달아 흔들고 우리가 나타나자 얼른 숨어 버린 것 같으며, 범인은 아직도 근방에 있으리라고 확신한다는 내용이었다. 우리는 팔각형 종루를 수색한 뒤에 사다리를 타고 원뿔형 지붕 아래의 다락까지 올라갔다. 그런 뒤에 우리는 종루를 둘러싼 난간에 앉아 있는 사람은 없는지 확인하기 위해 창문을 모두 열었다. 그러나 난간이 기울어져 있어서 원숭이라도 그 위에 앉기는 힘들 것 같았다. 눈으로 확인할 순 없었지만 그래도 나는 종탑 안에 누군가가 숨어 있다는 느낌을 떨쳐 버릴 수가 없었다. 경관들은 몇 가지를 메모한 뒤에 떠나 버렸다. 진술서를 쓰는 건 별로 서두르지 않았다. 나도 한때는 그들의 동료였기 때문이다. 나는 종탑 전체를 다시 샅샅이 훑었다. 그러나 종루에서 나가는 유일한 길은 우리가 올라온 그 계단뿐이었다. 그것은 11월에 신선한 머위꽃과 함께 나타난 완전한 수수께끼였다.

2

거기 누구인가?
바로 나다. 과거의 시간, 내가 네 문 앞에 서 있다.
너의 친구이자 수호자이며
너의 감시자이다.

— 리처드 와이너

　내 불행의 역사는 나의 이름이 지어진 그날부터 시작된다. 혹은 내가 세상에 태어난 바로 그때부터 시작되었는지도 모른다. 아니면 그 열 달 전부터였을까? 가장 확실한 것은 모든 일이 내 아버지, 훗날 나에게 불쾌한 이름을 물려주게 될 바로 그 인물의 탄생과 함께 시작되었다는 것이다.

　부모님은 나를 원하지 않았다. 나를 위해 두 사람은 얽히고설킨 관계를 결혼이라는 반석 위에 정착시켰다. 내가 어른이 된 후에 뒤틀린 방식으로 빠져들게 된 극단적인 행위들은 이 모든 부조리의 단순한 결과물에 불과했다. 나에게 20세기의 결혼만큼 불쌍한 일도 없으며, 나는 독신인 채로 이 지독한 세기의 끝에 도달했음을 행운으로 여긴다. 물론 내가 그렇게 할 수 있었던 것은 제때 과거를 돌아보고 그 안에 파묻힌 비밀스러운 이야기들 속으로 도피할 수 있었기 때문이다. 그 이야기들을 모두 전하기란 불가능하며, 가치 있는 것들만 살아남았다. 내 자신의 이야기도 이제는 그 자체로 먼 과거의 유물이지만 가장 놀라운 이야기들 중 하나이기도 하다.

오늘날까지도 생생한, 내 어린 시절을 함축적으로 보여 주는 기억부터 시작하겠다. 여덟 살 생일에 아버지와 함께 갔던 나들이에 대한 기억이다. 그때 우리는 믈라다 볼레슬라프 시에 살고 있었는데, 그곳은 역사적인 건물들로 뒤덮인 지역의 중심지였다. 그러나 우리 집은 현대적인 주택 단지에 있었다. 해마다 명절이면 부모님은 나를 근처의 마하 호수로 데려갔다. 우리는 가는 길에 있는 그림 같은 성에 들러 보자고 이야기하곤 했지만 매번 다음 해로 미루었다.

그러다가 나의 여덟 번째 생일날에 아버지가 깜짝 선언을 했다. 베즈데즈로 소풍을 가자는 것이었다. 나는 차의 앞좌석에 앉아도 된다는 허락을 받았고, 안전벨트는 어느 장군의 제복 현장(懸章)보다 더 중요한 지위를 내게 부여해 주었다. 나는 행복했다. 아버지가 언제나처럼 어머니에 대해서 불평하기 시작했을 때에도 나의 들뜬 기분은 가라앉지 않았다. 무슨 일이 있어도 생일을 망치지 않겠다고 굳게 결심했으므로 나는 아버지의 불평을 무시했다. 아버지는 내가 옆에 있다는 사실을 금세 완전히 잊어버리고 마음속의 불만을 모두 털어놓기 시작했다.

「네 엄마는 그저 게으른 거야. 하루 종일 소파에 누워만 있는 진짜 이유가 바로 그거다. 케이크 하나를 구워도 딱 내가 예상한 그 꼬락서니에다가…… 애한테 신경을 쓰길 하나……. 이 바보 같은 성에 가자고 애가 4년째 보채는데 결국 데려가는 사람이 누구야? 나잖아! 애를 나 혼자 다 키운다니까!」

아버지는 손가락 관절이 하얗게 될 정도로 운전대를 꽉 움켜쥐고는 집에 남아 있는 어머니와 혼자 말싸움을 했다. 담뱃갑을 집으려고 손을 뻗었다가 아버지는 내가 길게 늘어진 안전벨트를 맨 채로(당시 안전벨트는 자동으로 길이가 조절되지 않았다) 옆 좌석에 꼭 붙어 앉아 있는 걸 보고 놀란 것 같았다. 아버지는 내 머리를 쓰다듬고는 웃었다. 아버지가 만졌던 머리의 피부가 마치 할퀴기라도 한 것처럼 쓰렸다.

자동차 엔진이 이상한 소리를 내기 시작하자 아버지의 기분은 더 나빠졌다. 아버지는 속도를 줄이고 고개를 한쪽으로 숙인 채 귀를 기울이다가 내 안전벨트를 풀고는 뒷좌석 등받이 바로 뒤에 엔진이 있으니 나에게 뒷좌석으로 가서 등받이에 귀를 대고 들어 보라고 말했다. 나는 수상쩍은 소리는 전혀 듣지 못했지만 사실 완전히 집중하고 있지도 않았다. 바로 그때 우리는 벨라 포드 베즈데즈를 지나는 중이었고 마을의 집들 사이, 밀밭 너머로 보이는 회녹색 언덕 두 개 중 한 언덕 위에 하얀 성이 보였던 것이다. 그 광경을 내가 놓칠 리 없었다.

엔진 소리에 관심을 보이지 않은 데 대하여 아버지는 성 아래 주차장에서 내게 복수했다. 똑똑 때리는 듯한 소리의 원인을 알아낼 때까지 차에서 떠나려 하지 않은 것이다. 아버지가 트렁크 안을 이리저리 쑤시는 동안 나는 언덕 기슭의 첫 석조 정문과 주차장 사이를 뛰어다니기 시작했다. 그 정문 사이로 거칠게 포장된 오래된 오솔길이 가파른 언덕을 따라 성까지 이어졌다. 오솔길에 깔린 깨진 포석들은 햇볕에 뜨겁게 달구어져서 나는 마치 담요 속으로 파고들듯이 그 깨진 틈 사이로 파고들어 눕고 싶었다. 그러면 아버지는 바로 앞을 지나가도 절대로 나를 보지 못했을 것이다.

엔진 점검은 한 시간이 넘게 걸렸다. 고장 난 곳은 없는 것 같았고 똑똑 소리를 그치게 할 방법도 찾지 못했다. 그래도 아버지는 어쩔 수 없다는 듯 어깨를 으쓱하고는 내게 웃어 보였다. 나는 너무 기뻐서 내 눈을 믿을 수가 없을 지경이었고 아버지에게 달려가 목에 매달리고 싶었으나 아버지가 몹시 싫어한다는 걸 알고 있었기 때문에 참았다. 아버지가 연장을 챙기는 동안 마을 시계탑이 11시를 가리켰다. 견딜 수 없이 더운 데다가 사방에서 모기떼가 덤볐다. 아버지는 내 손을 잡고 이제 성에 가자고 했다. 아버지의 손은 기름투성이였고 아버지는 그 기름을 내 손에 닦으려는 것 같았다. 내 생각을 눈치챈 아버지는 소리 내어 웃었다. 화가 나고 조급해진 나는 손을 놓고 토끼처럼 앞으로 달려 나갔다.

더운 여름날, 아버지는 언덕을 힘겹게 올라와서 기진맥진하여 헐떡거리며 세 번째 정문에 도착했다. 길은 그 정문에서부터 성까지 곧바로 연결되었고 숲은 그 주변에 이르러 가시 돋친 들장미 덤불로 변했다. 그 너머에는 벌거벗은 바위 위에 세워진 총안(銃眼)이 난 성벽이 거대한 탑 모양의 바윗덩어리까지 쭉 이어진다. 아버지가 세 번째 정문에 도착하기도 전에 나는 이미 꼭대기의 매표소까지 다섯 번 뛰어갔다가 다섯 번 도로 뛰어왔고 매번 아버지의 느린 속도에 실망했다. 그런 와중에 많은 사람들과 마주쳤는데, 정오가 가까웠기 때문에 모두들 내려오고 있었다. 올라가는 사람은 우리뿐이었다. 성 전체를 독차지할 수 있다고 생각하니 기뻤다. 나는 언제나 그 성이 내 것이라고 생각했다.

그 기쁨을 무너뜨린 것은 언덕 꼭대기의 매표소로 쓰이는 오두막 근처에서 튀어나온, 이에 담배를 문 성난 표정의 남자였다. 오두막에서부터 언덕의 북쪽 꼭대기에 솟아난 너도밤나무까지 어른 키보다 높은 나무 말뚝으로 된 울타리가 10미터 정도 이어졌다. 그 울타리는 마지막 정문 아래쪽 지역을 둘러쌌고 두꺼운 떡갈나무 문으로 막혀 있었다. 주위 풍경을 보고 싶다면 왔던 길을 되돌아가서 브르제힌 연못이나 그 너머의 마하 호수를 나무 꼭대기 사이로 엿보거나 해야 했다. 내가 나중에야 알아낸 바로는 성의 두 번째 안뜰로 가면 거기에서 호우스카 마을과 그 너머 멀리 르지프 언덕을 볼 수 있었고, 일 년에 한 번 정도 바람이 많이 불어 구름이 하늘 높이 쫓겨 간 날에는 프라하의 오래된 성들이 모여 있는 흐라드차니 구역의 뾰족탑도 볼 수 있었다.

나는 말뚝 울타리 주위를 돌아서 북쪽을 보고 싶었다. 거스러미가 잔뜩 돋은 굵직한 나무 말뚝을 붙잡은 채 나는 비탈길 가장자리에서 안뜰의 반대편으로 몰래 건너가서 거기서 놀기로 결심했지만 관람객에게 개방된 지역을 벗어나자마자 그 담배를 문 남자가 내 팔을 확 잡고는 소리쳤다.

「안 돼!」

그의 말투는 짧고 단호했으며 낯선 억양이 섞여 있었다.

나는 깜짝 놀라서 그를 쳐다보았다. 정중앙에서 가르마를 타서 빗어 넘긴 머리카락과, 콧수염을 네모나게 다듬고 인조 가죽 재킷의 허리띠를 조인 차림새가 어쩐지 무서운 인상을 주었다. 나는 이 이상한 사람이 왜 이토록 화를 내는지 이해할 수 없었다.

그 순간 등 뒤에서 아버지가 나타났다. 나는 아버지가 불한당을 혼내 주리라 기대했으나 아버지는 그저 눈을 부릅뜨더니 이해할 수 없는 몸짓을 하고는 나를 매표소로 끌고 갔다. 그곳에서 아버지는 내 귀에 대고 여기서는 아무하고도 말을 하지 말라고 속삭였다. 나는 담배를 문 남자를 돌아보았다. 그는 눈을 가늘게 뜨고 우리를 지켜보고 있었는데, 그 표정은 무언가를 의심하는 것 같기도 했지만 어쩌면 극도의 증오인 것 같기도 했다. 이제 나는 그것이 어떤 표정이었는지 이해한다. 그것은 20세기의 모습이었다.

우리는 정문에 딸린 작은 쪽문을 지나서 첫 번째 안뜰로 들어섰다. 아버지는 내 어깨를 잡았던 손의 힘을 풀고 훨씬 침착해진 어조로 여기서 몇 킬로미터 북동쪽에 비행장이 있는데 외국, 바로 소련 것이며 말뚝 울타리와 저 사람은 베즈데즈에서 누군가가 비행장 쪽을 들여다보거나 사진을 찍는 것을 막기 위해 있는 것이라고 설명했다. 나는 비행장 따위에는 전혀 관심이 없고 베즈데즈보다 더 높은 언덕인 랄스코와 그 꼭대기에 있는, 부서진 왕좌와 똑같이 생긴 무시무시하게 비틀어진 폐허를 보고 싶었던 것이라고 반박했다. 그 왕좌의 잔해 위에 눈에 보이지 않는 거인이 앉아 있다는 것을 나는 오래전부터 알고 있었다. 거인은 무너진 벽을 팔로 누르고 다리는 언덕의 가파른 경사를 따라 뻗은 채 두바의 베르크족이 사는 고대의 땅을 지켜 주었고, 그러므로 볼레슬라프에 있는 우리 집도 지켜 주고 있었다. 비행장이나 러시아 사람들이 무슨 상관이란 말인가? 나를 지켜 주는 거인에 비하면 그들의 경비원이란 장난질에 불과했다.

그러나 아버지는 더 이상 내 말을 듣고 있지 않았다. 성 안의 어느 건물에서 아름다운 여자가 걸어 나와 우리 쪽을 향해 계단을 내려오고 있었다. 지금이라면 여자아이라고 하겠지만 그때 내 눈에는 굉장히 어른으로 보였다. 여자는 아버지와 인사를 한 뒤에 우리가 둘만 왔다는 것을 알고는 웃으며 소풍이 꽤 빨리 끝나겠다고 말했다.

여자는 정말로 무척이나 아름다웠다! 긴 속눈썹과 분홍빛 입술과 밝은 금발, 날씬한 몸매에 노란색의 짧은 치마, 녹색 셔츠, 허리까지 오는 빛바랜 청재킷을 입고 있었다. 우리는 마치 순한 양처럼 그녀의 뒤를 따라 폐허가 된 성채의 여러 방과 부엌을 보러 다녔으나, 주로 바라본 것은 여자의 드러난 다리와 샌들을 신은 발이었다. 그 샌들은 끈을 묶지 않는 슬리퍼 형태라서 걸을 때마다 찰싹찰싹 소리가 텅 빈 연회실에 울렸다. 여자는 우리에게 고딕식 창문과 돌을 깎아 만든 창문 장식과 기둥머리와 받침 장식의 꽃문양을 자세히 보여주려 했으나 나는 여자의 발목에서 눈을 뗄 수가 없었고, 그러므로 중세 건축 양식에 관심을 보이는 일은 전적으로 아버지에게 맡겨졌다. 그러나 아버지가 나보다 훨씬 더 우리의 안내인에게 매료되었다는 것을 나는 잘 알고 있었다. 여자는 젊었고 너무도 현대적이었으며 그 회색 폐허 사이에 있는 것이 그다지 어울리지 않았으나, 그럼에도 불구하고 안주인처럼 자신에 찬 모습으로 성 안을 걸어다니며 무지갯빛 찬란한 색채로 곳곳에 생기를 불어넣었다. 터진 벽과 세월에 뜯겨 낡아빠진 잔해들이 우리와 함께 여자의 뒤를 따라다녔다. 그녀가 멈춰 서는 곳에서 모든 것이 마치 숨을 죽이고 온 정신을 집중하여 그녀의 설명에 귀를 기울이는 것 같았다.

견학 자체에 관심이 없었고 관심을 가질 수도 없었지만 우리는 역사를 대단히 잘 아는 척하면서 앞다투어 질문을 하고 머리에 떠오르는 대로 의견을 말하면서 우리가 흥미로워하고 있으며 가끔은 재치 있어 보이기를 바랐다. 당연한 일이지만 아버지가 이겼다. 아버지가 칭찬의 눈길을 몇 번이나 받는 동안 내 몫으로 돌아온 것은 응석을 받아 주는 듯한 시선뿐이었다. 나는 화가 나서 내가 얼마나 어른스러운지 보여 주려고 더욱 애를 썼고, 결국은 아버지가 나서서 야단을 쳤다. 아버지는 나 대신 여자에게 사과했지만 그녀는 말없이 풀잎사귀를 씹을 뿐이었다. 여자의 치아는 희고 촉촉했고 입가에는 친절한 미소를 가볍게 띠고 있었다. 여기서 나는 여자가 장난스럽게 혀로 핥고 굴리는 저 운 좋은 풀잎이 바로 나라고 상상했고, 그러자 눈이 멀 듯 내리쪼이던 오후의 태양도 눈앞에서 갑자기 사라졌다.

나는 너무 분한 나머지 일부러 좀 떨어져서 걸었다. 아버지에게 야단맞은 것이 부당하다고 생각했고, 어른이 아이 앞에서 절대적인 권위를 내세우려 하는 것으로 여겼다. 나는 버릇없게 굴 생각이 전혀 없었고 그저 농담을 하려던 것뿐이었다. 성벽 옆에서 빗물이 가득 담긴 돌로 된 빗물 통을 보고, 나는 그것이 중세 기사들의 욕조인 양 찬양하고는 우리의 안내인에게 눈짓을 해 보이며 여기서 자주 샤워하시느냐고 물었던 것이다. 이 유약한 농담이 당시 내게는 최고로 세련된 유머 감각으로 여겨졌다. 아버지는 내가 입을 다물지 않으면 매표소에 도로 데려다 놓고 자기 혼자 나머지 견학을 하겠다고 위협했다. 아버지가 아주 기꺼이 그렇게 하리라는 것을 나는 믿어 의심치 않았다.

나는 안내인의 이야기를 더 이상 듣지 않았다. 나는 멀리서 여자를 관찰하면서 저 여자가 내 어머니라면 어떨까 상상했다. 그것은 즐거운 상상이었다. 저렇게 아름답고 다정하고 젊은 어머니가 있다면 얼마나 좋을까……. 그러나 나는 즉시 그런 상상을 부끄러워하며 자책했다. 그렇게 된다면 내 진짜 어머니를 배신하는 것이 되고, 게다가 그런 짓은 공연한 일이었다. 저 여자는 내 누나나 이모가 될 수도 있었다. 내 상상은 거기서 끝났다.

그녀와 아버지는 서로 마음에 든 것이 분명했다. 이따금씩 그녀는 지정된 해설에서 벗어나 자신이 프라하에서 역사를 전공하고 있으며 이 일은 의무적인 실습이고 〈하계 활동〉이라고 설명했다. 아버지는 그 표현이 재미있다고 생각했는지 이렇게 물었다. 당신은 충분히 활동적인가? 더 활동적으로 활동할 생각은 없는가? 나는 아버지의 농담이 창피했다. 거기에 비하면 내가 했던 중세 기사들의 목욕 이야기는 아무것도 아니었다. 놀랍게도 그녀는 웃었다. 나는 슬퍼졌다. 그들의 눈에 띄지 않기 위해서 나는 더 멀리 뒤떨어져서 걸었고, 안내인이 말뚝 울타리 너머 지평선의 푸른 띠 바로 아래 아지랑이 속에 하얗게 빛나는 호우스카 성을 가리켰을 때는 그저 슬쩍 눈길을 주었을 뿐이었다.

견학이 거의 끝날 때에야 나는 조금 생기를 되찾았다. 그때 갑자기 여자가 점심을 함께 먹자고 제안했다. 일종의 즉흥 피크닉을 하자는 것이었다. 아버지는 적극적으로 동의했고 나도 입장권이 허락하는 것보다 더 오래 이 미녀와 함께 시간을 보내게 된 것이 기뻤다. 우리는 조금 떨어져서 앉았다. 아버지는 대첨탑 기슭에, 나는 가장 오래된 주랑[1]의 잔해 아래 앉아서 여자가 샌드위치와 레모네이드를 가지고 매표소에서 돌아오면 어디에 자리를 잡을지 서로 궁금해했다. 아버지는 무심하게 나를 쳐다보고는 노란 치즈를 자르기 시작했는데, 칼날을 일부러 기울여서 햇빛이 내 눈에 비치게 했다. 아니면 그냥 내가 오해한 걸까? 나에게도 칼이 있었다. 손잡이에 영국 국기가 새겨진 조그만 펜나이프였다. 하지만 나는 자를 것이 없었으므로 그냥 잔디에 칼을 내던졌다. 나는 운이 좋았다. 칼이 땅에 똑바로 박혔던 것이다. 아버지는 이 광경을 놓치지 않았고 눈에 띄게 겁을 먹더니 손에 들고 있던 치즈를 놓치기까지 했다. 그 순간 안내인이 다시 나타났다. 그녀는 내 쪽으로 몇 걸음 떼고는 망설이더니 아버지 쪽으로 방향을 돌렸고, 아버지는 한쪽 눈썹을 치켜세우고 나를 보면서 마치 로마의 정복자처럼 자신의 승리를 뽐냈다. 나는 모래를 한 줌 집어 공중에 흩뿌려서 머리가 재투성이가 되었다.

다시 잡담을 시작하면서 아버지는 점점 더 느긋해졌다. 그들은 탑 아래 그늘에 앉아 있었고 나는 몇 미터 떨어진 곳의 땡볕에 앉아서 입안에서 불쾌하게 버석거리는 빵과 치즈를 씹으며 눈을 감고 희미하게 벌들이 붕붕거리는 소리와 그것에 섞여 멀리서 들려오는 더위에 지친 두 사람의 목소리에 귀를 기울였다. 단어 하나하나까지 알아들을 수 없는 것이 오히려 기뻤다. 나는 눈을 가늘게 뜨고 바짝 말라붙은 잔디와 그 사이사이에 핀 데이지와 이름이 생각나지 않는 꽃잎 다섯

1 기둥이 늘어선 복도.

개 달린 조그만 꽃들을 바라보았다.

내 뒤에 있던 남향의 돌벽은 엄청난 열기를 뿜어냈고 나는 그 열기로 등에 구멍이 뚫릴 것만 같은 불쾌한 느낌이 들었다. 나는 아버지가 여전히 즐겁게 잡담에 열중하여 이런 사실을 전혀 모르고 있다는 것과 오래된 담벼락이 내 뼛속까지 구워서 가슴에서 불꽃이 튀어나오지 않는 이상 아버지가 전혀 관심을 갖지 않으리라는 것을 깨달았다. 이미 그때쯤 되면 늦었을 것이라고 생각하여 만족스러운 웃음을 지으며 양손을 비볐다.

나는 아마도 잠깐 졸아 버렸던 것 같다. 그렇지 않고서야 맑은 날 오후에 성 위에 벼락이 칠 리가 없기 때문이다. 그러나 나는 번개를 분명히 보았고 천둥소리에 몸을 떨기까지 했다. 나는 시선을 위로 향했고 성탑 꼭대기에서 뭔가 떨어지는 것을 보았다. 기하학적으로 각지고 쇠로 된 커다란 검은 물체였는데 아래쪽에 앉은 우리를 금방이라도 깔아뭉갤 것 같았다.

그 괴물 같은 물체가 땅에 닿기 전에 나는 잠에서 깼다. 안내인은 이전처럼 조용히 아버지와 이야기하고 있었고 내 등뒤의 벽이 갈라진 틈에서는 귀뚜라미의 노랫소리가 들려왔다. 나는 진땀을 뚝뚝 흘리고 있었고 머리가 몹시 아팠지만 크게 신경 쓰이지 않았다. 나는 대첨탑 바로 뒤의 덤불숲에서 튀어나온 두 개의 까만 막대기를 공포에 질려 바라보고 있었다. 벌떡 일어나 그쪽으로 가려는데 아버지가 물을 마시라고 불렀다. 내 관자놀이에서 땀방울이 흘러 떨어지는 것을 보고 아버지는 일어나서 내 이마를 짚어 보더니 파나마모자[2]를

2 챙이 넓고 뒷부분이 솟아오른 남성용 모자. 중절모와 비슷함.

쓰지 않았다고 화를 냈다. 안내인은 걱정하는 표정을 지었다. 나는 그녀가 걱정하는 척한다는 사실을 알고 등을 돌렸다. 덤불 쪽을 가리키면서 나는 저기 있는 물체가 〈삼각대〉라고 하며, 삼각대가 정확히 뭔지는 모르지만 예전에 성탑 위에 있었던 피라미드형 물체이며 바로 머리 위에서 떨어졌는데 맞아 죽지 않았으니 운이 좋다고 말했다. 지금까지도 나는 그 어려운 단어가 대체 어디에서 내 머릿속으로 날아 들어왔으며, 어떻게 혹은 어째서 내가 바로 그 순간에 그런 말을 했는지 설명할 수 없다. 안내인의 표정으로 보아 놀란 것은 나 혼자만이 아니었다.

그녀는 내가 예전에 이 성에 온 적이 있는지, 성에 대해 뭔가 읽어 본 적이 있는지 — 읽을 줄은 알지, 그렇지? — 아니면 학교에서 무슨 얘기를 들었는지 물었다. 어디서 학교를 다니니? 볼레슬라프에서? 나는 마음속으로만 성공을 기뻐하며 차갑게 고개를 저었다. 내가 그녀를 놀라게 했다! 내가 이겼다! 아버지의 시선을 피해 가며 나는 이제 그녀가 하는 모든 말을 열심히 들었다. 그녀는 자기 이름이 올가라고 말했고 (그녀와 아버지는 이미 서로 이름을 부르는 사이였다) 내 손을 잡고는 내가 정확한 이름을 말했을 뿐 아니라 한때 놓여 있었던 대첨탑 지붕 위의 정확한 위치까지 밝혀낸 그 비밀스러운 물체 쪽으로 나를 데려갔다. 아버지는 말없이 우리 뒤를 따랐다.

철제 피라미드는 세월 때문에 검게 변했고 군데군데 완전히 녹이 슬어 있었다. 그 꼭대기와 옆면 중에서 남은 부분은 땅에 파묻혔고 받침은 두 개만이 남아 있었는데 그 부분은

45

안뜰 반대편에서도 본 적이 있었다. 그 받침대 두 개는 직각을 이루었고 길이는 대략 2.5미터 정도였다.

올가는 이제 안내인 역할로 돌아와서 피라미드를 탑 위로 끌어올리는 작업이 어떻게 해서 이 성의 전설로 남게 되었는지 이야기해 주었다. 작업은 1824년에 시작되었지만 불행한 사고로 인해 중단되었다. 원형 천정이 석공들의 발아래에서 무너져 버렸지만 아무도 크게 다치지 않은 것은 다행이었다. 인부들은 탑 꼭대기의 좁은 난간에 몰린 채 하룻밤 동안 조난되었고, 다음 날 아침에 마을 사람들이 서둘러 만든 사다리를 가지고 구조하러 왔다. 하지만 일 년이 못 되어 다시 불운이 찾아왔다. 어느 맑고 화창한 오후에 한 측량사가 프로보딘 바위의 성탑을 측량하고 있었는데 돌연히 번개가 쳐서 삼각대가 쓰러져 땅에 떨어져 버렸고 측량사는 몇 시간이나 기절해 있었다. 불운한 측량사는 성지기에게 무슨 일이 일어났는지 이야기하려 했지만 그때는 이미 자기 이름도 잊어버린 상태였다. 성지기는 성의 연대기에 이 사건과 함께 날짜도 기록했다. 1825년 4월 4일이었다. 망가진 삼각대는 성벽 기슭으로 끌어다 놓았고 오늘날까지 거기에서 녹슬고 있다. 올가는 이야기를 끝맺으면서 〈베즈데즈가 불길한 진보의 행진에 저항한 이야기〉를 관람객들에게 공식적으로 들려준 것은 1930년대가 마지막이었으며 내가 그 이야기를 어떻게 알고 있는지 이해할 수 없다고 덧붙였다.

나는 자랑스러워서 한껏 들떠 있었고, 반면에 아버지는 온 힘을 다해 하품을 참고 있었다.

올가는 시계를 보더니 밖에서 다른 관람객들이 그녀를 기다리고 있다고 말했다. 정문에서 그녀는 먼저 손을 뻗어 악수하며 내 이름을 물었다. 나는 도저히 대답할 수가 없었다. 대답했다가는 그날 하루와, 무엇보다도 나의 지식으로 그녀를 놀라게 했다는 기쁨까지 전부 망쳐 버릴 것이었다. 그래서 나는 아무 말도 하지 않았다. 아버지는 별것 아니라는 듯 손을 내저으며 내가 내 이름을 부끄러워한다고 설명했고, 그녀가 쪽문의 자물쇠를 열어 주자마자 다시 질문을 되풀이할 수 없도록 나는 즉시 밖으로 뛰어나갔다. 매표소에는 열다섯 명 정도가 기다리고 있었다. 이유는 알 수 없지만 말뚝 울타리에 기대선 남자만 빼고 모두가 나를 쳐다보았다. 울타리에 기대선 것은 점심 전에 있었던 그 경비원이 아니었다. 이 사람은 챙이 달린 베레모를 쓰고 있었다. 그러나 이 남자도 입전체를 가린 거대한 콧수염 아래로 담배 연기를 내뿜으며 북슬북슬한 눈썹 아래로 새로 도착하는 관람객들을 주의 깊게 지켜보았다. 아버지는 올가와 작별 인사를 하는 데 수상쩍을 정도로 오랜 시간을 허비했다.

그날 저녁은 내 생일이었는데도 아버지는 저녁을 먹자마자 일하러 나갔다. 어머니도 나만큼이나 놀랐는데, 무엇보다도 놀란 점은 아버지가 평소처럼 버스를 타지 않고 차를 가지고 나갔다는 것이었다. 나는 아버지가 어디로 가는지 짐작이 갔지만 아무 말도 하지 않았다. 올가의 호의를 놓고 경쟁한 끝에 아버지는 나를 완전히 이겼고 나는 남자답게 받아들이기로 했다. 아버지의 행동은 실망스러웠고 게다가 아버지는 나를 배신했다. 그러나 나까지 아버지를 배신하고 싶지 않았고 언젠가 아버지가 이런 사실과 함께 나의 아량을 알아

줄 날이 오기를 기대했다. 하지만 그런 날은 오지 않았다. 대신 내가 침묵을 지켜서 어머니를 배신했다는 사실에 양심의 가책을 느꼈다. 여덟 살 생일을 기념하여 내가 먹은 케이크는 어머니가 손수 구워 준 것이었다. 그것은 아름다웠고 아주 맛있었으나 목구멍으로 한 조각밖에 넘기지 못했다. 어쩐지 케이크가 쓰게 느껴졌다.

물론 어머니는 아버지의 부정에 대해서 스스로 알아냈고, 게다가 이번이 처음도 아니었다. 한동안 집 안에 견딜 수 없는 분위기가 팽배했지만 나는 이미 이 소리 없는 증오의 기간을 예상하는 법을 배웠고 부모님에게 익숙해졌듯이 그런 분위기에도 익숙해졌다. 나는 부모님의 약점과 유치한 변덕을 눈치채지 않는 법을 익혔고 부모님이 나를 이해할 수 없거나 이해하지 않으리라는 사실을 받아들였다. 나는 그들에게 복수하는 법을 익혔다. 나의 세계에서 그냥 제외시켜 버린 것이다. 이렇게 나의 여덟 번째 생일에 모든 일이 나빠졌다. 그 전에는 가족 간의 싸움에 나까지 끼어들었던 적이 한 번도 없었다. 이후로 오랫동안 나는 자신을 작은 포주라고 생각했고 어머니를 대하기가 부끄러웠다……. 아버지도……. 나 자신을 대면하기가 수치스러웠다. 이제는 이 일에 대해서 더 이상 생각하고 싶지 않다. 전에는 본의 아니게 여기에 대해서 매일매일 생각했지만, 작년 가을에 시간이 모든 것을 거꾸로 돌려 버렸다. 불평하는 것이 아니다. 오히려 그 반대다. 어찌 됐든 크게 상관은 없었을 것이다.

3

나는 마른 돌로 덮인 땅을 방황한다.
내가 만지면 돌은 피를 흘릴 것이다.

— T. S. 엘리엇

학교에 다니기 시작하면서 내 이름이 문제가 되었다. 처음에 아이들은 다른 이름을 대할 때와 똑같이 받아들였는데, 비웃음이 시작된 것은 나중에 그 아이들의 부모가 내 이름을 듣고 나서였다. 하지만 그때까지도 괜찮았다. 그러나 상급반으로 올라가면서, 그리고 아이들이 다른 사람을 조롱하는 능력과 그것을 즐기는 방법을 발견하면서부터 내 학교생활은 진정한 지옥으로 변했다. 아이들 사이에 그 어떤 친밀한 관계도 존재하지 않았고 사방에 증오와 경멸이 난무했다. 언제나 남을 모욕하거나 비방하는 것이 학생들 사이에서는 좋은 태도로 여겨졌다. 우정은 불가능했고 불문율을 지키지 않는 사람은 누구든지 우박처럼 쏟아지는 조롱과 야유에 파묻히고 따돌림을 당했다.

내가 태어났을 때 히틀러와 스탈린은 죽은 지 오래였지만 모택동은 아직 살아 있었다. 부모님은 나를 세례시키지 않았고 나에게 지어 준 이름, 약골과 실패자에게나 어울릴 그 이름이 나의 유일한 이름이었다. 그것은 혼자였고 고독했다.

나 자신처럼. 수백 번이나 이름을 바꾸고 싶었지만 그것도 쉽지 않았다. 그저 원한다고 동생이나 누나가 생기는 건 아니지 않은가. 친구는 원하면 만들 수 있다. 하지만 어디서?

올가, 나를 배신한 성의 여인은 오랫동안 내 마음에 남아 있었다. 무엇보다도 그녀는 내 꿈에 나오곤 했는데, 그런 꿈을 꾸면 다음 날 하루 종일 그 생각이 유령처럼 나를 따라다녔다. 몇 년이나 그녀의 얼굴이 눈앞에 떠오르곤 했고 반드시 그녀를 찾아내어 그녀가 나에게 어떤 의미인지를 털어놓겠다고 맹세하기도 했다. 나는 그 정도로 어리석었던 것이다. 한동안 올가의 모습은 학교에서 눈에 띄었던 다른 여자아이들의 모습으로 바뀌기도 했지만 나의 취향은 이미 형성되었고 시간이 가면서 더 굳어졌는데 대부분은 수줍음을 타는 성격 때문이었다. 이상적인 아름다움은 손 닿을 수 없는 아름다움이었다. 관심의 대상이 도달할 수 없는 것일수록 나는 환상 속에서 더욱더 강렬하게 그것을 원했다.

비슷한 문제에 있어 내 학우들이 보인 뻔뻔함과 직설적인 태도들이 부럽기는 했지만 결국 그것 때문에 나 자신을 더 억제하게 되었다. 내가 느끼기에 나는 이름 때문에 처음부터 불리한 처지에 놓여 있었는데, 자기소개조차 할 수 없었기 때문이다. 이름이란 친해지려는 사람에게 가장 먼저 알려 주어야 하는 것 아니냔 말이다. 나는 사람을 피하기 시작했지만 이미 마음속에 너무 많은 사람들을 담아 두고 살았기 때문에 별 문제가 되지 않았다. 그리고 시간이 가면서 나는 이런 내면의 친구들로 만족하는 법을 익혔다. 혹은 익혔다고 자신을 설득했다. 그리고 나는 책을 아주 많이 읽었다.

고등학교에서 나는 내 이름을 K라고 하기 시작했다. 첫해에는 모두들 그것 때문에 나를 놀렸는데 그 뒤에는 그 한 글자 이니셜에 다들 익숙해져서 실제로 나를 그렇게 부르기 시작했다. 어쨌든 K는 내 원래 이름보다 훨씬 짧았던 것이다. 그리고 결국 그들의 눈에 비친 나의 근본적인 가치는 그 한 글자 정도였다. 나는 공부를 못했고 내 점수 때문에 물리와 수학 수업의 평균 점수가 내려갔는데, 그것으로 엄격한 징계를 받았다. 나는 최하위권에 속했고 학교를 자퇴하라는 말도 몇 번이나 들었다. 나는 외국어에 매료되었지만 외국어 심화 학습을 하는 반에 들어갈 수가 없었다. 변수가 두 개인 방정식을 정복해 보려고 나처럼 헛되이 애쓰는 학생들이 너무 많았던 것이다. 대수나 적분이나 도형 기하학처럼 어려운 과목은 큰 소리로 떠들어 대는 중국 사람이 가득한 버스처럼 지나가 버렸다. 말하자면 나는 그 버스가 다가오는 모습을 보고 뛰어서 올라타려고 준비하고 있었지만 버스는 속도만 조금 늦췄을 뿐 멈춰 주지 않았고 나도 뛰어오를 용기를 내지 못했다. 그리고 나는 버스가 모퉁이를 돌아 사라지는 모습을 멍하니 서서 바라보고 있을 뿐이었다.

　해마다 나는 이과 과목 때문에 낙제할 위기에 처했고 나의 형편없는 지식 때문에 선생님들은 너무나 절망하여 나를 불러내서는 졸업 시험 후에, 당연한 얘기지만 만약에 내가 통과를 한다고 가정하더라도 대학에 갈 생각은 꿈도 꾸지 말라고 했다. 엉망진창인 점수 때문에 생긴 불안감과 피해망상에 더하여, 군사 학교는 제 아무리 바보라도 졸업할 수 있으니 나를 일찌감치 거기로 보냈어야 한다는 아버지의 끝없는 한탄

때문에 나는 궁지에 몰려 체스키 라이와 체스케 스트르제도
호르지 가운데의 시골로 도망쳤다.[3] 그곳은 20세기 중반 체
코 역사에 있어 그토록 무시무시한 역할을 하는 운명에 처했
는데도 세상에 대한 혹은 20세기의 잔혹성에 대한 무심함을
여전히 간직하고 있었으며 그래서 나는 그것을 특별한 종류
의 자비로움이라 생각하고 감사히 여겼다.[4]

　내가 자연에 관심이 없는 건 아니었지만 숲은 언제나 공허
하고 지루해 보였다. 시골에서 나를 매료시킨 것은 돌이었다.
언젠가 신의 건축 기술을 받아들인 사람들이 자신의 필요에
따라 응용하여 깎아 낸 돌이다. 나는 오래전에 사라진 귀족들
이 살았던 석조 건물을 나의 쉼터로 삼았다. 겨울에 그곳은 모
든 것이 잠들어 조용했고 여름에는 소풍 나온 사람들의 떠들
썩한 소리가 사방에 울렸으며 봄에는 돌이 햇살에 녹으면서
자신의 비밀을 드러내었다. 그러나 내가 폐허 탐험을 가장 즐
긴 계절은 가을이었다. 베즈데즈, 크비트코프, 밀슈테인, 데빈,
슬로우프, 로노프, 베르슈테인, 두바 등의 시적인 이름이 붙은
그 폐허에서 돌들은 가을에 가장 열려 있어서 그저 손바닥을
대고 귀를 기울이기만 하면 되었다. 아주 어렸을 때부터 나는
이런 것을 아주 당연하게 여겼기에 놀라운 일이 아니었다.

---

　3 둘 다 체코 북부의 자연 지대이다. 체스키 라이Česky raj는 체코 북부의
자연 보호 구역으로 〈체코의 낙원〉이라는 뜻의 지명. 체스케 스트르제도호
르지České středohoří는 그보다 약간 남서쪽에 있는 지역 이름.
　4 체스키 라이와 체스케 스트르제도호르지가 있는 투르노프Turnov 지역
은 제2차 세계 대전 당시 나치에 점령당해 유대인 학살이 일어났던 곳이다.
홀로코스트 당시 체코 유대인 인구의 90퍼센트가 학살당했고 투르노프의 유
대교 예배당인 시나고그는 2000년대 초까지 창고로 사용되었다.

나는 학교의 방과 후 활동에 참여할 생각이 전혀 없었고 무슨 임원으로 뽑힐 만큼 공부를 잘하지도 못했다. 내가 선생님들에게 인정받게 된 것은 학교의 벽신문 작업에 참여했기 때문이었고 그 덕분에 낙제까지 면할 수 있었다. 담임 선생님은 매년 돌아오는 공산주의 정부의 기념일마다 여러 가지 표어를 정성들여 색색으로 칠하고 자기 손으로 직접 벽에 붙였는데, 나중에는 공부를 잘하는 학생들 중에서 이 벽신문 담당을 뽑아서 맡겼다. 내 기억에 그렇게 뽑힌 벽신문 담당은 목적의식이 뚜렷한 학생으로서, 주어진 일을 딱히 탐탁지는 않게 여겼지만 다른 학생들이 비웃기 시작하자 이런 경력이 대학 입시에 도움이 된다고 자신을 변호했다.

아무도 부탁하지는 않았지만 나도 한번 도전해 보았다. 나는 낭만주의 시인 카렐 히넥 마하[5]가 묘사한 체코의 성채들을 펜과 잉크로 그려서 전시했는데, 이 작업을 위해서 수많은 겨울날 저녁을 바쳐야만 했다. 그림 하나하나마다 나는 제목과 함께 그림에 나타난 장소에 관련된 가장 유명한 전설을 짧게 요약해서 써넣었다. 쓸 만한 전설이 없으면 내가 만들어내거나 다른 곳의 전설에서 따왔다. 그런 전설들은 언제나 참혹한 것이었다. 나의 겸손한 전시 작품이 공개되었을 때 동급생들은 모두 깜짝 놀랐다. 1948년 2월의 사회주의 승리[6]를

<hr>

5 Karel Hynek Mácha(1810~1836). 「5월May」이라는 시로 유명한 체코의 시인, 극작가. 인근의 화재 진압을 돕다가 폐렴에 걸려 결혼 전날 숨졌다. 프라하의 비셰흐라드에서 거주했다. 믈라다 볼레슬라프는 프라하 교외에 있으며, 마하가 이곳의 고딕풍 성과 중세의 폐허를 좋아해서 자주 방문했다.
6 1948년 2월 당시 체코슬로바키아에서 소비에트 정부의 지원을 받은 체코슬로바키아 공산당이 정권을 장악한 사건.

기념하는 벽신문과 내 그림들이 나란히 붙어 있었던 것이다.

　수업 종이 울리자 누군가 내 작품이 선동 행위로 보일 수 있으니 내리는 게 좋겠다고 충고했다. 나는 그렇게 생각하지 않았다.

　이때 담임 선생님이 들어와서 곧바로 내 작품을 보고는 그 앞으로 다가가 안경을 꺼내 쓰더니 그림 하나하나와 그 밑의 제목과 설명까지 꼼꼼하게 들여다보았다. 그리고 안경을 벗더니 조용히 우리 쪽으로 돌아서서 누가 어째서 이 그림들을 그렸느냐고 물었다. 나는 일어서서 그 순간 머릿속에 떠오르는 대로 마하가 플라다 볼레슬라프를 방문한 기념일이라서 그렸다고 대답했다. 담임 선생님은 눈에 띄게 당황했지만 학생들은 아무도 웃지 않았다. 그리고 담임 선생님은 나에게 어째서 다른 것도 아닌 마하의 방문에 관심을 갖게 되었느냐고 물었다. 나는 그 당시에 도시 바로 위에 서 있던 바위의 이름에 마하가 매료되었다고 대답했다. 그 이름은 호로비, 즉 〈무덤 바위〉라는 뜻이었다. 마하는 그 바위 위에서 하룻밤을 보냈고 나중에는 그에 관한 이야기도 썼다. 그 바위는 바로 얼마 전에 주택 단지를 건설하는 데 방해가 되었기 때문에 폭파되었고, 그래서 나는 동급생들에게 그 바위에 대해서 알려 주고 싶었다. 담임 선생님은 오랫동안 주의 깊게 내 얼굴을 들여다보더니 마침내 내 말을 믿기로 한 것 같았다. 수업이 끝날 무렵에 담임 선생님은 나를 칭찬했고 나는 진심으로 기뻤다. 당연한 일이다. 그것이 내 생애 최초로 받은 칭찬이었던 것이다.

담임 선생님은 교무 회의에서 내 그림에 대해 언급하면서 교장에게 그 지역의 무슨 대회에 우리 반 특별 활동 작품으로 제출해 달라고 부탁했다. 그리하여 나는 정기적으로 특정한 주제의 전시 작품을 그리게 되었고 대학 입학에 대한 전망이 예전만큼 어둡지는 않다는 언질도 받았다. 심지어 대입 추천을 받게 될 수도 있었다.[7]

　　그림과 역사 설명을 곁들인 벽신문, 혹은 농담으로 〈만화〉라고 불렸던 작품 덕분에 나는 금방 유명해졌다. 동급생들은 나를 아첨꾼에 공부벌레로 여겼고 선생들은 내가 교장에게 잘 보이려고 꼼수를 쓴다고 생각했다. 유일하게 단 한 사람, 역사를 가르치는 네트르셰스크 선생만이 나의 노력을 진실로 높이 평가했다. 언젠가 선생님은 내가 과거에 대하여 대단한 애착과 더 정확히 말하자면 지나치게 무비판적이고 위험할 정도로 이상화하는 태도를 보이기는 하지만, 나의 관심만큼은 진실하다는 걸 알겠다고 말했다. 그 말에 나는 감명받았지만 마음속으로는 내 행동의 진정한 이유와 목적이 부끄러웠다. 고대 그리스와 로마에 대한 네트르셰스크 선생의 강의를 나는 입을 떡 벌리고 정신없이 열중해서 들었으며 중세 유럽에 대한 나의 관심은 기름 부은 횃불처럼 점점 더 활활 타올랐다. 나는 최고 점수를 받기 위해 필요한 분량보다 세 배 이상 공부했으며 거의 역사학과 대학생 정도의 지식을 쌓았다. 네트르셰스크 선생은 동급생들이 모두 보는 앞에서 나에게 13세기 석공 조합이나 원죄에 대한 중세의 태도,

　　7 공산 국가에서는 시험 성적뿐 아니라 출신 성분과 정치 성향 등 개인적 배경도 대학 입학에 영향을 미쳤다.

56

15~16세기 프랑스의 플랑부아양 건축 양식의 형식적 과잉이나 중세 정신의 가장 큰 특질로서 폭력과 기사도에 대하여 물어보곤 했다. 나는 지식을 뽐낼 기회를 감사히 받아들였다. 나는 밤새 발표문을 준비해서 열정적으로 발표했으며 가끔은 선생님을 대신하여 일종의 세미나처럼 직접 수업을 하기도 했다. 네트르셰스크 선생은 다른 누구보다도 내게 중요한 사람이었고 나는 선생님에게 완전히 헌신했다. 선생님은 내가 세상에 괜히 태어난 것이 아니라는 희망을 주었다.

그러나 책에서 배우는 내용이 많아질수록 나는 과거에 대한 증언을 돌에서 직접 읽어 내는 데 점점 소홀해졌다. 어쩌면 그것이 파멸의 시작이었을 것이다. 뒤늦게 과거를 돌아볼 수밖에 없는 지금에서야 나는 어떻게 된 일인지 이해한다. 사춘기에 나는 자기 자신에게서 도망쳐 운명이 나를 위해 준비해 둔 길에서 벗어났던 것이다. 그래서 운명은 내 인생에 끼어들어 나를 원래 자리로 돌려놓았다. 그러나 단번에 그렇게 한 것이 아니라 내가 운명의 의도를 중간에 알아차리지 못하도록 적당한 때를 기다렸다.

네트르셰스크 선생은 한때 그의 학생이었던, 나보다 세 살 많고 자기보다 마흔 살 어린 소녀와 결혼하여 나를 배신했다. 그것은 불가능한 결합이었지만 실제로 일어났으며 나는 절망에 빠졌다. 호사가들의 뒷소문과 나의 소리 없는 질책을 피하기 위하여 네트르셰스크 선생과 그의 젊은 아내는 프라하로 떠났고 나는 다시 한 번 도시 전체에 내 편이라고는 없이 혼자 남겨졌다. 우리에게는 새로운 역사 선생이 배정되었는데, 성직자 출신으로 역사를 공부하기 위해 1950년대에 신앙을 저버린 사람이었다. 그는 노동 운동 전문가였고 다른 역사에는 아무 관심이 없었다.

졸업반이던 해의 겨울, 나는 대학 입학시험에 응시했다. 방학 동안 나는 삽화를 곁들인 우리 지역 학교의 역사를 담은 연대기를 제작했고 그 작업을 위해 오랜 시간을 들여 여러 기록 보관소에서 수많은 문서 자료를 찾아내 작품을 뒷받침했다. 장학사는 그것을 지역의 모든 중등 교육 기관에 모범 작품으로 추천했으며 내가 다니던 고등학교는 여름 방학 내내 성지가 되었다. 나는 승리했다. 졸업 시험에서 어이가 없을 정도로 높은 점수를 받았고 한 달 뒤에 나는 프라하 대학 철학부에 입학했다. 나는 무시무시하게 불안했지만 일단 성공했으니 주어진 기회를 최대한 활용하기로 결심했다.

4

하루하루가 지나간다. 그때마다
우리는 미래에 가까워지는 것 같다.

— 올드르쥐흐 미쿨라섹

〈나는 새로운 시간에 대해 말한다……〉 지나간 것에 대해
서는 오직 신만이 아신다. 오직 신만이 그 사건 전체에서 나
의 역할과 나의 약점과 나의 하찮음을 이해하신다. 오직 신
만이 흑과 백, 선과 악, 진실과 거짓을 구분하신다. 나에게는
그러한 능력이 없으며 그런 능력이 있다고 주장한 적도 없
다. 나는 그 일에 섞여 들기를 원하지 않았다. 그것은 모두 저
들의 짓이었다. 저들이 나를 선택하였으니 신께서 그 사실을
모르셨을 리가 없다. 저들에게 필요한 것을 신께서 내게 내려
주셨다. 그러므로 믿어지지 않을지언정 저들의 계획은 신께
서 허락하신 것이었다.

그러니 내가 어찌 따르지 않겠는가?

겨울은 뼈가 시리게 추운 데다 온통 눈에 덮여 지저분했다.
11월과 12월의 날씨가 3월까지 계속되었고 지금은 5월인데
도 손가락 아래에서 따가운 서리가 느껴지는 아침이 가끔 있
다. 창유리에 피어났던 성에꽃은 오래전에 사라졌지만 그 꽃

들을 날려 보냈던 바람은 여전히 북쪽에서 불어왔다. 꽃이 떨어졌던 자리에 지금은 낙엽이 떨어졌다. 봄과 가을, 두 계절이 뒤섞였다. 머위가 11월에 꽃을 피우고 한겨울에 신시가지 담장 기슭에 빨간 양귀비가 자라났다. 자연의 본래 질서가 회복되려면 시간이 더 걸릴 것이다. 신의 도움으로 우리도 함께 제 역할을 할 수 있을 것이다. 일주일 뒤에 라일락이 꽃을 피운다면 좋은 징조일 것이다.

내가 경찰에서 쫓겨난 것은 작년 여름으로, 성 아폴리나리 성당에서 그 끔찍한 일이 일어나기 몇 달 전이었고 내가 지금부터 이야기할 누슬레 다리에서의 비극적인 사건이 벌어지고 며칠이 지난 뒤였다. 내가 보호했어야 할 사람이 목숨을 잃었지만 지금 이날까지도 내가 어떻게 했어야 그런 불행을 막아 낼 수 있었을지 전혀 모르겠다. 수사는 몇 주나 지속되었고 형사 범죄 수사반은 이 사건이 자살인지 타살인지, 범죄 수사대 소관인지 시청에 넘겨야 할지 결정을 내리지 못하다가 항상 그렇듯이 한 명을 골라 그냥 희생양을 삼아 버리기로 결론을 내렸다. 그 희생양이 바로 나였다. 여름휴가철이라서 사건에 대한 대중의 관심은 크지 않았고 성 아폴리나리 성당의 종이 옛 시대의 끝을 선언했던 그 화창한 아침에 사건은 완전히 파묻혀 버렸다. 혹은 새 시대의 끝이던가? 어쩌면 프라하 위에서 흔들리던 시간의 추가 처음으로 속도를 늦추기 시작했을 때 그 시대는 끝나 버렸던 것인지도 모른다. 건설 공학자 펜델마노바 부인이 죽은 바로 그날 말이다.

7월 중순에 나는 경찰 범죄 수사대의 대장에게서 호출을 받았다. 나는 일반 경관이었으므로 경찰서장은 내 직속 상사가 아니었다. 그것이 나와 그의 첫 번째 조우였지만 그다지 유쾌한 만남은 아니었다. 내가 신시가지 경찰서에 있는 서장의 사무실에 들어섰을 때 그곳에는 한 사람이 더 있었다. 커다란 떡갈나무 책상 앞에 어떤 키 큰 남자가 내게 등을 돌리고 서 있었다. 나는 관등 성명을 대고 남자 옆에 가서 섰다. 남자는 나를 무시하고 속삭이는 목소리로 서장과 대화를 계속했다. 남자는 어딘가 낯이 익어 보였다. 내가 경찰 학교를 마칠 무렵에 남자는 범죄 수사대로 옮겨 왔고 그때쯤 잠깐 같이 일했던 적이 있었다. 대체로 복잡한 상황에서도 그는 이미 5년이나 근무했다. 아마도 그 덕분에 저렇게 자신만만한 태도로 서장 앞에 서 있어도 괜찮은 것일 테다. 그 이후로 내가 얼마나 자주 이 남자의 무례한 태도를 참아 줘야만 했는지 미리 알았더라면 나는 그 자리에서 실례한다고 말하고 나가 버렸을 것이다.

나는 두 남자의 비밀 대화에 끼어든 듯한 어색한 기분이 되었다. 두 사람은 분명 내가 온 것을 반가워하지 않았다. 서장은 가까이서 본 적이 한 번도 없었는데 쉰 살쯤 되어 보였다. 체격은 보통이었고 거의 대머리였으며 얼굴이 투실투실하고 곰보 자국이 있어 혐오스러웠다. 마침내 그는 내가 거기 서 있는 것을 보고는 한쪽 눈썹을 치켜올리고 어깨를 으쓱하더니 그럼 곧바로 본론으로 들어가자고 말했다. 곁눈으로 나는 옆에 서 있던 남자가 웃는 것을 보았다.

「내 이름은 자네도 분명 알고 있겠지.」

서장은 이렇게 말을 시작하며 주머니에서 진줏빛으로 빛나는, 아마 비단인 듯한 손수건을 꺼냈다.

「하지만 오해를 피하기 위해서 말하자면 나는 올레야르주 서장이고 이곳 전체를 책임지고 있는데 자네가 어떻게 생각할지는 모르겠지만 사실 그다지 즐거운 일은 아니라네. 자네가 조속히 내 휘하에서 근무하게 되기를 희망하네.」

서장은 잠시 말을 멈추고 천천히 손수건을 손바닥 위에 펼쳐 그것으로 집게손가락을 휘감기 시작했다. 방 안 공기를 짓누르는 듯한 침묵이 흘렀으나 내 옆에 서 있던 남자는 계속 웃고 있었다.

「자네도 들었을지 모르겠지만 경찰관 넷을 해직시켜야만 했다네. 하지만 조사 위원회에서 말한 그 네 명의 배임 혐의는 완전히 입증되지 못했지. 어찌 됐든 그 네 명은 법정에서 무죄로 판결되기 전에는 경찰 업무로 돌아올 수가 없네.」

올레야르주는 뭔가 신호라도 기다리는 것처럼 비단으로 휘감긴 자기 손가락을 바라보더니 말을 이었다.

「일이 하나 들어왔네. 경험 많은 수사관에게나 맡길 만한 일이지만 우리 쪽 일손이 모자라 인사과에 부탁해서 순경 중에서 괜찮은 사람을 뽑아 달라고 했지. 컴퓨터가 자네를 뽑았다네. 윗선에서는 이 일의 담당자로 자네가 당첨된 데 대해 불만족해하는 의견도 있긴 있었네만.」

서장은 왼손으로 자기 앞 책상 위에 놓여 있던 서류를 집어 들며 오른손은 여전히 집게손가락에 손수건이 감긴 채 호의적으로 나를 향해 흔들었다.

「그래도 어쨌든 나는 자네를 한번 써보겠다고 했다네. 자네는 내 말 한 마디면 지금 이 직무를 그만둘 수도 있어. 자네 파트너가 될 사람은 여기 유넥이네.」

서장은 내 옆에 서 있던 남자를 가리켰다.

「인사하지. 유넥 경사는 곧 진급할 예정이야. 뛰어난 근무 태도와 어린이의 목숨을 구한 공훈으로 경찰청장 상까지 받았지. 우리한테는 이런 사람이 필요해. 자네도 배울 점이 많을 거야.」

그 말이 채 끝나기도 전에 서장의 오른쪽 귀에서 까맣고 끈적끈적한 당밀 같은 액체가 흘러나오기 시작했다. 나는 놀라서 펄쩍 뛸 뻔했지만 어떻게든 자신을 억눌렀다. 올레야르주는 돌처럼 무표정한 채 미리 준비해 둔 손수건으로 분비물을 닦아내고 잠시 손수건을 귀에 대고 있다가 집게손가락을 귓구멍 안으로 찔러 넣었다.

어리둥절하여 나는 유넥을 바라보았다. 몸을 가볍게 앞뒤로 흔들면서 그는 마치 아무 일도 없다는 듯이 서장의 머리 위 어디쯤 되는 곳을 쳐다보고 있었다. 올레야르주는 머리를 오른쪽으로 기울이고 손가락은 귓구멍에 꽂은 채 내 쪽으로 고개를 끄덕였다.

「그리고 이쪽은 신입인데 우리 구에서는 드물게 대학물을 먹은 사람이지. 하긴, 내가 들은 바로는…….」

서장은 시선을 들어 나를 보았다. 그의 표정에는 의심이 가득했으나 놀랍게도 동정의 빛이 보였다. 나는 불쾌해졌다. 그리고 서장은 귀에 찔러 넣었던 손가락을 빼서 들여다보고는 더러워진 손수건을 구겨서 쓰레기통에 던져 넣었다.

「…… 중퇴했잖아!」

이 말을 서장은 거의 고함치다시피 내뱉었다.

「그리고 듣자 하니 사람들한테 이름을…… 이름을 뭐라고 한다고 그랬지, 순경? K? 웃기는군! 자기 이름이 부끄러운가, 순경? 하긴 경찰관의 이름으로 어울리지 않는 건 사실이지. 이름을 바꿀 생각은 안 해봤나? 하긴 그건 자네가 알아서할 일이지. 일반 시민들에게 자네는 그저 번호일 뿐이니까 중요한 일은 아니야. 자네는 인문학을 전공하고 경찰에 들어와서는 심리학 수업을 들었지. 자네가 담당하게 될 여자는 신경이 예민한 타입이야. 섬세하게 접근해야만 하지. 자네가 내말을 안 믿을지는 모르겠지만, 뭐 그런 건 아무래도 상관없어. 하지만 자네보다 적당한 사람은 찾아내지 못했네. 자네가 필요해, 순경. 날 실망시키지 않길 바라네.」

「뭔가 잘못 들으신 것 같습니다.」

내가 분노와 수치심을 가라앉히려 애쓰며 말했다.

「저는 역사를 공부하기는 했지만 방금 말씀하신 대로 결국학업에 실패했습니다. 말씀하신 일을 맡을 자격은 없다고 생각합니다. 다른 직무로 바꾸고 싶지 않습니다. 순찰하는 일도 저에게는 충분합니다. 거리에서 일하면서 현장 경험을 쌓고 싶습니다.」

이런 단호한 태도에 나 자신조차 놀랐고 유넥 경사는 곁눈질로 의심스러운 눈길을 쏘아 보냈으나 서장은 전혀 흔들리지 않았다.

「소용없어. 억지로 겸손한 척하지 말게. 다른 사람이라면기꺼이 뛰어들 일이라고. 제복 벗고 사복 입는 걸 꿈꾸지 않는 순경은 본 적이 없어. 아니면 지금 맡기는 일이 얼마나 중요한지 모르는 건가? 자네들 양쪽에게 명예로운 일이야.」

나는 더 이상 고집 부릴 수 없어 고개를 끄덕였다.

서장은 만족한 표정으로 우리를 훑어보고 지시 사항을 불러 주기 시작했다. 그러나 말을 하다 말고 서장은 갑자기 누가 배에 칼이라도 찔러 넣은 것처럼 고통스럽게 얼굴을 찡그리고 주머니에서 비단 손수건을 또 꺼내어 귀에 갖다 댔다. 이번에는 왼쪽 귀였다. 그 뒤로 무슨 일이 일어날지 예상할 수 있었으므로 이번에는 간신히 눈 하나 깜짝하지 않았다.

지금에서야 나는 생각한다. 그 순간에 역겨워하는 표정을 지었더라면 올레야르주는 분명 나에게 그 임무를 맡기지 않았을 것이다. 그러나 이후의 앞날에 예비된 것까지 피할 수 있었을까? 그럴 리 없다.

펜델마노바 부인은 구 공산 정권과 간접적이기는 해도 꽤 강력한 인연을 가지고 있었다. 그녀의 남편은 중앙위원회 위원이었고 한때는 노동 행정부 차관이었다. 1990년 초에, 당시 이미 실각한 관료였던 그녀의 남편은 유별난 방법으로 목숨을 끊었다. 오를릭 저수지의 얼어붙은 표면으로 무거운 리무진을 몰고 가서 얼음이 얼지 않은 곳을 향해 곧장 돌진한 것이다. 차는 흔적 없이 가라앉았다. 다음 날 밤은 무시무시하게 추워서 저수지가 완전히 얼어붙어 자동차와 그 안의 사람은 얼음 속에 갇혔다. 그 둘을 끌어낸 것은 일주일이나 지난 뒤였다. 목격자들은 군인들이 와서 저수지에서 마치 커다란 유리 문진과 같은 거대하고 네모난 얼음 덩어리를 잘라내는 모습을 보았다고 말했다. 수상 기중기가 얼음을 끌어냈을 때 주변에 모여든 군중은 얼음 안에 갇힌 검은 차와 그 차 창문의 유령과도 같은 끔찍한 얼굴을 보았다. 굳어 버린 미소가 떠오른 입가에 흘러나온 커다란 거품이 움직이지 않은 채 정지해 있었다.

펜델마노바 부인은 남편의 죽음에 그다지 충격을 받지 않았다. 그녀는 평생 일해 왔던 시청의 어느 부서에서 계속 일했고 그녀를 쫓아내려는 동료들의 압박에 3년 동안 저항했다. 지나간 옛 시절에 동료들은 그녀가 남편에게 밀고를 한다고 의심하여 그녀를 두려워했다. 정권이 바뀐 후에 그런 위험이 사라지자 동료들은 더 이상 증오를 숨기지 않았고, 그들이 지어 준 별명에 따르면 〈늙은 마녀〉를 아예 대놓고 몰아내려 했다. 그러나 펜델마노바 부인은 법을 아주 잘 알았기 때문에 쉽게 몰려나지 않았다. 하지만 결국 그녀도 은퇴를 했는데, 그때는 이미 놀랄 만한 금액의 연금을 쌓아 둔 후였다. 그렇다고 해도 그녀는 앉아서 편안히 여생을 즐길 생각이 전혀 없었다. 그녀의 남편 펜델만은 젊은 시절 재능 있는 좌파 시인으로 인정받았고 전쟁이 끝난 뒤에는 다른 급진주의자들과 함께 노동 서적 출판사를 몇 군데 차렸으며 1948년 공산 정권 수립과 함께 문화 예술의 쇠퇴기가 오기 전에 시선집 세 권을 출판했다. 펜델만은 1950년대 초에 체포되었고 고트발드 대통령이 죽은 뒤에 사면 복권되어 1968년 〈프라하의 봄〉이 지나간 후 1970년대 〈정상화〉[8]의 시기에 정계의 최고봉까지 올라갔다. 그 무렵에 펜델만은 창작을 그만두었지만 그 이전에는 문예지에 그의 작품들이 끊임없이 실렸었다. 펜델마노바 부인은 죽은 남편의 유고집을 발행하기로 마음먹고 적당한 출판사도 찾아냈다.

그러다 작년 여름에 그녀는 미행을 당하고 있다고 신고했다. 처음에 경찰은 그녀의 말을 믿지 않았지만 누군가 돌을 던져 집의 창문을 깨뜨렸기 때문에 그녀는 다시 경찰을 찾아왔다. 문제의 돌은 길을 포장할 때 쓰일 법한 그리 크지 않은 자갈이었는데 펜델마노바 부인은 경찰에 그 돌을 제출하고 과학적으로 검사해 달라고 주장했다. 경찰은 그녀의 이야기를 그다지 심각하게 받아들이지 않았으나 상황이 아무래도 수상한 것은 사실이었다. 물론, 그녀가 모든 일을 꾸며 내지 않았다고 가정한다면 말이다. 그녀는 판크라츠에 있는 아파트의 5층에서 살았는데, 그곳은 신식 주택가였으며 근처에 그런 조그만 자갈로 포장한 길 따위는 없었다. 5층 높이의 창문까지 돌을 던져 맞추려면 아주 잘 훈련된 사람이거나 아니면 아주 운이 좋아야만 했다. 피해자 펜델마노바 부인은 자신이 정치적 박해를 받고 있다고 확신했다. 남편의 과거 행적과 관련하여 누군가 복수를 하려는 게 틀림없었다. 그녀는 범죄 수사대 서장에게 인계되었으며 서장은 이것이 암살 시도라고 결론지어 한 달 동안 경관을 배치하여 보호해 주겠다고 약속했다. 그 뒤에는 결판이 날 것이라는 말이었다. 만약 그 기간 안에 위협이 다시 시작된다면 경찰이 전면적으로 수

8 1953년 스탈린이 사망한 뒤 소련의 위성 국가였으나 소비에트 연방에 속하지 않았던 체코에서는 탈스탈린화와 개혁의 움직임이 일어났다. 언론이 자유화되고 개방의 바람이 일자 소련에서는 이를 막기 위해 1968년 8월 체코를 무력으로 침공했다. 수도 프라하에 소련 탱크가 진주하자 1969년 1월 이에 항의하여 카렐 대학교 정치학과 학생 얀 팔라흐Jan Palach가 분신했다. 그러나 이후 1969년부터 1987년까지 개혁폐지 검열 강화, 공산 정권 안정화를 진행하는 〈정상화〉의 시기가 이어졌다.

사를 할 것이었다.

　과학 수사팀에서 자갈에 묻은 지문을 조사했다. 거칠거칠한 돌 표면에서 아무것도 나올 리가 없었기 때문에 이것은 그저 보여 주기 위한 형식적인 조사였다. 나는 보고서에 첨부된 사진을 본 적이 있었다. 특별한 점은 아무것도 없었다. 단단해 보이는 돌이었고, 아마 흔한 부싯돌이었을 것이다. 나의 눈길을 끈 것은 돌 표면에 퍼진 가느다란 녹색의 맥이었다.

　유넥과 나는 일주일씩 교대했다. 그의 순번은 7월 20일 토요일에 시작할 예정이었다. 그리고 우리가 두 번씩 서로 교대한 뒤에 내 순번이 4주 뒤에 끝나기로 되어 있었다. 우리는 한잔하러 갔다. 서로 좀 친해지기 위한 목적도 있었고 협박이 재개되거나 펜델마노바 부인이 공격을 당할 경우 대처할 계획도 짜기 위해서였다. 유넥은 대체로 자기 얘기만 했는데 너무 솔직한 태도에 나는 자주 민망해졌다. 건배하면서 그는 나에게 자기를 파벨이라 부르라고 말했다. 그에게 나의 이니셜인 K로 불러 달라고는 도저히 말할 수 없었으므로 나는 원래 이름을 말했다. 놀랍게도 그의 친밀한 태도는 변하지 않았지만 자리를 뜨면서 악수를 할 때 나는 그가 내 이름을 말하면서 살짝 비웃는 것을 본 것 같았다.

　과부의 집은 말린 꽃으로 가득했다. 노란 꽃도 있고 빨간 꽃도 있었으나 대부분 보라색이었다. 사방에 향기 없는 꽃송이가 가득한 꽃병과 유리잔과 플라스틱 컵이 널려 있었고 심지어 사진 액자에도 말린 꽃이 꽂혀 있었으며 책장의 책 사이에도 끼워져 있었다. 그 모습을 보자 나는 어쩐지 마음이 편해졌지만 유넥은 불같이 화를 내었다.

펜델마노바 부인은 우리를 위해서 조그만 창문으로 어질러진 마당이 내려다보이는 방을 마련해 주었다. 방은 어둡고 좁았으며 벽에 줄지어 늘어선 검은색 옷장 안에는 구식 남자 정장과 지난 40년간 패션의 변화를 반영하는 여러 스타일의 희한한 여자 옷들이 가득했다. 그 옷들의 주머니와 단춧구멍과 목깃에는 또 말린 꽃이 꽂혀 있었다. 나는 흡혈귀를 쫓기 위한 마늘을 떠올렸다. 과부에게 마른 꽃에 대해 묻자 그녀는 벌써 몇 년이나 가지고 있던 것들이며 남편이 죽고 얼마 되지 않아 누군가 그녀의 집으로 말린 꽃이 담긴 커다란 등나무 바구니를 몇 개나 보내왔다고 말했다. 꽃은 장례식이 이미 끝난 뒤에 도착했지만 그녀는 도저히 버릴 수가 없었다고 했다. 그래서 그녀는 남편을 추억하는 의미에서 그 꽃으로 집 안을 장식했다. 그녀의 주장에 따르면 꽃들은 나방도 쫓아 준다고 했다. 말린 꽃에 대한 이야기를 듣고 나는 혐오감에 몸을 떨었다. 그 당시에도 나는 그 꽃들이 펜델만이 아니라 그녀 자신에게 보내진 것이라고 생각했지만 그때 나는 아직 우연한 사건과 필연적 결과의 차이를 알지 못했다.

펜델마노바 부인은 옷장 속 죽은 남편의 옷 중에서 내 마음에 드는 게 있으면 아무거나 가져가라고 말했다. 누군가 그 옷들을 입어 준다면 마음이 기쁘리라는 것이었다. 나는 그 제안을 진지하게 생각하지 않았지만, 8월 10일에 펜델마노바 부인의 아파트로 찾아가 내 의지와는 상관없는 개인 경호원 역할의 2주차(이자 다행히도 마지막 주) 교대 근무

를 하기 위해 초인종을 누르고 암구호를 말했을 때 과부는
종이에 싼 옷 꾸러미를 안은 채로 나를 맞이했다. 그녀 뒤에
는 파벨 유넥이 복도에 서서 어째서인지 웃고 있었다. 유넥
은 가죽 재킷의 지퍼를 올렸는데, 그 재킷 아래에는 하얀 셔
츠를 입고 있어 전체적으로 경찰관이라기보다는 성공적인
젊은 비즈니스맨처럼 보였다. 그와 비교하면 나는 어떻게 보
였을까? 펜델마노바 부인은 짜증이 난 것 같았다. 인사를 하
는 대신 그녀는 들고 있던 옷 꾸러미를 넘겨주면서 파벨이
원하지 않으니(그들은 이미 서로 이름을 부르는 사이였다)
내가 가져가는 게 좋겠다고 말했다. 꾸러미에 든 것은 흰 레
인코트였다. 말할 것도 없이 그녀의 두 경호원 중에서 경험
많고 수완 좋은 유넥이 그녀에게 진짜 형사는 어떤 옷차림
을 해야 하는지 설명해 준 것이고, 그녀는 반어법을 이해하
지 못한 것이다.

　유넥과 펜델마노바 부인은 사이가 좋았다. 유넥은 그녀에
게 어떤 주제로든 이야기를 할 수 있었고 두 사람은 주사위
놀이를 하거나 텔레비전을 보면서 저녁 시간을 보냈다. 두 사
람은 서로를 이해했고 정치적인 관점도 비슷했다. 유넥의 부
모는 펜델만 부부와 비슷한 특권 계층에 속했으나 1989년
사회 질서가 뒤바뀐 이후 한때 누렸던 모든 존경과 특권을
잃게 되었다.[9] 젊은 유넥으로서는 충격적인 경험이었고, 경찰
이 된 것은 분노의 표현이었다. 그는 복수를 할 작정이었지

9　1989년 11월 베를린 장벽이 무너지며 냉전이 종식되고 공산주의는 무
너졌다. 체코 슬로바키아는 체코와 슬로바키아 공화국으로 분리, 독립했으
며 공산주의 시절 기득권층은 모두 숙청당했다.

만 정확히 누구에 대한 복수인지는 그 자신도 아직 몰랐다.

나는 잘 훈련된 개처럼 매일 펜델마노바 부인의 쇼핑을 따라갔다. 그녀는 매일 저녁 내게 저녁 식사를 만들어 주겠다고 고집을 부렸다. 음식은 상당히 맛있었지만 그 대가는 나의 사생활이었다. 저녁을 먹고 나면 펜델마노바 부인은 나와 어떻게든 잡담을 하려 했지만 나는 입을 다무는 편을 선호했다. 처음 만났을 때부터 그녀는 내가 사상적으로 자신의 반대파라고 느꼈다. 기회가 생길 때마다 나는 방으로 도망쳐서 내가 가져온 역사책을 읽었다. 안주인은 여기에 기분이 상하여 시민의 보호자가 사격 연습을 하는 대신 중세 시대를 연구한다고 큰 소리로 한탄했다. 몇 번이나 그녀는 이렇게 이상한 형사는 처음 본다고 불평하며 남편이 이런 꼴을 보기 전에 죽어서 다행이라고 말했다. 남편이 한창 날리던 때의 경찰관은 모두 호걸이었다는 것이다. 이러한 주장을 듣고 나는 웃음이 나서 그녀가 옳다고 인정했다. 그 뒤로 그녀는 며칠이나 내게 말을 걸지 않았다. 나로서는 상관없었다.

〈의무적 하숙 기간〉이 끝나 갈 무렵에 그녀는 조금 더 부드러워졌다. 나의 근무 마지막 날은 금요일이었는데 저녁에 우리는 함께 앉아 텔레비전을 보고 있었다. 그녀는 헝가리산 와인을 마시며 내게도 함께 마시자고 설득했다. 딱 한 잔만이라도 들라는 것이었다. 와인은 맛이 좋았고 나는 그녀에게 몇 번 더 따라 달라고 부탁했다. 나는 술꾼이 아니며 오랫동안 술을 마시지 않았다. 11시가 되어 갈 무렵 나는 한껏 떠들어 대고 있었다. 체코 북쪽 지방의 내가 좋아하는 지역과 성채와 그 역사에 대해 그녀에게 이야기했고 펜델마노바 부인은 내가 하는 말 한 마디 한 마디마다 열광하며 귀를 기울였다. 물론 그것은 가짜 열광이었고 즐거운 태도도 지어낸 것이었다. 나는 그 사실을 눈치챘지만 취해서 경솔해져 있었기 때문에 상관하지 않았다. 심지어 언제 잠이 들었는지도 기억하지 못했다.

나를 깨운 것은 초인종 소리였다. 그것은 마치 깨진 와인병으로 찌르는 것처럼 날카롭게 울렸다. 내게 배정된 답답한 작은 방의 소파 위에서 머리가 어질어질한 채로 고개를 들자마자 즉시 나의 끔찍한 실수를 깨달았다. 나는 아파트에 혼자 있다는 느낌을 받았고 침실과 부엌을 들여다보고 그 느낌이 사실임을 확인했다. 한 손을 권총집에 댄 채로 나는 칠흑 같은 복도를 살금살금 걸어서 현관문으로 다가갔다. 문고리를 확 당겼지만 놀랍게도 문은 잠겨 있었다. 초인종은 즉시 멈추었고 그래서 나는 약간 안심했다. 그러나 다음 순간 누군가 문을 세게 두드리며 경찰이라고 외쳤다. 나는 신분을 밝히고 상황을 설명했다.

이후 15분간 나는 부엌 수돗가에서 물을 마시고 화장실에 가서 토하기를 반복했고 그사이에 누군가 현관 자물쇠를 부수는 데 성공했다. 유넥 경사였다. 그는 같이 가자고 말했다. 갑자기 나는 좀도둑이 된 기분이 들어 수갑을 채워 달라고 손목을 들어 보였다. 유넥은 웃지 않았다. 다행히 우리는 멀리 갈 필요가 없었다.

그녀는 첫 번째 기둥을 조금 지난 곳에서 허공에 매달려 있었다. 빨랫줄이 목에 감긴 모습은 어쩐지 식료품 저장고에 버려진 오래된 양파를 연상시켰다. 막 동이 트고 있었지만 속도가 느려서 누슬레 다리에서 저 멀리 아래쪽의 가로등을 내려다보면 한밤중처럼 느껴졌다. 가끔씩 다리는 차로 아래로 기차가 지나갈 때마다 덜덜 흔들렸고 때때로 자동차들이 우리 뒤로 휙휙 지나갔으며 하늘이 점점 환해짐에 따라 그 숫자도 늘어났다. 호기심 많은 운전자들은 속도를 줄였으나 담당 경관이 귀찮은 파리를 쫓아내듯이 그들을 쫓아냈다. 순찰차는 교통의 흐름을 방해하지 않기 위해 다리 끝에 모여 있었다. 사건 현장 옆 보도에 주차된 유일한 차는 구급차였다. 구급차 지붕 위의 푸른 경광등은 기죽은 듯 번쩍였고, 그 사이렌은 이미 울어 봤자 소용없음을 알고 부끄러워하며 침묵했다.

나는 정황 조사가 없다는 걸 감사하게 생각하라는 말을 들었고, 뒤이어 자의로 사직서를 쓴다면 곧바로 수리될 것이라고도 했다. 보고서에 알코올에 대한 언급이 없다는 것이 나의 가장 큰 행운이었다. 경찰은 그런 종류의 망신까지는 원하지 않았던 것이다. 나의 해고 통지서는 올레야르주가 직접 서명했고 나 자신을 위해서 그의 눈앞에 나타나지 말라고 했다. 나는 직속상관을 통해서 그와의 면담을 신청했으나 답변을 듣지 못했다. 이 사건은 처음부터 끝까지 수상했다. 나는 불완전한 보고서에 서명을 한 것만으로도 기소당할 수 있다는 걸 확실히 알고 있었다. 그러나 영웅 행세를 할 생각은 전혀 없었고, 설령 했다 한들 나의 연기력은 형편없었을 것이다. 공식적인 경찰 보고는 신변 보호를 하던 경찰이 예방하지 못한 자살이었다. 펜델마노바 부인은 자신을 잠재적인 암살 위협으로부터 보호하던 경관이 잠든 사이에 문을 잠가 그를 아파트에 가두었다. 사건 현장 위의 보도에서 발견된 피해자의 가방 속에 든 현관 열쇠가 그 증거였다.

　나이 든 여성이 어떤 방법으로 2미터나 되는 철망을 넘어갔으며 그냥 뛰어내렸어도 되는데 어째서 빨랫줄로 목을 맸는지는 끝내 밝혀지지 않았다. 아무도 그런 점에 특별히 관심을 갖지 않았다. 같은 날 누슬레 다리에서 불운한 사건이 또 일어났다. 젊은 여성이 난간 밖에 몇 시간이나 매달려 있었는데, 그것은 방송사에서 촬영 기자재를 설치하기에 충분한 시간이었다. 여자는 그런 뒤에야 다리에서 뛰어내렸고 그 장면은 저녁 뉴스에 방송되었으며 특종이 말라붙은 지루한 시즌에 생방송된 그 장면은 히트를 쳤다. 펜델마노바 부인의 자살은 황금 시간대를 휘어잡을 매력이 없었다. 살인 사건이었다면 사정은 매우 달라졌을 것이다. 그러나 경찰은 그런 가능성을 전면 부인했다.

5

강해져라, 나의 팔이여! 나의 버팀목이 되어라
빠르게 다가오는 운명의 그날에 대항해라
삶을 낭비하고 죽어야만 하는 그날에.

— 리처드 와이너

대학에서 보냈던 어른으로서의 첫해를 기억하는 것은 어린 시절의 추억만큼이나 즐겁지 않은 일이다. 학부에서 역사학과에 입학한 것은 순전히 시험에 통과했기 때문이었는데, 그 시험이란 민망할 정도로 쉬웠다. 그토록 순조롭게 대학에 입학할 수 있었던 것은 공부를 잘해서가 아니라 순전히 열성적으로 벽신문 작업을 도맡았기 때문이었겠지만 그런 일로 양심의 가책을 받지는 않았다. 성공에 도취되어 다른 일은 눈에 들어오지 않았다. 오직 하나 아쉬운 점은 그 기쁨을 나눌 사람이 없었다는 것이다.

그 무렵에 부모님은 이미 오래전에 이혼한 상태였다. 아버지는 집을 나가 다른 도시에서 직장을 구했고 우리에게는 가끔 전화만 했다. 그래도 얼마 안 되는 양육비는 정확하게 보내 주었다. 나의 열여덟 살 생일에 아버지는 천 크로네와 함께 편지를 보냈는데 거기에는 나도 이제 어른이니 앞으로 연락을 하고 지낼지 말지 내가 알아서 결정하라고 적혀 있었다. 연락을 한다면 아버지와 대체 무슨 이야기를 할 수 있을

지 알 수 없어서 나는 답장을 하지 않았다. 아버지를 마지막으로 본 게 언제였더라? 기억도 잘 나지 않는다.

나는 학생 기숙사에서 사는 것이 싫었다. 내 룸메이트들은 공부에는 전혀 관심이 없는 쾌락주의자였지만 별 어려움 없이 수업을 통과했다. 나는 낯선 사람 세 명과 한 방에서 자는 데 익숙지 않았으므로 늘 불면증에 시달렸다. 그들은 천성이 시끄럽고 순진무구하게 원기 왕성했는데 나는 그런 점을 혐오했다. 방을 바꿔 보려 했지만 어디를 가도 내가 원하는 평화와 고요를 찾을 수가 없었다. 나처럼 모든 세미나를 꼼꼼하게 준비하고 강의에 전부 출석하고 일주일에 세 번씩 밤을 새며 참고 자료를 열심히 읽는 사람은 아무도 없었다. 그렇게 열심히 공부하는 사람은 한 명도 없었고, 옛날부터 그런 학생이 전혀 없었던 건지 나는 확실히 알 수 없었다. 신입생들을 겨냥한 입회식과 구시가지 술집에서의 광란의 술자리와 유대인 구역인 요세포프에서의 불법적인 소동과 프라하 경비대 장교들과의 결투와 아름다운 아가씨들과의 낭만적인 모험...... 역사가들이 연대기에 기꺼이 풀어놓는 것은 주로 이런 것들이다. 학문에 열중하는 청년들, 지식을 얻기 위해 속세의 즐거움을 거부하는 사람들에 대한 기록은 그 어디에서도 찾을 수 없다. 그런 사람들이 있기는 있었을까? 아니면 내가 처음인가?

게다가 그렇게 노력해서 얻어 낸 지식의 달콤한 열매를 즐길 수가 없었는데, 내가 배운 것은 실용적으로 써먹거나 누구에게 보여 주며 자랑할 수가 없기 때문이었다. 그리고 노력하면 할수록 나는 더 멍청한 실수를 많이 저질렀다. 매번 발표를 할 때마다 강의실에 있는 여학생들의 모습 때문에 불안해져서 말도 제대로 못 하고 가장 간단한 사실조차 생각이 나지 않았다. 그 여자아이들을 쫓아내 버렸다면 얼마나 기뻤을까! 나의 보고서는 언제나 대담하고 뛰어난 통찰력을 보여 주었으나 교수는 말 한 마디로 그 모든 것을 짓밟아 버렸다. 그러나 그 어떤 것도 중세 시대에 대한 나의 사랑을 빼앗아 갈 수는 없었다. 그것은 이미 오래전에 집착으로 변해 있었다.

시간이 지나면서 나는 다양한 성향의 학생들이 존재한다는 것을 알게 되었다. 대체로 네 가지 유형이었다. 별 어려움 없이 좋은 성적을 받는 우등생. 언제나 퇴학의 위기에 처해 있으면서도 마지막 순간까지 인생의 모든 즐거움을 누리려는 한량. 절대로 아무것도 하지 않다가 시험이 다가오면 어떻게 해서든 간신히 낙제는 면하는 게으름뱅이. 그리고 마지막 유형은 특권 계층인데, 명목상 학생이었지만 공부는 하는 척만 하면서도 성적은 잘 받았다. 이런 유형에 속하는 것은 대체로 좀 기묘한 인물들로서 기숙사에서 가장 좋은 방을 차지하고 교환 학생 자격으로 정기적으로 외국을 나다녔으며 정부의 공식적인 사상을 지지했고 스스로 역사나 철학 전공이라고 떠들고 다녔지만 본심은 학문과 전혀 상관없는 곳에 초점을 맞추고 있었다.

이런 종류의 학생들이 대다수를 차지했기 때문에 대학 생활은 쉽지 않았다. 그들은 자기들도 모르는 사이에 나를 기숙사에서 몰아냈다. 복도에서 즉석 하키 경기가 벌어지거나 탁구 토너먼트를 위해 책상을 몰아서 붙여 놓은 상황에서 공부를 하겠다는 것은 비현실적인 이상주의였다. 나는 최선을 다했다. 심지어 기숙사 사감에게 이 시끄러운 바보들을 쫓아내 달라고 부탁하기도 했다. 그러나 아무 일도 일어나지 않았다. 어느 날 구내식당에서 누군가 나를 〈꼰대〉라고 하는 걸 들었을 뿐이다.

그래서 나는 주택가인 프로섹 지역에 사는 먼 친척네 집에 방을 얻었다. 프리도바 부인은 은퇴하고 혼자 사는 연금 생활자였는데 자신의 커다란 아파트에서 가장 작고 창문이 북쪽으로 난 방을 내게 내주었다. 나의 집주인은 매우 독실한 가톨릭 신자였다. 최소한 그녀 자신이 끊임없이 그렇게 주장했다. 첫날 저녁에 그녀는 자기가 매일 기도를 하며 새벽부터 저녁까지 주기도문과 성모송을 외운다는 사실과 리벤 성당의 미사에 한 번도 빠진 적이 없다는 사실을 강조했다. 이후로도 나는 이런 이야기를 여러 번 들었다. 프리도바 부인은 내가 자기와 함께 성당에 다녀야 한다고 생각하는 것 같았다. 나는 그녀에게, 성당이란 다니는 법을 배워서 알아야 하는 것인데 나는 그런 걸 배우지 못했다고 말했다.

처음에 나는 집주인의 이런 수다에 지쳤지만 점차 익숙해졌다. 또한 음울한 아파트에도 놀랄 정도로 빠르게 익숙해졌다. 나는 볼레슬라프에서 살던 시절과 비슷한 지옥을 예상했지만 사실 새 아파트의 생활은 사막에서 사는 것과 더 비슷했다. 알레포의 고행자 성 시메온[10]처럼 나는 움직이지 않고 창밖을 바라보곤 했다. 거리는 거의 하루 종일 비어 있었다. 사람 사는 집이 수천 곳이나 되었지만 정작 사람은 한 명도

10 Symeon the Stylite(390?~459). 현재 시리아의 알레포 지역에 있는 기둥 위에서 37년간 고행하며 산 것으로 유명한 성자.

보이지 않았다. 콘크리트 벽이 내뿜는 침묵은 이상하게 느껴졌지만 이곳에서 비로소 나는 정말로 집중을 할 수 있었다. 시멘트를 바른 벽에서 들려오는 유일한 소리는 더운 여름에 해가 지면서 쇠 난간이 식어 가는 신음과도 같은 소리였다. 앞으로 더 이상 세상 어디에도, 이 도시에도, 이 나라에도, 지구 상 어디에도 사람이 태어나지 않을 것이라는 생각이 문득 들었고, 그러자 소름이 끼쳤다. 아직도 살아 있는 사람은 조용히 자기 수명을 다할 것이고 그 뒤를 이어 갈 사람은 아무도 없을 것이다.

낮이나 밤이나 나는 그 각진 회색 콘크리트 고비 사막을 내려다보며 한 가지 생각을 떨쳐 버릴 수가 없었다. 20세기의 인간은 인류 역사상 그 누구보다 더 열정적으로 꿈꾸었으나 그 누구보다도 크게 실패했다. 이 생각은 시간이 가면서 확신으로 변했다.

나는 믈라다 볼레슬라프에 거의 돌아가지 않았다. 〈고향〉이라는 말은 내게 있어 의미를 잃었고 볼레슬라프는 더 이상 고향으로 느껴지지 않았다. 끝없이 긴 토요일과 일요일에 공부에 지치고 남은 시간을 어떻게 보내야 할지 알 수 없을 때, 나는 시간을 보내기 위해서 재미있는 소일거리를 고안해 냈다. 도시의 북쪽을 돌아다니며 생활 속의 조그만 오아시스를 찾아내는 것이었는데, 전혀 예상하지 못했던 곳들을 발견하곤 했기 때문에 더욱 즐거웠다. 웃자란 관목 숲에 가려진 채석장이나 버려진 사격장, 아마추어 천체학자들이 운영하는 천문대, 기능주의가 도래하기 바로 직전에 지어진 급수탑, 지금까지도 오솔길 하나로만 이어지는 오래된 공동묘지…….

그런 곳이 많지는 않았지만 몇 번이나 나를 우울증에서 구원해 주었다.

어느 화창하고 바람 부는 날에 푸른 하늘을 가로질러 가는 하얀 구름 덩어리 아래에서 나는 더 멀리 나아가 흐라드차니와 프라하 성까지 탐험해 보기로 했다. 나의 목표는 성 비투스 성당의 뾰족탑 꼭대기까지 올라가서 인간의 거주지를 건설한 사람들이 아직은 아름다움이라는 것을 숭앙했던 시절에 창조된 지역을 내려다보는 것이었다. 나는 쌍안경으로 무장하고 긴 산책을 나갔다. 그날, 결과적으로 나는 뾰족탑에 올라가지 못했다. 날씨는 이상할 정도로 더워서 거의 7월 같았고 그래서 두 시간 동안 터덜터덜 걸은 뒤에 나는 성당 안의 시원한 어스름 속에서 좀 쉬기로 했다. 나는 본당 뒤쪽 신도석에 앉아서 외국인 관광객들이 챙 모자를 손에 들고 특유의 멍한 상태로 돌아다니는 모습을 관찰했다. 목을 길게 빼고 고개를 위로 치켜든 관광객들의 모습을 보니 여러 종류의 얼룩덜룩한 새들 같았다. 그러다가 나 자신도 여기서는 이방인이라는 사실을 깨닫고 하찮은 데 열중하는 관광객들의 모습에서 주의를 돌려 머리 위의 거대한 아치형 공간을 올려다보았다.

나는 그곳에서 과거를 보았다. 돌로 깎은 창틀 문양이 스테인드글라스의 가장자리를 다채로운 형태로 감싸고 있었다. 장식된 기둥이 머리 위로 높이 솟아올랐고 거기에서 뻗어 나온 완벽하고 보기 좋게 섬세한 대들보가 거대한 천장과 지붕을 굳건히 떠받치고 있었다. 그 안에서 나는 중세 사람들의, 왕자와 군인과 노동자와 이 성당을 건설한 사람들의 겸손함을 보았다. 나는 쌍안경을 집어 비스듬히 위쪽으로 향했다. 다음 순간 나는 어린아이의 만화경을 들여다보고 있었다. 높은 창문에서 비추는 찬란하고 다채로운 색깔이 성당 벽 바깥에서 들이치는 심심한 하얀 빛을 기적과도 같이 매혹적인 무지갯빛으로 변화시켰다. 가장 먼저 눈길을 끈 것은 주님의 무덤 예배당[11] 창문이었는데, 그 스테인드글라스에는 성당 주춧돌을 놓는 과정이 묘사되어 있었다. 그 아름다운 광경에 나는 너무나 감사하여 앉아 있기보다는 무릎을 꿇고 싶은 기분이 들었고 감동이 복받쳐 시선을 돌려야만 했다. 툰 예배당 창문으로 고개를 돌리니 살아남기 위해 싸우는 사람의 형상이 보였다. 그 얼굴은 보편적이라 남자 같기도 하고 여자 같기도 했는데, 그런 의미에서 내 얼굴과도 비슷했다. 그 안에서 나는 완벽함이 무엇인지를 보았고 그 거대한 깨달음 때문에 신도석에서 몸을 움츠렸다. 용기를 내어 세 번째로 쌍안경을 치켜들었을 때 나는 무시무시하게 장엄한 광경을 목도하였다. 그것은 남쪽 수랑의 거대한 창문에 묘사된 심판의 날이었다. 이 또한 내게 명백한 메시지를 전달하였다. 더 늦기 전에 몸을 피하라는 것이었다. 돌연히 공포에 질려 나는 다시 한 번 눈길을 돌렸고 무릎 받침대[12]에 발을 대고 버티면서 몸을 뒤로 젖혀 머리 위로 해골의 갈빗대처럼 뻗은 대들보를 올려다보았다. 나 자신의 연약한 필멸(必滅)이 손만 뻗으면 닿는 곳에 있었다. 나는 목을 꺾다시피 돌려서 머

---

11 주님의 무덤 예배당Kaple Božiho hrobu은 툰 예배당Kaple Thunská 과 함께 프라하 시의 성 비투스 성당 안에 있는 예배당이다.

12 천주교 성당의 신도석 앞부분에 무릎을 꿇고 기도할 수 있도록 쿠션을 놓은 받침대.

리 위를 훑어보다가 등 뒤의 서쪽 입구 바로 위에 있는 꽃무늬 원창에서 시선을 멈추었다. 그 순간 눈에 들어온 광경은 가히 피가 얼어붙을 만한 것이었다. 그것은 만물의 시작, 천지창조였으나 거꾸로 뒤집힌 천지창조였다. 나는 그 순간 이해했다. 그 뒤집힌 형상은 인간의 본성에 관하여 세상의 모든 책보다 더 많은 것을 알려 주었다.

주말마다 나는 배낭에 쌍안경을 챙겨 넣고 프라하의 여러 성당에서 가장 다채로운 스테인드글라스를 찾아다녔다. 여행 안내서에서 찬양하는 말라 스트라나 혹은 구시가지 같은 장소들은 관광객에게 맡겨 두고 대신 나는 카렐 4세가 14세기에 세운 신시가지[13]로 향했다. 특히 나는 그 위쪽의 성 카테리나 성당, 성 아폴리나리 성당과 성 카렐 대제 성당과 얼마 전까지도 양이 풀을 뜯고 포도가 익어 갔던 카를로프 근방 언덕의 미완성된 중세 성벽들에 매료되었다. 그리고 나는 오래된 병원 부근의 조용한 지역, 죽음이 돌아다니며 거의 언제나 누군가를 데려갔던 그 좁은 골목길도 좋아했다.

성당과 시청과 주택지의 몇몇 지하실을 제외하면 그 어떤 건물도 18세기 후반의 〈진보〉에 대한 열정에서 살아남지 못했다. 그리고 요셉 2세[14]가 파괴하지 못한 지역은 한 세기 뒤에 예술가들이 프라하의 문화적 홀로코스트라고 여기는 프

---

13 프라하는 8~9세기 건설된 프라하 성 구역 흐라드차니Hradčany 10세기에 지어진 비셰흐라드Vyšehrad, 13세기에 지어진 말라 스트라나Malá Strana, 블타바Vltava 강변에 해자로 나누어진 구시가지Staré Město, 14세기에 카를 4세의 명으로 구시가지 3배 크기로 건설되어 새로운 중심지가 된 신시가지Nové Město, 이렇게 다섯 구역으로 이루어진다.

라하 대철거[15]에 휩쓸려 사라졌다. 나는 이 신시가지로 몇 번이나, 몇 번이나 돌아갔다. 사라진 건물들에 대한 동정심과 함께 내 눈으로 다시는 볼 수 없도록 운명이 결정지은 그 지나간 시대에 대한 기묘한 향수와 열망 때문이었다.

중세에 대한 나의 관심은 점점 깊어졌지만 그런 지식은 대학에서의 학문적인 성공에 전혀 도움이 되지 않았다. 내가 관심을 가진 것은 그 시대의 보통 사람들이 어떻게 살았나 하는 문제였다. 얼마나 자주 성찬식을 했고, 아이들은 어떻게 길렀고, 여행을 했는지 안 했는지, 어떤 옷과 음식을 샀는지, 이웃이나 집 안의 동물들과는 어떻게 지냈는지 하는 일상적인 일들이 궁금했다. 나는 그 당시 사람들이 아름다움이나 추함에 어떻게 반응했는지 알아보기 위해 현재 남아 있는 기록들을 뒤졌다. 그때 사람들은 이 세상에서, 자기들의 고향 마을에서, 마을의 광장이나 거리에서, 돌과 나무로 짓고 뾰족한 처마와 가느다란 굴뚝이 달린 단층집에서 좁은 정원을 끼고 살아가는 것을 어떻게 생각했을까?

아무도 나의 공부 방법을 마음에 들어 하지 않았다. 시험 성적은 항상 나빴고 나는 언제나 다른 일에 정신이 팔려서 아무리 노력해도 과제를 제대로 마치지 못하는 학생에 속했다. 아무리 애써도 소용이 없었고 그게 나 자신의 탓이라는 걸 나도 알고 있었다. 일반적인 역사학에서 배우는 날짜와

14 Joseph Ⅱ(1741~1790). 신성 로마 제국 황제로 헝가리, 크로아티아, 체코 서부인 보헤미아 지역을 통치했다.
15 1890년대 프라하 유대인 지역인 유세포프와 인접한 구시가지를 철거하고 재건축한 사건.

사건들은 아무 의미가 없어 보여서 도저히 외울 수가 없었다. 학교에서 가르치는 역사라는 것은 나에게 있어 정치적 결정과 그 결과를 나열하고 지배 왕조와 그들이 다른 가족을 상대로 일으킨 전쟁의 통계를 열거한 목록에 불과했다. 나는 그와 다른 살아 있는 역사, 내 일상생활만큼이나 확실히 돌아다닐 수 있는 특정한 시간과 공간을 원했다. 그 많은 왕과 전투들이 대체 내 삶에 무슨 영향을 끼친단 말인가? 그 사람들이 나와 무슨 상관인가? 그런 생각에 이끌려 나는 나처럼 평범한 사람들만을 대상으로 하는 역사 연구 분야를 찾고 있었다. 나는 나 자신의 역사를 찾고 있었다. 본의 아니게 인류의 구성원이 된 이름 없는 사람의 역사 말이다.

대학이 내게 아무것도 해줄 수 없다는 사실을 깨닫자 놀랍게도 학교생활은 더 편해졌다. 나는 몇 가지 관문을 뛰어넘기만 하면 학업을 마치고 고무도장이 찍힌 종잇장을 받고 졸업할 수 있다는 걸 깨달았다. 그러고 나면 어쨌든 모든 시민은 노동의 의무가 있으므로 나도 어딘가에서 지루한 직장을 얻게 되리라고 생각했고, 내가 진짜 원하는 역사 공부를 취미로 하게 될 날을 기다렸다. 위대한 야망도, 그런 야망에 반드시 따라오는 실망도 없는 조용하고 안정적인 삶을 원했다.

그런데 시대가 변했다. 나의 가엾은 조국은 새로운 유럽과 새로운 세상에서 전혀 다른 나라로 변했다.

---

16 슈바흐Schwach는 체코어가 아닌 독일어에서 유래된 성(姓)으로 〈약하다〉라는 뜻이다. 주인공의 이름 크베토슬라프Květoslav는 〈슬라브 민족의 꽃〉이라는 뜻이므로 성과 이름 크베토슬라프 슈바흐를 조합하면 〈슬라브 민족의 나약한 꽃〉이라는 뜻이 된다. 남성적이지 않은 데다 의미 자체도 부정적이다.

나는 그렇게 이름 없는 사람이 아니었다. 지금은 별 의미가 없게 되었지만 그 당시에 성(姓)은 사람들의 정체성에서 중요한 부분이었다. 예를 들어 성이 〈슈바흐〉[16]라면 말이다. 그게 내 성이었다.

6

나는 〈사이렌의 집〉을 열고
〈세 마리 사슴〉도 연다.
누군가 어두운 복도에 서서
이름을 하나씩 부른다.

— 카렐 쉭탄츠

갑자기 자유로워져서 나는 어쩔 줄 몰랐다. 친구들은 외국
을 여행하거나 이제까지 구할 수 없었던 자료로 공부하거나
스스로 전공 과정을 계획하거나 하는 이런 기회를 기뻐하며
받아들였지만 나는 그러지 못했다. 바람의 방향이 유리하게
바뀐 것을 느끼고 그들은 서둘러 대담하게 돛을 펼쳤지만 나
에게 그 바람은 돛대를 부러뜨렸을 뿐이다. 프로섹에 방을
빌린 덕분에 나는 공부에 전념할 수도 있었지만 별로 그렇게
하지 않았다. 대체로 나는 많은 시간을 학업과는 관계없는
일에 허비했다. 예를 들어 현대의 동이 트기 전, 사회 속에서
사람들의 신분이 고정되어 있고 사람들이 태어난 곳에서 계
속 살아가면서 자기 인생에 대한 결정은 장원의 영주나 군주
나 하느님의 뜻을 따르고, 오로지 가장 큰 걱정거리는 죄를
짓지 않는 것이었던 시절을 상상하면서 시간을 보내곤 했다.
나는 다른 학생들과 어울릴 이유가 없었다. 마르크스주의 전
공자들이 떠들썩하게 놀면서 공부를 전혀 안 하고 졸업 시험
을 통과했다고 짜증이 난 것도 아니었다. 그저 그들과 섭슬

리고 싶지 않을 뿐이었다. 찬란한 자유의 태양은 처음에는 빛났으나 나중에는 눈이 멀 정도로 내리쪼였기 때문에 나는 과거라는 편안하고 어두운 동굴 속으로 도로 기어들어 갔다.

이른 봄의 어느 날 대강당에서 나는 세 번째 밀레니엄을 앞 둔 인류에게 구약의 의미란 무엇인가에 대한 강의를 들었다. 강사는 〈잔디 위의 성모〉 성당이라고도 불리는 성수태고지 성당의 주교 대리인 플로리안 신부님이라는 사람이었는데 서유럽에서 불법으로 사제 서품을 받았고 아는 것이 아주 많 았으며 특히 중세 신학에 대한 지식으로는 프라하에서 견줄 사람이 없었다. 그 강의와 특히 죄와 벌 등의 주요 개념을 재 조명할 필요성에 대한 생각들이 너무나 인상적이라서 나는 기독교 윤리학에 대한 그의 강의를 수강하기 시작했고 곧 그 수업에 적극적으로 참여하게 되었다. 얼마 지나지 않아 나는 플로리안 신부님 댁으로 찾아가서 책을 빌리고 그 빌린 책에 대해 열정적으로 논쟁하게 되었다. 나는 내가 신을 믿기 시작 했다고 믿었다. 하느님이 은총을 내려 오래전 네트르셰스크 선생이 남겨 둔 빈자리를 채워 줄 새로운 선생을 보내 주었다 고 확신했다.

그해 여름에 나는 플로리안 신부 곁에 있기 위해서 프라하 에 남았다. 나는 그의 말을 주의 깊게 경청하고 그의 주장에 반박하려고 했는데, 현명한 선생 플로리안 신부는 학생에게 서 그런 태도를 기대했기 때문이었다. 그는 나를 칭찬했다. 다른 학생들 중에 나와 같은 질문을 하는 사람은 아무도 없 었다. 현재의 세상을 나만큼 혐오하는 사람도 없었고 나만큼 그런 세상을 거부하는 사람도 없었다. 그는 나를 지적인 스파링 파트너로 이용했고 나의 청교도적인 관점에서 보기에 지나치게 세속적인 윤리적 입장을 옹호했다. 마음속으로 나는 그가 내게 신학을 전공하라고 권해 주기를 은근히 바랐지만 대놓고 말하지는 못했다. 심지어 집에서도 이런 문제에 대해서는 한 마디도 하지 않았다. 신학을 전공하겠다고 했다가는 어머니가 나를 미친 사람 취급했을 것이기 때문이다. 그러나 플로리안 신부는 언제나 눈치가 빨랐기 때문에 금방 알아차렸다. 몇 주 뒤에 대화하다가 그는 아무렇지 않게 내가 좋은 신부가 될 것이라고 언질을 주었다. 나에게는 그것으로 충분했다. 나는 신학 책을 쌓아 놓고 읽기 시작했고 선생님의 도움을 받아 입학 면접을 준비했다. 내가 감히 한 번도 인정하지 못했던 사실이 곧 드러났다. 나는 세례를 받은 적이 없었던 것이다. 이 문제는 빨리 해결되어야만 했다. 우리는 플로리안 신부가 직접 나에게 세례를 주기로 동의했고 날짜도 정했다. 9월 24일, 성 야로미르의 날이었는데, 내 아버지의 명명일이기도 했다.[17] 신부님은 내가 아버지와 관계를 회복하기를 원했고 아버지에게 그날 세례식에 와달라고 부탁하기로 했다. 이것이 성직자가 되려는 나의 결심을 증명하는 가장 힘들고도 가장 보람 있는 시험이라는 것을 신부님은 알고 있었다.

한 달 뒤에, 세례식 일주일 전에야 나는 마침내 용기를 내어 아버지에게 편지를 썼다. 나는 우체국에 가서 편지를 부친

17 천주교와 정교 등에서는 각 날짜마다 그날의 성인이 있어서 아기가 태어나면 그 성인의 이름을 따서 짓는 일이 많다. 자기와 이름이 같은 성인의 날이 자신의 명명일이 된다.

뒤에 나의 뜻깊은 행동에 대해 이야기하기 위해서 곧바로 플로리안 신부를 찾아갔다. 그는 집에 없었다. 오후에 그의 학생 한 명이 카렐 광장에 있는 병원에서 내게 전화했다. 그는 내게 성수태고지 성당에서 강도 사건이 있었다고 말해 주었다. 누군가 제단 성화와 성모의 고딕 부조상을 훔쳐 가려고 했다. 도둑질을 하는 중에 어둠 속에서 조용히 기도하던 사제와 마주치자 강도는 겁에 질려 문을 뜯는 데 사용했던 쇠 지렛대로 머리를 내려쳐서 두개골을 골절시켰다. 의사들은 희망이 있다고 했지만, 차라리 플로리안 신부의 사망 선고를 듣는 편이 더 나았을 것이다. 플로리안 신부는 죽지는 않겠지만 앞으로 다시는 미사를 집전하지도 조리 있는 말을 한마디라도 내뱉지도 못할 것이었다.

나는 우체국으로 달려가 편지를 돌려 달라고 했다. 내가 너무나 절박해 보였던지 직원들은 별 불평 없이 내 말을 들어 주었다. 나는 여직원의 손에서 편지를 낚아채어 여자가 놀란 채로 지켜보는 앞에서 편지를 갈가리 찢었다. 아버지와 화해하려던 시도는 그렇게 끝났다.

이후로 나는 단 한 번 학교로 돌아갔다. 공식적으로 자퇴를 하기 위해서였다. 나는 학위 논문을 끝내지 않았고 졸업 시험 명단에 이름을 올리지도 않았다. 교직원들은 내가 8학기를 수료했다는 사실을 학적부에 기록하겠다고 고집을 부렸고 나는 관심 없이 고개를 끄덕였다. 학교를 나와서 나는 마네스 다리로 향했다. 그곳에서 나는 신선한 공기를 들이마시고 성당을 올려다보았다. 그리고 주머니에서 학적 서류를 주머니에서 꺼내 다리 난간 너머로 던졌다. 서류는 가벼웠다.

잉크와 고무도장 자국으로 덮이고 스테이플러로 찍은 종이 몇 장일 뿐이었다. 그게 4년간의 대학 생활이었다. 그것은 몇 초 동안 바람을 타고 펄럭이다가 물 위에 내려앉았다. 물고기가 읽을지도 모르겠다.

　학업을 계속하는 데 대한 관심과 함께 삶에 대한 전반적인 관심도 전부 사라졌다. 모든 것이 역겨웠다. 내 머릿속의 생각으로부터 벗어나기 위해 나는 도시 전체를 돌아다니기 시작했다. 테슈노프에서 비톤까지, 보이슈티에서 죠핀까지, 프라하의 밑바탕을 이루고 그 형태를 결정하는 도시의 건물들을 검은 베일과도 같은 우울의 장막 뒤에서 관찰했다. 신시가지 모든 성당들은 낡았고 모든 세속 건물들은 현대적이었으며, 시청만이 모든 규칙에는 예외가 있다는 규칙의 그 예외였다. 나는 성당 안으로 더 이상 들어가지 않았지만 다른 어떤 건물도 그에 비교할 수 없다는 건 확실했다. 오래된 건물들, 그 무한히 가치 있고 연약하고 깨지기 쉬운 호사가의 수집품이 없다면 프라하는 프라하가 아닐 것이다. 반대로 지난 백 년의 기간 동안 세워진 건물들은 어느 산업화된 도시에서나 볼 수 있는 아무 특징 없는 대량 생산된 소모품에 불과했다. 그런 건물들은 크고 기능적이었으며 완전히 메말라 있었다. 6세기 동안 건축가들은 프라하의 본래 건립자들이 가졌던 고귀한 의도를 짓밟았다. 겸손이 부족한 데서 기인하는 그들의 악의와 선조들에 대한 하찮은 반항심과, 현대의 건축가들 중에서 가장 재능이 뛰어난 사람 한두 명만이 14세기의 건축 기술을 간신히 따라잡을 꿈이나 꿀 수 있을 것이라는 사실에 대해 그들이 가졌던 원한을 나는 직접 느낄 수 있었다. 당대의 가장 훌륭한 스승들에게서 아무것도 배우지 못한 이 현대의 건축가들에게 내가 느낀 것은 오로지 경멸이었다. 단지 고딕 시대의 장인들만이 용감하게 고전 양식의 독재에 대항하여 불가능을 넘어선 새로운 양식을 창조해 냈다. 그것은 물질에 대한 정신의 승리였다. 그 이전과 이후의 모든 양식에서는 그 반대의 경우만 일어났다. 우리가 중세의 건축 양식을 버리지만 않았다면 종말의 20세기에 모더니즘이라는 세계적 재앙은 일어나지 않았을 것이라는 생각이 문득 떠올랐다. 범죄가 보편적인 생활의 일부가 되지 않았을 것이다. 카렐 4세의 시대에도 범죄는 생활의 일부가 아니었지만 지금은 텔레비전 앵커들이 매일같이 나누어 주는 악의 성찬식이 되었다. 사실 텔레비전 자체도 필요하지 않았을 것이다. 현대적 건축이라는 것도 존재하지 않았을 것이다. 플로리안 신부님 같은 사람이 하느님을 모르는 강도의 손에 죽을 필요도 없었을 것이다.

그러나 역사는 다른 길을 택했고 우리는 그 시대에 갇혀 버렸다. 나는 사방에 보이는 세상에서 살아가고 싶은 생각이 전혀 없었지만 그 세상을 바꿀 힘이 없었다. 그래도 뭔가를 해야만 한다고 생각했다. 내가 악하고 뒤틀리고 살인적이라고 생각하는 질서에 대항하여 어떻게든 저항해야 하는 것이다. 그래서 나는 경찰이 되어야겠다고 생각했다. 내가 제복을 입고 허리춤에 총을 차고 이 불운한 도시에 사는 모든 무지몽매한 바보들을 보호해 준다는 생각은 너무나 어이가 없어서 나는 큰 소리로 미치광이처럼 웃어 댔다. 그리고 이 부조리한 공상 속에서 나는 영혼을 짓누르는 우울에서 벗어날 길을 찾았다. 사실 나는 다른 일은 생각할 수 없었다. 새로운 사회 질서가 가져다준 기회를 모든 사람이 열심히 붙잡고 있다면 나라고 그렇게 하지 못할 이유는 무엇인가? 그저 내 방식대로 조금 다르게 할 뿐이다.

경찰이 된다면 한 가지 좋은 점은 군복무를 벗어날 수 있다는 것이었다. 징집영장은 언제라도 나올 수 있어서 나는 끊임없이 두려워했다. 그러나 더 중요한 사실은 경찰이 된다면 나는 더 큰 신상의 위험에 처할 수 있다는 것이었다. 최소한 나는 그럴 거라고 상상했다. 나는 법 집행의 영웅, 제복을 입은 광신자, 슈베이크[18]의 정반대 인물이 되기를 꿈꾸었다. 나는 살고 싶은 생각이 전혀 없었지만 스스로 목숨을 끊을 만한 용기도 결단력도 없었다. 그러나 타인을 위해 목숨을 바친다는 것은 전혀 다른 일이었다. 돌연히 나는 위험을 무릅쓰고 그 어떤 대가를 치르더라도 모험이 주는 스릴을 즐기며 내가 정말로 어떤 일을 할 수 있는지 가능성을 탐색해 보고 싶어졌다. 그 가능성이 내 인생의 마지막 시도가 될지언정 말이다. 최고의 희생을 하고 영웅적으로 죽는 것이야말로 시대를 잘못 타고났다고 생각하는 사람에게 딱 들어맞는 일이 아니겠는가?

이 계획은 천재적이기도 하면서 순진하기 그지없는 것이었지만 어쨌든 내게 새로운 열정을 가져다주었다. 집주인은 내

18 『좋은 군인 슈베이크』는 체코 작가 야로슬라프 하셰크의 1923년도 미완성 작품. 본래 훔친 개를 거래하는 장물아비이던 슈베이크가 제1차 세계 대전에 참전하여 겪는 모험을 그린 풍자 작품으로 슈베이크는 민족적 반영웅이 되었다.

가 이토록 기운찬 모습을 몇 달 만에 처음 보고 내가 분명히 정신이 나갔다고 결론지었다. 그리고 여전히 이렇게 들뜬 상태로 나는 프라하 제2지구 경찰서의 신입 경찰 공무원 채용 부서에 모습을 드러냈다. 나는 그 자리에서 합격하여 경찰학교에 입학하라는 안내를 받았다. 의사에게 최근에 술을 너무 많이 마셔 문제가 좀 있었다고 고백하자 의사는 웃으면서 훈련을 받으면 술버릇 따위는 싹 사라질 것이라고 말했다.

사실 훈련 기간 동안 내 예상보다 더 많은 것을 잃었지만 그래도 어쨌든 나는 훈련을 마쳤다. 나는 특별한 재능이 없었다. 총기 훈련을 하면서 손이 너무 심하게 떨려서 다른 훈련 생도들이 총에 맞을까 두려워했다. 운전 훈련 도중에는 교통 정체가 심한 교차로에서 짜증을 이기지 못해 차를 버리고 걸어 나와 버렸기 때문에 연습을 그만두어야만 했다. 심리 협상 요령에서 가장 좋은 점수를 받았고 체력 훈련과 무술에서 가장 나쁜 점수를 받았다. 나는 이론 수업은 전부 들었지만 실기는 가능한 한 피했다. 땀내 나는 남자 몸에 내 몸을 비비는 것은 내가 즐기는 활동이 아니었다. 거기에서 나는 잔혹성과 폭력에의 욕망을 느꼈다. 상대편의 역겨운 체취만 맡고도 나는 알레르기부터 코피까지 무슨 핑계를 대서든 링에서 내려갔다. 사실 나는 미래의 동료들을 무서워했고 그들이 화가 나면 무슨 짓을 할 수 있을지 생각하는 것만으로도 공포에 떨었다. 공감과 양심과 상식의 목소리를 짓밟기는 얼마나 쉬운가! 손수건을 코에 대고 나의 동료 신입 경찰들이 냄새 나는 체육관 매트 위에서 땀 흘리는 모습을 바라보며 나는 그들을 네 종류로 나누었다. 수탉, 황소, 산양과 개였다. 곧 나 자신의 의지로 그들 중 하나가 되어야 한다고 생각하니 갑자기 마음이 내키지 않았다.

살면서 몇 번이나 그랬듯이 그들과 어울리는 길을 막아선 것은 내 이름이었다. 예상대로 얼마 지나지 않아 내 이름은 공식적인 조롱거리가 되었다. 몇몇 생도들은 내가 부탁한 대로 K라고 불러 주었지만 그들조차도 경멸을 감추지는 못했다. 다시 한 번, 손가락 사이로 물이 빠져나가듯이 자신감이 사라지기 시작했다.

이것도 모자라서 나는 별명까지 얻었다. 기숙사에서 동료 학생들이 지어 줬던 것과 똑같은 별명이었다. 그때는 우연의 일치라고 생각했지만 지금 와서 되돌아보면 자업자득이었던 건지도 모르겠다. 학창 시절부터 나는 단체 샤워를 끔찍하게 싫어했다. 벌거벗은 몸뚱이가 줄지어 늘어선 광경을 보고 가장 먼저 생각난 것은 학교에서 도살장으로 견학을 갔던 일이었고 바로 뒤를 잇는 것은 아우슈비츠 수용소에 대한 다큐멘터리에서 본 장면들이었다. 그러나 피할 도리가 없었으므로 샤워를 할 때 나는 눈을 꽉 감았다.

경찰 학교에서도 나는 체력 훈련 뒤에 가능하면 샤워를 하지 않고 집에 가서 씻는 쪽을 좋아했다. 유쾌하지는 않았지만 뜨거운 물 아래 창백한 피부가 흉측한 분홍색으로 데워지는 광경보다는 나았다. 그런 광경은 돼지 시체를 끓는 물로 씻어 털을 벗겨 내는 모습을 그린 무슨 원시주의 화가의 그림 같았다. 그리고 물론 여기에 더하여 소음, 거친 사내들이 샤워하면서 언제나 내뱉는 난폭하고 시끄러운 욕설도 있었다.

어느 날 나는 그들이 모두 가버리기를 기다렸다가 혼자 조용히 씻을 것을 기대하면서 커다란 타월 한 장만 두르고 지하실의 샤워장으로 내려갔다. 하지만 혼자가 아니라는 사실을 깨달았을 때는 너무 늦었다. 한 개의 샤워 꼭지 아래, 흐릿한 수증기 속에 세 명의 남자 몸이 모여 있는 모습이 하얗게 비쳤다. 나를 보고 순간적으로 얼어붙은 사실로 보아 그들도 놀란 것이 분명했다. 흐릿한 주황색 불빛 속에서 나는 멀리서 그들이 무엇을 하고 있었는지 분별할 수 없었지만 나의 양심, 언제나 다른 사람의 죄 때문에 나를 처벌하던 경찰관과도 같은 양심이 이번만은 깨끗하다는 점이 기뻤다. 하얀 수건을 뒤집어쓴 유령의 모습 때문에 샤워장의 세 사람은 상당히 놀랐지만 곧 침착성을 되찾았다. 그중 하나가 큰 소리로 웃고는 〈코니아스[19]가 우리를 찾아냈네!〉라고 말했다. 그것은 절대로 적절한 별명은 아니었다. 아마도 그래서 그토록 빨리 퍼졌을 것이다.

나는 쌍안경을 팔아 버렸고 더 이상 성당을 구경 다니지 않았다. 그럴 시간이 없었다. 그런 산책이 물론 그리웠지만 동시에 나는 경찰관으로서 너무 특이해 보여서는 안 된다는 것을 깨달았다. 놀림을 받게 되면 영웅적으로 자멸하려는 계획이 틀어지는 것이다. 그보다는 제복 뒤에 숨어서 일이 끝나면 동료들과 한잔하며 축구에 관심 있는 척하는 편이 좋았다. 그러면서 비극적으로 유명해질 기회를 노리는 것이다.

나의 요청에 따라 나는 신시가지 북부로 차출되었다. 지트

---

19 Antonín Koniáš(1691~1760). 체코의 저명한 예수교 사제이며 설교자. 종교 개혁에 반대했던 것으로 유명하다.

나 거리, 소콜스카 거리, 호르스카 거리와 비셰흐라드스카 거리로 둘러싸인 특별한 지역이다. 게다가 나는 카렐 광장과 함께 마기스트랄레에 인접한 에마우제와 퓌그네르 광장과, 비톤과 카를로프 아래 나 흐룹치 사이에 있는 지역을 담당하게 되었다. 내가 가장 좋아하는 순찰 지역은 여전히 베트로프 언덕이었다. 아마도 이곳에서 언제나 신비롭고도 비이성적인 두려움과 전율을 느꼈기 때문일 것이다.

그 당시에 범죄란 이런 지역에서는 아직도 낯선 현상이었다. 그러나 종루에 매달린 남자 사건이 일어나 그 지역도 변해 버렸다. 아니면 그보다 나중에 펜델마노바 사건이 일어난 뒤였던가? 그러나 당시에 펜델마노바라는 이름은 여전히 내게 아무 의미도 없었고 나는 병원 근처와 세 개의 고딕 성당, 즉 성 카렐, 성 아폴리나리, 성 카테리나 성당의 그림자 아래 깊이 잠든 거리를 몇 시간이나 즐겁게 헤매 다니곤 했다. 날씨가 좋으면 나는 신시가지의 집들을 구경하며 다녔다. 다시 한 번 나는 현대라는 시대가 얼마나 하찮은지, 이 시대가 영감을 불러일으키거나 의사소통을 하는 데 있어 얼마나 답답할 정도로 무능력한지 너무나 분명하게 보았다. 그리고 그런 모습은 옛날 교회들의 자신 있는, 그러나 주제넘지 않은 완벽함과 눈에 띄게 대조되었다. 그리고 다시 한 번 나는 우울함에 잠겼다. 거기서 벗어나기 위해서 나는 〈발전〉의 고문을 간신히 피한 알베르토프 위쪽의 망가지지 않은 지역으로 숨곤 했다. 나는 중세 성벽 아래에서 야생 포도 덩굴이 자라나는 것을 보았고, 버려진 계단을 내려가서 나 슬루피에 있는 작은 성당 아래 계곡에서 베트로프와 카를로프의 파노라마를 올려다보곤 했다.

어느 날 아침, 한때 길가의 제단이 서 있고 수많은 참혹한 살인 사건이 일어났다고 알려진 장소에서 나는 고딕 성벽을 타고 올라가는 외로운 포도 덩굴과 마주쳤다. 나는 그것을 뽑아서 포도 덩굴에게는 낯선 환경인 내 방으로 옮겨가 화분에 옮겨 심고 지지대 삼아 나무 꼬치를 격자 모양으로 꽂아 주었다. 내 방의 우산방동사니와 파두와 진달래 옆에서 묘하게 어울리지 않아 보였다. 나는 심혈을 기울여 그 포도 덩굴을 돌보았고 몇 시간이나 옆에 앉아 들여다보면서 마침내 덩굴이 자라는 것 같다고 나 자신을 설득했다. 나는 포도 덩굴과 나 자신이 너무나 비슷하다는 데 매료되었다. 나는 그 덩굴이 살아남아야만 한다고 믿었고 그래서 실제로 덩굴이 살아남는 것처럼 보였을 때 그 삶의 의지에 스스로 전염되었다.

삶은 다시 한 번 소중해졌고 목숨을 끊으려던 헛된 소망은 사라졌다. 그리고 삶을 소중하게 여길수록 나는 다른 사람들의 낭비된 삶을 보면서 괴로워졌다. 그러나 나를 정말로 슬프게 한 것은 망가진 인간의 삶이 아니었다. 나는 신문도 읽지 않았고 작년 가을이 되기 전에는 일하면서 살인 사건을 다루어 본 적도 없었으니 말이다. 나를 가장 슬프게 한 것은 건물들의 삶, 과거를 경멸하는 체코인들이 뽑아내고 절단해 버린 도시의 눈과 귀와 혀들이었다. 내가 걸어다닌 거리에서 과거의 기억은 잘려 나갔고 내가 마음속으로만 끔찍해하며 지나갔던 새 건물들은 즉석에서 피할 길 없어 잊혀 버렸다. 나는 오래전부터 건축 자재로 쓰기 위해 해체된 이 도시의 석조 흔적들을 찾기 시작했다. 남은 것은 이름뿐이었다. 〈리홀레비〉, 〈보카치〉, 〈체코의 왕관〉, 〈쟈테츠 시〉, 〈돌 탁자〉. 건물은 더 이상 없다. 〈피슈판카〉도 사라졌고, 〈메디올란〉도 마찬가지다. 〈검은 개의 집〉이나 〈닭볏 오두막〉도 찾을 수 없었다. 〈학생들의 집〉도 더 이상 존재하지 않는다. 존재하지 않는 건물들의 목록은 점점 더 길어진다. 〈배관공의 집〉, 〈폴란드인〉, 〈잎과 줄기〉, 〈타부〉, 〈소스 그릇〉, 〈베개 집〉. 사방에서 건물들이 살해당했지만 아무도 복수하지 않았고 아무도 벌을 받지 않았다. 〈검은 집〉은 귀가 먹었고 〈황금 사자〉는 눈이 멀었으며 〈세 개의 관〉은 목소리를 잃었다. 〈기름칠한 집〉, 〈마당의 집〉, 〈연기의 집〉, 〈염소의 집〉도 〈조그만 가게〉도 불이 꺼졌고, 〈황금 빵〉의 오븐은 차게 식었으며 〈사과나무 집〉에서는 더 이상 포도주를 따라 주지 않는다.[20]

이 모든 집에서 사람들은 각자의 인생을 살았다. 우리가 절대로 잊어서는 안 될 인생이다. 그런데도 누군가 이 집들을 무너뜨려 평평하게 밀어 버렸고 망각 속으로 떠나보낸 뒤 그 자리에 20세기 말에는 아무도 들어가 살지도 않는 건물들을 지었다. 은행가들은 자기보다 높은 곳에 있는 사람들을 견딜 수 없어서 꼭대기 층에 돈 세는 기계를 갖다 채웠다. 부유한 새 건물에는 이제 지폐와 동전이 산다. 가난한 건물에는 서류철과 컴퓨터와 전기 주전자가 산다.

무장을 하고 제복을 입은 양철 군인이 사라진 집들을 기리며 신시가지를 행진했다.

---

20 프라하가 처음 건설된 8세기부터 근대까지 서민들의 일상생활 속에 함께 했던 술집, 대중음식점, 식료품점, 빵집, 여인숙 그리고 수공업자나 자영업자들의 오래된 가게들이 〈현대화〉의 이름으로 사라졌다.

〈황금 십자가〉〈황금 쐐기〉〈황금 바퀴〉

〈후스펙의 집〉〈재봉사의 집〉〈열 네 명의 조수들의 집〉

〈갈까마귀〉〈술통의 집〉〈사슬의 집〉

〈꿩초〉〈우물집〉〈붉은 벌판〉

〈열쇠공의 집〉〈보플란테니츠키의집〉〈총병들의 집〉

〈흰 황소〉〈흰 사슴〉〈흰 장미〉

〈흑인의 집〉

〈푸른 게〉〈세 마리 제비〉〈진실의 집〉

〈슬라브의 보리수〉

〈케이크 굽는 집〉〈굴뚝 청소의 집〉〈정원사의 집〉

그리고 〈선한 자들의 집〉

그리고 〈지옥의 집〉.

7

이름! 너의 진정한 이름, 너
추방당한 태양의 경쟁자
그 이름은 그림자이다.

— 리처드 와이너

　성 아폴리나리 성당 종루 사건이 일어나고 며칠 뒤에 경찰
은 수사를 시작했다. 11월 3일에 신원 불명의 범인에게 잔혹
하게 폭행을 당하고 성당의 종 추에 발목이 묶여 매달렸던
남자는 페트르 자히르라는 사람이었다. 나는 증인으로 소환
되었다. 내가 심각한 근무 태만으로 조용히 파면된 지 두 달
후였고 자히르 사건이 영구히 종결되기 꼭 두 달 전이었다.

　나는 거대한 경찰 본부가 위치한 나 보이슈티 거리에서 전
차를 내렸다. 비가 왔다. 마기스트랄레를 건너기 위해 신호
등이 바뀌기를 기다리는 동안 나는 11월의 찬바람에 발을 동
동 굴렀다. 반대편의 보도를 쳐다보다가 나는 교차로 옆에
있는 현대식 건물 옆을 걸어가는 이상한 형체를 발견했다. 남
자였는데, 모자와 검정색 구닥다리 코트를 우아하게 차려입
고 지팡이를 들고 나와 같은 방향으로 가고 있었다. 다른 상
황이었다면 별로 신경 쓰지 않았겠지만 바로 여기, 1930년대
에 지어진 건물들의 납작한 회색 정면과 기하학적인 선을 배
경으로 그 남자는 눈에 띌 수밖에 없었다. 과거에서 튀어나

온 신비로운 인물이거나, 더 가능성이 높은 것은 근처 영화 세트장에서 점심을 먹으러 나온 배우일 것이다. 키가 굉장히 커서 내 짐작에 적어도 190센티미터는 되어 보였는데, 어깨가 떡 벌어지고 강건한 체격이라 전혀 호리호리해 보이지 않았다. 보기 드문 몸집과 외투의 기묘한 광택과 무엇보다도 딱딱하게 굳은 퉁퉁한 얼굴을 보니 곧장 머릿속에 떠오른 것은 되살아난 이집트의 미라였다. 19세기를 연상시키는 모자와 지팡이를 제외한다면 말이다. 이유는 모르겠지만, 아마도 이 신기한 유령을 좀 더 잘 보기 위해서 나는 남자를 뒤쫓아 뛰어가고 싶은 충동을 느꼈으나 고속화 도로에 차가 흘러 넘쳤기 때문에 그럴 수가 없었다. 신호가 녹색으로 바뀌기 전에 나는 두 가지를 더 눈치챘다. 남자의 턱수염과 왼손에 든 꽃이었다. 그의 지팡이는 가느다랗고 손잡이가 둥글게 휘어진 막대기였다. 남자는 그 지팡이에 기대지 않았다. 그랬다면 지팡이는 부러졌을 것이다. 대신 남자는 폭 넓고 기운차게 발걸음을 옮기며 박자를 맞추어 가볍게 지팡이를 휘둘렀다. 끊임없이 리드미컬하게 반복되는 팔과 지팡이의 동작은 내 눈에 어쩐지 반어적이고 심지어 가벼운 냉소를 담은 것처럼 보였다. 이 화려한 신사는 주위 사람들에게 어떤 감정을 불러일으키고 싶은지 정확히 알고 있었다. 경탄과 호기심이다.

그리고 바로 그때에야 나는 그 거대한 몸통에 가려진 채 살짝 엿보며 뒤를 따라 걷고 있는, 걷는다기보다 구보로 뛰어오는 두 번째 사람을 보았다. 눈에 잘 띄지 않는 조그만 친구는 모든 면에서 첫 번째 남자의 반대였다. 아무리 봐도 150센티미터를 넘지 않는 키에 거인의 지팡이보다 조금 더 굵

은 체격이었지만 지팡이만큼 곧지 못했다. 마치 오른쪽 다리가 왼쪽 다리 있을 곳을 차지하고 왼쪽은 아무 쓸모가 없는 사람처럼, 걷는다기보다는 이리저리 곤두박질치며 넘어지려는 것 같았다. 이렇게 완전히 불규칙한 움직임은 어딘가 불안해 보였고 동정심보다는 웃음을 불러 일으켰다. 웃고 나서 즉시 부끄러워지는 그런 웃음 말이다. 신체적인 장애에도 불구하고 작은 남자는 기운차게 걸으며 별다른 어려움 없이 거대한 동료와 보조를 맞추었고 그러면서 신이 나서 떠들어 댔다. 그는 회색 정장을 입고 새빨간 모자처럼 보이는 것을 쓰고 있었다. 그러나 나는 그의 커다란 동료에게 너무나 매료되어서 이 작은 사나이는 거의 쳐다보지도 않았다. 내가 간신히 길을 건넜을 때는 두 사람 모두 걸어다니는 사람들 속으로 사라져 버렸다. 그러나 곧 알게 된 바, 두 사람은 멀리 가지 못했다.

나는 경찰 본부에서 거의 두 시간 동안 잡혀 있었다. 사건은 파벨 유넥이 맡게 되었는데 이전 동료들에게 들은 바에 의하면 그는 내가 마지막으로 본 이후 지난 몇 달간 매우 잘해 나가고 있었다. 그는 펜델마노바 부인의 죽음이 자살이라 결론짓고 수사를 서둘러 종결시키기로 했던 경찰들 중 하나였다. 그는 경위로 승급했고 가끔 비양심적인 수사 방법에 대한 불평을 듣는 것 외에는 경찰서장의 굳은 신임을 얻는 데도 성공했다.

내가 복잡한 심정을 안고 팔에는 펜델마노바 부인의 레인코트를 들고 유넥의 사무실에 들어서자 그는 마치 오래된 친구처럼 즐겁게 웃으며 나를 맞이했다. 그 호인 같은 얼굴 아

106

래 거짓이 숨어 있다는 걸 알고 있었지만 어쨌든 나는 그 친절한 환대가 고마웠다. 그와는 달리 나는 전혀 웃을 기분은 아니었다. 두 달 동안 헛되이 일자리를 찾아 헤맨 끝에 나는 돈이 거의 다 떨어졌고 집세까지 밀려 있었다. 집주인이 얼마나 적은 돈을 요구하는지 생각해 보면 진정 부끄러운 일이었다. 초등학교에서 역사를 가르칠 수도 있었겠지만 교실을 가득 채운 버르장머리 없는 꼬맹이들을 상대해야 한다는 생각에 포기했다. 게다가 그것도 빈자리가 날 때까지 기다려야 했다. 시청 기록원에도 어쩌면 일자리가 생길 것 같았지만 새해까지 기다려야 했고 나는 학위도 없고 공무원 시험도 치르지 않았기 때문에 취직하리라는 보장은 없었다. 대학 역사학과 중퇴, 경찰 직무에서 파면…… 이보다 더 나쁜 이력서를 만들기도 쉽지 않을 것이다. 달리 내세울 기술이 뭐가 있을까? 프라하의 모든 폐허를 속속들이 안다는 것?

유넥은 분명히 다른 일에 온통 정신이 팔린 채로 나는 언제나 운이 나빴다고 건성으로 말했다. 이어서 그는 펜넬마노바 사건에 관한 한 내가 아무것도 잘못한 게 없으리라 확신한다고 나를 위로했다(물론 그렇게 의심하는 사람도 있었다!). 그런 확신은 이제 자살이라는 공식적인 경찰 발표가 뒷받침해 주었다. 그리고 그는 내게 자히르 사건에 대해 물었다. 나는 텅 빈 성당에서 미친 듯이 종이 울리던 일과 종 추에 거칠게 묶인 남자를 발견한 일에 대해 그에게 대충 이야기했다. 유넥은 건성으로 귀를 기울였고 가끔 수첩에 뭔가 휘갈길 때만 빼면 줄담배를 피워 댔다. 전화가 울렸다. 수화기를 귀에 대자마자 그는 날카로운 눈길로 내 쪽을 쳐다보더니 황급히 시선을 돌렸다. 누구인지는 몰라도 전화한 사람은 나에 대해 이야기하고 있었다. 유넥은 전화를 끊고 금방 돌아오겠다고 말했다. 그는 삼십 분 동안 나가 있었고 그동안 나는 유넥의 젊은 동료 경관이 컴퓨터로 무시무시한 송곳니가 달린 괴물과 전투를 벌이다가 교묘한 꾀를 써서 괴물을 속여 잡아들이는 광경을 관찰했다.

사무실로 돌아왔을 때 유넥 경위는 눈에 띄게 기분이 나빠져 있었다. 안락의자에 털썩 주저앉아 그는 신경질적으로 담뱃갑을 탁탁 쳐서 한 대 꺼내더니 피워 물었다. 그리고 잠시 망설이다가 혐오스러운 표정을 숨기지도 않은 채 내 진술을 읽기 시작했다. 끝까지 다 읽고 나서 그는 나를 똑바로 쳐다보지도 않고 조서를 읽을 때와 똑같이 지루해 죽겠다는 목소리로 서장님이 나를 보고 싶어 한다고 말했다. 나는 그에게 올레야르주 서장을 말하는 것인지 묻고 싶었으나 유넥이 이미 고개를 돌렸기 때문에 나는 일어나서 사무실을 나왔다.

복도에서 내가 옛날의 감각을 되살려 중앙 계단을 찾기까지는 약간 시간이 걸렸다. 나는 5층으로 올라가서 한때 다시는 돌아오지 말라는 말을 들었던 그 사무실 앞에 섰다. 고작 몇 달이 지났는데 나는 다시 여기 와 있었다. 나는 심호흡을 하고 문을 두드렸다. 내가 손을 내리기도 전에 〈들어와!〉라는 소리가 들렸다. 그 목소리는 친절하지 않았고 확실히 서장의 목소리는 아니었다. 그리고 내가 문고리를 잡은 순간 문이 마술처럼 저절로 열렸다. 안에서는 당근색 머리카락을 가진 걸걸한 목소리가 내게 들어오라고 명령했다.

방 한가운데 올레야르주가 서 있었다. 그는 입은 딱 벌리고 손은 불분명한 몸짓을 하는 도중에 멈추었는데 나와 똑같이 놀란 표정이었다. 손에는 비단 손수건을 움켜쥐고 있었다. 내가 누구인지 깨닫고 그는 입을 탁 다물고 억지로 미소를 지으며 친근하게 내게 고개를 끄덕여 보였다. 그의 태도는 이곳의 총책임자라기보다 잠깐 찾아온 손님 같았다. 사무실을 진정으로 지배하는 사람은 올레야르주 뒤에 서 있는 남자였는데, 그는 바로 내가 거리에서 보았던 그 거인이었다. 그는 떡갈나무 책상에 가볍게 몸을 기대고 강대한 손가락으로(손가락 하나하나가 내 손목만큼 굵었다) 빨간 장미 한 송이를 만지작거리고 있었는데 어떻게 된 일인지 장미를 망가뜨리지는 않았다. 외투와 모자는 이제 문 옆의 옷걸이에 걸려 있었고, 그래서 남자는 여전히 엄청나게 컸지만 초인적으로 거대하게 보이지는 않았다. 호기심에 찬 그 남자는 손가락으로는 장미를 만지작거리며 수상한 눈길로, 그러나 불쾌하지는 않게 나를 관찰했는데, 그 두 가지를 제외하면 거의 움직이지 않았다. 돌연히 나는 남자 바로 앞에 서 있었다. 어떻게 거기로 갔는지 전혀 알 수 없었다. 남자의 강렬한 눈빛이 나를 방 안으로 끌어들인 것인지도 모른다. 등 뒤에서 문이 닫히는 소리가 들렸다.

나는 이 커다란 남자에게서 눈길을 뗄 수가 없었다. 나이는 오십 대나 어쩌면 육십 대, 혹은 마흔이 조금 넘었을 수도 있다. 강력한 두개골은 로댕의 끌로 조각한 것처럼 윤곽이 뚜렷했는데 놀랍게도 꼭대기는 완벽한 대머리였다. 반대로 머리의 아랫부분은 목깃까지 닿을 정도로 길게 자란 숱 많은 머리카락으로 덮여 있었는데, 그 머리카락은 귀 부근에서 수염과 합류했다. 얇은 윗입술 위의 콧수염은 가늘게 다듬어져서 넓은 입과 두툼하고 각진 아랫입술이 전부 보였다. 입을 다물면 그의 입술은 길고 깊은 주름살 같았는데, 눈썹 바로 위의 경사진 이마를 두 줄로 깊게 가로지르는, 그 입술만큼이나 뚜렷한 진짜 주름살의 반영처럼 보였다. 남자의 눈도 각져 있었다. 길쭉한 타원형 눈 안의 녹색 눈동자가 나를 똑바로 바라보았는데, 그 모습은 남자의 얼굴 대신 덮어쓴, 완벽하게 미동도 하지 않는 가면에 박힌 두 개의 비취 같았다. 그 얼굴의 중심부에서 넓고 짧은 코가 튀어나왔는데 코끝은 독수리 부리처럼 휘어 있었다. 머리는 보기 드물게 좌우대칭이 잘 맞아서 청동 주물을 뽑았거나 마치 희귀한 종류의 담금질된 유리처럼 고온에서 형성한 것 같았다.

남자가 입은 어두운 회색 정장은 몸집을 조금이라도 날씬하게 보이도록 섬세하게 디자인한 것이었고 그 안에는 목깃이 높은 흰 셔츠를 입고 진홍색 타이를 느슨하게 매고 있었다. 넥타이 매듭 위의 은제 넥타이핀에서 푸른 보석이 빛났는데, 색으로 보아 아마도 사파이어 같았다. 이 작지만 인상적이고 의심할 바 없이 대단히 비싼 장신구는 그 소유주의 기이하면서도 사치스러운 취향을 증명해 주었다. 그의 밝은 갈색 여름 신발도 마찬가지였는데, 발등 부분에 바늘구멍이 뚫려 있어서 전체적으로 보수적인 남자의 옷차림과 대비되어 거의 운동화처럼 보였다.

당연한 얘기지만 나는 이 모든 세부 사항을 한눈에 관찰하지는 못했다. 그동안 서장은 침착을 되찾고 귀에 거슬리는 걸걸한 목소리로 방금 손님에게 내 이야기를 하고 있었고 그래서 이제 남은 것은 자기소개뿐이라고 설명했다. 그리고 그는 〈마티아슈 그뮌드〉라고 내뱉었다.

거인은 책상 앞으로 걸어 나와 손을 뻗었다. 손은 돌처럼 무거웠지만 악수는 놀랄 만큼 부드러웠고 그 온기는 어딘가 마음 든든한 데가 있었다. 그 순간 그 손은 〈나와 있으면 너는 안전하다〉라고 말했다. 나는 분명히 들었다.

그뮌드는 문 쪽으로 고갯짓을 하며 말했다.

「저쪽은 내 동료 라이몬드 프룬슬릭이네.」

나는 돌아서서 나를 안으로 들여 보내 준 기이한 난쟁이에게 손을 뻗었다. 그는 통통 뛰어와서 열정적으로 내 손바닥을 때렸기 때문에 나는 깜짝 놀랐다. 그는 웃으면서 입술이 괴상하게 뒤틀린 채로 중얼거렸다.

「우리 앞으로 잘 지낼 거야, 내가 알지. 군대에서는 나를 라이몬이라고 했지만 자네는 그냥 프룬슬릭 씨라고 부르면 돼.」

「슈바흐입니다.」 나는 중얼거렸다. 저주받은 성을 입술 사이로 억지로 내뱉으면서 나는 이 남자가 신체뿐만 아니라 정신적으로도 비정상이라는 확신을 드러내지 않기 위해서 애썼다. 남자는 고관절이 어딘가 잘못된 것 같았다. 다리를 똑바로 쭉 뻗었을 때도 상체는 왼쪽으로 날카롭게 틀어졌고 동그란 배는 임신한 여자처럼 튀어나왔다. 남자는 체중을 전부 왼쪽 다리에 싣고 서 있었다. 그래서 자기소개를 하기 위해 앞으로 걸어 나오면서 말 그대로 몸을 뒤로 접어서 허리 오른쪽을 틀어 무게 중심을 오른쪽으로 옮기고야 자세를 바꿀 수 있었다. 그는 스스로를 비웃는 듯 새침하게 겸손한 자세로 양손을 가지런히 앞에 모으고 서 있었다. 남자가 풍기는 신체적으로 연약한 분위기는 어깨에 심을 댄 재킷과 눈에 확 띄는 새빨간 넥타이로 어느 정도 상쇄되었다. 그 넥타이에는 울부짖는 노란 머리 문양이 대칭으로 새겨져 있었는데, 내 짐작으로는 사자의 머리 같았다.

그러나 프룬슬릭의 가장 충격적인 신체적 특징은 거리에서 보았을 때 내가 빨간 모자라고 착각했던 그의 불꽃 같은 머리카락이었다. 사실 그 머리카락은 색깔뿐만 아니라 모양도 불꽃을 닮았다. 목 뒤에서 짧게 깎았고 정수리 부분은 길게 길러서 위로 빗어 올려 끊임없이 너펄거리는 볏 같았다. 그의 눈은 투명한 푸른색이라 어쩐지 스테인드글라스를 연상시켰다. 코는 곧았고 어린아이처럼 흐리게 주근깨로 덮여 있었으며 끊임없이 움직이는 입은 언제나 휘어지고 비뚤어져 계속 새롭게 찡그린 표정을 만들어 냈다. 그뮌드와 마찬가지로 프룬슬릭도 나이를 짐작하기 어려웠지만 자기 동료보다는 몇 살 어린 것 같았다.

「앉게, 음…… 경관.」올레야르주가 의자를 가리키며 조금은 망설이면서 말했다. 「여러분도 앉으시죠.」그는 안절부절못했고 그 사실을 감추기 위해 애쓰고 있었다. 이마에 땀이 번쩍였다.

나는 자리에 앉아서 한쪽 벽을 전부 덮는 길이의 블라인드 너머를 내다보았다. 사무실은 주변을 둘러싼 건물 지붕들보다 높았고 북서쪽을 향해 있어서 블라인드는 사실 별로 필요하지 않았다. 그때 나는 올레야르주의 귀 문제를 떠올리고 그가 어째서 이렇게 흐릿한 조명을 좋아하는지 알 것 같았다. 창문을 통해서 나는 성 슈테판 성당의 강대한 뾰족탑을

112

볼 수 있었다. 그것은 보헤미아 신고딕 건축의 보석이었다. 둥그렇게 튀어나온 장식 창이 가장 특징적인 부분인데 밑동 부근에 여덟 개, 절반쯤 올라간 곳에 네 개가 있었다. 탑 자체는 성당 전면 위 서쪽 문 바로 위에 거의 수직으로 솟아올랐다. 탑 끝의 뾰족한 꼭대기에는 왕관이 얹혀 있었는데, 그것은 이 교구의 성당이 바로 국왕에 의해 직접 건립되었다는 증거였다. 최근에 소나기를 맞아 그 왕관은 도시 위에서 화려하게 번쩍였다. 내가 앉아 있는 곳에서 사면체 탑의 시계 두 개를 볼 수 있었다. 하나는 3시 15분, 다른 하나는 11시 57분을 가리켰다.

「그뮌드 씨가 귀족이라는 걸 알면 놀랄지도 모르겠군.」 올레야르주는 여전히 자신감과는 거리가 먼 모습으로 말을 이었다. 「기사 작위 가지고 계시지. 무슨 도시라고 하셨죠?」

「뤼베크.」[21] 그뮌드가 대답했다.

「뤼베크군. 게다가 체코 귀족 혈통이라서…….」

「나는 하즘부르크 집안의 후예라네.」 그뮌드가 내 쪽을 돌아보며 계속했다. 「한때는 명문가였는데 17세기에 거의 사라질 뻔했지. 하지만 완전히 망한 건 아냐. 마지막 분가인 우슈텍의 하즘부르크 집안[22]이 150년 전까지도 번성하고 있었으니까.」

---

21 현재 독일 북부의 도시. 본래 슬라브인들이 건설했으나 13세기 이후 독일계인 튜튼족들이 이주해와 〈자유도시 뤼베크〉가 되었다. 1937년 나치가 점령하여 700여년의 독립 역사를 무너뜨리고 독일에 합병시켰다.

22 실제 있었던 가문이며 우슈텍에 아직도 하즘부르크 성이 남아있다. 하즘부르크 성은 제2차 세계 대전 당시 나치가 체코를 점령했을 때 게슈타포가 저항군을 고문하는 고문실로 사용됐다.

「그럼 이제 경찰 신분으로 돌아가 볼까요.」 올레야르주가 끼어들었다. 「기사님께서는 필요한 서류를 전부 갖추었고 모든 게 법적으로 확인되었으니 집안에 대한 이야기는 모두 의심 없이 믿으면 되겠지. 이 분의 혈통과 작위는 모두 증명된 역사적 사실이야. 아주 오래된 가문이지. 참 대단해.」

나는 그뮌드를 흘끗 쳐다보았다. 그는 마치 이 모든 것이 그와는 상관없다는 듯 지루하다는 표정이었다. 그는 올레야르주의 소개를 달가워하지 않는 것이 분명했다. 올레야르주의 말투는 더욱 마음에 들지 않는 것 같았다.

「그뮌드 씨는 체코 시민이 아냐.」 올레야르주가 팔꿈치를 책상에 받치고 마치 기도하듯이 손을 얼굴 앞으로 모은 채 말을 이었다.

「지난번에 자네가 여기 없었던 게 참 유감이군…… 경관. 독일군 점령 당시에 보냈던 어린 시절과 1948년 공산 정권 수립 이후 굉장한 위험을 무릅쓰고 부모님과 함께 영국으로 탈출한 이야기를 들려주셨는데 말이지, 그렇지 않습니까?」

그뮌드는 거의 보이지 않게 고개를 끄덕였다.

「몇 년 전에, 그…… 변화가 생기기 전에…….」 말하면서 올레야르주는 불편한 듯 앉은 자세를 바꾸었다. 「그뮌드 씨는 고국으로 돌아갔었지. 부모님의 부동산에는 전혀 소유권을 주장하지 않는데, 내 생각엔 매우 고귀한 결정이었어. 어쨌든 이분께는 소송이라는 게 전부 혐오스럽게 보였고 아마 그 때문에 이번에는 영원히 고국을 떠나게 되었을 테니까 말이야.」 올레야르주의 표정을 보니 그런 결과를 무척 마음에 들어 하는 것 같았다. 「그리고 이런 말을 해도 될지 모르겠지만

114

그뮌드 씨와 연락이 끊어졌다면 유감스러운 일 아니었겠나.」

조그만 프룬슬릭은 지난 몇 분간 의자에 앉은 채로 조급하게 다리를 흔들면서 가끔 올레야르주의 책상을 발로 찼는데, 이제는 한 손가락을 귓구멍에 넣고 열정적으로 앞뒤로 쑤시며 마치 시계를 보는 듯 과장된 몸짓을 했다.

올레야르주는 이 모습을 눈치챘고 그다지 기뻐하지 않았다. 걱정스러운 눈길로 그뮌드를 쳐다보며 그는 말을 이었다. 「잠시만 참아 주시지요, 여러분. 그뮌드 씨를 만난 것은 시장님이었는데, 그런 결정에 대해서 대단히 만족해 하셨지. 그뮌드 씨는 자네도 알다시피 일종의 후원자거든. 프라하를 무척 사랑하시고 그중에서도 우리 구역을 지원해 주시지. 도와주고 싶으시다는 거야. 신시가지의 오래된 성당과 카롤링거 왕조의 남아 있는 건물들에 관심이 있어서 재건축에 후원을 하고 싶다고 하시네. 시 건축 연구소와 보존주의자들과 함께 일하고 계셔. 모든 사람이, 혹은 거의 모든 사람이 그뮌드 씨를 구세주처럼 생각하지. 법에 따라 그뮌드 씨가 선택하신 여러 건물들을 돌아볼 때 경호해 드리라고 시청에서 부탁했네. 건물의 관리인은 물론 문을 열어 드리겠지만 그뮌드 씨가 원하는 것처럼 어디에나 들어갈 수 있지는 않을 거야. 특히 귀중한 미술 작품이 있는 현장이라면. 그러니 도움을 요청받은 거지.」

올레야르주는 질문하듯이 그뮌드 쪽을 돌아보았고, 그뮌드는 이어서 무슨 말이 나올지 알고 있는 듯, 허락한다는 뜻으로 고개를 끄덕였다.

「하지만 여기 경찰청이나 시청에서는 항상 일이 그렇게 쉽고 단순하게 풀리지는 않네. 교회 쪽에서 두 팔 벌려 그뮌드 씨를 환영한 건 아니거든. 사실 성당 한 곳에서 이미 좀 충돌이 있었어…… 어디였죠, 나 슬루피에 있는 거기였나요? 〈잔디 위의 성모〉, 맞죠? 저는 잘 모르겠는데 말씀하시는 데가 맞을 겁니다. 그뮌드 씨는 비싼 개축 작업의 자금을 대주시기로 했는데 조건이 한 가지 있었어. 교회를 성당으로 개축하자는 것이었거든. 교회 쪽에서는 들으려고도 하지 않았지.」

「몇 년 전에 가톨릭 신부가 거기에서 강도를 당해 평생 불구가 됐었지.」

그뮌드가 아무 감정이 없는 목소리로 말했다. 「그때부터 그 성당은 성소로서 기능을 잃은 걸로 여겨졌어. 그리고 정교회에 임대되었지. 거기에는 전혀 반대하지 않지만 내가 보기에는 교회 쪽에서 진짜 문제를 회피하고 있어. 악에는 저항해야 하는 법인데.」 이 마지막 말을 하면서 그는 웃었다. 아마도 설교하는 것처럼 들리지 않으려고 했을 것이다.

「플로리안 신부님……」 내가 이토록 기묘한 상황에서 그의 이야기를 다시 듣게 된 데 충격을 받아 속삭였다.

「그래, 나도 잘 기억하고 있지.」 올레야르주가 다시 끼어들었다. 「그뮌드 씨는 교회를 임대하는 데 반대했어. 처음 지을 때부터 가톨릭 성당이었으니 건물이 무너지지 않는 한은 계속 성당이어야 한다고 말씀하셨지. 그 말씀이 맞지 않나? 내 예상에는 양쪽이 조만간 어떤 합의점에 이를 것 같네만 지금으로서는 문제가 해결되지 않았어. 미리 말해 두겠네만 성직자들도 그들 나름대로 이 문제에 이해관계가 얽혀 있어서 시청의 입장과는 달리 무슨 일이 있어도 신시가지 성당들을 개

116

축하는 작업에 그뮌드 씨가 참여하지 않기를 원하네. 그뮌드 씨를 겁내는 것 같아. 고백하자면 내가 보기에도 어떤 계획들은 좀 급진적으로 보이는데, 내 말은 그러니까 급진적으로 보수적이라는 뜻이지만, 하여간 아까 말했듯이 나는 잘 모르니까, 그리고 어떻게 되든 내가 결정할 일은 아니지. 하지만 자세한 사항은 그뮌드 씨가 직접 말씀해 주실 거야. 그런데 자네 신학교를 다니지 않았나? 내가 잘못 알았나?」

그뮌드와 프룬슬릭이 관심 있는 눈으로 나를 돌아보았다. 그뮌드는 살짝 눈썹을 치켜올렸고 프룬슬릭은 악의에 찬 미소를 띠고 있었다. 나는 뺨이 달아오르는 것을 느꼈다. 분명히 올레야르주는 내 별명을 들은 것 같았다.

「죄송하지만 잘못 아신 것 같습니다.」 내가 말을 더듬었다. 「신학교는 생각해 본 적도 없습니다.」 그뮌드는 고개를 돌렸고 반대로 프룬슬릭은 계속해서 내가 당황하는 모습을 즐겼다.

「정말 미안하네. 내가 잘못 생각한 모양이군.」 올레야르주가 부드럽게 말했다. 이전에 만났을 때는 들은 적이 없는 말투였다. 그뮌드의 영향인가? 곁눈질로 나는 그 거대한 형체를 살펴보았다. 그는 권위적인 분위기를 풍겼으나 거기에는 흐릿하고 뭐라 딱 집어 말할 수 없는 위협이 섞여 있었다. 처음에 친절하게 악수를 한 뒤로 확실히 그는 어딘가 변했다. 교회에서 몸을 사리는 것도 놀랄 일은 아니라고 나는 생각했다. 이 기묘한 인물 앞에서 냉정을 지키는, 혹은 최소한 냉정을 지키는 척하는 유일한 사람은 프룬슬릭이었다. 나는 나도 똑같이 하리라고 마음먹었다. 그리고 그 순간 아무도 모르게 내 귀에만, 비웃는 듯한 웃음소리가 울려 나왔다.

올레야르주가 말을 이었다.

「자네가 여기 와 있는 이유로 돌아가자면, 이 신사분들께서 평소에 폐쇄되어 있는 사유지에 들어가려면 경찰을 동반해야만 하네. 시장님께서 이분들은 우리 지역에 내려진 은총이니 가능한 모든 방법으로 도와 드리라고 하시더군. 그래, 실제로 그렇게 말씀하셨어. 문제는 내가 가장 유능한 인력을 빼내올 수가 없다는 거야. 내가 제공할 수 있는 건 다 제안했어. 심지어 진행 중인 수사 과정에서 형사 몇 명을 빼내려고까지 했는데 그뮌드 씨는 우리가 어떤 식으로든 희생하는 건 원치 않으시더군. 그래서 누구를 지명하셨는지 아나? 바로 자네야.」

당연한 일이지만 그의 말을 듣고 나는 좀 놀랐다. 나도 모르게 그뮌드와 프룬슬릭을 향해 의심의 눈초리를 보내고 말았다. 그들은 충분히 예상하고 있었던 듯 둘 다 웃으면서 서로 눈짓했다.

「자네에 대해서 어떻게 알게 됐는지는 말씀을 안 하시는군.」 올레야르주가 말을 이었다. 「솔직히 말해 나는 전혀 모르겠네. 물론 나는 거절했지. 그뮌드 씨에게 자네가 누군가의 죽음에 간접적이긴 하지만 결정적인 역할을 했기 때문에 더 이상 경찰에서 근무하지 않는다고 설명했어. 내 기억에 자네는 적극성이 넘치는 타입은 아니었지. 사실 자네는 그 어떤 면에서도 눈에 띄지 않았어. 이분들께 유넥 경위를 추천했지만 들으려고 하지 않으시더군. 자네를 원하시고, 만류해도 듣지 않으셔. 협상이 거의 결렬될 뻔했네. 시장님이 다시 한 번 개입해서 공공의 이익을 위한 일이라고 설득하셨어. 난 정말 곤란해졌지. 고위 경찰로서의 책임은 무시할 수가 없단 말이네. 그러자 그뮌드 씨가 자네와 함께 경찰관 한 명이 동행하는 걸 제안하셨지. 다시 한 번 나는 자네가 더 이상 경찰로 근무하지 않고, 경찰로 근무할 때도 그다지 믿음직한 경관은 아니었다고 설명해야만 했네. 미안하지만 할 말은 해야겠어, 자네 자신도 인정할 테니까. 그러자 그뮌드 씨는 펜델마노바 사건에 대해서 뭔가 알고 있다고 하시면서 내게 귀중한 정보를 주셨지……. 하지만 그걸 이야기하려고 오늘 이 자리에 모인 건 아니지. 내가 하려는 말은 이거야. 그러니까 이렇게 가정해 보자고, 말하자면…….」

올레야르주는 숨이 가쁜 것 같았다. 그는 손바닥으로 관자놀이를 덮었다. 그리고 몸을 거칠게 부르르 떨더니 그는 손수건을 꺼내 주먹 안에 구겨 쥐고는 이빨로 물어뜯었다.

「몹시 아픈 모양이군.」 그뮌드가 말했다. 「그럼 내가 이야기를 마치도록 하지.」 그는 올레야르주를 향해서 동정심과 경멸이 섞인 기묘한 미소를 지어 보였다. 그리고 몸을 돌려 나를 뚫어져라 쳐다보았다. 「내 생각에 자네가 성 아폴리나리 성당 범죄 현장에 있었던 것은 우연이 아니었어. 펜델마노바 부인의 목숨을 지켜 주지 못한 것도 자네의 실수는 아니었고. 그녀의 죽음이 그 남편의 정치적인 이력과 관계가 있을 거라는 의견이 있네. 그런 가능성이 완전히 배제되었는가? 자히르는 어때? 그의 정치적인 과거도 들여다볼 가치가 있지 않나?」

「물론 그 생각도 이미 해봤습니다.」 올레야르주가 대답했다. 「한 사건이 다른 사건에 실마리를 주기도 하니까요. 그게 최선의 방법입니다. 그래서 언제나 몇 가지 사건을 한꺼번에 수사하는 거죠. 우리 쪽 사람들이 이미 자히르의 과거를 확인하고 있습니다.」 그는 수영하던 사람이 귀에 들어간 물을 흔들어서 빼내려는 것처럼 고개를 한쪽으로 기울인 채 이제는 좀 더 조용하게 말했다. 그러나 여전히 목소리는 고통스럽게 떨렸다. 「나는 그뮌드 씨의 요청에 따라서 자네가 이분의 일을 도와 드리도록 설득하겠다고 약속했네.」

「무슨 일입니까?」

「특수 임무야. 자네는 이분들이 프라하 시내를 걸어 다니면서 필요로 할 때마다 이분들과 동행해 드리는 거야.」

「그게 전부입니까?」

「그래. 그걸로 충분하지 않나?」

「그걸로 충분하다고 생각하신다면 물론 제안을 기꺼이 받아들이겠습니다. 하지만 가능하다면 한 가지 조건을 말씀드리고 싶습니다. 다시 경찰로 근무하고 싶습니다.」

「너무 많은 걸 바라는 것 아닌가? 두고 보겠네. 약속은 하지 않겠어. 당분간은 이 정도 제안도 고맙게 생각하게. 내가 아는 한 이 일은 6개월간이야. 당연히 경찰 측에서 자네에게 보수를 지급할 수는 없지만 운 좋게도 그뮌드 씨께서 기꺼이 그렇게 해주시겠다고 했네. 우리가 사복 경찰에게 주는 특별 신분증을 주지. 대부분 신시가지 북부를 다니게 될 거야. 그 두 건의 살인이 일어났던 곳이지. 그쪽에 그뮌드 씨가 특별히 관심을 두신 건물들이 있어서 정기적으로 가보려고 하신다네. 자네의 모든 활동은 두 개의 보고서에 기록될 거야. 하나는 자네가 직접 쓰고, 다른 하나는 우리 쪽 경찰관이 쓰는 거지. 자네가 이 일을 잘 끝내면 경찰에 복귀하겠다는 요청도 고려해 보겠네.」

「최선을 다하겠습니다.」

「물론 그러겠지. 하지만 성급한 행동을 하지 말게, 알았지? 이제 자네와 함께 일할 경찰관을 소개해 주지.」

그는 전화기로 손을 뻗어 수화기에 대고 뭔가 중얼거렸다. 잠시 후에 문이 열리고 여자의 목소리가 들려왔다.

「내가 소개해 주지.」 올레야르주가 말했다. 「이쪽은 슈바흐, 전에 우리와 함께 근무했었네. 여기는 벨스카, 특수 임무반이야.」

나는 몸을 돌려 확연하게 작은 제복을 입은 여자 경관을 보았다. 내 나이쯤 되어 보였고 꽤 예뻤지만 눈에 확 띄는 미인은 아니었다. 그러나 규정에 따라 목덜미에서 하나로 묶은 짙은 머리카락은 아름다웠고, 크고 아주 검은 눈동자는 어쩐지 얼굴 나머지 부분과는 어울리지 않아서 꼭 남의 것을 빌려 온 것 같았다. 그녀는 손을 뻗으며 한 걸음 앞으로 나와 미소 지었다. 통통한 양쪽 뺨에 보조개가 나타났다. 그 순간 그녀는 마치 젊은 아가씨가 취미로 경찰 제복을 입어 본 것처럼 보였다. 나는 내 제복에 대해서도 비슷한 느낌을 받았던 것을 기억했다. 나는 그 제복과 어울리지 않았다. 그러나 다음 순간 보조개가 사라지고 그녀는 다시 경찰관이 되어 있었다. 악수는 형식적이었고 그녀는 내가 손을 제대로 쥐기도 전에 내려 버렸으며 피부는 내 예상보다 거칠었다. 하지만 예쁘다고 나도 모르게 생각했다. 그런데 좀 통통하다. 가슴과 배 부근에서 블라우스가 꽉 긴 모습과 바지에 감싸인 탄탄한 허벅다리에 어쩔 수 없이 눈길이 향했다. 나는 재빨리 시선을 돌렸다. 이거야말로 올레야르주가 나를 비난하려고 기다리는 그런 직업윤리에 어긋나는 행동이다.

「벨스카는 뛰어난 경관이네. 경찰 학교에서도 동기들 중에서 수석이었지. 앞으로 최고위직까지 올라갈 거야.」

올레야르주는 벨스카를 소개하기 위해 손님들 쪽으로 몸을 돌려 당연히 그뮌드부터 시작하려 했다. 그러나 그가 말을 꺼내기도 전에 프룬슬릭이 자리에서 미꾸라지처럼 빠져나가 벨스카의 손을 잡고는 손등에 침칠을 하며 키스했다. 프룬슬릭은 그러면서 왼쪽 다리를 들어 발등을 오른쪽 종아리에 대고 비볐는데, 그 광경이 너무나 우스꽝스러워 나는 흉하게 콧소리를 내며 웃고 말았다. 여자는 올레야르주에게 질문하는 듯한 눈길을 보냈고 그는 그뮌드 뒤에 숨어서 그저 어깨만 움찔해 보였다. 주인의 이름을 듣고 프룬슬릭은 한쪽으로 펄쩍 뛰어 몸을 들썩이며 그뮌드에게 이제 그의 차례임을 신호했다. 거대한 남자는 한 걸음 앞으로 나와 살짝 고개를 숙이며 여자에게 장미를 내주었다. 그는 정확히 이 상황을 염두에 두고 그 꽃을 준비해 들고 있었던 것 같았다. 이 때문에 내가 방금 목격한 소개 장면의 진실성이 거짓으로 보이기 시작했고 내가 계속 의심할 이유를 제공해 주었다. 다시 한 번 여자는 올레야르주를 쳐다보았다. 그는 고개를 끄덕였다. 이것을 보고 프룬슬릭은 미치광이처럼 그 동작을 따라하며 난폭하게 고개를 끄덕이기 시작했다. 그리고 그는 고개를 한쪽으로 기울이더니 손가락을 귀에 쑤셔 넣고 얼굴을 찡그렸다.

여자는 차갑게 그륀드의 손을 흔들고 눈 하나 깜빡하지 않고 장미를 받아 들었다. 나는 그녀의 자신만만한 태도를 눈여겨보지 않을 수가 없었다. 하지만 이 모든 게 거짓이라면 어쩔 것인가? 그녀가 이 그로테스크한 한 쌍을 만난 게 지금이 처음이 아니라면?

우리는 다시 앉았다. 올레야르주는 벨스카에게 임무에 대해 설명하면서 그녀가 앉을 수 있도록 의자를 끌어내 주었다. 약간 콧소리 섞인 목소리로 그녀는 올레야르주의 설명을 전부 이해했으며 질문은 없다고 확언했다. 나는 나도 모르게 그녀의 옆모습을 훔쳐보았다. 목깃 위로 탄탄한 목이 솟아올라 있었고 안색은 깨끗했으며 턱이 좀 각졌고 입술은 두꺼웠지만 입과 볼 주변의 살집만큼 통통하지는 않았다. 코는 약간 들창코였고 이마는 매끈했으며 속눈썹은 길고 검었다. 〈몸매가 실망스럽구나.〉 나는 생각했다. 아깝다.

그륀드는 마치 올레야르주가 방 안에 있는 유일한 사람이라는 듯 자신이 곧바로 실행할 계획들을 설명하기 시작했다. 여자 경찰관은 생각에 잠겨 손가락으로 장미를 빙빙 돌리며 가끔 꿈꾸는 듯한 눈으로 나를 올려다보았다. 내가 창밖을 내다보는 척하는 동안 프룬슬릭은 음탕하게 그녀를 훔쳐보았다. 나는 벨스카의 입에 대한 생각을 멈출 수가 없었다. 처음 웃었을 때 그녀의 입술 사이로 조그맣고 고른 치열이 드러났고 그 너머에는 어두운 동굴이 보였다. 침묵을 지킬 줄 아는 입이었다.

갑자기 그녀는 나를 똑바로 쳐다보면서 말했다.

「당신을 아는 것 같아요. 당신에 대해서 들었어요. 솔직히 별로 좋은 얘기는 아니었지만 나는 믿지 않았어요. 그런 식으로 쫓아내는 건 못된 속임수였어요. 어쨌든 다시 돌아오셔서 기쁘네요.」

나는 진심으로 놀랐다. 그뮌드는 여전히 목소리를 낮추어 올레야르주와 이야기하고 있었고 프룬슐릭은 흥미진진하게 우리를 보고 있었다. 그녀는 나의 민망한 표정을 알아챘지만 그래도 말을 이었다.

「같이 일하게 돼서 기뻐요. 성당에 쌍안경을 들고 가는 사람은 당신이 처음이에요. 그런데 성 말고 이름은 뭐죠?」

그녀가 나에 대해 알고 있다는 사실에 아직도 당황하여 나는 고개를 젓다가 끄덕이기 시작했다.

「어…….」

나는 말을 더듬었다.

「제 이름이 뭐냐면…… 혹시 다른 이름으로 불러 주셔도 괜찮을지…….」

그러나 그녀가 말을 가로막았다.

「사실 저도 제 이름에 대해서 똑같이 생각하거든요. 로제타[23]예요. 끔찍하지 않아요? 당신 이름은 크베토슬라프죠, 맞죠?」 그녀는 그뮌드의 장미로 내 이마를 가볍게 건드렸다. 호의를 나타내는 중세 시대의 표시다.

그녀는 내 이름을 알면서도 나라는 사람을 우스꽝스럽게 생각하지 않았다! 나는 기뻐서 펄쩍 뛸 것 같았다.

조금 노력한 끝에 나는 몽상에서 벗어났다. 그뮌드는 어째서인지 소리 내어 웃더니 이제는 의자에 기대 앉아 천장을 관

23 장미 문양.

124

찰하고 있었다. 프룬슬릭은 혼자서만 아는 어떤 이유로 올레야르주 뒤에 웅크리고 앉아 있었는데, 올레야르주는 한 손을 목에 대고 다른 손으로 머리 꼭대기를 부여잡고 창밖을 보고 있었다. 갑자기 그의 오른쪽 귀에서 타르처럼 검은 끈적끈적한 액체가 튀어나왔다. 프룬슬릭은 그로테스크한 표정을 짓고 한심하다는 듯 위를 쳐다보더니 자기 귀에 손을 대고 상상의 수도꼭지를 잠갔다. 로제타는 벌떡 일어나 뭔가 말하려고 입을 열었다. 난쟁이 프룬슬릭은 그 순간 번개처럼 그의 비틀어진 입술에 손가락을 대며 차가운 푸른 눈으로 여자를 들여다보았다. 그 때문에 그녀는 한 걸음 걸어 나가려다가 그대로 멈추어 섰다. 그녀는 올레야르주를 돌아보았다. 이제 그는 마치 발작이라도 일으킨 것처럼 경련하듯 머리를 흔들고 있었다. 그의 귀에서 흘러나온 역겨운 분비물은 그의 재킷 어깨 부분으로 뚝뚝 떨어졌다. 그리고 발작은 지나갔다. 갑자기 상황을 깨닫고 올레야르주는 놀라서 우리를 돌아보고는 밖으로 나가 버렸다.

그뮌드는 마치 아무 일도 없었다는 듯이 여전히 자리에 앉아 천장을 쳐다보고 있었다. 프룬슬릭은 킬킬 웃었다. 그는 기침을 하여 웃음을 덮으려 했지만 방을 나가던 올레야르주가 웃음소리를 듣고 말았다. 로제타는 당장이라도 프룬슬릭에게 닥치라고 말할 것 같은 표정이었으나 생각을 돌려 말없이 상사를 따라 나갔다. 나는 자리에 그대로 앉아서 쿵쾅대는 심장 소리를 들으며 어떤 설명할 수 없는 이유 때문에 그녀를 쫓아 나가기를 원하기도 하고 원하지 않기도 했다.

8

여기는 교회
여기는 첨탑
문을 열어라
거기에는 그들이 있다.

— 전래 동요

우리는 지하철에서 만났다. 그뮌드는 혼자 왔다. 동료가 어디 있느냐고 묻자 그는 걱정하지 말라고, 밤을 샌 끝에 호텔방에서 아직도 자고 있는 게 분명하다고 말했다. 나는 로제타가 오고 있는지 주위를 둘러보았다. 만나기로 한 시간은 6시였다. 그뮌드는 조끼 주머니에서 사슬이 달린 은시계를 꺼내 뚜껑을 열고 즉각 다시 그 뚜껑을 탁 닫더니 말했다.

「출발할 시간이야. 로제타는 곧바로 성 슈테판 성당으로 올 거야.」

우리는 계단을 올라가 바츨라프 광장에 서서 믿기 어려울 정도로 놀라운 주변 세상을 둘러보았다. 가로등의 노르스름한 불빛은 흐릿하게 날아다니며 물안개를 뿜는 것처럼 보였다. 검은 밤은 다가오는 새벽과 목숨을 걸고 싸웠지만 이미 붉은 빛줄기로 물들어 후퇴하고 있었다. 청동 조각상에서 물이 뚝뚝 떨어져 더러운 하수구로 흘러 들어갔고 택시의 앞유리 와이퍼는 가차 없이 움직이며 어둠의 마지막 순간들을 헤아리고 있었다. 악의적인 장소이고, 악의적인 시간이었다.

126

그뮌드는 기분이 몹시 나빴다. 광장에서 그는 부루퉁한 얼굴을 코트 깃 속에 숨긴 채 마치 다른 곳에 있고 싶은 사람처럼 왼쪽도 오른쪽도 돌아보지 않았다. 오랫동안 우리는 말없이 걸었고, 그래서 그의 질문은 더욱 갑작스럽게 느껴졌다.

「〈프라하의 보행자〉가 언제 죽었는지 아나?」

「예?」

「한때 유명했던 인물, 프라하 거리를 걷는 남자 말야. 이제는 책에서나 읽을 수 있게 됐지.」

「말씀하시는 인물이 누군지 모르겠습니다.」

「모를 거라고 생각했네. 프라하의 보행자가 죽은 건 마기스트랄레가 도시를 두 동강으로 자른 바로 그날이야. 그때부터 어딘든지 걸어서 가는 건 향수에 잠긴 바보들뿐이지. 자네, 나, 로제타, 라이몬드, 그리고 얼마 안 되는 다른 사람들. 우리는 목숨을 걸지만 결코 포기하지 않아. 다른 사람들은 자동차를 타고 자기 목숨을 보호하지. 그들을 비난할 수 있나? 자기 보호 본능이야. 차에 치이는 걸 두려워하는 거야. 그리고 자네는 내가 프라하에서 가장 싫어하는 장소가 어딘지 아나?」

그는 내가 우산을 함께 쓰는 것을 거절한 뒤에 계속해서 물었다. 그 우산은 그의 거대한 손 안에서 어린아이의 종이 양산처럼 보였다.

「여기야. 바츨라프 광장. 요새 새로 붙인 이름이지. 옛날에는 마시장이었는데.」

「저도 여기 오는 걸 좋아하지 않습니다. 왜 여기를 싫어하시죠?」

「수직 구조가 없어.」

「박물관[24]은요?」

「차〔茶〕 상자야! 위에 밝은색 레이스 모자라도 씌우면 그 흉측한 모습을 좀 가릴 수 있을지 모르지. 신르네상스 양식의 헛간이야! 슐츠가 고전적인 사원을 희화화한 거라고! 여기 있던 옛날 마시장 정문을 그대로 보존하는 편이 나았을 거야. 최소한 그건 정직했으니까, 옛날 건물들처럼 말이야. 하지만 조금이라도 가치가 있는 건 전부 밀어 버렸지. 예전에는 여기에 〈우 르호트쿠〉라는 집이 있었어. 아름다운 탑이 딸려 있었는데 지금은 없지, 사라져 버렸어. 〈우 치사르주스키흐〉나 인드르지슈스카 거리와 보디츠코바 거리 모퉁이에 있던 〈우 즐루티츠키흐〉도 마찬가지야. 그 옆에 또 탑이 있었는데 16세기에 지어졌고 그 위에선 도시 전체를 내려다볼 수 있었지. 박물관이라고 하는 이 상자는 아무리 거대하다 한들 그런 집들에는 비할 수가 없어. 모양 자체가 틀려먹어서 광장을 제대로 지배할 수가 없다고. 하지만 지금은 철거해 버린 그 탑들은 마시장 중간쯤 위로 올라가면 자연스럽게 초점을 이루었지. 릴리엔크론[25]이 한때 이 광장을 세계에서 가장 장엄한 광장이라고 했는데 그건 틀림없이 어느 정도는 그 탑들 덕분이었어. 원래는 그 탑들을 보존할 계획이었지만 20세기 초에 소위 〈궁전〉이라고 하는 걸 바로 옆에 지어 버렸지. 5백 미터씩 되는 네모난 덩어리에 중간중간에 통로가 뚫려서

24 프라하 중심가의 국립 박물관을 말하며 네오르네상스 양식의 건물로서 정면 가로 길이만 백 미터가 넘는 긴 건물이다.

25 Detlev von Liliencron(1844~1909). 독일의 시인.

꼭 에멘탈 치즈 같은 모양새였어. 그런 〈궁전〉들에 가려서 탑들은 초라한 경비 초소처럼 보이게 됐지. 그런 거대한 건물 바로 옆에 있는 탑이 달리 어떻게 보이겠나? 호화로운 은행 앞의 비렁뱅이 같지.」

「광장 아래쪽 무스텍 지역에 유리 탑을 지을 예정이라고 들었습니다.」

「하느님 맙소사! 20세기 건축가들은 겸손함이라곤 없어. 그 벌로 무능해진 거야. 하지만 수직 구조에 대해서 말했을 때 나는 좀 다른 걸 염두에 두고 있었네. 자네도 보다시피 바츨라프 광장은 길고 좁아. 750미터 정도나 되니까, 제대로 평가해 주자면 그리스의 아고라와 같은 기능도 할 수 있다고 봐야겠지. 하지만 놀랍게도 여기에는 성당이 하나도 없어! 눈〔雪〕 위의 성모 성당이 돌 던지면 닿을 거리에 있긴 하지만 이 광장에서는 보이지가 않지, 목을 꺾어도 안 보여. 성 인드르지흐 성당도 안 보이고, 나 프르지코페의 성십자가 성당은 말할 것도 없어. 그건 프라하에서 가장 눈에 띄는 성당 아니냐 말이야. 안 보이면 잊혀 버리는 거야. 프라하가 지난 백 년 동안 이렇게 엉망이 된 것도 놀랄 일은 아니야. 추한 도시는 추한 인간을 길러 내는 법이야.」

나는 경탄하여 그를 쳐다보았다. 잘 알지도 못하는 사람인데 나와 똑같은 생각을 큰 소리로 말하고 있다니! 우연히 영혼의 형제를 만났든지 아니면 그는 내가 알고 있는 것보다 훨씬 더 나에 대해 잘 알아서 나를 놀리는 것이 분명했다. 그러나 그의 얼굴은 모자챙과 바짝 세운 옷깃에 가려 보이지 않았다.

나는 주위를 걸어다니는 사람들을 쳐다보았다. 흡혈귀처럼 창백한 수많은 얼굴들이 우리를 향해 몰려왔다가 우리가 지나갈 수 있도록 살짝 비켜 주는 그 모습은 내게 혐오감을 불러일으켰다. 벌써 그 이른 시간에도 포주들이 우리 발뒤꿈치를 쫓아다녔고 수상쩍은 인물들이 그뮌드에게 달라붙어 환전을 하라고 졸라 댔다. 우리는 크라코브스카 거리와 베스메츠카흐 거리 입구에서 길을 건넜다. 가로등의 불빛은 안개와 끈질긴 가랑비를 뚫고 조금이라도 빛을 내려고 애썼고 그래서 다가오는 사람들의 얼굴은 낡아빠진 코트의 안감이 비어져 나오듯 어둠 속에서 흐릿하게 붉어졌다. 차들은 여전히 색을 분별할 수 없어서 짙은 색이거나 밝은색일 뿐 중간이 없었다. 색채의 시간은 아직 오지 않았다.

「미안하네.」그뮌드가 말했다. 그의 목소리는 이제 좀 침착해져 있었다.「내가 좀 무례했군. 아침에 이렇게 일찍 일어나는 건 익숙지 않아서 말이야. 나는 늦잠 자는 걸 좋아하거든. 하지만 오늘은 해 뜰 때 성당에 가 있어야 해. 꼭 보고 싶은 게 있는데 그보다 더 늦으면 볼 수가 없거든. 동틀 녘의 첫 햇살이 건물 곳곳에 어떤 식으로 떨어지는지, 조각상과 그림, 기둥과 포석에 빛이 어떻게 비치는지 보려는 거야. 무슨 휘황찬란한 걸 기대하지는 말게. 창문은 모두 그냥 보통 유리로 돼 있어. 하지만 허가를 얻기만 하면 나는 그 유리를 모두 원래의 스테인드글라스로 바꿀 생각이야. 창문이 좀 좁은 편이라 안이 항상 약간 어둠침침해. 그래서 그 약간의 빛이 더욱 소중하지. 그러니 강렬하지만 너무 어둡지는 않은 색을 골라야 해.」

「하지만 빛의 효과를 감상할 사람이 아무도 없을 텐데 괜찮으십니까? 이렇게 이른 시각에는 미사도 시작되지 않습니다.」

「전혀 상관없네. 자네나 내가 꼭 성당 안에 들어가 있지 않다고 해서 그 성당이 버려진 건 아니야. 나는 성당이란 절대로 텅 비는 일이 없다고 생각해. 뭐 어쨌든 상황이 변할 수는 있겠지. 창문의 유리는 앞으로도 50년은 더 그 자리에 있을 거야. 우린 그리 오래 살지 못하겠지만 창문은 살아남겠지.」

「굉장히 확신에 차서 말씀하시는군요…….」

「솔직히 말하자면 그렇진 않아. 그러니까 더더욱 집중해야 하는 거야. 내 노력이 헛되지 않다는 걸 나 자신에게 납득시켜야 하거든. 성당은 주님이 계시는 곳이야. 그러니 언제나 처음 지어진 그날과 똑같은 모습으로 남아야 해. 예전에 스테인드글라스가 있었다면 원래의 모습대로 복원시키고 이유는 따지지 않는 것이 우리의 의무야.」

「앞으로 아무도 그 성당을 이용하지 않더라도 말입니까?」

「물론이지.」

우리는 슈테판스카 거리로 꺾어졌다. 나는 대화가 점점 더 답답하게 느껴져서 화제를 돌릴 방법을 궁리했다. 마치 나의 생각을 읽은 것처럼 그뮌드 씨는 새로운 이야기를 꺼냈다.

「하즘부르크 가문의 내 선조들은 대대로 모두 가톨릭이었어. 우리 집안은 본래 우슈텍 출신인데, 어느 조그맣고 알려지지 않은 보헤미아의 구석 지방이지. 1360년 무렵에 바츨라프 하즘부르크가 토지 문제로 두바의 베르크 집안과 다투게 되었어. 전투를 세 번 했는데 세 번 다 졌지. 성 두 개가 흔적도 없이 파괴되었고. 바츨라프 하즘부르크는 부상당하고 영락한 채로 두 아들과 함께 프라하로 도망와서 신시가지에 집을 몇 채 샀지. 그는 국왕 밑에서 근무하기 시작해서 타국에 여행을 갈 때도 따라가고 오랫동안 왕의 가장 신임받는 자문이었어. 그런데 왕이 죽기 바로 일 년 전에 바츨라프의 사형을 명한 거야. 나라 전체가 충격에 빠졌지. 역사가들은 우리 가문이 어째서 이렇게 잔혹한 운명에 처했는지 끝내 밝혀내지 못했어. 아마도 황제 자신의 생각이었을 거야. 그런데 황제는 사람들을 처형하는 걸 좋아하긴 했지만 원한을 품는 성격은 아니었고 후손들은 절대로 해치지 않았거든. 그래서 황제는 바츨라프의 아들들의 재산은 건드리지 않았어. 그 재산은 훨씬 나중에 우트라키스트 전투 시기에 잃게 되지.[26] 우리 가문 소유의 집들은 불타 쓰러졌고 살아남은 사람들은 마지막 남은 재산을 싸들고 도망쳐서 독일의 뤼베크로 갔어. 그곳에서 오랫동안 지냈지. 17세기 어느 무렵에 우리 가문은 세습 기사의 작위도 받았어. 시 의원이었던 내 조상 하인리히 하즘부르크가 도시에 불을 지르려는 음모를 미리 발견한 공로였지. 그리고 그때부터 우리 가문은 이전의 문장을 쓰지 않고 뤼베크의 기사라는 작위만 사용하게 됐지.」

나는 나 자신도 보헤미아의 같은 지역 출신이라는 사실을 털어놓았다. 말하자면 같은 북부 출신의 동향 사람인 것이다. 그뮌드는 이미 알고 있었다고 말했다. 확실히 나에 대해

---

26 우트라키스트는 1414년 프라하 대학교 철학과 교수 미이스의 야콥이 제안한 가톨릭의 한 분파. 성찬식에서 빵과 포도주 양쪽을 평신도를 포함하여 모두에게 주어야 한다고 주장했다. 이후 세력을 키워 1434년 리파니 전투에서 극단주의자인 타보르파를 이겨 승리했다.

모든 것을 알아낸 것 같았다. 하지만 어떻게? 그리고 왜? 그러나 그런 질문을 하려면 적당한 때를 기다려야만 했다. 지금 맡게 된 이 일은 나에게 대단히 중요했기 때문에 나는 일자리를 잃을 위험을 무릅쓰고 싶지 않았다.

우리는 슈테판스카 거리를 따라 빠르게 걸어갔고, 곧 한 걸음 한 걸음 내디딜 때마다 성당의 모습이 점점 눈앞에 드러나기 시작했다.

「1860년대까지 우리 집안은 꽤 번성했지. 그 무렵에 우리는 덴마크의 그뮌드 가문과 가까운 관계를 맺었어. 나는 그쪽에도 조상이 있지. 가문의 한쪽 분파는 뤼베크에 남았고 다른 한쪽은 보헤미아로 돌아왔어. 그게 하름부르크 집안의 첫 귀향이었지. 자네도 지금쯤은 짐작했겠지만 그 사람들이 내 직계 조상이야. 빌헬름 프리드리히 그뮌드는 1865년에 아내와 아이들과 형제자매와 함께 프라하로 왔는데, 그 사람이 내 고조할아버지야. 그는 이곳 현지에는 재산이 전혀 없었지만 돈은 많이 갖고 있었지. 조상들이 그랬듯이 그도 신시가지에 집을 샀어. 집의 이름은 〈우 페켈스키흐〉, 즉 지옥의 집이었지.」

「그 이름은 압니다. 지트나 거리에 있지 않았나요?」

「맞아. 재건축의 또 다른 희생양이지. 도시는 여자와 같아서 보호받아야 해. 하지만 프라하가 보호받아야 했을 때 아무도 나서지 않았어. 악의 근원은 도시 안에 있었어. 바로 시위원회였던 거지. 그건 암 덩어리와 같았어. 스웨덴 전쟁 시기의 노략질도, 난폭한 바바리아인들도, 프러시아인들의 포격도, 심지어 구시가지와 유대인 구역의 대화재 사건도 시 위원회만큼 철저하게 프라하를 파괴하지는 못했어. 내 증조할아버지 페트르 그뮌드는 자기 집을 지키려고 싸웠지만, 이전에 조상들이 승리한 그곳에서 할아버지는 패배했어. 할아버지는 강제로 쫓겨났고 건물은 철거되었지. 그 자리에는 도시에 남아 있는 중세의 분위기와는 전혀 맞지 않는 커다란 아파트 건물이 들어섰어. 페트르 그뮌드는 건축 공학자였고 네오고딕 양식의 건축가 요제프 모커와 함께 일했네. 할아버지처럼 모커도 순수주의자라서 모든 건물은 처음 지어질 당시의 모습을 그대로 간직할 권리가 있다고 믿었어. 이후 시대에 어떤 변화를 가했다면 가차 없이 원상 복구해야 한다는 거지. 할아버지는 교외 지역인 카를린으로 옮겨 가서 자기가 직접 설계한 크라코브스카 거리의 집에서 살았어. 지금은 소콜로브스카 거리라고 하지. 이 지역에서 할아버지는 새 건물을 짓는 데 반대하지 않았는데, 왜냐하면 오래된 병원 벌판에는 본래 나무로 지은 헛간 몇 채와 숲 너머의 인발리도브나 병원 말고는 아무것도 없었거든. 증조할아버지는 심지어 카를린의 건축물들은 원래 있었던 건물을 전혀 망가뜨리지 않았기 때문에 〈도덕적〉이라고까지 했어. 할아버지는 집의 창문을 통해서 새로 지어진 네오로마네스크 양식의 성 키릴과 메토디우스 성당을 볼 수 있었는데, 그걸 보면서 마음에 위안을 얻었지.

1948년에 부모님은 나를 데리고 영국으로 탈출했어. 우리가 가문의 체코 분파 중에서 마지막으로 남은 사람들이었지. 나는 영어를 빨리 배웠지만 어머니와 아버지는 내가 모국어를 잊지 말아야 한다고 주장했어. 대학에서 나는 건축학을 배웠는데, 그건 현명하지 못한 선택이었어. 철근 뼈대에 콘크리트를 덮어씌운 광경을 참을 수가 없었거든. 바로 그 무렵에 아버지가 뤼베크에 있는 먼 친척들과 연락이 닿았어. 백년 전에 독일에 남아 있기로 했던 분파의 후손들인데 우리 가족을 초청했지. 그들은 하즘부르크 가문의 오래된 불운에서 탈출하여 성공적인 사업가로 변신해 있었어. 가문의 남자들 중 제2차 세계 대전에 끌려 나가 죽은 사람은 없었는데, 집안에서 독일군에 생선 통조림을 공급하고 대신 군복무를 면제받았거든. 전쟁이 끝난 후 그들은 전쟁 보상금 때문에 모든 것을 잃었지만 십 년 내로 전부 다시 찾았어. 그들은 가문의 역사와 혈통에 관심이 많고 체코 쪽 분파는 어떻게 지내는지 알고 싶어 하더군. 그들은 우리의 공통점에 매료되었어. 우리 아버지는 전형적인 그뮌드 집안의 얼굴인데 나는 딱 하즘부르크 사람이라고 말하더군. 처음 기사 작위를 받은 하인리히의 초상화를 보니 나 자신도 상당히 닮았다는 걸 인정할 수밖에 없었어. 그들은 우리에게 뤼베크로 옮겨 와서 살라고 했어. 우리 부모님은 거절했지만 나는 수락했지. 나는 가족 회사에 입사해서 마침내 사장까지 올라갔어. 지금은 휴직한 상태고. 통조림 정어리를 파는 것도 좋은 일이지만 지금은 다른 일에 관심이 있으니까.」

내가 물었다.

「직업상으로 성공하셨는데, 결혼은 하셨나요?」

그는 대답하지 않았다. 이제 우리는 지트나 거리를 건너서 성당 앞에 와 있었다. 해는 아직 뜨지 않았고 로제타도 여전히 보이지 않았다.

「가지. 바깥쪽은 돌아볼 수 있지 않겠나.」

그뮌드는 성당 옆을 지나가는 나 리브니츠쿠 거리를 빠른 걸음으로 걸어 올라갔다. 나는 호기심에 못 이겨 그에게 어째서 가문의 역사를 이야기해 주었는지 물었다. 그가 대답했다.

「아까 보니 자네가 좀 의심이 많은 것 같아서. 나는 자네의 신뢰가 필요하거든.」

「같은 방식으로 올레야르주 서장의 신뢰도 얻으셨습니까? 방금 하신 그 이야기를 서장님에게도 하셨나요?」

「그래, 축약된 형태로 얘기했지. 자네가 들은 것보다 더 많이 알지는 않아.」

「서장님에 대해 어떻게 생각하십니까?」

「불쌍한 친구야. 병 때문에 강인한 성격이 되긴 했지만 아주 훌륭한 경찰관이라고는 할 수 없지.」

「그게 약점이기도 할 겁니다. 사람들이 자기 상태에 대해서 아는 걸 원치 않을 테니까요.」

「맞아. 안 좋은 상황이지. 사람들이 병을 미끼로 그를 휘두르려 할 수도 있으니까. 다른 일도 마찬가지지만.」

「그리 안 좋은 상황이라고 생각하십니까? 건강상으로요?」

「모든 면에서 안 좋은 상황이야.」

그뮌드는 갑자기 걸음을 멈추고 나를 돌아보았다.

「자네도 저게 보이나?」

나는 주위를 돌아보았다. 지트나 거리와 예츠나 거리를 지나다니는 차 소리는 이제 먼 곳에서 흥얼거리는 소리처럼 들렸다. 길 끝의 어스름 속에서 장엄한 돌무더기가 나타났는데, 11월의 창백한 하늘을 배경으로 끝이 점점 뾰족해지는 윤곽을 드러내고 있었다. 우리 왼쪽 뒤에 또 다른 석조 건축물이 있었는데 그것은 구부정한 몸체 위에 고개를 높이 들고 있었다. 종탑이다.

내가 말했다.

「저는 벌써 몇 년째 이곳을 찾아왔습니다. 보통은 사람이 없는 토요일 저녁에 옵니다. 주위를 둘러싼 집들을 생각하지 않는다면 도시에서 가장 오래된 장소에 와 있는 것처럼 느껴집니다.」

나는 좀 지나치게 내 생각에 빠진 채로 떠들었던 것 같지만 그뿐이도 감명받은 것을 볼 수 있었다. 그는 눈을 크게 뜬 채 묘한 표정으로 나를 쳐다보더니 뭔가 만족에 가까운 표정으로 미소를 지었다.

「돌 말인데.」 그의 목소리는 어딘가 공허하게 울렸다. 「이런 때 보면 돌이 자라나는 것 같지 않나? 자네 느낌엔 어떤가?」

「무슨 말씀인지 잘 모르겠습니다.」

그의 얼굴에 나타난 기묘한 표정과 잡아먹을 듯 들여다보는 눈초리에 불안해져서 내가 중얼거렸다.

「그런 느낌이 들지 않나?」 그의 목소리가 차분해졌다. 「방금 자네가 그렇게 찬양했던 저 후기 고딕 양식 종탑을 예로 들지. 저건 1600년에 별 특징 없는 부속 종탑으로 지어졌어. 1601년 프라하에 탑이 저절로 몇 척이나 자랐다는 소문이 돌기 시작했지. 그 소문은 몇 년이나 계속되었어. 1367년 성 슈테판 성당이 완공된 후에도 똑같은 일이 있었지. 그리고 15세기에 대첨탑이 완공되자 그것도 마치 주어진 규모가 마음에 들지 않는 것처럼 스스로 자라나기 시작했어. 그런 뒤에 사람들이 이 바보 같은 아파트 건물을 여기저기 지어 대자 탑은 다시 줄어들었지. 하지만 이제는 다시 자라났어. 저기 봐, 정말로 자라났다고. 그리고 저쪽, 저기가 모든 성인의 예배당이 있던 곳이야. 원래 지붕이 굉장히 높고 가팔랐지. 건물 벽 높이보다 두 배쯤 높았어, 저기 종탑 지붕처럼. 그리고 그 지붕 위에는 등불이 있었어. 상상해 보게. 예배당은 카를로프 성당처럼 팔각형이었지만 크기가 훨씬 작았지. 카를로프 성당처럼 예배당 지붕도 사방으로 경사면이 있는 천막형이었는데 그것도 매년 몇 척씩 자라났어. 몇백 년쯤 지난 뒤에, 슬프게도 유행이 바뀐 후에 예배당 천장은 둥근 지붕으로 바뀌었고, 카를로프도 마찬가지였지. 우스꽝스러운 광경이었어, 종탑 지붕에 치즈를 덮은 것처럼 보였으니까. 그 직후에 벽이 허물어져 쓰러지기 시작했고 건물 전체가 무너질 뻔했지. 나는 이게 전부 그 전혀 어울리지 않는 새 지붕을 씌웠기 때문이라고 생각해. 18세기에 예배당은 왕실의 명령으로 세속 건물로 바뀌어서 상점으로 사용되었어. 19세기 중반에 지붕이 무너져서 한 사람이 죽고 또 한 사람이 불구가 되었고 예배당은 철거되었지. 어째서냐고? 애초에 그 지붕을 올린 사람이 받았어야 할 벌을 대신 받은 거야. 카를로프는 아직도 건재해. 훌륭한 건물이지. 몇 년째 공사 중이야. 아무도 본래 지붕을 다시 올릴 생각을 하지 못한 게 유감이지. 나만 빼고 말이야. 자네도 두고 보게. 언젠가 내가 그 우스꽝스러운 양철 모자를 없애 버리고 제대로 된 뾰족 지붕을 씌울 테니까.」

「모커와 똑같은 순수주의자이시군요. 저의 취향도 비슷합니다. 하지만 카를로프 성당을 복원하는 계획이 성공할지는 잘 모르겠습니다. 프라하는 세 개의 원형 지붕에 익숙해졌으니까요. 게다가 저는 모든 성당에 뾰족탑이나 종탑이 있어야 한다고는 생각하지 않습니다.」

「내 얘기는 그런 뜻이 아니야. 자네는 프라하 사람들이 카를로프 성당에 익숙해졌다고 하지만 그 사람들은 성당에 대해 알지도 못해, 성당이 보이지가 않으니까! 프라하 시에서 지나가는 사람을 붙잡고 성 카렐 대제 성당 가는 길을 물어보면 아무도 대답을 못 할 거라고 내 장담하지. 난 모든 성당에 뾰족탑이 있어야 한다고 주장하는 게 아냐. 각각의 건물이 제 모습을 찾아야 한다는 거야. 저쪽 성 론긴 성당의 원형 건물을 보게. 맞아, 지금 끔찍한 상태고, 관광객들은 대부분 그쪽을 두 번 쳐다보려 하지도 않을 거야. 하지만 본래의 로마네스크 양식은 전혀 손상되지 않았지. 심지어 지붕 위의 조명등도 자연스러워 보여. 원형 건물 위에 천막형 지붕을 올리면 마치 아랍인의 천막처럼 너무 적대적으로 보일 거야. 저기 지붕 위를 도는 까마귀들을 보게. 어째서 여섯 마리지? 어째서 저렇게 정확한 원을 그리며 도는 걸까? 그리고 저 까마귀들이 무슨 말을 하는 것 같나? 잘 들어 보면 〈네버모어〉[27]라고 하는 것 같지 않나?」

나는 그가 가리키는 방향을 올려다보았다. 그의 말대로 까

---

27 *Nevermore*. 에드거 앨런 포의 시 「까마귀The Raven」의 한 구절. 죽은 여인을 그리워하는 주인공의 침실로 까마귀가 와서 현실인지 환상인지 알 수 없는 대화를 나누는 내용. 후반부에 등장하는 예언자 천사의 날개는 여섯 개로, 앞의 〈까마귀 여섯 마리〉는 이 시의 내용과 연관된다.

마귀 비슷한 새들이 성 론긴 성당의 원형 건물 위를 날아다니고 있었다. 이제는 확실하게 보이는 동녘의 햇살 아래서 그 윤기 나는 검은 깃털이 번쩍였다. 새가 몇 마리인지 세어 볼 생각을 나 혼자라면 절대로 못 했겠지만 그뮌드가 언급했기 때문에 나는 세어 보았다. 다섯 마리? 여덟 마리? 아니, 그가 옳았다. 까마귀는 여섯 마리였다. 나는 그뮌드의 눈이 그토록 좋은 데 놀라고 말았다. 천천히 소리 없이 그들은 조그맣고 둥근 탑 위를 빙글빙글 돌았다. 가끔씩 한 마리가 기울어진 지붕 위에 내려앉았지만 다음 순간 곧 다시 날아올랐다. 그리고 갑자기 까마귀는 여섯 마리가 아니라 일곱 마리가 되어 있었다! 나는 재빨리 다시 세어 보았다. 다시 보아도 일곱 마리였다. 마지막 한 마리는 종탑에 숨어 있다가 우리가 헤아리는 동안 합류한 것이 분명했다. 그리고 까마귀들은 날아가 버렸다. 그뮌드는 마치 어려운 마술을 성공시킨 마술사처럼 흡족하고 의기양양한 표정이었다.

「전통에 따르면 13세기에 성 론긴 성당[28]은 이미 오래전에 사라진 리브닉 마을의 교구 성당이었지. 내 생각에 우리가 지금 마을 잔디밭 한가운데 서 있는 것 같네. 하지만 건물은 그보다 더 오래됐어. 성 론긴에게 헌정된 것은 훨씬 나중의 일이야. 기독교가 전래되기 전에는 여기에서 이교도의 의식이 거행되었다고들 하지.」

「까마귀들은 확실히 이교적으로 보이는데요.」

내가 농담했다.

---

28 〈론긴〉은 십자가에 매달린 예수를 창으로 찌른 병사의 이름. 이로써 다섯 번째 성흔이 완성된다. 〈롱기누스의 창〉은 성물로 숭배된다.

「이교도에서 기독교까지의 거리는 그렇게 멀지 않아. 불행히 그 반대도 마찬가지지. 자네도 성 슈테판 성당의 종 이야기는 들었을 거라고 생각하네. 종을 주조한 사람이 로흐마이어라서, 그 이름을 따서 종을 로흐마르라고 했지. 로흐마이어는 신실한 가톨릭이었지만 안 좋은 시대에 살고 있었어. 그의 신앙에 대해 후스파[29]에서 알게 되었는데, 후스파는 가톨릭과 마찬가지로 다른 파의 신앙에 전혀 관용적이지 못했지. 후스파의 명령에 따라 로흐마이어는 가축 시장에서 처형당했어. 단두대에 머리를 올려놓았을 때 로흐마이어는 성 슈테판 성당 종탑에서 장례의 종소리가 울리는 걸 듣고 자신에게 보내는 작별 인사라는 걸 알았지. 그래서 사형 집행인을 용서해 주는 대신 로흐마이어는 자기가 주조한 종에 저주를 걸었어. 후스파는 직접 저주를 받은 건 아니었지만 그래도 여기에 놀라서 로흐마르 종을 특별한 용도에만 사용하기로 했지. 불이 나거나 폭풍이 다가올 때 울리는 재앙의 종으로 쓰기로 한 거야. 몇 년이나 로흐마르 종은 제 역할을 잘 해냈어. 그런데 16세기 중반의 어느 날 한 남자아이가 종탑을 올라가서 도시에 아무런 재앙이 닥치지 않았는데 미친 듯이 종을 울리기 시작했지. 그 종소리는 멀리 가축 시장까지 울렸어. 하지만 시민들이 모여들기 전에 종소리는 울리기 시작했을 때와 마찬가지로 갑자기 멈췄어. 사람들이 발견했을 때 남자아이는 탑 아래 머리뼈가 부서진 채로 누워 있었지. 전설에 따르면 로흐마이어가 그 애를 종탑 아래로 던졌다는 거야.」

29 체코의 성직자이자 철학자인 얀 후스Jan Hus(1369~1415)를 따르는 종파. 얀 후스는 가톨릭 교리에 대항하는 이단으로 몰려 화형당했다.

「이유 없이 종을 울렸기 때문인가요?」

「아마도. 어쩌면 그저 변덕을 부려 소년을 죽인 건지도 모르지. 종이란 예측하기 힘드니까. 뭔가 생각나는 거 없나? 성당, 종…… 남자.」

「자히르 사건 말씀이십니까?」

「우연 치고는 꽤 잘 들어맞지 않나?」

「그 얘기는 어디서 들으셨습니까?」

「알아맞혀 보게. 그 불쌍한 친구도 목이 부러진 채 종탑 아래에서 발견될 수도 있었어. 성 아폴리나리 성당은 꽤 높으니까. 밧줄이 끊겨졌거나, 자네가 마지막 순간에 그 남자를 구해 내지 못했더라면 말이야. 말이 나왔으니 말인데 올레야르주는 자네가 한 일을 높이 평가하고 있어. 그 쌀쌀맞은 태도에 넘어가지 말게. 자네를 도로 받아 줄지도 몰라. 결국 자네가 내 일을 얼마나 잘 해주느냐에 달려 있지.」

그는 나를 향해 냉소적인 미소를 띠었다.

「그리고 말인데, 내가 병원으로 자히르를 찾아갔었네. 순조롭게 회복되어 곧 직장에 복귀한다더군. 보기 드물게 강건한 청년이야. 머리도 좋아. 자기 차를 고쳐서 페달을 손으로 조작할 수 있게 만들 거라고 하더군. 발목 힘줄이 회복되려면 적어도 6주는 걸릴 텐데 그렇게 오래 기다릴 수 없다는 거야. 그리고 잊어버리기 전에 말해 두겠는데 자히르가 자네를 직접 만나 고맙다는 말을 하고 싶다더군. 자네한테 줄 게 있다는데.」

「금시계입니까?」

「뭔가 제안하려는 것 같아. 경찰보다 자네를 더 믿는 눈치더군. 경찰이라니 말인데……」

그는 주위를 둘러보았다. 경찰 제복을 입은 여성이 큰길을 건너 우리 쪽으로 빠르게 걸어오고 있었다.

「저기 로제타가 오는군. 가지.」

그뮌드가 성큼성큼 걷기 시작해서 나는 서둘러 따라갔다. 갑자기 햇빛이 비추었다. 성당 옆쪽의 브란베르크 예배당을 서둘러 지나가면서 나는 웃는 아기 천사의 얼굴을 흘끗 보았다.

그뮌드는 로제타가 늦게 온 것에 대해 아무 말도 하지 않았으므로 나는 미리 그렇게 약속이 되었으리라 추측했다. 여자는 주머니에서 열쇠 뭉치를 꺼내 그뮌드에게 넘겨주었지만 그가 고개를 저었기 때문에 그녀는 열쇠를 내게 주었다. 그리고 그녀는 나를 성당 정문이나 북쪽 통로로 들어가는 옆문이 아니라 거의 사제관 쪽에 가까운 뒤쪽의 작은 문으로 안내했다. 나는 열쇠를 쥔 채 문에 다가섰다. 자물쇠 세 개 중 하나는 아주 오래되었고 나머지 두 개는 새것이었는데 셋 다 부드럽게 열렸다. 나는 문고리를 잡고 밀었다. 문은 쉽게 열렸다. 마치 저절로 열리는 것 같았다. 안쪽은 내가 예상했듯이 지하 감옥처럼 냉랭하지 않고 기온은 바깥과 비슷했다. 공기는 습하고 약하게 향냄새가 났다. 꽤 어두웠다. 나는 주위를 돌아보았다. 그뮌드와 로제타는 말없이 나란히 서서 마치 뭔가 기다리는 것 같았다. 그들의 눈은 보이지 않았지만 나의 행동을 숨죽이고 지켜보면서 용기도 결단력도 없는 모습을 하나하나 관찰하고 있는 것이 분명했다. 공포심을 누르고 나는 어둠 속으로 한두 걸음 내디뎠다. 그리고 한 걸음 더. 갑자기 내 손에 두 번째 문이 닿았다. 그것은 첫 번째 문보다 더 크게 느껴졌다. 전등 스위치를 찾지 못했으므로 나는 손으로 더듬어 자물쇠를 찾아내어 네 번째 열쇠를 집어넣었다. 자물쇠가 돌아가고 문이 살짝 열렸다. 그 사이로 흐릿한 빛이 스며 들어왔다. 나는 조그만 방 안으로 들어섰다. 성구실이다. 로제타와 그뮌드가 나를 따라 안으로 들어왔다. 거기서 다른 문을 열자 나는 성당의 측면 통로로 나오게 되었다.

여전히 주변은 캄캄했고 희미하게나마 빛이 들어오는 것은 사제관과 본당뿐이었다. 굵은 창살을 씌운 조그만 육각형 창문을 통해 회색 햇빛이 투과하여 들어왔다. 높은 제단에는 꽃이 장식되어 있었는데, 그 꽃들은 빛과 어둠이 교차하는 부분에서 밝게 빛났다. 주목할 만한 〈조명 효과〉는 그것뿐이었다. 그뮌드는 실망했을 것이다.

하지만 그는 어디 있는가? 그뮌드의 모습은 찾을 수 없었다. 아직도 로제타와 함께 성구실에 있을 것이다. 나는 성당 안에서 특별히 보고 싶은 것이 없었으므로 두 사람과 합류하기 위해 돌아섰다. 그리고 나는 갑자기 우뚝 멈춰 섰다. 여자의 비명이 성당 전체에 울려 퍼졌다. 로제타의 목소리가 아니었다.

누군가의 이름을 부르는 것 같았다. 그래, 또 한 번. 누군가의 이름이다. 이제는 확신할 수 있었다. 나는 가까운 신도석으로 달려가 뒤에 숨었다. 다시 한 번 이름이 울려 퍼졌는데, 조금 더 분명하게 들렸지만 확실하게 분별할 수는 없었다. 나는 신도석 끝까지 기어가서 고해실 뒤로 숨어 성당 전체를 둘러보았다. 목소리는 이제 더 커졌고 공허하고 구슬프게 울려 마치 땅속 깊은 곳에서 울려 나오는 것 같았다. 그러다가 마침내 나는 성구실 옆 기둥 근처에 서 있는 형체를 보았다. 그 형체는 내가 방금 나왔던 성구실 문 가까이에 서서 내가 나갈 길을 막고 있었다. 형체는 분명 여자였는데, 그 창백한 윤곽은 북쪽 통로의 검은 어둠을 배경으로 뚜렷하게 보였다. 또다시 이름이 울려 퍼졌다. 그것은 비탄과 상실의 목소리였고 아무도 듣지 않으리라는 것을 알면서 자기 자신을 향해 외치는 목소리였다. 그것은 절망의 목소리였다.

  나는 꼼짝도 하지 않고 귀를 기울였다. 아무나 다른 사람이 나타나기만 하면 달려 나갈 생각이었다. 그러나 그곳에는 여자와 나, 둘뿐이었다. 여자는 기둥 옆에 서서 내게 등을 돌리고 있었고 나는 고해실 뒤에 웅크리고 있었다. 여자의 외침만 빼면 주변은 완전히 고요했다. 그때 나는 어떤 생각을 떠올렸다. 어렸을 때 보았던 영화의 한 장면이었다. 나는 손을 주머니에 넣어 5크로네 동전을 꺼냈다. 이거면 된다. 나는 여자의 주의를 돌리기 위해 동전을 남쪽 통로의 코르넬 예배당이 있는 쪽으로 힘껏 던졌다. 모루를 때리는 망치도 그렇게 큰 소리를 내지는 못했을 것이다. 소리는 포석에 부딪쳐 거대한 기둥 사이로 흩어져서 원형 지붕에 반사되어 오르간실에 메아리쳤다. 동전이 굴러가다가 멈춘 뒤에도 소리는 오랫동안 종소리처럼 울려 퍼졌다.

  여자는 반응하지 않았다.

  「시몬!」 점점 작아지는 메아리 속으로 여자의 목소리가 울부짖었다.

이번에는 똑똑히 들었다.

나는 있는 용기를 모두 짜내어 고해실 뒤에서 나왔다. 한 걸음…… 두 걸음…… 세 걸음. 이제는 여자의 옷차림을 볼 수 있었다. 흰 두건이 달린 긴 베이지색 외투를 입고 있었다. 아홉…… 열…… 열한 걸음. 호리호리한 몸매에 고개를 숙이고 손은 앞에 모으고 있었다. 열둘…… 열세 걸음.

「저기요……」

내 목소리는 약했다. 어느 쪽이 더 떨렸을까. 내 목소리일까, 무릎일까? 문득 나는 바로 며칠 전 아침에 성 아폴리나리 성당 밖에서 마주쳤던 여인을 떠올렸다.

「저기, 제 말 들리십니까?」

여전히 대답이 없다. 나는 한 걸음 더 다가갔다. 여자의 얼굴을 볼 수 있을까 싶어 앞쪽으로 돌아가려고 했다. 그러나 여자는 몸을 돌려 내게 등을 보였다. 나는 다른 쪽으로 돌아갔다. 여자는 다시 내게 등을 돌렸다. 믿을 수 없었다. 여자는 얼굴을 보이지 않으려는 것이다! 마치 풍향계처럼 여자는 계속 이리저리 돌았다. 로제타가 나를 놀리려고 장난을 치는 것일까? 불가능하다. 그 목소리, 가느다란 몸매. 분명 로제타가 아니었다.

소름이 끼쳤다. 나는 이마를 만져 보았다. 이마는 땀에 젖어 차가웠다. 여자는 미동도 없이 서 있었고, 움츠린 어깨는 전혀 떨리지도 않았다. 갑자기 나는 어떻게 해야 할지 깨달았다. 나는 열린 성구실 문으로 달려가서 성당 밖으로 뛰어나갈 수도 있었다. 앞을 막을 것은 아무것도 없었다. 그래, 그렇게 할 수 있었다. 그러나 내 의지와는 상관없이 나는 손을 뻗어 외투에 감싸인 여자의 어깨를 만졌다. 그것은 어깨가 아니었다. 기둥이었다.

기둥이라고? 아니, 나무였다. 내가 왜 그걸 기둥이라고 생각했을까? 그리고 내 발 아래 있는 건 무엇일까? 포석은 사라졌다. 대신 주위의 땅은 잔디로 덮여 있었다. 잔디밭? 성당 안에? 믿을 수가 없었다. 나는 위를 올려다보았다. 창문도 없고 천장도 없고 그저 높이 떠 있는 흰 구름과 그 너머의 찬란한 푸른 하늘뿐이었다. 고딕 천장의 섬세한 그림자를 예상했던 눈이 견디기에는 너무 밝은 하늘이다. 나는 주위를 둘러보았다. 내가 서 있는 곳은 음울하고 작은 벌판이었다. 사방에 이상한 꽃들이 가득했는데, 어떤 것은 쇠로, 어떤 것은 돌로 되어 있었다. 묘지다. 내가 안에 들어가 있어야 할 성당 건물은 바로 옆에 떨어져 있었고 본당이 묘지에 흩어진 석제 십자가들 쪽으로 튀어나와 있었다. 묘지 울타리 너머로 정원의 일부가 보였다. 화단이 있고, 장식이 된 높은 온실 건물은 거대하고 투명한 천막 같았으며 과일나무의 헐벗은 가지 사이로 사제관 창문의 검은 윤곽이 떠다녔다.

바로 발치에 무덤이 있었고 그 앞의 쇠 십자가에 녹슨 금속판이 달려 있었다. 금속판에 새겨진 글자는 닳아서 거의 읽을 수 없게 되었다. 그러나 나는 거기에 무슨 말이 적혀 있는지 분명히 알아보았고 지금까지도 단어 하나하나를 기억한다.

〈슬픈 기적에 귀를 기울여라, 로호마르가 내 아들 시몬을 창밖으로 던졌도다……〉

나는 머리가 어지러워져서 무너져 가는 비석 위로 쓰러졌다.

「잠꼬대를 하는군, 친구. 기도하는 줄 알았는데.」

누군가 옆에 서서 나를 내려다보고 있었다. 그리고 누군가 내 뺨을 가볍게 때렸다. 부드러운 목소리의 거인과 뭔가를 묻는 듯한 눈동자의 여자였다.

나는 성구실 문 가까이에 있는 북쪽 통로의 기둥에 기댄 채 성당 바닥에 앉아 있었다. 관자놀이가 웅웅 울렸고 배 속이 뒤집혀 꼬이는 것 같았다.

「공기가 나빠서 그래요.」

로제타가 사탕이 가득 든 봉지를 내게 쥐여 주며 말했다.

「몇 걸음 걷더니 비틀거리다가 넘어지더군요. 기둥이 아니었다면 당신은 다쳤을지도 몰라요. 마치 영화 속의 여주인공처럼 우아하게 미끄러져 앉더군요. 저혈압인가요?」

「어디에 있었죠? 당신들을 찾아다녔는데요.」

「당신 뒤에 있었어요. 하지만 기절했을 때 받아 줄 만큼 가까이 있진 않았어요.」

「그럴 리가 없어요. 난 여기 아주 오랫동안 혼자 있었다고요.」

「무슨 꿈을 꿨나요?」

「어째서 바깥에 있었는지 말해 보세요. 처음부터 계획한 거죠, 그렇죠?」

두 사람은 기묘하게 웃으며 눈짓했다.

「우리는 자네 바로 뒤에 있었네. 정말이야.」

그뮌드가 말했다.

「넘어졌을 때 잡아 주지 못해서 미안하네. 너무 갑자기 일어난 일이라.」

미안해하는 척했으나 그뮌드는 분명히 즐기고 있었다.

「여자를 못 봤단 말입니까?」

다시 한 번 두 사람은 서로 눈짓했다.

「꿈을 꾼 거야.」

그뮌드가 말했다. 그는 마치 장례식의 조문객 같았다. 모자를 한 손에 들고 다른 손에는 지팡이와 우산을 들고 있었다. 로제타도 경찰관으로서는 이상하게도 모자를 벗어 들고 있었다.

그뮌드가 말을 이었다.

「게다가 꿈치고는 굉장하지 않나! 〈슬픈 기적에 귀를 기울여라, 로흐마르가 내 아들 시몬을 창밖으로 던졌도다〉 자네가 본 건 거기까지였지. 그 뒤가 더 있네. 〈그리고 커다란 슬픔이 어머니의 가슴을 채웠도다〉 그게 비문의 원문이야. 내가 이야기해 준, 3백 년 전에 종탑에서 떨어져 죽은 소년의 무덤에 새겨진 거지. 자네가 비문을 어디선가 읽었나 보군. 나는 확실히 자네한테 비문을 들려준 적이 없어. 물론 여기도 예전엔 성당 뒤에 묘지가 있었지. 정원도 있었지만 세월이 지나면서 쇠락해서 결국은 가축을 먹이는 풀밭이 돼 버렸어. 목가적인 풍경이었을 거야. 성 슈테판 성당과 종탑과 론긴 성당과 모든 성자의 성당과, 그 사이에서 양들이 풀을 뜯고 주위에는 아무것도 없는 벌판뿐이고. 매혹적인 장소지. 그 뒤에는 묘지도 버려졌고 정원에 남아 있는 것이라고는 나무 몇 그루밖에 없게 되었네.」

나는 의심하는 눈으로 그뮌드를 쳐다보았으나 그는 이미 돌아서서 제단 쪽으로 가고 있었다. 로제타는 사탕 하나를 입에 넣고 반대쪽으로 갔다. 나는 간신히 일어섰다. 나는 화가 나 있었다. 나 자신에게도 화가 났고, 로제타가 내가 기절한 것을 보고도 마치 그럴 줄 알았다는 듯 당연하게 여기는 것도 화가 났다. 그륀드도 마찬가지였다. 계속 이런 식이라면 나는 곧 일을 그만두어야 할 것이다.

「모커!」 그가 외쳤고, 그 이름은 벽 사방에 울려 퍼졌다. 「그가 없었다면 내가 뭘 할 수 있었을까?」 그륀드는 제단에 서서 창문을 가리키고 있었다.

「이 창틀을 봐! 그리고 본당 중앙의 고딕식 창문을 보라고! 저 바로크 야만인들이 모커가 이곳을 복구하기 전에 뭘 설치했는지 알아? 둥근 창문이야!」[30]

「저도 바로크는 별로 좋아하지 않습니다.」

그륀드의 말에 맞장구쳐 주려고 애쓰면서 내가 중얼거렸다.

「바로크는 정말 바보 같은 건축 양식이야. 그보다 더 흉한 게 있을까? 아마 기능주의나 다른 20세기의 되다 만 〈-주의〉들뿐이겠지. 나는 바로크 건물 자체를 반대하는 게 아니야. 하지만 흉내 낼 수 없는 고딕의 아름다움에 감히 손을 대려하다니 17세기 건축가들은 대체 무슨 생각을 하고 있었던 건지! 양파 지붕 한두 개 정도는 체코의 마을에도 그럭저럭 어울릴지도 모르지. 사실 보헤미아에서는 그게 최초의 토종 건축 양식이었으니까. 하지만 그 외의 경우에는 바로크를 조심해야 해! 교활하고 언제 배신할지 모른다고. 우리 도시에서 바로크의 그 복잡한 설계와 장식과 원형 지붕은 재앙과도 같은 결과를 가져왔네. 중세 유럽 건축의 가장 뚜렷한 특징인 고딕식 천막 지붕은 바로크의 양파 지붕 때문에 사라진 거

30 고딕식 창문은 위쪽이 뾰족하다.

151

야! 나는 단순한 게 아름답다고 믿네. 아무리 복잡한 디자인이라도 단순함을 능가할 수는 없어. 르네상스 양식이 그런 전통을 기반으로 자연스럽게 발전했지. 그래, 성 비투스 성당의 대첨탑을 나는 몇 년이나 흉물로 여겼지만, 그 대담한 형태에는 미학적인 장점이 없지 않아. 그렇지만 철거 예정이었는데 결국 철거되지 않은 그 탑까지 포함해서 성당 전체를 본다면 뭔가 신성모독적인 요소가 있다는 걸 볼 수 있을 거야. 하느님이 아니라 자기 자신을 찬양한단 말이야.」

「바로크 성당에 비해서는 확실히 아름다운 건물이죠.」

「나한테 그걸 확신시킬 필요는 없어. 내가 이미 내 편인 사람들까지 내 편으로 끌어들이려는 버릇이 있다는 건 나도 알아. 로제타, 자네는 어떻게 생각하지? 내가 잘하고 있나?」

「그 미치광이 프룬슬릭은요?」 로제타가 질문에 질문으로 대답하며 물었다. 「당신의 하인인 줄 알았는데 이 일에는 그다지 관심 있어 보이지 않더군요.」

「그는 내 하인이 아냐. 프룬슬릭은 자유인이고 자기가 원하는 건 뭐든지 할 수 있어. 맞아, 자네 말대로 그는 약간 돌았지.」

그뮌드는 아침 햇빛이 눈부신 듯 손으로 가렸다. 나는 그의 시선을 따라갔고 그가 창문의 창틀 장식을 관찰하고 있을 것이라 짐작했다. 그는 공책을 꺼내 스케치를 하기 시작했다.

「프룬슬릭의 이름 말예요. 라이몬드.」 로제타가 말을 이었다. 「영어인가요?」

「자네 이름도 엄밀히 말해 체코식은 아니지.」

「아버지는 저를 루제나라고 부르고 싶어 했지만 어머니가 좀 더 이국적인 이름을 좋아했어요.」

「라이몬드와는 몇 년간 알고 지낸 사이야.」 그뮈드가 말했다. 「학교를 같이 다녔지. 내가 영국에서 처음 만난 체코 친구이고. 그 당시에 프룬슐릭은 체코슬로바키아에 대해 아는게 거의 없었지만 말이야. 그가 입학했을 때 나는 졸업반이었어. 하느님께서 그를 좀 다르게 만들었을 뿐인데 다른 아이들이 괴롭혀 대는 걸 참을 수가 없었지. 그래서 내가 돌봐주기 시작했고 그렇게 친구가 됐어. 그는 절반은 영국인이야. 나치를 피해 도망쳐 온 체코 이민자의 아들이지. 제2차 세계대전이 끝난 직후에 태어났어. 어머니는 랭카셔 어딘가의 몰락한 귀족 집안 출신이야. 사실 프룬슐릭은 아버지와 어머니 양쪽이 다 귀족이라고 주장하지만 나라면 어느 정도 허풍을 감안하고 받아들이겠네. 어쨌든 나로서는 아무래도 상관없으니까.」

「당신의 고용인인가요?」

「어떤 면으로는 그렇지.」

「무슨 일을 하는데요?」

「여러 가지. 대체로 발품 파는 일이야. 이런저런 행정 절차를 처리해 주지. 나는 그런 일에 허비할 시간이 없으니까.」

나는 그뮈드가 대화를 지루해하는 것을 알 수 있었다. 그는 시계를 보고는 한 손가락을 들었다. 그 순간 성당 시계가 8시를 쳤다.

「요제프 모커 얘기로 돌아가자면, 그는 이 탑에 새 지붕을 씌우고 커다란 고딕 창문을 만들기 위해서 서쪽 외벽에 구멍을 뚫었어. 120년 전에 프라하 시민들은 지금의 시민들보다 현명했지. 괜찮은 건축 기술을 알아볼 수 있었던 거야. 슬프게도 시 의원들에 대해서는 같은 평가를 해줄 수가 없네. 그때도 요즘하고 똑같이 한 치 앞밖에 볼 줄 몰라서 그때 이미 유대인 구역을 철거할 생각을 하고 있었으니까. 요즘 사람들은 순수주의를 무시하는 경향이 있지만 새로운 것을 무조건 숭배하면 결국 위기가 찾아오게 마련이야. 여러 가지 양식을 전부 뒤섞으려고 드는 요즘의 유행을 한번 보라고. 물론 모커는 지나치게 장식적이라는 비판을 들을 수도 있지. 그런 접근 방식은 보헤미아의 교구 성당보다는 프랑스의 대성당에 더 어울리니까. 하지만 그가 고딕 양식의 부활을 위해서 해낸 일들을 모두 생각해 보면 그런 건 그저 가벼운 실수일 뿐이야.」

그뮌드는 지팡이로 포석을 탁탁 짚으며 남쪽 통로를 향해 갔다. 세 개의 제단을 지나면서 그는 잠깐씩 멈추어 서서 혐오스럽다는 듯이 제단을 관찰했다.

「역겹군. 저건 없애 버려야 해. 저기 성 그레고리를 좀 보게. 고통받는 모습이어야 한다고, 입을 삐죽거리는 게 아니라. 게다가 저 끔찍한 피에타[31]를 보라고. 저렇게 무미건조한 조각상을 본 적 있나? 그리고 성 슈테판의 성모 제단을 보고. 로코코 양식이잖아!」

「저는 좋은데요.」

로제타가 반항적으로 말했다.

「난 싫어. 고딕 성당의 완벽한 얼굴에 난 사마귀야. 거짓되

---

31 처형당한 예수의 시신을 안은 성모의 모습을 형상화한 조각상.

32 카렐 슈크레타Karel Škréta(1610~1674). 체코 프라하 출신의 화가. 여러 성당의 제단화를 그렸다.

고 젠체하잖아! 그 과대평가된 칠쟁이 슈크레타[32]가 그린 로 잘리의 그림이 도둑맞아서 다행이야. 내 생각에 누가 훔쳐 갔는지 몰라도 통째로 다 가져갔으면 좋았을 거야, 통통한 아기 천사들까지 전부 말이야. 성당만 안 가져가면 돼.」

「성당을 들고 걸어갈 수는 없죠.」

로제타가 말했다.

「예배당이나 제단도요.」

「그래, 그건 나한테 남겨 줘야지.」 그뮌드가 조금 차분해져 서 대답했다. 흥분해서 그는 숨을 몰아쉬고 있었다. 「쓸데없는 건 내가 전부 없애 버려야지.」 그가 얼굴을 문지르며 말했다.

「교회 측에서 절대로 그렇게 두지 않을걸요.」 로제타가 약 간 날카롭게 말했다. 「사실 저도 당신 말에 동의하지 않아요. 어떻게든 더 좋은 방법이 있을 거예요.」

그뮌드의 태도가 갑자기 바뀌었다. 짜증을 내며 얼굴을 찡 그렸는데, 자기 자신의 흥분 때문이라기보다는 로제타의 반 박 때문이었다. 그뮌드는 시계를 다시 들여다보더니 가야 할 시간이라고 짧게 선언했다. 공책과 연필을 도로 주머니에 넣 고 그는 신도석으로 가서 그곳에 놓아 둔 모자를 집어 들고 거칠게 먼지를 털었다. 나는 여자 경찰관이라고 하면 예상되 는 무례한 태도를 전혀 보이지 않고 그뮌드의 말에 반박한 로제타의 태도에 마음속으로 경탄했다. 다시 한 번 나는 그 녀의 제복이 어딘가 가짜처럼 보인다고 느꼈다. 그것은 아주 섬세하게 제작된 의상이나 본모습을 감추기 위한 가면처럼 보였다.

나는 검은 천의 솔기를 뜯고 튀어나올 듯한 그녀의 풍만한 몸매를 곁눈으로 길게 훔쳐보았다. 제복이 그녀에게 어울리지 않는다는 사실은 분명했다. 그러나 이제 나는 또 다른 사실을 눈치챘다. 그녀의 몸 또한 그녀에게 어울리지 않았다. 바로크 제단 성화에서 튀어나온 듯한 그 통통한 뺨은 말할 것도 없었다. 그녀가 웃을 때마다 나타나는 보조개만은 확실히 진짜였다. 그러나 그 얼굴 자체는 그녀의 것이 아니었다.

그녀는 내 눈길을 의식하고 표정이 어두워지더니 다른 곳을 쳐다보았다. 설마 민망해하는 건 아니겠지? 20세기가 끝나 가는 이 시점에 여자들이 어떤 식으로든 몸매를 뽐내려 하는 것은 당연한 것이었다. 그러나 바로 그 점이 문제였다. 그녀는 여성스러운 측면을 전부 감추려고 했던 것이다.

그륀드를 따라 출구로 갔지만 그가 성구실 안으로 사라지자마자 나는 로제타를 향해 돌아섰다. 그녀는 남쪽 통로의 두 번째 기둥 옆에 멈추어 몸을 구부리고 바닥에서 뭔가 줍고 있었다.

「이것 보세요.」

그녀가 불렀다.

「누가 5크로네를 흘렸네.」

밖으로 나가면서 그녀는 기부금을 내는 양철 사발에 동전을 던져 넣었다.

「네버모어.」

까마귀 한 마리가 원형 지붕 위로 날아오르며 울었다. 이제 나는 그 의미를 이해할 수 있었다. 〈너는 너 자신에게서 도망치지 못할 것이다.〉 성 슈테판 성당에서의 끔찍한 경험은 나의 두려움을 확인시켜 주었다. 내가 평생 피하려고 했던 모든 것이 죽는 날까지 내 삶에 남아 있을 것이다.

9

무어라 말할 것인가?
양심의 어두운 그림자에 대해서,
내 앞길의 저 유령에 대해 무어라 말할 것인가?
― W. 챔벌레인

라일락은 가장 사랑스러운 꽃이다. 아니면 최소한 두 번째로 사랑스러운 꽃이다. 왜냐하면 장미만큼 아름다운 꽃은 없을 테니까. 혹은 장미와 라일락 사이에 모란을 놓는다면 세 번째가 된다. 투명한 유리 꽃병 속의 풍성한 라일락 꽃다발은 숨 막히게 아름답다. 장미가 활짝 피어 꽃잎이 떨어지기 직전일 때, 그리고 동쪽 창문으로 스며들어 오는 아침 첫 햇살을 받은 모란도 그렇다. 라일락이라고 하면 내가 말하는 것은 1945년 이전의 라일락, 꽃잎이 화약과 디젤 연기의 악취로 더러워지기 전, 정치가 역사를 짓밟기 전의 라일락을 말한다. 그러나 그 둘을 어찌 떨어뜨려 생각할 수 있겠는가? 똑같이 수치스러운 운명이 카네이션에게도 닥쳤다. 권력 있는 남자들의 회색 정장을 장식하고 국제공항에서 그들을 환영하고 그들의 회견장에서 연단을 장식했다. 귀빈들의 꽃이다. 꽃병이 모자라면 언제나 다른 병을 쓰면 된다. 심지어 붉은 장미도 더 나은 취급을 받지는 못했지만, 장미는 어떻게 해서든 꽃잎을 떨어뜨리지 않고 살아남았다. 중세의 정원과 마찬가지로 장미 정원은 지금도 묵상의 장소이다. 나는 그곳에 앉아 20세기에서 해방된다.

성 슈테판 성당 제단 위의 꽃들은 흰 라일락이었다. 나는 자히르를 만나기 위해 병원에 가던 날에야 그 사실을 떠올렸다. 전혀 놀라지도 않고 그저 떠올리고는 잊어버렸을 뿐이다. 그 꽃들은 조화일 수도, 네덜란드나 브라질에서 수입해 왔을 수도 있기 때문이다. 하지만 왜 거기 있었을까? 누굴 위해서?

자히르는 사십 대 초반의 강건하고 생기 넘치는 남자였으며 병원의 줄무늬 환자복과 연푸른 가운을 입고도 어쩐지 우아하고 잘 차려입은 듯한 분위기를 풍겼다. 카렐 광장에 있는 병원에서 그는 추가 요금을 감수하고 1인실을 썼는데, 그 병실에는 욕실과 텔레비전은 물론 발코니도 있어서 병원 마당의 헐벗은 나무들과 성 카테리나 성당의 뾰족탑까지 내다볼 수 있었다. 병실 안은 엄청나게 많은 꽃으로 넘쳐흘러서 그 꽃다발을 보면 여기가 병원이라는 걸 한순간 잊게 되었다. 꽃들은 대부분 노란색이나 노란빛을 띤 빨간 튤립이었고 긴 줄기와 똑같이 커다란 꽃송이는 거의 멋없을 정도로 완벽했다. 그 까다롭게 정성들인 품종에 대한 집착 때문에 꽃들은 어딘가 멍청해 보였다. 실없는 사람들을 위한 실없는 꽃이다. 환자는 꽃을 향해 불분명하게 고개를 끄덕여 보이며 누가 보냈는지 모르겠다고 말했다. 베개 더미로 등을 받치고 침대에 똑바로 앉아서 그는 오렌지 껍질을 까고 있었다. 그 가무잡잡한 얼굴색은 주위를 둘러싼 밝은색 꽃과 대비되었다. 그 옆의 이불 위에는 과일이 담긴 쟁반이 있었는데 오렌지 껍질 더미에 거의 덮여서 그 아래 자기 차례를 기다리는 과일이 거의 보이지 않았다. 내가 본 것은 포도와 사과와 굵은 뿔이 솟은 듯한 모양의 뭔지 알 수 없는 녹색 과일이었다. 이 풍요의 쟁반 위로 자히르는 끈적끈적한 손을 뻗어 나와 악수했다. 그리고 호기심에 찬 나의 시선을 따라가더니 그 뿔이 솟은 녹색 과일을 내게 권했다. 나는 고맙다고 말하고 거절했다. 그는 내게 자리를 권했다. 병실 안에는 의자가 두 개뿐이었는데, 그 의자들은 꽃병과 플라스틱 컵과 심지어 실험실용 유리 비커에 꽂힌 꽃으로 뒤덮여 있었다. 나는 의자 아래에 여러 가지 색의 라벨이 붙은 병이 한 줄로 깔끔하게 정리되어 있는 것을 보았다. 병은 모두 가득 차 있었다. 앉을 곳이 없어서 나는 확연히 그 방에 어울리지 않는 책상에 기대어 섰다. 자히르는 동료들이 사무실에서 그 책상을 가져다주었다고 설명했다.

「동료들에게 높은 평가를 받고 계시는 것 같습니다.」

내가 말했다.

「책상이 없으면 다리가 없는 것과 마찬가지로 내가 꼼짝도 못 한다는 걸 동료들도 알거든요.」

웃으면서 그는 이불을 걷어 오른쪽 다리를 보여 주었다. 다리는 발끝부터 무릎까지 붕대가 감겨 있었고 발목 부근은 특별히 더 뚱뚱했다.

「잘 아물고 있습니까?」

「전 항상 다친 데가 금방 아물죠!」 그는 억지로 소리 내어 웃고는 입에 포도를 한 알 넣었다. 그는 입안에 음식을 넣은 채로 말하는 불쾌한 버릇이 있었다.

「이렇게 비타민을 쏟아 부으니 말이죠……. 여자들이 가져

160

옵니다. 과일하고 술하고요. 하지만 꽃은 아닙니다. 어디서 보냈는지 전혀 모르겠어요. 누가 아무도 모르게 저를 짝사랑하나 봅니다.」

「돈이 꽤 들었겠는데요.」 내가 그의 조그만 에덴동산을 둘러보며 말했다.

「하지만 그녀는 한 번도 안 왔습니다.」

그가 불평했다.

「솔직히 말해서 그런 면회를 하고 나면 기운이 날 텐데요. 그래도 다른 사람들이 찾아와 주니 다행이죠. 저기 문에 자물쇠 보입니까? 문을 잠글 수도 있게 돼 있어요.」

나는 그의 사생활에 전혀 관심이 없었고 그가 자랑하는 것이 불쾌했다. 혐오감을 느끼며 나는 그의 뻣뻣한 콧수염을 관찰했다. 그것은 고양이 수염 같았다. 사실 그의 머리 전체가 어딘지 모르게 고양이와 비슷하게 느껴졌다. 잘 먹어 살찐 교활한 수고양이다. 나의 못마땅한 표정을 눈치채고 그는 다 안다는 듯이 눈을 찡긋했다.

「비틀어 짜낸 레몬 같은 표정을 지으실 건 없잖습니까.」

그는 킬킬 웃었다.

「좀 이해해 주셨으면 좋겠습니다. 아주 피곤한 일이에요, 더구나 이렇게 외상을 입은 뒤라면 말이죠. 아킬레스건이 찢어지면 미칠 듯이 아픕니다. 허리 아래를 전혀 안 움직여도 소용없죠. 그리고 내 갈비뼈도……. 하지만 의사 말로는 진통제 투여를 중단하고 물리치료를 하기 시작하면 지금과는 비교도 안 되게 고통스러울 거라고 하더군요.」

「하지만 조금은 걸을 수 있지 않습니까?」

내가 벽에 기대 세워 둔 목발을 가리키며 물었다.

「정말로 필요하다면 한쪽 발로도 걸을 수는 있죠. 하지만 굉장히 힘듭니다. 터진 혈관을 잘라 내고 힘줄과 장딴지 근육을 봉합해야 했거든요. 사실 상태가 너무 안 좋아서 수술을 두 번이나 해야 했어요. 그리고 물론 몇 주가 지나자 힘줄이 위축되기 시작해서 앞으로 6개월 동안 특수 운동 치료를 해야 되죠. 그게 최악이에요. 12월에 류블랴나[33]에서 건축가 학회에 참석하기로 했는데 무슨 일이 있어도 갈 생각입니다.」

「참석하실 수 있으면 좋겠네요. 그래도 상황이 훨씬 더 나쁘게 끝날 수도 있었는데 다행입니다. 실제로 어떤 상황이었는지 알고 계십니까? 큰 종이 흔들리기 시작하면 굉장한 힘을 낼 수가 있어요. 이전의 여러 사건들을 보면 알 수 있······.」

나는 말을 끊었다. 지금은 로호마르 이야기를 할 때가 아니었다.

「무슨 말씀인지 압니다.」

자히르가 허공에 팔을 휘저으며 속사포처럼 빠르게 말하기 시작했다. 너무 빨라서 알아듣기 힘들 정도였다.

「그래서 진심으로 감사하다는 겁니다. 의사들 말이 몇 분만 더 매달려 있었더라면 힘줄이 완전히 끊어져서 저는 평생 불구가 됐을 거라더군요. 그래서 감사하다고 말씀드리고 싶었습니다. 슈바흐 씨, 정말 감사합니다. 그래서 찾아와 주시기를 바랐어요. 아실지 모르겠지만 피해자 진술을 받기 위해 범죄 수사대에서 왔었거든요. 올레야르주 서장도 직접 왔죠. 당신에 대해서 묻자 서장은 애매모호하게 〈경력에 오점을 남

---

33 Ljubljana. 슬로베니아의 수도.

졌다〉고 하더군요. 보아하니 뭔가 정치적인 일인 것 같은데, 맞습니까? 나 참, 살면서 한 번쯤 거물들한테 굽실거려 보지 않은 사람이 어디 있습니까? 정부에서 주는 계약을 따내는 방법도 여러 가지가 있는 거죠. 나도 천사는 아닙니다. 아니, 아무 말씀 안 하셔도 됩니다, 당신은 예외죠, 나도 다 압니다. 어쨌든 올레야르주 말로는 그 괴상한 그뮌드가 당신을 고용 했다고 하더군요. 범죄 수사대에서 뒷받침을 해줬겠죠. 경찰 도 하나 붙여 줬다고 하는 걸 보면 그뮌드를 감시하려는 거 겠죠. 그뮌드에게 당신이 항상 필요한 건 아니에요. 그가 얼 마나 주는지는 모르겠지만 나도 당신에게 돈벌이를 제안하 겠습니다. 그런 돈 필요 없다는 말은 하지 마세요. 최소한 새 코트는 살 수 있을 것 아닙니까.」

나는 의자 등에 걸쳐 둔, 펜델마노바 부인에게 받은 구겨 진 레인코트를 쳐다보면서 나도 모르게 그녀의 불행한 운명 과 그에 대한 나의 역할을 생각했다.

내가 말했다.

「그러니까 저를 무슨 경호원으로 고용하시겠다는 겁니까? 그렇다면 미리 말씀드리겠는데 저는 경찰에서 비슷한 임무 를 맡았다가 완전히 망친 적이 한 번 있습니다. 저는 그런 일 이 적성에 맞지 않아요.」

그는 어깨를 움츠렸다. 펜델마노바 사건에 대해 알고 있는 것이다.

「내 사건과 당신의 그 딱한 이야기 사이에서 무슨 연관성 을 찾아낼 수 있을지도 모릅니다. 그런 게 끌리지 않습니까? 다시 올레야르주의 눈에 들 수 있을지도 몰라요. 그 사건이 자살이 아닌 건 모두 다 안다고요.」

나는 내 귀를 믿을 수가 없었다.

「올레야르주가 무슨 말을 했습니까?」

「말할 수밖에 없었죠. 나는 경찰의 신변 보호를 받을 자격이 있지만 내가 거부했습니다. 그보다는 당신을 고용하고 싶어요. 당신이 이미 내 목숨을 한 번 살려줬으니, 미신을 믿는 늙은 집시 여인처럼 들릴지 몰라도 당신이라면 또 해줄 수 있을 것 같거든요.」

「그럼 또 무슨 일을 당할 거라고 생각하십니까?」

「확신해요. 펜델마노바 부인도 처음에 협박을 받았다고 올레야르주가 그러더군요. 그래서 신변 보호를 위해 당신을 보냈고요. 나도 똑같은 일을 당했습니다. 그런데 나는 협박을 심각하게 생각하지 않았죠. 실제로 놈들에게 붙잡히기 전에는 말입니다.」

「어떤 협박을 받았나요? 또 자갈돌이었습니까?」

〈멍청아!〉 나는 스스로 내 뺨이라도 때리고 싶었지만, 이미 입 밖으로 내뱉은 말이었다. 나는 절대로 형사 노릇을 제대로 하진 못할 것이다. 하나를 관찰하면 둘을 떠벌린다.

「자갈요? 그런 방식이었나? 집 창문이라도 깨뜨렸나 보죠?」

그는 빈틈없는 눈길로 나를 쳐다보았다. 그런 사실을 캐낸 걸 확실히 흡족해하는 눈치였다.

「예. 하지만 제가 알고 싶은 건 당신도 똑같은 방식으로 협박을 당했느냐는 겁니다.」

「아뇨. 한 달쯤 전에 편지를 받았습니다. 그리고 일주일 뒤

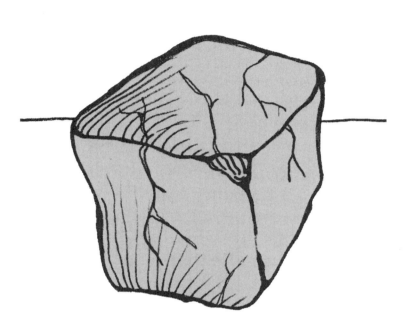

에 하나 더 받았죠. 둘 다 올레야르주의 책상 서랍 속에 있습니다.」

「그럼 서장님도 당신이 위험에 처한 걸 알고 있었군요?」

「아뇨. 그건 한참 뒤에 내가 여기 입원하고 나서야 아내에게 경찰에 갖다 주라고 한 겁니다. 그리고 이제 올레야르주는 내 사건과 펜델마노바 부인 사이에 무슨 관계가 있는지 짜 맞추려고 하고 있죠.」

「편지에 뭐라고 하던가요?」

「나를 보호해 주겠다고 동의하면 말씀드리죠.」

「거래를 하자는 겁니까?」

「하느님 맙소사! 아닙니다. 벌써 이만큼 당신에게 신세를 졌는데요. 그저 내가 어떤 입장에 처했는지 확실히 해두고 싶다는 겁니다. 한 번 운이 좋아 죽음을 피했다고 해서 다음번에도 그렇게 운이 좋으라는 법은 없거든요. 나도 뭔가 보증이 필요하다고요.」

「좋습니다. 필요하면 언제든 부르세요. 하지만 우선권은 그뮌드에게 있습니다.」

「그거라면 괜찮습니다. 그럼 그 편지 이야기를 해드리죠. 이상한 점이 뭐였냐 하면 편지에 적혀 있는 게 글자가 아니었다는 겁니다. 그림이었어요. 그것도 이리저리 선을 많이 그은, 뭔지 알 수 없는 거친 낙서 같은 그림이죠. 하지만 나는 그 그림이 뭔가 사악하다는 느낌이 들었어요. 분명 뭔가 있었을 겁니다. 그렇지 않다면 내가 왜 편지를 버리지 않고 간직했겠습니까?」

「어째서 협박 편지라고 생각했습니까?」

166

「첫 번째 편지에 내 그림이 있었어요. 마구 휘저은 낙서 중에 갑자기 내 모습이 보이더군요. 헝클어진 고수머리, 뚱뚱한 얼굴. 뒤에는 창문 비슷한 틀이 있었어요. 차 창문 같았죠. 분명히 나였어요.」

「그냥 누가 장난을 친 거라면요? 자녀분들이라든가.」

「그럴 수도 있죠. 하지만 그림을 직접 보셨다면 일부러 어린아이의 그림처럼 꾸며 냈다는 걸 아셨을 겁니다. 나는 도면을 그리는 게 직업이라서 그림에 대해서 좀 압니다. 왼손을 사용하고 케이크 반죽을 할 때 나무 숟가락을 잡듯이 연필을 잡으면 비슷한 효과를 낼 수 있어요. 내가 직접 해봤습니다.」

「두 번째 그림은 뭐였죠?」

「집이 여러 채 있었어요. 지붕이 없는 괴상하고 흉한 집들요. 그리고 사람들이 밖에 서 있었어요. 다섯 명이나 여섯 명, 더 있었을지도 모르죠.」

「지붕이 없어요? 왜 그럴까요?」

「해석을 해달라는 게 아닙니다. 그런 건 범죄 수사대에 맡겨 두죠. 어쨌든 서장님은 당신에게 그 편지를 보여 주지 않을 겁니다. 자기 사람한테 사건을 맡겼죠. 가죽 재킷을 입은 못돼 보이는 남자더군요. 듣자 하니 무슨 젊은 수재라던데. 내가 보기엔 자기가 세상에서 제일 잘난 줄 아는 바보예요.」

「유넥이라는 사람 아니었습니까?」

「기억이 안 나요. 그럴지도 모르죠. 그러니까 당신도 아는 사람이군요? 그 사람이 맞다면 앞으로 조심해야 할 겁니다. 무슨 다른 꿍꿍이가 있는 것 같던데, 경찰관이 꾸밀 만한 꿍꿍이는 아닐 겁니다.」

「우리는 한때, 말하자면 친구 사이였습니다.」

내가 말했지만 나 자신이 듣기에도 그다지 믿음직하게 들리지 않았다.

그는 의심하는 표정으로 나를 바라보았다.

「내가 당신이라면 유넥하고는 가능한 한 마주치지 않을 겁니다.」

나는 여기에 대해서 잠시 생각했다. 올레야르주가 그의 유망주 유넥을 제외하고 사건을 맡길 사람이 나밖에 없었다면 상당히 절박하다는 뜻이 된다. 겉으로는 내가 그뮌드 밑에서 일하는 것처럼 보이기를 원했으나 내가 자신에게도 유용할 것이라고 느꼈던 것이다. 안전을 기하기 위해서 올레야르주는 나를 로제타와 한 팀으로 붙였지만 그녀는 내가 전혀 알지 못하는 또 다른 단서를 쫓고 있는지도 모른다. 어쩌면 자히르를 보호하는 일조차 올레야르주의 생각이었는지도 모른다. 물론 나는 자히르가 올레야르주 몰래 나를 고용하는 것이라고 믿게끔 되어 있지만 말이다. 어찌 되었든 간에 서장은 그 발신자 불명의 그림들을 심각하게 생각하는 것이 틀림없었다. 아니면 내가 지나치게 깊이 생각하는 걸까?

「경찰은 협박 편지와 습격 사이에 연관성이 있을 거라고 생각합니다. 정확히 무슨 일이 있었습니까?」

「저도 당신보다 더 많이 아는 건 없습니다. 그날 이른 아침에 나는 전화를 받고 깼습니다. 전화한 사람은 내 상사였는데, 최소한 상대방은 그렇게 말했습니다. 목소리가 평소와 약간 달라서 더 목쉰 소리처럼 들렸는데 나는 감기 걸렸거나 술이 덜 깼을 거라고 생각했죠. 상사가 나에게 즉시 오라고 말했습니다. 우리가 지금 막 마무리하는 중이던 새 주택가의 도면에서 중대한 실수가 발견되었다는 겁니다. 아니면 〈치명적인 실수〉라고 했는지도 모릅니다. 잘 들리지 않았거든요. 나는 일어나서 옷을 입고 아래층으로 달려 내려와 앞마당을 지나서 차고로 갔습니다. 차고 문을 여는 순간 누군가 내 머리에 자루를 씌우더니 나를 끌고 가서 차에 태웠습니다. 살려 달라고 소리치려고 했지만 자루에 뭔가 약을 뿌린 것 같았습니다. 알코올 냄새가 지독하게 났거든요. 내가 기억하는 건 그게 마지막입니다.」

「밖은 여전히 어두웠습니까?」

「막 동이 트고 있었습니다.」

「사람 모습은 못 보셨다고요?」

「못 봤습니다.」

「언제 깨어나셨죠?」

「그때는 이미 종탑에 올라가 있었는데, 물론 나는 내가 어디 있는 건지 몰랐죠. 머리에는 여전히 자루를 쓰고 있었습니다. 다리 아래쪽이 끔찍하게 아파서 정신이 들었습니다. 놈들이 처음에 구멍을 뚫었는데, 그것만으로도 무시무시하게 아팠죠. 하지만 놈들이 밧줄을 힘줄과 뼈 사이로 밀어 넣자 정말 견딜 수가 없었습니다. 그래서 다시 기절했죠. 흔들리면서 벽에 부딪친 건 거의 기억이 안 납니다. 하지만 놈들이 자루를 벗겼을 때 내 손은 묶여 있지 않았어요. 그렇다고 별 소용은 없었지만요. 손으로 머리와 얼굴을 가리고 이승과 작별할 준비를 하면서 내가 내 장례식 종을 스스로 울리고 있다는 걸 희미하게 깨달았죠. 그리고 다시 의식을 잃었습니다. 정신을 차렸을 때 귀청을 찢는 듯한 종소리가 그치고 나는 종탑에 혼자 남아서 괴괴한 정적 속에 이리저리 흔들리고 있었습니다. 귀가 먹었던 거라고요! 그리고 누군가 날 붙잡았죠. 고개를 돌려보니 거기 내 수호천사가 있더군요. 당신이 내 다리를 잡고 알아들을 수 없는 말로 뭔가 지시하고 있었어요. 그리고 다시 모든 게 깜깜해졌습니다.」

「당신을 죽이려고 했던 걸까요? 어떻게 생각하십니까?」

「당신은 어떻게 생각하는데요?」

「그보다는 경고처럼 보였습니다. 최후의 경고요.」

「예, 그 말이 맞는 것 같습니다. 뇌진탕에 갈비뼈가 몇 개 부러졌지만 정말로 나를 죽이려고 했다면 열 번은 죽일 수 있었을 겁니다. 시간은 충분히 있었으니까요.」

「하지만 동기가 뭘까요? 앙심을 품을 이유가 있습니까?」

「올레야르주와 유넥이 가장 먼저 물어본 게 그겁니다. 난 전혀 모르겠어요. 질투? 복수? 예전에 우리 빌라 소유주였던 사람들인지도 모르죠. 정부의 손해 배상 정책에 따라 법정에서 치열하게 싸운 끝에 우리 것으로 만들었거든요. 그게 유넥이 내세우는 이론인데 내가 보기엔 좀 터무니없어 보여요.」

「납치범들은 함정을 파놓았고 당신은 곧장 그 안으로 떨어진 겁니다. 그들은 당신이 그렇게 되리라는 걸 알고 있었어요. 당신에게 일이 얼마나 중요한지 알고 있다는 겁니다.」

「서장님이 한 얘기가 바로 그겁니다. 건축 경쟁사 사람일지도 모른다고 하더군요.」

「그런 회사가 있습니까?」

「무슨 질문이 그래요! 방금 생각난 것만 서른 군데쯤 됩니다. 그것도 프라하에 있는 큰 회사만 꼽은 거예요. 경쟁사는 아주 많아요. 법적인 제재만 없었다면 사방에서 서로 죽였을 겁니다. 평생 감옥에서 썩고 싶지 않을 뿐이죠.」

「다른 회사에 예정되어 있던 계약을 빼앗아 온 적이 있나요?」

「다시 말씀드리지만 그런 질문을 처음 받은 게 아닙니다. 유감이지만 대답은 〈아니다〉입니다. 우리는 그런 식으로 경쟁사의 뒤통수를 친 적은 없어요. 최소한 지난 일 년간은 그런 일이 없습니다. 우리 회사는 내가 아까 말했던 새 주택지 작업에 매달려 있었고 다른 회사들과도 같이 일하고 있었어요. 그렇게 큰 합작 사업을 감히 망치려는 사람은 없을 겁니다.」

「직원들은 어떻습니까? 관계가 좋은 편입니까?」

「아주 좋습니다. 난 사람을 잘 다루거든요. 비결이 뭔지 아십니까? 칭찬과 아첨이에요. 언제나 마술처럼 먹혀들죠.」

「여자 관계에 대해서 말씀하셨는데요. 애인 중에 유부녀가 있습니까?」

내 말을 듣고 그는 생각에 잠겼다.

「무슨 말인지 알겠습니다.」

그가 말했다.

「거의 다 유부녀예요. 그게 말입니다, 범죄 수사대의 당신 친구들은 아무도 그런 생각을 못 하더군요. 다른 한편으로는 당신이 하지 못한 생각을 떠올렸고요. 당신이 모르는 일들도 있습니다. 협박 편지를 받은 사람이 두 명 더 있어요.」

「누굽니까?」

「저도 좀 알고 싶습니다. 유넥과 올레야르주가 여기 왔을 때 그 얘기를 했어요. 나한테 이런 일이 일어났으니 그 두 사람도 경찰에서 신변 보호를 받아야 한다고 말하더군요.」

「올레야르주가 나한테 왜 그 얘기를 안 했죠?」

「당신을 안 믿는 모양이죠. 올레야르주가 그 벨스카라는 여자에 대해서도 말하더군요. 당신과 함께 일하는 그 여자 말입니다. 그 엉덩이 봤습니까? 프라하 경찰의 자랑거리죠. 사실 그 여자도 나를 만나러 한 번 왔었지만 슬프게도 그때는 내가 면회할 상태가 아니었습니다. 그 여자라면 다른 두 사람에 대해서 더 아는 게 있을 거예요. 내가 아는 건 이게 전부입니다.」

놀랄 만큼 날렵하게 그는 침대에서 뛰어나와 목발을 집어 들고 몸을 지탱하여 책상으로 다가갔다. 술병을 하나 골라서 나에게 그 병을 따고 앞으로 우리의 협력을 위해 건배하며 한잔하라고 권했다. 그가 플라스틱 컵에 따라 준 코냑을 마시자 나는 이성을 잃기 전에 언제나 느끼는 그 부자연스러운 흥분 상태에 빠져들었다. 나는 자히르에게 실패한 대학 생활에 대해 이야기했고 건축가로서 계속된 그의 성공 이야기에 귀를 기울였다. 그리고 자히르는 로제타에 대한 이야기로 화제를 돌려 그녀에 대해 모든 것을 알고 싶어 했다. 그의 의도는 뻔히 들여다보였고 그래서 나는 불같이 화가 났는데, 아마 나 자신도 그녀에 대해 비슷한 생각을 하고 있었기 때문일 것이다. 나는 그녀에 대해서 아무것도 알고 싶지 않았다. 나는 그럴 권리가 없었다. 자히르가 내게 코냑을 한 잔 더 따라 주었지만 나는 거의 건드리지 않았다. 그는 내가 부루퉁한 것을 다른 쪽으로 해석하고 히죽 웃더니 내가 로제타에 대해서 내 나름대로 생각이 있다면 미리 그렇게 얘기를 하면 그는 양보해 주겠다고 말했다.

여기에 나는 정말로 흥분했다.

「생각이라니? 무슨 생각 말입니까?」

나는 쏘아붙이고 일어나서 코트를 집어 들었다. 문을 향해 가면서 나는 필요하면 전화하라고 말했다. 자히르가 나를 말리려고 하는 찰나 문이 벌컥 열리더니 젊은 여자가 뛰어 들어와 하마터면 나를 덮쳐 넘어뜨릴 뻔했다. 그녀는 어딘지 뻔한 방식으로 매력적이었다. 술 많은 붉은 머리, 큰 입에 폭포처럼 흘러넘치는 몸매는 바로크식 분수 같았다. 그녀는 자히르에게 달려가 그의 목을 얼싸안았고 그러는 와중에 바나나 한 봉지를 바닥에 떨어뜨렸다. 나는 부인은 아니라고 생각하고 서둘러 병실을 나왔다. 등 뒤로 문을 닫으면서 나는 깔깔 웃는 소리를 들었다. 자동적으로 나는 손을 주머니에 넣었다. 혹은 넣으려고 했다. 안감이 허벅다리 부근에 힘없이 매달려 있었다. 코트를 거꾸로 뒤집어 입은 것이다.

며칠 동안 내 전화는 조용했다. 그뮌드도 자히르도, 심지어 올레야르주도 전화하지 않았다. 밖에는 11월의 납빛 하늘에서 빗물이 끊임없이 흘러내렸고 건너편 아파트에는 종일 불이 켜져 있었다. 나는 감기에 걸렸다. 성당에서 걸린 것이 분명하다. 그래서 나는 목구멍이 쓰리고 콧물이 나고 귓속이 웅웅 울리는 채로 프로셱의 내 조그만 방에 갇혀 있었다. 독서등 옆에 붙어 앉아서 나는 페카르슈의 후스파 운동에 대한 역사책에 정신을 집중하려 했다. 특히 얀 젤리브스키[34]의 신시가지 약탈에 대한 묘사는 소름이 끼칠 정도였다. 아니면 그냥 오한인가?

비는 그칠 줄을 몰랐다. 우산을 쓰지 않고는 길모퉁이의 가게에도 나갈 수 없었다. 그보다 더 야심찬 활동, 예를 들어 다블리체 숲으로 산책을 간다든가 하는 것은 꿈도 꿀 수 없었다. 어쨌든 나는 우산이 없었다. 그리고 내가 가진 〈진정한 형사〉의 레인코트는 입고 나가는 순간 홀딱 젖었다.

나는 화분 속의 이국적인 식물들을 보살피며 시간을 보내기로 했지만 그 식물들은 알아서 자기 인생을 살았고 가끔씩 물을 주는 것 외에는 나를 거의 필요로 하지 않았다. 다만 예외는 보티치 시냇가 옆의 담장 아래에서 발견한 포도 덩굴이었는데, 지난 며칠간 상태가 좋지 않아 보였다. 이전에는 나무 꼬치를 그토록 열심히 붙잡고 있던 덩굴손이 이제는 노랗게 변해서 기운을 잃고 잎사귀에는 흰 반점이 생겨 사산아처럼 생기 없이 흙 위에 축 늘어졌다. 덩굴이 완전히 죽기 전엔 내버리고 싶지 않았기 때문에 나는 그 위에 십자 표시를 만들어 주었다.

내가 며칠 동안 집 밖으로 나가지 않자 프리도바 부인은 걱정하기 시작했다. 그녀는 아마도 내가 지나치게 긴장하여 지쳐 버렸다는 걸 눈치챈 것 같았다. 밤새 잠을 한숨도 못 자고 새벽에야 눈을 붙였다가 정오가 돼야 불편한 자리에서 깨어나는 사람의 뻣뻣하고 불안한 표정을 알아채지 않을 방법

---

34 Jan Želivský(1380~1422). 급진적 후스파 목사로 소위 〈후스 전쟁〉의 시초가 되는 인물.

은 없었다. 그 주가 끝나 갈 무렵인 금요일에 내가 침대에 헛되이 누워서 지친 눈으로 하얀 천장을 쳐다보고 있었을 때, 프리도바 부인이 책을 한 아름 안고 내 방으로 왔다. 그녀는 자신이 가장 좋아하는 책이니 좀 도움이 될지도 모르겠다고 말했다. 밤새워 읽다 보면 불면증에 불면증으로 맞서는 꼴이 될 수도 있지만 말이다. 쿵 소리를 내며 책 무더기를 책상 위에 내려놓고 프리도바 부인은 방을 나갔다.

힘겹게 몸을 일으켜서 나는 팔을 뻗어 책 더미 가장 위에 있는 한 권을 골라냈다. 그것은 호레스 월폴[35]의 『오트란토 성』이었다. 나는 미소 지었다. 아무렇게나 책을 펼쳐 읽기 시작했지만 곧 처음으로 돌아갔다. 그것이 아침의 일이었다. 그리고 문을 두드리는 소리가 들리더니 집주인이 내 저녁 식사를 가져왔다. 나는 하루 종일 불을 켜 놓고 시간 감각을 완전히 잊었던 것이다. 밖은 완전히 깜깜했다. 나는 침대 옆의 시계를 보았다. 7시 45분이었다. 나는 『오트란토 성』을 다 읽었다. 저녁을 먹고 다른 책들 쪽으로 호기심 어린 눈길을 돌렸다. 클라라 리브의 『늙은 영국인 남작』, 앤 래드클리프의 『수수께끼의 우돌포』, 에드거 앨런 포의 『기묘한 천사』, E.T.A. 호프만의 『샌드맨』, 아이헨도르프의 『가을의 마술』, 그 외에도 적지 않게 더 있었다.

그 책들은 나를 치료해 주었다. 일요일이 지나기 전에 팔팔해졌다면 거짓말이겠지만 어쨌든 나는 훨씬 제정신으로 돌

---

35 Horace Walpole(1717~1797). 영국의 역사가, 정치인. 『오트란토성 *The Castle of Otranto*』(1764)은 월폴의 대표작으로 고딕 장르의 시초로 알려져 있다.

아와 있었다. 불면증에 불면증으로 맞서는 방책은 성공했다. 병을 앓는 동안 그리웠던 신시가지를 향해 나는 옷을 입고 출발했다. 카렐 광장에서 나는 〈검은 맥줏집〉에 들어섰다. 가끔 들러 점심을 먹곤 하는 허름한 선술집이었다. 나는 그로그를 주문하고 서서 먹는 테이블 중에서 가장 깨끗해 보이는 쪽으로 향했는데, 그 테이블에서는 나이 든 남자가 몸을 숙이고 수프를 먹고 있었다. 입안을 태우는 듯한 독한 술을 시끄럽게 홀짝이면서 나는 남자의 얼굴을 흘끗 쳐다보았다. 그 사람은 나의 옛날 역사 선생인 네트르셰스크였다.

그는 내가 자신을 알아보았을지 궁금해하며 미소 지었고 우리는 오랜 친구처럼 인사했다. 나는 오랫동안 이야기할 사람이 필요했고 이처럼 좋은 말동무를 찾을 수 없었으므로 좀 더 호들갑스럽게 인사했다. 일요일 점심에 그가 이런 곳에 혼자 와 있다는 건 이상한 일이었다. 그래서 나는 그에게 부인의 안부를 물었다. 그는 소리 내어 웃으며 내가 학생 시절과 전혀 변한 게 없다고 말했다. 그리고 그는 조금 기죽은 듯 자책하는 미소를 띠고 지금 5개월 된 딸이 있는데 집의 시끄러운 소음을 견딜 수가 없을 때면 가끔 탈출하여 이 술집에 온다고 설명했다. 이 나이 든 남자의 민망해하는 표정은 진실해 보였다. 그의 아내가 채식주의자여서, 고기를 좋아하는 그가 가끔 혼자 밖에 나가 제대로 된 체코식 식사를 하는 것에 아내는 신경 쓰지 않는다고 말을 이었다.

나는 세월의 흔적을 찾으려고 그의 얼굴을 관찰했으나 마지막으로 보았을 때보다 조금도 나이 들어 보이지 않았다. 눈은 두꺼운 안경알 뒤에서 총기 있게 빛났고 뺨은 혈색이 좋았으며, 고르지 못한 치아는 담배 때문에 노랗게 물들어 있으니 틀니는 분명 아니었다. 내 생각을 읽은 듯이 그는 결혼 생활이 성공적이며 아내도 꽤 만족해한다고 말했다. 그가 평생 독신으로 살아서 말년에 생활 방식을 바꾸지는 못하리라는 것을 그의 아내도 결혼할 때부터 충분히 알고 있었다. 사람들이 그들 부부를 할아버지와 손녀로 착각하고, 그의 딸은 증손녀로 잘못 안다고 덧붙이면서 그는 다시 한 번 웃었다. 그런 기묘한 가정생활이 얼마나 성공적인지 내 눈으로 볼 수 있도록 그는 나를 자기 집으로 초대했다. 나는 망설이지 않고 수락했다.

그는 바츨라브스카 거리의 평범한 아파트 단지로 나를 데려갔고 우린 엘리베이터를 타고 4층으로 올라갔다. 방 두 개짜리 아파트에서는 뒷마당이 내려다 보였다. 네트르셰스크 선생은 뒷마당이라도 아침에 해가 잘 들어서 좋다고 말했다.

네트르셰스크 부인과의 만남은 조금 민망했다. 처음에 네트르셰스크 선생은 나를 부엌으로 데리고 갔다. 부엌 창문 아래쪽에는 꽃무늬 커튼이 쳐져 있었다. 네트르셰스크 선생은 아내가 그곳에 있을 거라 생각했지만 없었다. 옆에 붙은 거실에도 그녀는 없었다. 그는 아내의 이름을 불렀다. 침실에서 그녀의 목소리가 대답했다. 네트르셰스크 선생은 손가락을 입술에 대고 아기를 깨우지 말라고 신호하며 나에게 침실로 들어가라고 손짓했다.

방 안의 두꺼운 커튼은 닫혀 있었고 늙은 선생은 시력이 나빠서 착각을 했다. 아기는 잠들어 있지 않았다. 네트르셰스크 부인은 어질러진 침대 옆의 구식 안락의자에 앉아 아기에게 젖을 먹이고 있었다. 표정으로 보아 그녀는 남편에게 아기 젖을 다 먹일 때까지 기다리라고 할지 아니면 행복하게 젖을 빠는 아기를 내려놓을지 고민 중이었던 것 같았다. 그것은 아름다운 광경이었지만 내가 보아도 되는 광경은 아니었다. 아기 어머니는 불안하게 미소 지으며 나를 보고는 악수는 조금 있다가 하겠다고 말했다. 나는 아무렇지 않은 척하려 했다.

네트르셰스크 선생이 나보다 더 당황한 것 같았다. 그는 커피를 끓여 올 테니 아내의 말동무를 해주라고 말했고 그래서 나는 그의 아내와 혼자 남아 알아서 처신해야 했다. 나로서는 이런 사적인 순간에 어머니와 아기를 방해하지 않도록 선생님을 따라 부엌으로 가는 편이 훨씬 좋았겠지만 그랬으면 도망치는 것처럼 보였을 것이다. 그래서 나는 침대 발치에 앉았다.

아기가 젖 빠는 소리를 제외하면 방 안은 조용했다. 나는 방 안이 어둠침침한 것이 고마웠다. 뺨이 빨갛게 달아올랐고, 나는 네트르셰스크 부인이 이런 곤란한 상황에 처하게 된 것이 미안했다. 나는 그녀를 곁눈질로 훔쳐보았다. 그녀는 방 안에 다른 사람은 아무도 없다는 듯이 아기에게 밝은 미소를 짓고 있었는데, 어째서인지 그 덕분에 나는 말을 꺼내기가 좀 더 쉬워졌다. 나는 그녀를 여학생 시절의 모습으로 기억한다고 말했다. 그녀는 별로 놀라지 않은 것 같았지만 나를 전혀 기억하지 못한다고 말했다. 그녀는 보다 고학년인 남자아이들만 알아보았고 〈어린애들〉에게는 신경 쓰지 않다고 말했다. 남편의 나이에 비해 그 말이 얼마나 우스꽝스럽

게 들리는지 즉각 깨닫고 그녀는 어색하게 말을 멈추었다. 그 침묵을 메우기 위해서 나는 그녀가 어떤 선생님들에게 배웠는지 물으며 나를 가르친 선생님들에 대해서 회상하기 시작했다. 학교를 같이 다녔으니 그냥 루치에라고 부르라고 그녀가 말했다. 나는 그녀에게 내 이름, 그러니까 이름과 성을 모두 말하고, 너무나 쉽게 말한 데 스스로 놀랐다. 나는 로제타를 생각하며 속으로 감사해했다.

몇 번이나 나는 루치에의 가슴을 훔쳐보았다. 어두운 방 안에서 가슴은 두 개의 둥근 전등처럼 빛나며 거의 폭력적으로 자기주장을 하며 시선을 끌었다. 놀랄 만큼 작았지만 무겁게 부풀어 오른 모습은 분명 젖 먹이는 엄마의 가슴이었다. 하얀 피부에는 조그맣고 푸르스름한 핏줄이 여기저기 솟아올라 있었다. 그녀는 오른쪽 가슴에서 아이의 입을 떼어 왼쪽 가슴으로 옮겼다.

아기가 빨던 자리에 하얀 방울이 나타났다. 내가 보는 앞에서 그 방울은 커다랗게 부풀었고 계속 매달려 있었다. 부엌에서 물이 끓는 소리와 컵이 부딪치는 소리가 들렸다. 마치 그 소리에 귀를 기울인 것처럼 아기는 빨기를 멈추더니 땅딸막한 손을 들어 오른쪽 젖꼭지에 댔다. 매달려 있던 모유 방울이 아기의 손가락을 타고 흘렀다.

또 다른 방울이 나타났고 나는 억지로 고개를 돌렸다. 루치에의 얼굴을 향해 시선을 들었다가 나는 그녀가 순수한 동정의 표정을 띠며 나를 쳐다보는 것을 알고 충격을 받았다. 그녀는 내가 어떤 상태인지 정확히 알고 있었고, 목구멍이 불에 타고 입술이 바짝 마르는 것을 눈치챘다. 그녀의 다음 행동은 내가 전혀 예상치 못한 것이었다. 내게서 시선을 떼지 않고 그녀는 살그머니 아기를 오른쪽 허리로 옮겨 안아 내가 옆에 앉을 공간을 비워 주었다. 뭐가 씌었는지 모르겠지만 제정신을 차리기 전에 나는 나도 모르게 부드럽게 카펫에 내려서서 마치 황홀경에 빠진 것처럼 몇 걸음 다가가 그녀가 앉은 의자로 갔다. 내 손이 그녀의 허벅다리에 닿았을 때 나는 그녀의 손이 내 머리카락을 만지는 것을 느꼈다. 상상할 수 없는 일이 벌어졌다. 아름다운 여자가 나를 어루만지고 있던 것이다. 그녀의 형체는 내 눈앞에서 불분명하게 반짝였다. 확실하게 눈에 들어오는 것은 검은 원 한가운데의 진줏빛 방울뿐이었다. 내 목덜미의 따뜻한 손이 살그머니 내 얼굴을 부드러운 몸 쪽으로 눌렀다. 이 순간이 제일 중요한 거라고 침묵의 목소리가 속삭였다. 하고 싶은 대로 해. 후회하지 않을 것이다. 지금 이 순간이 가장 중요하다. 그러나 나는 그 순간을 붙잡지 못했다. 천천히 나는 아기 쪽으로 고개를 돌렸다. 나는 입술에 아기의 약한 숨결을 느낄 수 있었다. 그리고 나는 아기의 눈을 들여다보았다. 그 눈에 나타난 공포에 놀라서 나는 흠칫 뒤로 물러났다. 그러면서 내 뺨이 루치에의 젖꼭지에 닿았다. 그 자리에는 마치 누군가 할퀸 것처럼 날카롭고 화끈거리는 통증이 남았다.

문 바로 밖에서 컵이 달그락거리는 소리가 들렸다. 나는 눈 깜짝할 사이에 일어서서 창가에 서서 벌어진 커튼 사이로 지저분한 마당을 내려다보았다. 희미한 회색 아지랑이 외에는 아무것도 보이지 않았다. 나는 눈을 깜빡였다. 서서히 건물의 윤곽이 뚜렷하게 보이기 시작했다.

나는 네트르셰스크 선생이 방 안에 들어오는 소리를 들었다. 그는 쟁반을 내려놓고 아내에게 카모마일 차를 가져왔다고 말했다. 그녀는 고맙다고 말하고 내가 커피에 설탕을 넣는지 물어보는 걸 깜빡했다고 말했다. 나는 설탕이 필요 없다고 거짓말하고 손을 들어 루치에의 가슴에 스쳤을 때 뺨에 남은 모유를 닦아 냈다. 분명히 달콤할 거라고 생각했지만 나는 감히 손가락을 핥을 수 없었다. 뜨거운 커피로 입안을 온통 데이며 지나치게 빨리 마신 뒤에 나는 할 일이 있어서 정말로 가봐야 한다고 말했다. 네트르셰스크 선생은 언제 맥주 한잔 하자고 말하며 전화번호를 물었고 나는 그에게 내 번호를 알려 주었다. 그가 내 등 뒤로 조용히 문을 닫고 나서 층계참에 나와서 나는 손가락을 입에 넣고 욕심스럽게 빨았다. 그러나 커피에 데어 버린 혀는 무능한 바보라서 모유의 흔적을 전혀 느끼지 못했다.

10

모든 길은 오르막을 올라
공동묘지로 이어진다.

— 올드르쥐흐 미쿨라섹

다음 날은 시작부터 좋지 않았다.

나는 정각 7시에 나의 오래된 천적인 알람 시계 때문에 깨어났다. 다음 순간 전화가 울렸다. 경험상 나는 이른 아침에 울리는 이런 종류의 소리는 재앙의 전조라는 사실을 알고 있었다. 펜델마노바 부인의 아파트에서도 그랬고 베트로프 언덕의 성당에서도 그랬다. 나는 아직 잠이 덜 깬 채 복도로 나가 전화를 받았고 프리도바 부인이 침실 문 밖으로 고개만 내밀고 쳐다보았다. 전화한 사람은 여자였다. 자신이 누구인지 말하지 않았지만 나는 로제타의 목소리를 알아들었다. 그녀는 비셰흐라드에 대해 뭔가 말했다. 나에게 즉시 의회 센터로 가라고 말했다. 도착하면 무슨 일인지 알 수 있으리라는 것이었다. 그리고 그녀는 전화를 끊었다.

나는 버스를 타고 홀레쇼비체로 가서 전철로 갈아타고 비셰흐라드에 40분 걸려 도착했다. 나는 의회 센터 밖의 포장된 테라스로 올라가는 계단을 뛰어올라 한때는 자랑스럽게 공산당 당대회를 선언했던 두 개의 금속 깃대 쪽을 향해 곧

바로 다가갔다. 두 개의 깃대는 꼭대기에 나무를 댔고 도금한 원뿔이 달려 있었는데 요제 플레츠닉[36]이 프라하 성의 안뜰에 세우려고 디자인한 것이었다. 그 주위에 사람들이 모여서 조그만 무리를 이루고 있었다. 그중에서 나는 유넥과 로제타를 알아보았는데, 둘 다 사복 차림이었다. 로제타는 나를 발견하고 손을 흔들더니 고개를 뒤로 젖혀 뭔가 위에 있는 것을 올려다보았는데, 그 때문에 주위 사람들과 똑같은 코믹한 자세를 취하게 되었다. 우리 곁을 우연히 지나가던 야구 모자 쓴 남자도 따라서 위를 올려다보았다. 그는 걸음을 멈추었고 입술이 올라가 미소를 지었다. 나는 남자의 시선을 따라 깃대 꼭대기를 쳐다보았다. 그것은 기묘한 광경이었다. 어느 장난꾼이 그 위에 양말 두 짝을 씌워 놓은 것이다. 이 때문에 깃대는 물구나무 선 거인의 다리처럼 보였다. 굵직한 허벅다리는 콘크리트 테라스에 박혀 있고 위로 올라갈수록 가늘어져서 날씬한 발목을 지나 양말을 씌운 발에 이르는 것이다. 이것 때문에 날 부른 것일까? 그로테스크한 방식의 공공 기물 훼손 현장을 목격하라고?

나는 로제타에게 인사했다. 그러나 유넥은 한 손에 무전기, 다른 손에는 쌍안경을 들고 너무 바빠서 내가 온 것을 알아보지조차 못했다. 유넥도 로제타도 둘 다 창백했고 다른 구경꾼들보다 훨씬 더 심각해 보였다. 불안해 보이는 젊은 경관 두 명이 주변에서 어슬렁거리고 있었는데, 구경꾼들을 쫓아내야 할지 결단을 내리지 못하는 것 같았다. 나는 목을 빼서 깃대 꼭대기를 다시 올려다보았고 놀랍게도 그 양말에 신발

36 Jože Plečnik(1872~1957). 슬로베니아 출신 건축가.

도 신겨 있다는 것을 알았다. 신발은 각각 다른 방향을 가리키고 있었으며 아침의 산들바람에 살살 흔들려서 마치 거인이 발가락을 꼼질대는 것처럼 보였다. 신발이 진작 떨어지지 않은 것이 신기했다. 누슬레 다리를 따라 카를로프 쪽을 가리키는 신발 위에 불그스름한 비둘기가 앉아서 신발 바닥에 붙은 무슨 찌꺼기를 쪼아 먹었다. 비둘기는 음모를 꾸미는 것처럼 눈을 깜빡이며 우리를 내려다보았다. 우리한테도 한 조각 떨어뜨려 줄지 궁리하는 것 같았다.

뭔가 설명을 들을 수 있을까 싶어서 나는 로제타 쪽으로 돌아섰지만 그녀의 눈은 여전히 깃대 꼭대기를 쳐다보고 있었다. 바로 그 순간 갑자기 거센 바람이 불었다.

「조심해요!」

로제타가 외치면서 재빨리 팔을 앞으로 뻗으며 뒤로 물러섰다. 나도 본능적으로 한 걸음 물러섰다. 깃대 꼭대기의 양말 중 한 짝이 마치 선물을 가득 넣은 크리스마스 양말처럼 무겁게 쿵 소리를 내며 돌로 포장된 테라스 위로 떨어져 둘로 갈라졌다. 한 조각은 푸른색으로 꽤 길었고 다른 조각은 검은색이었는데 훨씬 짧았다. 그 짧은 쪽 조각이 조금 전에 비둘기가 쪼아 먹던 신발이었는데 바닥에 튀어 올라 근처 잔디밭의 사이프러스 덤불 속으로 떨어졌다. 더 긴 푸른 조각은 내가 거대한 양말로 잘못 보았지만 사실 청바지를 입은 사람의 다리였는데, 원래 떨어졌던 깃대 아래쪽에 놓여 있었다.

야구 모자를 쓴 남자가 그것을 먼저 알아보았다. 그는 몸을 푹 숙이고 토했다. 젊은 경관들이 서로 눈짓하고는 구경꾼들에게 여기 계시면 안 된다고 말하기 시작했다. 많은 구경꾼들이 경관들의 말을 듣지 않으려 했다. 유넥이 사납게 명령을 내렸고 경관 한 명이 그의 차로 달려가서 푸른색과 흰색의 〈사건 현장〉 테이프를 가져왔다. 몇 분 내로 그 구역은 차단되었다. 로제타가 구역질하는 남자를 데리고 나가서 검은 정장과 트렌치코트를 잘 차려입은 남자에게 맡겼고, 그 남자는 가슴주머니에서 술병을 꺼내 응급 처치를 해주었다.

　나도 한 모금 마셨으면 싶었다. 잘라진 다리 옆에 쭈그리고 앉아서 나는 접혀 올라간 데님 바짓단 아래로 드러난 창백한 살갗을 넋을 잃고 들여다보았다. 다른 쪽 끝, 그러니까 허벅다리를 반쯤 올라가서 천이 찢어진 곳은 도저히 볼 수가 없었다. 유넥이 칙칙거리는 무전기에 대고 누군가에게 소리치고 있었다. 검시관이 사건 현장에 오지 않겠다고 하는 모양이었다. 로제타는 그동안 기절한 젊은 여자를 되살리려고 하고 있었다. 나는 정신을 가다듬고 신발을 찾으러 나섰다. 덤불 사이에서 쉽게 찾아내어 유넥에게 갖다 주었는데, 그는 여전히 병리학자와 말다툼을 하고 있었다. 그는 무전기에 정신이 팔린 채 내가 내미는 신발을 낚아채어 마치 전화기처럼 다른 쪽 귀에다 갖다 대었다. 이 남자는 한 번에 전화를 두 통씩 받는 데 익숙한 사람인 것이다. 자기 실수를 깨닫고 유넥은 대화를 멈추지 않은 채로 위협하듯이 얼굴을 내 쪽으로 바짝 들이밀었다. 유넥이 못된 성격이라는 자히르의 말은 옳았다. 나는 물러서서 유넥이 더러운 신발을 자기 외투 주머니에 넣는 것을 손짓으로 막으려 했다. 그러나 그는 이미 집어넣었다. 나는 잘린 다리 쪽으로 돌아가서 이번에는 억지로 끔찍한 상흔을 살펴보았다. 혈흔이 전혀 없었다. 머릿속에 처음 떠오른 생각은 다리가 깃대를 타고 미끄러지며 내려왔다는 것이었지만 얼른 한 번 위를 쳐다보고 그렇지 않다는 사실을 깨달았다. 그렇다면 피해자가 아직 땅 위에 있는 동안 피를 배출시켰다는 뜻이었다. 부러진 대퇴골 — 그렇다, 다리는 잘린 것이 아니라 부러졌다 — 주위의 살에는 깃대 꼭대기에 박혔던 자국이 남아 있었다. 경직된 근육이 깃대 꼭대기의 둥근 윤곽을 그대로 유지해 준 것이다.

다른 한쪽 다리는 여전히 의회 센터의 깃대 꼭대기에 의기양양하게 매달려 있었고 그 검은 신발은 누슬레 계곡 너머나 슬루피를 가리키고 있었다. 그 다리를 떼어 내기 위해서 기중기를 불렀는데, 도착하기까지 거의 한 시간이 걸렸다. 다리는 두 개 다 몸에서 같은 방식으로 분리되었다. 자르지 않고 부러뜨려 비틀어 떼낸 것이다. 병리학자는 신발의 크기와 피부의 털을 보더니 남자의 다리라고 선언했다. 그는 더 자세한 검시를 위해 다리를 가져가기 전에 시신은 어디 있냐고 물었다. 사람이 이런 식으로 양쪽 다리를 잃고도 살아 있을 수는 없다는 것이었다. 그러나 인근 지역을 샅샅이 수색한 결과 시신은 찾지 못했다.

10시가 조금 넘어 서장이 도착했다. 그는 낙담해서 어떤 종류의 결정도 내릴 수 없어 초췌해 보였다. 지난번에 사무실에서와 마찬가지로 그는 불시에 놀란 것 같았다. 그는 오른쪽 귀에 비단 손수건을 대고 머리를 흔들었는데, 그 대머리에는 영화 속 갱스터 같은 말쑥한 중절모자를 쓰고 있었다.

그는 입을 열자마자 문제의 다리가 자히르의 것이냐고 물었다. 로제타가 자히르는 멀쩡한 게 확실하다고 신랄하게 대답했다. 방금 병원으로 전화했는데 그는 자신의 모든 신체 장기가 정상적인 상태이니 병실 침대로 와서 직접 확인하라고 초대했다는 것이다. 나는 그 뻔뻔스러운 언사에 남모르게 분개했다. 유넥도 화를 냈는데, 나와 같은 이유 때문은 아니었다. 그가 로제타에게 자히르한테 다리 이야기를 해서는 안 되었다고 쏘아붙이자 로제타는 어깨를 움찔하며 그가 같은 일을 겪기 전에 경고를 해야 했다고 대답했다.

앞으로 계속될지 모르는 말다툼을 피하기 위해서 나는 그 다리가 협박 편지를 받은 두 명 중 한 명의 것일지도 모른다고 말했다. 유넥은 대체 누가 나한테 그 얘기를 했냐고 물었다. 그래서 나는 자히르라고 대답했다. 유넥은 자히르가 사기꾼에 바람둥이이며 언젠가 된통 벌을 받을 것이라고 고함치고는 자히르 사건 뒤에는 반드시 여자가 있을 거라고 덧붙였다. 여기서 올레야르주가 나서서 우선 손수건을 살펴보고 주머니에 넣은 뒤에 다른 두 사람이 누구인지 나도 알아 두는 편이 좋겠다고 말했다. 그들의 이름은 레호르주와 바르나바슈였다. 범죄 수사반은 오전 내내 그들과 연락을 취하려고 애쓰는 중이었다. 그러나 바르나바슈는 전화를 받지 않았고 레호르주는 출장 중이었다.

유넥은 어디론가 가버렸다. 의회 센터 로비일 거라고 나는 짐작했는데, 야간 근무자들 중에서 목격자가 될 만한 사람들의 명단을 만들기 위해서였다. 올레야르주는 사무실로 돌아간다고 말하고 로제타에게 가능한 한 빨리 레호르주와 바르나바슈와 연락해서 피해자가 아닌 걸 확인하라고 말했다. 로제타는 차에 타서 시동을 걸었다. 그리고 내가 자기 쪽으로 달려오는 것을 보고 그녀는 창문을 내렸다. 나는 레호르주와 바르나바슈의 직업이 뭐냐고 물었다. 차 엔진이 드르륵 떨더니 조용해졌다. 로제타의 대답과 그녀의 눈에 나타난 기묘한 표정 때문에 나는 깜짝 놀랐다.

「이미 아실 거라고 생각해요.」

그녀가 옳았다. 나는 레호르주와 바르나바슈가 건축가이거나 건축공학가일 거라고 확신했다.

로제타는 차를 몰고 가버리기 전에 나에게 전해 줄 메시지가 있다고 했다. 주위를 재빨리 둘러보고 아무도 엿들을 수 없다는 걸 확인한 뒤에 그녀는 그뮌드가 나 슬루피의 성수태고지 성당 밖에서 2시에 기다리고 있을 것이라고 말했다. 나는 그렇다면 당신도 분명 그때 다시 보겠다고 말했다. 그녀는 고개를 끄덕였다. 그리고 그녀는 마치 방금 생각났다는 듯이 주머니에서 열쇠 뭉치를 꺼내어 차창 밖으로 내게 넘겨주었다.

「성당 열쇠예요.」

그녀가 미소 지었다.

「어제 받았어요.」

놀랍게도 그녀는 그뮌드와 나만 성당에 갈 거라고 덧붙였다. 그녀는 나중에 합류한다는 것이었다.

「하지만 그건 규정에 어긋나잖아요!」

내가 항의하고는 즉시 상황이 얼마나 황당한지 깨달았다. 민간인이 경찰관에게 경찰 규정에 대해 상기시키는 것이다.

「규정에 어긋나요?」

그녀는 거의 딱딱한 어조로 되풀이했다.

「올레야르주에게 알리면 안 됩니다. 그뿐이에요. 절대로 안 돼요.」

나는 무슨 다른 일이 그렇게 급해서 우리와 같이 갈 수 없는지 물었다. 우리와 함께 가더라도 그녀에게는 마찬가지로 근무일 텐데 말이다.

「당신이 알 바 아니에요.」

그녀는 차를 출발시켜 가버렸다.

나는 약속 시간 훨씬 전에 성수태고지 성당, 혹은 가끔 불리는 별명대로 〈잔디 위의 성모〉 성당에 도착했다. 알베르토프 거리를 걸어가면서 나는 눈을 가늘게 뜨고 해를 쳐다보았다. 거의 2주 정도 진눈깨비와 가랑비가 온 끝에 해는 이제 뒤늦게 익은 황금 사과처럼 비셰흐라드 위에 낮게 매달려 있었다. 나는 근처의 카렐 대학교 의과 대학에서 나온 학생들 한 무리를 지나쳤는데, 그 외에 거리는 조용하고 인적이 없었다. 나 슬루피에서 전차의 벨소리가 들려왔다. 더 멀리서 기차가 비톤 다리 위를 덜컹거리며 지나갔다.

나는 한때 그렇게 자주 찾아갔던 성당의 뾰족탑을 올려다보았다. 그것은 이슬람 사원의 첨탑처럼 팔각형이었으며 뾰족하게 깎은 연필처럼 까만 끝부분으로 올라갈수록 가늘어져서, 작가들을 위한 완벽한 은신처가 될 것이라고 나는 종종 생각했다. 14세기에 처음 지어졌을 때 연필은 아직 일상용품이 아니었지만 창조와 창조력의 주님을 대하는 건축가의 겸손함은 성당 전체의 디자인에 분명하게 드러났다. 오늘 그 뾰족탑은 보통 때보다 더 높아 보였는데, 이유는 나도 정확히 알 수 없었다.

로제타가 준 열쇠 뭉치가 주머니 안에서 찔렁거렸다. 손에 들고 무게를 가늠하면서 나는 일종의 권력을 느꼈다. 마치 그 열쇠로 열게 될 문들이 나를 그저 고딕 양식의 성당이 아니라 지식의 전당으로 데려다 줄 듯한 느낌이었다. 나는 시선을 들어 카렐 광장으로 이어지는 거리를 쳐다보았고 성 엘리자베타 병원 지붕과 반석 위의 성 요한 성당 첨탑과 식물원의 밤나무 너머로 파우스트의 집의 거무스름한 윤곽을 간신히 알아볼 수 있었다. 오전 내내 나는 로제타의 행동을 이해하려고 애썼다. 어째서 그토록 예민했는지, 그러면서도 미치광이 살인범의 악의적인 장난이 분명한 사건을 목도하고도 어떻게 그렇게 냉정하고 당연하다는 듯 행동할 수가 있었는지? 그러면서 나는 나 자신도 사건이 얼마나 끔찍한지를 스스로 완전히 인정할 수 없었다는 것을 깨달았다. 나는 어째서 갑자기 그렇게 무감각해진 걸까? 한때는 어떤 일에도 흔들리지 않는 경찰관이 되려고 노력했지만 이제는 그 시절로부터 많이 멀어지지 않았는가. 어쩌면 그저 자기 보호 본능이었을지도 모른다. 누군가의 몸에서 두 다리를 뜯어내어 국기 대신 깃대 위에 장식해 놓은 따위의 무시무시한 사건이 내 인생에 그림자를 드리우게 할 필요는 없지 않은가? 과거에 이런 사건은 일종의 경고가 되었을지도 모른다. 하지만 지금 같은 시대에? 이렇게 폭력적인 시대에 다리 두 개 정도가 무슨 대수인가? 깃대 위의 다리는 물론 끔찍하지만 한편 우스꽝스럽기도 하다. 요즘 사람들은 좀 어두운 농담을 좋아한다. 그렇지 않다면 대안이 없다. 웃으면 살아남지만 겁내면 죽는 것이다.

그러나 웃음은 우리를 더 현명하게 해주는가? 환희의 눈물과 비탄의 눈물 중 어느 쪽을 통해서 우리는 세상을 더 똑똑히 보게 되는가?

나는 시계를 보았다. 2시 15분이다. 나는 나 슬루피를 위아래로 살펴보고 두 번째로 알베르토프와 보토츠코바와 호르스카 거리를 걸으며 성모 마리아 시종회 수녀원 주위를 돌아보았다. 여전히 그뮌드의 모습은 보이지 않는다. 나는 공중전화를 찾아내 그의 호텔로 전화했다. 데스크 직원이 그뮌드 씨는 방에 없다고 알려 주었다. 그가 전날 밤 자기 방에서 잤는지 물어보자는 생각이 문득 떠올랐다. 그게 현명한 일일까? 나는 어쨌든 물어보았다. 그러나 질문을 입 밖으로 내기도 전에 여직원은 전화를 끊어 버렸다.

성당으로 돌아와서 나는 뾰족탑 아래의 정문으로 가서 문을 열어 보았다. 잠겨 있었다. 나는 열쇠를 꺼냈다. 잘 맞았다. 자물쇠는 소리도 내지 않고 아무런 저항 없이 하나하나 열렸다. 나는 마지막으로 그뮌드를 찾아 주위를 둘러보고 안으로 들어갔다.

안은 밝고 따뜻했다. 가장 먼저 눈에 들어온 것은 기둥이었다. 거대한 대좌 위에 놓인 장식 없이 단순하고 둥근 10미터쯤 되는 돌기둥이다. 꼭대기에서 가지를 쳐서 리브 볼트[37] 천장으로 이어지는데, 리브 볼트는 기둥 위로도 5미터는 더 솟아올라 두 개의 본당 통로를 분리하는 용골 문양과 합류했

---

37 갈비뼈 같은 십자형 무늬가 교차하는 아치 천장. 높은 천장의 무게를 더 잘 지탱하기 위해 고안된 형태로 고딕 양식의 특징이다.

다. 발빈[38]이 이 성당이 체코 건축의 정수를 대표한다고 여기며 그토록 매료된 것도 무리는 아니었다. 그리고 기둥보다 더 적절한 상징이 어디 있겠는가라고 생각했다. 기둥은 그 자신뿐만 아니라 건축 구조 전체를 떠받치면서 건물 안에 들어오는 모든 사람을 보호한다. 천장의 아치와 창문 사이의 벽과 기둥 자체를 포함하여 석조물은 회칠을 해서 흰색이었는데, 완전무결하고 깨끗하다는 인상을 주어 과거의 신성 모독을 잊게 하였다. 14세기 후반에 성당 내부는 당시 고딕 성당이 모두 그랬듯이 색채의 향연이었다. 천장은 푸른색과 금색이었고 창문은 노란색, 녹색과 빨간색이었다. 심지어 동양적인 문양도 있었는데, 십자군 기사들이 다마스쿠스와 예루살렘과 안티오크[39]에서 가져온 디자인이 이곳에서 새로운 표현과 수많은 변형을 만들어 냈다. 천장의 갈비뼈 모양 아치는 은색과 진홍색 줄무늬로 칠해졌고 본당 통로와 성단소를 나누는 거대한 아치의 에메랄드빛 세로홈 장식에는 금도금한 꽃잎이 번쩍였다. 성부와 성자와 성신의 현현을 찾고자 하는 중세의 신도는 어느 쪽으로 눈을 돌리든 영생의 상징인 환상적으로 얽힌 꽃문양을 보게 되었다. 이제는 사라진 지 오래된 시각의 향연이다.

나는 돌기둥을 향해 다가갔다. 창문으로 들어오는 빛이 그 기둥에 특이한 각도로 반사되어 마치 기둥이 거대한 네온 전등처럼 스스로 그 공간을 밝히는 것 같았다. 그 순수한 단순함과 장식의 부재는 성당 내부와 기묘한 대조를 이루었다.

---

38 Bohuslav Balbín(1621~1688). 체코의 문학가, 역사가이자 교육자.
39 Antioch. 고대 그리스 도시이며 초기 그리스도교의 성지.

중세 이전의 어느 기능주의자가 디자인했을지도 모를, 딱 잘라 규정지을 수 없는 건축 양식의 매끈한 돌기둥이다. 나는 회칠 아래에서 빨간 색조를 찾아낼 수 있을지도 모른다는 생각에 열쇠로 기둥 표면을 긁었다. 전설에 따르면 교회가 지어지기 전 이교도의 시대에 기둥은 희생 제물을 바치는 장소였고 동물과 인간 제물의 피로 붉은색이었다고 한다. 그것은 만족을 모르는 이교의 신이 강요한 십일조였다. 십자가와 성수와 함께 기독교도들이 들어온 이후 그들은 기둥을 닦아 내는 대신 지붕의 무게로 짓누르는 편이 현명하겠다고 생각했다. 그리스 신화의 아틀라스처럼 이 기둥이 아무런 해도 끼치지 못하게 하는 유일한 방법은 영원토록 짓누르는 것뿐이었다.

나는 날카로운 칼날이 냈을 법한 움푹 들어간 자국을 찾아 손가락으로 표면을 쓸어 보았다. 아무것도 없었다. 마치 고대의 기둥이 살아 있는 조직으로 스스로 상처를 덮은 것만 같았다. 나는 손바닥을 돌 표면에 대고 눌렀다. 그러자 나는 희미한 움직임을 느꼈다. 몇 세기 동안이나 움직이지 않았던 돌기둥이 떨고 있었다.

갑자기 나는 멀리서 발소리를 듣고 겁에 질려 몸을 돌렸다. 그러나 아무도 없었다. 성 슈테판 성당과 성 아폴리나리 성당에서와 똑같은 느낌이 남아 있을 뿐이었다. 제단은 확실하게 비어 있었고 오르간실은 으스스하게 조용했다. 성단소의 그 장엄한 부동성을 뒤흔드는 것은 오로지 내 발걸음이 흩어 올린 먼지 몇 톨뿐이었다. 나는 천상의 아름다움 속에 혼자 있었다. 소리는 분명 밖에서 들려왔을 것이다.

150년 전에 성당과 근처의 수도원은 이 지역의 정신 병원으로 사용되었다. 공교롭게도 바로 그 덕분에 성당은 파멸과 파괴로부터 무사할 수 있었고 그 뒤로 곧 다시 축성되었다. 프라하의 독실한 신자들에게는 1년에 한 번 성당에 들어오는 것이 허용되었다. 그 이전에 수도원은 사관생도들의 학교였는데, 생도들은 이곳으로 여자를 데려와서 한때 성스러운 미사가 집전되었던 곳에서 파렴치한 난교 파티에 탐닉했다. 군인들은 언제나 짐승 같다. 세상에는 변하지 않는 것도 있는 법이다.

18세기 초엽에 군대는 나 슬루피의 성모 마리아 시종회 수도원으로 옮겨 갔고 그 뒤에는 요셉 2세의 명령으로 폐쇄되었다. 킨스키 연대와 칼렌베르그 연대의 사격수와 기병들은 이곳을 마치 자신들이 정복한 적군의 영토처럼 대했다. 신성불가침 따위는 없었다. 그들은 손이 닿는 것은 무엇이든지 가져갔다. 오르간 파이프를 녹여서 납과 섞어 총알로 만들었다. 그러나 1420년 가을에 일어난 일에 비하면 이런 건 아무것도 아니었다. 후스파의 군대가 하느님의 집을 요새로 삼고 비셰흐라드를 향해 총탄을 퍼부었던 것이다.

나는 기둥 옆에 무릎을 꿇고 돌 표면에 이마를 댔다. 절박하게 기도를 하고 용서를 빌고 싶었다. 무슨 말을 할지 마음속으로 생각했지만 목에 걸려 나오지 않았다. 내가 거의 알지도 못하는 사람들이 저지른 일에 대하여 어떻게 돌에게 용서를 빌 수 있단 말인가? 연민의 눈물이 시야를 가렸다. 그러나 눈물은 뺨으로 흘러내리지 않고 포석으로 곧장 떨어졌다. 구름 낀 영혼에서 내리는 빗방울이다.

그리고 나는 별을 보았다. 작고 반짝이는 금빛 별이 땅으로 떨어지고 있었다. 또 하나…… 그리고 또 하나……. 그리고 반짝이는 한 무더기의 별들이 한꺼번에 떨어졌다. 나는 하나를 집어 들어 살펴보았다. 장인의 섬세한 손가락으로 종잇장처럼 얇게 두들겨 편 부드러운 금 조각이었다. 그리고 또다른 조각이 내 옆에 떨어졌는데, 이번에는 금색이 아니라 깊은 하늘색이었다. 내 손바닥만큼 컸지만 깃털처럼 가벼웠다. 나는 위를 쳐다보았다. 채색된 천장 속 밤하늘에 창백한 별 모양의 자국만 남긴 채 별들이 하나씩 하나씩 떨어져 금빛으로 소용돌이치며 바닥에 내려앉았다. 다시 한 번 나는 오래된 돌기둥이 떨리는 것을 느꼈다. 이번의 진동은 지난번보다 강했다. 저 높은 곳에서 구멍 뚫린 천개가 마치 내 위로 무너질 듯이 덜덜 떨며 우르르 소리를 냈다.

갑자기 대소동이 벌어졌다. 돌연히 사방에서 사람들이 나타나서 미친 듯이 뛰어다녔는데, 뭔가 준비를 하려는 것 같았다. 그리고 마치 거대한 망치로 맞은 것처럼 벽에 금이 가기 시작했다. 유리가 깨졌다. 천장에서 회칠이 조각조각 떨어져서 군인들의 헬멧 위에 푸르스름한 눈송이처럼 내려앉았다. 한 남자는 헬멧에 재앙의 전조처럼 빨갛게 번쩍이는 별을 달고 가슴에 성배의 문장이 장식되어 있었다. 그는 내 옆을 달려 지나가면서 나를 거의 쓰러뜨릴 뻔했고 제단에서 멈추더니 돌아서서 성당 전체를 둘러보며 뭔가 반짝이는 막대기 같은 것을 들어 성단소의 중간 창문을 가리켰다. 나는 그것이 칼이라는 사실을 깨달았다. 다른 남자가 서둘러 달려와서 고함치기 시작했지만 귀가 먹을 것 같은 소음 속에서 나는 그

말의 내용은커녕 어느 나라 말인지도 잘 알아들을 수 없었다. 그래도 그 분노에 찬 어조로 보아 욕을 하고 있다는 걸 짐작했다. 첫 번째 남자는 그 외침을 듣고 칼을 허공에 높이 들더니 마치 뭘 할지 결정하려는 듯 주위를 둘러보았다. 어딘가에서 어떤 목소리가 소리쳤다. 「여기다!」 별과 성배 문장을 단 남자는 성단소 반대편으로 달려가서 중간 창문 아래 멈추더니 다시 칼을 들었다. 다른 남자는 성당에서 뛰어나갔다. 대체 무슨 일인가? 중세식 술래잡기 놀이인가? 그동안 우르릉거리는 소리는 천둥 같은 포효로 변했고 이제는 북쪽 통로 밖에서 들려오는 것 같았다. 돌연히 무시무시한 굉음과 함께 내 뒤의 벽이 폭발하여 뻥 뚫렸다.

커다란 구멍으로 어떤 거대한 물체가 나타났다. 먼지가 가라앉고 나서 나는 그것이 무쇠 시즈엔진[40]이라는 것을 알았다. 그 한쪽 끝은 전함의 뱃머리처럼 뾰족하게 튀어나와 있었다. 그 뱃머리에 주먹을 꽉 쥔 모양의 무쇠 공성 망치가 매달려 있었는데, 사람의 머리보다 크고 회칠과 벽 잔해가 묻어 희끗희끗했다. 그 무시무시한 거인을 열 명의 장정이 바퀴에 실어 교회 안으로 밀고 들어오는 중이었다. 그들은 딱 벌어지고 다부진 체격의 남자들이었는데 빛바랜 겉옷과 손으로 짠 타이즈를 입었고 모두 손에는 시즈엔진을 바퀴에 묶은 가죽 끈을 움켜쥐고 있었다. 천천히 그들은 괴물을 반대편으로 돌렸고 공성 망치가 그 거대한 몸집에 가려 보이지 않게 되었다. 그 대신 남자들의 머리 위로 긴 검은색 총열이 빛났다. 그

---

40 주로 성벽을 뚫는 데 사용되는 공성 망치, 투석기, 대포 등 대형 전쟁 무기의 총칭.

것은 거대한 장총이나 일종의 15세기 화승총처럼 보였으나 내가 읽어 본 현대의 무기 설명에 나온 그 어떤 종류보다도 훨씬 컸다. 남자들은 별을 단 남자가 서 있던 성단소 창문 아래로 기계를 끌고 가서 단번에 강력하게 힘주어 끌어 올렸다. 창문이 깨지고 돌 창틀 조각이 수많은 주사위처럼 바깥으로 흩어져 떨어졌다. 그 총열이 어디로 향하는지 확실히 알 수 있었다. 똑바로 비셰흐라드를 겨누고 있는 것이다.

벽이 허물어진 곳에 갈고리가 단단히 걸렸다. 누군가 소리쳐 명령을 내리자 열 살쯤 되어 보이는 어린 소년이 기계 위로 뛰어 올라가서 몸을 굽혀 뭔가를 줍더니 원숭이처럼 날렵하게 총열 끝으로 기어올라 창문의 좁은 틈에 자리를 잡았다. 누군가 다른 사람이 소년에게 쇠막대기를 던져 주었고 소년은 그것을 받아서 총열을 청소하고 화약을 쑤셔 넣었다. 나는 소년이 손에 오렌지 정도 크기의 반짝이는 납공을 든 것을 보았는데, 그것은 금세 총구 안으로 사라져 버렸다. 그 공이 쿵 소리를 내며 대포의 후부로 떨어졌을 때 소년은 이미 창틀에서 뛰어내린 뒤였다. 녹색 튜닉을 입고 허벅다리까지 올라오는 장화를 신고 모자를 쓰지 않은 남자가 나무 바퀴 위로 올라가서 도화선에 횃불을 댔다. 귀가 먹을 듯한 폭발음이 건물 전체를 뒤흔들었다. 통로 위의 천장에서 떨어져 나온 벽돌 몇 개가 바닥으로 떨어져 깨졌다. 회색 먼지 구름이 사방을 전부 가려 버리기 전에 나는 반동 때문에 대포 바로 앞의 벽이 갈라진 것을 보았다. 그러나 대포는 꿈쩍도 하지 않고 다시 한 번 장전해 주기를 기다리고 있었다. 남자들은 걱정스럽게 천장을 올려다보았다. 뿌리까지 흔들리고 모욕당한 채로 성당은 오로지 강력한 기둥에 의지하고 있었다. 나는 손으로 귀를 가리고 눈을 꽉 감았다.

눈을 다시 떴을 때 프룬슬릭이 선 채로 나를 내려다보고 있었다. 손에는 금사슬이 달리고 귀퉁이에 금도금 장식을 씌운 가죽 표지의 조그만 공책을 들고 있었다. 그것은 그뮌드가 갖고 있던 것과 똑같았다. 내 혼란스러운 표정을 보고 프룬슬릭은 공책을 재빨리 바지 주머니에 집어넣었다. 그 순간 조그만 단검의 장식된 손잡이가 그의 재킷 아래에서 잠깐 번쩍였다. 그는 허리를 처음에는 왼쪽으로 그러고 나서는 오른쪽으로 비틀고 입술을 일그러뜨려 악의에 찬 미소를 지었다.

「이럴 수가 있나!」

그가 의기양양하게 말했다.

「존경하올 우리 역사 전문가 탐정 나으리께서 이번엔 또 뭘 하고 계신가그래? 또 무슨 나쁜 꿈을 꾸셨나? 양심에 가책을 느끼시나? 저런, 재채기도 하시네?」

회벽 부스러기 먼지 때문에 재채기가 나왔지만 정신을 차리고 보니 먼지는 흔적도 없었다. 모든 것이 이전과 똑같았다. 창문도 멀쩡했고 벽도 언제나 그렇듯이 믿음직하고 단단했다.

「무슨 소리 못 들었어요?」

내가 여전히 어리둥절한 채로 중얼거렸다.

「당신이 재채기하는 소리를 들었지요, 물론. 그리고 그 전에는 혼자서 뭐라고 흥분해서 떠들더군요. 사실 너무 흥미로워서 내가 메모를 좀 했소이다. 꿈이 내 전문 분야라서요. 언제나 지그문트 프로이트 늙은이의 열렬한 팬이었지요, 키도 좀 작고 그렇다 보니. 당신을 녹슨 자명종 시계처럼 조각조각 분해해 줄 수 있답니다! 내가 어떤 끔찍한 일들을 만천하에 드러내 줄 수 있는지 알면 놀랄걸요. 사람들이 항상 놀라더군요.」

나는 일어나서 존재하지 않는 먼지를 바지에서 털어 냈다. 시계를 보았다. 4시 15분이었다. 내가 예상한 것보다 적어도 한 시간 반은 늦은 시각이었다.

「그뮌드 씨는 어디 있죠?」

「바빠요. 내가 대신 왔죠. 나 반갑지 않아요?」

길고 어색한 걸음걸이로 그는 제단 위의 거대한 아치 천장의 길이를 발걸음으로 재기 시작했다. 그 모습은 조그맣고 보기 흉한 안짱다리 새 같았다. 해변 도요나 민물도요, 혹은 정수리에서 위로 바짝 솟아오른 머리카락 때문에 댕기물떼새처럼 보이기도 했다.

「뭘 하는 겁니까?」

내가 내뱉었다.

「마티아슈와 나는 몇 가지 리모델링을 계획하고 있어요. 두고 보쇼. 예를 들면 여기 이걸 봐요. 원래는 아주 다른 모습이었지.」

그는 부조 장식이 있는 신고딕 양식의 설교대 앞에 서 있었다.

「그뤼버가 원래의 고딕 양식 특징을 많이 복원했지요. 뛰어난 작품 아닙니까?」

나는 그가 설교대를 말하는 것이라 생각했지만 어쩐지 그보다는 자기 자신에 대해 말하는 것 같았다.

「하지만 그뤼버[41]는 작업을 끝내지 못했어요. 우리는 새 신도석을 설치할 거요. 1385년에 성당이 축성되었을 때, 지붕이 완공된 그해에 여기 있었던 신도석의 모조품이지. 그때는 굉장한 광경이었을 거요! 엄청난 대사건 아니냐고! 그때 거기서 직접 보지 못한 게 유감이지. 하지만 카렐 대제도 그러지 못했죠. 바츨라프 4세도 프라하가 아니라 토츠닉 성에 가 있었지. 당신은 자기 얘기를 몇 가지 했었죠. 역사는 반쯤 기억된 조그만 꿈의 조각들로 만들어졌고 그 조각은 하나하나 믿을 수 없을 정도로 소중한 거요.」

그는 내 쪽으로 경중경중 뛰어와서 눈을 찡긋했다.

「그 로제타라는 여자 꽤 괜찮죠, 안 그래요?」

「로제타가 무슨 상관입니까?」

내가 쏘아붙였다.

「뭘 암시하려는지 모르겠지만 그만두셨으면 좋겠소.」

「암시해? 날 뭘로 생각하는 거요? 난 말을 빙빙 돌리지 않아요. 그냥 부리를 열고 까악! 까악! 까악! 내 넥타이 마음에 들어요?」

내 시선은 프룬슬릭의 광기 어린 얼굴에서 목에 걸린 가느다란 노란색 장식물로 향했다. 넥타이는 만화 같이 웃는 사자 얼굴 수십 개로 뒤덮여 있었다. 나는 질문하듯 눈썹을 치켜올렸다.

「오늘 어째 말이 잘 안 통하는 것 같군요.」

그가 낄낄거리면서 미치광이 같은 원을 그리며 내 주위를

41 베른하르트 그뤼버Bernhard Grueber(1807~1882). 독일의 건축가, 예술사학자.

펄쩍펄쩍 뛰었다. 푸른 정장과 주황색 닭볏 같은 머리카락 때문에 그는 흔들리는 가스 불꽃처럼 보였다.

「그럴 때는 한 번씩 뻥 차주는 게 약이죠.」

돌연히 그는 장난을 멈추고 완전히 진지해졌다.

「저쪽 부각된 문양 보입니까?」

그가 천장을 가리키며 말했다.

나는 그의 손짓을 따라 시선을 돌렸다. 갈비뼈식 아치의 정점에 부조된 문양이 있었다. 그것은 성난 사자였다.

「불쌍한 것.」

그가 말했다.

「사람들이 저 바보 같은 양파를 탑 위에 올렸을 때 야수의 왕이 어떤 기분이었을지 생각해 보세요! 그 굴욕이라니! 사람들이 그뤼버를 불러와서 천만다행이었지.」

「19세기 고딕 재건축을 말하는 겁니까?」

「물론 그 얘기지요. 말이 나왔으니 말인데 그가 당신을 보고 싶어 해요. 이건 명령이 아니라 요청이지요. 그는 명령은 하지 않으니까요.」

「누가요? 그뮌드 씨요?」

「후회하지 않을 거요. 오늘 정말로 이해가 좀 느리네요, 그렇죠? 내 말을 듣기는 하는 겁니까?」

그는 불타는 성냥 같은 머리를 내 얼굴에 들이밀었다.

「무슨 생각을 하고 있죠? 사랑에 빠졌다는 말은 하지 마요! 그래, 반드시 당신이어야만 하지, 다른 사람으로는 안 될 테니까. 그뮌드 말이오, 로제타가 아니고, 하긴 무슨 일만 벌어지면 곧장 로제타한테 달려가겠지만. 백작은 나보다 당신을 더 좋아하는 것 같더군. 당신이 뭘 어떻게 잘해서 그런지는 모르겠지만 뭐 아무래도 상관없지. 당신을 한번 쭉 훑어볼 거요. 예전 실력을 보는 거지. 그런 뒤에 당신을 쫓아 버리든지 아니면 일을 잘한 대가로 보너스를 듬뿍 줘서 어디서 신나게 즐기도록 해주는 거지.」

「뭣 때문에요? 단 한 번이라도 말이 되는 소리를 할 수는 없어요? 나더러 그뮌드의 호텔로 찾아가라는 말인가요?」

「바로 그거요!」

「미안하지만 그건 못 하겠어요. 이미 들었을지 모르겠지만 지난밤에 또 살인 사건이…… 아니, 폭행 사건이 벌어졌어요. 이번에는 그 결과, 피해자가 사망했고요. 경찰이 아직도 피해자의 신원을 밝히려고 하고 있어요. 내가 필요할지도 몰라요. 그뮌드 씨는 나중에 찾아가도록 하죠.」

「전형적인 경찰이로군. 모두들 다 아는 사실을 가장 마지막으로 알아내지.」

「그럼 당신이 뭔가 알고 있단 말인가요?」

「대단한 건 아니니까 너무 흥분하지 말아요. 피해자는 경찰이 보호해 주기로 했던 그 사람들 중 하나였소. 하지만 물론 보호 따위는 해주지 않았지.」

「바르나바슈?」

「당신도 그 두 사람이 헷갈리는 모양이군. 바르나바슈, 레호르주……. 레호르주, 바르나바슈. 내가 알기로는 레호르주인 것 같지만 내 말을 믿지는 마쇼. 그의 아내는 그가 출장을 갔다고 생각했지. 경찰에서 신발을 보여 주기 전에는 말이오. 듣자 하니 그 자리에서 기절했다던데.」

「경찰이 좀 배려해 줬기를 바라야겠군요. 그 부인에게는 엄청난 충격이었을 텐데.」

「남편의 털 난 다리를 보여 주는 것보다는 나았겠지.」

「기묘한 유머 감각을 가지고 계시는군요, 프룬슬릭 씨.」

「고맙소.」

「경찰이 혹시 자갈에 대해서 언급했나요? 누군가 바르나바슈의 창문을 깨뜨린 적 있나요?」

「아하, 이제 보니 매그레 형사[42]이시군. 하지만 바르나바슈가 아니고 레호르주요. 사실 난 자갈돌에 대해서는 전혀 관심이 없어요. 그냥 알아 두시라고요. 그리고 당신도 이걸 알아두는 게 좋을 거요. 경찰에서 그 악당들이 사용한 기중기를 찾아냈어요. 지옥 불에 튀길 놈들!」

「기중기? 기중기를 썼다고요?」

「그래, 카고 크레인이지.[43] 구식 타트라 자동차인데 길거리에서 가로등 고칠 때 쓰는 그 커다란 오렌지색 기계장치 말예요. 요즘 같으면 박물관에나 들어앉을 물건이죠. 그게 어디 있었는지 알아요? 가축 시장, 아니 요즘에는 카렐 광장 공원에 있었어요. 아무도 신경 쓰지 않았죠. 경찰도 아마 그게 밤 같은 걸 따려고 거기 있는 줄 알았을걸. 그러다가 누군가트럭 부분에 번호판이 없다는 걸 눈치챈 거요.」

「그런데 경찰에선 그게 어째서 살인 사건과 관련이 있다고 생각한 거죠?」

「내가 어떻게 알아요? 아무도 확실히는 몰라요. 하지만 분

---

42 벨기에 작가 조르주 심농의 작품에 주인공으로 나오는 명탐정.
43 트럭 위에 기중기를 얹은 방식의 소형 크레인.

명히 의심스럽게 보이는 건 사실이고, 둘에다 둘을 더하면…….
트럭 열쇠는 운전석에 놓여 있었어요. 지문 따윈 없지, 물론.
놈들도 그렇게까지 바보는 아닐 테니까.」

「물론 아니겠죠.」

「물론 아니겠지.」

프룬슬릭은 손을 비비며 흥분하여 고개를 끄덕거렸다.

「하지만 아주 의심스러워 보이지 않아요? 그렇지? 트럭 운
전수가 매번 차에서 내릴 때마다 운전석을 깨끗이 닦는 걸 상
상할 수 있어요? 운전대랑 기어랑, 전부 다 말이오. 아니면
운전사가 아주 섬세한 감성의 소유자라서 항상 장갑을 끼고
차 안에 그 나무 모양 방향제를 매달아 좋은 향기를 풀풀 풍
기는 사람인지도 모르지.」

그는 자랑스럽게 누런 송곳니를 내밀었다. 나는 그의 말에
일리가 있다고 생각했다.

그가 말을 이었다.

「번호판이 없어요. 차대 번호도 엔진 번호도 전혀 없고. 약
품으로 태워 버린 다음에 차의 나머지 부분하고 똑같이 오렌
지색 페인트로 칠해 버렸어. 심지어 바퀴도 오렌지색이래요.
예쁘지는 않지. 당신처럼 미학적 감성이 풍부한 사람한테는
더더욱 아닐 거요. 1970년대에 프라하가 절반쯤 공사 중이
었을 때는 그런 차들이 보도 위까지 돌아다녔다더군.」

「난 프라하 출신이 아닙니다. 하지만 의심 갈 정도로 자기
흔적을 철저히 지우는 사람이라면 미치광이 아닙니까?」

「내 말이 그 말이오. 돌아 버린 게 틀림없어. 올레야르주는
겉보기만큼 멍청하지 않아요. 내가 항상 하는 말이지만 그

사람의 양쪽 귀 사이에는 항상 흘러나오는 그 끈끈이 말고도 뭐가 더 있다니까. 그는 단서가 없다는 사실에 속지 않았어요. 그리고 또 한 가지가 있지.」

「뭔데요?」

「크레인이 서 있던 방향 말예요. 별 이유도 없이 잔디 위에 이상한 각도로 서 있었거든. 하지만 운전석 창문을 통해서 똑바로 바라보면 오늘 아침에 그 다리가 발견된 비셰흐라드의 깃대가 보인단 말예요. 그리고 카렐 광장에서 비셰흐라드까지 줄을 그으면 정확히 절반 지점에 뭐가 있는지 알아요?」

「전혀 모르겠는데요.」

「힌트를 세 개 주지. 하지만 단어 하나씩만 알려 줄 거요.」

「이봐요, 장난 그만하고 그냥 말을 해요.」

「성…….」

「성?」

「아폴리나리!」

「그건 대단히…… 흥미로운 의견이군요. 하지만 별 도움이 되진 않아요. 내가 알고 싶은 건 경찰이 그 크레인을 어떻게 했냐는 겁니다. 내가 직접 보고 싶어요. 뭔가 찾아낼지도 모르니까.」

「이미 늦었어요, 내 순진한 친구. 트럭에 시동이 걸리지 않아서 교통경찰이 그냥 포기하고 다음 날 견인하기로 했어요. 하지만 아무도 옆에 지키고 서 있질 않은 거지. 경찰이 바로 코앞에서 누가 그 괴물을 훔쳐 가게 내버려 뒀다니까! 올레 야르주는 이 일에 대해서 절대로 말을 안 하려고 하고 아무도 언론에 흘리지 못하게 입을 막았어요. 그러면 좀 더 조심스러울 거라고 생각했는데, 안 그래요?」

　프룬슬릭은 킬킬 웃으면서 수정처럼 투명하고 단단한 푸른 눈을 내게 향했다.

　「아니면 그렇지 않은 건가?」

11

그녀의 조화로운 목소리를 내 안에
되살릴 수만 있다면,
너무나 깊은 즐거움에
마음속 오래도록 크게 음악이 울려
그 음악과 함께 나는 공중에 궁전을 짓겠네
햇빛 찬란한 궁전을.

— 새뮤얼 테일러 콜러리지

나 즈데라제의 부빈 호텔까지 우리는 십 분간 걸어갔다. 햇
빛은 빠른 속도로 엷어지고 찬바람이 일어나고 있었다. 카렐
광장을 지나는 차들은 러시아워의 교통 체증에 막혀 거의 멈
춰 있었다. 바츨라프 아케이드의 상점 창문들은 플라스틱 크
리스마스트리와 색색의 장식 리본으로 빛났다.

프룬슬릭은 별로 말을 하지 않았다. 그리고 드물게 입을
열었을 때 나온 이야기들은, 심지어 마티아슈 그뮌드에 대한
것조차도 그다지 점잖은 내용이라고는 할 수 없었다. 뭔가
비밀을 나누려는 듯한 몸짓으로 그는 내 팔을 잡고 숨결을
거슬리게 뿜어 대면서 사실 자기는 먹이를 주는 손을 물어뜯
을 생각은 아니지만 그뮌드에 대해 그다지 높이 평가하지 않
는다고 고백했다. 그뮌드는 실패한 건축가이며 중세에 집착
하고 그 이후 모든 시대의 예술을 전부 무시한다는 것이다.
엄청난 재산을 물려받아 그는 이제 미치광이 같은 계획을 실
천에 옮길 수 있는 입장이 되었다는 것이다.

나는 그 의견에 동의하지 않았다. 나는 그륀드의 가족사에 대해 직접 들어 알고 있었고 그가 고귀한 동기에서 행동하고 있다는 점을 확신했다.

프룬슬릭은 어깨를 으쓱하고는 내가 너무 젊고 순진해서 사람들이 언제 나를 놀려 먹는지 구분하지 못한다고 말했다. 그 말은 옳았다. 그 순간 나는 그륀드와 프룬슬릭 중에서 어느 쪽을 더 믿어야 할지 알지 못했다. 프룬슬릭은 다시 목소리를 낮추고 마티아슈는 완전히 머리가 돌아서 중세의 어느 유명한 건축가 이름을 따서 자기를 그륀드라고 하는 것이라고 말했다. 내가 보기에도 마티아슈의 머리가 이상해 보이지 않냐고 물었고 내가 대답을 하기 전에 프룬슬릭은 그륀드의 머리가 마치 목 위에 거꾸로 붙어 있는 것같이 보인다고 말했다.

다시 한 번 나는 반대했지만 이번에는 저절로 떠오르는 미소를 참아야 했다. 처음 만났을 때 나도 그륀드의 머리가 어딘가 기묘하다는 느낌을 받았다.

프룬슬릭이 말을 이었다.

「그뿐만이 아니에요. 너무 정신이 없다 보니 아침에 머리를 끼울 때 잘못 끼운단 말예요. 거꾸로 끼울 뿐만 아니라 앞뒤도 바꿔서 끼운다고요. 턱이 위로 가고 얼굴이 뒤로 가서 어떻게 보면 롯의 아내[44]처럼 보이죠. 그가 그런 상태일 때는 눈에 띄지 않게 조심하면서 제정신을 차릴 때까지 기다리는 게 최선이에요. 그는 언젠가 소금 기둥이 될 거라고요…….

---

[44] 롯은 창세기 19장에 등장하는 소돔과 고모라의 유일한 의인으로 천사의 지시에 따라 도시를 떠나면서 뒤를 돌아보면 안 된다는 주의를 들었으나 롯의 아내는 참지 못하고 뒤를 돌아보아 소금 기둥이 되었다.

그리고 결국은 바윗덩어리가 되겠죠, 움직이지 않는 거대한 둥근 돌덩어리 말예요. 그제야 행복해질지도 모르죠.」

난쟁이는 짧게 웃고 순식간에 음울해졌다.

「마티아슈 그뮌드와 있는 건 즐거운 일이 못 돼요. 가끔은 그가 역사의 모든 실수를 바로잡고 싶어 하는 것 같아요…….」

프룬슬릭은 제정신으로 돌아오기 전에 음침한 목소리로 다음과 같은 이상한 말을 덧붙였다.

「자기의 모든 실수를 바로잡으려는 거죠. 하지만 어째서 이 나라를 고른 걸까? 어째서 체코 민족을? 어째서 나를? 마치 운명인 것처럼.」

그리고 우리는 도착할 때까지 말없이 걸었다.

부빈 호텔은 예전에 작은 카렐 광장이라고 불리던 거리의 꼭대기에 위치한 나지막한 2층 건물이었다. 근처에 중세 십자군의 교회였던 성 베드로와 바울 성당 터와(원래는 로마네스크 양식이었으나 그 뒤에는 고딕, 그리고 그 뒤에는 피할 수 없는 바로크 양식으로 바뀌었고 지금은 철거되었으니 어떤 양식도 없다) 성묘지 예배당과(역시 오래전에 사라졌다) 기독교 이전 시대에 전설로 가득한 고대의 대장간이었던 즈데라즈 부락이 있었다. 그곳은 을씨년스러운 장소였다. 그 건너에는 나 즈보르젠치, 즉 〈폐허 위에서〉라는 이름의 거리가 있었는데 나는 그 불운한 이름을 들을 때마다 등줄기에 소름이 끼쳤다. 마티아슈 그뮌드는 확실히 역사적 지형지물에 대한 감각이 있었다. 사실 그는 최고의 위치에 자리 잡은 숙소를 골랐던 것이다. 이 모든 사건이 일어난 때에, 그러니까 6개월 전에 호텔 건물은 전형적인 19세기 말 회반죽 덩어리였는데 최근에 호텔로 개축되었지만 레스토랑이 없었기 때문에 별로 지나가는 사람들의 눈에 띄지는 않는 것 같았다. 호텔은 조용하고 간소하여 서유럽 도시 전체에 퍼져 있는 수백 개의 〈펜션〉과 비슷해 보였다. 이 호텔의 다른 점이라면 지붕 위로 한 층 더 높이 솟아 있는 중앙 탑이었다. 주위를 둘러싼 아파트 건물의 위층 창문에서만 보이는 그 탑은 이 호텔 건물이 사실은 고딕 시기부터 존재했다는 유일한 증거였다. 그때까지 나는 이 건물의 존재조차 알지 못했다.

우리는 리셉션을 지나서 위층으로 올라가 6호실 문을 두드렸다. 안에서 들어오라는 목소리가 들렸다. 넓은 홀로 들어서자 어디로 이어지는지 모를 문이 여러 개 있었다. 그 뒤에는 편안한 거실이 있었는데 카펫과 벽지와 가구까지 거의 모든 내부 장식이 흰색이거나 옅은 크림색이었다. 그러나 처음으로 가장 눈에 띈 것은 꽃이었다. 눈길 닿는 모든 곳에, 바닥에도, 탁자에도, 선반에도, 창가에도 투명한 크리스털이나 회색 도자기로 된 꽃병이 놓여 있었고 그 꽃병은 모두 다 꽃으로 가득했다. 어지러울 정도로 풍성한 달리아와 아스터, 진줏빛 연분홍색 만수국, 그리고 국화의 흐트러진 꽃송이 사이로 빛나는 것은 별처럼 꽃잎을 한껏 벌린, 옅은 반점이 흩어진 백합이었다. 그러나 그 무엇보다도 나의 시선을 끈 것은 장미였다. 찬란한 흰 장미가 이제 막 피어나려는 봉우리부터 활짝 만개한 꽃송이까지 모든 단계를 다 뽐내었고, 그 꽃들이 꽂힌 무겁고 둥근 꽃병은 중국 비단처럼 부드러운 꽃잎과 격한 대조를 이루었다.

이 시각의 향연을 망치는 것이 한 가지 있었다. 방 한구석의 반원형 반침에 광택이 나는 검고 높은 중국 꽃병이 있었다. 녹색 비늘의 용이 표면을 정교하게 감싸고 있었고, 그 안에는 창백한 솜털이 웨딩드레스처럼 부드럽고 수의처럼 차가운 팜파스 그래스[45] 서른 뿌리가 꽉꽉 들어차 있었다. 그 풀이 길고 구부러진 줄기를 내 쪽으로 뻗은 모양새에는 어딘가 무섭고 뻔뻔스러울 정도로 도발적인 구석이 있었고 화려하게 전시된 다른 기분 좋은 꽃송이의 아름다움을 상당히 망쳐 놓았다. 나는 그 팜파스 그래스가 육식성이며 최고급 인육을 먹이로 삼을 것이라 확신했다.

이상하게 보이는 것이 또 하나 있었다. 공기는 꽃향기가 아닌 다른 달콤한 냄새로 꽤나 답답했다. 첫 번째로 떠오른 것은 향이었다. 그러나 그 향에는 다른 냄새도 섞여 있었는데, 뭔가 달콤쌉쓸하고 살짝 매운 냄새였다. 약초 담배나 담배처럼 피우는 다른 말린 식물의 냄새와 비슷했다.

「자네를 기념하기 위해서지.」

모든 감각이 도취되었다가 나는 갑자기 그뮌드가 나에게 오른손을 내밀고 있음을 깨달았다. 그는 왼손으로 방 안 전체를 휩쓰는 동작을 하더니, 영어 신문을 읽다가 앉아 있던 안락의자에서 일어났다. 그러자 그의 몸집은 커다란 방을 반 이상 차지하는 것처럼 보였다. 뤼베크의 기사는 넥타이 없이 짙은 녹색 셔츠와 갈색 코듀로이 조끼에 가느다란 회색 줄무늬가 있는 검은 바지를 입고 있었다. 발에는 캐주얼한 모카신을 신었고 반쯤 타다 만 시가가 그의 손에서 연기를 내고 있었다. 그는 어쩐지 턱수염이 난 윈스턴 처칠 같았다.

45 볏과의 다년초. 관상용으로 재배함.

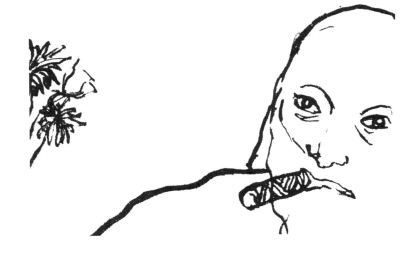

그는 내게 자리를 권하고 프룬슬릭에게는 필요한 일이 없을 것이라 말했다. 그러나 조그만 사내는 못 들은 척하며 가슴에 팔짱을 끼고 창틀의 흐드러진 튜베로즈[46] 화분 사이에 자리를 잡았다. 종업원이 전채와 함께 적포도주 한 병을 가져오자 프룬슬릭은 브랜디를 주문했다.

쟁반 위에는 갓 구워 뜨거운 롤빵과 주먹만 한 크기의 버터, 장미 모양으로 접은 로스트비프와 다른 찬 고기 요리와 함께 노란 아펜젤 치즈와 녹아 흐르는 노르망디 브리(냄새로 보아 양쪽 다 진짜 고급 치즈였다), 아보카도, 아스파라거스, 올리브, 작은 오이 초절임과 말린 자두 그리고 자히르의 병실에서 보았던 그 괴상한 뿔이 달린 과일이 놓여 있었다. 그뮌드는 그 과일이 두리안이라고 알려 주며 내게 먹어 보라고 권했다.

접시에 뭘 놓을지 고민하는 동안 나는 그뮌드와 그의 동료가 나를 자세히 관찰하고 있다는 것을 깨달았다. 나는 단단한 아펜젤 치즈 한 조각과 올리브로 시작했다. 내가 상품을 들고 소파로 퇴각하자 프룬슬릭은 앉은 자리에서 웃음을 터뜨리더니 그뮌드에게 동전을 하나 던졌는데, 거인은 놀랄 만큼 민첩하게 그 동전을 잡아 주머니에 집어넣었다. 그도 역시 즐거워하는 것 같았다. 무슨 일인지 알지도 못하고 이해하지도 못하는 농담에, 나는 함께 웃어야 할지 아니면 못 본 척하고 저녁을 먹어야 할지 알 수 없었다.

「실례를 용서하시게.」

그뮌드가 말했다.

46 네덜란드 수선화.

215

「자네도 짐작했겠지만 우리는 작은 내기를 걸었지. 라이몬드는 자네가 성당을 방문한 뒤에 배가 고파 고기를 집을 거라고 했어. 나는 자네가 고기를 먹고 싶겠지만 그보다 좀 더 겸손한 걸 고를 거라는 걸 알고 있었고.」

「내가 겸손한 사람으로 보입니까?」

「그래. 자네는 본성이 소심한 데다 가정의 양육 방식 때문에 그런 성향이 더 강해졌지. 언제나 두 번씩 권해야만 듣는 사람이야. 마음껏 들게, 원하는 건 뭐든지 먹어도 좋아. 아니면 뭔가 다른 걸 원하나? 저기 강가의 레스토랑에 생선 요리를 보내 달라고 할 수도 있는데. 송어가 아주 훌륭하거든. 나도 거기 자주 가지. 자네가 먹고 싶은 걸 뭐든지 주문하게. 부빈 호텔에서 그 정도는 당연하니까.」

「아니, 이걸로 충분합니다. 전 이런 호화로운 만찬에는 익숙지가 않아서요.」

와인을 한 모금 가득 넘겨 용기를 북돋운 뒤에 나는 딜 소스로 양념한 닭고기와 얇은 고기 몇 조각을 먹었다. 입안에 음식을 가득 넣고 나서야 내 행동이 얼마나 부적절하게 보였는지 깨달을 수 있었다. 성공한 부자 삼촌의 식탁에 초대받아 배가 터지게 주워 먹는 가난한 친척 같았을 것이다. 나는 억지로 좀 더 천천히 씹었다. 방 주인의 에메랄드빛 눈이 반짝이는 것을 보고 나는 내가 이미 예측한 사실을 확인할 수 있었다. 내가 무슨 생각을 하는지 그뮌드는 정확히 알고 있었던 것이다.

그가 조용히 말했다.

「나도 이해하네, 크베토슬라프. 나도 전에는 수줍음 타는 성격 때문에 고생했지. 극복하기 위해서 굉장히 애써야만 했어, 표면적으로라도 괜찮아 보이기 위해서 말일세. 결국 사람은 본성을 바꿀 수 없어. 하지만 자네를 여기로 부른 건 자네에 대해서 이야기하기 위해서야. 나에 대해서는 이미 많이 알고 있으니까.」

「그렇게 직접적으로 물어보시면 아무것도 알아낼 수 없을 겁니다.」

내가 대답했다.

「사람들이 직접적으로 질문하면 말문이 딱 막힙니다. 어디서부터 시작해야 할지 모르겠어요.」

창피해진 나는 무심결에 거대한 롤빵 조각을 베어 물었고 그것을 씹어서 삼킬 수 있게 될 때까지 손으로 입을 가리고 있어야만 했다. 너무 애를 써서 눈에 눈물이 맺혔다.

그뮌드는 재치 있게 눈길을 돌려 그의 옆에 있는 탁자 위에 놓인 신문을 내려다보며 시가에 다시 불을 붙였다. 다시 시선을 들지 않고 그는 말했다.

「자네가 원하는 곳에서 시작하게. 어제 술집에서 만난 늙은 남자에 대해서 이야기하는 걸로 시작해도 좋겠지.」

빵이 목구멍에 걸렸다.

「라이몬드가 지나가다가 우연히 자네를 봤지.」

그는 내 경악한 표정을 못 본 것처럼 이렇게 설명했다.

「마티아슈, 코니아슈, 둘은 어울리는 짝이라네!」

구슬픈 목소리가 창가에서 조롱했다.

그뮌드가 너그러운 미소를 지었다.

「신경 쓰지 말게. 그는 고아야. 내 친구라면 모두 질투

하지.」

프룬슬릭이 창틀에서 튜베로즈 화분을 떨어뜨려 큰 소리가 났다. 그뮌드는 반응하지 않았다. 화분이 또 하나 바닥으로 떨어졌다.

긴 침묵이 흘렀다. 정적을 견딜 수가 없게 되었을 때 나는 천천히 말하기 시작했다. 처음에는 네트르셰스크 선생에 대해서 말했다. 나는 그의 아파트를 방문했던 부끄러운 사건에 대해서는 언급하지 않고 대신 믈라다 볼레슬라프에서의 학창시절과 가장 좋아했던 선생님이 역사에 대한 나의 열정을 이해하고 내가 교실의 벽신문에 그렸던 유명한 〈만화〉를 칭찬해 주었던 일을 회상했다. 어느 순간 나는 내가 학교가 아니라 가족에 대해서 이야기하고 있다는 사실을 깨달았다. 목소리가 잠깐 떨렸고, 대단히 애를 쓴 끝에 간신히 말을 더듬지 않을 수 있었다.

프룬슬릭은 여전히 창틀에 앉아 무릎에 브랜디 한 잔을 올려놓은 채 내가 잠깐 말을 멈춘 틈을 타서 끼어들었다.

「아버 보 하벤 지 이허 헤르츠 페어로렌*Aber wo haben Sie Ihr Herz verloren?*」

「뭐라고요?」

내가 물었다.

「내가 어디서 심장을 잃었냐고? 어느 장소가 가장 소중하게 느껴지느냐는 건가요?」

「어느 계집이냐는 말이오.」

그가 으르렁거렸다. 다시 한 번 차가운 푸른 눈이 쳐다보았다.

218

그뮌드는 한 마디도 하지 않고 그를 돌아보았다. 나는 그 뮌드의 눈을 볼 수 없었지만 아마 칼날 같은 눈빛을 그 조그만 깡패에게 쏘아 주었던 모양이다. 프룬슬릭은 즉시 조용해졌고 대신 괴상한 연극을 벌이기 시작했다. 눈을 감고 그는 술잔을 머리 위에 놓고 중심을 잡으면서 주머니에서 푸른색, 녹색, 빨간색의 공 세 개를 꺼내 여전히 눈을 감은 채 왼손으로 저글링을 시작했다. 오른손 집게손가락은 코 부근에 대고 돌리고 있었다. 분명히 기분이 상한 것이다.

그뮌드는 사과하듯이 어깨를 움츠렸다.

「유감스럽게도 라이몬드는 조심스러운 성격이 못 돼. 분명히 자네가 학창 시절에 알던 모든 여자아이들에 대해 얘기해 주길 바랐던 거지. 자기 자신이 아가씨들하고는 그다지 인연이 없었기 때문에 남들의 일에 관심을 가지며 대리 만족을 하는 거야. 지난번에 병원으로 자히르를 만나러 갔을 때 두 사람은 처음부터 끝까지 여자 얘기만 하더군. 그 남자는 자기의 성공을 절대로 숨기는 법이 없어.」

그의 어조가 조금 더 부드러워졌고 나는 좀 더 그뮌드를 믿고 싶은 마음이 들었다. 그래도 나는 내가 하는 말에 스스로 놀라 버렸다.

「저도 비밀 같은 건 없습니다. 저는 항상 잘못된 상대와 사랑에 빠집니다. 게다가 내 이름이 너무 부끄러워서 한 번도 먼저 다가가 본 적이 없습니다.」

「정말로 이름 때문에 부끄러워하는 모양이군? 이상하네. 자네에게 일어난 나쁜 일을 모두 이름 탓으로 돌리는 게 아닌가 모르겠군.」

「그럴지도 모르죠. 가장 나쁜 건 이 이름을 어찌할 방법이 없다는 겁니다. 태어났을 때 이름이 붙여지면 그게 끝이죠. 평생 그 이름을 달고 살아야 하니까요.」

「그래. 잘못된 시대에 태어나서 자기가 살아가는 시기를 점점 더 증오하게 되는 것과 비슷하지. 시대도 어떻게 할 도리가 없으니까. 그저 먼 옛날이나 앞으로 다가올 날들을 꿈꾸는 수밖에.」

「저도 같은 생각입니다. 정말 끔찍해요.」

「자네, 결혼할 생각은 해본 적 있나? 아이를 갖는다든가?」

「그런 일을 했다면 내가 거기에 어울리지 않는다는 사실만 증명했을 겁니다. 아니면 그저 적당한 여자를 아직 못 만난 건지도 모르죠.」

「내 말 듣게, 너무 서두르지 마. 내 밑에서 일하는 동안은 여자에 대해서 전혀 생각하지 않도록 노력해 보게.」

「어째서요?」

「정신만 산만하게 만들 테니까. 자네는 앞으로 여러 가지 흥미로운 일들을 많이 배우게 될 거고 그중 대부분이 기밀 사항이라 자네가 혹시 본의 아니게라도 다른 사람과 그런 일을 이야기하는 걸 원치 않아. 여자들은 뛰어난 첩자이지만 남의 말을 잘 들어줄 줄 모르지. 어제 나한테 있었던 일에 대해서 얘기해 주겠네. 너무 특이한 일이라 믿을 수가 없을 정도지. 하지만 나한테 아내가 있었다면 내 아내는 그게 아주 정상적이라고 여겼을 거야.」

「어떤 경우에나 예외는 있는 법입니다. 어쨌든 그뮌드 씨 인생에 여자가 없는 게 확실한가요? 일전에 로제타가 당신을 보는 눈길이 심상치 않던데요. 어떤 여자라도 저를 그런 식으로 봐준다면 행운이라고 여길 겁니다.」

「어떻게 보는데?」

「존경하는 눈길로요. 헌신적으로. 눈을 떼지를 못하더군요.」

「정말인가? 전혀 몰랐네. 친절한 여자로군. 데이트라도 시작해야겠는데.」

그는 큰 소리로 쓸쓸하게 웃었다.

돌연히 나는 그가 입을 다물어 주기를 원했다. 그 어떤 것도 자신의 세련된 깃털을 헝클어뜨리지 못하게 하는 무심하고 세상 물정에 밝은 이 남자에게, 어떤 사람들은 로제타 같은 여자가 한번 웃어 주기만 한다면 자기 목숨에서 십 년을 떼어 줄 거라고 나는 말해 주고 싶었다. 그러나 나는 심장이 그렇게 뛰는 데 스스로 놀라면서도 침묵을 지켰다.

그뮌드는 다시 한 번 내 마음을 읽은 것이 확실했다. 질문하듯이 나를 쳐다보면서 그는 내 잔을 채워 주었다.

「진정하게, 친구. 사람들이 말하는 걸 일일이 심각하게 받아들여선 안 돼. 진실을 말하는 데 있어서는 내가 아니라 자네가 기사 작위를 받아야겠군. 귀에 들리는 모든 것을 똑같이 중요하게 여겨서는 안 돼. 어쨌든 자네도 한 번쯤은 내 말을 의심했을 것 아닌가, 그렇지 않나?」

프룬슬릭이 호텔로 오는 길에 했던 말을 떠올리면서 나는 창가를 바라보았는데, 그곳에서 조그만 괴물은 몸을 웅크린 채 깊이 잠들어 있었다. 나는 그뮌드의 눈을 똑바로 바라보며 고개를 저었다.

「그런 적이 없다고? 영광이로군. 하지만 내가 진실을 말하지 않는다는 생각이 들면 언제든 얘기하게. 이리저리 변죽을 울려선 안 돼! 나는 솔직한 대화를 좋아하니까.

어쨌든 어제 무슨 일이 있었는지 얘기해 주지. 내 옷이 몇 벌 세탁소에 가 있는데, 그중에 내 외투도 들어 있어. 그게 없으면 나는 꽤 벌거벗은 느낌이 들지만 그래도 어쩔 수 없으니 매일 하는 저녁 산책에 외투 없이 나갔네. 오후 내내 마음이 불안했어. 기분이 좋을 때에도 나는 일요일을 싫어하지만 어제는 그래서 더 어쩔 줄을 몰랐지. 어떤 예감이, 이상하고 끈질긴 본능 같은 느낌이 들었어, 자네한테 무슨 일이 생길 거라고. 치명적인 일도 아니고 무슨 사고 같은 것도 아니지만 그래도 어쨌든 위험한 일, 자네 영혼에 위험이 닥치는 그런 일 말이야. 늦은 오후가 되었을 때 그 느낌은 너무 강해져서 나는 날씨가 나쁜데도 불구하고 어쨌든 밖으로 나가야만 했지.

외투가 없어서 나는 광장을 좀 걸어다니다가 곧장 돌아오기로 마음먹었어. 여기서 별로 멀지 않아, 몇백 미터밖에 안 되니까. 나는 저녁을 먹은 직후에, 7시 반쯤 호텔을 나섰네. 나는 가축 시장을 내 손바닥처럼 알아. 그렇게 아름다운 곳은 아무리 봐도 지루하지 않지. 그리고 눈을 감고 시간이 손을 잡고 데려가는 대로 내버려 두면 과거에 살았던 사람들을 만날 수 있어. 술장수 야쿱 쿠흐타, 야쿱 카치르주, 어부의 아내 디무타, 야쿱 파스투슈카, 미할 흐르벡, 카메니체의 프렌츨린, 무두장이 르줴학, 철물상 미쿨라슈, 늙은 페트르 콜로브라트. 14세기에 그곳에 집을 소유하고 있던 정직한 사람들이야. 누구든 만나보고 싶어 할 만한 사람들이지, 안 그래?

하지만 지난 밤 나의 특이한 경험으로 돌아가지. 주위에 차가 몇 대 없었고 가로등은 습한 공기 속에서 지옥 불처럼 밝게 타올랐어. 어느 2월의 강추위보다도 심한, 물어뜯을 듯이 차가운 북풍이 불어와서 나를 뼛속까지 얼려 버렸네. 하지만 그 덕분에 오후 내내 시달렸던 그 예감에서 벗어날 수 있었지. 그리고 바람과 함께 뭔가 다른 것이 찾아왔어. 일종의 환각이지.

렛슬로바 거리를 따라 광장으로 다가가고 있었는데 키릴과 메토디우스 성당 옆을 지날 때 이상한 일이 생겼네. 뒤에서 달려오는 말발굽 소리를 들었다고 맹세할 수 있어. 처음에는 희미했지만 점점 분명해져서 나는 몇 번이나 실제로 등 뒤를 돌아보며 음울한 가을 저녁이라도 좋으니 도시의 명소를 돌아보고야 말겠다고 결심한 관광객들로 가득 찬 마차를 보게 될 거라고 예상했어. 그러더니 주위가 전부 조용해졌는데, 시간이 이른 걸 생각하면 그게 더 이상한 일이었어. 나는 보행자용 지하도를 통해 공원으로 들어서서 약간 왼쪽으로 방향을 틀어 잔디밭을 지나 새 시청 건물 쪽으로 향했네. 바로 그때 성 이그나티우스 성당 방향에서 나무들 사이로 밝은 빛 덩어리를 보았어. 조그만 오렌지색 불빛이었는데 가로등 빛과는 전혀 달랐고 추위에 떨면서 그 빛을 볼 수 있는 사람이라면 누구에게든 깜빡거리는 약한 메시지를 보내려는 것 같았어. 촛불이었지! 나는 1989년 11월 냉전 종식을 기념하려는 무슨 기념 행사인 줄 알고 자세히 보려고 가까이 다가갔어. 불빛은 살짝 흔들렸지만 그 외에는 거의 움직이지 않고 그대로 있었어. 사람이 들고 있는 게 아니었어. 그러기엔 땅

위에서 너무 높이 떠 있었거든. 그리고 바람이 그렇게 세게 부는데 촛불이 어떻게 그렇게 켜져 있겠나? 어떤 식으로든 바람막이가 돼 있는 것 같았어. 그래, 바로 그거지.

나는 덤불을 헤치고 엘리슈카 크라스노호르스카의 동상을 지나 보도로 나왔어. 내 눈을 믿을 수가 없었네. 처음에는 불빛이 공원 남쪽에서 보인다고 생각했지만 이제는 성 이그나티우스 성당 바로 앞의 길 위에 높이 떠 있었거든. 렛슬로바 거리가 예츠나 거리로 이어지는 그 교차로 바로 위에 말이야. 아주 높이 떠 있었어, 30미터 정도는 돼 보였지. 그리고 일정한 무늬를 그리고 있었어. 이 괴상한 환각을 증명해 줄 사람은 주위에 아무도 없었네. 내 상상의 산물인가? 가끔씩 차 한 대가 무심하게 그 불빛 아래로 달려갔어. 운전하는 사람들은 아무것도 보지 못하지. 주변에서 무슨 일이 일어나는지 전혀 알아차리지 못해.

다시 한 번 나는 말발굽 소리를 들었고 동시에 그 유령 같은 불빛이 뭘 연상시키는지 깨달았네. 성당 내부야. 그 불빛을 점으로 삼아 전부 선으로 잇는다면 장엄한 성소의 고귀한 내부 윤곽을 만들 거라고! 상상해 보게, 광장 한가운데에서 말이야! 내가 아는 한 그 장소에 서 있었던 큰 건물이라고는 성체 성혈 대성당밖에 없었는데, 14세기와 15세기에 그 성당은 중부 유럽에서 가장 아름다운 교회들 중 하나였지.」

나는 성체 성혈 대성당에 대해 아는 것이 거의 없었다. 이제 나는 18세기에 철거된 정체불명의 성당에 대해 읽을 때마다 나를 감싸는 희미한 후회 같은 감정만을 느끼고 있었다. 그러나 그뮌드의 이야기 중에서 어떤 부분이 나를 더 불안하게 했다. 몇 년이나 전에, 시험공부를 하는 중에 나는 가축 시장에서 일어난 비슷한 환각에 대해 읽은 적이 있었다. 무슨 오래된 일기나 회고록이었던 것 같은데, 그 일을 겪은 사람은 유명한 귀족이었다. 후드니체의 이르쥐 빌렘이었던 것 같다. 아니다, 코슘베르크의 빌렘 슬라바타. 그 사람이다. 나는 즉각 그뮌드에게 말했다. 그는 감명받은 것 같았다. 흥분해서 턱수염을 쥔 그는 아는 대로 전부 말해 달라고 부탁했다.

내가 대답했다.

「별로 말씀드릴 게 없습니다. 제가 기억하는 한 그 귀족은 그 일이 일어났던 무렵인 1570년대에는 아직 태어나지도 않았어요. 그는 처음에 자기 유모에게서, 나중에는 그 일을 직접 목격했다고 주장하는 신시가지의 나이 든 주민들에게서 이야기를 들었지요. 분명히 어떤 사람들은 이야기를 좀 부풀린 것 같지만 모두 다 동의하는 부분은 어느 여름날에 갑자기 강한 바람이 불기 시작하더니 수많은 기병들이 아무런 예고 없이 광장으로 달려왔다는 겁니다. 말발굽이 돌에 부딪치는 소리 외에는 아무것도 들을 수 없었다고 하지요. 처음에 사람들은 특별히 놀라지 않았지만 바퀴 없는 거대한 마차가 에마우제 광장 모퉁이에 나타나서 성체 성혈 대성당 쪽으로 밀고 가기 시작하자 사람들은 머리카락이 곤두섰다고 해요. 가장 무시무시한 것은 그 마차 뒤에 타고 가는 경비병들이었죠. 거대한 말을 타고 있었고 그 병사들도 너무 커서 2층 창문 정도는 말 위에 앉은 채로 들여다볼 수도 있었다는 거예요. 머리가 있었다면 말이죠. 백주 대낮에 네 명의 머리 없는 기사라니! 그 광경을 본 사람들 중에는 그 자리에서 기절해

225

서 평생 완전히 회복하지 못한 사람도 있다고 해요. 그리고 유령의 행진은 나타날 때처럼 순식간에 사라져 버렸죠.」

「그 이야기는 들어본 적이 없는데.」

그뮌드가 생각에 잠겨 턱수염을 당기며 말했다.

「사실이 아니라고 해도 굉장한 이야기로군. 하지만 회상록의 작가가 그걸 지어내지는 않았을 거라고 확신하네. 그 기사들이 성체 성혈 대성당 쪽으로 가고 있었단 말이지? 놀랍군. 그건 즉……」

그는 말을 멈추고 나를 쳐다보더니 좀 더 명랑한 어조로 말했다.

「자네가 얼마나 유용한지 알겠지? 내가 옳았어. 내가 딱 맞는 사람을 찾은 거야.」

나는 내가 대학도 제대로 졸업하지 못했으며 사실상 아무것도 모른다고 반박했다. 그러나 그의 말을 듣고 나는 몸이 떨릴 정도로 기뻤다. 그가 이어서 한 말은 나를 더욱 기쁘게 했다.

「학위 따위가 무슨 상관인가? 나한테 중요한 건 역사학과에 있는 그 바보들보다 자네가 현장을 훨씬 더 잘 안다는 점이야. 자네가 학교에 처박히지 않아서 얼마나 다행인지 몰라! 그래, 특정한 사건에 대해서는 그 친구들이 훨씬 더 잘 알겠지. 몇 년도에 무슨 일이 일어났고, 뭐 그런 것들. 하지만 내 이야기를 듣고 자네만큼 잘 받아칠 수 있는 사람이 그중에 한 명이라도 있을지 모르겠어. 그들의 역사는 죽었어. 우리 역사는 살아 있지. 생각해 보게, 지금 이렇게 서서 우리는 과거에 대해서 단순하고 학문적이지 않은 대화를 나누고 있잖아. 우리는 과거를 살고 있는 거라고! 몇 가지 사실을 잊어버리거나 모든 질문에 대답하지 못한다고 해서 그게 무슨 대수인가? 중요한 건 그게 어떤 느낌을 불러일으키는가 하는 거야.」

그는 그저 나를 위로하기 위해 이런 말을 하는 걸까? 뭔가 주장하기 위해 근거를 이야기하는 걸까? 대체 무슨 의도인가? 그뮌드가 그 흔들림 없고 묘하게 기대에 찬 시선으로 나를 들여다보는 동안 이런 질문들이 내 머릿속에서 번득였다. 그는 나에게서 뭘 원하는 걸까? 이어서 그가 한 말은 나의 혼란만을 부추겼다.

「우리의 대화에 대해 올레야르주에게는 아무 말도 하지 말게. 절대적으로 중요한 일이 아니라면 그는 아무것도 알 필요가 없어. 그가 〈7성당〉에 대한 나의 계획을 절반이라도 알았다면 지금의 절반도 협조해 주지 않을 거야. 그도 자기 나름대로 이유가 있고, 그중 어떤 건 점잖게 말해도 수상쩍다고 할 수 있지. 부정부패에 대한 소문이 있다고 들었어. 무슨 일인지 혹시 아나?」

나는 고개를 저었다. 나의 주의를 사로잡은 것은 〈7성당〉이라는 단어였다. 그것은 마치 설명할 필요도 없이 너무 흔한 일상용어인 것처럼 대화 안에 아무렇게나 던져졌다. 그 단어가 정확히 어떤 뜻인지 알 수 없었으나 그뮌드의 주의 깊고 각진 눈길 아래서 나는 마치 뭐든지 다 아는 것처럼 보이려고 애썼다. 그가 방금 말한 부정부패 스캔들에 대해서는 아는 바가 없었지만 말이다. 그러나 그가 이어서 한 말을 듣고 나는 숨이 멎을 만큼 놀랐다.

227

「라이몬드는 컴퓨터로 자신이 원하는 어떤 전화든 도청할 수 있지. 일전에 올레야르주의 사무실에서 그가 밖으로 나갔을 때 라이몬드가 그 기회를 이용해서 전화기를 손봤지. 정확히 뭘 어떻게 했는지는 나에게 묻지 말게. 그리고 라이몬드는 전화 통화를 몇 번 엿듣고 아주 매력적인 사실을 발견했지. 서장은 협박당하고 있어.」

「협박당하고 있었지.」

창가에서 목소리가 들려왔다. 잠든 척했지만 프룬슬릭은 사실 한 마디 한 마디 모두 엿듣고 있었다.

「이름은 전혀 언급되지 않았지만 누가 협박을 하는지 추측하기란 어렵지 않았어.」

「했는지.」

프룬슬릭이 고쳐 주었다.

나에게 어떤 생각이 떠올랐다.

「생각해 보게, 어딘가 짚이는 데가 있을 것 아닌가.」

그뮌드가 재촉했다.

「건축가……. 시의 도시 계획과에서 몇 년간 일했던 사람.」

「어젯밤에 살해당한 사람 말이군요! 바르나바슈, 그게 그 사람 이름이죠?」

「아니. 레호르주야.」

「그래서 당신은……. 서장이 그런 일을 할 수 있었을지도 모르지만, 어째서 그렇게 잔혹하고 간접적인 방법을 썼을까요? 성격에 전혀 어울리지 않는데요.」

그러나 갑자기 나는 프라하의 건축가들을 위협하는 악몽이 바로 다름 아닌 범죄 수사대장일 거라고 확신했다. 그는 건축가들이 뭔가 일을 꾸미고 있음을 알고 먼저 협박을 한 것이다! 그러나 그들의 음모를 폭로하는 대신, 서장은 돈을 내놓지 않으려는 사람은 그냥 살해해 버리고 다른 사람들에 대한 경고로 그 시신을 전시했던 것이다.

아니면 그 반대였을까? 어쩌면 레호르주와 펜델마노바 부인 뭔가 올레야르주의 약점을 쥐고 있어서 그가 그들을 입 다물게 만들어야 했던 건지도 모른다. 어쩌면 공범이 있었을 수도 있다. 예를 들어 유넥 같은 냉혈 살인마가 경찰 제복 아래 가학적인 본성을 숨기고 있었던 건지도 모른다.

「올레야르주군요!」

내가 내뱉었다.

「그가 펜델마노바 부인을 죽였어요! 내가 잠든 사이에 그녀를 집 밖으로 꼬여 내서 목 졸라 죽이고 다리에 매달아 놓은 거예요!」

나는 그륀드가 진심으로 놀란 얼굴을 처음 보았다. 그는 프룬슬릭을 돌아보았다. 프룬슬릭은 냉소적인 표정으로 나를 쳐다보더니 내 머리 위 어딘가로 시선을 넘기면서 말했다.

「하지만 경찰에서는 살해 동기가 정치적이라고 하지 않았나요? 늙은 펜델만의 배신 행위에 대한 복수라고?」

나는 흔들리지 않았다.

「잘못 생각하고 계신 것 같습니다. 우리는 펜델마노바 부인이 시 의회에서 일했던 걸 알고 있습니다. 만약 그녀가 도시 계획과에서 일했다면 어떨까요? 그녀는 건축을 전공한 엔지니어였습니다. 어쩌면 그녀가 절대로 진행되어서는 안 되는 사업을 뇌물을 받고 허가해 줬고, 올레야르주가 발견했는지도 모릅니다. 프룬슬릭 씨가 사용하는 것과 같은 방법을 통해서 말이죠.」

다시 한 번 두 사람은 눈짓을 교환했으나 이제는 나를 막을 수 있는 것은 아무것도 없었다.

「올레야르주는 일부러 나에게 펜델마노바 부인을 보호하는 임무를 맡겼죠. 내가 그럴 만한 능력이 없다는 걸 알고 있었기 때문입니다. 올레야르주가 그 상황 전체를 덮어 버리려고 한 것도 놀랄 일은 아닙니다. 그리고 진실이 밝혀진다 해도 그는 여전히 빠져나갈 핑계가 있을 테니까요. 그래서 유넥을 연관시킨 겁니다. 유넥은 자기 이해관계라면 언제나 철저히 보호하는 아주 뛰어난 경찰이니까요. 나 같은 멍청이하곤 정반대죠. 올레야르주는 경찰에 유능한 인재도 있다는 사실을 내보여야만 했던 겁니다. 바보들은 기회를 타서 쫓아내고요. 유넥과 올레야르주는 이 일에 같이 연루된 것 같군요.」

「자네 이야기는 흥미로운 부분이 있어. 어쩌면 정말로 뭔가 실마리를 잡았는지도 모르지.」

그뮌드가 조용히 말했다.

「그러나 나라면 확실하게 밝혀지기 전까지는 내 의심은 내 머릿속에만 담아 두겠네. 이런 말을 해서 미안하지만 이제까지 이야기는 그저 추론일 뿐이야. 조심하는 게 좋을 걸세. 달리 말하자면 입을 다물라는 거야. 자네가 옳은데 올레야르주가 알게 된다면 자네를 처치하는 건 일도 아닐 거야. 한 방이면 끝나는 거지.」

나는 반박하고 싶었으나 억지로 입을 다물었다. 그가 옳았다. 잠시 그는 생각에 잠긴, 약간은 재미있어 하는 눈으로 나를 쳐다보았다. 그리고 그는 말을 이었다.

「물론 자네의 추측을 좀 유용하게 써먹을 수도 있겠지. 올레야르주에게 가서 펜델마노바 사건에 대한 자네의 이론을 말해 보게. 그녀는 자신의 일에 매우 헌신적이었고, 그 때문에 살해당한 거라고 말이야. 그러니까 그녀가 정말로 건물 허가를 내주는 일에 어떤 식으로든 관여하고 있었다면 말이네. 그런 경우라면 올레야르주는 숨길 게 없지. 최근의 살인 사건과 펜델마노바 사건의 연관성을 마치 올레야르주가 직접 발견한 것처럼 얘기를 하면 그가 어떻게 반응하는지 보게. 그런 뒤에 다시 이야기하지. 그때쯤엔 뭔가 더 알게 될 수도 있고.」

나는 해보겠다고 말했다. 음식은 놀랍게도 전부 사라져 있었다. 내 배 속으로 들어간 것이다. 나는 쟁반을 싹싹 훑었다. 그런데도 그 음식을 즐긴 기억은 전혀 없다. 사실 그뮌드의 불길한 시선에 정신이 팔려서 나는 음식을 먹고 있다는 것을 깨닫지도 못했다. 나는 잔을 비웠다. 갑자기 피로에 젖어 눈꺼풀이 무거워졌다. 나는 레호르주 살인 사건이나 나 슬루피의 성당에서 본 환각에 대해 생각하고 싶지 않았다. 그저 길고 꿈 없는 잠을 자고 싶을 뿐이었다. 문까지 걸어가기도 힘들 지경이었지만 나는 지친 모습을 드러내지 않으려 애썼다.

프룬슬릭이 로비까지 동행했다. 창틀에서 잠을 잔 뒤로 그는 전에 없이 활기차 보였다. 내가 작별 인사를 위해 손을 내밀자 그는 까치발로 서서 내 얼굴에 대고 쇳소리로 말했다.

「굉장한 이야기 아닌가, 안 그래, K씨? 모든 게 어떻게 끝날지는 늙은 악마나 알겠지.」

익숙지 않은 음식과 대화에 묻어 있던 불길한 암시 때문에 나는 그가 내뱉은 수수께끼 같은 말을 따지고 들기에는 너무 지쳐 있었다. 사실 나는 그의 말투에 좀 익숙해지고 있었다. 나는 모든 일에 익숙해지고 있었다.

12

도시 전체가 멸종했다
프라하는 메마른 무덤이다.

― 카렐 히넥 마하

내가 자비로울 정도로 깊은 잠에서 깨어나자마자 전날의 사건들이 부메랑처럼 돌아와 나를 덮쳤다. 나는 통증을 느끼기도 전에 몸을 움츠렸다. 이런 상황은 이미 너무 잘 알고 있었다.

나는 비틀거리며 욕실로 들어갔다. 그뮌드의 호텔방에서 먹었던 음식이 아직도 무겁게 배 속에 앉아 있었다. 거울 속의 초췌해진 얼굴을 들여다보는 동안 보라색 원이 눈앞에서 춤을 추었다. 와인을 그렇게 많이 마시지 말아야 했다. 깃대 위의 다리를 떠올리고 나는 거의 토할 뻔했다.

아침 식탁에서 프리도바 부인은 나를 한번 쳐다보고 한 마디도 없이 싱크대로 가서 큰 컵에 물을 가득 따르더니 그 안에 녹여 먹는 아스피린을 탔다. 집주인은 분명 내가 전날 저녁을 술집에서 보낸 것이라 생각했고 나는 굳이 사실을 말해 줄 의향이 전혀 없었다. 당장이라도 그녀는 내가 얼마나 엉망진창인지에 대해서 설교하기 시작할 것이었다. 그러나 그녀가 새삼스럽게 말해 줄 필요도 없었다. 프리도바 부인은

233

최근에 나에게 잔소리를 하는 버릇이 생겼다. 제대로 취직을 하고 시내를 괜히 돌아다니는 건 그만두라는 것이다. 〈특히 밤에,〉라고 그녀는 의미심장하게 덧붙였다. 내가 이렇게 엉망진창인 것도 무리는 아니었다. 마음속으로 그녀가 나를 길거리로 쫓아내 주기를 바랐다.

나는 올레야르주에게 전화하기 위해서 방으로 돌아왔다. 번호를 돌리는 동안 카를로프에서 찾아낸 덩굴 쪽으로 눈길이 갔다. 나의 보살핌 속에 덩굴이 힘차게 자라나던 날들은 이미 지나갔다. 이제 그것은 완전히 시든 것 같았다. 나는 밖에 나가면서 화분째로 쓰레기통에 버려야겠다고 마음속으로 생각해 두었다. 물론 돌아서자마자 잊어버렸다.

올레야르주는 짜증 난 말투로 이야기할 시간이 없다고 했다. 내가 펜델마노바 사건에 대해 중요하게 할 얘기가 있다고 말하자 그는 더욱더 짜증을 내더니 그 주가 끝날 때쯤 다시 오라고 말했다. 나는 금요일 오전이 좋을지 아니면 오후가 나을지 물어보았으나 대답 대신 들려온 것은 뚜, 뚜, 하는 소리뿐이었다. 그는 이미 끊은 것이다. 나는 나의 기획에 그가 좀 더 관심을 가져 주지 않은 것에 실망했다. 수화기를 내려놓자마자 전화가 다시 울렸다. 자히르였다. 그는 현장에 좀 나가 봐야겠다고 말하며 시간이 되면 동행해 달라고 부탁했다. 또 하루를 혼자서 보낸다는 생각에 우울해질 뻔했던 나는 기뻤다. 그의 끊임없는 수다에 신경 쓰지 않겠다고 마음먹으며 그와 동행하는 일에 내가 기대를 하고 즐거워한다는 사실을 깨달았다. 나는 그에게 주소를 알려 주었고 그는 차로 데리러 오겠다고 말했다.

그는 15분 일찍 와서 내가 창밖을 내다볼 때까지 경적을 누르고 있었다. 차에서 내리지 않고 그는 내게 손짓으로 내려오라고 신호했다. 프리도바 부인은 옆방에서 창밖으로 몸을 내밀고 자신이라면 저런 식으로 요란스럽게 남의 관심을 끌려는 사람하고는 같은 차에 탈 생각도 하지 않겠다고 선언했다. 그녀는 사람의 성격을 판단하는 안목이 있었다.

나는 자히르의 스포츠카 조수석이 그다지 편하지 않았다. 불편함을 숨기려고 애썼지만 자히르는 내가 불안해하고 있다는 것을 눈치챘고 내가 문손잡이를 얼마나 꽉 잡고 있는지 보았다. 나는 그가 운전대 왼쪽에 설치된 세 개의 금속 레버, 즉 클러치와 브레이크와 액셀을 손으로 얼마나 자신만만하게 조작하는지 보면서 놀라고 말았다. 나는 그에게 그렇게 손으로 페달을 조작하기 위해 특별한 운전 시험을 치러야 했었는지 물었다. 그는 이론적으로 그렇지만 귀찮아서 실제로 시험을 보지는 않았다고 말했다.

차가 홀레쇼비체 다리를 향해 길고 넓은 왕복 도로를 달려가는 동안 나는 우리가 다른 자동차와 부딪치거나 도로에서 벗어날 경우 피할 도리 없이 찾아올 끔찍한 죽음의 여러 가지 형태를 말없이 상상하고 있었다. 솔직히 말하면 나는 차를 탈 때마다 그런 생각을 한다. 운전면허를 따고 싶다는 생각을 한 번도 해보지 않았던 것도 그것 때문일 것이다. 네 바퀴 달린 치명적인 살인 무기를 조종하는 책임을 지려면 용기가 필요하다. 구겨진 고철 덩어리 안에 갇힌 짓이겨진 시체의 이미지나 내가 미처 피하지 못해 죽은 아이가 피투성이 유령으로 나타나는 환영 때문에 나는 언제나 겁쟁이로 남아 있었다.

다리에 도착하자마자 우리는 교통 체증에 갇혔다. 안도의 한숨을 쉬며 나는 문손잡이를 놓았다. 너무 세게 쥐어서 손가락 관절이 하얗게 변해 있었다. 자히르는 담배에 불을 붙이고 창문을 열고는 빠르게 걸신들린 듯 니코틴을 빨면서 손가락으로 조급하게 운전대를 두드렸다. 다른 사람의 목숨을 위협하더니 결국 이렇게 갇혀 버려서 잘됐다고 나는 만족스럽게 생각했다. 나는 그의 옆모습을 훔쳐보았다. 얼굴 형태는 유럽인 같았으나 짙은 피부색과 이마 부근에서 숱이 적어진 검은 고수머리로 보아 혼혈인 것 같았다. 그의 이름을 처음 들었을 때 나는 그럴 거라고 짐작은 했지만, 그의 튀어나온 코와 조그만 검은 눈을 가까이서 관찰하며 그 사실을 확신했다. 어떻게 해야 무례하게 보이지 않으면서 그의 출신에 대해서 물어볼 수 있을지 고민하고 있는데 그가 자기 이야기를 시작했다.

그의 아버지는 비행기 엔지니어였으며 아제르바이잔 출신으로 체코슬로바키아제 경비행기 조종 훈련을 받기 위해 1950년대에 프라하에 왔다. 거기서 체코 아가씨를 만나 서둘러 결혼한 뒤에 두 사람은 아이를 가졌다. 그러나 그의 어머니는 중앙아시아로 이주할 생각이 전혀 없었다. 곧 두 사람은 이혼했고 위자료를 정리했다. 그의 아버지는 아내에게 말하지는 않았지만 신실한 이슬람 교도였으며 하루빨리 고향에 돌아가고 싶어 했다. 자히르의 아버지는 오래되고 부유한 가문 출신이었으며 공산주의 체제하에서 오히려 더 부유해졌다. 그의 할아버지는 고위 관료로서 스탈린과도 개인적으로 알고 지내는 사이였다. 집안에 전해지는 이야기에 따르면,

스탈린은 그의 할아버지를 숙청할 생각이었으나 실천에 옮기기 전에 자기가 먼저 죽어 버렸다는 것이다. 그 뒤에 죽은 것은 자히르의 할아버지가 아니라 아버지였다. 아버지가 몰던 제트기가 사막에 추락했던 것이다. 그러나 그의 할아버지는 비록 사진에서만 본 손자이지만 계속해서 돈을 보내 주었기 때문에 자히르는 학교를 마칠 수 있었다.

나는 자히르에게 아버지와 같은 신앙을 가지고 있는지 물었다. 그가 이슬람 교도이기 때문에 협박 편지를 받았다고 설명할 수도 있었다. 그런 이론은 펜델마노바 부인, 레호르주나 바르나바슈에게는 해당되지 않았지만 말이다.

이런 추정은 자히르가 직접 떨쳐 버렸다. 그가 믿는 것은 오로지 아름다운 여자와 빨리 달리는 차와 잘 디자인된 건물뿐이었다.

차들은 속도를 점점 늦추어 이젠 기어가고 있었다. 보도를 걸어가는 사람들이 우리를 앞질렀다. 차로에서는 점점 더 숫자가 많아지는 자전거 탄 사람들과 스쿠터를 탄 퀵서비스 메신저만이 조금이라도 속도를 내고 있었다. 저기압에 갇혀서 독성 스모그 덩어리가 마기스트랄레 위에 낮게 걸린 채 보행자들 주위를 맴돌고 있었다. 그 보행자들은 분명 오늘 집에 차를 두고 온 것에 만족하며 자축하고 있을 것이다. 우리가 지트나와 소콜스카 거리의 교차로에 도착했을 땐 이미 9시 반이었다. 자히르가 할코바 거리에 차를 세웠다.

우리는 브투니흐 거리에 있는 거대한 철거 현장의 낡은 집에 가서 사진을 찍을 예정이었다. 그 집은 18세기 중반까지 거슬러 올라가는 여러 건물들 중에서 마지막으로 살아남은 것이었다. 그 집은 주인이 없었기 때문에 보존 위원회에서 보호해 주지 않았더라면 오래전에 철거되었을 것이다. 이제 그 집은 몇 년이나 고의적으로 방치된 결과, 얼마 못 가 사라질 운명이라고 자히르는 확신에 차서 말했다. 역사적으로나 건축학적으로 가치 있는 수십 채의 건물들이 프라하와 체코의 다른 도시들에서 같은 운명에 처했다. 자본주의의 도래와 함께 투자자도 언제나 넘치게 되었지만 그들의 유일한 관심사는 건물 부지를 획득하는 것이었다. 그래서 그들은 가만히 앉아서 바람과 날씨가 작용하기를 기다렸고, 얼마 지나지 않아 건물들은 안전성에 문제가 있으므로 사용이 불가하다는 판정을 받았다. 이 경우에는 몇 달 안으로 판정이 날 것이라고 말하며 그는 이미 그 부지에 고층 사무실 단지, 혹은 그의 표현에 따르면 〈비즈니스 센터〉를 계획하고 있다고 덧붙였다. 그 혐오스러운 구절을 듣자 나의 마음은 공포로 가득 찼다. 나는 바로 코앞에 있는 성 슈테판 성당을 생각했다. 이 새로운 맘몬[47]의 사원이 성당에도 어두운 그림자를 드리우는 건 아닐까? 빛과 공기를 제대로 받지 못하게 되는 건 아닐까? 그리고 종탑은 어떡하지? 그리고 불쌍한 론긴 성당은?

그러나 모든 일이 절망적이라고는 할 수 없었다. 아직은 아니었다.

나는 삼각대를 이쪽저쪽으로 옮기며 카메라를 들고 한 발로 뛰어다니는 자히르를 떠나 나리브니츠쿠 거리로 산책하러 갔다. 그 작고 조용한 거리와 무엇보다도 완만한 언덕길

---

47 신약성경에 나오는 탐욕과 물질적 부의 은유. 때로는 일종의 악마 혹은 이단의 신으로 묘사되기도 한다.

에서 휴식을 취하는 성 슈테판 성당의 고요한 위엄이 나의 신경을 가라앉혔다. 멀리 예츠나와 지트나 거리의 입구에서 교통 체증에 걸린 차들이 으르렁거리는 소리를 들을 수 있었으나 나는 이미 그 위험에서 벗어났다. 잠시 동안 나는 아파트 단지의 기묘한 풍경에 둘러싸여 시골에 온 것 같은 착각마저 들었다. 수탉 우는 소리가 들려도 놀라지 않았을 것이다.

갑자기 새로운 공포를 느끼면서, 나는 음악 소리와 전기기구의 소음과 자동차 엔진과 공사 장비 소리 외에는 앞으로 다른 소리는 전혀 듣지 못하리라는 사실을 깨달았다. 또한 앞으로 다시는 볼 수 없을 것들에 대해서도 생각했다. 빨갛고 가파른 지붕 위로 솟아오른 수천 개의 뾰족탑, 구식 주택의 비밀스러운 미로와도 같은 구석과 좁은 문과 조그만 창문, 구불구불한 골목길 위로 몸을 기울인 돌로 된 부벽과 나무 지지대, 하얀 굴뚝 위의 신기하게 생긴 굴뚝 덮개. 이곳은 더 이상 내가 알던 그 도시, 내가 진심으로 고향이라 느끼는 유일한 도시, 나의 타고난 비겁함에도 불구하고 목숨 걸고 싸워 보호할 도시가 아니었다. 내가 의지하고 나에게 의지할 수 있는 도시. 내가 조합에 가입하여 맥주 양조공이나 가죽 무두장이나 혹은 강가의 목재 저장소에서 일할 수도 있을 도시. 나의 유일한 소원은 이곳을 있는 그대로 보존하는 것이었다. 이 도시와 이 안에 있는 나의 집이 홍수와 화재와 이민족의 침공, 그리고 나와 같은 민족의 손에 파괴되는 운명에서 벗어나게 해달라는 것이 나의 유일한 기도였다.

오래전 블타바 강의 높은 바위 위에 성과 마을이 있었다. 고고학자들은 비셰흐라드의 공원들에서 아직도 부서진 주춧

돌과 지하실의 흔적을 찾아내고 있다. 마을은 매우 컸고(천년 전에는 어쩌면 세상에서 가장 컸을지도 모른다) 주민 수에 비하여 다른 어느 마을보다도 성소가 많았기 때문에 성스러운 도시라고 불릴 법했다. 그 성소들 중에는 성 로렌스의 바실리카, 마리아 마그달레나 예배당, 사도 요한 원형 성당, 성 히폴리우스 성당의 예배당들, 성 베드로와 성십자가 성당, 성 마가렛 원형 성당, 세례요한 참수 성당, 베드로와 바울 성당과 바츨라프 왕이 세례를 받았던 성 클레멘트 성당의 조그만 예배당이 있었다. 마을에는 심지어 자기들만의 성체 성혈 대성당도 있었다. 이 성스러운 건물들 옆에는 세속 지도자들이 사는 탑이 여러 개 솟은 궁전들이 있었고 평범한 마을 사람들의 집은 그 주변에 모여 있었다. 도시의 성벽 너머 바람이 불어 가는 쪽에는 소음과 냄새 때문에 대장장이와 무두장이와 푸주한들이 모여 자기 일에 힘썼다. 근방에 뾰족탑이 열 개 솟은 카렐 성문이 있었다. 그것은 성채와도 같은 아름다운 건축물로 14세기에 그와 경쟁할 건물은 신시가지의 돼지 성문뿐이었다. 열다섯 개의 양조장이 비셰흐라드의 착한 시민들이 일하고 기도할 힘을 유지할 수 있도록 도와주었다. 돌이 많고 고르지 못하며 골짜기와 도랑과 수많은 냇물이 흐르는 지형은 160개나 되는 석조 혹은 목조 다리들로 연결되었다. 민족의 위인과 선인들이 잠든 공동묘지가 있던 지금의 자리에는 한때 리부셰의 공중 정원이 〈바람 위에 균형을 잡고〉 서 있었다. 이교의 사원과 다산을 상징하는 돌 조각물이 여기저기 서 있는 고대의 낙원과도 같은 작은 숲이다. 그 근처에, 지금은 농구장이 있는 곳에 한때는 리부셰의 전설적인 미로가 있었다. 조심성 없는 사람들은 꽃향기와 잘 익은 과일의 냄새에 이끌려 사과나무를 동심원 모양으로 심고 좁은 녹색 골목처럼 다듬은 이 과수원 안으로 끌려 들어오곤 했다. 그러나 미궁의 한가운데에 자리 잡은 무시무시한 여사제의 조각상이 묻는 질문에 대답할 수 있는 가장 똑똑한 사람만이 밖으로 빠져나올 길을 찾아냈다. 나머지는 저주를 받아 여사제의 하인으로서 미로 안에 남아 있어야 했다. 도시는 성문뿐만 아니라 거대한 두 개의 탑으로 보호받고 있었다. 그중 한 개는 검고 팔각형이며 초기 로마네스크 양식으로 여섯 척이나 되는 두꺼운 돌벽 여기저기 조그만 이중 아치 창문이 뚫려 있고 그 위에 총안을 낸 험악한 흉벽이 얹혀 있었다. 다른 하나는 흰 대리석으로 된 직사각형이었는데 태곳적부터 강 위의 절벽 꼭대기에 서 있기는 했으나 언제나 휘황할 정도로 새로워 보였다. 그 탑에는 창문이 하나도 없었기에 밖이 밝은 만큼이나 안은 어두웠다. 흉벽으로 올라가기 위해서 주둔군은 횃불을 들고 나무 발판과 사다리를 올라가야만 했다. 탑의 바닥에는 깊고 오래된 우물이 있었다. 전해 오는 이야기에 따르면 그 우물은 너무나 깊어서 강바닥보다 훨씬 낮은 곳에 있는 단단한 돌까지 쭉 이어져 있다고 했다. 그리고 이 깊은 수직 통로 바로 옆에 무한히 어리석은 20세기는 자동차와 전차가 다니는 터널을 뚫었다. 누가 우리에게 성스러운 돌 사이로 차를 몰고 다닐 권리를 주었는가? 공학자와 인부들은 분별력이 있다기보다는 운이 좋았을 뿐이었다. 그 우물은 기적적으로 해를 입지 않은 채 남아 있었다.

전설에 따르면 그 밑바닥에는 리부세 공주가 황금 소파 위에 누워 자신의 나라를 되찾을 날을 기다리고 있으며, 이곳의 바위는 강바닥의 보이는 부분보다 일곱 배나 더 깊은 곳까지 내려간다고 한다. 비셰흐라드 아래 검은 우물의 깊이를 헤아린 사람은 아무도 없다. 그렇게 긴 측연선을 가진 사람이 아무도 없었던 것이다. 그 깊은 곳 어딘가에 후스파 살인자들의 무리에 의해 강바닥으로 던져진 성 베드로와 바울 성당의 제단이 있다. 그 제단을 꺼내는 사람은 보헤미아 전체의 지배자가 될 것이라고도 전해진다.

비셰흐라드 사람들은 적절한 복수를 계획했다. 타보르의 애꾸눈 도적 얀 지슈카를 붙잡는다면 그를 우물 바닥으로 내던지고 그 위를 판자로 막은 임시 탁자 위에서 화려한 연회를 열 것이라고 했다. 그러나 상황은 다른 방향으로 흘러갔다. 왕정파는 후스파에게서 비셰흐라드를 지켜 내지 못했다. 후스파 성직자들이 적들을 매장하지 못하게 금지했으므로 죽은 자들은 죽은 곳에 그대로 남아 있었다. 종교적 근본주의의 폭풍이 도시를 휩쓸었고 그것이 지나간 자리에는 옛 사제관의 흔적과 성 베드로와 바울 성당과 도시 성벽의 일부만이 남았다. 본래 모습 그대로 오늘날까지 살아남은 유일한 건물은 성 마르틴 원형 성당이다. 19세기에 성당을 부수고 그 자리로 길을 내려던 계획이 무산된 것은 그저 행운이었다. 성 마르틴 성당은 중부 유럽의 아틀란티스였던 당시 비셰흐라드의 기념비이다. 비셰흐라드는 프라하의 빛나는 진주였고, 앞으로 그와 같은 도시를 다시는 보지 못할 것이다. 비셰흐라드는 다른 시대의 다른 낙원이었으며 나는 그곳에서 내 심장을 잃어버렸다. 프라하의 위대한 수직 구조이며 도시가 별들에게 이르는 길이었다. 프라하는 바빌론보다 사랑스러웠으며 로마보다 장엄했다.

그러나 수직 구조는 위쪽뿐만 아니라 아래쪽도 가리킨다. 조상들의 창의력에 대하여 우리는 충격적일 정도로 존경심이 없었으며, 이제 파괴의 기술을 완벽하게 연마한 끝에 우리는 그 대가를 치르고 있다. 우리는 무엇보다도 푸른 벌판을 밀어 버리고 콘크리트로 덮는 것을 좋아한다. 간단하고 빠르고 기능적으로. 이것이 현대의 주문이다. 과거를 죽이려는 우리의 욕망은 끝이 없으며 다른 사람들이 창조한 것을 파괴하려는 본능은 뿌리를 뽑을 수 없다. 얀 지슈카는 체코의 신앙심과 겸손함에 치명적인 한 방을 날린 사형집행인의 도끼였으며 체코식 야비함 중에서도 최악의 종류를 구현했다. 그는 이 나라에 재앙과 치욕만을 가져다준 아시아식 야만성과 잔혹함의 무시무시한 귀감이었다. 6백 년 후에 우리는 여전히 그의 피투성이 유산과 싸우고 있다. 로마네스크 유럽의 보석이었던 비셰흐라드를 그가 파괴해 버린 사건에 맞먹을 만한 것은 19세기 후반에서 20세기 초반에 있었던 프라하 대철거뿐이다. 그러나 설령 그가 존재하지 않았다 하더라도 피에 목마른 그의 하수인 젤리브스키, 사제복을 입은 그 테러리스트가 보헤미아의 오지에서 끌고 나온 미친 늑대 떼와 함께 파괴 작업을 잘 해냈을 것이다. 그들이 도시를 습격하지 않았더라면(그런데 오늘날까지도 우리는 거리와 광장에 그들의 이름을 따서 지으며 기념한다!) 프라하의 수많은 아름다운 건물들, 그 이후까지 오랫동안 살아남았던 건물들조차도 아직까지 서 있을 것이다. 보이슈티의 성 요한 성당, 카렐 광장의 성

라자루스 성당, 나즈데라제의 바츨라프 궁과 근처의 아우구스틴 수도회, 돼지 성문, 산 성문, 화가의 탑, 성 바츨라프 욕탕, 그림 같은 포드스칼리 구역, 베드로 지역과 어쩌면 유대인 구역 전체 —— 사람을 자신도 모르게 바꾸어 들어갈 때와는 전혀 다른 인간으로 만들어 버리는 그 마법의 미궁도 그대로 남아 있었을지 모른다. 표리부동한 우트라키스트들도 역사의 흐름을 바꾸는 데 한몫을 했으니 그러지 않았더라면 우리는 성체 성혈 대성당까지 눈앞에 볼 수 있었을지도 모른다. 이 모든 것이 직접적으로든 간접적으로든 후스파 운동 때문에 파괴되었다. 그것은 위대한 체코의 문화 혁명이었다.

　눈먼 지도자들이 이끄는 눈먼 나라다. 우리가 길을 잃은 것도 놀랄 일은 아니다.

　눈먼 사람들은 도시의 아름다움을 볼 수 없었기 때문에 이유서 깊은 도시를 부수어 쓰레기통에 처박았다. 신 앞에 그들은 어떻게 겸손하지 않았는가? 결국 그 경이로움을 건설한 사람들도 신의 자식들이며 그들의 조상이 아니었는가? 싸움꾼 후스가 그렇게 교만하지 않았더라면, 메시아 콤플렉스에 그렇게까지 열중하지 않았더라면, 순교자로서 죽음을 맞겠다는 결심이 그렇게 크지 않았더라면 결단코 화형을 당하지 않았을 것이다. 그는 늦든 빠르든 가톨릭 체제와 타협을 하여 체코의 피로 더럽혀지지 않은 협약을 맺을 수 있었을 것이다. 극단주의 분파가 저지른 끔찍한 일들은 일어나지 않았을 것이고 체코인이 체코인에게 칼을 겨누지 않았을 것이며 민족 문화의 꽃은 무질서한 군중의 낫에 잘려 떨어지지 않았을 것이고 살육과 파괴의 혁명적인 광란도 없었을 것이고 흰 산에서의 패배도 체코 귀족층의 대량 학살도 없었을 것이다. 그러나 이런 일들은 모두 일어났다. 그 이유는 아마겟돈의 환상으로 군중을 공포에 질리게 했던 광신자의 공연한 헛소리 때문이었다. 그가 당긴 불씨는 결국 자기 자신뿐만 아니라 나라 전체를 잿더미로 만들었다.

내가 보헤미아의 왕이었다면(혹은 여왕이 더 낫겠다, 여자들은 어떤 한 가지 사상을 위해서 가진 것을 전부 걸려는 성향이 남자들보다 약하니까) 나는 전국적인 철거 중지 명령을 내려 철거 명령이 승인된 지 백 년 이내의 건물은 어떤 것이든 파괴하는 일을 범죄로 만들고, 그런 범죄를 저지른 사람에게는 재산을 몰수하는 형벌을 내릴 것이다. 그러면 사람들은 후대에 대하여 좀 더 생각하게 될 것이다. 새 건물들은 지금보다 훨씬 드물게 나타날 것이다. 우리 도시들의 완전성이 보존될 것이다. 새로 놓이는 주춧돌은 많은 이전 세대들이 심사숙고한 결과가 될 것이다. 나는 그렇게 되면 우리의 거리들이 마치 백 년간의 대홍수로 깨끗이 씻겨 나가기를 기다리는 강물처럼 자질구레한 쓰레기로 뒤덮이지 않게 될 것이라고 믿는다. 신시가지나 구시가지 어디든, 도시 곳곳에 있는 중세의 거리들을 걷는 일은 즐겁고 마음을 평안하게 하는 경험이 될 것이다. 가로수 거리와 성문과 튀어나온 부벽들은 길에 다니는 모든 것을 치어 죽일 듯이 빠른 속도로 달리는 철갑으로 무장한 고급 차들을 저지할 것이고 그런 차들이 있어야 할 장소인 황량한 고속 도로로 추방할 것이다. 거기서 그 자동차들이 서로 산산조각으로 부수어 한 무더기의 폐차로 쌓이더라도 나는 눈 하나 깜짝하지 않을 것이다. 이 도시에 어울리는 것은 보행자들의 여유로운 발걸음과 자갈과 길에 파인 구멍 위로 흔들리며 지나가는 무쇠로 테를 씌운 나무 바퀴의 느릿한 덜거덕 소리뿐이다.

우리는 돌아가야 한다.

집 한 채를, 오래되고 기울어지고 습기 차고 그을음에 뒤덮인 집을 상상해 보라. 아치형 정문 안은 까만 흙으로 바닥을 깐 마당이다. 마당의 흙은 그 아래의 지하실만큼이나 검고, 그 지하실은 또한 우물만큼 깊다. 건물에는 높은 쌍둥이 박공이 있고 지붕은 살짝 처졌는데, 나무 홈통은 물이 새고 굴뚝은 갈대처럼 가늘다. 창문 대신 건물에는 금 간 나무 창틀에 운모와 색유리를 짜넣은 열쇠 구멍이 있다. 집의 문지방은 수많은 발에 밟혀 매끈매끈해진 지 오래된 맷돌이다. 집 안이나 밖이나 습기 찬 공기에 오줌 냄새가 떠돈다. 마당에서는 언제나 걸려 있는 빨랫줄 밑에서 가금류가 진흙을 쫀다.

그리고 또 거리를 상상하라. 비뚤어지거나 구불구불하거나 최소한 꺾어지는 거리다. 너비는 사암 협곡에 난 작은 길만큼 좁고 그 속은 바위 사이의 조그만 웅덩이 속만큼 어둡다. (그렇다, 그런 것이 아름다움이지만 우리 중에서 가치 있는 사람, 〈아방가르드〉라는 단어를 이해하지 못하고 〈새롭다〉를 더러운 말로 여기는 그런 사람의 눈에만 보이는 아름다움이다.) 그것이 과거 한때 프라하의 모습이고 프라하가 영원히 남아 있었어야 할 모습이다. 그것이 도시를 건설한 사람들의 소원이었고 그 누구에게도 도시를 바꿀 권리는 없었다. 그리고 그것이 아름다운지 모르는 인간들이 실용성과 직선을 강요하며 하느님인 척해도 된다고 생각하는 시대, 모든 시대 중에서 가장 사악한 시대, 도시의 심장을 둘로 자르는 도살자의 칼인 마기스트랄레의 시대에 발목이 잡힌 나의 소원이기도 하다.

이제 아침은 가버리고 해는 스모그 속으로 사라졌다. 정오나 1시, 아니면 더 늦었는지도 모른다. 나는 성 슈테판 성당에서 아주 조금 떨어진 곳에 있는 성 카테리나 성당 뾰족탑 아래 와 있었지만 내가 어떻게 거기까지 왔는지 전혀 기억할 수 없었다. 내가 리포바 거리 혹은 케 카렐로부 거리를 따라 아래쪽에서 성당으로 올라왔던가? 아니면 위쪽에서, 카테르진스카 거리를 따라 내려왔나? 영원히 알 수 없을 것이다. 나는 하얀 종탑을 올려다보았다. 바닥은 네모지고 반쯤 올라가면 종신이 팔각형이 되며, 꼭대기에는 길고 검은 첨탑이 있다. 그 모습은 사실 카롤링거 시대의 다른 성당인 나 슬루피의 성수태고지 성당과 베트로프 언덕의 성 아폴리나리 성당과 비슷했다. 그리고 이 성당들은 또 다른 측면에서 비슷하다. 그 바탕이 된 종교의 운명이다. 최소한 한때는 말이다. 18세기 후반에 계몽주의의 최고봉이었던 요세프 2세는 성 카테리나 성당 수녀원을 해산하고 그곳을 군사 교육 학교로 바꾸었다. 젊은 군인들이 그곳을 너무나 철저하게 파괴하여 결국 문을 닫은 그 학교는 정신병자들의 거주지로나 적합하게 되었다. 그래서 나 슬루피의 성모 시종회 수도원이나 성 아폴리나리 성당 근처의 정신 병원처럼 그 건물도 미치광이들의 집이 되어 일 년에 한 번 대중에게 공개되었다. 내가 보기에 여기에는 일종의 논리가 있는데, 신성함이 사라진 곳에서 광기가 시작된다는 것이다.

난폭한 짐승이 승리한다. 그 어떤 정신 병원도 프라하의 고딕 양식 종교 건물들에 후스파 군대가 저지른 것만큼의 피해를 입히지는 못했다. 악마와 같은 그들의 말발굽 소리가 비셰흐라드에 있는 성당의 모든 돌을 울렸다. 신시가지의 성 카테리나 성당 중에서는 종탑만이 살아남았다. 18세기에 딘첸호퍼[48] 집안 누군가가 그 탑 꼭대기에 올려놓은 볼록한 종루, 일종의 동양식 건축 양식을 따른 어리석은 실수였던 그 종루에 대해서는 더 이상 얘기하지 않겠다. 혹은 기둥이 늘어선 주랑 현관 뒤에 가려져 보이지 않는 끔찍하게 생긴 작은 성당에 대해서도. 아무도 볼 수 없는 성당이라니! 그것이 바로크 양식의 장기였다. 도시의 구석에 숨겨진 그런 신데렐라들이 몇 개나 있다.

심지어 그 우아한 고딕 종탑도 1420년 5월 화재로 성당의 대부분이 파괴되었을 때 운 좋게 살아남은 것이다. 그리고 성 카테리나 성당의 아우구스틴회 수녀들이 자신들을 예수의 신부들이라고 자칭한다는 사실이 타보르파 여자들에게 알려지자 그들은 피에 목마른 미친 암여우들처럼 떼를 지어 성당을 휩쓸었다. 이때만은 신의 징벌이 빠르게 내려왔다. 그들의 습격은 너무나 폭력적이어서 건물의 서쪽 벽이 무너지며 스물일곱 명의 후스파 여자들을 덮쳐 버렸다. 같은 파의 남자들이 돕기 위해 달려왔으나, 그 우스꽝스러운 헬멧과 흉측한 방패 위로 탑 자체가 무너져 내릴까 두려워하여 이 용감한 신의 전사들은 무너진 잔해 아래서 아내들이 죽게 내버

48 Dientzenhofer. 바로크 양식의 대표자였던 건축가 가문.

248

려 두고 조용히 떠나 버렸다. 그 후스의 떼거리들은 폭력에 대해 뭐든지 알고 있었다. 하지만 자비는? 동정은? 기사도는? 그들의 책에 그런 건 없었다. 중세 절정기의 이상은 그들에게 아무 의미도 없었다. 유럽이 그와 같은 야만성을 목격한 것은 반달족이 영원한 도시[49]를 습격한 이후 처음이었다.

11월 말의 이른 저녁이었다. 들장미 덤불 위에서 성당의 흰 벽에 기대어 나는 검은 형체의 사람을 엿보았다. 머리가 두 개 달린 형체로, 금지된 쾌락의 규칙적인 리듬에 따라 흔들리고 있었다. 나는 가장 가까운 나무로 기어가서 마치 그 나무가 제단인 것처럼 아래쪽에 무릎을 꿇었다. 그리고 열까지 센 뒤에 나무줄기 위에서 아주 잠깐 엿보았다. 커플은 서로 단단히 껴안은 채 성난 용처럼 이리저리 꿈틀거리고 있었다. 남자는 구식 모자를 썼다. 여자의 검은 머리카락은 등 뒤까지 내려왔다. 나는 텅 빈 성당 마당의 그 비밀스러운 연인들이 누구인지 즉각 알아보았다. 머릿속에 떠오른 것은 어떻게 해야 들키지 않고 도망칠까 하는 생각뿐이었다. 하지만 아직은 아니다……. 커플의 움직임에는 어딘가 이상한, 부자연스러운 구석이 있었다. 나는 다시 한 번 쳐다볼 수밖에 없었다. 그렇게 가장 한심한 인간, 관음증 환자가 되어 버렸다.

그것은 기묘한 사랑의 현장이었다. 남자는 몸의 오른쪽, 여자는 왼쪽을 나에게 향했다. 여자는 남자 위에 앉아서 앞뒤로 몸을 흔들었고, 치마가 남자의 거대한 무릎 위에 넓게 퍼져 있었다. 여자의 통통한 다리가 어둠 속에서 몸을 위아래로 밀었다……, 위로, 아래로……. 위로, 아래로. 여자의 얼

49 로마를 말한다.

굴은 집중하느라 찡그리고 있었다. 붙잡기 어려운 쾌락을 잡고야 말겠다고 결심한 사람의 얼굴이었다. 그뮌드는 반대로 상당히 무관심해 보였다. 마치 체육관에서 운동하는 사람이나, 혹은 그가 여자의 살집 있는 몸을 쉽게 들었다 내리는 모습으로 보아 서커스에서 힘센 사나이가 가짜 덤벨을 자랑하는 것 같기도 했다. 그 장면 전체가 가짜였다. 나는 하얀 허벅다리를 잠깐 보았다. 그리고 여자는 남자의 어깨에 얼굴을 들이밀었고 둘 다 웃었다. 그들은 잠시 멈추었다가 음탕한 움직임을 계속했다. 이번에 여자는 남자의 목에 팔을 두르고 다리로 남자를 감쌌으며 더 이상 위아래로 움직이지 않고 남자에게 몸을 비볐다. 나는 흥분하면서 동시에 창피해졌다. 마음 한구석은 이 광경을 끝까지 보고 싶었지만 다른 한편으로는 그들의 사생활을 존중해야 한다는 생각이 들었다. 수치심이 더 강했다. 나는 몸을 돌려 정문 쪽으로 살금살금 걸어가기 시작했다. 그러나 문에 다가가기 전, 나는 우뚝 멈추었고 거의 비명을 지를 뻔했다. 마지막 나무 뒤에 숨어 있는 것은 사튀르[50]와 같은 난쟁이, 주인을 위해 경비를 서고 있는 프리아푸스[51]였다. 그는 음탕한 미소를 내게 보냈고 나는 그 설치류 같은 치아와 사악한 하늘색 눈의 반짝임을 보았다. 그러나 나는 이미 정문 쪽으로 달려가고 있었다. 그를 지나치면서 나는 그의 바지 지퍼가 열려 있는 걸 보았다고 맹세할 수 있다.

---

50 인간의 상체에 염소의 하체가 달린 그리스 신화 속의 신. 여자를 좋아한다.
51 그리스 신화에서 다산과 풍요의 신.

나는 성 슈테판 성당 옆의 교차로까지 쉬지 않고 달렸다. 신호등이 바뀌기를 기다렸다가 할코바 거리로 서둘러 갔다. 성당을 지나가면서 나는 우리가 마지막으로 방문한 이후 북쪽 벽에 새로 나타난 그래피티를 알아보았다. 푸른색과 흰색의 상형 문자는 세상에 대고 자신의 분노한 메시지를 외치고 있었고, 성 슈테판 성당은 반대로 모욕과 조롱을 당한 자의 품위 있는 침묵을 지켰다.

자히르는 할코바 거리에 없었다. 브투니흐에도 없었다. 카메라와 차를 가지고 집으로 가버린 것 같았다. 아니면 그러지 않았는지도 모른다. 어쩌면 누군가 그를 어디론가 데려가서 죽여 버렸는지도 모른다.

내가 찾아낸 첫 번째 공중전화는 바츨라프 거리 전철역에 있었다. 나는 떨리는 손으로 번호를 돌렸다. 신호가 울리는 소리를 들으며 나는 자히르가 머리가 부서진 채 버려진 지하실에 누워 있는 모습을 생생하게 떠올렸다. 신호가 울리는 소리를 계속 들으면서 나의 환상은 확신으로 변해 갔다.

13

내가 느끼는 이 공포는 무엇인가?
나는 어떻게 될 것인가?
나는 보이지 않는 것을 볼 것이다
문턱을 넘는 그 순간.

— 칼 크라우스

아이들에게 있어 경탄한다는 것은 호기심의 징후이다. 어른들에게 있어 그것은 유치함의 징후이다. 나는 병석에 누운 임종의 순간까지도 결단코 경탄하기를 멈추지 않을 것이다. 내가 그 자리에 누워 있다는 사실 자체에 경탄할 것이고, 무시무시한 프라하 음모의 희생자들과 함께 이미 오래전에 지구상에서 사라지지 않았다는 사실에 경탄할 것이다. 그리고 그 음모에 대해서, 지금 이 기묘한 감옥에 갇힌 채 나는 여러분에게 이야기하고 있다.

자히르는 살아 있었다. 목요일 저녁에 나는 올레야르주에게서 전화를 받았다. 처음 머릿속에 떠오른 생각은 그가 자히르가 살해당했다고 말해 주려 전화했다는 것이었다. 내가 아무렇지 않은 척 자히르에 대해서 물었고, 올레야르주와 자히르가 방금 서로 이야기를 했다는 사실이 분명해졌다. 나는 너무나 안도하여 어딘가에 앉아야만 했다. 자히르는 내게 화도 나지 않은 것 같았다. 서장은 그저 나와의 면담을 연기하기 위해 전화한 것이었다. 그의 목소리는 고집스럽게 확신에 차 있었다. 자신이 지휘하는 군대에 명령을 내리는 것이 익숙한 남자의 목소리였지만, 그 안에는 약간의 불안감이 섞여 있었다. 귀를 기울이는 동안 올레야르주가 과거라는 망령에 쫓기는 살인마 사이코패스라는 나의 상상은 점차 사라지기 시작했다. 고위 경찰 간부이지만 기묘한 귓병 외에도 감추어야 할 것이 많으며 자신의 잘못을 인정하려 하지 않는다. 거기까지는 맞을 것이다. 하지만 피도 눈물도 없는 살인자라고? 절대로 아니다. 모든 사람이 보는 앞에서 양심의 가책이 귓구멍으로 흘러나오는 불쌍한 올레야르주는 그런 사람이 아닌 것이다. 나는 범죄 수사대에서 뭔가 새로운 것을 발견했는지 물었으나 조심성을 발휘하여 협박 편지에 대해서는 언급하지 않았다. 서장은 레호르주의 다리 없는 시신은 아직 발견되지 않았으나 화요일에 실종된 두 청소년에 대한 새로운 사건을 맡았다고 말했다. 나는 웃음을 억누르면서 경찰이 그 아이들을 금방 찾기를 바란다고 말했다. 서장은 모든 범죄가 다 끔찍하기만 한 것은 아니라고 거의 사근사근한 말투로 말했다. 가끔은 그저 전국적으로 실종자 수배를 내리기만 하면 된다는 것이다. 우리는 면담을 월요일로 미루었다.

다시 한 번 텅 빈 날들이 눈앞에서 하품을 하고 있었고 남아도는 시간은 무겁게 느껴졌다. 나는 신시가지에서 일어난 두 살인 사건의 수사가 견딜 수 없이 느리게 진행된다고 느꼈다. 그러나 나는 대부분의 중대 사건들은 해결하는 데 시간이 많이 걸리므로 내가 이렇게 조급한 것은 경험이 부족하기 때문일 것이라고 생각을 고쳤다. 누군가 고의로 수사 진행을 방해할 수도 있다는 가능성에 대해서는 생각하지 않으려고 애썼다.

다음 날 전화는 한 번도 울리지 않았다. 프리도바 부인은 외출했다. 아침을 먹고 방으로 돌아와서 나는 마침내 보티치 시냇가 위의 언덕에서 주워 온 시든 덩굴을 버릴 수 있겠다고 생각했다. 그러나 화분을 주우려고 몸을 굽혔다가 나는 놀랍게도 핀 끝 정도 크기의 아주 작은 하얀 봉우리가 뒤틀린 갈색 줄기에서 몇 개나 고개를 내민 것을 보았다. 처음에는 하얀 것이 곰팡이라고 생각했으나 아니라는 사실을 확인하고 나서 나는 조심스럽게 화분에 물을 주었다. 그런 뒤에는 달리 할 일이 없었기 때문에 오전 내내 책을 읽었다. 프리도바 부인이 돌아와서 점심을 만들어 주었으나 나는 대화할 기분이 전혀 아니었고 점점 더 안절부절못하게 되었다. 밖에는 차가운 겨울 해가 떠 있었다. 내가 좋아하는 종류의 해였으므로 시내로 나가서 비셰흐라드 주변을 산책하기로 했다. 어쩌면 경찰이 발견하지 못한 것을 내가 찾아낼지도 몰랐다.

내가 탄 전차가 성수태고지 성당을 막 지나가는 순간 나는 루치에 네트르셰스코바가 유모차를 밀고 거리를 건너는 것을 보았다. 나는 다음 정거장에서 내려 잠시 망설이다가 알베르토프 쪽으로 되돌아 걷기 시작했다.

나는 곧 그녀를 따라잡았다. 아기는 잠들어 있었다. 내가 잠시 동행해도 되느냐고 묻자 그녀는 기뻐하는 것 같았다. 우리는 성당과 오래된 수녀원 정원 주변을 천천히 걸었다. 말은 거의 그녀가 했고 나는 귀를 기울이며 그녀의 옆모습을 관찰했다. 그녀의 머리카락은 중간 정도 길이에 금발이었는데 보기 드물게 엷은 은색이 섞여 있었다. 나는 그녀가 염색을 한 것일까 생각했으나 머리카락은 정수리의 가르마에 보이는 뿌리 부분까지 은색으로 반짝이며 빛났다. 그녀의 피부는 창백하고 건조해 보였으며 매끈했으나 이마에 주름이 있었다. 매번 뭔가 관심 가는 것을 발견할 때마다(산책하는 동안 그런 일이 몇 번 일어났다) 세 개의 평행한 선이 그녀의 눈 위에 나타났다. 아래쪽 두 개는 깊고 위쪽 한 개는 거의 눈에 보이지 않을 정도였는데, 다음 순간이면 모두 사라지곤 했다. 그녀의 눈은 내가 이전에 어두운 방에서 보았을 때 생각했듯이 푸른색이 아니라 회색이었다. 나는 그 눈에 나타난 부드럽고 상냥한 표정에 매료되었는데, 그 표정은 아기를 향한 것만은 아니라고 느꼈다. 그녀는 내가 말하는 것을 모두 진심으로 흥미로워하는 것 같았고 그런 관심은 표현이 풍부한 그녀의 이마에 즉각 나타났다. 루치에 앞에서 나는 침착해졌다. 그녀는 나에게 자신감을 주었다.

알베르토프 거리를 따라 함께 걸으면서 그녀는 자신이 프라하에 친구가 한 명도 없으며 대부분의 시간을 집에서 보낸다고 말했다. 그녀는 겁이 나서 아기를 유모차에 싣고 너무 멀리 나가지 못했다. 이렇게 멀리까지 나와 본 것은 사실 이번이 처음이라고 했다. 원래는 식물원에 가볼 생각이었으나 닫혀 있었다.

아기가 깨서 흐리멍텅한 눈으로 나를 보며 얼굴을 찡그렸다. 그리고 엄마를 발견하고는 이 빠진 미소를 짓고 팔을 퍼덕거렸다. 루치에는 유모차에서 아기와 기저귀 가방 등을 전부 꺼내 팔에 안았다. 잠시 동안 나는 혼자서 유모차를 밀었다. 그것은 굉장히 이상했고 살짝 창피스러웠다는 사실을 인정해야겠다. 나는 나 자신을 바깥에서, 남들에게 보이는 모습으로 보려고 해보았다. 사람들이 내가 아기 아빠라고 생각할까? 얼마나 한심한 환상인가! 나는 아버지가 아니었다. 텅 빈 유모차 안에서 나는 땀투성이 손바닥으로 유모차를 미는 남자에게 밀려 가는 환상의 아이를 보았다. 나는 남자이면서 아이였다. 나는 나 자신을 밀고 있었다.

유모차는 무겁고 조종하기가 어려웠으며 아기의 존재가 부담스러웠기 때문에 나는 불안해졌다. 나는 이런 대화를 아예 시작하지 말걸 그랬다고 생각하면서 내가 아주 좋아하고 언제나 되돌아가는 구역인 신시가지에서 경찰관으로 일하던 때에 대해서 이야기하기 시작했다. 루치에는 귀 기울여 들어주었다. 최소한 귀를 기울이는 것 같아 보였으므로 나는 가장 좋아하는 주제에 대해서 목청을 높이기 시작했다. 요즘 프라하 사람들은 폐허 위에서, 슈베이크의 뒷마당에 쌓인 쓰레기 더미 꼭대기에서 살고 있다고 불쌍한 여자에게 말하면서 나는 뒤틀린 미소를 지으며 저 길 끝에 〈폐허 위에〉라는 이름의 거리가 있는데 내 생각에 그 이름을 도시 전체에 붙여도 나쁘지 않을 것 같다고 덧붙였다. 나는 알베르토프에 새로 건축된 건물이 별로 없기 때문에 이 거리를 좋아한다. 여기서라면 원래의, 지금은 사라진 옛 프라하의 분위기를 여전히 발견할 수 있다.

아기가 갑자기 울기 시작하여 나의 연설은 중단되었다. 조그만 여자 아기는 겁에 질려 엄마에게 매달린 채 눈을 크게 뜨고 우리가 막 지나치던 흘라노바 병리학 연구소의 창백한 푸른색 정면을 쳐다보고 있었다. 루치에가 아무리 달래도 소용없었다. 아기가 치아가 나느라 아파하는 것이라고 생각한 나는 껌을 한 통 꺼내서 아기의 눈앞에 내밀어 보았다. 효과가 있었다. 아기는 즉각 울음을 멈추고 밝은색 껌 종이를 향해 손을 내밀었다. 아기 엄마는 아기를 홱 안아서 껌 종이에 손이 닿지 않게 하면서 짜증 난 목소리로 남편이 그런 실없는 장난치는 걸 좋아한다고 말했다. 나는 물론 장난을 친 것이 아니었고 칠십 대의 네트르셰스크 선생과 비교한 말이 마음에 맺혔다. 그래서 나는 껌을 다시 주머니에 넣었다. 아기는 다시 울부짖기 시작했다.

루치에는 다시 성당 쪽으로 돌아가자고 제안했고 나는 중간까지만 같이 가주겠다고 말했다. 말하면서 나는 아기가 쳐다보던 방향을 흘끗 올려다보았다……. 그리고 우뚝 멈추어 섰다. 아치형으로 기울어진 북쪽 곁채 위층의 커다란 창문에 여자의 얼굴이 있었다. 로제타가 나를 내려다보고 있었다. 그녀는 달라 보였다. 내가 알던 로제타가 아니었다. 그러나 어쨌든 그녀가 맞았다. 그녀는 허리 위쪽만 보였는데 모자가 달린 검은색 옷을 입었고 가슴을 가로질러 은빛 끈 같은 것이 달려 있었다. 그녀의 얼굴은 창백하고 말랐으며 보통 때의 통통한 모습은 찾을 수 없었다. 뺨이 움푹 들어가고 코는 뼈만 남아 날카로웠으며 턱은 고통스럽게 악다물고 있었다. 혹은 그저 피곤했던 것인지도 모른다. 입술은 꼭 다물어 거의 보이지 않았고 얼굴 윗부분은 광채 없는 아몬드형 검은 눈이 거의 다 차지하고 있었다. 그녀의 형체는 전혀 움직이지 않고 마치 그리스 여신상처럼 엄숙하게 서 있었다. 어떤 장난

258

꾼이 나에게 보여 주려고 만들어 낸 로제타의 캐리커처 같았다. 아기가 겁먹은 것도 무리는 아니었다.

나는 루치에 쪽으로 고개를 돌렸으나 그녀는 사라지고 없었다. 용기를 끌어 모아 나는 거리를 건너 다시 창문 안을 들여다보았다. 로제타는 여전히 그곳에 있었다. 끓어오르는 분노를 억누른 표정으로 나를 노려보고 있는 것에 나는 놀라서 몸을 움츠렸다. 그녀는 나의 한 걸음 한 걸음을 지켜본 것 같았고 그 시선은 기계처럼 움직이는 것 같아 마치 그녀의 몸이 보이지 않는 어떤 주체에 의해 움직이는 것 같았다. 나는 그 생각을 견딜 수가 없었다. 조심성 따위는 바람에 날려 버리고 나는 서둘러 다시 길을 건너 잔디밭을 넘어 정문으로 갔다. 커다란 청동 문고리를 돌려 안으로 숨어 들어가서 등 뒤로 문을 닫았다. 내 오른쪽에는 임시로 만들어진 수위실이 있었지만 안에 아무도 없었다. 나는 로비를 둘러보았다.

건물은 인간의 개성과 사람이 만든 거주지의 다양성을 억누르는 데 그렇게나 큰 공헌을 세운 20세기의 사악한 발명품인 기능주의의 완전한 경직성에서 고맙게도 벗어나 있었다. 그 결과는 실용성과 아름다움의 행복한 타협이었다. 받아들일 수 있는 모습을 한 기능주의인 것이다. 나는 종종 흘라노바 연구소를 지나다녔다. 그리고 매번 나는 신고전주의 양식의 창백한 푸른색 정면과 창틀로 나누어진 커다란 창문과 편편한 지붕 처마 아래 즐겁게 반복되는 조그만 아치의 모습을 바라보는 것을 즐겼다. 집을 진정한 인간의 거주지로 만드는 것은 다른 무엇보다도 장식이라고 나는 굳게 믿는다. 오소리는 자기 집이 그저 땅에 뚫린 구멍일 뿐이라는 것을 알지 못하기 때문에 순전히 실용적인 원칙에 따라 굴을 판다. 그런 단순한 거주 형태를 위해서라면 기능주의적인 접근도 괜찮다. 그러나 우리 건축가들이 오소리보다는 나아야 할 것 아닌가?

천장은 도리아식으로 줄지어 늘어선 기둥이 받치고 있는데 그 모습은 간소하기 때문에 평온해 보였다. 홀 가운데에 분수가 있고 그 뒤에는 돌난간이 달린 기념비적인 삼중 계단이 있다. 광을 낸 마룻바닥에 모자이크 장식을 짜 넣었는데, 그 색채는 무거운 쇠 등잔의 빛에 무지갯빛으로 반짝인다. 그렇다, 20세기는 아름다움도 만들어 냈다.

나는 말없이 경탄하며 서 있었다. 완벽한 평화를 깨는 것은 귓속에서 조그만 북채로 치는 듯한 나 자신의 심장 소리뿐이었다.

나는 층계를 올라갔다. 꼭대기에서 나는 왼쪽, 다음에는 오른쪽으로 돌자 커다란 강당을 향하게 되었다. 강당은 청중석의 경사가 너무나 가팔라서 교단이 떡갈나무 벤치와 청동 난간의 홍수에 파묻힐 위험에 처한 것처럼 보였다. 주위에는 아무도 없었다. 막 문을 닫으려는 찰나에 칠판에 빨간 분필로 뭔가 휘갈겨져 있는 것이 보였다. 너무 멀어서 뭔지 정확히 알 수 없었으므로 몇 걸음 걸어 내려가 읽었더니 〈해 ㅂ. 3호〉라고 쓰여 있었다. 〈해 ㅂ〉이라니 해부학 말인가?

해부실은 전부 다섯 개가 있었는데, 모두 베트로프와 카를로프 거리가 내다보이는 커다란 유리창이 달린 반원형 곁채에 모여 있었다. 과거에 나는 순찰 경로를 벗어나 조금 빙 돌아서 가시덤불로 뒤덮인 가파른 둑을 걸어 내려가 또 어떤 소름 끼치는 작업이 진행 중인지 호기심에 그 죽음의 실험실 안을 엿보곤 했다. 그러나 매번 길고 무거운 커튼이 쳐져 있었다. 건물 옆을 따라 실험용 동물을 기르는 우리가 몇 개 있었다. 어느 겨울 아침에 성 아폴리나리 성당 근처로부터 얼어붙은 공기를 찢는 듯한 소름 끼치는 비명을 듣고, 하얀 가운을 입은 교수님들이 긴 메스로 돼지에 기름을 발라 알코올램프에 굽는 모습을 상상했다. 도축에 관한 학술적 연구다.

해부학 교실로 연결되는 휘어진 복도를 찾아내기까지 시간이 좀 걸렸다. 가는 길에 나는 딱 한 사람과 마주쳤다. 턱수염이 북슬북슬하고 흰 가운을 입은 남자였는데 금테 안경을 쓰고 배가 불룩 튀어나왔다. 나는 전에 어디선가 이 남자를 본 적이 있다고 확신했다. 하지만 어디서? 혼자만의 과학적인 생각에 잠겨 그 남자는 나를 올려다보지도 않고 서둘러 옆을 지나갔다. 왼쪽 방에서 웃음소리가 들렸다. 여자의 목소리였지만 로제타는 아니었다. 오른쪽 세 번째 문은 반들반들한 흰색으로 칠해져 있었고 눈높이에 조그맣고 까만 〈3〉이 새겨져 있었다. 나는 조심스럽게 문을 두드렸다. 침묵. 나는 문고리를 돌렸다. 약간 뻑뻑하게 느껴졌지만 문은 쉽게 열렸다.

첫눈에 보기에 방은 모든 종류의 원근법을 깨뜨리는 것 같았다. 나는 그 이유가 창문 달린 반대쪽 끝이 더 넓기 때문이라는 것을 금방 깨달았다. 방은 머리 쪽이 유리로 된 하얀 관 같았다. 나는 안으로 들어갔다. 두꺼운 커튼은 열려 있었고 중앙에 해부대가 놓여 있었다. 그것은 불규칙한 모양이었고 가장자리가 마치 누군가 물어뜯은 것처럼 움푹움푹 파여 있었다. 실험자들이 그 위에 놓인 해부 대상에 더 가까이 다가

갈 수 있게 하려는 목적일 것이라고 나는 추측했다.

그 해부대 위, 수술용 전등의 불빛 아래 누워 있는 것은 말〔馬〕이었다. 별로 크지 않은 갈색 말이었는데 전혀 움직이지 않고 누워 있었다. 나는 그 갈기와 왼쪽 옆구리와 길게 뻗은 목과 머리의 일부를 볼 수 있었다. 그 유리 같은 초점 없는 눈은 허공을 바라보고 있었다. 발굽에는 뭔가 거친 재질로 된 붕대가 감겨 있었는데 아무런 지식이 없는 나조차도 모서리가 이상하게 뾰족뾰족 튀어나온 것을 눈치챌 수 있었다. 나는 용기를 내어 해부대에 좀 더 가까이 다가갔다. 옆구리 전체가 깔끔하게 절개되었고 중간이 살짝 벌어져 있었다. 나는 분홍빛 살과 노란 지방과 검게 응고된 피를 보았다. 한 걸음 더 가까이 다가섰다. 이제 머리 위의 밝은 전등빛 아래서 나는 그 동물의 머리 전체와 이마 한가운데에서 튀어나온 끝이 뾰족한 뿔을 볼 수 있었다. 나는 손을 뻗어 그 거친 표면을 만졌다. 뿔은 살아 있는 동물처럼 따뜻하게 느껴졌다. 하지만 유니콘은 흰색이어야 하지 않나?

갑자기 유리창이 깨졌다. 뭔가 쾅 소리를 내며 내 앞에 떨어졌다가 구석으로 튕겨나갔다. 나는 해부대 아래로 몸을 던졌다. 가장 처음 머릿속을 스친 생각은 〈이제 끝이다. 총을 맞겠구나〉였다. 문까지 닿을 방법은 없었다. 유리창에 난 커다랗고 들쭉날쭉한 구멍을 통해 차가운 바람이 불어왔다. 그렇구나, 돌이다! 총알이 아니었다. 해부대 밑에 숨은 채로 나는 창밖을 엿보면서 정확히 어디서 돌이 날아왔는지 추정하려 했다. 눈에 보이는 것은 회색 제방과 그 위로 솟아난 가시덤불과 그 가지가 살살 바람에 흔들리는 모습뿐이었다. 갑작스러운 움직임도, 현장에서 달아나는 사람의 기척도 없었다.

돌은 방 뒤쪽의 싱크대 아래로 들어갔다. 나는 싱크대 아래로 기어 들어가서 돌을 끄집어냈다. 전등불 아래서 자세히 관찰할 생각이었다. 그럴 필요가 없었다. 손가락에 닿은 순간 무엇인지 알 수 있었다. 정확한 육각형, 부드럽고 약간 투명하다……. 그리고 창백한 녹색 실무늬가 있었다. 자갈이다. 길에서 보내 온 경고다.

당연히 독자 여러분은 이 모든 것이 무슨 뜻인지 묻고 싶을 것이다. 나는 즉각 대답해 줄 수도 없고 직접적으로 대답해 줄 방법은 더더욱 없다. 말할 필요도 없이 여러분은 내가 어떤 부분을 일부러 설명하지 않고 넘어갔다고 의심할 것이다. 그 의심이 맞을지도 모른다. 어느 정도는. 그러나 계속해서 사건을 여러분의 추측에만 맡기는 것은 내가 진실을 찾아 헤맸듯이 여러분도 진실을 찾아 헤매 주기를 바라기 때문이다. 내가 느꼈던 것과 똑같은 불확실성, 똑같은 불안감, 똑같은 두려움을 여러분도 느끼기를 원한다. 그런 것 없이 여러분은 절대로 나와 같은 사실들을 알게 되지 못할 것이다. 그러므로 여러분이 정말로 진실을 찾는다면 이 단어의 미로 사이에서 내 뒤에 바짝 붙어 있는 편이 좋을 것이다.

나는 연구소에 들어갈 때처럼 그 누구의 눈에도 띄지 않은 채 밖으로 빠져나왔다. 성당까지 왔던 길을 되돌아가서 나는 루치에가 벤치에 앉아 있는 것을 보았다. 그녀는 한 손으로 유모차를 흔들면서 다른 손으로는 책을 펼쳐 잡고 있었다.

나는 그녀가 나를 기다리고 있었다고 확신했다.

　이제 나는 조금 더 침착해져 있었다. 나는 그녀에게 다가가 무엇을 읽는지 물어보았다.

　그녀는 예쁜 회색 눈을 들었다. 고딕 소설이라고 말하고 그녀는 내가 지금까지 어디에 있었는지 물었다. 나는 친구를 만나기 위해 연구소에 들렀다고 말했다. 그녀는 일어나서 치마를 가다듬고 책을 유모차에 넣었다. 떠나기 전에 나는 책 표지를 살짝 보았다. 호레스 월폴의 『오트란토 성』이었다. 거의 끝부분에 책갈피가 끼워져 있었다.

　「굉장한 우연이네요!」

　내가 감탄했다.

　「저도 최근에 그 책을 읽었어요. 마음에 드세요?」

　「처음에는 아주 좋았는데 갈수록 이상해졌어요. 끝에 가서는 수수께끼가 전부 풀렸으면 좋겠어요.」

　「실망하실 것 같네요. 제 생각엔 묘사가 굉장히 생생하지만 논리는 거의 없는 것 같아요. 클라라 리브를 아시나요?」

　「아뇨.」

　「월폴의 굉장한 팬이었어요. 하지만 당신처럼 리브도 수수께끼 같은 신음이나 유령, 그림에서 걸어 나오는 사람이나 지하 감옥에서 쇠사슬이 철렁거리는 소리 따위는 별 관심이 없었죠. 월폴은 그런 묘사의 현실성을 전혀 의심하지 않기 때문에 독자도 모든 걸 그대로 받아들이는 수밖에 없어요. 아니면 책을 쓰레기통에 던져 버려야죠. 리브는 둘 중 하나를 택하길 거부했어요. 그녀가 쓴 『늙은 영국 남작』은 『오트란토 성』을 약간 변주한 작품인데 거기도 수수께끼는 충분히 있어요. 하지만 계몽주의의 신봉자였던 리브는 그런 수수께끼를 수긍할 수 있을 정도의 수준으로 다듬었죠. 그녀의 책에서 무시무시한 유령이나 초자연적인 현상은 결국 모두 설명이 돼요.」

「그런 게 도움이 됐다고 생각하세요?」

「책의 성공을 어느 정도 기준으로 삼을 수 있다면, 그렇죠. 하지만 생각해 보세요. 당신이 어렸을 때는 이성적인 아이들에 대한 이야기를 좋아했나요? 월폴은 낭만주의자였고 앞뒤가 맞지 않는 무질서한 것을 굉장히 좋아했어요. 그의 소설을 읽는 건 놀이공원에서 유령의 집을 탐험하는 것과 같죠. 처음에는 웃겨요. 그러다가 갑자기 어둠 속에서 화살처럼 공포가 튀어나와 뒷목에 박히는 거죠. 그리고 탐험이 끝날 때까지 그 화살은 거기 박혀 있게 돼요. 리브는 그렇게 하지 않았어요. 그녀는 질서를 좋아하죠. 월폴은 혼란 속에서 번영했지만 리브는 혼란을 싫어했어요.」

「그럼 그녀는 더 겁쟁이였던 건가요?」

「관점에 따라 다르겠죠. 질서를 좋아한다는 것은 무질서를 두려워한 결과니까요.」

「당신의 경우는 그렇지 않겠죠, 물론. 그럼 월폴을 더 좋아하세요?」

「예. 하지만 그렇게 간단하지 않아요. 현대의 독자들은 본래 머리카락을 쭈뼛 서게 하려고 했던 그의 공포 장면들이 웃긴다고 생각해요. 착한 알폰소 공작의 조각상이 코피를 흘릴 때처럼요. 멍청하지 않아요? 조각상에게 손수건이 필요하다니! 하지만 『오트란토 성』에는 정말로 머리카락이 거꾸로 설

정도로 무서운 장면들이 꽤 있긴 있어요.」

「저도 그렇게 생각해요! 뭐가 제일 무서웠어요?」

「죄 없는 사람들이 고생하는 거요.」

「저도 그랬어요. 전 그래서 텔레비전도 안 보고 신문도 안 읽어요.」

「성채 마당에 갑자기 검은 깃털이 달린 거대한 헬멧이 떨어지죠. 하지만 악마 같은 만프레드, 소설 전체에서 유일하게 그 헬멧에 맞아 마땅한 인물 위로 떨어지는 대신 병약한 그의 아들 콘라드를 죽여요. 젊은이가 아버지의 죄를 대신 받는 거죠. 만프레드 자신은 자식들보다 더 오래 살고 끝에 가면 자기 딸 마틸다를 죽이게 돼요. 책에서 가장 호감 가는 인물인데…….」

「말해 주셔서 정말 고맙네요. 이젠 굳이 끝까지 읽지 않아도 되겠어요. 하지만 요점을 놓친 것 같지 않으세요? 만프레드는 결국 벌을 받아요. 평생 죄책감에 시달리잖아요.」

그녀는 불안하게 잠자는 아기를 내려다보고 담요를 고쳐 덮어 주었다.

「미안해요, 내가 너무 흥분했나 봅니다. 끝까지 읽으세요. 그럴 가치가 있어요. 기본적으로 아주 진실한 책이에요. 지금의 세상에서 죄 없이 고통받는 수많은 사람들을 보시라고요. 『오트란토 성』은 20세기 말 현실의 진실한 반영이에요. 인상 자체가 그렇듯이 이 책도 질문에 대답하기보다는 더 많은 질문을 던지죠. 그것도 내가 월폴을 더 좋아하는지 리브를 더 좋아하는지와 관련이 있어요. 이상적으로는 그 둘 사이의 어떤 것을 고르겠죠. 이성적이고 논리적으로 결론을 맺어서 이성적이고 합리적인 독자를 만족시키면서도 그 외에 설명할 수 없는 요소들이 추가로 있어서 삶에서는 그냥 이해가 안 되는 일들도 있다는 나의 확신을 뒷받침해 주는 거죠. 세상은 고딕 소설만큼이나 설명이 되지 않아요.

지금 월폴이 작품을 쓴다고 생각해 보세요. 그가 보기에 현대의 프라하는 충분히 무시무시한 곳일까요? 나는 낭만주의적인 관점에서 무시무시하다는 거예요. 월폴은 그 도전을 받아들일까요? 아니면 유행에 따라 요세프 스바텍[52]이나 구스타프 메이링크[53]를 흉내 내서 루돌프 2세 시절의 〈마술적 프라하〉[54]에 대해서 쓸까요? 월폴이 현대의 세계에 대해서 할 말이 있을까요? 자기 등장인물들이 그 아버지의 죄 때문에 고통받게 할까요? 그의 악당들이 앙심 깊은 유령들에게 벌을 받을까요? 월폴은 뭘 쓰든지 간에 질문보다는 대답에 더 신경 쓸 거예요. 디지털에 집착하는 지금의 문명 속에서도 월폴은 배경과 등장인물을 찾아내겠지만 아무도 상상할 수 없을 정도로 괴상하고 수수께끼 같은 장소와 사람들일 거예요. 그리고 월폴에게는 현실에서 고를 수 있는 성격 유형이 끝없이 많을 거예요. 여기 대학교 캠퍼스만 둘러봐도 말이죠.」

루치에는 멈춰 서서 주위를 둘러보았다.

「여기가 어디죠?」

---

52 Josef Svátek(1835~1897). 체코의 소설가, 역사가.

53 Gustav Meyrink(1868~1932). 오스트리아의 작가.

54 루돌프 2세Rudolf Ⅱ(1552~1612). 합스부르크 왕조 출신의 16세기 말과 17세기 초 신성로마제국 황제, 헝가리와 크로아티아 왕, 보헤미아 왕. 점성술과 연금술 등에 심취하여 궁내에 연금술 실험실을 차려 놓고 연금술사와 점성사 등을 프라하 성에 초대한 것으로도 유명하다.

우리는 거의 누슬레 극장까지 걸어와서 보티치 시냇가 위의 다리 난간 옆에 서 있었지만 나는 대화에 너무나 정신이 팔려서 거기까지 왔다는 것을 눈치채지 못했다. 루치에는 미소 지었다. 유령 이야기에 대한 나의 열정이 재미있다고 생각하는지도 모른다. 그 미소에는 어딘지 모성적인 데가 있어서 그것은 곧장 나의 심장을 건드렸고 한순간 나는 그녀의 아기를 질투했다.

「요즘에도 여전히 대답보다는 질문이 더 많다고 하셨는데요.」

그녀가 말을 이었다.

「저는 잘 모르겠어요. 우연은 어때요? 항상 존재했지만 아무도 묻지 않은 질문에 대한 대답이 아닐까요? 우리는 오늘 우연히 만났어요. 그리고 우리가 처음 만났을 때도 우연이었죠, 당신이 어쩌다가 남편과 시내에서 마주쳤으니까요.」

「그렇다면 지금 이 산책이 허공에 매달려 대답을 기다리던 질문에 대한 답변이란 말인가요?」

이 말을 입 밖으로 내자마자 나는 거기에 포함된 암시를 깨달았다. 질문은 나와 네트르셰스크 선생과 루치에 자신에 대한 것이었다. 나는 뺨이 달아오르는 것을 느꼈다. 그러나 루치에는 눈치채지 못했다. 그녀는 등을 돌리고 난간에 기대 있었다. 나의 눈길은 나 자신도 모르게 그녀 몸의 곡선을 훑었다. 그녀가 서 있는 자세는 어딘가 유혹적이었다. 아주 눈에 확 띄는 것은 아니지만 그래도 어쨌든 알아볼 수 있을 정도다. 놀랍게도 나는 약간 흥분했다는 것을 느꼈다. 그러나 지난번에 그녀와 만났을 때 고통스러울 정도로 확실하게 드러난 바와 같이 나는 이런 상황을 잘 이용하는 종류의 남자

270

가 아니었다. 나는 그녀에게 미안해졌다. 그리고 나 자신이 불쌍해졌다.

그러나 나는 분명 그녀에게 끌렸다. 나는 그녀 옆의 난간에 기댔다. 너무 가까워서 팔꿈치가 닿을 정도였다. 그녀는 움직이지 않았다. 그러나 곁눈질로 나는 그녀의 눈썹 위에 세개의 불안한 주름이 나타난 것을 흘낏 보았다. 아니면 내가 상상한 걸까? 나는 고개를 숙여 아래쪽에 흘러가는 흙탕물을 들여다보았다.

「산책이 대답이 될 수 있을까요?」

그녀가 갑자기 말했다. 아까의 대화를 이어 가고 있다는 걸 나는 조금 지나서 깨달았다.

「그럴 수도 있죠. 아니면 그냥 실수일지도 모르죠. 아, 저기 물 속에 있는 걸 보세요, 저 아래쪽 다리 옆에요. 대체 저게 어떻게 저기로 갔을까요? 누가 떨어뜨렸을까요? 아니면 도둑이 겁에 질려서 일부러 저기다가 버렸을지도 모르죠.」

나는 그녀가 가리키는 물건을 보고 저것 또한 아무도 묻지 않은 질문에 대한 대답일지 모르겠다고 추측했다.

나는 전차 정거장까지 루치에를 데려다 주었다. 내가 그녀를 도와 유모차를 전차에 올려 줄 때 그녀의 손목이, 아마도 본의 아니게, 살짝 내 손목에 스쳤다. 나는 전차가 사라지는 것을 지켜본 뒤에 다리로 돌아가서 녹슨 사다리를 타고 차갑고 흐린 물 속으로 내려갔다. 무릎까지 잠긴 채로 나는 표면에 튀어나온 금속 물체 쪽으로 천천히 다가가서 그것을 잡아챘다. 물건은 바닥에 있는 돌 사이에 박혀 있었다. 그것은 커다란 활톱이었다. 푸른색으로 칠해진 손잡이는 상한 곳이 없었고 톱날은 부러졌지만 전혀 녹이 슬지 않았다.

톱날이 부러졌다고 새 톱을 버리는 사람은 없다. 톱니는 컸고 일부러 구부려 갈아서 삐죽삐죽하고 사나워 보이는 발톱처럼 만든 것 같았다. 이런 톱으로 장작을 자른다면 잘린 표면이 어떻게 보일지 상상할 수 있었다. 마치 잡아 뜯은 것처럼 보일 것이다.

요즘 내 생활이 거의 그렇듯이 오늘도 기묘한 하루였고, 기묘한 에필로그로 끝났다. 나는 프로섹의 아파트로 톱을 가져갔다. 기회가 되는 대로 과학 수사 쪽 사람들에게 넘겨주어 혈흔을 조사하게 할 계획이었다. 나는 조심스럽게 톱을 말려서 신문에 쌌다. 그런 뒤에 나는 씻고 잠옷을 입고 불을 켜지 않고 침대에 누웠다. 올레야르주에게 보여 줄 새로운 것이 있다는 생각에 만족스러웠다. 막 잠이 들려던 차에 사랑하는 내 식물들에게 물을 주지 않았다는 사실이 생각나 따뜻한 이부자리에서 억지로 기어 나와 불을 켜고 물뿌리개를 집어 들었다. 그리고 위를 본 순간 나는 물뿌리개를 떨어뜨렸다. 내가 최근에 녹색 봉우리를 처음 보았던 복잡하게 뒤얽힌 카를로프 덩굴의 줄기에서 하얀 머리카락 같은 섬유가 빽빽하게 자라 나왔다. 어떤 것은 거의 50~60센티미터나 되어 보였다. 그것들은 사방으로 엄청나게 튀어나와 마치 미친 늙은이의 수염처럼 세상 전체를 움켜쥐기 위해 헤매고 있었다.

14

끈을 잘라라,
비늘을 떨궈라.
오직 바보만이,
그 어리석음에 갇혀
자신이 돌아가는 바퀴를
돌릴 수 있으리라 생각한다.

—T. S. 엘리엇

월요일에 나는 일찍 일어났다. 프리도바 부인은 새벽 6시부터 일어나 텔레비전을 보다가 내가 일어난 것을 보고 기뻐하며 즉시 베이컨을 굽고 달걀을 세 개나 부쳐서 내게 아침 식사를 만들어 주었다. 프리도바 부인은 이 제왕의 식사를 내 앞에 놓으면서 오늘 아침에는 내가 훨씬 더 밝아 보인다고 말하고 아마 취직을 했기 때문일 것이라고 추측했다. 나는 그녀를 실망시킬 배짱이 없어서 입에 하나 가득 빵을 문 채로 어딘가에 자리가 날지도 모른다고 그저 중얼거렸다. 바깥에는 더러운 노란색과 회색이 뒤섞인 아침이 시작되고 있었다. 눈이 내릴 것이다. 창가의 온도계가 0도 근방에서 왔다 갔다 했다.

사실 눈보라는 텔레비전 화면에서 시작되었다. 프리도바 부인이 기계를 몇 번 때렸지만 화면의 눈보라는 더 심해지기만 했다. 마침내 그녀는 텔레비전을 꺼버리고 나를 마주 보고 테이블에 앉았다. 집주인은 내가 최근에 뭘하며 지냈는지 물었다. 나는 뭔가 변명거리를 웅얼거린 뒤에 내 방으로 도망쳤지만 그녀는 나를 따라왔다. 방 안에는 이불이 침대 위에 구겨져 있고 공기는 탁하고 답답했다. 그러나 내 집주인의 눈길을 끈 것은 조그만 책상 위에 내가 펼친 채로 내버려 둔 세 권의 책이었다. 프리도바 부인은 조금 무례하다고 느낄 정도로 곧장 책상으로 다가가 그 책들을 집어 들었다. 『왕립 프라하 연대기』, 『프라하 이야기와 전설』, 그리고 『프라하 시의 말하는 건축물』. 그녀는 못마땅하다는 듯 눈썹을 치켜올리더니 내가 그 바보 같은 대학으로 돌아갈 생각은 하지 말았으면 좋겠다고 말했다. 나는 그런 생각은 해본 적도 없다고 그녀를 안심시켰다. 그런 뒤에 침대 밑에 손을 넣어 톱을 꺼내며 나는 좀 갑작스럽게 그녀에게 급한 일로 경찰서에 가봐야 한다고 말했다. 여기에 대하여 집주인은 놀라서 눈을 깜빡이더니 방에서 물러나 가버렸다. 그녀는 그 흉측한 덩굴은 눈치채지 못했다.

나는 한시라도 빨리 아파트에서 벗어나고 싶었기에 쓸데없이 일찍 나와 걸어서 시내로 가기로 했다. 회색 아파트 단지는 여전히 잠들어 있었고 덤불은 얼어붙은 정원 여기저기 옹송그리고 있었으며 내 발걸음 소리마저도 보도의 침묵을 깨뜨리지는 못했다. 큰길은 이와 대조적으로 지나다니는 차들 때문에 시끄러웠다. 가끔씩 나는 휙휙 지나가는 차창 사이로 창백한 얼룩 같은 사람의 얼굴을 보았다. 나는 망각 속으로 돌진하는 몽유병자들의 도시에서 가끔 자신이 외계인 같다고 느꼈다. 나는 달랐고, 독특했다. 외로운 보행자, 히치하이커, 부랑자였다. 시간이 좀 더 지나고 수십 번 버스가 으

274

르렁거리며 내 옆을 지나갈 때 그 안에 갇힌 창백한 얼굴들의 눈을 통해 나 자신을 보려고 하면서 사악한 자기만족의 전율을 느끼기도 했다. 해진 판초를 입고 활톱을 어깨에 걸쳐 메고 숲으로 향하는 외로운 인디언이다. 그는 분명히 움직이고 있지만 고속으로 달리는 차에 비교하면 가만히 서 있는 것처럼 보이고, 어째서인지 걷는 척하는 것 같다. 게으른 노숙자가 또 하나 있구나, 라고 창백한 그림자는 생각할 것이다. 누군가 동행해 줄 거라고 생각하는 건 아니겠지? 누가 그럴 용기를 내겠는가? 시간이 우리 발뒤꿈치를 쫓아오면서 으르렁거리며 그 치명적인 턱을 딱딱 부딪치는데 말이다. 시간은 언제나 가장 느린 자, 속도를 내지 못하고 꾸물거리는, 도망치지 못하는 사람을 가장 먼저 잡는다. 시간은 그들을 미로 속으로 끌어들여 길을 잃게 하고 전혀 다른 방향으로 보내 버린다. 뒤쪽으로.

나는 경찰 본부에서 로제타를 만날 수 있기를 반 정도는 기대했으나 10시가 되기 조금 전에 올레야르주의 넓은 사무실에 들어섰을 때 서장은 혼자 있었다. 컴퓨터 화면에서 눈을 떼지 않고 그는 손짓으로 내게 자리를 권했다. 거대한 창문의 반쯤 열린 블라인드 밖에서는 녹색을 띤 하늘에서 굵은 눈송이가 떨어지고 있었다. 얇은 흰색 덮개가 보도를 덮었다. 정오가 되면 사라질 것이다. 성 슈테판 성당의 종탑이 납빛 안개 사이로 어렴풋이 떠올랐다.

나는 신문지를 헤치고 톱을 꺼내 올레야르주의 주의를 끌기 위해 손잡이를 일부러 의자의 금속 틀에 부딪치며 그것을 무릎 위에 올려놓았다.

　나의 발견에 대한 서장의 반응은 내가 바랐던 것보다는 조금 덜 열정적이었지만 어쨌든 혈흔 조사를 하기 위해 실험실에 보내 줄 정도의 관심은 보여 주었다. 조사원이 칼을 가지고 나가자 그는 내게 사진 몇 장을 건네주었다.

　「첫 번째는 목요일, 두 번째는 금요일에 도착했네. 그리고 마지막 사진은 바로 몇 분 전에 도착했어.」

　나는 사진들을 면밀히 살펴보았다. 인화 상태가 굉장히 어두웠고 여기저기에 좀 더 밝고 불그스름해 보이는 부분이 있었다. 처음에는 먼지 낀 땅바닥과 쓰레기 몇 개와 자갈이나 조약돌 서너 개가 보이는 것 외에는 거의 구분을 할 수 없었다. 돌의 크기도 얼마나 되는지 알기 어려웠다. 그 뒤에는 더러운 벽이 있고 거스러미가 일어난 표면은 밝은 갈색이나 황토색으로 칠해져 있었다. 두 번째 사진은 조금 더 밝았다. 같은 장소를 찍었지만 카메라가 살짝 오른쪽으로 옮겨 갔다. 첫 번째 사진에서 왼쪽 구석의 돌멩이 두 개는 더 이상 보이지 않았으나 오른쪽에 푸른 형체가 나타났다. 이 사진들은 밤중이나 늦은 저녁에 플래시 없이 찍은 것이었다. 세 번째 사진은 좀 더 오른쪽으로 움직인 지역을 보여 주었다. 푸른 형체가 몇 개 더, 이제는 배경에 있었다. 가장 눈에 띄는 것은 길고 흐린 구름 같은 줄무늬였으나 사진 속의 조명이 너무 어두워서 무엇인지 짐작하기조차 불가능했다. 게다가 다른 사진들도 그렇지만 이 세 번째 사진도 초점이 맞지 않았다. 사진의 가장 끄트머리에 모서리가 둥근 흐릿한 흰 물체가 있었는데 부분적으로 검은 얼룩에 가려 지워진 것 같았다. 그 물체가 사진 세로 길이의 6분의 1 정도를 차지했다.

나는 어깨를 으쓱했다.

「또 사건 예고가 온 모양이군요, 이번에는 서장님에게요. 적당한 때를 기다리면서 서장님이 자제력을 잃기를 기다리는 거죠. 그게 그들이 원하는 것이니까요. 틀림없이 더 받으실 겁니다. 내일이든 모레든요. 조만간 놈들이 뭘 원하는지 얘기할 겁니다.」

「이런 일은 겪어 본 적이 없어, 경찰 인생을 통틀어서.」

올레야르주가 말했다.

「뭔가 수상쩍은 데가 있어. 거의, 마치…… 물론 악의 없는 어느 미치광이가 나를 상대로 장난을 좀 치는 걸지도 모르지. 지난주에 전화한 그 늙은 남자처럼 말이야. 지난주 화요일이었을 거야. 교환대의 아가씨에게 자기가 왕의 머리띠를 잃어버렸다고 했어. 그래서 절도 사건으로 우리 쪽에 연결되었지. 알고 보니 그 잃어버렸다는 물건은 그 남자가 개인적으로 잃은 게 아니라 우리 모두가 잃었다나, 뭐 그런 헛소리였어. 그러더니 〈그것을 보고 있는데도 거기 없었다〉든가 뭐라든가 하면서 요즘 자기 창밖으로 보이는 수상쩍은 인물들을 전부 싸잡아 불평하는 거야. 그러면서 경찰관은 일 년이 지나도록 한 번도 못 봤다나.」

「보고 있는데도 거기 없었다고요? 왕의 머리띠라고 했나요?」

「그래. 물론 그 남자 말을 곧이들은 건 아니야. 하지만 이름과 주소는 적어 놨지. 그렇게 해달라고 고집을 부려서 말이야. 담당자들이 경찰서로 와달라고 했지만 그 남자가 자기는 집 밖으로 안 나간다더군. 여기서 꽤 가까운 데 사는 모양이야.」

나는 직접 가서 그를 만나 보겠다고 제안했다. 서장은 반대하지 않았다. 사실 나는 그가 그럴 거라고 예상하고 있었다. 그렇게 사소한 일에 자기 사람들의 시간을 허비하지 않아도 되어서 서장은 기뻤을 것이다. 나는 이름과 주소가 적힌 종잇조각을 받아서 주머니에 넣었다.

마침내 나는 그뮌드와 내가 도출한 가설에 대하여 올레야르주에게 말했다. 그는 집중하느라 눈을 가늘게 뜬 채 주의 깊게 귀를 기울였다. 내가 말을 마치자 그는 비서에게 전화해서 펜델마노바 사건 파일을 갖다 달라고 말했다. 우리는 침묵 속에 기다렸다. 올레야르주는 일어나서 창밖을 바라보며 손수건을 돌돌 말아서 귀 청소를 하기 시작했다. 비서가 파일을 갖고 오자 서장은 나에게 주기 전에 얼른 자료를 훑어보았다. 나로서는 대단한 영광이라고 느끼게 하려는 것이 확실했다.

나는 파일을 열었다. 바로 첫 페이지에 나와 있었다. 공학자 밀라다 펜델마노바는 시 위원회에서 거의 30년간 일했다……. 도시 계획과에서.

「보세요, 제가 옳았어요!」

나는 만족감을 숨길 수 없어 소리쳤다.

「정치에 대한 게 아니었어요. 건축에 대한 것이었다고요.」

「동기는?」

올레야르주가 교활하고 냉소적인 표정을 띠며 담배 연기 구름 사이로 쳐다보았다.

「그건 아직 모르죠. 하지만 레호르주와 펜델마노바 부인이 같은 사람에게 살해당했다는 건 거의 확실합니다. 분명히 정신 상태가 불균형하고 대단히 위험한 데다 극적인 효과를 좋아하는 인물이겠죠. 그리고 이 두 살인 사건 사이에 그는 자히르를 불구로 만드는 데 거의 성공할 뻔했습니다. 그것도 그 살인자가 꾸민 드라마 중 하나였죠.」

「정말로 한 사람이 혼자서 그 모든 일을 다 했을 거라고 생각하나? 현실적인 장해물을 생각해 보게. 누슬레 다리의 높은 울타리나 아폴리나리 종탑의 좁은 계단, 비셰흐라드의 깃대……」

「놈이 카고 크레인을 몰았다는 걸 잊으셨군요.」

「놈이 카고 크레인을 몰았다는 건 알고 있네, 맙소사. 하지만 피해자들이 아무도 저항하지 않았다는 사실은 어떻게 설명할 텐가? 펜델마노바는 나이 든 여자였으니까 별 문제가 되지 않았겠지. 하지만 자히르는? 말이 나왔으니 말인데, 그는 납치 상황을 묘사해 주지 않았나? 레호르주는 어때? 그는 꽤 몸집이 큰 남자였어. 그는 지금 어디 있나? 가족들이 매장할 수 있는 건 다리 두 개뿐인데.」

「그럼 놈들이 여럿이었다는 거군요. 테러리스트 조직이나……. 아니면 광신자 집단일 수도 있어요. 양쪽 다거나.」

올레야르주는 생각에 잠겼다.

「자네가 옳을지도 몰라. 하지만 그런 경우 어째서 자신들이 살인을 저질렀다고 선언하지 않지? 아냐, 테러리스트는 그런 식으로 움직이지 않네. 어쨌든 난 그 자갈들을 다시 검사하게 할 예정이야. 펜델마노바 부인과 레호르주를 협박할 때 사용된 것 말이야. 그리고 자히르에게 보내 온 편지도.」

그럴 줄 알았다! 레호르주도 자갈돌 협박을 받았던 것이다. 나는 나에게 던져졌던, 지금은 내 책상 서랍 속에 안전하게 들어 있는 돌에 대해 생각했다. 흘라노바 연구소에서의 사건에 대해서는 조용히 입을 다물 생각이었지만 이렇게 되자 나는 상황의 전말을 모두 털어놓고 말았다. 〈모두〉 털어놓은 것은 아니었다. 나는 창밖으로 보인 로제타의 얼굴에 대해서는 언급하지 않았고 물론 해부대 위의 동물에 대해서도 한 마디도 하지 않았다. 그저 친구를 만나러 갔다고만 했다. 범죄자들은 나를 미행하다가 좀 겁을 줄 수 있는 좋은 기회라고 생각했던 것이다.

올레야르주의 얼굴은 점점 더 어두워졌고 급기야 그는 폭발했다.

그는 앞으로 나 혼자 멋대로 수사하는 것을 금지했고 도대체 어째서 금요일에 즉시 그에게 말하지 않았느냐고 물었다. 그런 뒤에 좀 더 달래는 듯한 말투로 그는 다른 돌과 비교해야 하니 내게 자갈을 가져오라고 말했다. 그리고 그는 창밖을 내다보며 내 죽음을 그의 탓이라 자책하는 것은 정말로 원치 않는다고 덧붙였다.

그는 진심으로 염려하는 것 같았다. 아니면 그것조차도 암묵적인 협박을 담고 있었을까?

서장이 자리에서 일어나 나에게 구내식당에서 같이 점심을 먹자고 초대한 것은 거의 정오가 가까웠을 때였다. 나는 수락했다. 나는 식당에서 채소류와 콩 수프를 주문했다. 카운터 뒤의 아가씨는 무슨 생각인지 내 수프 접시를 가장자리까지 꽉 채워 주었고, 그녀의 조수가 재미있다는 듯 지켜보는 가운데 나는 몇 숟가락을 쟁반에 흘릴 수밖에 없었다. 올레 야르주는 내가 선택한 음식을 보고 살짝 못마땅하다는 듯 눈썹을 치켜올렸다. 서장은 수프는 넘기고 큰 라거 두 잔을 주문한 뒤 지갑을 꺼내 내 것까지 계산했다. 그러면서 그는 거품이 나는 맥주잔을 내 쟁반에 부딪쳤고 나는 쟁반에 담긴 점심 식사를 거의 전부 바닥에 떨어뜨릴 뻔했다. 이제는 수프가 절반이나 흘러서 쟁반으로 넘쳐 버렸다. 주방에서 고기 스튜와 마늘과 생강 냄새로 가득한 김이 뿜어 나왔다.

빈자리가 눈에 들어오지 않았다. 나는 홀 안의 모든 사람들이 고개를 돌려 내가 미끄럽게 광을 낸 바닥을 불안하게 걸어가는 모습을 지켜본다고 느꼈고 너무나 불안해져서 무거운 쟁반이 손 안에서 떨리기 시작했다. 내가 다가갈 때마다 나이프와 포크 부딪치는 소리가 멈추었고 내가 지나간 뒤에도 비웃는 눈길이 등 뒤를 꿰뚫는 것을 느낄 수 있었다. 모든 것이 흐릿해졌고, 머리가 어지러웠다. 게다가 이 모든 상황에 코피까지 나기 시작했다. 나는 모욕당하고 덫에 걸린 기분이었다.

나는 고개를 옆으로 기울였지만 이미 늦었다. 따뜻한 핏줄기가 윗입술을 간지럽혔고 몇 방울이 수프 그릇 속으로 떨어져 찐득찐득한 수프 표면에 조그맣고 반들반들한 자국을 세개 남겼다. 요리에서 나오는 김 때문에 눈에 눈물이 가득한 채로 나는 구내식당 한가운데 서서 눈을 깜빡여 눈물을 참아보려 했다. 그러다가 서장의 모습을 보았다. 그는 홀 반대편에서 빈자리를 찾아내어 내게 손을 흔들고 있었다. 서장 외에는 아무도 나에게 신경 쓰지 않는다는 사실을 알고 나는 무척 안도했다. 비웃는 얼굴은 없었다. 좀 더 자신 있는 걸음으로 나는 테이블 사이를 지나쳐 자리를 찾아갔다.

돌연히 나는 너무나 충격을 받아서 쟁반을 또 한 번 떨어뜨릴 뻔했다. 홀의 오른쪽 구석 퇴식구 가까이에 혼자 앉아 있는 사람은 로제타였다. 나는 함께 앉아서 식사하고 싶었지만 그녀의 비판적인 눈길 앞에 주책없이 코피 흘리는 모습을 보이며 수치심을 감당할 용기가 없었다. 그녀의 모습이 너무나 달라 보여서 나는 놀랐다. 흘라노바 연구소의 창문에서 보았던 바짝 마른 얼굴은 흔적조차 없었다. 대신 내가 본 것은 통통한 뺨과 목깃 위로 튀어나온 살찐 목과 검은 제복 재킷 속에 꽉 눌린 살집 좋은 어깨였다. 사실상 그녀는 건강한 처녀에 가까웠다. 어떻게 사람이 그렇게 짧은 시간에 저렇게 몸이 불어날 수 있단 말인가? 그녀의 옷은 마치 구속복처럼 그녀를 꽉 붙잡고 있는 것 같았다. 자기 제복 속에 갇힌 여자 경찰관, 자기 몸 안에 갇힌 여자다. 그녀 앞에는 빈 접시가 세 개 놓여 있었고 그중 하나는 수프 접시였다. 그 옆에는 그릇이 세 개 더 있었는데 하나는 거의 비었고 다른 두 개는 여전히 가득했다(하나는 바닐라 푸딩에 라즈베리 소스와 크림이 담겨 있었다). 나는 그녀가 접시 하나를 비워 옆으로 밀어 놓고 다른 접시에 손을 뻗는 바로 그 순간 옆을 지나쳤다. 그녀는 불행해 보였다. 나는 억지로 발걸음을 재촉했다.

사람들이 떠드는 목소리 위로 퇴식구 컨베이어가 삐걱거리고 덜컹거리며 주방 깊은 곳으로 더러운 접시들을 싣고 갔다. 나는 그 접시에 남아 있는 역겨운 찌꺼기들이 전부 만족을 모르는 로제타의 입안으로 들어가는 모습을 상상했다. 나는 재빨리 고개를 돌려 홀 왼쪽의 창문을 쳐다보았다. 창백하고 텅 빈 하늘을 바라보면 마음이 좀 진정될까 싶어서였지만 대신 내가 본 것은 까마귀 떼였다.

점심을 먹으면서 올레야르주는 지난주에 실종된 소년들에 대해 이야기했다. 경찰이 부모에게 들은 바에 따르면 둘 다 열일곱 살이었고 외국어 고등학교를 다녔으며 학교에서는 평범한 학생이었다. 두 소년은 최근에 친해져서 서로의 집에 자주 놀러 갔고 함께 콘서트 등을 보러 가기도 했다. 두 사람의 실종에 대한 전형적인 설명은 함께 집을 나갔다는 것이었다. 그러나 부모들은 그럴 리가 없다고 생각했다. 양쪽 집안 모두 일상의 사소한 다툼을 제외하면 아무런 문제도 갈등도 없었다. 그러므로 경찰은 소년들이 부모에게 알리지 않은 채 비밀리에 여행을 갔으며 어쩌면 외국으로 나갔을 수도 있다고 추정했다. 소년들이 개인 소지품을 전혀 가져가지 않았다는 사실 때문에 이 가설의 근거는 약해졌다. 아이들이 여권은 가져가지 않았지만 최소한 따뜻한 옷은 입고 있었다. 그중 한 소년이 자기 어머니에게 국립극장 신관 근처로 스케이트보드를 가져가서 포장된 넓은 마당에서 친구들과 함께 연습을 할 것이라 말하고 자정까지 집에 돌아오겠다고 약속했다고 했다. 경찰은 여전히 비밀 여행 가설을 지지했다. 올레야르주는 얼마 전까지도 암스테르담으로 여행 가는 일이 많았다고 회상했다.

그것은 프라하에서 마약을 구하기가 그렇게 쉽지 않았던 때의 일이라고 내가 지적했다. 그는 손짓으로 나의 반대 의견을 밀어 버리고 자기도 그런 건 잘 안다고 말했다. 그러나 경찰은 실제로는 아무 실마리가 없더라도 겉보기에는 뭔가 단서가 있는 것처럼 행동해야만 했다. 경찰은 소년들이 그저 어딘가에서 파티를 즐기고 있으며 주말이 지나면 다시 나타나기를 바랐다. 그러나 소년들은 나타나지 않았다. 나는 이제 이 실종 사건을 가볍게 받아들인 것은 실수였다는 사실을 깨달았다.

우리가 커피를 마시고 있을 때 하얀 가운을 입은 덩치 큰 친구가 우리 테이블에 앉아서 질긴 쇠고기 조각을 게걸스럽게 먹기 시작했다. 머리카락은 기묘하게 금속성 색채를 띤 좀 기름기 있는 검은색이었고 구식이지만 잘 손질하여 끝이 약간 위로 치켜올라간 콧수염을 달고 있었다. 코에는 외알 안경이 놓여 있었는데 하얀 가운과의 조합으로 원래는 엄격하게 권위 있는 분위기를 풍기려 했던 것 같았다. 그러나 전체적으로 칠칠치 못한 겉모습과 강한 땀 냄새가 전체적인 분위기를 망쳐 버렸다. 그는 마치 19세기 은판 사진에서 튀어나온 것 같았다.

나는 그 남자를 전에 본 적이 있다고 확신했다. 쇠고기를 씹으면서 남자도 테이블 너머로 나를 흘끗 보았는데, 나를 알아본 것 같았으나 그다지 반갑지는 않은 표정이었다. 올레 야르주가 트루그 박사라고 그 남자를 소개했다. 법의학적 병리학자이며 대학에서 해부학을 강의한다고 했다. 갑자기 나는 깨달았다. 나는 그 남자를 한 번이 아니라 두 번이나 본 적이 있다. 첫 번째는 지난 월요일 의회 센터였는데 그곳에서 남자는 살해당한 레호르주의 다리에 대해서 대단히 야단법

석을 떨었다. 두 번째는 금요일에 흘라노바 연구소의 복도에 서였다. 유니콘을 해부한 수수께끼의 해부학자가 바로 그였던 걸까?

이제는 그도 나를 알아본 것 같았다. 나의 경우와 마찬가지로 관찰을 하는 것은 그에게도 직업이었다. 그는 즉시 내게 금요일 오후에 연구소에서 무엇을 하고 있었느냐고 물었다. 그는 연구소 사람들을 전부 알고 있을 것이 분명했으므로 친구를 만나러 갔다는 핑계는 댈 수 없었다. 그래서 대신 나는 그를 냉정하고 평온한 눈길로 한번 쳐다보고는 어떤 단서를 잡아 조사하는 중이었지만 사건이 현재 수사 진행 중이므로 더 이상은 말할 수 없다고 대답했다. 서장은 얼굴을 찡그리고 말없이 손수건을 꺼내 오른쪽 귀에 갖다 댔다. 트루그는 그저 어깨를 움츠릴 뿐이었다. 그의 다음 질문에 나는 마시던 커피를 거의 뿜을 뻔했다. 〈내가 쫓던 단서가 해부실의 깨진 창문과 관계가 있는가?〉 나는 올레야르주를 얼른 쳐다보았다. 비단 손수건 뒤에 반쯤 가려진 그의 머리가 거의 눈에 띄지 않게 끄덕였다. 나는 깨진 창문에 대해서는 아무것도 모른다고 대답했다.

트루그는 입안의 음식물을 음미하면서 우리에게 톱날 혈흔 검사 결과에 대해 알려 주었다. 검사 결과 혈흔이 발견되었다. 나는 만족하여 웃음 지었다. 올레야르주는 이번만은 과묵함의 표본이 되어 그저 고개를 끄덕이고는 내 쪽으로 인정한다는 듯 눈짓을 보냈고 그것은 나의 만족감을 배가시켜 주었다. 그러나 그의 미소에는 내가 어린애처럼 들뜬 모습을 은근히 조롱하는 기미도 섞여 있었다. 트루그는 나의 만족한 표정을 보고 즉각 고개를 돌려 이후에는 서장을 향해서만 말했다. 의사는 우리가 기뻐하니 자기도 기쁘지만 유감스럽게도 실망스러운 소식이 있다고 말했다. 의뢰받지 않은 일이라 외람되긴 하지만 그는 톱에서 발견된 혈흔을 잘린 다리에서 채취한 혈액 표본과 대조해 보았다, 혹은 대조해 보려 했다. 그러나 톱의 금속 날은 보티치 냇물의 탁한 물속에 있는 화학 물질 때문에 부식되어 더 자세히 분석할 수가 없었다. 발견된 혈흔의 혈액형도, 피해자의 연령대도 알아낼 수 없었다.

오후에 나는 경찰에 전화했다는 노인을 찾아갔다. 그는 경찰서에서 가까운 리포바 거리의, 예츠나 거리 모퉁이 근처에 살고 있었다. 거리 건너편에 성 슈테판 성당의 종탑이 어두워지는 하늘을 배경으로 높이 솟아 있었다.

노인의 이름은 바츨라벡이었는데 내가 경찰 공무원 신분증을 갖고 있지 않다는 이유로 집에 들이지 않으려 했다. 경찰서에 전화해서 내 신분을 확인하라고 제안하자 그는 아무 말도 하지 않았다. 그는 문에 체인을 건 채로 열어 두었기 때문에 우리는 좁은 틈새를 통해서 이야기해야 했다. 나는 그의 얼굴을 제대로 볼 수 없었으나 대머리의 분홍빛 두피와 비뚤어진 코, 눈 밑이 부풀어 올라 축 처진 흐릿한 눈과 말라빠지고 주름진 목을 볼 수 있었다. 그는 전혀 협조적이지 않았고 그저 경찰에 이미 아는 대로 전부 말했다는 소리만 되풀이할 뿐이었다. 그의 말에 따르면 〈바로 이 눈으로 똑똑히〉 왕관이 거기 없는 것을 보았다고 한다. 누군가 왕관을 훔쳐 갔다가 다시 제자리에 갖다 놓았다는 것이다. 그는 더 이

상 아무 말도 하지 않으려 했고 내가 문 사이로 발을 들이밀
지 않았다면 그대로 문을 닫아 버렸을 것이다. 나는 그를 설
득하려 했다. 그가 〈왕관〉을 보지 못했다면 무엇을 보았는
가? 아무것도 못 봤다고 그는 고집스럽게 되풀이했다. 그래
서 나는 그 〈왕관〉이 그가 경찰에 언급했던 〈왕의 머리띠〉와
같은 것인지 물었고, 그러자 남자는 내 발을 세게 밟았다. 나
는 순간적으로 발을 뺐다. 아파서라기보다는 반사적인 행동
이었다. 그러다가 내 신발이 노인의 슬리퍼에 걸려 문틈 사이
로 슬리퍼가 빠져나왔다. 문은 쾅 닫혔다. 나는 초인종을 몇
번 눌렀지만 〈우리 모두의 것이었던〉 사라진 왕관의 목격자
와 면담은 끝난 것이 분명했다. 나는 슬리퍼를 문고리에 걸
어 놓고 가장 능력 있는 형사라도 막혀 버렸을 만한 임무에
나를 보낸 올레야르주를 욕했다.

내가 예상했던 대로 눈은 금방 녹았으나 뼈를 얼릴 듯한
추위는 그대로 남아 있었다. 나는 프리도바 부인의 집에 있
는 내 조그맣고 아늑한 방으로 돌아가 폭신한 카펫 위에 좋
아하는 책을 껴안고 있을 순간을 애타게 기다렸다. 집에서
뭐가 나를 기다리는지 미리 알았더라면 그렇게 서둘러 돌아
가지 않았을 것이다.

프리도바 부인의 아파트에 발을 들이자마자 집주인은 방
금 내가 열고 들어온 문 열쇠를 월말까지 그녀에게 돌려 달
라고 통보했다. 그녀는 분노로 떨고 있었다. 그러나 그녀의
눈에는 또한 두려움이 서려 있었다. 점점 차오르는 불안감을
억누르며 나는 그녀에게 설명을 부탁했다. 우리는 조그만 거

실로(나는 이제 이곳에 거의 오지 않았다) 들어가서 앉았다. 텔레비전 위에 장미와 석류 문양이 수놓인 레이스 달린 커버가 덮여 있고 그 위에는 검은 나무 십자가가 걸려 있었다.

화가 나서 떨리는 목소리로 프리도바 부인은 내 방문을 가리키며 〈하느님의 이름으로 그 물건을 치우라〉고 명령했다. 나는 무슨 말씀인지 모르겠다고 대답했다. 그녀는 악마의 풀에 대해서 뭔가 비명을 지르고는 성호를 그었다. 그녀가 덩굴에 대해서 말한다고 생각하고 나는 웃으면서 그게 마음에 안 드신 거라면 당장 갖다 버리겠다고 대답했다. 그녀는 고개를 저었고 내가 방세로 5백 크로네씩 더 내겠다고 제안했는데도 계속 몸을 떨기만 했다. 이제 그녀는 모욕감을 느꼈고 더욱더 고집스러워졌다. 그녀는 내가 어떤 것도 길게 붙잡고 있지 못하기 때문에 인생에서 아무것도 해낼 수 없을 것이라고 말했다. 나는 대학도 중퇴했고 심지어 경찰에서도 제대로 일을 하지 못했다는 것이다. 나는 그녀에게 경찰에서 나를 수습 신분으로 이미 받아 주었고 나는 다른 일도 하고 있다고 설명했다. 그러나 그녀는 들으려 하지 않았다. 자신은 몇 달이나 아무 말도 하지 않았고 그저 나를 위해 기도만 했다고 그녀는 말을 이었다. 하지만 주술을 쓰다니? 그건 정말 너무했다. 은혜를 원수로 갚다니 이럴 수 있냐고 프리도바 부인은 분개했다. 이대로 가다가는 그녀도 조각나서 마룻장 아래 묻히게 될 것이라고 그녀는 말했다.

그녀의 말에 나는 상처받고 화가 났다. 그러나 동시에 나는 이 모든 상황의 부조리함에 대하여 광기 어린 절망의 웃음이 가슴속에서 차오르는 것을 느꼈다. 범죄자들이 나를 죽이겠다고 협박하고 내 상사는 내가 무능력한 바보라고 여기며 이제는 집주인이 나를 죽도록 무서워하는 것이다! 나는 그녀가 이상한 상상을 하고 있으며 자기 멋대로 다른 사람들을 판단해서는 안 된다고 말했다.

그때까지도 나는 언제나 그녀를 조금 괴짜이긴 하지만 착하고 상냥한 사람이라고 생각했고 그녀의 마음을 다치게 할 만한 말을 일부러 한다는 건 꿈도 꾸지 못했다. 그러나 몇 년 동안 그녀에 대해 뭔가 무의식적인 반감 같은 것이 마음속에서 쌓여 가고 있었던 모양이다. 그녀의 증오에 찬 분출은 내게 상처를 주었으며 그래서 나는 바보처럼 되받아쳤다.

나는 사과하려 했지만 이미 너무 늦었다. 나의 반격에 프리도바 부인은 결정적인 곳을 찔렀다. 갑자기 그녀는 불쌍한 늙은 여자가 되어 버렸다. 그녀는 근시안으로 나를 쳐다보았고 호흡이 거칠어졌으며 뼈가 앙상한 손가락이 주름진 목을 눌렀다. 그리고 모든 것이 한꺼번에 쏟아져 나왔다. 그 풀은 사악하다고 그녀가 말했다. 어제 아침에는 그저 시든 덩굴일 뿐이었는데 오늘 오후에 그녀는 내 창문을 열어 두려고 들어갔다가 거의 심장마비에 걸릴 뻔했다: 그 풀의 덩굴손이 무슨 문어 괴물의 촉수처럼 그녀를 향해 뻗어 나왔다. 아니, 나는 말을 가로막아서는 안 된다. 프리도바 부인은 그 풀이 어디서 왔는지 깨달았다. 내가 그것을 집 안에 들인 그 순간 즉시 막았어야 했다는 것이다. 내가 그 덩굴을 찾은 곳이 카를로프 아래 언덕이 맞느냐고 그녀는 물었다. 그곳은 과거에 사악한 사건들(간음, 살인, 모든 종류의 치명적인 죄악)로 유명했던 곳이고 마녀들이 집회를 열고 녹색 눈의 검은 염소를

타고 돌아다녔던 곳이다. 그리고 이렇게 입에 담을 수 없는 일들이 일어난 곳에서는 어디든지 그 북슬북슬하고 끔찍한 덩굴이, 도시에 죄악을 내리신 하느님의 처벌이 자라났다는 것이다. 주님은 그 덩굴에 포도가 달리는 것을 영원히 금하였는데, 열매가 열린다면 부풀어 올라 터져서 그 안에서 튀어나온 조그만 악마들이 온 도시에 전염병을 퍼뜨리고 살아 있는 것을 모두 파괴할 거라는 것이다.

내가 뭐라고 말할 수 있겠는가? 한 마디도 하지 않고 나는 일어서서 내 방으로 갔다. 가장 처음 눈에 들어온 것은 기묘한 하얀 잎으로 장식된 화분이었다. 잎사귀들은 실제로 바닥까지 닿았으며 절대로 예쁜 모습이라고는 할 수 없었지만 결코 촉수처럼 뻗어 나오지도 않았고 어떤 식으로든 내 생명을 위협하지도 않았다. 나는 창문의 꺼져 가는 빛에 비추어 그 덩굴을 좀 더 자세히 관찰하기 위해 다가갔고 사실 그 잎사귀가 덩굴에 달린 것이 아니며 덩굴은 분명히 죽었다는 것을 알았다. 덩굴에 달려 있기는 했지만 그 하얀 잎은 뭔가 기생 식물이었고 맥각과 비슷해 보였으며 아마 그만큼 독성이 있을 것 같았다. 균류나 곰팡이 같았다. 나는 냄새를 맡았는데 페니실린과 비슷했다. 그 덩굴을 죽인 것은 바로 나였다. 공영 아파트의 삭막한 환경에 살아있는 중세의 한 조각을 옮겨 심었기 때문이다. 낭만적인 의도는 대체로 슬픈 결말을 맺게 마련이다.

나는 가진 짐을 모두 챙겼다. 내 소지품은 두 개의 짐 가방과 배낭 하나를 채웠다. 한 번에 가져가기에는 책이 너무 많았으므로 나는 프리도바 부인에게 주말에 다시 와서 책을 가져가겠다고 말했다. 이제 그녀는 조금 침착해져서 지금 당장 나를 내쫓는 것이 아니라 월말까지 말미를 주겠다고 말했다. 그러지 않는다면 내가 어디로 가겠는가? 그녀는 세입자를 길거리로 내쫓는 종류의 사람이 아니었다.

짐을 싸면서 나는 어디로 가야 할지 생각해 보았다. 처음에는 네트르셰스크 선생에 가보고 그다음에는 그뮌드다. 나는 은사의 전화번호를 돌렸지만 신호가 가는 소리를 듣자마자 전화를 끊어 버렸다. 루치에가 옆방에서 말하고 돌아다니는데 내가 어떻게 거실이나 주방의 간이침대에서 잠을 잘 수가 있겠는가? 그런 상황이 얼마나 오래 이어질 수 있겠는가? 그리고 그 피할 수 없는 결말은 어떻게 되겠는가?

나는 부빈 호텔에 전화했고 상대편에서는 즉각 전화를 받았다. 그러나 내가 뭐라고 말하기도 전에 어떤 목소리가 기술적인 문제로 인하여 열차 출발 정보 서비스가 임시 중단된다고 선언하고는 끊어 버렸다. 나는 그것이 프룬슬릭이라고 확신했다. 몇 가지 감탄사를 선별하여 준비한 뒤에 나는 다시 전화했다. 그러나 이번에는 그뮌드가 직접 받았다.

나는 상황을 설명했다. 한순간도 망설이지 않고 그는 자기 숙소로 오라고 했다. 내가 그를 위해 일하는 동안은 그곳에서 지낼 수 있다는 것이었다. 그리고 앞으로 그와 라이몬드가 내가 살 만한 곳을 알아보겠다고 말했다.

나는 그에게 고맙다는 말조차 할 수 없었다. 한편으로는 할 말을 찾을 수 없었기 때문이지만 또 한편으로는 감격하여 목멘 소리를 그에게 들려주고 싶지 않았기 때문이다.

프리도바 부인과의 작별 인사는 결코 길지 않았다. 나는 악수를 하려 했지만 다른 손에 문제의 털북숭이 식물을 들고 있었기 때문에 그녀는 겁에 질려 펄쩍 뛰어 물러나서 거실로 도망쳤고 내 책을 가져가는 문제에 대한 논의는 닫힌 문을 통해 결정되었다. 남은 월세를 돌려 달라고 할 만한 가치는 없었다. 11월은 거의 다 지났고 나는 12월 월세를 아직 내지 않았다. 다음 달 월세 고지서는 다른 곳에서 받아야 할 것이었다.

나는 복도의 신발장 위에 열쇠를 올려 두었다. 등 뒤로 문을 닫으면서 나는 프리도바 부인이 소리쳐 약속하는 것을 들었다. 그녀는 나를 위해 기도하겠다고 했다.

덩굴은 나 때문에 신시가지에서 뽑혀 나와 프로섹으로 성급하게 옮겨졌고 그래서 여기에 대한 적절한 복수를 고안해 낸 것이다. 이제는 나도 집이 없는 처지였다. 아래층에서 나는 화분을 쓰레기통에 던져 넣었다. 쓰레기통의 금속 뚜껑이 닫히는 날카로운 소리는 마치 도움을 청하는 비명처럼 아파트 단지 전체에 메아리쳤다. 나는 자유로웠다.

15

나는 자유롭다
떨어진 곳에 놓여 있는 돌처럼
나는 자유롭다
자기 명예를 걸고 맹세한 사람처럼.

— 리처드 와이너

나는 호텔로 가는 길에 두 번 자갈에 발이 걸렸다. 가로등의 형광 불빛이 깜빡거리며 켜지기 시작하고 연약한 오렌지색 불빛이 점점 더 밝아져 흰색으로 살아났다. 3번 전차 노선이 변경되었으므로 나는 미슬리코바 거리에서 내려야 했다. 거리를 건너다가 나는 발이 걸려 넘어졌다. 짐 가방 하나가 튕겨 나가 열리면서 전차 선로 위에 옷가지와 문고판 책 무더기를 뱉어 놓았다. 깨진 거울 하나만 빼면 짐을 거의 다 도로 챙겨서 가방에 넣었을 때 나는 커다란 하얀 차에 치어 죽을 뻔했다. 차는 안개 속에서 갑자기 나타나 경적을 울리면서 금속 날개로 나를 할퀴고 지나갔다. 나는 무기를 들었으나 기적적으로 목표물을 맞히지 못하고 후퇴하는 숙명적인 원수처럼 차가 멀어지는 모습을 지켜보았다. 아래쪽 강가에서는 마네스 미술관의 커다랗고 네모진 창문이 커다란 텔레비전 화면처럼 밤의 어둠 속에서 빛났다. 그 안에서 그림자 같은 형체들이 유리잔을 들고 노란 불빛 속에 왔다 갔다 했다. 아마 전시회 개막식인 것 같았다. 몇몇 선택된 자들만을 위한 사교 행사다. 바깥에 서 있는 신출내기에게는 무언의 눈속임이다.

이상하게도 부빈 호텔은 어둠에 잠겨 있었다. 그러나 안에 들어서서 나는 접수 데스크에 켜져 있는 조그만 전등 하나와 그 옆에서 책을 읽느라 숙인 머리를 볼 수 있었다. 내가 누구인지 말하기도 전에 안내 직원은 내 이름을 부르며 인사하더니 나에 대해서 전부 들었다고 말했다. 뒤로 돌아서 열쇠를 꺼내면서 그는 그뮌드 씨가 급한 일로 연락을 받고 나가셨지만 어쨌든 위층으로 올라가서 편하게 계시라 했다고 말했다. 내가 있을 곳은 푸른 방이었다.

안내 직원은 접수대의 유리문을 잠그고 〈곧 돌아오겠습니다〉라는 말이 적힌 카드를 걸었다. 그는 내 짐 가방을 들더니 엘리베이터가 고장 났다고 사과하며 그뮌드 씨의 굉장한 몸무게가 철제 케이블에 너무 부담을 주었다고 말했다. 이 말이 농담이라는 걸 깨닫기까지 시간이 약간 걸렸다. 그뮌드 씨가 귀빈임을 고려하면 좀 저열한 농담이라고 나는 생각했다. 우리는 말없이 계단을 올랐다. 그뮌드의 방문 앞에서 안내 직원은 내 짐을 내려놓고 서서 기다렸다. 나는 그에게 더 이상 도와줄 일이 없다고 말했고 그는 아무 말 없이 가버렸다. 과묵한 사람이라 다행이다. 그가 팁을 달라고 요구했다면 어색했을 것이다.

그뮌드의 숙소는 덥지 않을 정도로 쾌적하게 따뜻했다. 처음에 내 눈에 보인 것은 복도에서 반짝이는 난방기 온도 조절 장치의 조그만 오렌지색 불빛뿐이었지만 그 근처에서 나는 마침내 전등 스위치를 찾아냈다. 세 쌍의 이중 전자 촛대에 불이 켜져 크림색 벽에 부드러운 불빛을 비추었다. 나는 여행 가방 두 개를 끌어다가 옷걸이 아래에 세워 두고 배낭을 그 위에 얹었다. 그뮌드의 외투와 지팡이는 보이지 않았다. 이곳에서 누군가 살고 있다는 유일한 증거는 복도 구석에 세워 둔 우산뿐이었다. 모든 것이 깨끗하고 단정했으며 어두운 녹색 카펫은 얼룩 한 점 없었다. 신발이 한 켤레도 보이지 않아 그 점이 좀 이상했지만, 그뮌드처럼 돈 많은 친구라면 신을 것이 모자라지는 않을 일이다. 신발은 분명 반대쪽 벽에 있는 세 개의 조그만 벽장 속에 넣어 두었을 것이다. 나의 손가락은 그 벽장을 열어 보고 싶어 좀이 쑤셨으나 나는 유혹을 뿌리쳤다.

복도에는 네 개의 문이 있었다. 두 개는 왼쪽, 하나는 오른쪽, 그리고 나머지 하나는 곧장 앞쪽에 있었다. 지난번에 방문했을 때 기억하는 바에 따르면 반대쪽 문은 그뮌드가 나를 맞이했던 거실로 이어졌다. 나는 왼쪽 첫 번째 문을 열어보면서 그곳이 푸른 방이기를 바랐다. 그러나 문을 열고 나는 깜짝 놀라 뒤로 물러섰다. 내 앞에 있는 것은 길고 좁은 통로였는데, 두꺼운 벽 너머 호텔의 중앙 복도와 평행하게 이어지는 것 같았다. 이 건물은 한때 성채처럼 방어된 집이었으며 중앙에 탑이 있고 여러 개의 길쭉한 회랑이 그 주위를 둘러싼 형태였다. 17세기와 18세기가 지나면서 점차 주위에 더 편안한 방들이 지어졌고 회랑은 복도가 되었다. 건물이 서서히 진화하면서 몇 군데 사용되지 않는 공간이나 이 통로처럼 확실한 목적이 없는 공간이 주머니처럼 남아 있는 것도 가능한 일이었다. 통로는 5백~6백 미터 정도 되어 보였고 반대편 끝에는 닫힌 문이 있었다. 통로는 불편할 정도로 좁아서 어른 남자의 어깨 정도 너비였다. 그보다 더 기분 나쁜 것은 벽이 어두운 붉은색이라는 점이었다.

나는 복도 왼쪽 두 번째 문을 열고 안을 엿보았다. 그냥 작은 방이다. 아니, 암실이다! 그곳은 조그만 공간이라 딱 한 사람만 들어갈 수 있을 정도였다. 금속 다리가 달린 테이블 위에 커다란 비닐봉지로 감싼 사진 확대기가 놓여 있었다. 금속 선반에 플라스틱 쟁반과 전구 몇 개, 타이머 두 개와 노란색, 빨간색, 회색 마분지 상자들이 쌓여 있었는데 그 상자에는 사진 인화 용지가 가득할 것이라고 나는 추측했다. 그리고 벽에는 작지만 보기 드물게 깊은 에나멜 싱크대가 장착되어 있었다. 싱크대는 일반적인 세면기라기보다는 직사각형 양동이처럼 보였다. 분명히 암실용으로 특별히 제작된 것이다. 그리고 그 위로는 청동 수도꼭지가 벽에서 튀어나와 있었다. 선반 위, 천장 바로 아래에 조그만 환기팬이 있었다. 테이블 옆에 일부러 빼놓은 듯한 의자 하나가 있었다.

나는 조용히 문을 도로 닫고 그뮌드의 거실이 이쪽이라고 확신하며 방향을 돌렸다. 나는 안을 들여다보았다. 내가 기억하던 그대로였다. 두꺼운 흰 카펫 위로 빛이 한 줄기 쏟아져 들어왔다. 가벼운 신발을 신고 있었는데도 신발 바닥을 통해서 카펫이 용수철처럼 부드럽게 발에 와닿는 것을 느낄 수 있었다. 어둠침침한 속에서 내가 저녁을 먹었던 커피 테이블과 방 뒤쪽의 어둡고 거대한 벽난로 옆에 여러 가지 술을 진열한 이동식 진열대가 있었다. 창문에는 커튼이 쳐 있었다. 나는 이 기분 좋은 환경에서 집주인을 기다리기로 거의 마음을 먹었다가 생각을 고쳤다. 나는 마음대로 쓰라고 맡겨 준 방에 스스로 찾아 들어가는 것조차 못 하는 사람이라는 인상 은 주고 싶지 않았다. 프룬슬릭은 아마 나를 끝없이 놀릴 것 이다.

나는 복도 오른쪽에 있는 마지막 문을 열었고, 반쯤은 예 상하고 찾아내기를 바랐던 장소를 찾아냈다. 화장실이었다. 이 조그만 방에도 몇 가지 놀라운 것들이 있었다. 빛나는 흰 색 도자기 변기 위의 변좌는 세 부분으로 나누어졌다. 아래 쪽은 대단히 컸고 뭔가 희귀한 목재로 만들어졌는데 아마도 마호가니 같았다. 그 위에는 훨씬 작은 변좌가 있었는데, 어 린아이가 임시로 쓰기에 알맞을 법한 크기였다. 이것은 좀 더 밝은 색깔 목재로 만들어졌는데, 나더러 재료를 맞혀보라 고 한다면 아마 호두나무 같았다. 두 개의 변좌는 조그만 뚜 껑에 덮여 있었는데 색은 훨씬 더 밝았고 안쪽은 훨씬 어두운 색을 띤 두 종류의 목재가 바둑판 모양으로 짜여 있었다. 변 기 한쪽 옆의 벽에는 라디오가 달려 있었다. 다른 쪽 벽에는 유리문이 달린 벽장이 있었는데 안에는 색색 가지 유리병과 조그만 금속 약통이 가득했다.

나는 복도로 돌아와서 첫 번째 문을 다시 열어 보기로 했다. 좁은 통로 끝에 푸른 방이 있을지도 몰랐다. 조금은 겁먹은 채로 나는 어둠 속으로 발을 디뎠다. 안에는 전기 조명이 하나 도 없었다. 그렇다면 한때는 옷장으로 사용되었을지도 모른 다고 생각했지만, 옷을 거는 고리나 봉을 전혀 찾을 수 없었 다. 벽과 낮은 천장은 뭔가 빨간 천으로 덮여 있었는데 손으 로 만져 보니 부드러웠고 아무리 만져 봐도 솔기가 없었다.

나는 두세 걸음만 가면 통로 끝에 닿을 것이라고 생각했다. 실제로는 열 걸음도 넘게 걸었다. 통로 안의 공간은 가면 갈수록 좁아져서 몸을 옆으로 돌리고 가다가 결국은 천장까지 낮아져서 몸을 숙여야만 했다. 그래서 통로가 실제보다 훨씬 좁아 보였던 것이다. 보통 예상하는 원근법의 효과는 선들이 하나의 소실점으로 모이는 것이다. 그러나 실제 공간이 갈수록 점점 좁아진다는 사실은 예상하지 못했다.

반대쪽 끝으로 가면서 빨간 벽이 서로 너무 가까워져서 나는 몸을 움츠린 채 간신히 빠져나갈 수 있었다. 벽을 감싼 천은 부드러웠지만 폭신하지는 않아서 나는 숨을 헐떡이기 시작했다. 나는 문이라기보다는 통로 뚜껑이라고 해야 할 쪽문을 향해 손을 뻗었다. 문에는 문고리가 없었지만 반쯤 위로 더듬어 올라간 곳에 열쇠 구멍이 있었다. 문이 잠기지 않았기를, 그리고 이 문을 열면 푸른 방으로 이어지기를 바랐다. 그렇지 않으면 도로 돌아가서 거실에서 그뮌드가 돌아오기를 기다려야 할 것이다.

문은 잠겨 있지 않았으나 쉽게 열리지도 않았다. 어쩌면 용수철 장치가 돼 있었는지도 모르겠다. 나는 온몸으로 힘겹게 밀어 문이 열리자마자 어둠 속으로 곤두박질쳤다. 주위를 손으로 더듬어 보고 나는 어딘가 계단 위에 떨어졌다는 것을 깨달았다. 그렇다면 저 쪽문은 반대편 문보다 높다는 뜻이었고, 그것은 붉은 통로의 바닥이 오르막길이라는 뜻이었다. 나는 알아채지 못했다.

쪽문이 쾅 닫혔고 나는 어둠 속에 갇혔다. 눈앞의 손바닥조차 보이지 않았다. 주위가 완벽하게 캄캄했지만 완전히 조용한 것은 아니었다. 어딘가 저쪽에서 희미하게 웅웅거리는 소리가 들렸다. 나는 일어나서 벽에 손을 대고 더듬으며 걸어 다니다가 전등 스위치를 찾아냈다.

즉각 불이 켜졌고 내가 있던 어두운 골방은 복도로 변했다. 내가 빨간 통로로 들어오게 된 바로 그 복도였다. 머리가 어지러워진 채로 나는 다시 한 번 스위치 쪽으로 손을 뻗어 이번에는 불을 끄려 했다. 악몽을 꾸는 것 같았다. 어느 쪽으로 들어서든 몇 걸음 걸으면 언제나 시작했던 곳으로 다시 돌아오게 된다.

나는 불을 끄고 심호흡을 하고 불을 도로 켰다. 아주 비슷하긴 하지만, 그곳은 아까와 같은 복도가 아닌 다른 복도였다. 벽의 전등과 녹색 카펫과 문, 이 모든 것이 똑같아 보였다. 그러나 어딘가 달랐다. 옷걸이가 내 옆의 구석에 있었지만 우산이 없었다. 첫 번째 복도에는 내가 고꾸라져 떨어졌던 그런 계단이 없었다. 그리고 여기에는 호텔 복도 쪽으로 열리는 문도 없었다. 나는 쪽문 옆의 벽에 기댔다. 등에 닿은 느낌이 단단해서 어쩐지 안심이 되었다. 복도 반대편 끝 구석에 또 다른 문이 쏙 들어간 벽감 모양으로 되어 있었다. 직각으로 내 옆에 있는 벽이 그 벽감으로 이어졌는데, 그 외에도 문이 두 개 더 있었다. 내가 마주 보는 벽도 마찬가지였다. 빨간 통로로 이어지는 쪽문까지 포함하면 문이 도합 여섯 개였다.

나는 시계 반대 방향으로 진행하기로 결정하고 벽감의 문부터 시작하기로 했다. 나는 문을 밀어 열었고 흰 카펫과 옅은 조명으로 그뮌드의 거실을 알아보고 놀라고 말았다. 지난번 저녁에 앉아 있을 때의 위치에서는 그 거실이 실제로는 옛

성탑을 둘러싼 원의 4분의 1 모양이라는 건 알고 있었지만 두 번째 입구가 있다는 사실은 몰랐다.

　나는 왼쪽 첫 번째 문으로 건너갔다. 다른 문들과 똑같아 보였지만 어쩐지 한번 두드려 봐야 할 것 같았다. 방이 비어 있다는 걸 확신하면서도 두드린 뒤에 문을 열었다. 방 안은 둘로 나뉘어 있었는데, 천장에서 내려온 칸막이가 앞부분과 뒷부분을 구분했고 그 칸막이 아래에는 빨간 무늬가 여기저기 섞인 줄무늬 비단 같은 천으로 된 무거운 커튼이 양쪽으로 달려, 커튼 끝은 노란 술이 달린 끈으로 묶여 있었다. 방의 반대편 끝에는 호텔 마당이 내다보이는 창문이 있고 그 아래 더블베드가 있었으며 나는 침대 옆 탁자 위에 책이 한 무더기 쌓여 있는 것을 눈여겨보았다. 커튼에 가려져 간신히 보이는 책상 위에는 더 많은 책이 펼쳐진 채 놓여 있어서 창문으로 들어오는 얼마 안 되는 빛에 종이가 하얗게 빛났다. 방의 앞쪽에는 탁자와 안락의자 두 개, 고풍스러운 옷장과 책이 꽉꽉 들어찬 유리문이 달린 장식장 외에도 왼쪽 벽에 직사각형으로 문의 형태가 난 것을 알아보았다. 공기 중에는 아주 희미한 담배 냄새가 떠돌았다. 그리고 나는 또 다른 것을 눈치챘다. 그 기묘하게 웅웅거리는 소리, 이 오래된 벽 안의 정적을 깨는 유일한 소리이며 이제는 웅웅거린다기보다는 쉭쉭거리거나 부스럭거리는 것처럼 들리는 그 소리는 확연하게 커져 있었다. 뤼베크의 기사가 거처하는 방이 분명했으므로 감히 안을 탐험할 용기는 내지 못하고 나는 소리를 내지 않도록 이유 없이 조심하면서 도로 문을 닫았다.

　나는 다음 문으로 다가갔다. 쉭쉭거리는 소리가 그 문에서 나는 것 같았기 때문에 귀를 대보았다. 내가 옳았다. 그러나 귀를 기울이자 소리는 갑자기 멈춰 버렸다. 그러고 나서는 금속끼리 부딪친 것처럼 희미하게 찰칵 소리가 났다. 누가 안에 있는 걸까? 조그맣게 쿵 하는 소리와 부스럭거리는 소음이 들리고……, 그리고 조용해졌다.

도망치고 싶은 충동을 억누르며 나는 조심스럽게 손을 문고리에 올렸다. 문이 살짝 열리자 그 틈새로 한줄기 빛과 함께 마치 활짝 핀 장미 향 같은 달콤한 향기가 진하게 밴 따뜻하고 습한 공기가 흘러 들어왔다. 나는 문을 조금만 더, 아주 약간 더 열었고, 안쪽에 문이 네 개 달린 조그만 방을 보았다. 왼쪽과 오른쪽 문은 닫혀 있었는데 반대쪽 문은 내가 지금 잡고 있는 문처럼 살짝 열려 있었다. 나는 머릿속으로 구조를 계산해 보고 오른쪽 문이 그뮌드의 침실로 이어지는 것이 분명하다고 생각했다. 그러나 내 눈길을 사로잡은 것은 맞은편 문이었다. 그 열린 틈새로 환하게 빛이 밝혀진 침실이 보였다. 커다란 청동 수도꼭지가 달린 세면대가 있었다. 그 위에 거울의 일부가 보였다. 섬세한 핏줄 같은 무늬가 있는 크림색 타일이 깔린 부분이 있었다. 그리고 세면대 옆에는 거대한 나무 욕조가 있었는데 그곳에서 수증기가 뿜어 나오고 있었다. 그 수증기는 보통 생각하듯이 천장을 향해 피어오르지 않고 긴 검은색 술 장식을 가장자리에 두른 무거운 선홍색과 크림색 장막으로 만든 작고 네모난 천막 같은 형태의 차양 안으로 빨려 들어갔다. 성의 안주인이 쓰는 욕실이다! 내가 들은 소리는 물이 흐르는 소리였다.

누군가 수도꼭지를 잠근 것 같았다. 그게 누구든지 간에 지금쯤 옆에 연결된 어느 방으로 들어와 있을 것이라 생각하고 나는 막 문을 닫으려고 했는데 그 순간 나체의 여인이 욕조 앞에 갑자기 나타났다. 그녀는 주의 깊게 거울을 들여다보고 천천히 손을 올려 머리핀을 입에 물고 길고 검은 머리카락을 뒤통수로 모아 올렸다. 나는 거울이 좀 더 컸으면 좋았을 것이라고 생각했다. 내가 서 있는 곳에서는 거울 속 여자의 이마부터 목까지 얼굴의 한쪽밖에 보이지 않았다. 비스듬하게 옆면으로 여자의 묵직한 젖가슴이 보였는데, 살갗이 여자의 팔보다 조금 밝은 색이었고 어쩐지 잘 익은 배를 연상시켰다. 나는 그 훌륭한 몸의 모든 움직임을 기억에 새기기로 마음먹고 문가에 눈을 바짝 댔다. 로제타의 몸이다.

나의 시선이 여자의 등을 따라 내려가서 엉덩이로 향했다. 통통한 살이 움직일 때 옴폭 들어가는 곳을 제외하면 엉덩이는 비단처럼 매끈했다. 골반이 풍성한 허벅다리와 연결되는 곳에서 그 곡선은 기묘한 속옷으로 가려져 있었는데, 아주 작고 꽉 끼었으며 광택을 낸 백랍처럼 반짝였다.

로제타는 발뒤꿈치를 들고 몸을 일으켜 욕조에 기댔고 나는 금속이 도자기에 부딪치는 찰캉 소리를 들었다. 동시에 조그맣고 기묘한 형태의 자물쇠가 그녀의 골반 부근에서 흔들리는 것이 눈에 들어왔다. 그것은 마치 아주 작고 불규칙한 형태의 열쇠 구멍을 중심 문양으로 한 초소형 문장(紋章) 같았다. 한순간 나는 거울에 비친 로제타의 공포에 질린 표정을 보았다. 그리고 욕실 문이 쾅 닫혔다.

나는 돌아서서 정신을 차리려고 애썼다. 마지막으로 남은 문은 빨간 통로 반대편에 있는 것이었다. 그 문이라면 확실

히 나를 푸른 방으로 데려다 줄 것이었다. 나는 빨리 결정해야 했다. 로제타가 누가 자신을 엿보고 있었는지 확인하기 위해 언제 뛰쳐나올지 몰랐다. 그녀는 총을 가졌을 수도 있다. 그녀가 나를 알아보지 못한 것이 확실했지만 내가 조금이라도 더 여기서 머뭇거린다면……. 나는 문을 밀어 열었다. 또 다른 어두운 뒷방이다. 나는 안으로 미끄러져 들어가서 문을 닫았다. 우연히 내 팔꿈치가 전등 스위치에 닿았다. 나는 불을 켰다.

여기는 공간 배치가 달랐다. 오른쪽은 욕실이었고 나와 마주 보는 방은 가구로 가득했는데 모두 아무렇게나 되는 대로 쌓여 있어서 사람이 들어가 살 만한 공간이 남아 있을 것 같지 않았다. 그 방은 마치 무대 배경 같았다. 방 한가운데에 옷장 두 개가 등을 맞대고 서 있었고 그 주위를 여러 가지 의자, 탁자, 발 받침대와 화분 받침대가 둘러싸고 있었다. 나는 얇은 쇠판으로 된 구조물이 중세식 발 난로라는 것을 알아보았다. 그 외에도 낡아 빠진 업라이트 피아노와 실제 사람 크기의 고전 석고상이 두 개, 양쪽 모두 받침대 위에 얹혀 있었다. 머리가 없는 남자 몸통은 옷걸이로 사용되어 팔과 어깨는 조끼와 재킷과 외투로 뒤덮여 있었다. 팔이 없는 여자 석고상은 갖가지 색깔과 형태의 넥타이를 목 주위에 둘러 감고 있었다. 바닥은 온통 옷가지로 뒤덮여 있었다. 어떤 것은 더러웠고 어떤 것은 깨끗했으며 어떤 것은 완전히 새 옷이었다. 여전히 투명한 비닐 포장 안에 들어 있는 셔츠도 몇 벌 있었다.

방 안은 혼란스러웠지만 사람이 살 수 있을 정도인 것은 분명했다. 나는 가구 사이사이에 좁게 틈바구니가 나서 방의 뒤편으로 들어갈 수 있게 좁은 복도가 내놓인 것을 보았다. 그곳에 침대가 있을 것이라고 나는 추측했다.

뒷방으로 돌아오자마자 그 너머의 복도에서 문이 열리는 소리가 들렸다. 나는 그것이 로제타라는 사실을 알았다. 욕실 문가에서 자기를 지켜보고 있었던 엿보기꾼이 그저 상상에 불과하다는 걸 확인하고 마음을 안정시키기 위해 보러 나온 것이다.

뒷방에서 아무렇게나 나가 버릴 수 없었지만 내 계산이 맞다면 복도 마지막 문은 이곳의 마지막 문과 마찬가지로 푸른 방으로 이어질 것이었다. 그 문을 밀어 열고 나는 마침내 앞으로 당분간 내 집이 되어 줄 공간에 들어섰다.

낡은 회색 카펫, 속의 스펀지가 튀어나온 접이식 소파 침대, 청록색 커튼, 꽃무늬가 있는 프로방스식 식탁보를 씌운 탁자, 연못과 멀리 갈대밭이 보이는 풍경화 한두 점, 초롱꽃 모양의 통속적인 탁상 전등. 이것이 푸른 방이었다. 매력 없고 차갑고 몰개성적이고 쓸쓸하다. 사실 전형적인 호텔방이었다. 그렇다, 이상한 이야기지만, 로제타와 그뮌드와 프룬슬릭을 그 으시시한 미궁 같은 거처에서 운명의 손에 남겨 두고 등 뒤로 문을 닫은 순간, 나는 정말로 집에 온 것처럼 마음이 편해졌다.

16

나는 네가 떨어지는 모습을 지켜본다.
날아가는 화살도
너보다 무섭지는 않을 것이다.

— 리처드 와이너

나는 옷을 입은 채로 소파 위에서 잠들어 아침까지 깨지 않았다. 밤에 누군가 내 짐을 가져다줘서 나는 옷을 갈아입을 수 있었다. 욕실에서 찬물로 샤워를 했는데, 그 욕실은 프룬슬릭과 함께 써야 한다는 것을 나중에 알았다. 거실 테이블에 놓인 쪽지에 아래층에 아침 식사가 차려져 있다고 적혀 있었다.

부빈 호텔은 따뜻한 음식을 제공하지 않았지만 아침 식사만큼은 과연 완벽했다. 세팅된 세 개의 테이블 중에서 두 개는 비어 있었다. 세 번째에 그뮌드가 흰 셔츠와 진홍색 조끼를 입고 가운데에 앉아 있었고 로제타와 프룬슬릭이 양옆에 앉아 있었다. 로제타는 사복 차림으로 흰 블라우스에 갈색 치마를 입고 있었고, 프룬슬릭은 항상 입는 청회색 정장을 입었다. 계단 발치에서 나는 합석해야 할지 망설였으나 그뮌드가 재빨리 나를 보고 따뜻한 미소와 함께 손짓으로 불렀다.

나는 웨이터에게 커피를 주문했고, 그의 추천으로 유리잔에 담겨 나오는 반숙 달걀도 부탁했다. 주문을 마친 후에 나는 그뮌드에게 분명 불편했을 텐데 숙소에서 함께 지내게 해주셔서 감사하다고 말했다. 미궁 같은 복도를 헤매며 거의 길을 잃을 뻔했다는 언급은 하지 않았다. 여기에 대해서 그뮌드는 숙소를 오래 비운 데 대해 사과했다. 라이몬드와 그뮌드는 처리해야 할 일이 있어서 동트기 직전에야 돌아왔다. 나는 곁눈질로 로제타를 관찰했다. 그녀는 아침 인사조차 하지 않고 돌처럼 무겁게 침묵을 지키고 앉아서 마른 롤빵 조각을 음울하게 씹으며 식탁보에 빵 부스러기를 흩뜨리고 있었다. 프룬슬릭은 내가 그녀를 관찰하는 모습을 보고 항상 그렇듯이 악의적인 미소를 띠며 가늘고 찢어지는 듯한 목소리로 〈여기 미녀께서〉 또 다이어트 중이라고 설명했다. 로제타는 날카롭게 그를 쏘아보았지만 아무 말도 하지 않았다. 프룬슬릭은 의리를 지키기 위해 그녀와 합석하기로 했다고 설명하면서 유일한 아침 식사인 루비색 포트와인으로 건배하려는 듯 조롱을 섞으며 치켜들었다. 그뮌드는 전혀 방해받지 않고 스크램블드에그에 집중하며 버터를 두껍게 바른 갈색 빵 조각으로 달걀을 훑어 먹었다.

나는 일상 잡담을 하는 어조로 로제타도 이 숙소에서 함께 사는 줄은 전혀 몰랐다고 말했으나 말하면서도 실수라는 것을 알고 있었다. 나는 반응을 기다렸고 과연 기다리던 반응이 왔다. 그녀는 주먹을 꽉 쥐어 롤빵을 부스러뜨리면서 대체 무슨 근거로 그런 생각을 하게 됐느냐고 물었다.

나는 약간은 빈정거리면서 그저 하나의 가능성으로 떠올랐을 뿐이며 내가 잘못 안 것일 수도 있다고 대답했다. 나 자신이 그렇듯이 그녀도 한시적인 손님일 수 있다. 그녀는 내

일이나 잘하라고 쏘아붙였다. 「화장실은 스스로 찾아갈 수 있을 만큼 철이 들었길 바라요.」 그녀가 덧붙였다.

그러자 그뮌드가 무슨 일인지는 전혀 알지 못했지만 로제타의 암묵적 질책을 감지하고 주제를 바꾸어 내가 새 숙소에서 잠은 잘 잤는지 물었으며, 이에 대하여 나는 푸른 방을 찾기 위해 택했던 원형 미로를 묘사하여 프룬슬릭을 즐겁게 해주었다. 내가 두 번째 복도로 나가게 된 것이 벽감 속의 문을 통해서가 아니라 전에는 옷장이었던 빨간 천을 댄 통로를 통해서였다는 사실을 알고 세 명 모두 흥미를 가졌다. 아무도 논평은 하지 않았지만 의미심장한 눈짓을 교환했다. 나는 중간에 들어가 보았던 다른 방들에 대해서 말하지 않았고 물론 욕실에 대해서도 언급하지 않았다. 나는 나에게 방을 양보해 준 사람이 누구냐고 물었다. 그뮌드는 프룬슬릭과 그가 둘이서 지내야 했던 것이 이번이 처음은 아니라는 말로 내 질문을 간단히 정리했다. 그리고 갑자기 하려던 말을 억제하더니 그는 서장에게 우리가 여기서 모두 함께 지내고 있다는 말은 하지 말아 달라고 부탁했다. 올레야르주의 이름을 듣자 프룬슬릭은 벌떡 일어나서 젖은 개처럼 머리를 흔들어 댔다. 그의 웃음소리가 녹슨 칼날처럼 공기를 갈랐다.

그리고 그뮌드는 나를 고용한 대가로 감히 요청할 수 있는 한도를 훨씬 넘어선 금액을 수표로 끊어 주었다. 일부는 입막음 돈이라는 것을 나는 알고 있었지만 어쨌든 고맙게 받았다. 게다가 나는 프룬슬릭의 제안을 받아들여 포트와인까지 한잔 했다. 어두운 붉은색 액체는 용솟음치는 피처럼 유리잔 안으로 쏟아졌다. 나는 세 명의 건강을 위해 마시겠다고 건배하고 로제타를 향해 특별히 머리를 약간 숙여 보였다. 그녀는 멍한 표정으로 내 눈을 피하며 미소 지었고 나는 그 눈에서 슬픔을 보았다. 진한 와인이 곧 나의 어지러운 마음을 가라앉혀 주었다.

올레야르주는 일진이 좋지 않은 하루를 보내고 있었다. 한쪽 귀에는 손수건을, 다른 쪽 귀에는 무선 전화기를 댄 채 불안한 걸음걸이로 사무실 안을 성큼성큼 왔다 갔다 하는 그의 얼굴은 비참해 보였다. 그가 실험실에서 보내온 결과가 어떻다고 고함치고 있었으므로 나는 그가 트루그와 통화하는 중이며 분석이 아직 안 끝난 게 확실하다고 짐작했다. 전화 통화를 두 번 더 하고 귀를 한 번 응급 세척한 뒤에야(그 광경을 보고 나는 기절할 것 같은 느낌이 들었다) 서장은 나의 존재를 눈치챘다. 이미 30분이나 기대에 차서 그를 지켜보고 있었는데 서장은 내가 방구석의 가죽 안락의자에 앉아 있는 모습을 보고 놀란 것 같았다. 한 마디도 하지 않고 그는 책상 위에서 뭔가 집어서 내게 건네주었다. 그것은 사진이었다. 어제 보여 준 세 장과 같은 시리즈의 네 번째였다. 이미지는 불분명했지만 사진 찍힌 대상은 확실히 알 수 있었다.

먼지투성이 바닥은 다른 사진에 나온 것과 같았으나 이번에는 카메라가 더 오른쪽으로 움직였고 사진도 조명이 보다 밝고 선명했다. 사실 너무 지나치게 선명했다. 앞쪽에 보이는 것은 사람의 몸이었다. 남자였고 분명히 생명이 없는 시신이었다. 그러나 다리가 있었기 때문에 레호르주는 아니었다. 다리는 대각선으로 카메라를 향하고 있었고 몸통과 머리가 반대쪽을 향했다. 운동화를 신고 물 빠진 청바지를 입은 시신이 사진의 왼쪽 귀퉁이에 확실하게 보였다. 강한 조명을 시신 가까이에 혹은 프레임 바로 바깥에 놓은 것 같았다. 그 밝기와 높이와 가느다랗게 한 줄로 비추는 빛의 모양을 보아 조명이 차의 전조등 같다고 나는 추측했다. 죽은 사람의 얼굴은 어둠침침한 배경 속에 흐릿해 보였지만 그래도 나는 아주 젊은 남자의 얼굴임을 즉시 알아보았다.

단추가 열린 어두운 색 체크무늬 셔츠는 하얗게 조명을 받은 피부와 강한 대조를 이루었다. 바지는 당겨 내려서 편편하고 초자연적으로 하얀 복부를 드러냈다. 그 모습은 죽은 물고기, 혹은 더 정확히 말하자면 방금 잡혀 내장을 발라낸 물고기를 연상시켰다. 깊이 절개된 상처가 가슴뼈부터 치골 부근까지 쭉 이어졌던 것이다. 레호르주의 다리와 마찬가지로 핏자국은 보이지 않았다. 그러나 이번에는 절개가 깨끗하고 한 줄로 쭉 곧았으며 배꼽 바로 아래쪽의 구멍 부근에서만 약간 넓어졌다. 소년의 배에 생긴 그 검은 구멍 속에서 어떤 금속 물체가 반짝였다. 어쩌면 그의 내장을 들어낼 때 사용한 칼일지도 몰랐다. 나는 그가 살해당했다는 것을 믿어 의심치 않았다. 시신에 옷을 다 입힌 채로 부검하는 법은 없다.

전면에 나타난 끔찍한 장면을 다 받아들인 뒤에야 나는 어둠 속에서 두 번째 피해자의 흐릿한 형체를 알아보았다. 그 옆쪽, 벽에 기대 세워 둔 것은(확실히 이전의 사진들과 똑같이 누르스름하고 칠이 조각조각 벗겨지는 벽이다. 푸르스름한 얼룩이나 줄무늬도 똑같았다) 커다란 검은색 원형 물체였는데 가장자리에 금빛 점이 몇 개 반짝였다. 그 물건은 두 가지 이유로 내 눈에 이상해 보였다. 첫 번째는 그 반짝이는 반영의 색깔이었는데, 전면의 조명은 순수한 하얀색이었고 노란빛은 전혀 섞이지 않았기 때문이다. 두 번째로 대여섯 군데 밝은 점을 제외하면 그 검은 원형 덩어리가 빛을 마지막 입자 하나까지 빨아들이는 것처럼 보였기 때문이다. 그 앞에는 구겨진 인형 같은 형체가 누워 있었는데, 손목은 원형 테의 바깥쪽에 묶였고 고개는 가슴을 향해 축 처졌다. 얼굴은 보이지 않았지만 입에서 뭔가 긴 실린더 형태의, 시가 비슷해 보이는 물체가 튀어나와서 티셔츠의 옅은 푸른색을 배경으로 뚜렷하게 보였다. 꼭 맞는 바지는 허벅다리의 어두운 얼룩 몇 개를 제외하면 티셔츠와 완전히 똑같은 연푸른색이었는데 그것 때문에 몸에 딱 맞는 빛바랜 작업복을 입고 있는 것처럼 보였다. 일종의 제복인 걸까?

그 끔찍한 사진을 들여다보면서 나는 동정이라고는 한 방울도 없이 거의 비인간적인 감정적 분리를 경험했다. 어쩌면 나도 범죄의 피해자일지 모르겠다고 생각했다. 어쩌면 나도 배가 갈려 모든 감정이 다 잘려 나간 건지도 모른다. 어쩌면 나도 꼭 맞는 작업복을 억지로 입고 진짜 인생에서 분리된 건지도 모른다. 가능한 일일까?

그럴 리 없다. 내가 두 소년에 대한 동정심에 휩싸이지 못한 이유는 사진의 음울한 아름다움 때문이었다. 사진은 마치 연극의 한 장면을 찍어 극장 밖에 전시해 둔 홍보물 같았다. 그렇다, 바로 그거다. 진짜 죽음의 모습이라기보다는 깔끔한 연출이었던 것이다. 극의 결말에서 모든 것이 설명될 것이다. 어쩌면 비셰흐라드 위에서 바람에 펄럭이던 두 개의 잘린 다리나 누슬레 다리에 걸린 채 바로 똑같은 바람을 받으며 빙글빙글 돌아가던 나이 든 여자의 시신도 해명될지 모른다. 그러나 그것만으로 내가 놀랄 만큼 공감을 느끼지 못했다는 사실을 변명할 수 있을까?

기묘한 일이지만 올레야르주가 이어서 한 말은 그럴 수 있다는 암시를 전해 주었다.

「아직은 사진을 너무 지나치게 해석하지 말게. 나도 자네보다 더 많이 아는 건 없지만 내가 확대 사진을 받으면 뭔가 더 알아낼 수 있길 바라고 있네. 레호르주도 자히르가 받은 것 같은 협박 편지를 받았다는 거 자네도 알았나? 그리고 우리는 펜델마노바 부인도 그랬을 거라고 생각해. 그들 모두 아무 말도 하지 않았기 때문에 사실을 알고 좀 놀랐지. 그러나 바르나바슈가 지난주에 비슷한 편지를 받았다고 우리에게 알려 와서 유넥이 즉시 레호르주의 유품을 전부 조사시켰지. 편지는 그의 책상에서 발견되었어. 펜델마노바 부인의 책상 서랍 내용물을 확인하기엔 이미 너무 늦었네. 그녀는 유족이 없었고 아파트의 새 주인은 그녀의 물건을 전부 내다 버렸거든. 우리가 아는 한 그녀도 몇 번 경고를 받았을 거야. 무슨 일인지 그녀 자신도 전혀 몰라 곧바로 쓰레기통에 버렸다는 것도 충분히 가능한 일이고.」

「지난번에 찾아뵈었을 때 피해자들이 모두 건축과 관련이 있을 거라고 제가 말씀드렸습니다. 그 가설은 생각해 보셨습니까?」

「그걸 자네가 처음 생각해 낸 거라고 말하지는 말게.」

그가 으르렁거렸다.

「우리도 벌써 얼마간 그쪽을 들여다보고 있어.」

나는 반박하지 않고 서장이 말을 계속하게 내버려 두었다. 그러나 열심히 귀 기울이는 척하면서 나는 속으로 조용히 킥킥 웃고 있었다.

「아주 중요한 증거야. 자히르와 바르나바슈를 더 엄격하게 지켜보고 있네. 두 명 다 살해 협박을 받을 만한 일을 한 적도 없고 심지어 적을 만든 적도 없다고 하더군. 그리고 둘 다 좀 비협조적이야. 내 생각에는 둘 다 자만심이 가득한 바보들이야. 어느 쪽이 더 낫다고 할 것도 없어. 바르나바슈는 건설업계의 거물이고 프라하에서 가장 영향력 있는 건축가 중 한 명이야. 그는 생명이 위험한데도 우리 쪽 사람들과 이야기하기를 거부하고 집에 들여놓으려고 하지도 않아. 강 건너편 베르트람카 거리 위쪽에 자기가 직접 지은 호화로운 집에 사는 모양인데 말이지. 그래서 우리가 집을 어디서 감시해야 하는지 아나? 정원의 정자야! 자히르를 보호하는 것도 쉽지는 않아. 그렇게까지 심술궂은 사람은 아니지만 밤마다 다른 여자의 집에서 지내니 대체 어디 있는지 따라다닐 수가 없다고.」

나는 사진에 대고 고개를 끄덕였다.

「그리고 이 둘은요? 이 둘은 어디에 들어갑니까?」

「어째서 그 둘이 어딘가에 들어간다고 생각하나?」

「서장님이 개인적으로 맡으셨으니까요. 다른 형사에게 맡길 수도 있었을 텐데요. 어쨌든 도시를 공포에 떨게 만드는 사이코패스를 쫓느라 바쁘신데도 말입니다. 둘 더하기 둘을 맞춰 봤을 뿐입니다.」

「아주 눈치가 빠르군. 그래, 그 사진 건은 내가 직접 봐야
겠다는 일종의 본능이지. 그리고 그 사진들이 나한테 보내져
왔고 한 번에 하나씩만 도착했다는 것도 있어.」

「서장님이 옳으실 겁니다. 그리고 또 있습니다. 자히르 폭
행 사건은 말할 것도 없고 두 건의 신시가지 살인도 얼마나
연극적인지 제가 일전에 말씀드렸죠. 그 사진들도 똑같습니
다. 화면이 배치된 방식이나 서장님께 배달된 방식도요. 그
사진 속에 맨눈에 보이지 않는 뭔가 더 있는 게 아닐까요? 좀
흐릿하고 불분명하게 나와서…….」

서장은 내 말을 가로막았다.

「내가 바보인 줄 아나? 와서 이걸 보게.」

그는 컴퓨터를 두드렸고 사진 네 장이 화면을 가로로 가득
채우며 한 줄로 떠올랐다. 올레야르주는 사진의 여러 부분들
에 초점을 맞추어 몇 배로 확대했다. 그러나 이미지는 지나치
게 늘어나면서 초점이 맞지 않게 되어 결국 내게 보이는 것은
수많은 네모난 화소들뿐이었고 그 때문에 눈이 아팠다.

「자네가 추정하는 방향은 맞네.」

서장이 이제 좀 더 침착해진 목소리로 말했다.

「하지만 난 자네보다 한발 앞서 있어. 이런 경우에 대부분
그렇듯이 컴퓨터는 별 쓸모가 없지. 하지만 옛날식으로 분석
하는 방법도 있지 않나? 난 이걸 받자마자 트루그에게 전화
해서 점심때까지 끝내 달라고 했네. 트루그는 지금 이마까지
일 더미에 파묻혀 있어서 내일 해주면 안 되겠냐고 했지만 내
가 좀 압력을 넣었지. 사람들을 협조하게 만드는 요령이 있
거든. 트루그는 원래 외과 의사였어, 알고 있나? 지역 당위원

회에서 거물이었지. 어느 날 무슨 외국 외교관을 수술하다가 손이 미끄러진 거야. 외교관은 죽었어. 트루그에게는 다행스럽게도 국제적인 반동은 없었지만 외과 의사로서의 커리어는 거기서 끝났지. 그때부터 병리학자가 된 거야. 그 당시에는 사건 전체가 은폐되었고 심지어 지금도 그 일을 언급하는 건 안 좋게 여겨져. 그러니까 자네만 괜찮다면 한 마디도 하지 말게. 트루그는 자네가 도착하기 바로 직전에 원본을 분석하기 시작했으니 이제 당장이라도 확대 사진을 가져올 거야. 물론 별 승산이 없는 일이긴 하지만 최소한 트루그는 자기 능력을 다 쏟아 부었을 테니까.」

엷게 건조한 웃음을 띠고 그는 나에게 말한다기보다는 자기 자신을 향해 덧붙였다.

「그 자식 나한테 건방지게 굴면 아주 슬퍼지는 거지.」

그러나 그 순간 트루그가 당도했기 때문에 그 자리에 없던 병리학자를 향한 그 이상의 논평은 모두 무의미해졌다. 트루그는 사무실로 뛰어 들어와서 서장에게 종이 뭉치를 건네주었다. 그의 머리카락은 산발이었고 턱수염도 곤두서 있었으며 찡그린 눈썹과 얽은 콧잔등에 땀방울이 솟아나 있었다. 코듀로이 바지와 트위드 재킷을 입은 옷차림으로 보아 올레 야르주는 트루그가 강의를 막 시작하려 했을 때 불러낸 모양이었다.

「할 수 있는 건 다 했어.」

병리학자는 인사 대신 웅얼거렸다. 잠시 기침을 한 뒤에 그는 주머니에서 구겨진 담뱃갑을 꺼내 허락도 받지 않고 불을 댕기더니 냄새가 좋지 않은 연기를 서둘러 푹푹 뿜어 내기 시작했다. 책상 위에 놓아둔 담뱃갑에는 짧은 상표명이 러시아어로 새겨져 있었다. 내가 사무실 안에 있다는 사실을 뒤늦게 눈치채고 트루그는 마치 그가 아니라 내가 악취를 풍기는 것처럼 역겹다는 듯 코를 찡그렸다. 은방울꽃 향이 나는 내 애프터셰이브가 마음에 안 드는 모양이었다. 나로 말하자면 그를 만난 것이 똑같이 불쾌했다. 트루그는 올레야르주처럼 귀에서 기름이 새어 나오지는 않을지 몰라도 나는 그가 퍽 혐오스러웠다.

확대 사진은 트럼프 카드처럼 책상에 부채꼴로 흩어져 있었다. 인화지는 여전히 젖어 있고 화학 약품 냄새가 풍겼다. 나는 암모니아와 포름알데하이드, 스코폴라민[55] 같은 냄새를 맡았다. 혹은 뭔지 모르겠지만 최소한 입안에 쓴맛이 돌게 만든 물질이었다. 그러나 그런 냄새는 눈에 보인 무시무시한 광경에 비하면 아무것도 아니었다. 어떤 사악한 주술이 사진의 의미를 너무 지나치게 선명하게 밝혀내 버린 것만 같았다. 사진은 어쩐지 삼차원적으로 보여서 나는 현실의 표면 아래에서 들여다보는 듯한 느낌이 들었다. 올레야르주와 나는 공포에 질리고 믿을 수가 없어서 사진을 들여다보았고, 등 뒤에서는 악마와 같은 의사 선생이 지옥의 연기를 우리 목에 대고 내뿜었다.

트루그의 확대 사진으로도 회색에 푸르스름하게 줄이 간 배경 속에서 검은 원형 물건이 무엇인지 밝혀낼 수가 없었다. 이제 그것은 벽에 기대 세워 둔 고리처럼 보였는데, 검은 종

---

55 주로 멀미약에 사용되는 트로판계 알칼로이드 약물. 일시적인 기억상실과 환각 등의 부작용을 일으킬 수 있다.

이로 포장하고 여기저기서 금빛이 새어 나오는 것 같았다. 그 고리에는 일종의 장식 스파이크 같은 것이 붙어 있어서 카메라 렌즈를 향해 삐죽 튀어나온 것처럼 보였고, 그 스파이크에 묶인 것은 시신의 가느다란 두 팔이었는데, 시신은 고리 안에 앉은 채 벽에 비스듬히 기대 있었다. 이전의 사진에서 보았던 옅은 푸른색 작업복은 사라졌다. 피해자는 알몸으로 아무것도 입지 않았다. 입에는 조그만 알루미늄 깡통이 튀어나와 있었다.

트루그가 전면의 시신을 더 선명하게 만들어 주었기 때문에 이제는 배꼽과 가슴과 목 주변의 긁히고 멍든 상처를 하나하나 구분할 수 있었다. 그리고 얼굴도 더 확실하게 보였다. 부드럽고 평온하며 불쌍할 정도로 어렸다. 열여섯? 열일곱? 그러나 어쩔 수 없이 가장 시선을 끄는 것은 복부의 끔찍한 상처와 특히 그 상처가 벌어져 열린 곳이었다. 피부가 부자연스럽게 튀어나왔는데, 특히 배의 왼쪽이 눈에 띄었다. 검게 보이는 상처 안쪽에서 빛나는 금속 물체가 튀어나와 있었는데, 짧은 막대기나 축 같은 것으로 문고리처럼 둥근 머리 부분은 뭔가 알 수 없는 녹색 물질로 덮여 있었다.

사진 속의 두 시신과 러시아 담배의 악취 때문에 머리가 어지러워져서 나는 일어나 서장의 사무실 벽 한 면을 온통 차지하는 창문 쪽으로 갔다. 열 수 있는 부분을 마침내 찾아내어 나는 밖으로 몸을 내밀고 프라하의 공기를 폐 한가득 빨아들였다. 트루그의 담배 연기 뒤에 맡은 도시의 공기는 낙원의 바람 같았다. 그러는 동안에 성 슈테판 성당의 종이 정오를 알리기 시작했다. 그 소리에 이끌려 나의 시선은 종탑 위의 옅은 색 돌과 반짝이는 금빛 장식물이 된 왕관 쪽으로 향했다. 그때 나는 사진이 무엇을 말하려 하는지 깨달았다.

17

그들은 추악하게 죽었다.
죽음에 속아서
무시무시한 비명에 사로잡힌 채
그것은 그들 자신의 비명이었다.

— 리처드 와이너

잦은 소나기를 동반한 북서풍이 짙은 아침 안개를 서서히 흩어 놓았다. 화려한 가을의 색채는 어떻게 된 것일까? 가축 시장, 그러니까 카렐 광장의 밤나무들은 더 이상 잃을 것도 없어서 수도승처럼 절제된 침묵을 지키며 혹독한 날씨 앞에 자신을 드러냈다. 거의 한 달 동안 썩어 가는 낙엽이 휘몰아 치며 그곳을 거대한 버려진 무덤 터로 변신시켰다. 11월이 끝나 가는 지금은 이미 겨울잠을 고대하는 무기력한 시 의회에서 뒤늦게 고용한 노숙자와 실업자들의 군단이 공원의 구석 구석을 쓸어 내어 빈혈에 걸린 잔디와 곰팡이를 뿜어내는 흙이 한없이 펼쳐진 광경을 대중의 눈앞에 드러내었다. 주변의 거리들에만 노란 낙엽 몇 장이 남아서 새벽의 유령 기사가 지갑에서 떨어뜨린 금 동전처럼 보도 위에 흩어져 있을 뿐이었다. 그 장면의 방탕한 색채는 나를 매혹시켰다. 낙엽의 선명한 색과 안개 속에서 반딧불처럼 빛나는 청소부들의 형광 재킷은 마치 프라하 시민들에게 조그만 가을의 즐거움을 선사하기 위해 어떤 한여름 밤의 회의에서 보내 준 것만 같았다.

심지어 평소에는 단조로운 렛슬로바 거리조차 이제는 자기 몫의 색채를 찾았다. 어느 날 아침, 거리에 반짝거리는 오렌지색 불빛이 한 줄로 나타났고 주변에는 빨간색과 흰색 테이프가 둘러쳐졌다. 아무도 이유를 알지 못했다. 거리의 차들은 처음에는 기어가듯이 속도를 늦추다가 완전히 막혀서 정차하여 차 안에 갇힌 운전자와 승객들의 참을성을 시험하게 되었다. 설마 신호등이 더 생긴 건 아니겠지? 하지만 차로가 하나만 열려 있었기 때문에 그들은 자기 차례를 기다릴 수밖에 없었다. 반대로 나는 기뻤다. 차들이 치명적인 속도로 달려가는 이 끔찍하게 곧은 길을 건너는 일이 이제는 어린애 장난이 된 것이다. 손수건으로 얼굴을 가려 매연을 막는 걸 잊지만 않으면 말이다. 천천히 움직이는 자동차는 한껏 속도를 내는 차들만큼 빠르게 사람을 죽이지 못할 것이다. 그러나 매연이라는, 조용하고 지치지 않는 방식으로 똑같이 효율적인 살인을 저지르고 있다.

저녁 신문을 펼쳤을 때 나는 거리가 어째서 부분적으로 폐쇄되었는지 알았다. 과일과 꽃을 가득 실은 트럭이 성 키릴과 메토디우스 성당 바로 건너편에서 차로의 표면을 뚫고 들어가 차축까지 가라앉았던 것이다. 운전자와 그의 친구는 즉시 뛰어나왔다. 운전자는 삼각형 경고 표지를 세우러 갔고 그의 친구는 응급 견인 서비스를 부르기 위해 공중전화를 찾아 가까운 지하철역으로 뛰어갔다. 그들은 운이 좋았다. 운전자가 몸을 돌렸을 때 트럭은 사라지고 없었다. 그의 친구가 돌아와서 삼각형 경고판을 손에 들고 발치에 입을 벌린 거대한 구멍을 들여다보며 미친 듯이 웃고 있는 운전자를 발견했다.

　서장의 사무실로 보내진 수수께끼의 사진에 대한 나의 가설은 한 번도 확실히 검증되지는 못했다. 공식적으로 사건은 종결된 것으로 여겨졌고, 수사는 비공식적으로 조용히 진행되었다.

　신시가지 살인 사건을 수사 중인 범죄 수사대 간부 회의에 불려 가서 내 가설을 설명하게 되었을 때 나는 그들의 냉정한 반응에 조금 놀랐다. 처음에는 모든 일이 잘 되어 가는 것 같았다. 모두들 귀를 기울이며 나를 진지하게 받아 주었고 서장이 내가 옳을지도 모른다고 양보하자 다른 사람들도 동의했다. 회의주의자의 왕이며 내가 낸 의견이 하나라도 경찰에 도움이 된다고 인정할 거라고는 생각조차 해보지 않았던 유넥도, 내 가설이 앞으로 수사를 진행시킬 기동력을 주는 단 하나의 설명이라고 동의했다. 결정적으로 그를 확신시킨 점은 언뜻 보기에 별로 중요하지 않은 것 같지만 사실은 매우 중대한 발견이었는데, 바로 어느 순찰 경관이 성 슈테판 성당 옆문 근처에서 찾아낸 반쪽짜리 스케이트보드였다.

　경찰에서는 그것을 증거로 취급하지 않을지 모르겠지만 확실히 증거라고 나는 말했다. 사진 속의 시신은 며칠 동안이나 실종된 상태였던 두 소년의 것이었다. 그들은 사소한 이유로 살해되었다. 부모가 알았더라면 꿀밤을 먹이거나 용돈을 줄이는 것으로 처리해 버렸을 조그만 장난이었다. 두 반항아가 저지른 범죄란 바로 성당의 신성한 벽에 스프레이 페인트로 성난 메시지를 낙서했다는 것이다. 신성 모독은 심각

한 일이며 보통은 고액의 벌금형을 받게 된다. 그러나 이 경우에는 피고인, 그러니까 사진의 배경에 있는 인물이 벌거벗겨져 그가 성당 벽을 더럽힐 때 사용한 바로 그 더러운 페인트로 뒤덮여 있었다. 화학 물질이 피부에서 산소를 서서히 빼앗아 가는 동안 그는 엄청나게 고통받았을 것이다. 텅 빈 스프레이 깡통은 그가 아직 살아 있을 때 입안에 밀어 넣은 것 같았다. 다른 소년, 그러니까 스케이트보드를 옆구리에 끼고 집을 나섰던 그 아이는 분명 친구를 위해 망을 봐주고 있었을 것이다. 그의 처벌은 조금 덜 무거운 것으로, 빠르고 좀 더 고통 없는 죽음이었다. 그의 얼굴에 나타난 걱정 없는 표정을 보아 알 수 있었다. 그러나 그의 시신은(사진에서 전면에 나와 있는 쪽이다) 친구의 시신만큼이나 무시무시하게 훼손되었다. 누군가 그의 배를 가르고 스케이트보드 반쪽을 그 안에 쑤셔 넣은 것이다. 한 개를 다 넣을 공간이 없었기 때문에 반쪽이라고 추정하였다. 상처에서 튀어나온 물건은 스케이트보드의 금속 축과 녹색 바퀴였다. 성당에서 발견된 나머지 반쪽에도 똑같은 색의 바퀴가 달려 있었다.

부러진 곳의 가장자리가 삐죽삐죽한 것으로 보아 스케이트보드는 둘로 잘라진 것이 아니라 그냥 부서진 것이었다. 살인자들에게 그것은 두 가지를 의미했다. 일부러 남겨 둔 단서인 동시에 하느님의 집을 더럽히려는 다른 잠재적 신성모독자들에 대한 경고인 것이다. 경찰이 범죄를 공식적으로 발표한다고 가정할 때 말이다. 낙서로 더럽혀진 벽 옆에 있었던 수수께끼의 고리도 같은 기능을 가졌다. 왕관은 처음에 성당 건축을 명령하고 오늘날까지 그곳을 지켜 주는 세속 권력을 상징했다. 그렇기 때문에 탑에서 끌어내린 것이다. 그렇기 때문에 건드릴 권리가 없는 성스러운 장소를 더럽힌 그 두 손을 징계하기 위해서 사용된 것이다.

얼마나 끔찍한 정의인가! 하지만 도대체 어떻게……?

아니, 그건 아니다. 그 생각은 너무 끔찍해서 찬찬히 들여다볼 수가 없다.

이전의 살인 사건이 어떻게 저질러졌는지 기억한다면 이번의 정교한 야만 행위도 어떻게 수행되었는지 어렵지 않게 상상할 수 있다. 우리는 살인자들이 마음대로 쓸 수 있는 카고 크레인을 갖고 있었다는 걸 안다. 그것은 한때 경찰의 주요 단서 중 하나였다. 그러므로 그 크레인을 사용할 두 번째 기회가 갑자기 나타나자 그들은 그냥 크레인을 도로 훔친 것이다. 프라하 시민들이 관찰력이 뛰어난 것으로 유명하지는 않다. 사실 그들은 거리 위에서 벌어지는 무질서와 혼란 외에는 아무것도 눈치채지 못한다. 게다가 고개를 높이 치켜들고 건물의 정면과 처마 돌림띠와 아름다운 여자가 부조된 기둥을 감상하면서 걷는 것은 보도의 충격적인 포장 상태를 고려할 때 위험한 일이다. 성 슈테판 성당 종탑의 왕관 띠가 사라졌다는 사실을 알아차린 유일한 인물이 길 건너에 사는 은퇴한 연금 생활자였다는 것은 놀랄 일이 아니다. 그의 증언은 당시에는 그저 헛소리로만 여겨졌지만 지금은 사건의 재구성에 딱 들어맞았다.

그러나 두 소년의 살인 뒤에 있는 배경은 무엇일까? 어째서 이토록 잔인하게 죽인 것일까? 한 가지는 확실했다. 신시가지 살인 사건과의 공통분모는 눈에 확 띄게 연극적이라는

325

사실이다. 그리고 동기도 같았다. 하지만 무슨 동기일까? 복수? 처벌? 다른 사람들에 대한 경고? 우리가 아는 것은 살인 사건들이(살인 미수도 포함하여) 미학적인 구경거리로 기획되었으며 모두 신시가지의 성당 안이나 그 근처에서 일어났다는 것이다.

이미 말했듯이 나의 가설은 좋은 반응을 얻었다. 유녜은 흥분하여 눈을 깜빡이고 마치 레몬 조각을 썹은 것처럼 살짝 입맛을 다시며 아무도 눈치채지 못했기를 바랐다. 내가 얼굴만 본 적이 있는 다른 사람들은 조용히 메모를 했다. 로제타는 마치 내가 제정신인지 좀 의심스럽다는 말을 하려는 듯 입한쪽을 치켜올렸다. 내가 말을 마치자 그녀는 입술 다른 쪽을 치켜올리고 소리 없이 박수치는 시늉을 했다. 그러더니 아주 작게 고개를 끄덕이고 그녀는 손톱으로 손목시계를 톡톡쳤다. 설마 나와 단둘이서 얘기하자는 뜻은 아니겠지? 로제타가, 나하고? 목구멍이 말라붙고 무슨 이상한 수작인지는 몰라도 입안의 모든 물기가 한순간 눈으로 옮겨갔다. 나는 말을 할 수 없었다. 움직일 수도 없었다. 현기증이 나를 덮쳤다. 나는 의자에 세게 털썩 주저앉아 팔걸이를 온 힘을 다해 붙잡았지만 사무실은 계속 빙글빙글 돌았다. 다른 사람들은 나의 곤경을 알지 못한 채 자기 자리에 마치 못 박힌 듯 앉아 있었다.

올레야르주는 흥분하여 제정신이 아니었다. 고통에 신음하면서 그는 연신 깨끗한 손수건을 귀에 갖다 대며 거의 화산처럼 터져 나오는 분비물을 막으려고 절박하게 애썼다. 그는 회의를 마치기 전에 나에게 남아 있으라고 말했다. 사무실에 둘만 남게 되자마자 그는 나에게 새해부터 다시 경찰 근무를 시작할 생각이 있냐고 물었다. 나는 생각해 보겠다고 말했다. 내 표정에는 아무것도 나타나지 않았지만 그 무표정한 얼굴 아래 나는 기뻐서 춤이라도 추고 싶었다.

로제타가 길거리에서 나를 기다리고 있었다. 그녀는 얇은 레인코트로 살찐 몸을 감추고 턱 아래에는 꽃무늬 스카프를 조금 멋지게 묶고 있었다. 나는 그녀가 시간을 꼭 지킨 것에 약간 기분이 좋아져서 늦어서 미안하다고 사과했다. 바람이 내가 하는 말을 카를로프 쪽으로 날려 버리고, 신호등을 흔들고, 사방에서 우리를 두들겨 대서 나는 내 목소리가 들리게 하기 위해 고래고래 소리 질러야 했다. 우리는 가까운 술집으로 몸을 피해 뜨거운 그로그[56] 잔을 붙잡고 손을 녹였다.

「왜 날 그런 식으로 쳐다봤죠?」

그녀가 몇 분 전의 태도와는 완전히 다른, 놀랄 만큼 차가운 어조로 입을 열었다.

「뭔가 숨기고 있었죠, 그렇죠? 말해 봐요.」

「내가요? 당신이 날 쳐다보고 있었잖아요. 아는 건 전부 회의에서 말했어요. 그래서 날 보자고 한 건가요? 속을 캐내기 위해서?」

「웃기지 말아요. 할 말이 있어요. 당신도 위험에 처했을지 몰라요. 당신이 다칠까 봐 겁나요.」

「정말요? 그렇게 친절한 말은 처음 들어 보네요. 다시 한번 말해 주세요.」

「난 진지해요. 당신이 나에 대해서 무슨 환상을 가지고 있

---

56 설탕과 계피를 넣어 데운 뜨거운 와인.

는지는 몰라도 잊어버리는 편이 좋을 거예요. 나하고 엮이지 말아요. 나는 상관없지만 당신만 다치게 될 거예요. 나에 대해서 굉장히 잘못 생각하고 있는 것 같아요. 그러니까 괜히 희망에 들뜨지 말아요. 실망하게 될 거예요.」

「희망에 들뜬다고요? 난 더 이상 가라앉을 수가 없는 상태인데요. 전에도 이런 상황에 처한 적이 있고 더 뭐가 나빠질 수 있는지 잘 모르겠어요. 그런데 만약 당신이 나와 엮인다면 어떨까요? 난 당신에 대해서 아무것도 몰라요. 하지만 당신에 대해서 아무리 생각해 봐도 이해되지 않는 일들이 몇 가지 있어요.」

「그럼 잊어버려요. 내가 중요한 게 아니에요.」

「그럼 뭐가 중요하죠?」

「당신 스스로 나에 대해서 아무것도 모른다고 말했잖아요. 계속 그렇게 두세요. 알아내 봤자 마음에 들지 않을 거예요. 나는 예쁘지 않아요. 교육을 많이 받은 것도 아니고요. 나는 흥미로운 인물이 아니에요.」

「그 말을 하려고 온 건가요? 글쎄, 내 생각은 다른데요. 이건 칭찬이에요.」

「빈말하지 마요. 당신도 그 호색한 자히르하고 똑같군요.」

「화낼 필요 없어요. 난 정말로 우리가 왜 이런 얘기를 하고 있는지 모르겠어요. 나한테 데이트라도 신청하려는 줄 알았거든요. 사실이라고 믿을 수는 없었지만. 난 당신이 누군지도 모르고 당신한테 뭘 기대해야 할지도 모르겠어요.」

「미안해요. 우리 사이에 아무 일도 일어나지 않더라도 나한테 화내지 말아요. 아무 일도 일어나지 않기를 바라지만

요. 더 이상은 설명할 수가 없어요…… 지금은 안 돼요. 만약 무슨 일이 생기면 난 그걸 막을 수가 없어요. 그냥 일이 되어 가는 대로 내버려 두면 당신은 다치지 않을 거예요. 그리고 시간이 지나면 당신도 익숙해질 거예요.」

「일이 되어 가는 대로 두라니 대체 무슨 말이에요? 내가 뭐에 익숙해진다는 거죠?」

나는 그녀가 무슨 말을 하는지 전혀 이해할 수 없었지만 뭐가 됐든 그녀가 말하는 방식이 마음에 들지 않았다. 사랑 고백을 기대했던 것은 아니었고, 사실은 그녀가 그런 고백을 들고 나오지 않아 안심했다. 그래도 어쨌든 나는 그녀의 말에 짜증이 났다.

「나도 같은 상황이었어요.」

그녀가 말했다.

「그의 숙소에서 살고 있다고 해서 내가 그의 하녀나 잡역 부인 건 아니에요. 나는 그에게 빚진 게 없고 그도 나에게 마찬가지예요. 나는 내가 생활하는 방식에 대해 스스로 결정해요. 그게 나한테 어울려요, 적어도 당분간은요.」

「당신을 비난하는 게 아니에요. 내가 어떻게 비난하겠어요? 그게 대체 무슨 상관—」

「바로 그거예요. 아무 상관없죠.」

그녀가 말을 끊었다. 나는 그녀에게 뭔가 오해가 있는 것 같다고, 그녀가 단지 그뮌드의 숙소에서 살고 있다는 이유만으로 그녀를 비하하는 건 꿈도 꾸지 않는다고 말하고 싶었다. 그러나 그럴 기회가 없었다. 그녀의 다음 질문에 나는 깜짝 놀랐다.

「언제부터 우리를 감시했죠?」

「감시해요? 내가?」

「전에 내가 마티아슈와 함께 성 카테리나 성당 정원에 있었을 때 프룬슬릭이 당신을 봤어요.」

「프룬슬릭이겠죠! 쥐새끼 같으니. 그 자식은 거기서 뭘 하고 있었는지 안 물어본 모양이죠?」

「프룬슬릭은 내가 알아서 할 수 있어요. 그리고 또 한 가지, 내 욕실에 들어오지 마요.」

「호텔에서 길을 잃었어요. 우연히 문을 연 거예요.」

「도로 닫는 데 시간이 오래 걸렸더군요.」

「그랬나요? 그럴지도 모르죠. 욕조 위의 그 터키식 천막이랑…… 금속 물체…….」

「그러니까 날 꽤 자세히 관찰했군요?」

「멍해졌었어요. 모든 게 굉장히…… 아름다워서.」

「퍼뜨리고 돌아다니지 마요. 나도 마티아슈는 어떻게 이해해야 될지 모르겠어요. 나는 내일 이사 갈지도 몰라요.」

「어째서요? 당신들 무슨 일이 있는 거죠?」

「알아도 당신한테는 말해 주지 않을 거예요. 시간이 지나면 알게 될 거예요. 내가 끝까지 버틸 수 있다면 말이죠. 그리고 당신도 그럴 자격이 있다는 걸 증명한다면.」

「자격을 증명해요? 무슨 자격? 그리고 그렇게 해서 내가 얻는 게 뭐죠?」

「자신을 발견하는 거죠, 마침내. 그걸로 충분하지 않나요? 내가 나 자신을 발견했듯이 말예요. 하지만 어쩌면…… 마티아슈가 도와줄지도 몰라요, 나를 도와줬듯이. 나는 끔찍한 상황이었어요. 그가 도와준 덕분에 다시 내 발로 설 수 있었죠.」

「나를 기가 막힐 웅덩이와 수렁에서 끌어올리시고 내 발을 반석 위에 두사 내 걸음을 견고하게 하셨도다. 시편 40장이죠, 내 기억이 맞다면.」

돌연히 그녀는 벌떡 일어나서 의외의 따뜻한 미소를 던지더니 사라져 버렸다. 그녀의 그로그(그녀는 설탕을 네 봉이나 넣었다)는 탁자 위에 건드리지도 않은 채 남아 있었다. 나는 그것을 마셨다. 놀랄 일은 아니지만 술은 질릴 정도로 달았는데, 그래도 내 것보다 맛있었다. 뜨거운 음료를 훌쩍훌쩍 소리 내어 마시면서 나는 로제타가 했던 말을 마음속에서 일일이 뒤집어 보았다. 그녀의 말에 뭔가 숨은 의미가 있었다 해도 그날 오후에는 찾아낼 수가 없었다.

12월 첫 주 내내 나는 음울한 상태였다. 다시 한 번 시내에서 가장 좋아하는 장소를 산책하기 시작했고 다시 한 번 도시는 나를 감싸 안고 숨겨진 구석들을 보여 주었으며 내가 향수에 젖어 생각에 잠긴 채 머무를 때마다 영광스러운 과거의 비밀 이야기들을 드러냈다. 공기는 맑고 추위로 매웠다. 갓 내린 눈이 처음보다 오래 남아서 귀에 거슬리게 시끄러운 거리를 미지의 세계로 이어지는 조용한 복도로 바꾸어 놓았다. 천상의 상냥한 눈송이가 미천한 프라하 사람들 위로 떨어져서 단조로운 집들의 얼굴도 형태를 바꾸었고 어둠침침한 골목도 기적적으로 환해졌다. 하얀 담요가 고딕 뾰족탑과 바로크 돔 위에 덮여서 도시를 어린이의 그림책으로 바꾸어 놓았다. 똑같은 담요가 백 년 전에도 프라하를 덮었다. 3백년 전, 6백 년 전, 그보다 더 이전에도. 그리고 그 아래에서 삶은 항상 그렇듯이 여유 있는 속도로, 아무리 빠르다 해도 썰매 타는 정도의 속도로 계속 이어졌다.

성 슈테판 성당에서 살해된 두 소년의 시신은 여전히 발견되지 않았다. 그 희고 환한 날들에 드리워진 단 하나의 그림자는 자히르에게서 걸려 온 전화였다. 거처를 바꾼 것을 축하해 준 뒤에 그는 이제 24시간 경찰의 신변 보호를 받고 있으니 더 이상 내가 필요하지 않다고 통보했다. 나는 감정적으로 받아들이지 않고 좋은 쪽으로 생각하려 했다. 내가 그를 경호했을 때 그는 그를 걱정하는 것보다 나를 더 걱정했다. 그러나 이제는 누군가 진지하게 작정을 한 것 같았다. 자히르에게도 자갈이 보내졌다. 그렇다, 등기 속달이니 말 그대로 보낸 것이다. 그리고 그 자갈도 다른 돌처럼 녹색이었다.

같은 우편으로 다른 것도 함께 도착했다. 두려움이다.

나는 그에게 내 빅뉴스를 전해 주었다. 곧 다시 경찰 제복을 입게 될 테니 그가 생각하는 것보다 빨리 만나게 되리라는 것이었다. 전화상으로도 나는 그가 살짝 놀랐다는 것을 알 수 있었다. 나는 그가 나를 경찰관으로서 그다지 높이 평가하지 않는다는 것, 특히 함께 현장에 나갔을 때 그를 잃어버렸기 때문에 그렇다는 것을 알고 있었다. 그는 재빨리 말을 이어 새로운 조수를 얻었다고 알려 주었다. 로제타였다. 나는 아무 말도 하지 않았다. 그는 내 생각을 물었다. 여전히 나는 아무 말도 하지 않았다. 가슴에 마치 누군가 전기 재봉틀로 꿰매는 것처럼 날카로운 통증이 느껴졌다. 나는 그가 로제타와 잘 지내기를 바란다고 말하며 그 말을 듣는 그의 표정을 상상하려고 애썼다. 틀림없이 음탕한 미소를 지으며 요란스럽게 윙크하며 눈을 깜빡이고 있을 것이다. 나는 몸을 떨었다. 그러나 나는 그와 로제타가 서로 껴안은 모습을 상상하고 우울해졌다가도 자히르가 그 지저분한 손으로 로제타의 무쇠 속옷을 만지고 입이 떡 벌어지는 장면을 생각하자 웃음이 터져 나왔다. 내 갑작스러운 웃음소리를 잘못 이해하고 자히르는 자기는 처음부터 로제타가 경험 많은 남자한테 끌리는 여자라는 걸 알고 있었다고 말했다. 어떻게든 주제를 바꾸고 싶어서 나는 자갈을 보낸 경고 우편 외에 안전에 위협을 느낄 만한 다른 일이 있었느냐고 물었다. 약간 경계하면서 그는 미행당하는 것 같다고 말했는데, 그것이 전문적인 경호를 원했던 진짜 이유였다. 나는 자히르가 내게 경고했던 것을 분명히 기억하면서도 일부러 유넥 경위를 추천했다. 다시한 번 자히르는 나를 오해하여 내가 로제타를 고용하는 것에 대해 그의 생각을 바꾸려 한다고 여겼다. 전화를 끊기 전에 그는 뤼베크의 기사에게 안부 전해 달라고 부탁했는데, 작위를 일부러 강조하여 빈정거리면서 이름의 첫 모음을 길게 끌어서 뤼베크가 아니라 리베[57]처럼 들렸다. 자히르는 그뮌드와 로제타가 수상한 관계라고 의심하는 걸까? 작별 인사로 그는 바다에는 물고기가 많다느니 내가 누슬레 다리에서 몸을 던질 이유는 전혀 없으며 예를 들면 페트르진스카 탑처럼 훨씬 더 낭만적인 장소들이 많다느니 헛소리를 했다. 나는 그에게 경찰에 의존하기보다는 자기 스스로 몸을 돌보아야 한다고 말하기 시작했으나 그와 이야기할 때 언제나 그렇듯이 그 말은 허공으로 날아가 버렸다. 전화는 이미 끊어져 있었다.

57 *Liebe.* 독일어로 〈사랑〉이라는 뜻.

그뮌드는 내가 다시 경찰의 호의를 얻었다는 말에 진심으로 기뻐하는 것 같았다. 심지어 프룬슬릭도 호텔 로비에서 만났을 때 다정하게 치근덕대면서 마치 내 손에 자기 생명이 달린 양 매달려서 악수했다. 언제나 그렇듯이 나는 그를 전혀 이해할 수 없었다. 옛 사랑은 절대 죽지 않는다고 그는 말했다. 내가 주변에 있으면 언제나 기분이 좋아진다는 것이었다. 그뮌드는 좀 더 적절한 방식으로 나를 축하하면서 무슨 클럽에서 저녁 식사를 하자고 나를 초대했고 조만간 내 재취직을 기념하는 파티를 열어 주겠다고 덧붙였다.

그는 올레야르주에게 지금 하는 일이 생각보다 빨리 마무리되기를 바라고 있으니 나를 1∼2주 더 고용하고 싶다고 말했다. 우리는 매일 신시가지의 성당들을 찾아갔는데, 그중에서도 성 슈테판 성당과 성 아폴리나리 성당에 자주 갔다. 그뮌드가 스케치와 측량과 계산을 하는 동안 나는 이 제단에서 저 제단으로 돌아다녔다. 그러면서 언제나 한 눈은 로제타를 보고 있었지만 그녀는 마치 내가 거기 없는 것처럼 행동했다.

다시 한 번 나는 〈7성당〉이라는 수상한 단어와 맞닥뜨렸는데, 그뮌드는 그게 무슨 뜻인지 한 번도 설명해 주지 않은 채로 점점 더 자주 그 말을 사용했다. 나는 처음에 선뜻 물어볼 용기를 내지 못했고 지금은 너무 늦어 버렸다. 나는 그에게 영감을 주었던 어떤 외국 도시의 건축에 대해서 이야기하는 것이리라 짐작했다. 물론 나는 헝가리의 오래된 도시인 페츠의 옛 이름인 〈퀸퀘 에클지에이〉[58]를 떠올렸다. 그래서 나는 〈7성당〉이 보헤미아에 있는, 사실 다름 아닌 프라하에 있

<hr>

58 Quinque Ecclesiae. 다섯 개의 성당이라는 뜻의 라틴어.

는 어떤 장소를 말한다는 것을 알고 더 놀랐다. 내가 알고 있
는 그와 비슷한 이름은 프라하의 말라 스트라나 지역에 있는
다섯 성당 광장과 같은 이름의 거리에 있는 다섯 성당의 집
뿐이었다. 그러나 그 이름은 이미 오래전부터 쓰이지 않았는
데, 분명 처음부터 잘못 지은 이름이었기 때문일 것이다. 흐
라드차니 언덕 기슭의 성 아래 있는 어둡고 붐비는 지역에 성
당이 다섯 개나 있었던 적이 없기 때문이다. 그뮌드가 〈7성
당〉에 대해 말할 때마다 나는 그 수수께끼의 장소에 대해 더
알고 싶어졌다. 서서히 여러 개의 조각들이 제자리를 찾기 시
작했다. 〈7성당〉은 한편으로는 카렐 4세의 명령에 의해 프라
하 신시가지에(기존의 로마네스크 양식 성당을 대신하거나
아니면 새로운 부지에) 세워진 몇몇 성당을 말하는 것 같았
고, 다른 한편으로는 그 성당들을 연결하는 축으로 이어진
구역을 가리키는 것 같았다. 그 부분이 내가 도시에서 가장
좋아하는 지역과 정확히 겹친다는 사실을 알고 놀랐다. 그러
나 정확히 어느 성당이 포함되는지 특정할 수가 없다는 것이
실망스러웠다. 예를 들어 나 슬루피의 성수태고지 성당은 눈
에 띄지 않는 위치나 별로 유명하지 않은 동방정교식 전례로
보나 특별할 것이 없었다. 그러나 그 성당은 그뮌드에게는 대
단히 매력적이었으며 그의 계획에서 중요한 자리를 차지했
다. 훨씬 더 큰 에마우제나 카를로프 성당만큼이나 중요했는
데, 무슨 이유인지 그는 그 성당들에 나를 한 번도 데려가지
않았다. 나는 성 슈테판과 성 아폴리나리 성당도 〈7성당〉에
포함될 것이라고 생각했지만 성 카테리나 성당에 대해서는

확신이 덜했는데, 왜냐하면 다른 성당과는 달리 18세기에 개축되지 않았고(고딕 양식 종탑만이 살아남았다) 19세기에야 〈재고딕화〉되었기 때문이다. 그러나 성 카테리나 성당이 그뮌드의 목록에 포함된다 해도 성당은 여섯 개뿐이었다. 일곱 번째는 어디일까? 성 헨리? 어쩌면 성 마르틴일까? 그러면 성 베드로 성당이나 눈의 성모나 나즈데라즈의 성 바츨라프 성당은? 그 장엄한 고딕 양식(그뮌드 덕분에 나는 이제 완전히 고딕 양식과 사랑에 빠졌다)으로 보아 그 성당들도 충분히 그뮌드의 목록 가장 꼭대기에 오를 자격이 있었다. 단 하나 결점이라면 그뮌드의 마법진에 맞지 않는 그 성당들의 위치였다.

언젠가 그는 한숨을 쉬면서 말했다.

「내가 성 베드로나 성 라자루스 성당에 신경 쓰지 않는다는 생각은 하지 말게. 그 성당도 성당을 둘러싼 지대도 굉장히 매혹적이야. 하지만 우리는 스스로 한계를 알아야만 하지.」

그렇다, 나도 자신의 한계를 알고 있다고 생각했다. 당분간 나는 그뮌드의 마법의 산인 프라하 신시가지 북쪽에서 일곱 번째 성당을 찾아내려고 애쓰지 않을 것이다.

18

이곳에 우리가 서 있게 하라, 대성당 가까이.
이곳에서 우리가 기다리게 하라.
우리는 위험에 끌리는가?
안전하다는 자각이
우리의 발을 대성당으로 이끄는가?

— T. S. 엘리엇

난쟁이처럼 우리는 카를로프 성당의 거대한 돔 아래 서서 경탄하며 위를 쳐다보았다. 그뮌드는 한 손에 모자를, 다른 손에 지팡이를 들고 있었다. 뼈가 시리게 추워서 나는 곱은 손에 입김을 불어 녹였다. 높은 창문에서 빛이 비스듬하게 내려와 천장의 별들을 향해 떠오르는 우리의 수증기 같은 입김을 비추었다. 뤼베크의 기사는 새로 설치된 조명과 금빛과 푸른빛의 칠을 올려다보았다. 이번이 분명 처음이 아니었는데도, 예의상 열광했던 나와는 달리 그의 얼굴에 나타난 황홀경은 사라지지 않았다. 오늘은 어쩐 일인지 언제나 따라다녔던 두 번째 보호자는 따라오지 않았다. 그뮌드와 나뿐이었다.

나는 성모 마리아와 카렐 대왕 성당(이것이 원래 이름이다)에 몇 년이나 들어와 보지 않았다. 이제 나는 마치 과거에 성당이 처음 지어졌을 때로 돌아간 것 같았다. 내가 어둠만을 기억하던 곳이 지금은 전부 빛이었다. 벽의 회반죽이 조각나서 떨어지고 군데군데 곰팡이가 슬었던 곳에 지금은 깨끗하고 단단한 벽이 진홍과 금빛으로 번쩍이고 있었다. 그뮌드는 붉은 바탕에 금색 무늬를 보존하기로 결정했고 그것이 본래의 고딕 장식에 부합한다고 주장했다. 그러나 천장 구획에 설치한 별 무늬 닫집은 그가 고안해 낸 것이었다. 둥근 천장에 달린 거대한 팔각형 별 문양의 기원은 밤하늘이 더 이상 유행하지 않게 된 16세기까지 거슬러 올라간다. 반구형 천장은 원래의(실현되지는 못한) 설계와 개념상 비슷했지만 한가지 다른 점은 기하학적으로 복잡하다는 사실과 특히 경사 각도가 유별나게 낮다는 것이었는데, 그 때문에 천장이 가느다란 기둥과 받침대 위에 가볍게 얹혀 있는 것처럼 보였다. 그뮌드는 이 카롤링거 시대의 보석을 다듬어 휘황찬란하게 바꾸어 놓았다. 그는 언제나 자신의 청교도적인 취향에 기준을 두고 르네상스와 바로크 건축가들을 저주하며 말만이라도 그들의 저속하고 추악한 건축물들을 모두 파괴하려 들었지만 이번만은 그런 취향을 버렸다.

내 관점이 그와 항상 일치하진 않았다. 내가 부빈 호텔에 도착한 후로 우리는 친구 관계를 위협하지 않는 선에서 의견을 달리할 수 있을 정도로 꽤나 가까워졌다. 지금도 천장 중앙의 돋을새김 장식 바로 아래 서서, 나는 그뮌드의 의견에 반박하며 조각상이나 막힌 창문이나 유명한 〈성스러운 계단〉 같은 장식적인 요소들이 없어서는 안 된다고 주장했다.[59]

그러나 그뮌드는 강경했다. 그는 그런 것들을 참고 봐줄

---

59 성스러운 계단은 본디오 빌라도의 예루살렘 관저로 올라가는 계단으로 예수 그리스도가 이 계단 위에서 수난을 당했다고 전해진다. 본래 28개의 흰 대리석 계단인데 가톨릭 성당에서는 목재로 이 계단을 본떠 만든다.

수가 없다고 했다. 그뮌드는 유일하게 그 점에서 야만적인 재건축가였던 요세프 2세에 동의했는데, 요세프 2세는 1786년에 성당을 세속화하여 불치병 환자들을 위한 요양소로 바꾸어 버렸던 인물이었다. 그뮌드는 그가 체코 건축에 씻을 수 없는 죄를 지었다고 평가하는 딘첸호퍼 가문보다도 더 열렬하게 요세프 2세를 싫어했고 언젠가 이 나라에 더 나은 취향을 가진 좋은 지배자가 나타날 것이라고 예언했다.

「그건 믿을 수 없는데요.」

내가 반박했다.

「내가 아는 한 이 성당은 20세기 초에 고딕 양식으로 개축될 예정이었지만 시 장로들이 반대했어요. 사람들은 포동포동한 아기 천사와 특대형 제단과 양파 모양 탑에 익숙해진 겁니다. 본래의 고딕 외관을 재창조해 봤자 소용이 없어요. 얻는 것보다 잃는 게 더 많을 겁니다.」

「저 위를 보라고!」

그는 대답 대신 포효했다.

「저 아치 천장의 리브가 교차하는 모습을 봐, 빛의 아치를 따라가는 유성 같잖아! 모르겠나? 우리는 유성의 기원을 따지거나 궁극적으로 어디에 쓸모가 있는지 물을 자격이 없어. 그런 건 꿈이나 꿀 수 있을 뿐이지. 유성은 건드릴 수 없어, 사람의 손길을 벗어나 있다고. 고딕 성당도 그와 똑같지 않나? 내 임무는 성당을 보호하는 거야.」

나는 미소를 억누를 수 없었다.

그는 정교하게 짜인 돌에서 눈길을 떼어 평온하고 엄격한 시선으로 나를 쳐다보았다.

「내가 무슨 말을 하기를 바라나? 내 방식이 정직하지 못하
다는 건가?」

「저는 절대로 그렇게 심한…….」

「자네한테 뭘 숨길 생각은 없어. 하지만 솔직히 말해서 자
네가 어떤 종류의 진실을 대면할 만큼 성숙한지 잘 모르겠
네. 미안하지만 아직은 자네를 완전히 믿을 수가 없어. 언젠
가는 내가 말해 줄지도 모르지. 아니면 그런 날이 오지 않을
수도 있고. 하지만 더 이상은 나를 의심하지 말게. 그 대신 내
질문에 대답을 하려고 노력해 봐.」

「할 수 있다면 기꺼이 그렇게 하지요. 제가 신세를 지고 있
으니까요.」

「그런 얘기가 아냐. 자네한테서 뭘 뜯어내려는 게 아니라
고! 자네는 나한테 빚진 게 아무것도 없어, 알겠나? 아무도
나한테 빚 같은 건 지지 않았어, 최소한 아직까지는. 진심이
라고. 프룬슬릭이 그런 식으로 말했다면 무시하게. 이건 비
즈니스상의 거래가 아냐. 내가 해달라는 일은 전부 친구로서
하는 부탁이라고.」

「저한테 지낼 곳을 마련해 주셔서 어떻게든 그 신세를 갚고
싶은 마음을 전혀 모르실 겁니다. 하지만 아시다시피 저는 능
력이 없습니다. 그리고 경찰관으로서도 희망이 없고요.」

「자네한테 그런 걸 바라는 게 아냐. 자네 능력에 대해서라
면 자네 자신보다도 내가 더 잘 알고 있다고 하겠어.」

말하면서 우리는 신도석에 다가가서 앉았다. 그뮌드는 거
대한 몸집을 생각해서 가장 끝에 자리를 잡았다.

「나는 자네의 역사에 대한 지식에 더 관심이 있네.」

그가 말을 이었다.

「역사를 전공했지, 그렇지?」

「예. 하지만 지겨워서 그만뒀습니다.」

「아니, 중세도 지겹단 말인가? 그게 자네가 제일 좋아하는 시기인 줄 알았는데.」

「아, 예, 중세 역사에 매료되었었죠. 하지만 대학에서 가르치는 방식대로는 아니었어요. 어느 왕이 언제 지배했는지, 누구를 상대로 무슨 음모를 꾸몄는지, 어떤 방식으로 처벌했는지, 그런 일에는 전혀 관심이 없었습니다. 지금도 관심 없어요. 저는 항상 다른 종류의 지식에 목말라 있었거든요.」

「어떤 지식인가?」

「일상생활에 대해서 알고 싶었습니다. 16세기나 13세기나 11세기 프라하로 옮겨 가고 싶었어요. 보통 사람들이 점심에 뭘 먹었는지, 시 참사회 의원이나 장인이나 재단사나 군인이나 여인숙 주인이나 시장 상인이나 아니면 나머지 사람들 말입니다. 그뿐만이 아니라 그 사람들하고 이야기를 하고 그 사람들이 무슨 생각을 하는지, 어떤 꿈을 꾸는지, 그들의 희망과 두려움과 즐거움이 무엇인지 알고 싶었어요. 학교 선생님들 중에서 내가 뭘 원하는지 이해한 사람은 아무도 없었습니다. 아니, 하나 있었죠, 예. 아직 초등학교에 다닐 때요. 하지만 그 선생님은 나를 버렸어요.」

「부모님은? 이렇게 관심이 있는 걸 격려해 주지 않았나?」

「부모님은 사람이 현재를 해결하지 않고 대신에 과거를 파고들려고 하는 이유를 절대로 이해하지 못했어요. 하지만 대학에 가려고 했을 때 막지는 않으셨죠. 그저 그런가 보다 하셨어요. 어쩌면 만약에…… 하지만 그런 건 이젠 상관이 없죠. 그 무렵에는 벌써 이혼한 지 몇 년이나 되었으니까요.」

「자네가 견디기 힘들었겠군. 하지만 자네한테 부모님의 격려가 그렇게까지 필요했을 것 같지는 않은데, 맞나? 대체 어째서 대학 공부를 그만둔 건가?」

「앞으로 갈 길을 찾을 수가 없었어요. 모든 게 너무 무의미해 보여서요. 하지만 이 얘기는 그만했으면 좋겠습니다. 그것도 모두 과거의 일이니까요.」

「무의미하다, 라고. 하지만 내가 잘못 안 게 아니라면 과거는, 위대한 낭만적 과거는 자네한테 굉장한 의미를 가질 텐데.」

「그렇습니다. 과거에 대한 열정을 포기한 건 아니에요. 그게 바로 실패로 가는 지름길이었는지도 모르죠. 요즘 세상에 그게 무슨 소용이겠습니까?」

「이젠 또 무슨 말인지 모르겠군. 자네한테 쉬운 일은 아니겠지만 최소한 어째서 그런 말을 하는지 설명 정도는 해볼 수 있겠나? 나한테 도움이 될지도 몰라. 그리고 자네도 분명히 나를 돕고 싶다고 했으니까.」

「저도 모르겠습니다. 어쩌면…… 가정생활이나 부모님의 끝없는 다툼에 불만족한 어린아이의 평범한 도피였던 것 같습니다. 〈불만족〉이라는 말로는 사실 다 표현할 수가 없죠. 그보다는…… 글쎄요, 제 상황을 상상해 보십시오. 주변이, 현재가 전부 다 싫었습니다. 미래는 생각하면 두려울 뿐이었고요. 희망이 안 보였어요. 어딘가 안전한 곳, 뾰족한 바위 같은 불안감과 치명적인 절망의 역류에서 탈출해서 마음을 쉴 수 있는 항구가 필요했어요. 고독을 간절하게 원했고 중세

성들의 폐허에서 그걸 찾아낸 거죠. 그곳에서 모든 의심은 오래전에 해결되었고 모든 이야기는 끝이 났으니까요. 혹은 거의 다라고 해야 할까요. 아직 상상의 여지는 남아 있었으니까요. 저는 그 폐허에서 많은 시간을 보냈고 언제나 혼자 있을 수 있도록 상황을 조절했어요. 한번은 어느 가족이 피크닉을 마칠 때까지 오후 내내 기다린 끝에 그 장소를 독차지한 적도 있죠. 또 한번은 황폐한 요새를 탐험하기 위해서 금지 구역에 들어간 적도 있었어요. 근처에 군용 비행장이 있었는데도요. 잡히면 최소한 학교에서 퇴학당하리라는 걸 알고 있었죠. 혹은 경비병의 총에 맞을 수도 있었고요. 결국은 잡히지 않았지만 어머니한테 엄청나게 야단을 맞았어요. 어머니는 내가 길 잃은 개처럼 행동한다고 하시면서 그러다간 끝이 몹시 안 좋을 거라고 하셨죠. 아마 어머니 말씀이 맞았을 거예요.」

「자기 연민에 빠지지 말게. 자네 사정이 그렇게까지 나쁜 건 아니잖아. 그래서 그 옛날 성채에서 뭘 찾아냈는지 말해 보게.」

「유감스럽게도 아주 신 나는 일은 없었어요. 보물이나 유령이나 그런 걸 찾고 있었던 건 아닙니다. 그런 종류의 얄팍한 흥밋거리에는 전혀 관심이 없었어요. 하긴 그렇게 말하고 보니 꽤 특이한 걸 보고 듣고 겪기는 했군요. 하지만 그런 걸 제대로 묘사할 수 있을지는 모르겠습니다. 무슨 정신 나간 강령술사처럼 들릴 거예요.」

「그건 내가 듣고 나서 판단하지.」

「말씀드렸듯이 저 자신도 아직 잘 이해를 못 하겠습니다.

그냥 예를 하나 들어 드리죠. 열네 살인가 열다섯 살 때 어느 날 트로스키 성으로 갔습니다. 가파른 남쪽 언덕에서 접근할 계획이었는데, 그러려면 두 개의 탑 바로 아래에 있는 바위를 기어 올라가야 했죠. 처음에는 숲을 통해서 난 쉬운 길로 올라갔습니다. 오르막이 점점 가팔라지면서 나는 균형을 잡기 위해서 지팡이를 짚어야 했어요. 얼마 지나지 않아서 나무뿌리나 돌을 찾아서 손으로 잡아야만 했고 결국은 길이 점점 사라져 버렸어요. 거기까지 가니까 나무도 없어지고 깎아지른 벼랑 꼭대기에 갈라진 바위가 있었는데 그 위로 두 탑 중에서 더 높은 쪽을 볼 수 있었죠. 거기를 올라간다면 어딘가 부러지거나 목숨을 걸어야 할지도 모른다는 걸 알고 있었어요. 제가 알지 못했던 건 몸을 다치는 것뿐만 아니라 머리도 이상해질 수 있다는 것이었죠.

단단한 바위는 안심이 될 정도로 익숙했고 햇볕 때문에 기분 좋게 따뜻했어요. 바위에 손을 올려놓은 순간 이상한 일이 일어났죠. 갑자기 얼음 같은 찬바람이 솟아올라 내 등을 때리고 귓가에서 으르렁거렸어요. 추위 때문에 몇 초만에 관절이 무감각해졌고 비가 몇 방울 목덜미에 떨어지자 심장까지 냉기가 퍼졌죠.

손바닥 아래의 따뜻한 바위가 아니었다면 계획을 전부 포기했을지도 모릅니다. 몇 걸음 더 올라갔지만 손도 발도 디딜 곳이 없어서 도로 내려가서 다른 경로를 찾아야만 했어요. 그리고 갑자기 목소리를 들었죠. 위를 보았더니 놀랍게도 빨간 드레스를 입은 젊은 여자가 〈처녀〉와 〈마녀〉라 불리는 두 개의 탑 사이에 솟은 담벼락 꼭대기에서 몸을 숙이고 있었어요. 여자는 먼 곳을 가리키며 흥분해서 소리치고 있었죠. 처음에는 나에게 소리치는 줄 알았는데 그게 아니라 누군가 뒤에 있는 사람에게 말하는 것 같았어요. 여자의 목소리는 꽤 분명하게 들렸지만 단어 하나하나는 구분할 수가 없었고 대체 누구에게 말하는 것인지도 알 수 없었죠. 한순간 저는 그녀가 안내인일 거라고 생각했지만 곧 그 생각을 버렸어요. 여자의 폭포수 같은 금발과 풍성한 진홍색 소매가 펼쳐진 그 담벼락이 내가 알던 것과는 상당히 달라 보인다는 걸 깨달았거든요. 벽이 더 높아졌고 더 단단해지고 훨씬, 훨씬 더 새것이 되었더란 말입니다. 나는 가장자리를 따라 조금 더 올라가서 담벼락 기슭에 있는 바위 쪽으로 왼손을 뻗었어요. 중간에 얕게 홈이 파여 있는 거칠어 보이는 바윗덩어리였죠. 거기에 손이 닿은 순간 머릿속에서 어떤 소리가 폭발했어요. 고통과 분노와 슬픔이 뒤섞인 찢어지는 듯한 불협화음이었어요.」

「사람 목소리였나?」

「상상할 수 있는 모든 소리가 다 섞여 있었어요. 개 짖는 소리, 말이 히힝거리는 소리, 아이들이 웃는 소리, 청년들이 놀리는 소리, 남자들의 성난 외침과 여자들이 흥겹게 수다 떠는 소리와 나이 든 사람들의 목쉰 소리와 죽어 가는 사람이 헐떡거리는 소리와 떠나갈 듯한 장례식 종소리요. 그리고 말발굽 소리와 채찍을 휘두르는 소리, 가축 떼가 우는 소리, 돼지가 꿀꿀거리는 소리, 물 튀기는 소리, 고통스럽게 울부짖는 소리, 무슨 단순한 기계가 덜컹거리는 소리와 모루를 때리는 소리와 갑옷이 쩔그렁거리는 소리, 그리고 사이사이에 찢어지는 나팔 소리와 전투의 굉음이 들렸는데 그 소리들은 매번 달랐지만 언제나 똑같았어요. 그런 굉음에도 불구하고 더 작은 소리도 다 들을 수 있었죠. 비단이 바스락거리는 소리, 고양이가 가르랑거리는 소리, 그리고 상상할 수 없는 어둠 속에서 가느다랗게 떨리는 거미줄처럼 탄원하는 속삭임도요. 손으로 귀를 막았지만 별 효과는 없었어요. 그리고 그때서야 내가 눈을 꽉 감고 있다는 걸 깨달았죠. 나는 다시 눈을 뜨고 다시 그 여자를 보았는데 이번에는 놀란 표정으로 나를 내려다보고 있었어요. 여자가 뭔가 소리쳤지만 벽에서 울려 나오는 귀가 먹을 듯한 소리에 묻혀 버렸죠. 그러자 여자는 내 아래쪽의 어느 곳을 가리켰어요. 나는 아래를 내려다보았고 내가 올라오다가 놓친 게 분명한 좁은 길을 보고 놀랐죠. 그 길은 가파른 절벽 위, 담벼락 기슭을 따라 검은 딸기 덩굴을 뚫고 두 탑 중 하나, 그러니까 낮은 쪽 탑까지 이어졌어요. 그곳에 조그만 문이 있는 게 보였죠. 길은 너무 좁아서 내가 그 길로 올라가면 발 디딜 곳이 없을 게 분명했어요. 하지만 내 짧은 평생 동안 보았던 그 어떤 여자보다도 아름다운 여자가 내려다보고 있다는 데 용기를 얻어서 나는 바로 그 길을 올라갔죠. 여자의 얼굴에 어딘가 애원하는 듯한 표정이 있어서 나는 뭔가 해야만 한다는 느낌이 들었거든요. 그 순간에는 뭐든지 할 수 있을 것 같았어요.

이미 걱정했듯이 그 길까지 내려가는 것은 굉장히 힘들었어요. 젖은 바위에 발이 미끄러져서 나는 검은 딸기 덩굴을 향해 곤두박질쳤죠. 그 즉시 머릿속의 굉음이 사라졌어요. 그렇게 멀리까지 떨어지진 않았고, 손이 까지고 목을 긁히고 갈비뼈를 아프게 부딪친 것 외에는 다친 곳도 없었어요. 나는 일어나서 얼마나 다쳤는지 돌아본 후에 산토끼처럼 뛰었어요. 한 번도 뒤돌아보지 않고요. 숲이 있는 곳으로 돌아가자 비가 갑자기 명령이라도 받은 것처럼 그쳤어요. 머리 위의 하늘은 맑고 구름 없는 푸른색이었고요.」

「놀랍고도 마음이 불안해지는 경험이군.」

그뮌드가 생각에 잠겨 손가락으로 턱수염을 매만지며 말했다.

「의미심장한 경험이기도 하고. 그 비슷한 경험이 또 있었겠지?」

「예.」

「그럼 말해 보게. 이 성당이 자네한테 어떤 영향을 끼치나? 여기서도 비슷한 경험을 할 수 있을 것 같지 않나? 예를 들면 바로 지금?」

「모르겠습니다. 그런 상태가 덮칠 때는 제가 조절할 수가 없어요. 요즘에는 그런 일이 드물지만 예전에는 정기적으로 그런 경험을 하곤 했죠. 제가 그런 일을 즐길 거라고는 생각하지 마십시오. 반대로 일상생활로 돌아가서 정상적으로 살기가 굉장히 힘듭니다. 특히 그 다른 세상에 비해서 이 현실이 너무 지루하고 빈곤할 때는 두 배로 힘들죠. 저쪽에 머물러서 다시 돌아오지 않았으면 좋겠습니다. 하지만 그럴 수가 없죠. 제가 원하거나 원하지 않거나 그런 건 중요하지 않으니까요.」

「지루하고 빈곤하다고? 고개를 들어 보게! 저 천장을 다시 한 번 보면서 내 별들로 눈의 향연을 즐겨 봐! 저건 풍요로움이야, 손으로 만질 수 있는 풍요라고!」

「지금 하신 말씀은 제 얘기를 뒷받침할 뿐입니다.」

내가 음울하게 말을 이었다.

「이 비참한 세상 위로 올라서는 길은 오로지 위를 쳐다보는 것뿐입니다. 위를 쳐다보거나, 뒤를 돌아보는 것이죠.」

「심정도 성정도 나와 같군, 크베토슬라프. 우리는 위를 보거나 뒤를 돌아봐야 해. 현대가 끝나는 이 황량한 시기를 살아남기 위해서는 그 두 가지 방법밖에 없어. 그리고 이상적으로는 두 가지를 한꺼번에 해야 하지. 이제 내가 자네에게 정직하게 말할 차례로군. 나는 평생 자네 같은 사람을 찾아다녔네. 우리의 질문에 자네만이 답을 할 수 있어……」

그의 목소리에서 묻어 나오는 열정과 절박함 때문에 나는 경계심이 생겼다. 본능적으로 나는 신도석에서 물러났다.

「우리요? 우리가 누굽니까?」

「아……. 나와, 라이몬드……. 우리는 과거에 대해 더 많은 걸 알아내서…….」

「알아내서 어떻게 하려는 겁니까?」

「다시 한 번 그 과거가 현재가 되도록 하려는 거지.」

「이상한 소원이군요. 아시다시피 저는 별로 뛰어난 역사학자는 아닙니다. 제가 관심을 갖는 일들은 학문적 연구 대상도 아니고요. 제가 관심이 있는 건 과거에 존재하는 겁니다. 지금 이곳의 과거, 오래전에 사라진 시대의 이 순간 말입니다. 그 오래전이라는 건 우리가 보기에 오래전이지만 우주적 관점에서 볼 때는 아직도 우리와 함께 있죠. 그걸 말씀하시는 겁니까? 과거에는 수천 가지 일들이 있었겠지만 제가 관심을 갖는 건 이런 겁니다. 1411년 10월 25일에 통 제조업을 하는 크리슈토프 나프라브닉이 네카잔카에 있는 그의 집, 〈황금 십자가의 집〉에서 걸어 나와 프르지코프 쪽으로 걸어 내려가다가 주머니 속에서 아침에 옷을 입을 때는 분명 없었던 이상하게 네모진 물체가 있는 걸 발견했을 때 그의 머릿속에는 어떤 생각이 스쳐 지나갔을까요? 대체 어떤 역사책에서 그 답을 찾을 수 있겠습니까?」

「그런 책은 없지. 자네는 역사적인 근거가 전혀 없는 일들에 관심이 있군. 자네의 이야기는 아주 놀랍기는 해도 객관적인 사실로 뒷받침할 수가 없어.」

「바로 그겁니다. 어떤 역사학자라도 이런 건 사소하다고 무시해 버릴 겁니다. 제가 그래서 대학에서 탈출해야 했던 겁니다. 사실만큼 제가 싫어하는 것도 없습니다. 사실은 저를 구속합니다. 제 손을 묶고 저를 압박하죠. 제 삶의 의지를 짓밟습니다.」

「내 말이 바로 그 뜻이야. 우리는 자네가 필요해. 그리고 보수도 후하게 주겠네.」

나는 웃었다.

「좋은 의견을 주시니 몸 둘 바를 모르겠습니다. 하지만 여전히 저한테서 뭘 원하시는 건지 모르겠네요.」

「자네도 알겠지만 나는 직접적으로 대답하는 건 웬만하면 피하려고 하네. 한편으로는 자네를 놀라게 하고 싶지 않기 때문이기도 하지만 또 한편으로는 자네 자신도 숨김없이 이야기하는 걸 너무 좋아하지는 않는다는 걸 알기 때문이지. 그러니 자네 질문에 질문으로 대답하겠네.」

신도석에서 몸을 일으켜 그뮌드는 설교단 쪽으로 걸어가서 벽에 손을 대고 기대섰다. 그곳은 천장의 리브 볼트가 정교하게 교차된 꽃무늬로 장엄하게 뻗어 나가는 바로 그 지점이었다. 그는 내 쪽으로 몸을 돌려 말을 이었다.

「누가 이 성당을 지었는지 아나?」

「마티아슈가 시작했죠, 아닙니까? 당신과 이름이 같죠.」

「아라스의 마티아슈[60] 말인가? 그럴지도 모르지. 확실히는 알지 못해.」

「당신과 이름이 같은 또 한 사람, 그뮌드의 피터 팔러[61]는 어떻습니까? 그의 이름은 카를로프와 관련하여 자주 언급되는데요.」

「내가 알기로는 그가 프라하에 도착했을 때 이 건물 작업은 한창 진행 중이었어. 그가 책임을 맡았다면 다른 거장의 설계를 실행에 옮기는 걸 그저 감독하는 역할이었을 거야.」

「생각나는 이름이 하나 더 있습니다. 보후슬라프 스타넥이라는 사람인데 악마와 계약을 맺었다고 하죠. 이 엄청난 반구형 천장을 올리는 데 성공했지만 작업이 끝난 뒤에 천장이 그 무게를 견디지 못할까 봐 아무도 비계를 철거하지 못했다고 합니다. 악마가 그에게 비계를 태워 버리라고 했고, 그래서 스타넥은 그렇게 했습니다. 비계가 불타서 무너지자 스타넥은 천장 전체가 뒤따라 허물어질 것이라고 생각하고 불꽃 속으로 뛰어들었죠. 스타넥은 이미 영혼을 악마에게 팔아 버

---

60 Matthias of Arras(1290~1352). 프랑스 출신의 건축가. 프라하의 성비투스 성당 건립으로 유명하다.

61 Peter Parler of Gmünd(1330~1399). 독일의 건축가. 프라하의 성 비투스 성당과 카렐 교(橋) 건립으로 유명하다.

렸으니 그래도 별 상관은 없었을 겁니다.」

「그 얘기에 사실인 부분이 조금이라도 있나?」

「제가 어떻게 알겠습니까?」

「정말로 전혀 모르나?」

「건방지게 들린다면 죄송합니다만 지금 놀리시는 겁니까?」

「절대 아니지.」

그의 어조는 갑자기 심각해졌다.

「자네는 자기 자신에 대해 거의 아는 게 없는 것 같군. 걱정하지 말게, 재촉하지는 않을 테니까. 이제 나를 따라오게.」

나에게 손짓할 때 그뮌드의 표정은 아무것도 나타내지 않았다. 처음 만났을 때 그랬듯이 그는 여전히 믿음직해 보였다. 그러나 다시 한 번 나는 그것이 두려움이 섞인 신뢰라는 것을 깨달았다. 그의 성격이 풍기는 저항할 수 없는 힘에 대한 두려움이다.

몸집 큰 남자의 손짓은 다정하고 친절했지만 그의 커다랗고 축축한 눈에서 내가 읽을 수 있는 것은 오직 한 가지, 명령이었다.

나는 일어서서 그에게 다가갔다. 그 순간 나는 정문 위쪽 높은 곳에서 어떤 움직임을 감지했다. 그곳은 좁은 원형 복도였는데, 그 끝에 있는 쪽문을 열면 프레스코화로 뒤덮인 막힌 벽이 나왔다. 그곳에서 조각상 하나가 소리 없이 일어섰다. 그러나 그것은 복도를 차지한 네 개의 조각상, 즉 성모 마리아, 엘리자베타, 요셉과 자하리아스 중 하나가 아니었다. 그것은 다른 조각상들 사이로 살그머니 들어온 다섯 번째 조각상이었는데, 신도석과 성단소를 내려다보기 위해서 좋은 자리를 찾고 있는 것 같았다. 내가 보는 앞에서 조각상은 가운의 먼지를 털어 버리고 난간으로 올라가서 다른 목조 조각상과 그리고 나무처럼 굳어 버린 내가 함께 놀라서 지켜보는 가운데 홈 장식이 있는 이오니아식 기둥을 타고 미끄러져 내려와 그뮌드 바로 옆의 돌바닥에 섰다. 그 휘날리는 머리카락은 북슬북슬한 덩어리로 빗어 올렸는데 그뮌드의 가슴에 살짝 못 미쳤다.

머리가 어지러워져서 나는 균형을 잡기 위해 팔을 뻗었다. 그뮌드의 손을 잡으며 나는 차가운 돌벽을 향해 쓰러졌고 거대한 사자 상의 앞발 속에 안전하게 떨어졌다.

19

시계들을 내려라!
시간은 내 심장이 친다.

— 카렐 크라우스

나는 전혀 움직이지 않았다. 뛰어오르는 그 모습 그대로 허공에 매달린 채 나는 가슴으로 대기를 갈랐다. 멀리 아래쪽에서 조그만 아이들이 겁에 질려 몸을 움츠리고 나를 피했다. 그들은 내가 정해진 장소에 움직이지 않고 고정되어 있으니 자신들을 해치지 못한다는 것을 알고 있었다. 그래도 그 아이들은 울면서 엄마의 치마 뒤로 숨었고, 그 모습은 내게 약간의 자그마한 오락거리였다. 몇 년이나 지난 뒤에 나는 그에 대한 벌을 받았다. 녹색 모자를 쓰고 사제복을 입은 부랑배들이 나를 고정된 자리에서 쓰러뜨려 조각조각 부수었다. 그들은 짐승 같은 형제 살해의 상징, 즉 진홍색 술잔이 그려진 검은 깃발로 장식된 바퀴 달린 투석기에 나의 조각들을 집어넣어 탄약으로 사용했다. 그들의 신앙은 거짓이었다. 바로 그래서 그들은 우리를, 나와 내 형제들을 죽도록 두려워했던 것이다. 그들은 우리를 파괴했다.

나에 대해 남아 있는 것은 이야기뿐이다. 귀를 기울일 마음과 능력이 있는 사람들만이 알아들을 수 있는 이야기들.

나는 지지대와 공중 부벽 구조물의 일부로서 지붕의 물을 흘려보낸다는 대단히 중대한 기능을 수행했다. 내가 없다면 지붕은 물이 고여 허물어지고 성당은 물에 잠겼을 것이다.

물은 뒤에서 내 안으로 흘러 들어와서 앞으로 용솟음쳐 나갔다. 사람들은 괴상한 일을 맡았다고 하겠지만 나는 이 일이 자랑스러웠다. 나는 내 석조 형제들 중 누구보다도 더 멀리 물을 내뱉을 수 있었다. 나는 내 석조 형제들 중 누구보다도 추했다.

머리와 몸통이 허공으로 멀리 튀어나와 있었기 때문에 나는 아래를 내려다볼 때마다 어지러워서 곧장 정면을 쳐다보는 것을 선호했다(위를 보는 것도 똑같이 무서운 일이었다. 그건 몇몇 용감한 자들에게만 허락된 능력이다. 그러나 나도 원한다면 위를 볼 수 있었을 것이다. 내가 그러지 못할 거라고 말하는 거짓말쟁이들을 믿지 말라). 내 뒤에서 거대한 뾰족탑이 양쪽에 좀 더 작은 탑 두 개와 함께 솟아올라 도시 전체에 어디로 시선을 향해야 할지 끊임없이 상기시켜 주었다.

나는 지붕의 북서쪽 측면 중앙 부분을 맡고 있었다. 물은 노란색으로 칠한 담벼락에 올려놓은 처마 돌림띠 안쪽의 석재 배수구를 통해 내게 흘러 들어왔다. 가끔 남서쪽 측면에서 온 물이 나한테까지 몇 방울 흘러오기도 했다. 그러면 나는 기꺼이 받아들여 프랑스식 관습에 따라 우아한 반원을 그리며 앞으로 뿜어내곤 했다.

그러나 아무리 눈을 굴려도 나는 나 자신이 어떻게 생겼는지는 보지 못했다. 어쩌면 그 편이 더 나았을지도 모른다. 가장 가까이에 있는 두 이웃들의 모습과 비슷하다고 생각하면 나는 절대로 잘생겼다고 할 수 없기 때문이다. 그들처럼 나도 몸통이 길고 갈기는 용의 비늘처럼 삐죽하게 튀어나왔으며 뭉뚝한 앞발은 가슴 가까이 대고 끝이 뾰족한 꼬리는 악마의 숫자인 〈6〉 모양으로 꼬여 있을 것이라고 나는 짐작했다. 내가 볼 수 있는 부분은 위쪽으로 벌린 주둥이 위로 뻗은 두 개의 구부러진 뿔과 입안에서 튀어나온 사나워 보이는 한 쌍의 엄니뿐이었다.

그 특별한 아침에는 비가 쏟아져 내렸다. 얼음 같은 물이 내 안으로 소용돌이쳐서 내 목구멍과 입천장을 차갑게 식히고 내 입을 통해 끊임없이 흘러 나갔다. 그러나 구름은 높이 떠 있었고 사방에 내리치는 은빛 빗줄기를 통해서 나는 여전히 먼 곳까지 볼 수 있었다. 그래도 무슨 소리든지 듣는 것은 쉬운 일이 아니었다. 내 아래쪽 지붕에서 목수들의 망치와 석공들의 정이 끊임없이 요란한 소리를 냈는데, 이미 닭이 울 때부터 작업은 진행 중이었다. 멀리 아래쪽 잔디 위에 인부 한 명이 꿇어앉아 커다랗게 다듬은 돌덩어리를 조금씩 깨고 있었는데, 그것은 성당 옆에 새로 짓는 중인 수도원에 쓰일 수천 개의 돌들 중 하나였다. 인부는 자기 일에 너무나 열중하여 그밖의 세상은 그에게 존재하지 않게 되었다. 이것을 보고 신은 벌을 내렸다. 그러나 그에게 내린 것은 아니었다.

베트르닉 언덕의 사랑스러운 과수원 너머, 내가 기억할 수 있는 한 언제나 호기심 어린 시선으로 바라보았던 그곳에서 그들은 성당 건축 작업을 다시 시작했다. 우리 성당보다 오래되었지만 그 성당에는 지붕이 없었다. 작업은 이제 거의 끝나 가는 중이었고, 단두대처럼 보이는 기중기의 거대한 두 팔은(한쪽은 길고 다른 쪽은 짧았는데) 새벽부터 황혼까지 쉴 틈이 없었다. 물론 일요일만 빼고.

그러나 그 목요일 아침에 인부와 장인들은 떼를 지어 현장으로 몰려들려다가 멈춰 섰다. 동시에 전령이 밤색 수말을 타고 다가왔는데, 깃발과 함께 뭔가 크고 눈에 띄는 장치를 들고 있었다. 박차를 밟고 서서 전령은 장엄하게 선언하는 듯한 몸짓으로 팔을 휘둘렀다. 나는 그의 말을 들을 수 없으나 전령이 말하기 시작하자 주변이 갑자기 떠들썩해졌다. 석공과 소목장과 뾰족탑 수리공들이 여기저기 뛰어다녔다. 어떤 사람들은 깨끗한 옷을 찾아 갈아입었고 다른 사람들은 황급히 보티치 시냇가에서 떠온 물로 몸을 씻기 시작했다. 그러나 시간이 없었다. 전령은 말 등에서 유연하게 뛰어내려 땅에 무릎을 꿇고 고개를 숙였다. 전령이 그렇게 한 순간, 말을 탄 기사의 검은 그림자가 성당의 남서쪽을 돌아서 사제관의 황토색 벽에 나타났다. 그 형체는 탑 기슭 부근에서 갑작스럽게 시야에 나타나 반쯤 지붕을 씌운 본당의 첫 부벽 세 개를 지나 말을 몰아갔다. 기사는 키가 컸지만 흉하게 몸을 숙이고 있었다. 어깨에는 길고 무거운 짙은 녹색 망토를 드리우고 있었는데, 둔하게 광택이 나는 모습이 공단 같았다. 머리에 두른 은여우 털로 만든 폭 넓은 띠가 머리카락을 거의 전부 가렸는데, 그 머리카락은 본래 갈색이었으나 이제 회색으로 세어 있었다. 기사는 모여선 인부들을 보지 못하는 것 같았고, 인부들은 천천히 걸어가는 커다란 준마를 위해 내키지 않는 듯 한쪽으로 비켜서 주었다가 갑자기 창백해지면서 이슬 젖은 잔디 위에 엎드렸다. 기사는 위를 바라보았다. 그의 온몸이 한쪽으로 비틀어지는 것으로 보아 그 동작은 확연히 고통스러워 보였다. 한 남자가 말 앞에 무릎을 꿇고 손을 모았다. 나는 그 남자가 우리들의 우두머리이며 석공 조합의 대장임을 알아보았다. 단단한 몸집의 조그만 사나이로 온통 검은 옷을 입고 검은 모자를 쓰고 있었다. 그는 흥분한 것 같았고, 내가 잘못 보지 않았다면 기사에게 말할 때 죄를 뉘우치고 있는 것 같았다. 기사는 별로 중요하지 않다는 듯 손을 저어서 그의 애원을 물리치는 것 같았다. 석공 장인은 탄원하며 땅에 고개를 숙였다.

갑자기 꼽추 기사는 밝은색 튜닉을 입은 한 무리의 다른 기사들에게 둘러싸였고 잠시 모습이 보이지 않게 되었다. 그리고 그 무리에서 말의 머리가 나타나더니 다음 순간 은여우 머리띠와 기사의 성난 얼굴이 보였다. 그는 곧장 나를 향해서, 우리 성당을 향해서 오고 있었다. 아무도 감히 그를 따라오지 못했다.

성 아폴리나리 성당 주위에서 여러 무리들이 뒤섞인 행렬이 형성되었다. 일부는 말을 탄 기사들이었고 일부는 짐을 실은 말이었는데 그 짐 중에는 붉은색, 푸른색, 흰색의 들것도 여러 개 있었고, 또 다른 말들은 산같이 장비를 실은 온갖 크기의 짐마차나 수레에 매어져 있었다. 그동안에 은여우 머리띠의 기사는 준마를 타고 속도를 높여, 성당 주위에 모여든 군중의 당황한 표정에 동요하지 않고 과수원과 포도밭 위로 이어지는 오솔길을 따라 달렸는데, 그 길은 도시 목수들의 자랑거리인 나 슬루피의 새로운 성모시종회 수녀원으로 가파르게 내려가는 길이었다. 그러다가 한순간 기사는 말고삐를 당기고 고개를 한쪽으로 숙여 귀를 기울였다. 우리 성당 안에 울리는 리드미컬한 망치 소리가 바람을 타고 언덕으로 퍼지는 것을 듣고 있는 것도 같았다. 그러다가 다시 기운을 내서 그는 말을 전속력으로 몰았다.

내 바로 아래의 석공은 새벽부터 온 힘을 다해 일하면서 이런 광경을 전혀 보지 못했다. 기사는 그의 뒤에서 다가와서 흉터투성이 얼굴에 미소를 띠고 뒤를 돌아보고는 천천히, 훈련된, 그러나 조심스러운 동작으로 박차에서 장화를 살그머니 빼내어 말에서 내려서 머뭇거리며 몇 걸음 떼었다. 기사는 눈에 띄게 다리를 절었다. 석공은 여전히 기사의 존재를 알아차리지 못했다. 그 순간 말이 히힝 하고 울었다. 석공은 위를 올려다보았다……. 그리고 그의 망치가 정확하게 그의 엄지손가락을 때렸다. 반대쪽 언덕 위에서 군중 사이로 중얼거리는 소리가 번졌다. 몸을 숙인 기사는 킥킥 웃었다. 그런 뒤에 다시 한 번 동작을 멈추고 성당 안에서 들려오는 소리에 귀를 기울인 뒤 기사는 여우털 모자를 벗고 절룩거리며 정문으로 걸어갔다.

안에서 벌어진 일을 나는 알지 못한다. 망치 소리가 멎었고 조금 뒤에 곱사등이 기사가 다시 달려 나왔는데 얼굴은 진홍색이었고 모자는 없었으며 다리를 전다는 사실을 잊은 것 같았다. 젊은 사람의 유연한 몸놀림으로 그는 말 등에 뛰어올랐으나 똑바로 앉는 대신 그는 고통 때문에 얼굴을 찡그리며 안장 위에 웅크리고 있었다. 그리고 그는 금 박차를 말의 옆구리에 박아 넣고 귀신 들린 사람처럼 포도밭을 지나 전속력으로 언덕을 내려갔다. 그곳에서 성 아폴리나리 성당 기사들의 무리는 마치 말벌 떼처럼 행동에 나서서 그를 마중 나왔다. 한편 짐수레들은 참사회 회의장에서 언덕 아래로 내려가는 조금 덜 가파른 새 길을 향해 움직였다.

다음 날 남자 세 명이 우리에게서 겨우 막대기 열 개 정도의 거리에 있는 기중기에 목이 매달렸다. 한 명은 귀족이었고 두 명은 우리 성당에서 일하던 석공들이었다. 내 아래에서 일하던 석공조차도 이때만은 고개를 들고 이 안타까운 광경을 보며 속이 상해 양손을 움켜쥐었다. 처형이 끝난 뒤에 그는 큰 소리로 한숨을 쉬었고, 무거운 침묵 속에서 나는 그가 말하는 소리를 똑똑히 들었다.

「가장 신실한 하인들을 벌하는 주인은 불행하도다!」

「계속하게!」

그는 내 위로 몸을 숙이고 곰 같은 손으로 내 어깨를 으깰 듯이 꽉 붙잡고 있었다. 그의 온몸이 떨렸고 근육질의 팔은 불안하게 경련으로 떨렸으며 가쁜 숨결은 불규칙했고 거대한 입은 극도로 흥분하여 찡그리고 있었다. 그의 분노가 너무나 심해서 그가 나를 질식시키거나 내 머리를 마룻바닥에 대고 부숴 버릴까 봐 두려웠다. 가장 끔찍한 것은 그의 눈이었다. 그의 몸에서 맥박 치는 긴장과 열정과는 반대로 그 눈은 돌처럼 차갑고 냉정했다. 분노의 밧줄에 매달려 지금이라도 돌팔매질을 할 듯한 두 개의 치명적인 비취 조각이었다.

「말해! 더 이야기해 봐! 지붕에 대해서 말했지, 그러니까 성당에 벌써 지붕이 있었단 말이지! 그 사람들이 거기서 뭘 하고 있었나? 어째서 처벌을 받았나? 귀족은 누구였지?」

「뭘…… 뭘 원하시는 겁니까? 무슨 말을 하라는 겁니까?」

「기억 못 하나? 성 아폴리나리 성당 반대편에 지어지고 있었던 건 당연히 카를로프 성당이야. 그리고 말을 탄 기사는? 그는 하느님의 오른팔이었어……. 신의 뜻에 따르는 도구였다고.」

「발작을 일으킨 것 같습니다……. 몸이 아주 안 좋습니다. 저를 좀 내버려 두십시오, 부탁입니다. 저는 아무것도 모릅니다. 무슨 이야기를 하라는 건지 모르겠습니다.」

「그럴 리가! 거짓말이겠지!」

그뮌드가 천둥처럼 포효했다.

「그가 어째서 처형당했는지 자네는 또렷하게 알고 있지만 나는 그저 짐작할 수 있을 뿐이야. 그런 무시무시한 불의라니! 다른 사람도 아닌 그가! 아, 통곡이라도 하고 싶군! 그보다 더 비극적인 오해가 있었을까?」

「헛소리를 했다면 죄송합니다. 발작이 덮쳐서 그런 겁니다. 어릴 때부터 그랬어요. 부탁이니 그냥 내버려 두십시오.」

「더 이상은 아무것도 못 알아내요.」

그의 뒤에서 어떤 목소리가 말했다. 프룬슬릭이었다.

그뮌드는 손을 놓았다. 나는 천천히 몸을 추슬러 일어나서 구겨진 외투를 가다듬었다. 거인은 여전히 칼날 같은 눈길로 쳐다보면서 한 걸음 뒤로 물러섰다. 지친 듯이 어깨를 한 번 움츠리며 그는 말했다.

「미안하네. 내가 지나쳤어. 자네 이야기에 너무 열중한 모양이군. 자네가 저 이무기 돌에 대해 알고 있다는 게 너무 놀라워서.」

「뭐에 대해서요?」

「카를로프 가고일 말일세. 그 조각상들은 후스파의 군대가 파괴하기 전에 잠깐 동안 거기 장식돼 있었어. 군인들은 미신적인 생각으로 그 아름다운 괴물들에 완전히 겁을 먹었지. 그래서 거기에 대고 총을 쏘기 시작했어. 용과 악마와 야생의 짐승과 죄 지은 인간과…… 전부 다. 그저 부러뜨려서 떨어지게 하기만 하면 됐지. 중력이 나머지를 맡았고. 땅에 부딪치면서 가고일은 수천 조각으로 부서졌고 우리의 용감한 후스파 군인들은 조심스럽게 다섯 군데에 나눠서 묻었지. 그들의 최대의 적이 발견해서 복수하지 못하도록 말일세.」

「전 그런 일은 전혀 모릅니다. 집에 갔으면 좋겠습니다. 몸이 좋지 않습니다.」

「잠깐! 우리와 함께 지붕 위로 올라가세. 그럼 전부 다 기억이 날 거야. 후회하지 않을 걸세. 보상은 충분히 해주지.」

「말씀드릴 게 있을 것 같지 않습니다. 전 지쳤습니다. 동행을 원하시는 건 좋습니다만 전 지붕까지는 정말로 올라갈 수가 없습니다. 제발 그건 시키지 말아 주십시오. 전 높은 곳이 무섭습니다. 게다가 지붕은 출입 금지입니다. 오늘은 왜 경찰이 아무도 오지 않은 겁니까?」

그의 옆으로 몸을 뺀 나는 출구로 달려가 무거운 문을 당겼다. 문이 활짝 열리는 순간 나는 그뮌드가 등 뒤에서 내일 같은 시간에 일하러 나오라고 쩌렁쩌렁하게 외치는 소리를 들었다. 이번만은 거부하고 싶었으나 바로 그 순간 내가 원한 것은 부빈 호텔 푸른 방의 내 침대뿐이었다. 존경할 만한 내 은인이 관대하게 허락해 준 그 침대 말이다.

렛슬로바 거리의 구멍은 이미 흐려진 하늘에 대고 소리쳐 애원하는 도시의 몸체에 흉하게 벌어진 상처였다. 그 상처는 이제 세간의 관심을 끌기 시작했다. 지나가던 사람들이 걸음을 멈추고 안을 들여다보았고 어떤 사람들은 동전을 던지고 귀를 기울여 구멍이 얼마나 깊은지 짐작해 보려 했다. 운전자들은 카렐 광장 주변의 교통 정체를 언제까지 참아 줘야 할지 고민했다. 바깥쪽 출입 금지 줄을 타고 넘어가서 구멍 가장자리에 쳐놓은 두 번째 테이프에 접근한 사람들은 즉각 주변의 공기를 물들이는 강력한 달콤하고 씁쓸한 냄새를 포착했다. 깊은 구멍 안의 차가운 곳에서 트럭에 실린 채로 안에 떨어진 과일이 천천히 썩어 갔고, 부패의 과정이 절정에 이르기까지 며칠이 걸렸다. 그 며칠이 지나자 어마어마한 악취가 풍겼다. 썩은 망고와 오렌지와 복숭아가 부패한 붓꽃과 프리지아와 시클라멘과 섞여 구역질 나는 칵테일을 만들었다.

파묻힌 트럭을 어떻게든 구제해 보려는 노력은 모두 실패로 끝났다. 뿐만 아니라 그런 시도를 했다가는 함몰된 부분이 더 커질 위험도 있었다. 사고 다음 날 일단의 지질학자와 고고학자들이 불려 나와 지하를 조사하게 되었다. 학자들은 옛날 성 카롤루스 보로메우스[62] 성당과 수도원이 있던 자리부터 성 바츨라프 성당과 카렐 광장 남쪽 끝의 에마우제 수도원 바로 아래까지 이어지는 좁은 땅 밑에 여러 개의 동굴이 뻗어 있는 것을 발견했다. 저녁 신문들은 굉장한 대사건을 예

---

62 Carlo Borromeo(1538~1584). 16세기 밀라노의 주교. 종교 개혁에 반대했으며 가톨릭 체제를 개혁하고 사제들을 교육하기 위한 신학교를 건립하는 데 크게 공헌했다.

감하고 몇 페이지씩 할애하여 이 공동이 선사 시대의 동굴인데, 중세 어느 무렵에 지하실로 개축되었다가 18세기에 성당과 수도원 체계가 전반적으로 와해된 이후 완전히 잊혔다고 대서특필했다.

일주일이 더 지나고 구멍은 계속해서 역겨운 냄새를 뿜어댔다. 동굴학자 몇 명이 밧줄을 타고 내려가 아래쪽 깊은 곳까지 탐험한 뒤에 지하 세계에서 돌아와서 프라하의 시민들과 합법적으로 선출된 시민 대표들을 놀라게 할 만한 소식을 전했다. 신문에 언급된 세 개의 성당 아래에서 그들은 거대한 토굴을 발견했는데, 길이는 약 2백 미터, 너비는 30미터에 몇 층 정도 되는 깊이에다가 안에는 적어도 3백 개 정도의 벽돌로 막은 방이 있다는 것이었다. 그 영원한 어둠 속에 봉인된 초소형 금고실 안에 무엇이 숨겨져 있는지는 발견할 수 없었다고 했다. 그러나 역사학자와 고고학자들은 이것이 성 베드로와 성 바울 수도원 십자회와 형제회인 에마우제의 베네딕트 수도회 수도사들이 사용했던 거대한 지하 묘지이자 납골당이 분명하다는 데 의견을 같이했다. 더없이 귀중한 유골과 부장품, 다른 역사적 자료들을 대규모로 발굴할 꿈에 부풀어 그들은 지하 동굴을 철저하게 조사하기를 원했다.

그러나 도로 교통과는 학자들의 의견을 들으려 하지 않았다. 카렐 광장 서쪽면 전체가 언제 붕괴될지 모르는 관계로 수십 명, 혹은 수백 명의 보행자와 운전자들의 안전이 위협받고 있으며 인근 건물들, 특히 체코 기술 대학교[63] 소유의 건물

---

63 České vysoké učení technické v Praze. 1707년 건립된 체코 최대의 기술 대학교 중 하나이며 중부 유럽에서 가장 오래된 공과 대학 중 하나.

몇 채가 과일 트럭과 같은 운명에 처할지 모른다고 도로 교통과는 주장했다. 공중의 안전이 최우선이라고 목소리를 높이며 그들은 여러 가지 묵시록적인 가설로 자신들의 주장을 뒷받침했다. 그들은 빠르고 효율적인 해결책을 요청했다. 도로가 함몰될 위험을 한 번에 영원히 해결해 줄 방책이었다. 도로 교통과에서 정한 가장 빠른 최선책은 발굴 따원 잊어버리고 땅 밑의 빈 곳을 모두 콘크리트로 채우자는 것이었다.

일단의 건축가들이 이 야만적이고 극단적인 조치에 항의하며 이 해결책이 소위 〈콘크리트 로비〉에 밀려 결정된 것이 아닌지 의심했다. 다른 건축가 조합에서는 좀 더 온건하고 섬세한 접근 방식을 제안했다. 고고학자들에게 시신을 발굴하고 가치 있는 부장품을 되찾을 시간을 준 뒤에, 지하 동굴에 그다지 대단한 역사적 가치가 없다는 사실이 증명되면(그런 가치가 있다면 결국은 법적으로 보호받게 될 것이므로) 그 공간을 거대한 지하 주차장으로 만들고 열 수집기를 장치해서 그 부지 아래에 존재한다고 알려진 온천도 이용하자는 것이었다.

이 두 번째 계획을 강력하게 주장한 주창자 중 하나가 바로 다름 아닌 페트르 자히르였다. 나는 시 의회에 보낸 공개서한의 서명인 중에서 그의 이름을 보고 상당히 놀랐다. 그 성명서는 이성적인 접근을 요청하며 언론에도 공개되었던 것이다. 그 후에 나는 저녁 신문에서 더 극단적인 〈콘크리트〉 계획의 주창자들이 지도자로 뽑은 사람이, 바로 경찰이 그토록 찾아 헤맸던 바르나바슈라는 것을 읽고 더욱더 놀랐다.

나는 온건파의 편을 들었다. 그들의 제안은 추가적인 조치의 가능성도 배제하지 않았고 수정의 여지도 남겨 두었기 때문이다. 내가 자히르를 개인적으로 안다는 사실에도 확실히 영향을 받았다. 나는 심지어 그에게 전화해서 그를 지지한다고 말해 줄 생각이었으나 올레야르주 서장이 막았다. 카를로프에서의 그 고통스러운 방문이 있던 다음 날, 그는 나를 사무실로 호출하여 내가 유넥 경위와 함께 다른 임무를 맡게 되었다고 말했다. 바르나바슈를 경호하는 일이었다. 나는 어찌할 바를 모르고 그의 말을 중간에 끊은 뒤, 서장에게 나는 바르나바슈의 의견에 동의하지 않기 때문에 그런 일은 맡을 수 없다고 말하고 어느 정도의 자아비판을 덧붙여 내가 무능력하여 이미 사람 한 명이 목숨을 잃었다고 말했다. 또한 나는 일전에 성 슈테판 성당에서 자히르를 놓친 일도 이야기하고 내 요점을 전달하기 위해서 자히르가 그 뒤로 곧 나를 해고했다는 사실도 인정했다.

올레야르주 같은 경찰과 말다툼을 하는 것은 쓸모없는 일이라는 사실을 미리 알아 뒀어야 했다. 그는 거절을 받아들이지 않는 성미였고 내가 자히르를 위해 부업을 하는 것은 자기가 알 바 아니라고 말했으며 펜델마노바 사건에 대해서라면 수사가 종결된 것이 아니라 그저 연기되었을 뿐이므로 그것 때문에 밤잠을 설칠 이유는 없다고 말했다. 서장은 나에게 프라하를 떠나지 말고 명령을 기다리며 앞으로 다른 임무가 생길 시 맡을 수 있도록 대기하라고 했다. 그리고 서장은 월말까지 경찰 기숙사에 방을 얻게 해주겠다고 약속했다. 그는 내가 경찰 장비 상점에서 쌍방향 무전기를 구할 수 있도록 전표를 써 주었다. 그리고 뚫어질 듯이 나를 쳐다본 뒤에 그는 전표에 권총과 권총집, 탄약 스무 발도 덧붙였다. 이렇게 내가 받을 자격이 없다고 확신하는 신뢰를 받으니 나는 동의하지 않을 수 없었다.

권총은 크고 무거웠으며 두꺼운 가죽 권총집은 불쾌하게 갈비뼈 사이로 파고들었다. 무전기와 경찰 배지까지 포함하여 장비를 찾으러 갔을 때 나는 경찰 놀이를 하려고 준비하는 조그만 꼬마 같은 기분이 되었다. 다행히 〈여기 권총 있소〉라고 외치는 듯한 그 불룩 나온 덩어리는 내가 고인이 된 펜델만에게서 물려받은 코트로 안전하게 가릴 수 있었다. 나는 전에도 무기를 소지한 적이 있었지만 그때는 훨씬 작고 훨씬 덜 위험해 보였다. 그때는 허리띠 뒤쪽에 총을 차서 나 자신도 그게 있다는 걸 거의 느끼지 못했고 하물며 실제로 사용할 가능성은 생각도 하지 못했다. 그러나 이 묵직한 짐승은 그 불길한 존재를 절대로 잊어버릴 수가 없었다.

나는 무전기를 시험해 보고 유넥의 목소리를 들었다. 끼릭거리고 치직거리는 온갖 잡음 속에서도 나는 그가 다시 나와 일하게 된 것을 전혀 기뻐하지 않는다는 사실을 알 수 있었다. 언제나 그렇듯이 그는 마지막 순간까지 아무도 자신에게 아무 말도 해주지 않았다고 불평했다. 또한 그는 우리가 어떻게 팀을 짜서 일할 수 있을지 상상도 가지 않는다고 했다. 무전기가 전화처럼 수화기를 탕 내려놓을 수 있는 구조였다면 그는 쾅 하고 수화기를 내려놓았을 것이다. 내 무전기가 절대로 울리지 않기를 소리 죽여 기도하면서 나는 기계를 주머니에 집어넣었다.

이런 일들 때문에 시간이 지체되어 나는 그뮌드와의 만남에

늦을 것 같았다. 그래도 어쨌든 나는 알베르토프 쪽으로 길을 돌아가기로 결정했는데, 그렇게 하면 10분이 아니라 45분이 걸릴 것이었다. 내가 그저 고집을 부리는 것일까? 아니면 단순히 눈이 내리기 시작했기 때문이었을까? 올 가을 들어 세 번째 눈이다.

성수태고지 성당을 지나면서 나는 호르스카 거리 쪽으로 꺾어져서 의과 대학과 자연과학대학의 여러 학과들을 돌아다녔다. 한 번인가 두 번 걸음을 멈추고 바람에 귀를 기울였는데, 바람은 어느 때는 북쪽에서 불다가 또 어느 때는 서쪽에서 불며 무시무시하게 포효했다. 마치 20세기 초의 순수주의자 건축가들이 자기들이 지은 건물 안에서 나는 모든 으르렁거리고 끙끙거리는 신음 소리를 증폭시킬 수 있는 천재적인 장치라도 설비해 둔 것 같았다. 돌풍을 피할 곳을 찾아서 나는 푸르키네 연구소 쪽으로 향했는데, 그곳의 원형 건물은 언제나 나에게 기도실을 연상시켰다. 연구소가 점차 시야에 들어왔을 때 나는 멈추어 서서 바라보았다. 담요 같은 흰색으로 뒤덮인 원뿔형 지붕과 창문의 밑단과 보도와 뚜렷한 대비를 이루며 2층의 커다란 창문 다섯 개와 그 위에 있는 열 개의 좀 더 작은 창문들은 검은 커튼으로 완전히 새까맣게 가려져서 원형 건물을 일종의 검은 등대로 바꾸어 놓았다. 불이 켜지지 않은 등대 —— 생명의 신비를 감히 파고들려는 눈먼 과학에 걸맞은 상징이다. 그 보이지 않는 창문 뒤에서 어떤 의식이 거행되는지 전혀 알 수 없었으나 다른 과학의 신들에게 바쳐진 다른 사원을 떠올리고 몸을 떨며(그 푸른 회벽은 이제 휘날리는 눈송이에 파묻혀 보이지 않게 되었다)

나는 발걸음을 재촉하여 알베르토프 계단 기슭으로 다가갔다.

하지만 나는 멀리 가지 못하고 중간에 멈추어 버렸다. 알베르토프와 보토츠코바 거리 교차로를 지난 바로 그곳에, 보도 위에 늘어진 버드나무의 옹이투성이 손가락 같은 가지 아래, 긴 외투를 입은 키 작고 나이 든 여인이 커다란 안경을 쓰고 갈색 핸드백을 들고 서 있었다. 그녀는 울타리 너머로 생물학 실험을 위한 정원의 화단을 주의 깊게 들여다보고 있었다. 한 번 눈이 마주친 것만으로도 나는 그렇게나 그녀의 주의를 끈 것이 무엇인지 알 수 있었다. 눈 사이로 고개를 내민 것은 어떤 기묘한 주머니 모양 식물의 원뿔형 돌기였다. 그 줄기는 밑동부터 시작해서 꼭대기의 흉하게 반쯤 뜯어 먹힌 열매 덩어리까지 전부 푸르스름한 기운이 도는 오렌지색이었다. 식물들 사이의 눈은 짓밟혀 있었다. 내가 한 번도 본 적이 없는 일종의 발굽 자국이 일렬로 울타리까지 이어졌다. 말발굽과 비슷해서 중간이 갈라지지 않아서 말발굽보다 확연히 작았다. 무엇보다도 기묘한 것은 말의 발굽처럼 앞이 둥근 것이 아니라 이 자국들은 둥근 천장의 맞보 모양으로 뾰족한 아치를 이루었다. 운 좋게도 그 발굽에는 편자를 신기지 않은 것 같았다. 이런 모양의 편자는 과연 어떤 종류의 행운을 불러올까?

20

미래에 대하여 우리는 많이 알지 못한다
다만, 세대가 지나도 비슷한 일들이
다시 또다시 되풀이된다.
타인의 실수에서 우리는 배우지 못한다.

— T. S. 엘리엇

그는 성당 현관 문틀에 기대어 서서, 엄밀히 말해 성당 안도 아니고 바깥도 아닌 곳에서 담배를 피우고 있었다. 내가 걸어가자 그는 눈앞에서 문을 활짝 열더니 눈 속에 담배꽁초를 던졌다. 얼굴에는 이 남자에게서 보기 드문 후회의 기색을 띤 것 같았다.

「어제 일로 겁먹지 않고 오늘 이렇게 다시 와줘서 기쁘군.」

카를로프 성당의 무거운 대문이 우리 뒤에서 쾅 닫혔다.

「내가 어제 자제력을 잃었던 점에 대해서 사과하네. 부끄러운 일이야. 자네는 충분히 나한테 화를 낼 권리가 있어.」

「제게 그런 권리는 없습니다. 하지만 당신 때문에 겁을 먹었던 건 사실입니다.」

우리는 팔각형 본당 통로를 천천히 걸어갔다. 신도석에 앉기에는 너무 추웠다.

「무엇보다 자네를 대하기가 부끄럽군. 자네도 알겠지만 나는 자존심이 강한 성격이라 다른 사람을 대할 때 폭력이나 협박을 사용해서는 절대로 안 된다는 철칙을 가지고 있네.

하지만 어제는 관련된 사안이 너무 중요하다 보니 내가 원하는 걸 얻기 위해서는 무엇이든지 주겠다는 마음이었어. 그런데 자네는 내게 이야기하기를 거부했지.」

「거부한 게 아닙니다. 절 거의 목 졸라 죽일 뻔하지 않았습니까. 제 시체는 당신에게 별 쓸모가 없을 겁니다.」

「부탁이니 굳이 그 얘기를 꺼내지 말아 주게. 그리고 용서하게. 자네만큼이나 나도 마음이 좋지 않아.」

「어제 당신과 화해할 수도 있었겠지만 제가 알기론 밤에 집으로 돌아오지 않으셨더군요. 집이 아니라 호텔로 말입니다.」

「라이몬드와 함께 또다시 시내에서 처리할 일이 있었어. 내가 지쳐 보이나? 하지만 그건 자네 탓이야. 자네가 길을 가르쳐 준 덕분에 일이 조금은 진행됐거든.」

「무슨 뜻입니까?」

「자네 어제 무슨 말을 했는지 기억하나? 저기, 기둥 옆에서?」

「어렴풋합니다. 정말로 제 이야기에서 뭔가 알아내신 겁니까? 하지만 그건 모두 헛소리였어요. 제가 무슨 말을 했는지 전혀 모르겠습니다.」

「그 부분은 자네가 옳은 것 같군. 자네는 자네가 우리한테 얼마나 중요한지 전혀 모르는 거야.」

「우리라뇨? 우리가 누굽니까? 당신과 프룬슬릭 말인가요?」

「기본적으로는 그렇지. 누가 더 있을지도 모르고. 나중에 설명해 주지.」

「전부 제가 지어낸 게 아니라고 어떻게 확신합니까? 당신은 성당과 그 역사에 매료된 게 확실합니다. 제가 그 상황을 저한테 유리하게 이용하기로 마음먹었을 수도 있습니다. 예를 들면 돈을 뜯어내기 위해서요.」

「아니면 숙소를 얻어내기 위해서.」

「물론이죠. 저는 당신에게 크게 신세지고 있습니다. 신시가지에 있는 여러 성당들의 과거에 대해서 헛소리를 늘어놓는 것도 감사의 마음을 표시하는 한 방법이겠죠. 가장 일반적인 방법은 아닐지도 모르지만 말입니다. 하지만 요전날 성 슈테판 성당에서도 당신이 얼굴에 똑같은 표정을 띠고 있었던 걸 기억합니다. 그리고 지난번에 성수태고지 성당에서도, 제가 완전히 이상해져서 이상한 소리를 늘어놓기 시작했는데 프룬슬릭이 그때만큼은 광대놀음을 그만두고 제가 한 말을 빠짐없이 다 받아 적었죠.」

「자네가 우리를 속이고 싶어 할 만한 이유가 있다는 건 인정하겠네. 하지만 난 자네를 충분히 잘 알아. 자네는 사기꾼이 아냐.」

「어째서 그렇게 확신하시는지 모르겠군요.」

「자네가 모르는 일들이 많이 있네. 하지만 그런 것 때문에 걱정하지는 말게. 적당한 때가 되면 모든 것이 드러날 거야. 자네의 이야기들이 진실인지 거짓인지에 대해서라면, 내가 진위를 확인할 능력이 없다고 생각하는 건가? 전부 다 확인할 수는 없지, 물론. 하지만 최소한 몇 개는 알아볼 수 있어.」

「그러면 다른 사람에게도 자문을 구하신다는 뜻입니까? 저와 비슷하게 고통받는 사람한테요?」

「나는 고통이라기보다는 능력이라는 표현을 더 좋아하네. 어쨌든 그런 사람이 있다고 치면 말이지. 우리는 정보의 시대를 살고 있어. 정보는 사실로 확인되면 열 배는 더 가치가 있네. 아무리 무식한 사람이라도 그건 알아. 심지어 신문 기자라도 말이지.」

「또 다른 정보원이 누굽니까? 내가 아는 사람인가요? 어디에 잡아 두셨죠? 어딘가의 지하실인가요? 돌탑인가요?」

「자네의 냉소주의에 마음이 상하네, 크베토슬라프. 방금 폭력은 내 본성과 맞지 않다는 걸 자네한테 확신시킨 줄 알았는데. 자네한테 다시 한 번 사과해야 하는 건가?」

「물론 아닙니다. 하지만 제가 조심스럽게 행동한다고 해서 비난하실 수는 없을 겁니다. 저에게서 정보를 얻으려고 하시는데요. 저도 똑같이 하면 안 됩니까? 폭력은 당신의 본성이 아니라고 하셨죠. 당신의 본성이 뭡니까? 대체 누구십니까?」

「우리끼리는 그냥 하인이라고 해두지.」

「그 말을 믿으라는 건 아니시겠죠! 당신은 굉장히 영향력 있는 사람이고 아마 대단한 권력도 가지고 있을 겁니다. 그리고 설득력이 강하고 불명예스러운 방법을 사용하는 것도 마다하지 않죠. 이런 말을 해서 죄송합니다만 벌써 한참 전부터 당신이 시청 관계자들과 어쩌면 경찰에게도 뇌물을 주고 있을 거라고 생각했습니다. 말하기 유쾌한 일은 아니지만 말해야겠습니다.」

「걱정하지 말게, 어차피 자네가 옳으니까. 실제로 내가 몇 명쯤 매수했거든. 물론 약해 빠진 인간들이지만. 강한 사람은 매수되지 않지. 그들은 속여야 해.」

「솔직하게 말해 주셔서 감사합니다. 그리고 이제는 제가 솔직해질 차례로군요. 당신에게 실망했습니다.」

「아니, 이제 와서 또 왜 그러나! 설마 우리에 대해서 환상을 가졌던 건 아닐 텐데?」

「놀라실지도 모르겠습니다만 저는 환상을 가졌습니다. 물론 프룬슬릭에 대해서는 아닙니다. 그는 해롭지 않은 정신병자예요. 그게 아니면 위험한 미치광이겠죠. 하지만 어제까지는 당신에 대해서 더 높이 생각했었습니다.」

「그건 안됐군.」

그뮌드가 어깨를 움츠려 보이며 말하고는 장난스러운 미소를 지으며 덧붙였다.

「그러니까 자네는 나에 대해서 최대한 많은 걸 알아내려는 것이로군. 특히나 이제는 다시 경찰에서 복무하게 됐으니 말이야. 상대방을 알아야 한다고들 말하니까. 나는 이미 말했듯이 하인이야. 주인에게 봉사하지. 그것 말고는 더 이상 말할 수 없네.」

「주인이 누굽니까?」

그뮌드는 다시 한 번 진중해졌다.

「자네의 분노를 이해하고 그 이상주의를 높이 평가하네. 하지만 나한테도 이상이 있다는 걸 이해해 줘야 해. 죄인에게도 이상이 있지. 내 것은 거의 확실히 도달할 수 없는 이상이야. 하지만 자네도 언젠가 직접 눈과 귀로, 그리고 어쩌면 그보다 더 많은 값을 치르며 알게 될 거야. 나는 이상에 최대한 가까이 다가가기 위해서 내가 할 수 있는 건 다 하고 있네.」

「광신자로군요.」

「나는 그런 말을 모욕으로 받아들이지 않아.」

「광신주의는 아주 위험한 겁니다.」

「하지만 자네는 광신을 한눈에 알아볼 수 있다고 자신하나? 자네 말에는 나도 동의하네. 광신은 위험한 거지. 그런데 현혹되지 않도록 자신을 잘 방어해야 해. 어떤 대가를 치르더라도 저항해야만 하지. 하지만 그 저항 자체가 쉽사리 광신으로 변할 수 있어. 그렇게 되어도 그것은 여전히 정당한 대의일까? 나는 그렇다고 생각하네.」

「그러니까 당신이 하는 일이 어떤 특정한 세계관에 광신적으로 저항하는 것이라고 말하고 싶은 겁니까?」

「말하자면 그래. 하지만 유감스럽게도 올레야르주 같은 사람은 그렇게 생각하지 않을 것 같군.」

「그러니까 목적이 수단을 정당화한다는 경우로군요. 가장 고귀한 목적이 가장 저열한 방법을 정당화한다는 거죠. 설마 그걸 정말로 믿으시는 건 아니죠?」

「안 믿었다면 지금 이 일도 안 했겠지, 그렇지? 내 적들은 저열하다고 할지도 모르지. 내 입장에서는 어떤 가치들을 보호하는 일이라고 하겠네. 우리는 절대로 동의하지 못할 거야. 나는 민주주의자가 아냐. 모든 사람하고 동의할 필요는 없어.」

「민주주의자가 아니라고요? 그런 말을 너무 큰 소리로 하지 마십시오.」

「왜 안 되나? 다시 유행이 돌아온 줄 알았는데.」

「그럼 당신은 뭡니까?」

「내가 말했잖아. 나는 하인이야. 하지만 크베토슬라프, 자네는 나에 대해서 좀 더 낭만적인 이미지를 생각했을지도 모르겠군. 수수께끼의 이방인이라든가 뭐 그런 식으로.」

「고백하자면 그렇습니다. 전에는 그랬죠. 어떤 종류의 환상이 부서질 거라는 아주 나쁜 예감이 드는군요. 〈수수께끼의 이방인〉이라니, 싸구려 모험 소설에 나오는 말 같습니다. 당신이 말하는 칠성당도 그렇고요. 대체 그게 뭡니까?」

「〈7성당〉? 수백 가지 중에서 뭐든 될 수 있지.」

「첫 번째는 뭡니까?」

「마음의 상태야.」

「전형적이군요! 그보다는 나은 대답을 기대했는데요.」

「전형적이지만 딱 들어맞는 표현이지.」

「그러면 저도 그런 마음의 상태에 들어가야 한다는 겁니까?」

「단순하게 말하자면 그렇지.」

「그러니까 나 자신의 상식은 무시하고 당신 편을 들어야 한다고요?」

그는 웃었다.

「상식이 자네를 거기로 인도할 거야. 상식과…… 감각이지. 두고 보게. 하지만 어떤 부분에서 자네는 벌써 우리 쪽으로 넘어와 있어.」

「그렇다면 당신은 저 자신보다도 저를 더 잘 아시겠군요. 잘못 짚으신 거라면 어떡하시겠습니까?」

「잘못 짚지 않았네.」

「제가 당신을 실망시키면요?」

「나를 실망시키고 싶나?」

「실망시키고 싶냐고요? 제가 어떻게요? 하지만 그럴 수밖에 없게 된다면……. 그뮌드 씨, 저는 당신에게 여러 가지를 신세 지고 있습니다. 하지만 제가 원하든 원하지 않든 제 양심이 당신과 당신의 의심스러운 계획에 대해 반항하는 때가 올 겁니다. 그때가 빨리 오기를 기다리는 건 아닙니다. 하지만 그런 일이 일어나리라는 건 알고 있습니다.」

「나도 그래. 흥미로운 경쟁이 되겠지.」

「위험하겠죠?」

「그렇겠지. 위험에 끌리지 않나?」

「전혀 그렇지 않습니다. 전 무모한 사람이 아닙니다.」

「그럼 나와 함께 올라가지 않겠다는 건가?」

「올라가요? 어디를요?」

「천상과 지상 사이에 있는 곳이지. 나와 함께 돔 아래의 지붕으로 올라가자는 거야.」

「그런 일은 하지 않겠습니다. 거기 가서 제가 뭘 하겠습니까?」

「어제 여기에서 했던 것과 같은 일이지. 저 위에 올라가서 들여다보는 거야……. 자네가 가끔씩 방문하는 그곳을. 그리고 거기에 대해서 얘기를 해주게. 그러면 나는 들을 테니까.」

「아니요, 죄송하지만 전 그런 건 손 뗐습니다. 그런 걸 하면 몸이 아파집니다. 게다가 전 높은 곳이 무서워요.」

「정말인가? 성 아폴리나리 성당 종탑으로 뛰어올라 갔을 땐 어찌 되었던 건가? 그때는 안 무서웠나?」

「누가 그런 얘기를 했습니까?」

「올레야르주.」

「혹시 거기 직접 가보신 적은 없죠? 당신이나 프룬슬릭이요.」

「다른 얘기를 하지. 자네가 아까 〈7성당〉에 대해서 물었지. 자네가 그 단어에 호기심을 가져 줘서 기쁘네. 좋은 징조야. 정확히 뭘 알고 싶나?」

「일곱 개의 고딕 성당을 가리키는 말이죠, 맞습니까?」

「가장 단순한 수준에선 그렇지. 일곱 개의 고딕 성당이야.」

「그리고 그중 가장 중요한 곳은 카를로프와 성 슈테판 성당이죠. 맞습니까?」

「가장 중요해? 나라면 그런 식으로는 말하지 않겠네. 그건 그냥 일곱 개 중 두 개일 뿐이야.」

「다른 곳은요? 아폴리나리, 에마우제, 나 슬루피의 성수태고지 성당…… 그리고 성 카테리나 성당.」

「전부 맞았네.」

「하지만 성 카테리나 성당에서 원래 모습대로 남은 곳은 탑뿐이잖아요! 나머지는 바로크 양식입니다. 성 카테리나 성당에서 당신이 좋아하는 고딕 양식이 어디 있습니까?」

「끔찍한 눈엣가시 아닌가?」

「질문을 피하지 마십시오. 어떻게 탑 하나를 성당 전체로 취급할 수 있습니까?」

「그게 마음에 걸리나?」

「당연히 마음에 걸리죠. 이제는 더 이상 원래 지어질 당시의 건물이 아니잖습니까.」

「글쎄, 그런 건 고치면 되지 않겠나? 19세기에 성수태고지 성당이 어떤 모습이었는지 자네도 알고 있지 않나. 아폴리나리도 그렇고. 자네가 지금 보는 사방의 이 벽도 마찬가지지. 눈 위의 성모 성당은 어떻고? 그곳은 그저 껍데기일 뿐이야. 오늘날의 사자바 수도원과 똑같지. 성 카테리나 성당에는 아직도 장엄한 사제관이 있어. 그저 고딕 양식에 맞게 섬세하게 개축하면 되는 거야. 내 마음대로 할 수 있다면 본당 통로도 다시 짓겠네. 이 도시에게서 그 아름다운 고딕 탑을 하나라도 빼앗을 생각은 전혀 없네.」

「네오고딕 말씀이시겠죠.」

「말도 안 되는 소리 하지 말게! 성 비투스 성당은 절반이 새로 지어졌어. 하지만 누가 상관하나? 그게 아라스와 팔러가 원했던 모습이야. 그 건물이 우리 먼 조상이 아니라 할아버지 대에서 완성됐다 해서 그게 무슨 상관인가? 중요한 건 그 첫 번째 비전, 원래의 의도를 존중하는 거야. 선조들의 성취를 깔보지 않으려면, 그들이 살았던 시대를 조롱하지 않으려면, 그 시대 없이는 우리의 시대도 존재하지 않았을 테니까, 우리는 선조들의 취향을 따라야 해. 겸손하게 선조들의 소원을 존중해야 한다고. 시대를 거슬러 가야 해. 180도 뒤로 돌아서 시선을 과거에 고정시켜야 한단 말이야. 그러지 않으면 우리는 파멸하네.」

「지금 하신 말씀을 무시하려는 건 아닙니다만 취향이 변한 결과 고딕 성당 몇 개가 재건축되었다고 해서 파멸 운운하는 건 지나친 과장 아닙니까?」

「과장이라고? 봐봐, 모든 일은 르네상스 시대에 몇몇 불경한 사람들이 기도할 때 손을 모으는 대신 뻔뻔스럽게도 눈앞에 손을 쳐들어 세상을 보는 액자로 사용했을 때부터 시작됐어. 하지만 그들은 천상을 올려다보는 것을 잊었지. 그들은 오로지 눈앞에 있는, 자신과 똑같은 사람들밖에 보지 못했어. 바꿔 말하자면 주님이 창조하신 대로 모든 결함과 어리석음을 간직한 인간의 모습 말이야. 그래서 그 시대 건물들이 말도 못하게 추한 거야. 새 옷을 입은 자기 모습, 혹은 옷을 입지 않은 타인의 모습에만 관심이 있는 오만한 허영꾼들을 위한 터무니없는 오두막집이었지. 으으! 바로 우리들의 시대가 연상되지 않나? 여러 가지가 세상이 더 많이 변할수록……. 바로크 시대에는 패션이 드러나는 것보다 더 많은 부분이 감춰지도록 노력하면서 최소한 겉보기라도 겸손함을 존중하려고 했어. 하지만 사람들은 이전과 똑같이 교만했지. 그리고 그중에서도 최악은 건축가들이었어. 우아한 고딕 탑을 보기만 하면 그들의 머리처럼 우둔하고 텅 빈 둥그런 양파를 얹어 놓았으니까. 겉멋 든 창문을 낼 공간을 만들려고 오래된, 속이 빈 벽에다 구멍을 뚫었지. 그들은 그럴 권리가 없었어! 그들이 저지른 가장 사악하고 극단적인 행동의 예를 보기 위해선 멀리 갈 필요가 없어. 여기 이 끔찍한 타원형 창문을 보라고, 병자의 몸에서 곪아 가는 상처같이 벌어져 있잖아. 아니면 바로크 건축물의 평면도를 생각해 보게. 말도 안 되게 복잡할수록 더 존경받았다고. 사각형과 원, 직사각형과 팔각형으로는 성에 안 차서 그들은 타원형과 별과 흉측한 둥근 모서리를 덧붙였어. 악취미의 왕이야, 그게 내가 에를라흐[64]와 딘첸호퍼 가문에 붙여 준 별명이네. 전부 다 돌팔이들이야!」

「저도 대체로 동의합니다. 당신과 취향이 거의 똑같습니다. 하지만 일곱 번째 성당은요? 어느 것입니까? 성 마르틴인가요? 성 인드르지흐? 성 페트르?」

---

64 요한 베른하르트 피셔 폰 에를라흐Johann Bernhard Fischer von Erlach와 아들 요셉 에마누엘 피셔 폰 에를라흐Joseph Emanuel Fischer von Erlach는 18세기 오스트리아 건축가들이다.

「정말로 모르나?」

「제가 어떻게 알겠습니까? 당신은 일곱 성당에 대해서 몇 번 이야기만 흘렸고 저는 당신을 이곳저곳 따라다니면서 그 성당들을 어떻게 재건할 건지에 대한 계획만 들었는데요. 하지만 지금까지 제가 아는 건 여섯 군데입니다.」

「자네가 직접 알아내는 편이 더 낫지 않겠나, 크베토슬라프? 전혀 짐작도 안 간다면 곤란해. 어쨌든 자네도 역사학자 아닌가.」

「중퇴한 역사학자죠.」

「그럼 더 빠르게 진실을 믿을 수 있지.」

「실마리를 주십시오.」

「실마리? 자네가 개인가?」

「저도 제가 뭔지 모르겠습니다. 역사학자라기엔 부족하죠. 그렇다고 경찰도 아닙니다.」

「개에게는 주인이 필요해.」

「저도 그렇습니다. 하지만 어디 가서 찾겠습니까?」

「지금 성당 안에 있지 않나. 자네 주인도 여기 있지.」

「어디요? 어디 있습니까?」

「실마리를 달라고 했지. 여기 하나 있네. 빈첸츠 모르스타트[65]가 만든 프라하의 동판 부조를 아나? 사슴 해자와 사슬 다리와 말라 스트라나 지역 풍경이 보이는 프라하 시내 전경 말이야.」

「물론이죠. 그건 모두 다 압니다.」

---

65 Vincenc Morstadt(1802~1875). 체코의 화가. 주로 프라하 풍경을 많이 다루었다.

「성 슈테판 성당에 있는 모르스타트의 그림은?」

「잠깐만요……. 예, 그것도 뭔지 알 것 같습니다. 성당 뒤편의 풍경이죠, 아닙니까? 사제관을 묘사했죠.」

「맞아. 남동쪽에서 본 거지. 내 생각에는 모르스타트의 최고 작품 중 하나야. 그는 유럽 전체 수준에서 대단한 예술가는 아니었지만 역사적인 자료로서 그의 그림들은 가치를 따질 수 없어. 그가 주제로 삼은 대상들은 대부분 좀 피상적으로, 그림엽서같이 묘사되었지. 모르스타트가 그린 구 시청, 화약탑, 성 비투스 대성당과 카렐 교를 생각하고 있네.[66] 하지만 그 성 슈테판 성당 풍경은 달라. 특이한 각도뿐만이 아냐. 뭔가 규정할 수 없는 부분이, 설명할 수 없는 것이 있어……. 마치 수수께끼를, 심지어 비밀을 간직한 것처럼. 성당 자체는 그림에서 가장 중요한 부분이 아냐. 오른쪽 전면에 성 론긴의 둥근 예배당이 보이지. 그 왼쪽에는 네모진 종탑이 있고. 그리고 가장 왼쪽에는 모든 성인의 예배당이 있어. 그림 중앙에는 가로놓인 봉 위에 판자 세 개가 얹혀 있어. 뭔가 경사로 같은 거겠지. 그게 거기 왜 있는지는 모르겠지만 전체적으로 그 때문에 새로운 측면이 더해져서 어딘가 가정적인, 거의 친밀한 느낌이 생기게 돼. 마치 자기 가족이 사는 집 뒷마당을 보는 것처럼. 금방이라도 그림 안에 아버지가 나타나서 망치로 판자를 때리기 시작할 것 같지.」

「예, 제가 기억하기에도 가정적인 장면처럼 보였습니다.」

「그 효과를 강조하는 것은 네 사람의 형체야. 원형 성당 앞

66 구 시청, 화약탑, 성 비투스 대성당과 카렐 교는 모두 프라하의 대표적인 지형지물이다.

잔디밭에 있는 엄마와 아이의 형상과 예배당 옆에 조금 멀리 떨어진 곳에 서 있는 모자 쓴 남자와 한 여자의 형상이지. 성당 잔디밭에 네 사람이 있고 그들 뒤로 묘지가 살짝 보인다. 모르스타트 기준에서 봤을 때 사람 수가 많은 건 아냐. 그의 그림에는 갈수록 사람이 더 많아지니까. 하지만 성 슈테판 성당 뒤의 잔디밭은 완전히 달라 보여. 신시가지 경계 안에 있긴 하지만 거의 목가적인 매력이 있는 어딘지 시골 같은 배경으로 묘사되었거든. 그림 안에 건물들이 배치된 방식을 보면 대가의 기교를 알 수 있어. 거기에 원근법을 더하면 모르스타트는 사람들의 키를 조종해서 그림의 왼쪽 위 모퉁이부터 오른쪽 아래까지 대각선을 만들어 낼 수가 있고 그렇게 해서 공간에 깊이를 더하게 되는 거야. 그 오른쪽 아래 구석에는 또 하나의, 다섯 번째 건물이 있지. 굉장히 멀기 때문에 모든 건물 중에서 가장 작게 보여. 그런데도 높은 탑은 뚜렷하게 보이지. 진흙투성이 길이 성 론긴 예배당을 지나서 북서쪽으로 이어지고. 그리고 그 건물은…… 무엇일 것 같나?」

「높은 탑…… 그리고 길이 북서쪽으로 이어지니까……. 머릿속에 떠오르는 유일한 장소는 가축 시장의 새 시청입니다.」

「맞아!」

「하지만 제가 찾는 건 성당인데요!」

「서두르지 말게, 크베토슬라프, 그러다간 내 실마리를 절대 쫓아오지 못해. 그리고 말인데, 난 아직 내가 보기에 모르스타트의 그림에서 가장 아름다운 부분이 뭔지 얘기해 주지 않았네. 특정한 시대에 특정한 건물들의 상태를 기록으로 남긴 그 기교가 중요한 게 아냐. 중요한 건 장소에 대한 감각이야. 그가 그 성스러운 건물들의 주변 환경을 묘사한 방식이 중요한 거야. 잔디밭과 사람이 많이 다녀서 잘 다져진 오솔길과 나무 울타리를 친 정원과 나지막한 오두막들이 흩어진 모습 말이야. 다시 말하지만 나지막한 오두막들이야. 그리고 이런 배경 속에서 네 개의 커다란 건물이 솟아오른 거야. 예배당과 원형 성당과 종탑과, 이 모두의 위로 우뚝 솟은 성당 자체지. 이 건물들은 몇십 리 밖에서도 볼 수 있어. 시선을 확 잡고 놓아주지 않지. 이런 건물에 들어가거나 혹은 건물 옆을 지나가는 사람들은 나쁜 사람일 수가 없어. 그 아름다움만으로도 내면의 악을 사라지게 해줄 테니까. 정말이야, 아름다움은 그런 힘을 가지고 있네. 잔디밭에서 곧장 성당이 자라 나오는 광경, 바위가 태곳적부터 놓여 있던 땅에서 밀고 나오는 광경보다 더 좋은 게 어디 있겠나? 구시가지의 성신 성당 같은 곳은 운이 좋아서 융단 같은 잔디밭을 보존할 수 있었지. 탑은 그렇게 운이 좋지 못해서 어느 바로크 깡패가 사라센의 터번을 씌워 망쳐 놓았지만 말이야. 오로지 중세의 건축만이 위대하네, 크베토슬라프. 고딕 건축만이 도덕적이야. 인간의 도덕성과 건축의 도덕성은 그 시대에 함께 묶여 있는 거야. 지상의 삶을 보존하려면 우리는 절대로 다시는 현세의 세상에서 건물이라고들 하는 저 야만스러운 상자들이 우리의 성스러운 장소를 가리도록 해서는 안 돼. 수많은 우리의 성당들이 그런 운명에 처했지, 자네가 언급한 성 마르틴, 성 페트르와 성 인드르지흐 성당까지 포함해서 말이야. 성당들이 가장자리에 은행과 사무실 단지로 둘러싸이도록 허락하는 도시는 사기꾼과 관료주의자들의 손아귀에서 시들어도 돼! 그런 건물들을 주님의 거소 옆에 놓는 것 자체가 범죄라고! 사람이 하느님인 척하면서 주님의 첨탑보다 더 높은 건물을 짓는 것은 죄악이야!」

「불법은 아니죠.」

「그럼 내가 법을 바꾸겠어! 하느님의 뜻에 따라 성 슈테판과 다른 성당들이 다시 한 번 설립자들이 허락했던 그 권리를 누릴 수 있도록 내가 그렇게 만들겠네. 프라하의 신시가지에서 최고의 통치권을 누릴 권리 말이야.」

「그럼 그게 당신이 말하는 실마리입니까? 성 슈테판 성당도 오래전부터 〈7성당〉 중 하나였나 보군요.」

「유치하게 굴지 말게, 크베토슬라프. 이건 스무고개가 아니야. 내가 말해 준 것만 잘 생각해 보면 어느 곳이 일곱 번째 성당인지 곧 스스로 알아낼 수 있을 거야. 이제 가기 전에 다시 한 번 묻겠네. 나와 함께 지붕에 올라가겠나?」

「아니요, 못 합니다. 죄송합니다.」

「내가 무섭나?」

「예, 그리고 저 자신도 무섭습니다.」

「그럼 아무것도 그 두려움을 이길 수가 없나? 호기심조차도?」

「저 위에 뭐가 있는지 알고 싶지 않습니다. 그러니 저를 설득하려는 건 그만둬 주십시오.」

「자네 자신에 대해서 뭔가 알게 될까 봐 두려운 건가? 하지만 자네한테 필요한 게 바로 그것 아닌가? 자신을 찾는 것? 그럴 때가 되지 않았나?」

「어쩌면 그게 두려운 건지도 모릅니다. 예, 저는 겁쟁이입

니다. 하지만 이건 극복할 수 없는 두려움이라는 걸 제가 압
니다.」

　「유감이로군. 그럼 나중에 다시 만나세.」

　그리고 그는 나를 떠났다.

21

떨리는 말발굽처럼
장례식의 종이 울렸다.

— 올드르쥐흐 미쿨라섹

대림절[67]의 첫 2주 동안 하늘이 열렸다. 짙은 갈색 진창이
급류를 이루며 지트나와 예츠나 거리를 휩쓸고 카렐 광장으
로 흘러가 초봄의 홍수처럼 공원을 범람시켰다. 아카시아의
검은 줄기는 깊은 웅덩이 속에 고립되어 거의 하나로 이어진
호수가 되어 버린 물살 위에 으스스하게 뒤틀린 반영을 비추
었다. 공원 아래쪽에서는 관목 숲 위로 끈끈한 진흙이 쌓여
두 개의 커다란 연못을 이루어 고무장화를 갖추지 못한 사람
은 지나갈 수 없는 지역으로 만들어 버렸다. 그런데도 비는
계속해서 점점 더 세차게 내렸다. 마치 성 베드로가 20세기
말 프라하라는 이 수치스러운 광대극의 막을 내려 버리려는
것 같았다.

예츠나 거리와 렛슬로바 거리는 하나로 곧장 이어져서 물
살을 중간에 막을 만한 것이 전혀 없었기 때문에 곧 보통의
강이 되어 버렸다. 물살이 약해지자 렛슬로바 거리에 난 구멍
은 본래 크기보다 두 배로 커졌음이 드러났다. 지하실이 이제

67 가톨릭에서 크리스마스 전의 4주간.

물에 잠겼기 때문에 썩어 가는 냄새는 좀 덜해졌지만 사고 현장을 표시했던 원뿔 표지와 테이프, 다른 모든 경고 표지와 번쩍이는 오렌지색 불빛이 구덩이 깊은 곳으로 사라졌다. 이곳에 접근하는 운전자들은 앞에 도사린 위험에 대해 전혀 알 수가 없었다. 갑자기 아스팔트 위에 크게 입을 벌린 구멍을 맞닥뜨리면 차들은 그냥 보도로 올라가 계속 달렸다. 경찰이 거리를 폐쇄하러 오기 전에 어떤 조급한 택시 기사가 교통 정체를 이겨 볼 심산으로 구멍의 반대편으로 돌아가서 성 키릴과 메토디우스 성당 앞의 보도 위로 지나갔다가 그 경솔한 행동에 대한 대가를 톡톡히 치렀다. 구멍의 가장자리를 피해서 고물 폭스바겐 택시를 성당 앞 보도 위에 간신히 구겨 넣은 뒤에 그 멍청이는 차를 세우고 거리 반대쪽에서 줄줄이 선 채로 갇혀 버린 차 안의 운전자들을 향해 돼지 같은 얼굴에 한가득 웃음을 띠며 승리의 몸짓을 해보였다. 바로 그 순간 차가 뚝 떨어져 사라져 버렸다. 차가 있던 자리에서 갈색 물줄기가 분수처럼 치솟아서 도로를 뒤덮었다. 택시가 사라졌을 뿐만 아니라 성당 아래쪽 보도 일부도 함께 굶주린 구멍 속으로 삼켜졌다. 성당 담벼락 일부도 사라져서 벽돌 벽에 1미터짜리 공간이 생겼는데, 작은 조각상이라도 넣어 두기에 편리할 만한 공간이었다.

나는 이 모든 일을 자히르에게 들었다. 그는 일단의 관측기사들을 데리고 구멍의 정확한 위치를 측량하러 현장에 가 있었다. 전화상으로 그는 굉장히 우울한 것 같았는데, 바르나 바슈와 그의 일당들이 이 기회를 잡아서 그 〈콘크리트 요법〉이 옳은 해결책이라는 증거로 이용할까 봐 걱정하고 있었다.

다음 날 소방용 기중기로 택시를 건져냈다. 지하실의 고딕 아치 지붕에 걸렸기 때문에 택시는 과일 트럭만큼 깊이 빠지지 않았다. 차는 물로 꽉 차 있었는데 운전자의 모습은 어디에도 없었다. 안으로 떨어졌거나 어떻게든 차에서 빠져나왔더라도 구멍 안으로 더 깊이 빠져서 진흙탕 속에서 익사했을 것이다. 이제는 거리 전체가 양쪽으로 폐쇄되어 경찰과 도로 교통과 차량만 드나들 수 있게 되었다.

자히르와 나는 구멍 옆에서 만났다. 나는 그를 거의 알아보지 못했다. 전화로 목소리를 들었을 때보다 더 비참해 보였다. 자히르에 따르면 그 전날에 자문 회의가 열렸는데 〈빠르고 쉬운 콘크리트 공법〉이 사실상 통과되었다는 것이다. 그가 마치 걸프전 참전 용사처럼 목발을 짚고 통행금지 방벽 주위를 절름거리며 돌아다니는 동안 나는 그의 검은 콧수염이 보통 때는 구둣솔처럼 빳빳했으나 이제는 코에서 힘없이 축 처져서 마치 언제라도 그의 옷깃으로 떨어져 버릴 것처럼 보인다는 사실을 눈치챘다.

「이건 벌이에요.」

그가 잠을 못 자 충혈된 눈으로 나를 보면서 중얼거렸다.

「그 주택 단지에 대한 처벌이라고요. 무슨 일이 일어날 줄 알고 있었어요. 몇 년이나 알고 있었어. 뼈에 느껴졌다고요. 첫 번째 처벌은 나를 불구로 만든 것이었어요. 두 번째는 로제타가 나와 전화하다 말고 쾅 끊어 버린 것이었고. 나를 그런 식으로 취급한 여자는 아무도 없었는데! 하지만 이걸로 내가 물러날 줄 알면 오산이지!」

나는 이 광적인 이야기들이 다 무슨 뜻인지 알 수 없으나 그에게 몇 달 지나면 정상적으로 걷게 될 것이라고 위로하려 했다. 그가 직업적이고 개인적인 실패에 지나지 않는 일인데도 생명의 위협을 받았을 때보다 더 낙담한 것처럼 보였기 때문에 나는 놀랐다. 그는 분명히 이야기를 하고 싶은 것처럼 보였기 때문에 우리는 천천히 바츨라프 아케이드로 걸어가서 그곳의 지나가는 사람들이 전부 보이는 커다란 통유리창이 달린 음울하면서도 지나치게 밝은 술집에 자리를 잡았다. 술집 밖의 사람들이 다 보인다는 사실은 자히르에게 전혀 방해가 되지 않는 것 같았고, 그는 즉시 이야기로 돌입했다.

그는 로제타로 시작했다. 아무 의도 없는 전화 통화 한 번만으로 그녀를 적으로 돌려 버렸다. 그는 이해할 수가 없었다. 단 한 번 그녀를 직접 만났을 때 로제타는 완전히 호의적으로 보였다. 그녀에게 좋은 인상을 주고 싶은 마음에 자히르는 그녀에게 자신의 일에 대해서 이야기하면서 자기가 건축가라는 사실을 몇 번이나 되풀이해 말했다. 그녀는 그에게 어떤 건물을 지었느냐고 짧게 물었다. 예상치 못한 질문에 당황하여 그는 자신이 연관되었던 여러 가지 프로젝트를 언급했다. 로제타는 더 이상 한 마디도 하지 않고 찢어지는 것처럼 날카롭고 히스테릭하게 웃더니 전화를 끊어 버렸다. 나는 그에게 나도 그녀를 대하기가 어렵다고 말했다. 그 사랑스러운 아가씨는 그와 마찬가지로 나에게도 수수께끼였다. 그녀를 다루는 방법을 아는 유일한 사람은 뤼베크의 기사, 마티아슈 그뮌드뿐이었다. 여기에 자히르는 더욱더 우울한 상태로 빠져들었다. 그리고 그는 앞에 놓인 술을 크게 한 모금 꿀꺽 삼키더니 자기 과거에 대해 이야기하기 시작했다.

그와 바르나바슈는 몇 년 동안이나 아주 사이가 나쁜 경쟁자였다고 했다. 그러나 항상 그랬던 것은 아니었다. 15년 전에 그들은 같은 회사에 있으면서 다른 회사에서 온 건축가들과 함께 여러 가지 큰 주택 건설 프로젝트에 참여했다. 어느 날 누군가 결함 있는 설계를 내놓았다. 그 프로젝트는 승인되었으나 건물이 완공되고 나서 얼마 후 사람들이 죽기 시작했다. 그 프로젝트의 설계를 맡았던 팀은 그때부터 서로를 덮어 주고 있다는 것이었다. 심지어 공소시효 덕분에 이제는 더 이상 소송을 당할 수 없는데도, 오늘날까지 아무도 발설하지 않는다고 했다.

나는 자히르가 완전히 변했다는 것을 알았다. 매력도 자신감도 수완도 모두 사라졌다. 자히르의 과거에 그토록 어두운 비밀이 숨겨져 있으리라고는 상상도 하지 못했다. 이제 그는 술잔을 넉 잔째 비우면서 그 어느 때보다도 더 우울해 보였다. 나는 그에게 그 결함 있는 설계에 대해서 이야기해 달라고 말했고, 그는 놀랄 정도로 전혀 창피해하지 않고 이야기를 시작했다.

문제의 프로젝트는 프라하 교외의 오파토프에 있는 조립식 주택 단지였다. 바르나바슈가 잘 알고 지내는 영업부장이 있는 회사에서 어느 건축가가 제조하는 자재를 이용한 새 화재 방지 시스템을 개발했다. 화재 방지 시스템은 결함 없이 돌아갔는데, 그 시스템이 설치된 단지에서 사람들이 죽기 시작했다. 암이었다. 피해자 중에는 어린아이들도 있었다. 그 단지는 아직도 있다고 자히르는 거의 들리지 않을 정도로 속삭였고 그의 시선은 타일을 씌운 카운터를 뚫을 듯이 쳐다보고 있었다. 그곳에 사용된 내화 물질이 이제는 거의 불활성이 되었기 때문에 사람은 더 이상 죽지 않는다고 했다. 그러나 1980년대에 그들의 실험 때문에 열아홉 명이 목숨을 잃었고 그중 열한 명이 어린이였다. 건축 업계 종사자 중에서 많은 사람이 이 일에 대해 알고 있었으나 내놓고 말하지는 못했다. 침묵의 공모에 동참한 사람 중에는 직접 건축에 참여한 범인들뿐 아니라 건축 기획을 허가해 준 공무원들도 있었다. 그들 중 몇몇은 내가 아는 사람일지도 모른다고 자히르는 슬쩍 단서를 흘렸다. 양심의 가책을 덜기 위해서 관련된 사람들은 서로 피하기 시작했고 그러면서 등 뒤에서는 기회만 되면 서로를 헐뜯었다. 바르나바슈와 자히르 두 사람만이 서로 싫어하게 된 것이 절대로 아니었다. 처음에는 각자 자기 갈 길을 가서 새 직장을 찾았다. 그런 뒤에 서로 경쟁하기 시작했다. 자히르는 둘 중에 나이가 어린 쪽이었고 수주받는 숫자로 보자면 더 성공했다. 반대로 바르나바슈는 행정적으로 직급이 더 고위에 있다는 점을 이용해서 권력을 손에 넣었다. 둘 다 결함 있는 설계와 그 결과에 대해서는 잊으려고 애썼고, 그것은 공범들도 마찬가지였다. 그중 한 사람에게 죄책감은 지나치게 무거운 짐이었다. 1987년 어느 가을 저녁에 그는 스미호프 기차역 너머의 선로를 따라 걸어 내려가서 철로 위에 누워 줄무늬 거위털 점퍼를 덮고 잠들어 버렸다. 그는 다시 깨어나지 못했다. 차고지에서 돌아 나오던 기관차가 그의 바로 위로 지나갔다.

「내가 받은 익명의 투서는 누군가 알고 있다는 증거예요. 누군가 우리에게 복수를 하려는 겁니다.」

자히르가 슬픈 독백을 마쳤다.

나는 어린아이가 그린 듯한 지붕 없는 미완성의 집이 그려진 익명의 편지들을 기억했다. 이제는 이해할 수 있었다. 그 집은 미완성이 아니었다. 그 집에는 지붕이 있었다. 그림으로 그릴 수 없는 이상한 지붕이다. 편편한 지붕이다. 그 조그만 집들은 조립식 아파트 건물이었던 것이다.

나는 뤼베크의 기사와 세 번 더 동행했다. 그러나 뭔가 변했다. 신뢰와 우정의 감정은 사라졌다. 대신 우리 사이는 긴장되고 억압적인 분위기가 되었다. 그륀드가 우울한 이유는 이제 우리가 찾아가는 건물들의 끔찍한 상태 때문이 아니라 내가 신들린 상태에 빠져 이야기해 주기를 거부하기 때문이었다. 최소한 그것이 나의 추측이었다. 나는 오래된 교회 벽에 너무 가까이 가지 않고 확실하게 새로 설치된 것만 건드리도록 굉장히 주의했다.

에마우제 성당은 성모와 성 히에로님, 보이텍, 프로코프, 키릴과 메토디우스에게 헌정된 성당인데 1372년에 카렐 대제가 지켜보는 앞에서 축성되었다. 통로가 세 개, 성가대석이 세 군데 있는 본래의 고딕 건물은 그 긴 역사 동안 일련의 고통스러운 개축 공사를 겪으면서 수직선과 수평선들이 가로지르는 그 엄격한 아름다움을 이미 오래전에 잃어버렸다. 그 개축 공사 중에서 가장 탄식할 만한 것은 17세기에 있었던 전면적인 바로크식 재건축이었는데, 이전에 없었던 두 개의 거대한 탑이 이때 건축되었다. 그러나 이 탑들은 18세기 초에 배가 불룩 튀어나온 양배추 모양의 지붕을 얹어 〈공사를 마무리〉하는 바람에 그때까지 성당을 사용했던 크로아티아 출신 베네딕트 수도사들의 필요에 완벽하게 들어맞았던 남성적인 성격을 전부 망쳐 버리고 마치 형제들의 머리 위로 저주를 퍼붓는 투실투실한 생선 장수 아낙네 같은 모습으로 변해 버렸다. 19세기에 베네딕트보이에른에서 온 수도승들이 이전의 고딕 형태를 복원해 주려 했으나 그것은 본래 태생적인 보헤미아 양식이 아니라 바바리아 양식이었다. 두 개의 지나치게 장식적인 뾰족탑과 과장되게 높은 삼각형 박공 때문에 성당은 이제 잘해야 방어벽을 강화한 도시의 성문처럼 보이고 최악의 경우에는 상급 시장처럼 보였다. 1945년 2월에 성당은 연합군 비행기의 폭격을 맞았다. 어차피 미국인들에게 중세 성당과 무기 공장의 차이점을 알아 달라고 하는 건 무리다. 그리고 현재의 임시방편으로 보이는 형태, 즉 유리와 콘크리트로 된 박공과 곡선 형태로 십자가가 달리고 끝을 도금한 두 개의 탑은 1960년대로 거슬러 올라가는 가장 최근의 개축을 거친 결과이다.

전문 사진가의 도움을 받아 그뮌드는 내부의 모습을 담은 시각 자료를 모았고 특히 사제관 창문과 창틀 받침의 부조 장식에 집중했는데, 그냥 각이 진 게 아니라 오목한 장식이었다. 이것은 성 슈테판 성당과 성 아폴리나리 성당과 성수태고지 성당의 창틀 장식과 함께 중세 중기 석조 공예의 가장 섬세한 모습을 보여 주었다. 기능과 장식이 이처럼 적절하게 조합된 적이 없었으며, 건축이 이와 같은 완벽함에 도달한 적도 없었다.

근무가 끝날 무렵에 나는 종종 에마우제에 들러 그뮌드와 시간을 보내곤 했다. 서장의 명령은 우리가 유넥 경위의 지휘 하에 바르나바슈를 하루에 각자 열두 시간씩 경호해야 한다는 것이었다. 그러나 유넥은 나를 믿지 않았기 때문에 대체로 계속 남아서 나와 함께 건축가에게서 주의 깊은 시선을 떼지 않았다. 그는 밤 근무를 전부 혼자 하기로 결정했기 때문에 잠을 거의 못 잤고 언제나 굉장히 지쳐 있었다. 그는 좀비처럼 걸어다녔다. 권총 방아쇠에 손잡이를 건 좀비다. 나는 되도록이면 유넥과 마주치지 않으려고 노력했으며 안전한 거리에서 그의 답답한 고집과 경찰로서 자신의 능력에 대한 흔들리지 않는 믿음을 경탄하며 바라보았다. 이제는 공사장으로 변한 렛슬로바 거리의 구멍 옆에 세워 둔 우리 차에서 그가 낮잠 자는 모습을 두 번 보았다. 올레야르주가 발견했다면 그 자리에서 유넥은 파면됐을 것이다. 나는 유넥이 서장 자리를 노린다는 것을 올레야르주도 알고 있으며 직무유기는 지나치게 야심찬 부하를 쫓아 버리기에 완벽한 구실이었을 것이라고 생각했다. 그러나 서장은 알아내지 못했고 상황은 다른 방향으로 진행되었다.

12월의 홍수 같은 해빙기가 끝나고 일주일 뒤인 수요일 아침, 전화가 울렸을 때 나는 호텔의 푸른 방에 있었다. 낯선 목소리의 남자가 올레야르주에게서 급한 전갈을 받았다고 말했다. 나는 즉시 렛슬로바로 가야 했다. 바르나바슈가 구멍에서 혼자 나를 기다리고 있었다. 유넥 경위가 밤사이에 싸움에 연루되어서 머리를 다쳐 지금 병원에 있었다. 올레야르주가 한 시간 내로 다른 사람을 보내겠지만 내가 가장 가까이 살기 때문에 즉시 가야 한다는 것이었다. 나는 펜델마노바 부인의 아파트에서 초인종 소리에 잠이 깼던 그날 아침을 생각했다. 이른 아침에 갑작스럽게 잠을 깨우는 것보다 더 나쁜 일은 없다. 그것이 성난 20세기가 우리에게 가르쳐 준 일들 중 하나인 것이다.

렛슬로바 거리에 도착한 것은 10분 뒤였다. 날씨가 굉장히 추워서 거의 영하에 가까웠다. 주위가 전부 조용했다. 며칠 동안 호텔 창문을 두드려 대던 바람조차도 숨을 멈춘 것 같았다. 거리 전체가 아직도 폐쇄되어 교통량이 전혀 없었고 단지 잠들어 있는 한 무리의 공사 차량, 그러니까 카고 크레인, 레미콘 트럭, 압연기, 아스팔트 까는 기계들이 성 바츨라프 성당 계단 옆에 주차되어 있었다. 새로 아스팔트를 깔아 막은 구멍 위에 붉은색과 흰색 원뿔형 교통 표지가 살짝 비뚤어진 채로 놓여 있었다. 그 아래에는 지난 일주일 동안 그 모든 귀중한 고고학적 유물과 무덤, 미라화된 수도승들이 망각의 심연에 맡겨져 콘크리트로 채운 철근과 도리의 거대하고 뚫을 수 없는 그물 아래 영원히 묻혀 있었다. 거리를 2백 미터쯤 더 올라간 곳에 광장을 향해 흰색 슈코다 자동차가 한 대 서 있었다. 아무 표시가 없었으나 번호판을 보고 나는 경찰차라고 짐작했다. 운전석에는 아무도 없었다.

나는 언제라도 바르나바슈가 모퉁이를 돌아서 나타나기를 기다리고 있었다. 어쨌든 그가 나를 기다리고 있다고 들었으니 말이다. 시간은 일 분 일 분 지나갔고 주변에서는 아무것도, 시궁창의 신문지 조각과 담배꽁초, 공원에서 바람에 실려 내려온 아카시아 잎사귀 몇 장도 전혀 움직이지 않았다. 나는 거리를 건넜다가 다시 건너서 제자리로 돌아왔다가 하면서 계속 멈추어 서서 시계를 보았다.

갑작스러운 소음 때문에 나는 걷다 말고 멈추었다. 처음에는 물이 콸콸 흐르는 소리와 함께 희미하게 짤그랑 소리가 규칙적으로 들렸다. 그러다가 소리는 더 커져서 내 머릿속에서 서로 겹치면서 울리기 시작했다. 나는 당황하여 몸을 돌렸고 예츠나 거리를 따라 강을 향해 흘러가는 홍수를 또 보게될 것이라고 예상했다. 그러나 어디에도 물은 보이지 않았고 수력 기계 장치가 돌아가는 모습도 보이지 않았다.

하지만 나는 그 소리를 들었다. 그것은 상당히 뚜렷한 소리였으며 분명히 기계 소리였다. 나무 바퀴일까? 물방아인가? 방앗간이 있나? 소리를 들어 보면 방앗간이 두 개였다. 최소한 두 개다.

대체 어디서 나는 소리일까? 나는 손바닥을 곱아 귀를 덮었다. 내가 환청을 듣는 게 틀림없다. 성 키릴과 메토디우스 성당 근처 어디에 물방아가 있을 수 있단 말인가? 여기서 가장 가까운 곳에 있었던 방앗간은 지금 마네스 미술관이 서있는 자리인 강가의 물 저장탑 아래였다. 1920년대에 그 낡아 빠진 16세기 구조물은 기능주의 미술관을 만들기 위해서 철거되었다. 기분 좋은 아이러니는 이로 인해서 오래된 석조탑이 구조되었다는 것인데, 건축가가 그 초현대식 설계에 탑을 포함하기로 결정했기 때문이다. 두 개의 방앗간 위에 하나의 높은 슬레이트 지붕이 5백 미터 높이의 탑 절반까지 닿는 모습을 나는 마음속으로 볼 수 있었다.

갑자기 원뿔형 교통 표지가 움직였다. 나는 세게 눈을 깜빡였다. 분명 내가 잘못 보았을 것이다. 그러나 아니었다, 원뿔 표지는 실제로 움직였다. 아까는 오른쪽으로 기울어져 있었다. 이제는 왼쪽으로 기울어졌다. 무엇 때문에 움직였을까? 공기가 완전히 정지되어 있으니 바람 때문은 아니다. 그러다가 내가 보는 앞에서 그것은 원래 위치대로 다시 기울어졌다.

나는 가까이 다가가서 붉은색과 흰색의 원뿔 옆에 새로 깐 아스팔트 위에 무릎을 꿇었다. 흰 줄 위에 조그만 세 악마가 삼지창을 흔드는 모습이 어린아이가 그린 것처럼 서투르게 그려져 있었다. 그리고 내가 보는 앞에서 원뿔 표지 전체가 흔들리기 시작했다. 안에 뭔가 있다……. 뭔가 살아 있는 것이 있었다. 나는 배를 깔고 엎드려서 빨간 플라스틱 받침 아래의 갈라진 틈을 들여다보았지만 아무것도 볼 수 없었다. 아스팔트는 기분 좋게 따뜻했다. 아주 짧은 순간 인적 없는 거리에 누운 채로 나는 눈을 감고 축복받은 정적 속에 잠에 빠져들고 싶었다.

그때 원뿔 표지가 다시 기울어졌고 다음 순간 나는 한 쌍의 눈을 마주 보고 있었다. 그 그로테스크한 광대 모자 아래에 숨겨진 것은 사람의 얼굴이었다.

나는 펄쩍 뛰어 일어나서 원뿔 표지를 양손으로 잡고 당겼다. 플라스틱이 손 안에서 빠져나가면서 희미한 신음 소리가 들렸다. 나는 원뿔 표지를 다시, 이번에는 밑동을 잡고 확 당겼다. 부조리한 순간에 우리는 가장 부조리한 일들을 생각한다. 나는 내가 동화에 나오는 노인이 되어 순무를 뽑기 위해 당기고 있다고 상상했다.[68] 그러나 내 경우에 몸부림은 길지

---

68 순무를 뽑기 위해 할아버지부터 어린 손자까지 가족이 모두 달려들어 잡아당긴다는 체코의 유명한 옛날 이야기를 말한다.

않았다. 윈뿔 표지가 뽑혀 나오면서 더 기묘한 뿌리를 드러냈다.그것은 바르나바슈였다. 그는 새로 채워진 구멍 속에 목까지 콘크리트와 아스팔트에 묻혀 있었다. 그리고 어느 모로보나 살아 있었다. 그의 얼굴은 너무 크게 자란 토마토 같았다. 얼굴은 여기저기 긁히고 데었고 말라붙은 시멘트와 타르 때문에 회색과 검은색 딱지로 덮여 있었다. 그 불쌍한 남자는 의식이 없는 상태였고 헐떡거리며 숨을 몰아쉬는 것으로 보아 분명히 질식하고 있었다. 충혈된 눈이 기운 없이 하늘을 향했다. 찢어진 입술에서 분홍색 침 줄기가 흘러나왔고, 혼란스러운 말 몇 마디가 새어나왔다. 말하는 순무가 검은 양배추 밭에 묻혀 타르와 시든 장미, 썩은 오렌지와 타버린 살의 악취를 풍기고 있었다.

나는 주머니 속의 워키토키를 떠올렸다. 꺼내서 스위치를 켰지만 미처 말은 하지 못했다. 내가 경찰차라고 생각했던 흰 슈코다의 바퀴 아래에서 폐병 환자처럼 긁히는 소리가 났다. 강철 짐승이 움직이기 시작했다. 나는 그것이 함정이었으며 이제 차가 똑바로 나를 향해 달려오는 것을 보고 곧 나를 치어 죽이리라는 것을 알았다. 그러나 나는 움직이지 않고 그 자리에 서서 공포에 질려 마비된 채로 머릿속에 마지막 한 가지 쓸모없는 생각을 하고 있었다. 올레야르주가 워키토키를 통해 내지르는 성난 〈뭐야?〉에 대답할 시간이 없으리라는 것이었다. 어쩌면 나는 한 마디로 대답할 수 있을지도 몰랐다. 그것은 매우 극적인 작별이 될 것이다.

죽음은 그러나 다른 곳을 쳤다. 차는 바로 내 몇 걸음 앞에서 급히 멈추더니 방향을 틀어 차로를 벗어났고 바퀴가 걸려서 우아하게 아스팔트 위로 미끄러졌다. 차는 이제 빨리 달리고 있지는 않았지만 앞바퀴가 단두대처럼 정통으로 바르나바슈의 머리에 부딪쳤다. 흉측하게 터지는 소리와 함께 머리는 거리 아래쪽으로 튕겨 나갔다. 엔진을 붕붕거리면서 차는 몇 초 동안 그 머리를 따라가다가 갑자기 돌아서서 디트리호바 거리 안으로 사라져 버렸다. 나는 운전자를 제대로 보지도 못했다.

나는 기절하지 않았다. 기절할 수 없었다. 나 자신이 기절하도록 내버려 두지 않을 작정이었다. 그러나 입을 다물고 있을 수가 없었다. 발아래 워키토키를 떨어뜨린 채로 바르나바슈의 피투성이 목 옆에 서서 양손으로 귀를 가리고 나는 이미 오래전에 기능을 멈춘 쉬트코브스키 방앗간의 물방아가 덜걱거리는 미칠 것 같은 소리를 머릿속에서 몰아내기 위해 〈안돼안돼안돼안돼안돼〉라고 고함쳤다. 나는 오랫동안 소리쳤다.

그리고 모든 것이 변했다. 갑자기 거리에 검은 제복이 넘쳐났다. 그 사이를 뚫고 밀고 들어오는 것은 회색 코트였고 그 코트를 입은 것은 대머리의 남자였는데 곧장 나를 향해 오고 있었다. 그는 흰 손수건 두 장을 양쪽 귀에 꽂았고 굉장히 흥분해서 말하고 있었다. 사납게 움직이는 혀를 보니 그런 것 같았다. 우리 둘 다 아무것도 듣지 못하는 듯했다. 나는 주머니에서 손을 빼야겠다고 생각했지만 그럴 수가 없었다. 주머니가 아니라 양쪽 귀를 온 힘을 다해 누르고 있었던 것이다. 나는 손을 뗐고 물방아의 덜그럭거리는 소리가 즉시 멈추었다. 대신 나는 올레야르주의 목소리를 들었다. 그는 유녁에 대해 뭔가 말하고 있었다.

내가 말했다.

「유넥은 병원에 있습니다. 지난밤에 싸움을 했다고 들었습니다.」

「자네 미쳤나?」

올레야르주가 포효했다.

「내가 하는 말 한 마디도 안 들었나? 대체 누가 유넥이 병원이 있다고 한 거야? 유넥은 바르나바슈의 거실에서 자기 피 웅덩이 속에 누워 있네. 그리고 그 옆의 마룻바닥에 칼이 떨어져 있고. 긴 골동품 단검이야. 한쪽 귀로 들어가서 다른 쪽 귀로 나왔어.」

나는 동정심에 휩싸였다. 유넥에 대한 것이 아니라 나 자신에 대한 것이었다. 나는 유넥의 죽음이 이미 상당히 긴 나의 실패 목록에 더해질 것이라고 확신했다. 바로 얼마 전에야 그렇게 고생해서 겨우 다시 얻은 신뢰에도 마음속으로 작별을 고했다. 심지어 나는 슈코다 자동차의 번호판을 똑똑히 보고 있는데도 절반 이상 기억할 수 없었다. 한 번의 짧은 전화 통화만으로 내가 기억할 수 있었던 세 개의 번호가 경찰에서 사용하는 어느 차량과도 맞지 않는다는 사실이 확인되었다. 내가 저지른 또 하나의 치명적인 실수였다.

그날 오후, 특별히 민감하고 구역질 나는 사건이 벌어졌을 때 언제나 그렇듯이 검시관 트루그 박사가 현장에 도착했다. 바르나바슈의 머리는 렛슬로바 거리 끝까지 굴러 내려가서 제방에 도달하자 춤추는 집[69]의 지지대를 타고 축구공처럼 날아가서 골대 안으로 ─ 혹은 이 경우에는 강둑의 난간 안으로 떨어졌다. 그곳에서 머리는 주철제 나뭇잎 문양의 쇠창살 안에 단단히 박혀 안식을 찾았다. 그리고 머리는 트루그가 외과용 톱을 가져와서 뽑아낼 때까지 그곳에 남아 있었다. 오늘날까지도 난간 안에 둥글게 빈 곳을 볼 수 있다.

그날 저녁 다시 한 번 폐쇄된 거리에 혼자 서서 나는 바츨라프 성당 밖에서 보았던 카고 크레인을 기억했다. 오렌지색 타트라 자동차였는데, 이미 오래전에 더 현대식이고 더 힘 좋은 기계로 대체된 종류였다. 도로 공사하는 사람들이 어째서 기중기가 필요할까? 나는 성당으로 달려가서 주차된 차들을 살펴보았다. 레미콘 트럭, 압연기, 아스팔트 까는 기계……. 기중기는 사라졌다. 나는 그것이 우리의 미친 살인자가 애용하는 바로 그 기계임을 확신했다. 그 기중기로 처음에는 레호르주의 다리를 의회 센터 깃대 위로 들어 올렸고 그다음에는 성 슈테판 성당 뾰족탑 꼭대기에서 왕관을 뽑아내어 어린 기물 파괴범을 매다는 데 썼다. 나는 여기에 대해서 올레야르주에게 말할 생각조차 하지 못했다.

호텔에 돌아갔을 때는 밤이었다. 나는 서장이 살인 사건 현장을 떠나기 전에 했던 말에 대해서 생각했다. 그는 나를 찾아 제방으로 왔다. 그의 오른쪽 귀에서 검은 진흙탕이 너무 많이 쏟아져서 마치 서장이야말로 타르 속에 묻혔던 것 같이 보였다. 그리고 그는 이렇게 말했다.

「고객을 경호하지 못하는 경호원보다 더 한심한 게 뭔지

---

69 프라하 블타바 강변에 있는 건물 이름. 할리우드의 유명한 뮤지컬 영화 댄서인 프레드 아스테어와 진저 로저스가 춤추는 모습을 본떠 만든 정면 모습 때문에 이런 이름이 붙여졌다.

알아? 고객 두 명을 경호하지 못하는 경호원이야. 자네는 경찰에 전혀 쓸모가 없어. 자네 자신은 깨닫지 못할지도 모르지. 믿지 않으려고 하든지, 아니면 뒤로 무슨 수작을 부리고 있는 건지도 모르겠지만 이젠 정말로 이 모든 살인 사건들이 한 사람 때문에 벌어진 것처럼 보이기 시작하네. 내가 아직은 거기에 대한 이성적인 설명을 못 찾아냈지만 말이야. 그리고 그 한 사람이 누구라고 생각하는지 아나? 알아맞힐 수 있겠나? 아, 마침내 좀 머리가 돌아가는 모양이로군. 세상에서 가장 무능한 경찰관에 대해서 말하고 있는 거야. 자네 말이야.」

22

번개 속에 분노하며 솟아오른
거대하고 높은 천장은 검다.

— 리처드 와이너

경찰은 언제나 해오던 검증된 방법을 고수하여 얼마 지나
지 않아 용의자를 지목했다. 그 용의자가 누구인지 알게 되
었을 때 나는 울어야 할지 머리가 터지게 웃어야 할지 알 수
없었다. 그 용의자란 다름 아닌 우리의 친구 자히르였던 것이
다. 처음에 나는 말도 안 되는 소리라 생각하고 무시해 버렸
다. 그러나 다시 생각해 보니 아무리 빈약하더라도 어쨌든
일리가 있긴 있다는 걸 인정해야 했다. 나는 자히르가 바츨
라프 아케이드에서 바르나바슈와의 경쟁 관계에 대해 이야
기했던 것을 떠올렸다. 자히르가 다른 사람들에게도 그 이야
기를 하면서 본래 의도보다 더 많은 단서를 흘렸을 수도 있
다. 그는 술에 심하게 의존했다. 취한 상태라면 자기 죄과를
전부 드러내 버렸을 수도 있다. 불가능한 일은 아니었다. 그
가 바르나바슈만큼이나 레호르주와 펜델마노바 부인도 증
오했다면? 그가 다친 다리(심각한 부상이라는 것을 내 눈으
로 보았다)가 탄탄한 알리바이를 제공한다는 것을 확실히 알
고 세 사람 모두 죽였다면? 살해 미수 사건의 피해자를 의심

할 사람은 없을 것이다! 자기 스스로 부상을 입은 것이다! 자기 자신과 다른 사람들의 죄에 대해서 자히르처럼 엄하게 판단하는 광신자라면 그런 일을 할 수 있을 것이다. 성 아폴리나리 성당 종에 자기 발목을 매달기 위해서는 깊은 자기혐오와 약간의 손재주만 있으면 되는 것이다.

완벽하게 때를 맞춰 자히르는 오래전부터 계획했던 대로 류블랴나로 출장을 갔고, 편리한 항공편을 이용하는 대신 사랑하는 차를 선택했다. 그는 열흘 뒤에 돌아올 예정이었다. 우리는 의심하고 있다는 사실을 이야기하지 말라는 명령을 받았다. 마찬가지로 올레야르주는 체포하기 위한 준비 과정을 하나도 밟지 못하도록 금지시켰고 자히르의 은행 계좌를 동결시키는 것도 똑같이 바보 같은 발상이라고 무시해 버렸다. 자히르가 겁에 질려 돌아오지 않을지도 모른다는 생각이었다.

갑자기 모두가 자히르를 살인범이라고 믿게 되었다. 사건을 수사하는 팀은 더 이상 나와 말을 하려 들지 않았지만 거의 신념처럼 그 사실을 믿기 시작했다. 주민들의 생명을 위협했던 주택단지 건축 프로젝트에 관여했던 사람 중에서 몇몇을 내가 알지도 모른다고 했던 자히르의 말이 되돌아와 나를 괴롭혔다. 그는 내가 그 사람들을 안다고 말한 게 아니라 〈알았을지도 모른다〉라고 말하면서 그들이 이미 죽었다는 사실을 암시했다. 한순간 나조차도 자히르를 반쯤 미친 살인광이라고 믿고 싶었다. 그러나 나는 곧 그에 대한 증거가 하나도 없다는 사실을 깨달았다. 그리고 성당 벽에 낙서한 기물 파괴범들, 하나는 스프레이 페인트로 뒤덮여 질식사하고 다른 하나는 배 속에 내장 대신 스케이트보드가 박힌 채 발견된 두 소년은 어떡할 것인가? 그들은 사건의 어느 부분에 들어맞는가? 그리고 역사적인 건물들은? 나는 경찰 수사과 서장과 고딕 성당이 불러일으키는 잠재적 살인 충동에 대해 논의할 수는 없었다.

이제 모든 의심이 자히르에게 떨어지고 그를 범인으로 지목하는 방향으로 사건 수사가 이루어지다 보니 녹색 화강암 자갈을 비교해 보자는 나의 제안은 관련 없는 사안이 되어 버렸다. 그러나 나는 그 돌들이 모두 같은 곳에서 왔다고 확신했다. 모두 색깔과 크기와 모양이 같았으며 모두 다 똑같이 불길한 소식을 전달했던 것이다. 나는 상사들을 거치지 않고 곧장 트루그를 찾아가서 자갈을 분석해 달라고 하기로 결심했다. 필요하다면 그를 협박이라도 할 생각이었다. 이미 그의 동물 실험에 대해서 할 말을 준비해 두었고 그가 유니콘에 대해서 대학 당국에 설명하기 힘들 것이라고 확신했다.

사건이 있었던 다음 주의 월요일에 렛슬로바 거리의 구멍이 메워졌고 카렐 광장 아래 지하실도 돌이킬 수 없이 폐쇄되었다. 올레야르주는 나를 만나려 하지 않았고 그뮌드도 나를 필요로 하지 않았으며 점점 더 낙담한 것처럼 보였다. 마치 그의 우아한 외양에 광채를 더해 주었던 불빛이 꺼져 버렸거나 혹은 이제까지 그를 보호하고 있던 얇고 단단한 유리 껍질이 깨져 버린 것 같았다. 그는 거의 호텔에 돌아오지 않게 되었다. 프룬슬릭도 며칠이나 보지 못했다. 그러나 저녁마다 호텔에 있을 때면 그뮌드의 숙소에 혼자 남았다고는 느껴지지 않았다. 복도에는 들척지근한 냄새가 퍼지곤 했는데 그 때문에 나는 머리가 어지럽고 목이 막혔다. 무슨 냄새인지 처음에는 알지 못했으나 어느 날 아침에 거실에서 그 냄새를 맡고 나는 아편이라고 거의 확신했다. 아편 연기는 프룬슬릭의 방에서 새어 나오는 것 같았다. 나는 너무 외로워서 몇 번인가 용기를 내어 그의 방문을 두드렸다. 아무도 대답하지 않았다. 안에서는 소리 죽인 목소리도, 수상쩍은 부스럭거리는 소리도, 광기 어린 웃음소리도 들리지 않았다. 문손잡이를 돌려 볼 용기는 내게 없었다.

나는 로제타와 이야기하는 것에 대해서도 자주 생각했다. 경찰과의 오해와 그뮌드와의 문제에 대해서 그녀에게 이야기하고 싶었다. 나는 아침 식사 때 두 번 그녀를 보았으나 그때마다 그녀는 내가 방에 들어서자마자 아침 인사를 하기도 전에 일어나서 나가 버렸다. 그 뒤로 그녀는 더 이상 아침 식사를 하러 내려오지 않았다. 나는 우연한 만남을 조작하려 했다. 그래서 더 일찍, 6시가 되기 전에 일어나서 그 기묘한 호텔의 텅 빈 복도를 헤매 다니곤 했다. 로제타가 일부러 나를 피한다는 사실이 확실해졌기 때문에 단 한 가지, 그녀의 방문을 두드리는 것만은 하지 않았다.

마침내 나는 탄식을 들어주고 말하자면 죄를 사해 줄 사람을 찾아냈다. 나의 은사 네트르셰스크 선생이었다. 잠 못 이루는 밤을 지새우고 갑자기 그를 찾아갔을 때 그는 감동할 정도로 진심으로 기뻐하며 나를 맞아 주었다. 내 모습이 대단히 초췌해 보였는지 그는 아무것도 묻지 않고 나를 집 안으로 데려와서 부엌 식탁에 앉히고 럼주를 넉넉히 넣은 진한 차 한 잔을 타주었다. 그리고 그는 내 맞은편에 앉아서 무슨 일인지 전부 얘기해 보라고 말했다. 그 솔직함에 나는 크게 안도했다. 약한 자는 언제나 실수를 하게 마련이다.

나는 신시가지 살인 사건에 대해서 처음부터 끝까지 털어놓았고 아직까지 아무런 눈에 띄는 성과를 올리지 못한 경찰 수사의 세부적인 사항에 대해서도 빼놓지 않았다. 나는 아무것도 숨기지 않고 전부 이야기했고 말하면 말할수록 긴장이 풀리는 것을 느꼈다. 또한 나는 자히르의 살인 혐의를 믿을 수 없다는 것도 털어놓았고 심지어는 이미 오래전부터 마음속에서 키우고 있던 의심에 대해서도 말해 버렸다. 바로 내 후원자인 마티아슈 그뮌드가 이 모든 사건에 뭔가 기묘한 방법으로 연루되어 있다는 것이었다.

그렇게 서두르지 말았어야 했다. 가장 비밀스러운 생각은 마음속에 숨겨 두는 것이 가장 좋다. 그때까지 정신없이 귀를 기울이는 것처럼 보이던 네트르셰스크 선생은 뤼베크의 기사의 이름을 듣자마자 몸을 움츠렸다. 그의 얼굴이 어두워졌지만 그 외에는 감정을 내보이지 않았다. 그러더니 그는 내 어깨 너머 어딘가를 걱정스러운 눈길로 쳐다보고는 나에게 어째서 그런 생각이 들었는지 물었다. 나는 고개를 돌렸고 문간에 루치에가 이마에 질문하는 듯한 세 줄의 주름을 짓고 서 있는 것을 보았다. 그녀는 내가 무슨 말을 하는지 전혀 이해하지 못한 것이 확실했지만 그래도 이제까지 한 얘기를 전부 들은 것 같았다. 그녀의 나이 든 남편은 반대로 겁먹은 토끼처럼 행동하기 시작했다. 분노로 목소리를 떨면서 네트르셰스크 선생은 루치에에게 엿듣지 말고 나가서 아이를 돌보라고 말했다. 나는 그녀가 마음 상한 것을 알 수 있었다. 나서서 그녀를 변호하고 싶었지만 나는 몇 초나마 너무 오래 망설였다. 문이 닫히고 루치에는 사라져 버렸다.

내가 더 이상 아무것도 이야기하지 않으리라는 것을 깨닫고 네트르셰스크 선생의 태도는 눈에 띄게 차가워졌다. 그는 시계를 들여다보고 손가락으로 식탁 표면을 두드렸다. 그리고 역사학회에서 회의가 있으니 가는 길에 같이 나가자고 했다. 무슨 말인지 알아듣고 나는 일어섰다. 우리는 아무 말 없이 계단을 내려가서 어색하게 작별 인사를 했다. 나는 특별히 갈 곳이 없었지만 네트르셰스크 선생과는 반대편으로 걸어갔다.

공기 중에 빛이 가득 흩어져서 나는 눈이 아프고 앞이 잘 보이지 않았다. 고개를 숙이고 시선을 보도에 꽂은 채로 나는 바츨라브스카 거리를 따라 나모라니 거리와 만나는 곳까지 내려갔다. 그곳에서 몇 걸음만 더 걸으면 에마우제 수도원이었다. 마치 순례자처럼 그 앞에 서서 나는 1371년에 수도원이 이름을 따오게 된 누가복음의 한 구절을 떠올렸다. 플로리안 신부님은 설교할 때 그 구절을 즐겨 언급하곤 했다. 〈그날에 그들 중 둘이 예루살렘에서 25리 되는 엠마오라 하는 마을에 가면서 이 모든 일을 서로 이야기하더라. 그들이 서로 이야기하며 문의할 때에 예수께서 가까이 이르러 그들과 동행하시나 그들의 눈이 가리어져서 그인 줄 알아보지 못하거늘.〉[70]

갑자기 내 뒤에 누가 있다는 느낌이 들었다. 나는 몸을 홱

70 누가복음 24장 13~16절.

돌렸지만 아무도 보이지 않았다. 밤나무 가지들이 우윳빛 안개 속을 떠돌았고 성당 아래의 불길한 돌계단에는 졸린 비둘기 두 마리가 서로 기대 앉아 있었다.

나는 수도원 건물 사이를 한 바퀴 돌았다. 건축 설계과와 프라하 도시 개발과 본부 건물 앞을 지나면서 나는 본능적으로 몸을 움츠렸다. 그것은 세 개의 각진 유리 상자였는데, 닭다리처럼 불안한 시멘트 기둥 위에 간신히 균형을 잡고 선 슬픈 건물들이었다. 교만한 건설회사의 전형적인 작품이다. 그 기능주의적 저속성은 벌써 수십 년째 성 히에로님 성당을 모욕하고 있었다. 지금 그 건물들은 여러 국제 자선 단체에 임대해서 임대료를 넉넉하게 받고 있지만 그래도 이 흉측한 덩어리들을 누군가 인가해 주었고 누군가 지었다는 사실에는 변함이 없었다. 누군가 고딕 양식의 프라하에 범죄를 저지른 것이다. 누구일까? 레호르주? 바르나바슈? 펜델마노바?

나는 비셰흐라드 거리 쪽의 에마우제 성당 사제관 앞에서 걸음을 멈추고 고개를 들어 성가대석 윗부분의 무시무시하고 새까만, 어쩐지 로마네스크 양식 같은 분위기를 풍기는 창문들을 올려다보았다. 그 위로는 6백 년 전에도 그랬듯이 가느다란 고딕 뾰족탑이 하늘을 꿰뚫을 듯 치솟아 있었다. 건축의 역사에서 가장 영광스러웠던 시절의 유산이다. 그 탑을 지탱하는 지붕의 대들보를 만들기 위해서 카렐 대제는 숲 하나를 통째로 희생했다. 벽을 만들기 위해서 그는 직접 최고급 회색 사암을 선별했다. 카렐 대제가 구시가지와 말라 스트라나 사이에 지은 다리와 똑같은 재질의 사암이다. 5백 미터 길이의 성당을 짓는 데 석재가 얼마나 들어갔을까?

나는 비셰흐라드 거리를 따라 내려가면서 딘첸호퍼 가문이 지은 성당 두 개를 지나쳤다. 성 요한 네포묵 혹은 반석 위의 요한 성당은 위치를 잘 잡기는 했지만 괴상하게 기울어진 탑 때문에 건물 전체가 어쩐지 혼란스러워 보였다. 이런 성당에 다니다 보면 신도들이 의심하는 마음을 갖게 되지 않을까? 나는 반석 성당의 계단을 내려가 식물원을 지나서 두 번째 딘첸호퍼식 성당인 일곱 가지 슬픔을 안은 성모 성당으로 향했다. 별로 눈에 띄지 않는 건물로, 역시나 딱히 특징이 없는 엘리자베타 수녀원 건물과 연결되어 있다. 나는 거리를 더 내려가서 알베르토프에 이르러 나 슬루피의 고딕 성당 앞에서 걸음을 멈출 수밖에 없었다. 그 단순한 아름다움과 완벽한 윤곽은 건너편의 불행한 바로크 건물들과 강한 대조를 이루었다. 나는 노란 석재로 된 벽과 조그만 사각형 본당 통로와 나지막한 성가대석을 오랫동안 둘러보았다. 이 건물은 어딘가 조용하고 안전한 동네에 자리 잡은 시골 성당 같아서 편안한 느낌이 들었다. 나는 에마우제 성당 부근에서 갑자기 머릿속에 떠오른 플로리안 신부님에 대해서 더 이상 생각하지 않으려 애썼다. 그리고 전에 루치에와 산책했을 때와 마찬가지로 천천히 성당 주변을 돌아보며 모든 순간순간을 즐겼다. 성당을 떠날 수가 없었다. 나는 오랫동안 잔디 위의 성모(성수태고지 성당의 다른 이름이다)의 우아한 자태를 감탄하며 바라보았다. 그 형태는 130년 전에야 고딕 양식 복원가인 베르나르드 그뤼버에 의해 비로소 복원된 것이다.

갑자기 걷다 말고 멈추어 서서 나는 대체 내가 여기서 정확히 뭘 하고 있는 건지 생각했다. 성당 주위를 걸어다니는 행동이 갑자기 나 자신이 보기에도 의심스러워 보였다. 이것은 뭔가 의식 같지 않나! 마치 내가 사랑하는 성당들과 일부러 작별 인사라도 하려는 것 같다. 그리고 나는 다시 주변을 조심스럽게 둘러보았다. 또다시 어딘가 멀리서 조롱하는 눈동자가 나를 지켜보는 듯한 기분이 들었기 때문이다. 그러나 아무도 보이지 않았다. 나는 베트로프 언덕 쪽을 올려다보았다. 몸을 움츠린, 거의 사람 같은 성 아폴리나리 성당의 윤곽을 간신히 구분할 수 있었다. 한순간 그 흐릿한 유령 같은 형체는 앞뒤로 몸을 흔드는 것 같았는데, 나는 안개 때문에 눈썹에 달라붙은 수증기가 흔들려 그렇게 보이는 것이라고 생각했다. 그 마법에 이끌려 나는 언덕을 오르기 시작했다.

성 아폴리나리 성당은 그냥 지나칠 수 없는 곳이지만, 나는 스투드니츠코바 거리의 계단을 통해서 올라갔기 때문에 경사면이 꽤나 가파르게 떨어지며 시내를 향해 등을 돌린 성당의 남측을 느긋하게 감상할 수 있었다. 계단 꼭대기에 이르러 나는 사제관 정원 주변을 돌아서 동쪽에서 성당에 접근했다. 그곳에서 나는 사제관 높은 창문 아래의 부드러운 회벽을 어루만지지 않을 수 없었다. 이것이야말로 사람과 시간에 파괴된 건물을 재건하는 유일한 방법이다. 오래된 성당을 개축하려면 이렇게 해야 한다. 백 년 전에 이 건물에 본래의 영광을 되찾아 준 요제프 모커는 진정 현대 체코 건축가 중에서 가장 뛰어난 거장이며 페트르 팔러와 아라스의 마티아슈를 이을 자격이 있는 사람이다. 오늘날까지도 그를 능가할 사람은 없다.

이상하게도 바로 몇 주 전까지 구멍이 나고 바퀴벌레가 득

시글거렸던 회벽은 이제 완벽하게 온전한 모습이었다. 벽 밑 바닥에서 솟아오르는 습기와 이끼 때문에 생겼던 얼룩들도 사라지고 없었다. 성당 전체가 신선한 생명력으로 빛나며 우윳빛 안개 속에서 마치 태양열로 충전이라도 한 것처럼 번쩍였다. 뾰족탑은 너무 높아 보여서 어디서 끝나는지 알아볼 수도 없을 정도였다. 나는 눈을 감고 성 아폴리나리가 아버지처럼 강한 팔로 나를 끌어안는 것을 느꼈다.

거기서부터 나는 비니치나 거리를 따라 북쪽으로 올라갔다. 거리가 끝나기 바로 전, 성 카테리나 성당 근처에서 나는 조그만 철문을 지나 예전에는 수녀원 정원이었던 곳으로 들어갔다.

바로 여기, 이 위풍당당한 성당 첨탑의 그림자 아래에서 나는 그뮌드와 로제타와 그들을 엿보는 프룬슬릭과 마주쳤다. 오늘은 아무도 정원에서 밀회를 나누지 않았지만 그런 목적으로 수많은 남녀가 이곳을 찾았으리라고 나는 확신했다. 말 없는 종탑은 인간의 죄악을 너그러이 이해해 주었는데, 아마도 그 자신이 창피하게도 현재 진행형으로 딘첸호퍼의 흉측한 종탑에 안겨 있기 때문일 것이다. 그것은 바로크식 관이 달린 고딕 플루트였다. 그 신성 모독적이며 부끄러워해야 마땅할 광경을 만들어 낸 사람은 타락한 건축가였으나 마찬가지로 타락한 20세기는 그의 저열한 취향을 천재적이라 칭송했다.

위안을 찾아서 나는 리포바 거리를 계속 내려가 예츠나로 나와서 성 슈테판 성당 뾰족탑 위의 영광스러운 왕관을 보았다. 천천히 성당을 향해 다가가면서 나는 그 거대하고 탄탄하면서 불규칙한 형체를 감상했다. 탑의 남쪽으로 올라가는 나선 계단과 그 벽에 달린 모서리를 비스듬하게 깎아 낸 조그만 창문들. 북쪽으로는 르네상스식 돌계단의 커다란 덩어리. 북쪽 모퉁이에서 비스듬하게 튀어나온 강력한 공중 부벽. 모커의 우아한 네오고딕 양식 창문. 벽에 부조된 시민들의 묘비. 이 모든 것이 내일에 대한 두려움은 전능자에게 맡기고 충만한 삶을 살아갈 가치가 있었던 시대를 떠올리게 했다. 나는 이곳에서 안식을 찾은 기사들이 부러웠고 그들 중 아무도 나를 별들 속에서 골라내어 자손으로 낳아 주지 않았다는 사실에 화가 났다. 그러나 나는 가난뱅이를 아버지로 두었더라도 만족했을 것이다. 축복받은 14세기, 후스파가 난동을 일으켰던 불행한 15세기, 거만한 르네상스의 시대였던 16세기, 심지어 저주받은 30년 전쟁의 시대에 가난과 배고픔 속에 사는 편이 지금 썩어 가는 독물 같은 20세기의 비참한 삶보다 훨씬 나았을 것이다.

성당 주변은 모든 것이 다 허름해 보였다. 이웃한 건물 아래층은 창문이 깨지고 벽의 회반죽이 벗겨지고 있었다. 안에 아무도 살지 않는 것이 확실했다. 보도는 여기저기 파헤쳐진 곳이 있었으나 가스관 보수 공사 중이라는 표시는 아무 데도 없었다. 주변 지역은 땅이 꺼진 것 같았고, 그래서 성당은 꺼진 땅에서 솟아 나와 더 크고 웅장하고 강력해 보였다. 슈테판스카 거리와 지트나 거리 교차로에는 신호등이 고장 나 있었고 무슨 용도인지 알 수 없는 나무 구조물이 도로 한가운데 서서 교통을 더욱 정체시켰다. 이 거리도 땅속으로 꺼져들면서 콘크리트 애호가 몇 명을 함께 데려갈 수도 있겠다는 생각이 갑자기 머릿속을 스쳤다. 그리고 등줄기에 소름이 끼쳤다. 살해된 낙서광들의 사진이 찍혔던 벽 바로 아래에 썩어 가는 붓꽃 한 다발이 놓여 있었다.

정오가 지났고, 안개가 걷히자 푸른 하늘에 걸린 더러운 얼룩처럼 그림자로 둘러싸인 회색 태양이 나타났다. 마치 일식처럼 해는 점점 더 어두워졌다. 1시에 어스름이 깔리면 4시에는 완전히 어두워질 것이다. 그리고 갑자기 추워졌다. 나는 성 스테판 성당 바깥에서 갑자기 덮쳐 온 음울한 느낌을 떨쳐 버리기 위해 걸음을 빨리 하여 예츠나 거리를 걸어 올라가 케 카렐로부에 들어섰다. 가면서 나는 미흐나 여름 궁전[71]이 닫힌 것을 보았다. 그곳은 버려지고 낡아 빠진 것처럼 보여서 성 카테리나 성당과는 뚜렷한 대조를 이루었다. 이제 나는 건너편에서 더 멀리 거리를 두고 성 카테리나 성당을 관찰하고 있었다. 담벼락 위로는 성당 윗부분과 뾰족탑만 보였는데, 그것만으로도 분명 얼마 전에 완공된 개축의 흔적을 볼 수 있었다. 지붕 모서리는 새 구리판을 입혔고 석물들은 하얗게 빛났으며 처마 돌림띠는 지난주까지만 해도 깨지고 부서져 있었는데 지금은 깔끔하게 잘라 낸 석재로 새로 맞추어져 있었다.

나는 서둘러 걸음을 재촉하면서도 탑을 감상하기 위해 몇 번이나 뒤를 돌아보았다. 몇 번이나 보도의 포석에 발이 걸렸는데, 누군가 보도에서 돌을 빼내어 마치 피라미드처럼 불규칙하게 쌓아 놓았기 때문이다. 포석이 빠진 구멍에는 여기저

71 법정 건축가 오타비오 아오스탈리가 1580년에 건축한 궁전. 프라하에서 가장 큰 궁전에 속하며 지금은 체육 문화 센터로 사용되고 있다.

기 웅덩이가 생겼고 물이 말라 버린 자리에는 보기 흉한 진흙 구멍이 모래와 쓰레기에 섞여 있었다. 인쇄공이 바닥에 잉크를 쏟아 붓고 그 위로 활판에서 떼낸 활자를 내던진 것 같다고 나는 생각했다. 마치 어떤 검열관이 〈그만!〉이라고 소리질러 일을 처음부터 다시 시작해야 했던 것처럼.

차로에는 구멍이 더 많았다. 그 좁다란 길목으로 차가 들어온다면 아주 천천히 움직이며 재미있는 지그재그를 그려야만 할 것이다. 벤지고바 거리 교차로는 길 표면이 더 심하게 망가져 있었다. 커다랗고 새까만 진흙 구멍이 펼쳐졌고 그속에 여기저기 본래의 돌 포장이 튀어나와 있었다. 나는 할 수 있는 한 징검돌을 찾아서 건너뛰다가 나중에는 좀 더 마르고 단단해 보이는 진흙 덩어리를 밟고 지나갔다.

카렐 대학교 의과 대학 모퉁이에 이르렀을 때 나는 성당을 보았다. 여기서는 도로에 차바퀴 자국이 거의 없어서, 마치 누군가 일부러 지워 버린 것 같았다. 그러나 도로에는 분명히 뭔가 자주 지나다닌 흔적이 있었다. 진흙 속의 어떤 부분은 아주 뚜렷하게 자국이 나 있었지만 그 자국은 자동차 타이어의 흔적이 아니었다. 이 길에는 수레만 지나다니는 것일까? 나는 색깔 때문에 눈에 띈 자갈을 하나 집어 들었다. 그것은 회색도 아니었고 시내에서 쓰이는 포장 돌 같은 흰색이나 붉은색도 아니었다. 이 석영 조각은 실 같은 녹색 무늬로 뒤덮여 있었다. 그러니까 건축가들의 창문을 깨뜨린 자갈은 여기서 가져왔던 것이다!

아주 조그만 소리, 마치 조급하게 숨을 들이쉬는 것 같은 소리 때문에 나는 위를 올려다보았다. 내 앞에 프라하 〈7성당〉 중 여섯 번째인 카를로프의 성모 마리아와 카렐 대제 성당이 그 장엄한 위용을 뽐내며 서 있었다. 구리를 씌운 세 개의 돔형 지붕 위로 햇볕이 거의 수직으로 떨어져 지붕 위의 등불이 마치 전설 속의 등대 불빛처럼 활활 타오르는 듯 보였다. 그 눈이 멀 듯한 천상의 빛 때문에 그날 두 번째로 나는 눈을 감아야 했다. 그리고 다시 눈을 떴을 때 나는 로제타를 보았다.

그녀는 북쪽 출입문, 내가 최근에 그뮌드를 보았던 곳과 정확히 같은 장소에 서서 나를 뚫어져라 쳐다보고 있었다. 그녀는 길고 검은 가운을 입고 있어서 머리를 드러내고 있지만 않았다면 수녀같이 보였다. 그 드러난 머리에서 그녀의 머리카락이 마르고 창백한 얼굴을 덮고 어깨와 가슴까지 흘러내렸다. 그녀의 눈에는 아무런 감정도 드러나지 않았다. 그 믿을 수 없이 텅 빈 표정과 꽉 다문 입술을 보니 일부러 그런 표정을 짓고 있다는 느낌이 들었다. 그녀는 변했다. 그녀는 가까이 갈 수 없는 낯선 사람이 되어 있었고, 그 모습을 나는 이전에 본 적이 있었다. 그렇다, 바로 흘라노바 연구소 창문가에 서 있던 그 여자였다. 그녀의 아름다움에 나는 두려워졌다.

이름을 부르기 전에 그녀는 사라져 버렸다. 그때 나는 여자가 성당 안으로 들어갔다고 확신했지만 지금 생각해 보면 그렇게 확실하지가 않다. 어쩌면 여자가 계속 거기 서 있었는데 내가 못 보았던 것인지도 모른다. 어쩌면 그 성당 밖에 서 있었던 사람은 내가 아니었을지도 모른다. 어쩌면 나는 그녀와 전혀 다른 시간 속에 있었던 것인지도 모른다. 얼어붙은 공기 속에 달콤한 향냄새가 떠돌아 나를 열린 문 안으로 유혹했다. 나는 그것이 함정임을 알고 있었으나 망설이지 않고 걸어 들어갔다.

성당 안에는 불이 켜져 있지 않았다. 바깥의 눈이 멀 듯한 햇빛 속에서 나는 금빛과 붉은빛 어스름 속으로 걸어 들어갔고, 안에는 제단 위에서만 영원한 촛불 빛이 깜빡이고 있었다. 금빛과 붉은빛의 벽이 흐릿하게 빛났다. 제단과 복도의 무감각한 형상들이 누군가 생기를 불어넣어 줄 사람을 기다리고 있었다. 무거운 악취가 마치 불길한 징조처럼 공기 중에 걸려 있었다.

등 뒤에서 조용하고 느릿한 발소리가 들렸다. 나는 심장이 뛰는 것을 느끼며 뒤로 돌아섰다. 통로는 비어 있었다. 나는 소리의 근원지인 듯한 서쪽 탑을 향해 걸어갔다. 그러면서 나는 강한 데자뷔를 느꼈다. 성 아폴리나리 성당, 계단, 탑 위의 사람. 나는 자신도 모르게 권총으로 손을 가져갔다. 총집에서 총을 꺼내 들기는 했지만 안전장치는 일단 풀지 않았다. 생명에 직접적인 위협을 받지 않는 한 발사하지 않을 생각이었다.

나는 탑의 2층으로 올라가서 오르간실을 들여다보았다. 아무것도 없다. 나는 귀를 기울였다. 아무 소리도 들리지 않았다.

대단히 조심스럽게, 먼지투성이 층계 위에 소리 없이 발을 올려놓으며 나는 2층으로 천천히 계단을 올라갔다. 오른손 손목이 떨렸다. 다른 손으로 꽉 쥐었지만 손목은 계속 떨렸다. 나는 권총을 왼손으로 바꿔 들면서 총을 실제로 쏘아야 하는 일이 벌어진다면 결국 나 자신을 쏴버리게 될 것이라고 생각했다.

이번에는 종이 울리지 않았다. 미친 듯한 종소리도, 종 추에 매달려 흔들리는 거미 인간도 없었다. 종루 아래의 조그만 방은 비어 있었으나 어둡지는 않았다. 두 개의 창문 중 한쪽에서 조그만 빛이 새어 들어왔다. 다른 하나는 막혀 있었다. 한쪽 구석에 둥글게 쌓은 밧줄 더미 몇 개와 잘 접은 자루들이 있었고 나무판자 몇 장이 벽에 기대 세워져 있었다. 그리고 나는 마루에서 50센티미터쯤 위의 벽에 조그만 무쇠문이 있는 것을 알았다. 그것을 보니 그뮌드의 거처에 있는 비밀 통로의 문들이 생각났다. 그때도 무척이나 힘들게 문을 지나다니기는 했지만 이번에는 계단도 없었다.

문고리는 꽤나 높이 달려 있어서 거의 내 이마가 닿는 곳에 있었다. 나는 문고리를 잡았고 문은 부드럽게 내 쪽으로 열렸다. 경첩이 녹슬기는 했지만 나는 얼른 살펴보고 최근에 기름 친 흔적이 있음을 확인했다. 나는 발을 들어 위로 기어 올라갔고 그곳은…… 서커스장이었다. 적어도 첫눈에는 그렇게 보였다. 나는 꼼짝도 하지 못하고 좁은 돌 문지방에 반쯤 앉은 채로 균형을 잡으려 애썼다. 내 앞에 있는 것은 검은 심연이었다. 점점 깊어지는 어둠이 내 위로 높이 솟은 돔형 지붕의 등불과 팔각형 종루 꼭대기의 조그만 창문을 통해 들어오는 노르스름하고 희미한 햇빛을 전부 삼켜 버렸다. 근처에서 나는 또 다른 깊은 구멍을 보았고 그 뒤로 또 하나가 있는 것을 알았다. 나는 고개를 돌렸고, 그곳에 검은 심연이 두 개 더 있었다. 주위를 둘러싼 이 완벽한 8면의 균형을 망치는 유일한 외부 요소는 바로 나뿐이었다. 그곳에는 전부 여덟 개의 깊고 어두운 구멍이 퀴퀴하고 죽은 공기를 뿜어냈고 그 사이 사이마다 마치 두 개의 계곡을 가르는 산처럼 타원형의 벽이 가로막고 있었다. 이 무시무시한 고리의 중앙에 부드럽게 솟아 나온 것은 거장의 솜씨로 지은 완벽한 원형 돔이었는데, 혈관처럼 튀어나온 늑재로 덮여 있었다. 성당의 어스름 속에서 이곳은 가볍고 약하게 인광을 내뿜는 것 같았다. 낮의 소음도 여기까지는 미치지 않아서 가장 조용하게 속삭이는 소리도 들을 수 있었다. 밖에서는 정신없이 흘러가는 시간도 여기서는 소심하게 제자리걸음을 했다. 성당의 궁륭 천장을 여기서는 가장 안쪽부터 볼 수 있었다. 그것은 마치 모든 기도를 들으시는 그분의 관점에서 보는 것과 같았다. 둥근 지붕은 마치 희귀한 꽃을 보호하는 닫집처럼 내 위로 솟아 있었다.

다른 쪽에서 어스름 속에 그림자가 흔들렸다. 마치 검은 두건을 덮어쓰고 넓은 소매를 흔드는 모습 같았다. 나는 돌로 된 꽃 양쪽으로 휘어지는 부드러운 가장자리를 따라 불안정하게 두 걸음 걸어갔다. 세 번째, 더 확신에 찬 걸음을 떼면서 나는 용기가 되돌아오는 것을 느꼈다. 말할 필요도 없이 그것은 또 하나의 실수였다.

나는 로제타의 이름을 불렀다.

그 순간 어둠은 퍼덕이는 날개 떼의 그림자로 가득 찼다. 그 무리는 공기를 휘저으며 위쪽에서 가느다랗게 비치는 햇

---

72 『가르강튀아와 팡타그뤼엘Gargantua et Pantagruel』. 16세기 풍자 작가 프랑수아 라블레François Rabelais의 5부작 유머 풍자 소설. 거인국의 왕자 가르강튀아가 겪는 모험을 그렸다.

살을 향해 날아 올라갔다. 마치 가르강튀아[72]의 한 장면 같은 광란에 찬 수직 상승이었다. 돔 전체가 오래된 종처럼 울렸다. 깃털의 폭풍 속에 날개끼리 서로 부딪쳤다.

그리고 다음 순간, 내가 날갯짓에 정신을 빼앗겼을 때 운명이 일격을 가했다. 부드럽게 놀리는 듯한 일격이었지만 그래도 치명적이기는 마찬가지였다. 나는 이미 두 번이나 비틀거리다가 균형을 잡았다. 내가 입고 있던, 죽은 과부가 선물한 그 유명한 탐정의 레인코트 자락에 발이 미끄러지지만 않았다면 끔찍한 추락을 피할 수 있었을 것이다. 나는 발아래의 구멍 속으로 떨어졌다. 웃음소리가 지붕에 메아리쳤다.

총을 들지 않은 손으로 뭔가 잡을 곳을 찾다가 내 왼쪽 팔꿈치가 벽돌에 세게 부딪쳤고 다리는 어둠 속에서 쓸모없이 버둥거리고 있었다. 천천히, 황당하게, 우스꽝스럽게 나는 마치 어린아이가 미끄럼을 타듯이 볼록한 경사면을 따라 미끄러져 내려가다가 좁고 단단하지만 이상하게 부드러운 바닥에 발이 닿으면서 멈췄다.

나는 화가 나 있었다. 지금이라면 두 번 생각하지 않고 총을 쏠 수 있을 것 같았다. 하지만 총은 어디 있는가? 나는 발 주위의 한정된 공간을 더듬어 보았다. 뭔가 단단한 것이 잡혀서 집어 올렸다. 그것은 조그만 뼈와 깃털 덩어리였고, 그 바짝 말라 버린 시체는 손가락 사이에서 부스러졌다. 죽은 비둘기다. 발아래에 수십 마리, 수백 마리가 그렇게 쌓여 있었다. 나는 새의 무덤에, 아마도 그 지붕 아래 있었던 여덟 개의 비슷한 구멍 중에서 가장 역겨운 곳에 무릎까지 빠져 있었다. 나는 그 사실을 이제 온몸으로 느꼈고 배 속이 뒤틀려 무언가가 목구멍으로 치밀어 오르기 시작했다. 나는 이제껏 발휘해 본 적이 없는 의지력으로 구토를 억눌렀다. 내가 토하지 않더라도 이곳은 충분히 역겨웠다. 그뮌드가 나에게 보여 주려고 했던 게 이건가? 성당 천장 아래 썩어 가는 시체들? 천상과 지상 사이에 놓인 시체 안치소?

나는 로제타에게 복수를 맹세하며 생각나는 모든 욕을 퍼부었다. 절망을 잠재우는 가장 좋은 약은 분노라는 말을 들은 적이 있다. 그러나 나의 경우에는 아무 효과가 없었다. 나는 언제나 예외였다.

나는 헛되이 벽을 더듬으며 발을 걸치고 위로 올라갈 수 있을 만한 받침대를 찾았다. 마치 물에 빠진 새끼 고양이처럼 나는 그 푸석푸석한 쓰레기 더미의 검은 수렁 안에서 이리저리 몸을 던졌다. 아무 소용도 없었다. 손에 잡히는 것은 잘 닳아서 얼음처럼 미끈미끈한 리브 볼트의 석재였고, 그 사이의 벽돌은 비교적 새롭고 거칠거칠했으나 받침대로는 전혀 쓸모가 없었다. 나는 단단하게 받쳐 주는 벽에 등을 대고 반대편에 다리를 걸쳐 보았다. 그런 자세로는 최대한 애를 써도 1미터쯤밖에 올라갈 수 없었다. 그러나 누군가 나를 밀쳐 낸 아까의 그 자리까지 최소한 2미터가 더 남아 있었다. 위쪽으로는 리브가 반원을 이루며 벌어졌고 그 사이의 공간도 더 넓어졌다. 달리 방법이 없어서 악취를 풍기는 구멍 바닥으로 도로 내려가야 했다. 암벽 등반의 전문가라도 여기서 기어나가지는 못할 것이다. 그리고 나는 이 벽들이 예상 외로 약할 수도 있다는 생각에 문득 겁을 먹었다. 한쪽이라도 무너진다면 나도 같이 본당 중앙 통로로 떨어질 것이다. 어쩌면 나를 박해하는 사람들이 원하는 게 바로 그것일까? 나는 어떻게든 분노를 억눌렀지만 곧 등뼈에 무시무시한 압력을 느꼈다. 공포가 나를 휩싸고 몸에서 치명적인 땀을 쥐어 짜냈다. 땀은 눈에 들어가 타는 듯이 따갑게 눈꺼풀 속을 태우며 무기력한 눈물과 섞였다. 내가 왜 그렇게 멍청했을까! 이제 이 구멍 안에서 나는 죽나 보다…….

그리고 갑자기 심연의 어둠 속에서 루치에의 얼굴, 석고처럼 하얗고 도자기 인형처럼 조그만 얼굴이 나를 향해 미소 지었다. 그 조그만 이마에서 나는 세 개의 주름을 보았다. 얼마나 끔찍한 광경인가! 마치 사람 사냥꾼이 그 머리를 말려서 갓난아기의 머리 크기로 줄여 놓은 것 같았다. 나는 다시 벌떡 일어났지만 몸을 돌릴 곳이 없었다. 할 수 있는 한 뒤로 물러나서 나는 그 조그만 인체 모형을 들여다보았다. 그것은 움직이긴 했지만 머리카락과 몸은 창백한 납빛이었다. 그것은 흰 돌에 부조된 석상이었다. 나는 손을 뻗었으나 석상에는 닿지 못했다. 내 어깨 높이의 공간은 팔 길이보다 더 넓지 않았기 때문에 나는 이상하다고 생각했다. 손가락으로 석상을 건드려 보려고 했으나 닿는 것은 겹겹이 쌓인 먼지뿐이었고 매번 손가락 끝만 미끄러졌다. 석상의 몸은 S자 형태로 휘어져 있었고 옆구리가 부풀고 배가 앞으로 튀어나와 있었다. 나는 고딕 양식의 성모상을 보고 있음을 깨달았다. 얼굴의 형태와 배 아래에 마주 잡은 손의 윤곽과 몸 전체를 꼼꼼하게 덮은 풍부한 옷 주름을 표현하면서 조각가는 수직선을 강조했다. 고딕 마돈나. 그것은 루치에와 너무 닮아서 믿을 수가 없을 정도였다. 어째서 그렇게 닮은 모습인지 설명할 수 없었다. 부드럽고 약간 푸르스름한 성모의 얼굴은 윤곽이 섬세했고 눈을 감고 있었다. 그 얼굴은 분명하게 보였고 위에서 내려오는 희미한 빛을 받아 광채가 나는 것 같았다. 그에 비해 몸은 어둠에 감싸여 거의 보이지 않았다. 그래서 몸통 부분은 내가 직접 보았다기보다는 윤곽만으로 짐작해야 했다.

조그만 마돈나는 혼자가 아니었다. 내 왼쪽 벽의 벽돌 사이에 돌덩어리가 튀어나왔고 그곳에서 돌로 된 나무가 자라고 있었다. 그 나뭇가지에는 잎이 없었고 통풍 걸린 늙은이의 팔처럼 뒤틀려 있었으나 사과가 가득 달려 있었다. 그러나 열매의 무게는 가지에 전혀 부담을 주지 않는 것 같았다. 사과는 주름졌고 안에서 벌레가 기어 나오고 있었다. 나는 더 자세히 보고 싶어서 가까이 가려 했으나 금방 겁에 질려 고개를 돌렸다. 가까이서 보니 사과에서 기어 나오는 벌레에는 사람의 머리가 달려 있었다. 그것은 내 쪽으로 머리를 들고 조그만 이빨이 가득한 입을 일그러뜨리고 있었다.

곁눈질로 나는 또 하나의 얼굴을 보았는데, 이번에는 실제 머리만 한 크기였고 흰 돌에 새겨져 있었다. 귀가 뾰족하고 콧구멍을 크게 벌름거리는 대머리 먹보가 느긋하게 눈을 감고 뭔가 먹는 것을 즐기고 있었다. 나는 입을 벌리고 그가 요란하게 씹는 소리를 분명하게 들었다. 나는 그 입안을 들여다보았다. 안은 어두웠지만 목구멍 안쪽에 뭔가 하얗고 길쭉하고 익숙한 형체를 띤 것이 보였다. 그 역겨운 주둥이 안에 누군가 밀어 넣은 것이다. 그것은 팔이었다. 조그만 사람의 팔이 입이 열렸다가 돌이킬 수 없이 다시 닫히기 전에 애원하듯이 밖을 향해 뻗어 있었다. 더 안쪽의 어둠 속에서 사람의

얼굴이 반짝였다. 죽는다는 사실은 받아들이지만 그 죽음의 방식 때문에 공포에 질린 얼굴이었다.

식인종의 머리 위에는 삼각형 물체가 살짝 비뚤어지게 놓여 있었다. 처음에 나는 그것이 광대 모자라고 생각했고 그다음에는 〈전능자의 눈〉[73]을 형상화한 모습이라고 생각했지만 마침내 그것이 무엇인지 깨달았다. 중세부터 알려진 간단한 기하학적 장치였다. 삼각형 안에 조그만 나체의 사람 형태가 붙잡혀 있었는데, 팔은 쭉 뻗어 양옆으로 직각의 꼭짓점 바로 아래 묶여 있었고 다리는 마치 형틀에 고정된 것처럼 빗변 옆에 묶여 있었다. 인체 모형의 깡마른 가슴에 구멍이 나 있었다. 누군가 그의 심장을 뜯어낸 것이다.

그 옆에는 다리가 세 개 달린 의자 위에 수도승이 머리끝까지 두건을 쓴 채로 앉아 있었다. 수도승은 종이 혹은 양피지 위에 고개를 숙이고 그림을 그리고 있었는데, 한쪽 눈은 가늘게 뜬 채로 대머리 식인종을, 다른 쪽은 삼각형에 묶인 사람의 형체를 향하고 있었다. 두건 아래로 간신히 보이는 수도승의 얼굴은 사람이 아니라 사자였다. 입이 미소를 지으며 약간 올라가서 주둥이에 주름이 져 있었다.

두건을 쓴 사자 뒤에 수직추가 늘어져 있었는데 처음에 나는 그것이 사자의 꼬리인 줄 알았다. 추도 역시 돌로 깎아 만든 것이었고 조각가는 실 대신에 철사를 사용했다. 부드럽게 흔들리는 추 위에 앉은 것은 곱사등이 난쟁이였다. 혹은 조그만 뿔이 난 것으로 보아 작은 악마였을 수도 있다. 나를 보

---

73 삼각형 안에 사람의 눈이 영광의 빛에 둘러싸인 상징물. 인류를 내려다보는 신의 눈 혹은 신의 전능함을 상징한다.

고 악마는 음탕한 웃음소리를 내며 앉은 자리에서 털투성이 허리를 흔들었는데, 그렇게 해서 자신이 추를 흔들고 있는 것처럼 보이려 했다.

그 흔들리는 추를 따라 시선을 옮기다가 나는 또 다른 무시무시한 광경을 보았다. 죽음의 고통에 휩싸여 괴로워하는 여자의 일그러진 얼굴이었다. 그것은 로제타였다. 돌로 깎은 핏줄기가 비뚤어진 입에서 턱으로 흘러내려 갔다. 그녀의 벌거벗은 통통한 몸은 목이 길고 몸통이 굵은 강력한 짐승의 발굽 아래 몸부림치고 있었다. 나는 그것이 말이라고 생각했다. 자존심이 세고 길들일 수 없는 수말인 줄 알았는데 말의 악마와 같은 눈 위로 그 이마에서 껍질을 벗긴 달걀 같은 길고 끝이 뾰족한 뿔이 튀어나와 로제타의 배를 찢어 열고 푸주한의 칼처럼 인정사정없이 그녀의 피투성이 내장을 끄집어냈다.

나는 재빨리 마돈나에게 눈길을 돌려 그 온화한 미소를 보고 기운을 되찾고 마음을 안정시키려 했다. 그러나 미소는 사라지고 없었다. 그 자리에는 쾌락이 흉측하게 고통과 뒤섞인 무시무시하게 찡그려진 표정이 있을 뿐이었다. 돌로 깎은 눈물이 그녀의 반쯤 감은 눈에서 넘쳐 나왔다. 이제까지 거의 보이지 않았던 그녀의 몸이 지금은 완전히 보였다. 그러나 그 몸은 이제 변했고 배 속은 비어 있었다. 마돈나가 마치 제단 양쪽의 장식물처럼 팔을 활짝 벌리고 가운데에 있는 것이 보였다. 그 몸 안에는 아기 예수가 황금 왕좌에 앉아 있었다. 조그만 양팔을 벌리고 장엄하게 자랑스러운 표정을 빛내며 마치 〈보라, 나는 이 모든 일을 할 수 있다!〉라고 외치는 것 같았다. 그 머리에서 길고 곧은 빛줄기가 두 개 뻗어 나와 마치 컴퍼스의 두 다리처럼 서로를 향해 휘어졌고, 그 두 줄기는 어딘가 상상의 지점에서 반드시 만날 것만 같았다. 그리고 그 두 빛줄기는 실제로 만났다. 잘 보이지는 않았지만 아기 예수의 머리에서 뻗어 나온 빛줄기는 쿠션처럼 푹신하게 표현된 성모의 심장에서 겹쳐졌고, 그 심장에서 가느다랗고 무거운 핏방울이 흘러나왔다. 아기 예수의 얼굴은 이상하게 낯익어 보였는데, 이가 나지 않은 입안을 보이며 심술궂게 웃었고 커다랗게 뜬 눈에는 광기가 어려 있었다. 나는 이미 오래전, 아직 프라하에 살기 전에 보았던 그 얼굴을 기억해 냈다. 그것은 자기만 살아남으려는 세상에 의해 쫓겨나 버려진 슬픈 아이의 얼굴이었다.

나는 더 이상 아무것도 보고 싶지 않았다. 분노에 차서 나는 이 조그만 인형 극장에 몸을 던져 온 힘을 다해 주먹으로 치고 발로 차며 미친 듯이 공격했지만 아무리 때려도 벽돌과 매끈한 돌벽은 꿈쩍도 하지 않았다. 나는 절망에 빠져 머리를 벽에 찧었다. 돌연히 내가 갇혀 있던 구멍이 부르르 떨더니 시계 반대 방향으로 돌기 시작했다. 처음에는 느렸지만 속도가 점점 더 빨라져서 광기에 찬 돌풍이 되었다. 원심력이 마치 보이지 않는 무자비한 손처럼 나를 벽으로 눌렀고 그동안 내 다리는 마치 코르크 마개 뽑이처럼 바닥에 박혔다. 이 미친 듯이 돌아가는 깔때기가 으르렁거리며 포효하는 가운데 흐릿한 공기 속에 빛나는 하얀 고리가 나타났다. 어지러운 상태에서 나는 그것이 눈의 착각인지 돌풍이 단단한 돌로 변해 가는 것인지 잘 알 수 없었다. 나는 간신히 벽에서 머리를 떼고 고리 안쪽을 들여다보았다. 내가 마지막으로 본 것은 거대한 톱니바퀴처럼 이가 솟아난 무시무시한 바퀴와 이쪽저쪽으로 움직이는 망치였다. 그것은 거대한 종의 심장부였다. 불행하게도 나는 그 장치가 곧장 나를 향해 떨어지는 순간에야 그것이 무엇인지 깨달았다. 그 자비로운 일격을 눈앞에 두고 나는 안도했다. 이제 고통에서 해방되는 것이다.

23

공기를 맑게 해라!
하늘을 청소해라!
바람을 씻어라!
돌에서 돌을 떼어 내
(……) 씻어라!

— T. S. 엘리엇

나는 그런 색깔의 장미를 본 적이 없었다. 신선하고 진한 피처럼 넓게 퍼지고 검은 진주 같은 덩어리가 천천히 흘렀다. 어린 꽃들로 만들어진 풍성한 꽃다발이 세 개의 커다란 꽃병에 꽂혀 있었다. 하나는 탁자 위에, 또 하나는 책상 위에, 나머지 하나는 창가에 놓여 있었다. 창밖은 어두웠다. 방 안은 꽃으로 가득했다. 분명히 나 때문일 것이다. 담자색 아스테르와 달리아의 선홍색이 남색 유리 꽃방 안에 섞여 있었다. 문가의 마룻바닥에도 진흙을 구워 만든 화병에 키 큰 아프리카 히비스커스가 꽂혀 있다. 셀 수 없이 많은 보라색 카네이션 다발 속에 여기저기 붉게 타오르는 튤립이 섞여 있다. 나는 본능적으로 언젠가 용 문양과 팜파스로 가득했던 중국 화병의 유령이 나타났던 벽감을 바라보았다. 지금은 조그만 유리 받침대 위에 뿌리 뽑힌 홍학꽃이 마치 아무렇게나 던져 놓은 듯하면서도 세련되게 놓여 있었다. 빨간 심장 속의 노란 꽃혀는 이미 시들어 있었다.

나를 위해 꽃으로 꾸민 진홍색 방이다. 어떻게 이렇게까지 부끄러움 없이 내 환심을 사려는 것일까? 그리고 저 진흙 화병 옆에 놓인 것은 무엇일까? 뭔가 보기 흉한 철제 장치였는데 거칠지만 교묘하게 엮어서 마치 덫처럼 웃고 있는 것같이 보였다.

누군가 내 놀란 눈길을 눈치채고 서둘러 설명했다.

「정조대예요.」

그것은 실제로 정조대였고 나는 이미 한 번 본 적이 있었다. 그때는 벌거벗은 몸에 채워져 있었지만 지금은 아무 쓸모 없이 놓여서 그 원시적인 기계 장치를 무의미하게 드러내고 있었다. 나는 몸을 떨며 눈을 꽉 감았다. 다시 눈을 떴을 때는 마침내 진짜로 깨어나 있기를 기도했다.

「굉장한 소동을 벌이셨더군.」

아까와 같은 목소리가 말했다.

「로제타가 너무 궁금했던 거죠? 그런 데서 뭘 하는지 꼭 알고 싶었던 거지? 숨겨진 진실을 알고 싶어서 참을 수가 없었죠? 진실의 아버지는 시간이에요. 이제 시간이 당신을 벌한 거라고.」

그 무례한 어조를 나는 알고 있었다. 나는 대답하지 않기로 결심했다. 목소리가 다시 말했다.

「시간이 진실의 아버지예요.」

더 이상 자는 척할 이유가 없었다.

「이해를 못 하겠군요.」

목구멍이 막혀 말이 나오지 않았다. 방금 내뱉은 말이 실제로 들렸을지 알 수 없었다. 그러나 나는 대답을 들었다.

「나예요, 라이몬드. 당신한테 말하고 있어요. 그리고 내가 방금 한 말은 카를로프 성당 천장에다 새겨 넣어야 해. 하지만 그러다가 누군가에게 들키지 않게 조심해야 하죠.」

이 미치광이와 단둘이 있다고 생각하니 나는 겁이 났다. 나는 조심스럽게 주위를 둘러보았다. 나는 진홍색 페르시아식 융단을 깐 소파 위에 누워 있었고 누군가 나를 내려다보고 있었다. 그렇다, 프룬슬릭이었다. 나는 양손으로 마치 깨진 물병을 받치듯 머리를 움켜쥐고 천천히 몸을 일으켰다. 머리를 놓으면 수천 조각으로 갈라져 튀어 나갈 것만 같았다. 나는 알약을 물에 탈 때 나는 특유의 소리를 들었다. 누군지 몰라도 마침내 내가 얼마나 상태가 안 좋은지 신경 써주는 것이다.

나는 다시 눈을 떴다. 약 1미터 정도 거리를 두고 뤼베크의 기사가 나를 관찰하듯이 쳐다보고 있었다. 그는 미소를 지었다.

「아까 그 말은 프룬슬릭의 지혜가 아니라 우리보다 훨씬 더 젊은 시대를 살았던 철학자의 말이네.」

「더 오래된 시대겠죠.」

내가 목쉰 소리로 대답했다.

「젊은 시대야, 크베토슬라프, 젊은 시대라고. 시간도 사람처럼 늙는 거야. 오직 바보만이 〈새 시대〉라느니 〈새 생활〉이라느니 〈젊은 세계〉라느니 혹은 그 비슷한 헛소리를 생각해낼 수 있지. 언어의 논리는 우주의 질서와 정반대이지. 이건 일반적으로 알려진 사실이야. 언어는 똑똑하지만 겸손하지 못하고 교만한 자손을 만들어 냈어. 인간이라 부르는 존재들이지. 그리고 인간들은 그 난쟁이 같은 잣대로 우주를 재는

데 익숙해졌고. 1382년에 과연 시간은 지금보다 늙었을까? 역사학자들의 관점에 의하면 그렇지. 그렇다면 역사학자로서 자네 생각은 어떤가? 우리는 선조를 아버지나 할아버지라고 부르지. 지나간 시대를 그들의 것으로 상정하고. 하지만 시간 자체는 그 시대보다 6백 년 더 나이 든 게 아닌가? 시간이 점점 젊어지나? 그럴 리가 없지! 시간은 이미 한 발을 무덤에 걸친 늙은이야, 하지만 무덤이 계속 그를 피해 다니지. 우리의 계산에 의하면 3천 년대의 시작이 다가오고 있는데, 내 생각에는 그와 함께 다가오는 황혼을 느끼는 게 나뿐만은 아닐 거야. 인류의 황혼이지. 인간은 스스로 신을 넘어섰어. 신성을 침해한 벌을 이제 받아야만 하는 거야. 그게 정의야. 이제 모든 일을 올바르게 바로잡아 줄 사람들이 나타날 거야. 시간의 전령들이지. 그들이 파멸을 막아 줄 걸세.」

「무슨 말씀인지 모르겠습니다.」

내가 처량하게 끙끙거렸다. 머리가 깨지는 것 같았다.

「자네는 내 말을 못 알아듣겠다고 하면서도 사실은 전부 다 알고 있어. 진정하게. 현자는 아무 데도 가지 않고도 모든 것을 알고 아무것도 보지 않아도 모든 것을 구분하지. 노자는 아마 그런 사람을 실제로 알고 있었기 때문에 그런 말을 할 수 있었을 거야. 우리는 자네에게 굉장히 감사하고 있네, 크베토슬라프. 나와 라이몬드와…… 그리고 우리 모임의 다른 일원들도.」

「무슨 모임인지 전 전혀 모릅니다.」

「이미 잘 알고 있지만 무의식 속에 깊이 묻혀 있기 때문에 자네의 그 놀라운 본능에 귀를 기울이지 못하고 있을 뿐이야. 재미있는 일이지. 몇 년이나 책을 읽고 연구를 했는데도 자네는 아직도 그걸 표면으로 불러내지 못하고 있어. 알맞은 돌이 필요하지만 지금으로서는 구할 수가 없네.」

「예, 돌이죠. 언제나 교과서보다도 돌에서 더 많은 걸 배웠습니다. 그걸 이해하신다니 기쁩니다. 그렇다면 제가 아직은 미치지 않았다는 뜻이군요.」

「미칠까 봐 두려웠나? 그거 참 감동적이군. 이 크베토슬라프 군은 참 감동적이지 않나, 안 그래, 라이몬드?」

프룬슬릭은 그 잔혹하고 조그만 눈으로 나를 훑어보았다.

「새끼 양처럼 감동적이죠. 생각해 보십쇼. 우리의 도움을 약간 받기는 했지만 결국은 자기가 서툴러서 그 구멍 안으로 떨어졌는데 거기서 헤매고 다니면서 내내 그 더러운 코트 주머니 안에 가지고 있었던 무전기를 이용할 생각을 해보지 못했으니까요. 이제는 완벽하게 우리 편이라고 생각합니다, 뤼베크의 기사님.」

「그 말을 들으니 기쁘군. 자네는 이미 우리 동아리에 들어왔다고 해도 되겠어. 우리의 고리 안에 안겨 있는 거지. 그게 우리 형제회의 문장이라네. 고리와 망치 문양이지.」

「그럴 줄 알았어요!」

내가 소리쳤다.

「하지만 요즘 시대에 프리메이슨 놀이는 좀 창피하지 않습니까?」

그뮌드는 이 말을 못 들은 척했다.

「1370년대 초에 카렐 4세의 후원자이며 자문이었던 최측근 네 명이 내부 조직을 만들었는데 그중 한 명이 비극적인 오해로 인해 죽어 버렸지. 얼마 뒤에 카렐 대제 자신이 죽었고, 그 죽음의 원인에 대해서는 많은 논란이 있었어. 이제는 그 이유를 확실히 알겠네. 상실감이야. 믿었던 친구를 잃었기 때문에 슬픔에 빠진 거지. 미안하네, 이 이야기는 하기가 힘들군. 이 사건의 정황은 얼마 전에야 비로소 알게 되었어. 바로 자네 덕분이지. 남은 측근 세 명은 형제회를 조직했어. 여러 가지 신실하게 종교적인 목적이 있었는데, 무엇보다도 중요한 목표는 대제 자신이 원했던 것만큼 아름답고 장엄한 성당들을 프라하에 건설하는 것이었지. 대제의 유고를 이으려고 했던 거야. 성체 성혈 대성당이 카렐 대제의 발상이었어. 하지만 살아생전에는 가축 시장에 그저 나무 탑을 하나 지었을 뿐이지. 미래에 그 자리에 지어질 휘황한 성소를 예견하는 남루한 표지였어. 대제가 생각해 낸 건물들은 대부분 그렇게 되었지. 그런 발상 중에서 얼마 안 되는 부분만이 실현되었어. 그렇긴 하지만 우리는 언제나 대제에게 감사해야 해. 그가 없었다면 자네도, 나도, 우리의 도시도 없었을 테니까. 성체 성혈 형제회도 없었을 것이고.」

「그럴 거라고 생각했습니다. 성체 성혈 대성당은 스트라스부르나 쾰른 대성당, 바탈하의 수도원과 마찬가지로 모두 자유 석공들의 작품이었죠. 그러니까 성체 성혈 대성당도 자유 석공들이 지었다는 말씀이군요.」

「절대 그렇지 않아. 우리는 프리메이슨이 아냐. 우리가 자유롭다면 단지 하느님과 군주와 우리 회의 문장인 고리가 지정하는 영역 안에서일 뿐이지. 우리 회는 우리에게 선조들이 지은 건물들을 보존하는 임무를 내렸네.」

「문화유산 보존을 말씀하시는 겁니까? 그런데 군주는 누구입니까?」

「솔직히 말해서 최근에는 군주가 좀 부족했다고 할 수 있지만, 그것도 달라질 걸세. 그리고 보존에 관해서라면 자네도 이미 어느 성당을 말하는지 알고 있겠지.」

「이제까지 여섯 군데 찾아냈습니다.」

「여섯? 정말로 우리가 짐승의 숫자를 선택할 거라고 생각하는 건가?」

「전부 합해서 일곱 군데인 것은 압니다. 그리고 이제는 일곱 번째가 어디인지도 알겠습니다. 존재하지 않는 성체 성혈 대성당이죠.」

「훌륭해!」

프룬슬릭이 조롱하듯이 절하는 시늉을 하며 씨근거렸다.

「자네가 우리와 함께할 줄 알았네.」

그뮌드가 기뻐하며 말했다.

「처음부터 알고 있었어. 고리와 그 안에 매달린 망치, 문자표와 화살, 시계와 시계추야. 무한한 시간과 그것을 인간의 삶이 받아들일 수 있는 단위로 나누는 도구들이지. 그런 꿈을 꾼 적이 있나?」

「예. 하지만 그건 꿈이 아니라…… 다른 것이었습니다.」

「그렇다면 그건 과거 깊은 곳을 들여다볼 수 있는 자네의 특출난 능력이네. 자네 같은 사람들을 찾아서 나는 세상 곳곳을 돌아다녔지만 결국 내 선조들의 나라에서 찾게 된 거지. 그건 우연이 아닐 거야.」

「저를 어떻게 찾아내셨다는 건지 모르겠습니다.」

「로제타가 도와주었어. 느낌이 있거든. 자네와 비슷한 재능이 있네. 로제타나 자네에게 나타나는 꿈은 어떤 신체적인 결함 때문이야. 어느 중세의 이론에 의하면 그렇다네. 나쁜 꿈처럼 느껴지지만 현실인 거지. 자네들은 숨겨진 능력 덕분에 어떤 것이 환각이고 어떤 것이 진실의 현현인지 구분해서 그 진실이 말과 형상으로 나타나도록 하는 거야. 성 아우구스틴도 그런 통찰력을 알고 있었고 세비야의 이시도르도 논설에서 그런 걸 언급했네.」

「고리와 망치라니, 그런 문장은 전체주의 독재 국가에서나 선택할 겁니다.」

그뮌드는 한숨을 쉬었다.

「친애하는 친구, 우리 형제회가 민주주의를 인정하지 않는다는 사실을 받아들여야만 할 거야. 우리는 반대 방향을 향하고 있어. 그렇다고 지옥으로 가는 길은 아냐. 그런 말을 하는 건 미신을 믿는 겁쟁이들뿐이지. 진보에 익숙해져서 앞으로 가는 것 외에는 다른 길이 없다는 확신 속에 살아가는 거야. 동정받아 마땅할 실수야. 그들의 눈을 열어 줘야 해.」

「당신의 그 형제회에서 어떻게 눈을 열어 주실 생각입니까? 인간은 자유로워야 하는 것 아닙니까?」

「자유!」

그가 포효했다.

「자유가 뭔데? 보이지 않는 쇠사슬이야. 그래서 우리는 끊임없이 넘어지는 거지. 발이 걸려 엎어지는 거야. 내 제안은 바로 선택된 한 명의 군주가 지배하는 장원제 국가에서 더 나은 삶을 살 수 있다는 것이네. 군주는 초기에 평민들이 선출하는 거야. 주군이 현명하고 필요한 자격을 갖추고 있다면 서민들이 확실히 자신을 위해 투표하도록 만들겠지. 그런 예는 20세기가 충분히 보여 주었네. 그리고 또 하나 중요한 점은 이거야. 세속의 권세는 왕에게, 영적인 권세는 교회에게. 이건 모든 사람들이 알아야 하는 원칙이야. 절대적인 권세는 하느님께 속하는 거야.」

「어떤 교회를 생각하시는 겁니까?」

「보편적인 교회지, 물론. 군주제가 민주주의보다 천 배는 나아. 민주주의는 역동적이고 빠르고, 가능하거나 불가능한 모든 것이 영구히 발전한다는 가정하에 작용하지. 우리는 새로운 것을 숭배하는 종교를 믿고 있어. 얼마나 흉측한가! 신성모독이야! 자연의 법칙에 어긋난다고! 그 떠들썩한 민주주의가 계몽된 발전과 복지와 실용주의로 우리 모두를 끝까지 끌고 온 거야. 서구의 끝 말이야. 이런 결말은 벌써 오래전부터 준비되어 있었어. 끝이 언제 시작되었을 것 같나? 프라하의 수도원들을 폐쇄하고 그 건물을 정신 병원으로 바꿔 버린 때였을까? 가장 계몽된 왕이었다는 요세프 2세의 명령으로 가장 신성한 성체 성혈 대성당의 벽에 새겨진 묘비들을 뜯어내어 가축 시장을 포장하는 데 써버린 때였을까? 그때부터 위대한 성 바츨라프 광장이 저주를 받아 〈바츨라박〉이라는 저속한 별명의 시궁창이 되어 버렸다는 게 놀랄 일인가? 적그리스도가 아니라면 누가 그런 별명을 붙였겠나? 계몽 군주 요세프 2세는 농노제를 폐지했지. 하지만 그건 실수가 아니었을까? 혹은 그렇게 해서 150년 뒤에 역사상 가장 잔혹한 독재자 두 명이 권력을 잡을 수 있도록 길을 열어 준 게 아닐까? 자존감에 상처를 입고 세상을 향해 복수를 꿈꾸는 저열한 두 천민들에게 말이야! 귀족의 피가 한 방울이라도 흐르는 사람이었다면 절대로 그런 일이 일어나게 내버려 두지 않았을 거야. 왕족이었다면 20세기처럼 비인간적인 시대를 허락하지 않았을 거야. 지금 이 시대야말로 신분이 낮은 사람은 통치를 할 수 없다는 가장 좋은 증거인 걸세.

이제 중요한 건 파멸의 순간을 늦추는 거야. 발전을 늦춰야 해. 멈춰야 한다고. 군주제는 느리고 안정된 삶, 과거에 대한 존경심, 전통에 대한 사랑을 제공하지. 변하지 않는 삶. 질서. 평화. 고요함. 시간. 바다와 같은 시간을 얻을 수 있어. 군주제의 황금시대는 언제나 우리 역사의 가장 아름다운 시기였어. 14세기, 그리고 그 바로 뒤에는 19세기였지. 나도 자네처럼 과거로 돌아갈 수만 있다면! 내가 이렇게 뒤늦게, 전자 기술의 노예가 되어 버린 이 지옥에서 태어나 버린 걸 얼마나 후회하는지 자네는 이해할 수 없을 걸세.

하지만 오늘 자네를 회원으로 받아들일 우리 모임에 대해서도 얘기해 줘야겠군. 자네 뭘 좀 먹는 게 좋겠어. 긴 저녁이 될 거야.」

그는 시계를 보고 지팡이로 바닥을 두 번 두드렸다. 나는 그것이 식사를 해야 한다는 추가적인 신호라고 여겼다. 갑자기 나는 배가 고프다 못해 아플 지경이라는 것을 깨달았다. 성당 지붕 아래 갇혀 있었던 악몽같이 긴 시간 동안 굶주림은 배 속에서 계속 자라나고 있었던 것이다.

식탁은 여러 신기한 음식을 가득 담은 접시와 수프 그릇과 샐러드 접시와 소스 종지 등이 은식기의 홍수 아래서 삐걱거렸다. 뤼베크의 기사가 해준 이야기에 나는 겁을 먹었지만 또한 안심이 되기도 했다. 어찌 됐든 입맛이 달아나지는 않았다. 배가 부르면 저항하기 힘들다는 걸 알고 있었지만, 내가 정말로 계속 그뮌드에게 반대하려는 걸까?

입에 침이 고이기는 했지만 앞에 놓인 음식들이 너무 특이했기 때문에 나는 조심스러워졌다. 첫 번째 접시에는 이상하게 불투명하고 생선 냄새가 나는 젤리가 있었는데 그 안에는 실제로 연어 조각이 들어 있었다. 먹어 보았는데 맛이 없었다. 그러고 나서 시선을 끈 것은 어두운, 검은색에 가까운 반죽을 절인 양배추와 섞어 놓은 것이었는데, 정향과 타임과 와인 식초 냄새가 살짝 풍겼다. 나는 이것도 먹어 보았다. 너무 시어서 나도 모르게 얼굴을 찡그렸다. 프룬슬릭은 나를 주시하고 있다가 이 모습을 보고 너무나 재미있어했고 내가 다음 접시에 있는 음식을 먹을까 말까 망설이는 것을 보더니 두 배로 즐거워했다. 그 접시에는 하얀 젤리에 통째로 담은 생선 세 마리가 놓여 있었는데, 뭔가 흰 생선 종류인 것 같았다. 마치 얼어붙은 호수 표면 아래 굳어 버린 물고기를 얼음째로 떠온 것 같았다. 그 주위에는 조그만 오렌지색 둥근 열매가 불규칙하게 놓여 있었는데 아마도 마가목 열매[74]인 것 같았다. 나는 칼끝을 투명한 물질에 담갔다가 핥아 보았다. 그것은 돼지기름이었다. 생선을 먹을 생각이 즉시 사라졌다. 다음으로 나는 식탁 가장자리에 눈에 띄지 않게 놓여 있던 운두 높은 병의 뚜껑을 열었다가 겁에 질려 크게 떨그렁 소리를 내며 도로 닫아 버렸다. 양파 소스에 담긴 양 머리의 텅 빈

[74] 관상수로 쓰이는 나무의 일종. 나무 껍질과 열매가 중풍 치료에 쓰인다.

눈구멍이 나를 쳐다보았던 것이다. 심지어 노란색의 구부러진 뿔도 달려 있었다.

나는 식사에 초대한 사람이라면 누구라도 다 버릇없다고 생각할 만큼 오랫동안 망설였지만 그뮌드는 이해심 많은 미소로 그저 넘겨 버렸다. 그렇게 오래 망설인 끝에 나는 거의 무작위로 소시지처럼 생긴 고깃덩어리를 포크에 꽂아서 짙은 보라색 소스에 찍어 입에 넣었다. 괴상한 맛이 났다. 붉은 고기는 갈아서 모양을 낸 것이 아니라 두껍게 잘라 아주 진하게 양념한 것이었다. 나는 향나무 기름과 사프란과 뭔가 창포와 같은 맛을 느꼈다. 오래전에 잊힌 선조들의 부엌에서 느껴질 법한 어두운 맛이었다.

「싫어하지는 않는 것 같군.」

그뮌드가 내 얼굴에 싫은 표정이 가득한 걸 보면서도 칭찬했다.

「금방 익숙해질 거야. 좋은 징조일세. 얼마 지나지 않아 자네는 이런 음식을 매일 먹게 될 거야. 하지만 매일 이렇게 많이 먹지는 못하겠지. 그랬다간 계속 잠만 자게 될 텐데, 우리한테 그건 곤란하니까.」

그는 별로 즐겁지 않은 듯 웃어 보이고 말을 이었다.

「마음껏 먹고 마시게. 이 샤토 랑동은 아주 맛이 좋아. 라이몬드가 한잔 따라 줄 거야. 이 루비 같은 불꽃이 보이나?」

포도주는 정말로 훌륭했지만 나는 너무 많이 마시지 않으려고 조심했다. 내가 술잔 위로 고개를 끄덕이자 그뮌드가 다시 이야기를 시작했다.

「우리 형제회는 항상 부유했네. 자네 같은 민주주의자가 관심을 가질지 몰라서 얘기해 두겠는데 우리는 누구에게나 열려 있었어. 시작은 슬펐지. 네 명의 설립자가 세 명이 되었으니까. 그리고 그 세 명이 주변에서 마흔 명의 형제들을 모아서 회원 수를 열 배 이상 늘렸어. 우리의 후원자는 바로 다름 아닌 바츨라프 4세 황제였지. 그 덕분에 우리는 성체 성혈 대성당을 11년 만에 지을 수 있었던 거야, 신시가지의 어떤 성당들은 그보다 세 배, 네 배, 심지어 다섯 배나 시간이 더 걸렸는데 말이야. 눈 위의 성모처럼 불운해서 결국 완공하지 못한 경우도 있었지.

고딕 양식의 성체 성혈 대성당은 원래 나무로 지었다가 나중에 석재로 다시 지었어. 평면도에 나타난 성당은 팔각형 별 모양이거나 아니면 더 복잡한 모습이었을 수도 있지만 어쨌든 기본적으로는 서쪽 문과 사제관을 중심축으로 해서 대칭으로 펼쳐진 십자 모양 다각형이었어. 가장 깊은 주춧돌은 거대한 톱니 형태였는데, 그래서 건물의 정확한 형태를 규정하기가 이렇게 어려워진 거야. 부속 예배당으로 사용했던 곁채가 몇 개나 있었는지도 정확하지 않아. 다섯 개, 여섯 개, 어쩌면 일곱 개였을지도 모르고, 거기다가 입구에 벽감도 있었을 거야. 성체 성혈 대성당의 아름다움은 그 무엇과도 비교할 수가 없어. 그 당시의 건물은 물론 현재까지도 그 아름다움에 견줄 만한 건물은 없지. 그 덕에 프라하의 가축 시장은 몇 세기 동안 세상의 중심이었어. 성당의 놀라운 형태와 그 조화와 세련된 아름다움을 그저 비슷하게라도 상상해 보

75 Letohrádek Hvězda. 1555년 왕실 수렵 구역에 지어진 궁전. 1962년 세계 문화유산으로 지정되었다.

고 싶다면 머릿속에서 카렐 성당과 흐베즈다 여름 궁전[75]과 아헨의 왕실 예배당[76]을 전부 합해 보게. 아니면 이렇게 해보지. 어느 구체적인 건물 하나를 생각하는 게 아니라 도시 전체가 뾰족탑으로 가득하고 그 가운데 세로로 똑바로 선 바늘과 원뿔 모양 탑들이 까맣게 무리를 지어 높은 사면 지붕이 달린 거대한 사각형 탑을 마치 양치기를 둘러싼 양떼처럼 둘러싸고 있다고 생각해 보게.

우리 성당은 본래 성물을 보관하는 용도로 지어졌어. 순례자들이 수천 명씩 떼를 지어 몰려왔지. 체코뿐만이 아니라 브란덴부르그와 폴란드와 유럽 전체에서. 그때 당시 성당의 이름대로 〈주님의 가장 신성한 성혈과 성체와 가장 신성한 성모 마리아의 예배당〉을 방문하는 것은 신실한 크리스천에게는 특권이었어. 황제가 지정한 축일이면 가축 시장은 사람을 넘쳐흘렀지만 대성당만은 흘러넘치는 사람들의 홍수 속에서 섬처럼 우뚝 서 있었어.

그 뒤에 이어진 시기도 똑같이 유명하지만 나에게는 싫은 시대이지. 불행한 15세기의 세 번째 해에 우리 형제회는 성당을 대학에 헌정했어. 완전히 자발적이었지만 아주 바보 같은 짓이었지. 얼마 지나지 않아 그곳에서 소위 말하는 우트라키스트[77] 성찬식을 거행하고 심지어 제단에서 그 수치스러운

76 카렐 대제가 왕궁의 일부분으로 792년부터 건설한 성당. 805년에 성모 마리아에게 헌정되었다. 현재 유네스코 세계 문화유산으로 지정되었다.

77 우트라키스트Utraguist는 〈두 종류 모두sub utraque specie〉라는 뜻의 라틴어에서 온 이름. 후스파의 한 분파로 미이스의 야콥이 1414년 프라하에서 주장한 종파이다. 성찬식에서 신도들에게 빵과 포도주를 함께 나눠 주어야 한다고 주장했다.

협정서[78]를 낭독하기까지 했지.」

「예, 압니다. 마치 협정서가 모세의 십계라도 되는 것처럼 돌에 금도금한 글자로 새겨 두었죠.」

「끔찍하지. 그러고선 그 돌판을 성당 벽에 넣기까지 했으니까. 완벽한 신성모독이야! 카렐 대제가 알았더라면 무덤 안에서 돌아누웠을 거야.」

「그리고 토마스 뮌처[79]가 그곳에서 설교했을 때 다시 돌아누웠을 겁니다.」

「아, 의심하는 토마스! 싸움꾼에 범신론자였지! 독일의 유다! 잘 말해 줬네, 크베토슬라프. 내 마음을 그대로 표현해 줬어! 우린 말이 통하는군.」

뤼베크의 기사는 내 오른손을 잡고 기쁘게 흔들었다. 그러자 프룬슬릭이 벌떡 일어나 내 왼손을 잡았다.

이제 나는 프룬슬릭의 미치광이 같은 장난에 더 이상 놀라지 않았다.

「그럼 18세기 말에 성당이 파괴되어 건축 자재로 사용되었을 때 형제회는 어디 있었습니까?」

그뮌드는 마치 뺨이라도 맞은 듯한 표정이 되었다.

---

78 프라하 협정서. 1436년 프라하에서 우트라키스트파와 바젤 공의회 사이에 맺어진 협약. 교황권을 인정하고 신성로마제국의 지그문트 왕을 황제로 받아들이는 대신 후스파 교회의 독립성을 인정하고 빵과 포도주를 모두 나눠 주는 성찬식을 허용하며 체코어로 미사를 볼 수 있게 하고 프라하 대주교를 체코 국회를 통해 뽑을 것을 협약했다. 1462년 교황 피우스 2세에 의해 무효화되었다.

79 Thomas Müntzer(1489~1525). 종교 개혁 초기의 독일 신학자. 루터파를 반대하고 재침례 교도를 지지했으며 농민 반란을 주도했다. 프랑켄하우젠 전투에서 패배하여 참수당했다.

「무척 괴로운 질문이지만 자네는 대답을 들을 권리가 있지. 이미 17세기에 형제회 활동은 눈에 띄게 약해졌고, 계몽주의가 가장 큰 일격을 가했어. 또다시 그 저주받은 시대야. 아이러니하게도 그때에 프리메이슨회가 꽃피웠지만 그쪽은 다른, 완전히 쓸모없는 일에 더 매달렸어. 무엇보다도 교육 같은 데 말이야.」

「교육이 쓸데없다고 생각하십니까?」

「자네는 안 그런가? 대체 교육이 무슨 소용이 있나? 그래서 교육을 받고 우리가 어디에 이르렀나? 죽음의 사자가 우리를 수상쩍은 곡식의 이삭처럼 잘라 버리는 악마의 20세기 아닌가? 5천만, 6천만 명씩 죽이고도 아직 모자라지. 그러면서 내내 그 끔찍한 해골바가지 위에 이 나라 혹은 저 나라를 구해 주겠다면서 웃음을 짓는 자비로운 아버지의 가면을 쓰고 있었잖아.」

「당신도 20세기의 산물입니다.」

「모든 악은 자멸하게 되어 있어. 형제회가 재건된 건 내가 아니라 내 선조들의 공로야. 전에도 이미 얘기한 적 있지만 내 증조할아버지가 건축가였네. 신시가지 성당을 다시 고딕 양식으로 만드는 작업에 모커와 빌[80]과 함께 참여했지.」

「그들도 형제회의 회원이었습니까?」

「그래. 그리고 다른 회원도 많이 있었지. 19세기 말에서 20세기 초 무렵에 처음으로 여성 회원을 받아들였고.」

「그리고 로제타는요? 당신이 그녀를 찾아내서 가입시켰겠죠. 그런데 지금 어디 있습니까?」

---

80 안토닌 빌Antonín Wiehl(1846~1910). 체코의 건축가.

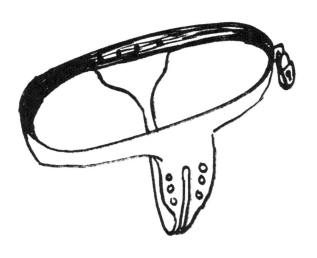

「목소리가 불안하군. 그녀가 걱정되나?」

「물론입니다.」

「그녀를 사랑하나?」

나는 대답하지 않았다. 시선을 돌려 시든 홍학꽃 옆에 그 쇠 장치가 놓인 벽감을 둘러보았다. 그륀드도 같은 방향을 쳐다보고 음울하게 웃었다.

「저 정조대는 로제타의 가면과 마찬가지로 가짜야.」

그가 목소리를 죽여서 말했다.

「그녀의 비밀은 사실 비밀이랄 것도 없어. 사실은 꽤나 평범하고…… 끔찍하지.」

그는 쇠 장치 쪽으로 가서 집어 들고 가장자리에 깔쭉깔쭉하게 톱니 모양이 난 두 개의 구멍을 손가락으로 만졌다.

「이건 가짜야, 18세기식 욕정의 찌꺼기일 뿐이지. 중세는 이후 시대에 알려진 것처럼 그렇게 잔인하지 않았어. 그건 계몽주의 시대에 만들어진 이야기일 뿐인데 우리 역사학자들은 기꺼이 그 거짓말을 받아들인 거지. 이 정조대는 내가 영국의 어느 골동품점에서 산 거야. 어느 수집가가 이게 13세기의 진짜 고문 도구가 아니라 그냥 장난감에 불과하다는 걸 알고 팔아 버렸지. 이런 모조품은 수없이 많아. 예를 들면 애인들의 피를 짜냈다는 뉘른베르크의 〈철의 여인〉[81]도 그런 거지. 그녀는 그런 적이 없어. 철의 여인은 1830년쯤에 주문

---

81 사람 모양으로 만들어 안에 쇠못을 박은 고문 기구. 안에 사람을 넣고 문을 닫으면 쇠못에 찔려 피를 흘리게 된다. 〈뉘른베르크의 철의 여인〉이 가장 유명한데 원본은 1804년까지 거슬러 올라간다고 하지만, 제2차 세계 대전 당시에 폭격으로 파괴되어 현재 전해지는 것은 1890년대에 만들어진 복원본이다.

받아서 제작한 가짜라고.」

「그럼 어째서 로제타가 그걸 차고 있었습니까?」

「자네 때문이야. 자네는 여자 경험이 없으니까. 경험이 있었더라면 뜻밖의 순간에 여자를 놀라게 할 수 있는 건 여자가 그렇게 원할 때뿐이라는 걸 미리 알았겠지.」

「그럼 제가 길을 잃고 욕실로 들어가리라는 걸 로제타가 알고 있었단 말입니까?」

「조만간 일어날 일이었으니까. 그녀는 자네에게 자신을 가질 수 없다는 걸 보여 주는 동시에 자네의 욕망을 불러일으키려고 한 거야.」

「왜요?」

「형제회를 위해서지. 다름 아닌 바로 그녀가 자네의 뛰어난 능력을 알아봤다는 걸 잊지 말게. 자네는 딱 알맞은 때에 나타났어. 처음에 그녀가 맡은 건 다른 임무였지. 경찰서장을 타락시켜서 우리를 위해 일하게 만들 생각이었어. 하지만 우리한테는 자네가 훨씬 더 쓸모가 있었네. 올레야르주는 불독처럼 믿을 수는 있지만 자네와 같은 능력이 전혀 없어. 열심히 노력하고 땀 흘려 일하지만 그럴수록 목표에서 더 멀어지기만 하지. 그가 정말로 우리를 따라잡기 시작하면 쉽게 제거해 버릴 수 있어. 협박에 쉽게 굴복하니까. 그의 귀에서 흘러나오는 진흙탕은 그의 더러운 양심이야. 하지만 바르나바슈에 대해서는 자네가 잘못 알았네. 올레야르주의 약점을 잡은 사람은 바르나바슈가 아냐. 나지. 한 마디만 하면 올레야르주는 내 손바닥 안에 있게 돼. 그렇지 않았다면 자네를 나한테 보냈을 것 같나? 맨 밑바닥으로 내려 보내서 은퇴할 때까지 똑같은 거리를 순찰하게 만들었을 거야. 평생 가도 진급하지 못했을 걸세.」

「그럼 로제타는요? 어째서 당신을 위해 일하는 겁니까?」

「로제타가 어째서 성체 성혈 형제회에 가입했는지 궁금한가? 왜냐하면 로제타는 진짜 여자가 아니기 때문이야.」

「그건 말도 안 됩니다!」

「물론 성별은 여성에 속하지, 그것도 아주 아름다운 여성이야. 하지만 로제타는 아이를 낳지 못해. 자궁에 심하게 상처를 입었거든. 어렸을 때 수술을 받아야만 했어.」

쾅 하는 소리가 들렸다. 카네이션이 가득 꽂힌 화병을 프룬슬릭이 넘어뜨린 것이다. 그의 얼굴은 회벽처럼 창백했고 눈에는 진짜라고 믿을 수 없는 커다란 눈물방울이 고여 있었다.

뤼베크의 기사는 잠깐 한쪽 눈썹을 치켜올리더니 말을 이었다.

「많은 사람들이 영향을 받았지. 그녀는 그래도 운 좋은 편이었으니 하느님이 허락하신다면 오래오래 살 거야. 한 20년 전에는 그 이야기 때문에 프라하 전체가 떠들썩했지. 공개적인 비밀이라고나 할까. 로제타는 어렸을 때 어머니와 함께 홀레쇼비체에 살았어. 그러다가 지하철이 들어서는 바람에 이사를 해야 해서 오파토프 지역에 아파트를 얻었지. 죽음의 집 말이야. 그저 조그만 건축학적 실험이었는데…….」

「잠깐만요, 그 이야기는 저도 압니다! 로제타도 그 화재 방지 기술 때문에 피해자가 된 겁니까?」

그뮌드는 말없이 고개를 끄덕였고 그러자 바닥에 화병을 또 하나, 이번에는 장미가 든 쪽이 쓰러졌다. 물이 즉시 카펫에 스며들기 시작했고 유리 조각이 섬세한 원단에 박혔다. 프룬슬릭은 이제 손 닿을 만한 곳에 있는 튤립을 눈여겨보다가 다시 팔을 뻗었다. 나는 본능적으로 뒤로 물러섰으나 그는 그저 화병에서 튤립을 한 송이 뽑아서 눈을 감고 흔들기 시작했다. 그리고 갑자기 꽃을 물어뜯더니 씹지도 않고 삼켰다.

「이미 말했듯이 로제타는 자궁에 생긴 종양을 절제해야 했어. 그렇게 해서 목숨은 건졌지. 심리적인 충격은 나중에야 찾아왔어. 학교에서는 뛰어난 학생이었고, 졸업 시험을 잘 봐서 대학에 가기 위해 열심히 노력했지. 통역가가 되고 싶어 했거든. 그래서 졸업을 하고, 대학에 들어갔는데…… 신경쇠약에 걸린 거야. 수술 후의 트라우마가 처음에는 잠복해 있다가 그때야 나타난 거지. 회복하는 데 오래 걸렸어. 최악의 상태에서는 벗어났지만 그때부터 거식증에 걸렸고 경찰에 들어갈 때는 그 사실을 숨겼지.」

「슬픈 이야기군요.」

「이런 일에 대해서 알고 있었나?」

「전혀요. 하지만 로제타가 너무 빨리 살이 빠졌다가 쪘다가 하는 게 이상하기는 했습니다.」

「예상치 못했을 때 갑작스럽게 증상이 나타나거든. 그러고 나면 많이 지치더군.」

「로제타는 지금 어디 있습니까? 만나 보고 싶습니다. 잠시만 둘이 있었으면 좋겠군요.」

「기꺼이 그렇게 해주지. 안 그런가, 라이몬드?」

그륀드는 시계를 들여다보았다.

「어떻게 생각하나, 크베토슬라프를 비밀의 연인에게 데려다 줄 때가 되지 않았나?」

「잠깐만요.」

내가 좀 더 확신에 찬 목소리로 말했다.

「아직 한 가지만 더 대답해 주십시오. 펜델마노바 부인도 당신들이 죽인 겁니까?」

「아니면 누구겠나?」

그뮌드가 굳은 목소리로 말했다. 그는 눈썹 하나 까딱하지 않았다.

「펜델마노바 부인은 가장 질이 나쁜 불한당들과 짜고 몇십 년이나 우리의 성스러운 도시에 해를 입혔어. 그녀가 여자라는 사실은 별 의미가 없네. 공무원으로 일하면서 훈족의 침략자들만큼이나 엄청나게 많은 걸 파괴했으니까. 프라하는 여성이야. 어떤 사람은 이 도시를 위협하고 어떤 사람은 숭상하지만 누구나 이 도시의 환심을 사려 하고 누구나 이 도시를 정복하려 하지, 좋은 뜻에서든 나쁜 뜻에서든. 나도 이 도시와 사랑에 빠졌기 때문에 건축가와 건설업자와 공무원들을 내 경쟁자로 생각하는 거야. 그들은 이 도시를 이용하려고 해. 나는 꿈속의 여왕님을 만난 것처럼 경탄과 존경을 담아 이 도시 앞에 무릎을 꿇지.」

「그리고 아무도 당신을 막을 수 없겠죠.」

「그게 놀랄 일인가? 레호르주와 그의 일당들이 프라하에 새로운 도로를 낸 뒤 그 도로를 오가는 차도 더 많아졌지. 바로 그 레호르주 때문에 누슬레 골짜기 위에 시멘트 통로를 짓게 된 거야. 열 배는 더 나은 다른 방법들이 있었는데도 말이지. 예를 들어 에펠탑하고 비슷하게 철제 구조물을 지어서 양쪽 끝을 좀 넓게 벌려 철교처럼 골짜기 위에 걸치거나 빨간 벽돌로 로마식 수로를 짓는 거지, 이층으로 아주 높게. 아래쪽에는 전철이 다니고, 그러면 창문으로 아주 아름다운 풍경을 보면서 지나갈 수 있겠지. 그리고 위쪽에는 넓게 보도를 만드는 거야. 필요하면 차로도 만들 수 있겠지만 물론 마기스트랄레보다 좁고 교통량도 적겠지. 마기스트랄레는 도시를 오염시키는 독사야. 형제회에서 할 일이 아주 많을 거야. 성당의 품위를 훼손시킨 걸 우리가 복수하고 나니 성당이 더 높아지고 아름다워진 것 봤나?」

「레호르주와 펜델마노바에 대해서 말씀하셨는데요. 바르나바슈는요?」

「그것도 다 똑같은 불한당이야. 남부 지역 주택단지에 그 많은 토끼장을 지은 데다가 무엇보다도 오파토프 사건에도 관여했고, 소위 의회 센터라는 그 비셰흐라드의 히드라를 짓는 걸 승인했거든. 게다가 지슈코프 언덕에 그 거대한 고인돌[82]을 세우는 데도 중요한 역할을 했어. 그거야말로 현대 체코에 걸맞은 이교도의 기념비 아닌가. 프라하 어디를 가도 콘크리트 상자들이 안 보이는 곳이 없게 된 게 전부 바르나바슈 때문이야. 부빈 호텔에서만은 고층 건물을 볼 수가 없다는 걸 하느님께 감사해야지.」

「탑에 올라가지만 않으면 말이죠.」

프룬슬릭이 씁쓸하게 덧붙였다.

「거기서는 프로섹과 하예와 이노니체와 체르니 모스트까

---

82 후스파 군대의 대장이었던 얀 지슈카의 동상과 그 뒤의 묘소를 말함. 1950년에 건립되었고 1953년에는 공산주의 체코슬로바키아의 지배자였던 클레멘트 고스발트의 시신을 방부 처리하여 동상 뒤의 묘에 안치하였다.

지 전부 다 볼 수 있어요. 어디를 보든지 레호르주와 바르나바슈와 자히르와 펜델마노바 같은 사람들이 지평선에 펼쳐지는 도시의 풍경을 다 망쳐 놨죠. 다행히 되돌이킬 수 없는 건 아니지만요.」

「자히르라고 했습니까? 그렇다면…….」

「그를 걱정하는 건가?」

그뮌드가 말했다.

「설마 정말로 그를 신경 쓰는 건 아니겠지? 경찰에서 바르나바슈 살인 사건 때문에 그를 의심하고 있으니 또 한 번 우리를 피해서 어딘가 아늑한 감방에 틀어박혔을지도 몰라. 그럼 자네 덕분에 그는 또 목숨을 구한 셈이 되겠지.」

「그럼 성 아폴리나리 성당에서! 당신들이 꾸민 일이었군요?」

「그게 우리 방식이야. 모두 다 자기 발로 우리 함정에 걸어 들어오지.」

그뮌드 옆에서 킬킬거리는 웃음소리가 들렸다. 나는 프룬슬릭을 돌아보았다.

「그럼 종을 친 것도 당신이었군. 하지만 거기서 어떻게 눈에 띄지 않고 도망친 겁니까?」

「뤼베크의 기사님께서 계단을 다 내려가실 때까지 기다렸지.」

프룬슬릭은 다시 킬킬 웃은 뒤에 어디에 숨어 있었는지 말해 주었다. 그는 탑의 북측에 몸을 숨기고 매달려 있었다. 성당 지붕과 탑이 갈라지는 곳이다. 실제로 그곳에 몸을 숨길 수 있을 것 같았으나 그 당시에는 그런 생각이 떠오르지 않았다. 프룬슬릭은 그곳에 앉아서 몰래 우리를 비웃고 있었던 것이다.

「약 한 시간쯤 뒤에 자네 친구 자히르가 로제타와 데이트를 하기로 했네.」

그륀드가 재미있다는 듯 웃으며 말했다.

「비노흐라디의 어떤 레스토랑이야. 국제 전화까지 걸어서 약속을 잡았지. 아주 흥미로운 일 아닌가! 몰래 가서 들여다보고 싶지 않나?」

「그 말씀은 설마 로제타가……. 하지만 한 가지만 더 설명해 주십시오. 어째서 카를로프 성당 지붕에서 나를 밀었습니까?」

「그거야 뻔한 일 아닌가. 애초에 시작한 이야기를 끝내게 하기 위해서지. 용서해 주게, 자네가 우리와 함께 일하려 하지 않아서 굉장히 실망했네. 자네를 묶어 놓고 강제로 입을 열게 할 수도 있었지만 그러면 자네도 저항했을 거고 그러면 스스로 다치거나 우리 중 누군가를 다치게 할 수도 있고 너무 겁에 질려 숨이 넘어갈 수도 있었지. 그런 불쾌한 일은 우리에게 필요하지 않거든. 그런데 왜 그렇게 표정이 어둡나? 나한테 속아서 마음이 상했나? 이건 다 대의를 위해서야, 믿어 주게. 그리고 시간이 없었어. 내가 잘못 본 게 아니라면 어떤 아가씨가 자네의 마음을 빼앗았고, 실제로 유혹하는 건 시간문제였거든. 그러면 자네는 우리한테 아무 소용이 없게 될 테니까.」

「무슨 뜻입니까? 그러니까 그건…….」

「맞아. 자네의 놀라운 능력을 유지하려면 자네가 육체적으로 더럽혀지지 않은 상태여야 해. 왜 그런지는 묻지 말게. 그냥 자신이 가진 재능에 감사하게.」

「로제타도 저와 같습니까?」

「어느 정도는 둘이 비슷하지. 하지만 자네와는 달리 그녀는 육체적 쾌락을 전부 거부할 필요는 없어. 그녀가 그런 세속의 즐거움을 누린다고 해서 나쁘게 생각하지 말게. 그녀는 건강 상태가 아주 나쁘고 과거를 들여다보는 능력도 자네보다 훨씬 떨어져. 하지만 걱정하지 말게. 자네가 노총각으로 늙어 죽게 하려는 건 아니니까. 자네의 능력이 더 이상 필요 없게 되면 그때는 좋은 신붓감을 찾아 주지.」

「과부는 어때요?」

프룬슬릭이 킬킬 웃었다.

「젊고 예쁜 여자를 하나 아는데, 늙은 남편이 아직 살아 있지만 한 발은 무덤에 걸친 노인네죠. 기다려 볼 만해요.」

「그녀가 나를 속일 권리는 없었습니다.」

「로제타 말인가? 자네의 마음을 빼앗은 미녀로서는 그럴 권리가 없었지. 하지만 현대의 피해자로서는 그럴 권리가 있어. 그 조그만 속임수는 그녀가 복수하기 위해서도 필요했고 앞날을 올바르게 고칠 길을 열어 주거든. 그게 형제회에서 원하는 일이야. 그리고 조만간 자네도 똑같이 원하게 됐으면 하네.」

「그럼 그 지붕 밑에서 제가 뭐라고 했습니까?」

「횡설수설했지만 이야기 속에서 우리가 원하던 정보는 확실히 얻었고 이전에 자네가 얘기했던 것과도 연결이 되었네. 바츨라프 하즘부르크는 전에 우스텍 지역의 영주였고 카렐 대제의 자문이었지. 우리 주 탄생 후 1377년 되던 해의 어느 슬픈 아침에 그는 아우구스틴 수도회 옆에 새로 지어진 성당에 갔어. 바로 얼마 전에 성당은 성모 마리아와 카렐 대왕에게 헌정되었지. 성 카롤 형제회의 예식 문장을 성당에 새기는 작업을 감독하러 간 건데, 그 형제회는 하즘부르크가 다른 세 명의 기사와 함께 설립한 것이었지. 그리고 바로 그날 그곳에 대제가 방문했는데, 사실 그건 계획에 없던 일이었어. 그날 대제는 성 아폴리나리 성당에 왕림하시기로 되어 있었던 거야. 어쨌든 대제는 카를로프 성당에 도착했고 지붕에 올라갔다가 석공 두 명과 그들의 장인이 일곱 마리 야수를 돌에 새기고 있는 걸 발견했지. 카렐 대제는 그것이 하느님의 집에 대한 신성모독이라고 생각해서 다음 날 아침에 그 세 명을 목매달게 했어. 형제회의 상징은 으깨져 먼지가 되었지. 그리고 대제는 지붕 전체와 서까래까지 전부 다시 만들게 하고 성당을 다시 축성하게 했어. 남은 것은 이무기 돌뿐이었는데 그것마저도 40년 뒤에 후스파의 손에 부서져 버렸지. 평생 동안 나는 가족사를 들여다보면서 어째서 바츨라프 하즘부르크가 왕의 신임을 잃고 그로 인해 목숨을 잃어야 했는지 알아내려고 애썼는데 자네가 그걸 말해 주었어, 지나간 일들을 볼 수 있는 그 기적의 능력 덕분에.

바로 자네 덕분에 이 모든 일이 불운한 우연이었고 멍청한 오해였다는 걸 이제 알겠네. 역사는 그런 식으로 흘러가는 법이지. 카렐 대제처럼 명민한 군주도 완벽하지는 못했던 거야. 망치와 함께 고리에 둘러싸인 일곱 마리 짐승은 카렐 성당과 다른 여섯 개의 성당을 보호한다는 의미였어. 자네도 알다시피 고딕 성당에서 석조 괴물 조각상의 기능이란 단순

83 머리카락 대신 뱀이 얽혀 있고 큰 황금 날개가 나 있으며 눈에는 보는 사람을 돌로 변하게 하는 힘이 있다는 그리스 신화의 괴물.

하지. 물을 흘려보내는 거야. 하지만 웃음 짓는 고르곤[83]이나 몸을 뒤트는 그리핀[84]은 꼭 그런 기능만을 수행하는 게 아니었어. 그와 함께 짐승들이 성당을 보호하는 힘이 있다고 믿었던 거야.

내 선조는 목숨을 잃었고 카렐 대제는 성급했던 걸 후회하며 괴로워했고, 삶은 그렇게 흘러갔지. 형제회의 남은 세 명은 가축 시장에 있는 다른 성당을 골라서 지붕 밑에 관례적인 상징을 남겼고 거기에서 형제회의 이름을 얻게 됐어. 그렇게 바츨라프 4세 치하에서 성체 성혈 형제회가 탄생하여 신시가지의 성당들을 보호하고 그 성당에 손대려는 사람을 처벌하는 임무를 맡게 되었지.

눈에는 눈으로, 이에는 이로, 손에는 손으로, 발에는 발로, 화형에는 화형으로, 멍에는 멍으로, 상처에는 상처로 갚으라 했네. 모세가 하느님과 맺은 약속을 되돌이킬 때가 되었어. 멍청하고 무능하고 부도덕한 건축가와 관료주의자들이 몇 명 죽는 편이 모두가 파멸하는 것보다는 낫지 않나? 손에 고삐 대신 운전대를 잡은 야만인들 때문에 우리가 죽어야 하나? 우리의 고향에서 매연을 마시고 질식해야 하나? 말해 보게, 어느 쪽이 더 낫겠나?」

그뮌드는 내 눈을 들여다보며 대답을 기다렸다.

나는 침묵을 지켰다. 공포에 질려 입이 열리지 않았다. 나는 그뮌드가 두려웠고, 형제회가 두려웠고 나 자신이 두려웠다. 혀가 타오르도록 말하고 싶었으나 나는 입을 다물었다.

84 독수리 머리와 날개, 사자의 몸통을 한 괴물.

눈을 감고 그 말을 삼키려 해보았으나 그것은 마치 생선 가시처럼 목에 걸려 있었다. 나는 괴로웠다. 마침내 나는 그 말들을 뱉어 내어 의심과 반박으로 가득한 공격을 쏟아 내었다. 그러나 내 입에서 나온 말은 동의였다. 그뮌드가 옳았다. 마침내 신이 나에게 스승을 내려 준 것이다.

24

나는 걷는다.
집으로 향한 나의 발걸음이
무거운 흙에 자국을 남긴다.
그리고 나의 유일한 생각은 이것이다.
당신과 함께 걷는 것, 내 유일한 욕망이여.

— 리처드 와이너

마치 처형장으로 가는 것 같았다. 뤼베크의 기사가 말없이 내 옆에서 걸었다. 그는 보이지 않는 쇠사슬로 나를 끌고 가고 있었다. 프룬슬릭이 휘파람을 불며 뒤에서 따라왔다. 어쩌면 나를 지키는 것일지도 모르지만 어쩌면 도망치려 해도 그냥 내버려 둘지도 모른다.

달은 밤과 함께 만월을 경축해야 했으나 어쩐지 둘이 다툰 것 같았다. 사방에 보이는 곳에 끝없는 어둠이 덮여 있었던 것이다. 거리를 알아볼 수조차 없었다. 가로등은 다섯 개 중에 하나만 불이 켜져 있었다. 사방에 널린 자갈 때문에 계속 발이 걸렸고 두 번 넘어질 뻔했는데 그때마다 그뮌드가 붙잡아 주었다. 그는 경탄할 정도로 확신에 차서 위험한 곳을 피해 다녔는데, 마치 어디에 무엇이 있는지 미리 다 아는 것 같았다. 우리 주변에는 사람도 차도 전혀 보이지 않았다. 아니면 차가 다니지 못했던 것인지도 모른다. 길이 길이 아니었기 때문이다. 어떤 곳에서는, 아마 카타르진스카 거리였던 것 같은데, 길 한가운데에 키가 어른만 한 검은 무더기가 쌓여서 멀리서도 맡을 수 있을 정도로 지독한 그을음 냄새를 풍기고 있었다. 그 검게 탄 표면에 연기가 났고, 진흙과 나무와 잎사귀를 엮어 만든 벽 사이로 오렌지색 불빛이 비쳐 보였다. 나는 그것이 무엇인지 알지 못했고 감히 물어볼 용기도 내지 못했지만 어쩐지 숯가마가 저렇게 생겼을 것 같다고 생각했다. 독한 연기 때문에 눈에서 눈물이 났다. 다행히 바람이 불어서 금세 연기를 흩날려 버렸다. 멀리서 차가 급하게 멈추는 소리가 들리더니 검은 덩어리처럼 보이는 건물들 뒤에서 구급차 소리가 울부짖다가 금방 가라앉았다. 경찰 본부 근처에서 나는 발밑에 유리가 밟혀 으스러지는 소리를 들었다. 유리가 많이 깨져 있었다. 나는 위를 올려다보았다. 경찰 본부 건물에는 불이 하나도 켜져 있지 않았다. 유일한 불빛은 정문 벽에 타오르는 횃불이었는데, 그 정문은 놀랍게도 활짝 열려 있었다. 카를로프까지는 30분이 채 걸리지 않았다.

마기스트랄레는 조용했고 지나다니는 차가 전혀 없었으며 보도에도 사람 모습이 보이지 않았다. 여기도 조명이 들어오지 않았다. 아니면 누군가 꺼버린 것 같았다. 위쪽의 아파트 창문에는 여기저기 불이 켜져 있었지만 아래쪽의 거리는 어둠에 잠겨 있었다. 눈앞으로 팔을 뻗었을 때 그 희끄무레한 윤곽은 알아볼 수 있었으나 그 이외의 모든 것은 차가운 어둠 속에 묻혔다. 우리 머리 위로 그 어둠 속에서 성당의 돔 지붕 세 개가 솟아 나와 있었다. 그것은 녹색으로 보이는 도시를 배경으로 마치 금종이를 잘라 붙인 것처럼 보였다. 동방여행의 기념품, 밤의 이스탄불. 이제 성당은 곧 처음 지어졌을 때처럼 벽보다 세 배나 높이 솟은 뾰족한 텐트식 지붕을 되찾게 될 것이다. 흐라드차니에서도 보일 정도가 될 것이다.

그곳에 마치 뭔가 기다리는 것처럼 서 있었다. 창백한 얼굴들이 약하게 빛나며 사라졌다가도 다시 나타나곤 했다. 숫자가 무척 많았고 바로 우리를 기다리는 것 같았다. 누군가 그 뮌드에게 다가가서 팔꿈치를 잡고 옆으로 끌어냈다. 나는 거의 아무것도 보지 못했고 그저 속삭이는 소리만 들었는데 어조로 보아 의견이 맞지 않는 것 같았다. 그것은 소리 죽인 여자의 목소리였다. 여자는 그런 뒤에 내 쪽으로 걸어왔다. 혹은 그런 것 같았다. 그러나 모자를 쓴 거대한 그림자가 여자의 앞을 막아섰다. 다시 목소리가 높아졌고 그림자는 물러서서 여자를 지나가게 했다.

여자는 내게 다가왔다. 갑자기 너무 가까워져서 나는 어둠 속에서도 여자를 알아볼 수 있었다. 그것은 또 다른 로제타였다. 그녀는 마르고 가느다란 얼굴에 뺨이 쑥 들어가고 눈 주위를 둘러싼 다크서클만큼 어둡고 불안한 시선으로 쳐다보았다. 그녀의 얼굴은 흰 가면 같았다.

「성당으로 가요.」

하얀 가면이 단호하게 말했고 나는 그녀를 따라갔다. 그녀는 주먹을 꽉 쥐고 있어서 손의 윤곽이 뚜렷이 보였고 나는 그 안에 무엇을 쥐고 있는지 곧 짐작할 수 있었다.

카를로프 성당을 둘러싼 울타리가 사라지고 없었다. 우리는 그 울타리 근처를 돌아서 공원으로 들어섰는데, 나는 그곳에 쪽문이 원래 없다는 것을 알고 있었다. 사제관 벽 아래 두 개의 횃불이 타고 있었다. 로제타가 나를 멈춰 세워 손을 들었고 그 손에 들린 내 경찰 복무용 권총은 똑바로 나를 향해 겨눠져 있었다.

나는 그녀가 이제 곧 방아쇠를 당길 것이라고 생각했다. 그리고 그녀가 그렇게 한순간 동시에 나는 털썩 무릎을 꿇었다. 고요 속으로 금속이 찰각거리는 소리가 울렸고 나는 마치 누가 걷어찬 것처럼 쓰러졌다. 그러나 나는 살아 있었다. 로제타가 내 위로 몸을 숙이고 다른 손에 쥐고 있던 총알이 꽉 찬 탄창을 보여 주었다. 그녀는 탄창을 도로 총에 밀어 넣고 내게 총을 돌려주었다. 그리고 그녀는 내 팔을 잡아 일으켜 세웠다.

「내가 벌거벗은 걸 봤으니까 벌을 주어야 했어요.」

「하지만 그건 함정이었잖아요!」

그녀는 부드럽게 내 뺨을 만졌다.

「당신 잘못이 아닌 걸 알아요. 당신 잘못이었다면 오늘 저녁에 자히르와 함께 죽게 되었을 거예요. 이제 그가 곧 올 거예요.」

권총의 손잡이에 아직도 로제타의 체온이 남아 있는 것을 느낄 수 있었다. 나는 가슴 주머니에 총을 집어넣었다. 그것은 거치적거리지 않았고 마치 연인에게 선물받은 목걸이처럼 따뜻하게 느껴졌다. 로제타는 고개를 돌려 검게 보이는 누슬레 다리 쪽을 바라보았다. 갑자기 전조등 불빛이 그녀의 얼굴을 비추었다. 그녀는 부드럽게 웃었다. 머리에는 수도승의 두건을 쓰고 있었다. 긴 가운의 가슴에는 은실로 문장이 새겨져 있었다. 고리 속에 든 망치였다.

길쭉한 빛줄기가 짙은 어둠을 가르며 다리 입구를 극장의 무대처럼 비추었다. 나는 그 무대에 선 사람들을 몇몇 알아볼 수 있었다. 로제타와 똑같은 수도승의 가운을 입은 최소한 40명쯤 되어 보이는 사람들이 머리에 두건을 쓰고 반원형으로 서 있었다. 나는 그 음모자들의 무리 중에서 가장 큰 형체인 그뮌드를 알아보았다. 나는 얼른 그의 옆을 쳐다보았으나 프룬슬릭은 보이지 않았다. 나는 또한 네트르셰스크 선생을 알아보았는데, 그는 조금 슬픈 웃음을 짓고 서서 다가오는 자동차는 쳐다보지 않고 성당을 바라보고 있었다. 마치 그 근시안으로 공중 부벽의 그림자 속에서 가장 재능 있는 학생을 찾아내려는 것 같았다. 그는 어쩐지 교활하고 죄를 지은 듯한 모습이었고, 그 웃음은 온화한 노인의 것이 아니었다.

그보다 조금 멀리 두건의 홍수 속에서 나는 트루그의 얼굴을 보았다. 그 얼굴은 검고 사나웠으며 분노에 차서 일그러져 있었다. 그는 똑바로 나를 쳐다보았다. 내가 마주 보면서 짧게 손을 흔드는 것을 보고 그는 즉시 눈길을 돌리고 침을 뱉은 후에 넓은 소매에서 손을 꺼내 시계를 들여다보았다.

그리고 또 하나의 낯익은 얼굴이 보였다. 조그만 머리에 화난 듯이 아래로 당겨 내린 입술과 커다란 안경. 그것은 바로 성 아폴리나리 성당 앞 소녀 조각상의 머리에서 머위꽃 화환을 벗겨 냈던 그 조그만 아주머니였다.

차는 다리를 건너 조금 뒤에 길을 돌아 사라졌다. 그 순간 어딘가 옆쪽에서 엔진이 붕붕거리더니 거리의 반대쪽 어둠 속에서 무언가 움직이기 시작했다. 그리고 마기스트랄레 위로 오렌지색 크레인이 나타났다. 처음에는 운전석이 빈 것처럼 보였으나 앞 유리창 너머로 몸집 작은 운전자가 움직일 때마다 불타는 듯한 붉은 머리카락이 여기저기 튀어 오르는 것이 보였다.

자히르는 언제나 너무 빨리 차를 몰았다. 지금도 그의 차는 미끄러운 차로 위에서 멈추지도 않고 방향을 틀지도 않았다. 그리고 도로는 〈7성당〉이 시작되는 곳에서 끝났다. 크레인에 부딪치는 소리는 거의 들리지 않았다. 그저 소다 깡통을 찌그러뜨리는 것처럼 뭐라고 묘사하기 힘든 소리가 울렸을 뿐이었다. 주위가 어두워졌다. 그러더니 다시 어둠 속에서 불빛이 솟아 나왔다가 다시 어둠 속으로 빠져들었고, 어둠에 잠겨 불이 꺼졌다. 자동차는 틀에서 빠져나온 대관람차처럼 아름답게 빛나는 공중제비를 돌면서 어둠 속을 날아갔다. 우리 머리 위에 조용히 수직으로 솟아올랐으나 점점 곡선을 그리며 속도가 느려졌다. 로제타는 웃으면서 극장 구경을 온 아이처럼 손뼉을 쳤다. 무슨 일이 있어도 지금은 그녀의 얼굴을 보고 싶지 않았다.

나는 어떻게 해야 할지 알았다. 계단을 달려 올라 알베르토프로 가서 대학 건물 사이로 몸을 숨기고 가능한 한 빨리 올레야르주에게 전화하는 것이다. 만약 사람들이 나를 쫓아온다면 총을 쏠 것이다. 총알은 충분했다. 그러다 붙잡히면 마지막 총알은 나 자신을 위해 남겨 둘 것이다. 하지만 그 전까지는 목숨을 걸고 싸우며 그 누구도 봐주지 않을 것이다. 내 눈앞에서 살해당한 자히르와 이 피에 굶주린 비밀 결사에 끌려 들어온 네트르셰스크 선생과, 그리고 누구보다도 나 자신을 위해서 복수할 것이다. 나는 로제타를 위해서도 복수할 것이다. 그들이 불운한 과학 실험의 희생자를 피에 굶주린 괴물로 만들었기 때문이다. 어떻게 해야 할지 알았으나 나는 아무것도 하지 않았다. 저 아름답고 불행한 여자가 내 목숨을 살려 주었고 도망칠 수 있게 해주었으며 후스파가 생겨나기 전부터 이어져 오는 형제회에서 나를 기다리고 있을 광기로부터도 구해 주었다. 내가 어찌 그녀를 버릴 수 있겠는가?

보라, 이제 차는 수직 상승하다가 멈추어 섰고, 비행의 방향이 바뀌더니 이번에는 아래쪽으로 우아한 포물선을 그리기 시작해서 마침내 수직으로 마기스트랄레에 추락했다. 그리고 그동안 마치 카스파르 프리드리히[85]의 그림처럼, 시계의 문자판과 같이 창백한 달이 프라하의 어둡고 불그스레한 불빛 위로 모습을 드러내어 성체 성혈 형제회의 반원 위로 유령 같은 달빛을 비추었다. 그 빛나는 구형은 이제 막 움직임을 멈추려는 금속 추의 끝부분 같았다. 천천히 속도가 줄어들고 진동 폭이 좁아지다가 비로소 멈춘다. 그러나 멈추고 나서도 아주 약간씩 진동한다. 우리는 모두 위를 쳐다보고, 아무도 움직일 엄두조차 내지 못한다. 나는 고개를 돌릴 수조차 없다. 불가능한 일이 일어났다. 시간이 멈추어서 신호를 기다리고 있는 것이다.

그런 뒤에…… 그런 뒤에 추는 다시 저절로 움직이기 시작하여 천천히 점점 더 기울어지기 시작한다. 검은 베일이 다시 거대한 시계판을 가리기 전에 수채화 같은 그 달의 얼굴에서

---

85 Caspar David Friedrich(1774~1840). 독일의 낭만주의 풍경 화가. 밤이나 황혼, 동틀 무렵의 음산하고도 신비로운 풍경을 주로 그렸다.

무언가 변한다. 그것은 자정을 향해 가는 시계 바늘일까 아니면 보이지 않는 손이 아무렇게나 붓으로 그은 자국일까? 그것은 갑자기 흔들리고 축 처졌다가 구부러져 아래로 흘러내렸다가 마침내 뒤로 물러나서 알 수 없는 영원 속으로 사라졌다.

내 앞의 여자는 마치 조각상처럼 움직이지 않고 서서 이 광경을 관찰했다. 갑자기 그녀의 두건이 어깨로 흘러내렸고 짙은 머리카락과 그 위에 어둠 속에서 환하게 보이는 고리를 드러냈다. 노란색 꽃으로 만든 화환이다. 나는 약한 인간이다. 정신을 차린 뒤에 내가 할 수 있었던 유일한 일은 앞으로 한 걸음 나아가 그 반짝이는 머리카락을 들어 올리고 목 뒷덜미의 창백한 살결에 입 맞추는 것뿐이었다.

조그만 스포츠카가 그린 뾰족한 반원형 아래서, 마치 고딕 성당의 창문을 통해서 보듯이 나는 하느님의 빛으로 밝혀진 기적 같은 세상의 모습을 잠시 훔쳐보았다. 그리고 로제타가 나와 함께 있었다. 그 무섭도록 아름답고 기적같이 길었던 순간에 하늘도 자비를 베풀어 나는 마침내 사랑에 빠졌다.

에필로그

무엇 때문에 서두르는가? 도망쳐도 소용없다!
이 기적 앞에서 아무도 조급할 수 없다.
죽어 가는 날이 눈을 뜨고
시간이 다시 돌아간다.

— 카를 크라우스

　하느님을 찬양하라, 겨울이 끝났다. 거의 일곱 세기 동안
계속된 길고 얼음 같은 끝없는 겨울이었다. 새해부터 6주 동
안 나는 고열에 시달렸다. 이유는 알 수 없지만 나는 오래된
부빈 호텔에 있는 그뮌드의 거처 속 붉은 통로 안으로 옮겨
졌다. 폭신폭신한 벽은 온기와 함께 안전하다는 느낌을 주었
고 내가 그 벽에 머리를 짓찧을 때면 그 대가로 나를 부드럽
게 어루만져 주었다. 그 기간 동안 언제나 누군가 나를 돌보
아 주고 음식을 갖다 주었다. 아마도 그것은 로제타였을 것
이다. 그래서 내가 그렇게 비참한 상태로 있는 모습을 보여
준 것이 무척 부끄럽다. 나는 계속 불평을 하면서도 거의 의
식이 없어서 내가 뭘 하는지 몰랐다. 그래도 겨울은 끝났고
어느 날 나는 마치 새로 태어난 사람처럼 일어섰다.

　봄은 늦게 찾아왔다. 4월 말이 되어서야 나무에 새 눈이 움
트기 시작했고 한 달이 더 지난 지금에야 라일락이 꽃을 피
웠다. 꽃은 늦게 피었지만 그만큼 풍성하고 화려하다. 나는
내 힘으로 움직일 수 있게 되자마자 부빈 호텔을 나왔다. 새

아파트 창문으로 처음 본 것은 꽃피는 하얀 덩어리였다. 어떻게 저렇게 아름다울 수 있을까? 저기에 손을 뻗어도 될까? 꺾어서 주머니에 넣어도 될까? 셔츠 아래의 몸에 맞닿게 눌러도 될까? 저런 아름다움은 사람을 괴롭힐 수도 있다. 너무나 무심하여 무자비하고 부도덕하기 때문이다. 나는 몇 시간씩 창문으로 꽃을 바라보며 멀리서 향기를 맡고 상상 속에서 만져 본다. 그리고 나는 그 꽃을 다발로 방에 배달시켜서 취할 듯한 구름 속에 머리를 묻고, 내가 꽃병으로 변해 그 꽃들이 내 마음 깊은 곳을 채울 수 있으면 좋겠다고 비밀스럽게 꿈을 꾼다.

나의 원래 이름에 새 이름이 더해졌다. 신학교 학생들은 장난스럽게, 그러나 악의 없이 나를 달리밀이라고 부른다. 왜냐하면 내가 원했다기보다는 필요에 의해서 우리의 조그만 세계의 연대기 작성자가 되었기 때문이다.[86] 사실은 수도승에게 어울리는 일이지만 당장은 여기에 수도승이 없기 때문에 우리의 군주가 이 일을 내게 맡겼다.

나의 감옥이자 거처이며 일터인 파우스트의 집[87] 창문을 통해 나는 북쪽을 바라본다. 카렐 광장은 화가를 위해 풍성하게 빛을 쏟아 부어 준다. 아침이면 그 빛은 차가운 손가락으로 화가의 눈과 정신을 씻어 주고 서투른 손의 길잡이가 되어 줄 완벽한 형상을 동공에 새겨 준다. 저녁이면 빛은 스

---

86 〈달리밀 연대기Dalimilova kronika〉는 14세기 초에 체코어로 작성된 최초의 연대기이다. 원저자는 알려지지 않았다.

87 Faustov dům. 14세기 후반에 궁성으로 지어졌으며 오파바의 바츨라프 공 등 유명한 연금술사들이 살았다. 이교의 의식과 연금술 등 신비스러운 전설이 많이 전해 내려오는 곳으로 프라하 카렐 광장 바로 건너편에 있다.

스로 화가의 심장에 스며들어 감정의 중심이 되는 그곳을 간질인다. 나의 주군 마티아슈는 여전히 나를 성당에 데리고 다니지만 만약을 위해 손을 묶고 눈을 가린다. 그리고 언제나 나를 통해 나오는 목소리에 귀를 기울인다. 그러나 그가 가장 알고 싶어 했던 것은 카렐 성당의 지붕 밑에서 이미 드러났으니 그 뒤로는 여기저기 인물과 건물과 자연 풍광을 더하여 빈 곳을 채울 뿐이다. 동시에 그는 내가 그리는 과거의 그림은 결코 완성될 수 없다는 사실을 알고 있다. 때문에 나는 이전처럼 그와 자주 다니지 않는다. 그것도 좋은 일이다. 연대기에 채색 장식을 넣는 것만으로도 나는 꽤 바쁘기 때문이다. 그렇게 채색 장식을 그려 넣을 때면 나는 거위털 펜과 잉크와 여러 가지 밝은색 물감을 사용한다. 나는 특히 대문자의 대가다. 뒤얽힌 나무줄기와 잎사귀와 꽃 사이로 짐승들이 고개를 내미는 내 대문자를 보기 위해 도시 전체가 구경을 온다. 왜냐하면 나는 그들을 위해 존재하고 그들은 나를 위해 존재하기 때문이다. 만약 이곳에 어떤 떠돌이 화가가 일감을 바라고 나타난다면 그들은 그를 내쫓을 것이다. 여기 좀 봐, K. 정말 훌륭하지 않아! 저 금색이라니! 그리고 여기 봐, 이쪽에서 글자를 보면 M처럼 보여. 반대로 왼쪽으로 돌리면 W 같네. 모커[88]의 M인가? 볼무트[89]의 W? K는 무엇의 약자일까?

옛날의 거장들.

---

88 요제프 모커Josef Mocker(1835~1899). 19세기 체코의 건축가.
89 보니파츠 볼무트Bonifác Wohlmuth(1510~1579). 독일 르네상스 시대 석공이며 건축가.

연대기에 말로 표현할 수 없는 것을 나는 채색 장식에 표현한다. 그리고 가끔은 반대로도 한다. 나는 특권적인 입장에 있으며 그 점에 대해 전능자에게 감사한다. 왜냐하면 바로 그분이 내게 과거를 볼 수 있는 능력과 지나간 시대에 대한 특출난 지식을 주셨기 때문이다. 과거의 업적을 알지 못한다면 우리는 혼란에 빠질 것이다. 착한 주군 마티아슈는 우리에게 〈대왕〉이라는 별명을 얻었는데, 처음에 우리는 장난으로 그렇게 불렀지만 이제는 가장 커다란 존경과 경의를 담아서 말한다. 왜냐하면 주군은 우리에게 위대한 귀감이며 선조들의 가장 훌륭한 학생이고 신의 섭리를 시행하는 오른팔이기 때문이다. 〈자네는 학문도 어울리지 않고 실용적인 기술도 어울리지 않으니 예술에는 어울릴지도 모르겠군.〉 주군은 내가 회복한 뒤에 이렇게 말했다. 그가 말한 것을 여기서는 예술이라고 하지 않지만 말이다. 그러나 바로 그가 미술에 대한 나의 재능을 발견했고, 그에 대한 답례로 나는 성실하게 봉사한다. 그리고 언젠가 나의 주군이 과거를 보는 나의 재능을 필요로 하지 않게 되면 나 스스로 밥벌이를 해야 할 것이다. 글을 쓰고 그림을 그리는 것이 나에게 유일하게 알맞은 분야이며, 그 어느 조합에서도 나를 도제로 받아 주려 하지 않을 것이다. 도자기 제조공도, 푸주한도, 염색공도, 짐마차꾼도, 이발사도, 금 세공인도, 마구 제조인도, 목판사도, 술통 제조공도, 목수도, 양복장이도, 무기 제조업자도, 하천 감시관도, 초석 제조업자도, 종 주조사도, 연금술사도, 무두장이도, 잉크 제조공도, 양재사도, 생선 장수 아낙들도, 비누 제조공도, 약사도, 생선 소금절이 업자도, 천 직조공도, 그저 소작농도, 모두 자신의 생계를 철저히 보호하며 돈을 주고 자리를 사려는 경우조차 절대로 경쟁자를 받아들이지 않는다. 그 덕에 그들은 평화롭게 살면서 재산을 늘려 나가고, 그중에는 집을 몇 채씩 가지고 있는 사람도 있다. 시간은 이제 천천히 흘러간다. 그래서 아주 좋다.

내가 아침마다 흥미롭게 바라보는 세상에서 가장 큰 광장은 이제 새로운 모습으로 변했다. 새롭다는 것은 14세기와 정확히 똑같은 모습이라는 뜻이다. 프라하 북부 신시가지, 혹은 〈7성당〉 지역은 태곳적부터 내려오는 인간의 파괴 본능을 정복했다. 그때부터 여기서는 아무것도 변하지 않는다. 돌은 돌 위에 그대로 남아 있다. 카렐 대제가 명령했듯이 모든 건물은 석재만 사용해서 단층에 높은 지붕을 올리고 둥근 천장을 단 지하실을 만들고 여기저기 아케이드를 짓고 뒤편에는 좁은 텃밭을 가꾸게 될 것이다. 거리 설계는 좀 더 어려울 것이다. 지나간 시대의 경험에서 알 수 있듯이, 직선으로 곧게 이어지는 길에서는 미치광이들이 탈것을 빠르게 몰고 다녀서 많은 불행을 야기할 수 있다. 나머지 인류와는 달리 후스 이전 시대의 우리 형제회는 역사에서 교훈을 얻는다. 우리는 좁고 구불구불한 골목과 어두운 통로와 예상치 못한 모퉁이를 설계하여 만들 것이다. 그래서 운전을 하든 걸어가든 모든 사람이 우리의 돌로 된 도시를 존경하며 속도를 줄이게 하려는 것이다.

나는 도시의 성문이 지금 어떤 모습인지 알지 못한다. 가보지 않았기 때문이다. 〈7성당〉은 이제 총안을 낸 돌 성벽과 방어를 견고히 한 다섯 개의 성문으로 보호받고 있다. 그중에서 돼지 성문이 가장 커서, 우리의 조그만 세계 어디에서든 성문에 달린 삼각기들을 볼 수 있다. 그러나 성벽으로도 독한 매연을 멈출 수는 없다. 매연은 지금도 계속 부자연스러운 교통수단을 이용하는 곳에서 흘러 들어오지만, 최소한 기물 파괴범과 다른 야만인들을 쫓아 주기 때문에 우리는 그것을 존중한다. 성벽 저편에서 우리의 배설물 더미와 시궁창 냄새에 대한 비난이 들려오기도 하는데, 그러면 우리는 총안으로 쓰레기를 흘려보내 준다. 우리는 하수도 시설을 지난 겨울에 없애 버렸고 이제 그 지하 터널은 병기고와 창고로 사용하고 있다. 구시가지와 전쟁을 하게 된다면(올해가 끝나기 전에 그렇게 될 것 같다) 우리는 지하 통로를 통해 강으로 나갈 수 있을 것이다.

광장 반대편의 시청 옆에는 새 정문이 서 있다. 그 강력한 성벽 꼭대기에는 총안을 갖춘 흉벽과 아홉 개의 포탑이 있는데, 각각의 탑에는 주군의 깃발이 펄럭인다. 이 고딕 아치 아래로 지나가는 사람은 누구나 그 힘을 느낄 수 있고, 성 안으로 들어오면 다들 어린 양처럼 순해진다.

시청 앞에는 군인들이 형틀[90]을 세웠다. 그것은 천재적인 발명품으로, 가장 고집이 세고 사악한 불한당도 제정신을 차리게 만들 수 있다. 심지어 죄인들의 대기자 명단까지 있다. 형틀 옆에는 처형대가 있다. 지금까지는 겁을 주는 용도 외에는 사용해 본 적이 없다.

한두 번 외부의 습격으로 고생한 적이 있다. 그들은 그 무

---

90 죄인을 묶어 놓고 지나가는 사람들의 구경거리 혹은 웃음거리로 만들었던 중세의 형틀을 말한다.

쇠 상자를 타고 광장을 지나다니며 우리 시민들을 위협했다. 시민들의 사진도 찍으려 했지만 우리가 그 사진기를 빼앗아 부숴 버렸다. 그런 불량배들 중 한 명을 붙잡기도 했는데, 정신이 번쩍 나게 두들겨 준 뒤에 며칠 동안 형틀에 매두고 그 악마 같은 차는 도시 경계에서 화형시켜 버렸다. 철제 부품은 대장장이들이 가져가 녹여서 칼과 쇠막대를 만들었다. 비극적인 사건도 한 번 있었다. 자동차가 예츠나 거리의 철문을 지나 가축 시장으로 들어온 것이다. 장날이었기 때문에 철문은 열려 있었다. 그것은 굉장한 위협이었다. 전조등 불빛 때문에 물건을 사러 나온 사람들이 앞을 잘 보지 못했고, 무서운 일이 벌어졌다. 어린아이가 바퀴 밑에 넘어져서 그 자리에서 즉사한 것이다. 운전자는 도망치려 했으나 광장 중앙의 새 건물인 소금 공장에서 빵 장수 마르틴 호우스카가 뛰어나와 삽으로 앞 유리창을 쳐서 단번에 부숴 버렸다. 살인 기계는 비틀거리다가 멈추었고, 운전자는 피투성이가 되어 신음하면서 턱이 부러져 말을 할 수 없는 상태가 되어 기어 나왔다. 그의 뻔뻔함은 그래도 수그러들지 않아서, 운전자는 권총을 꺼내 들었다. 총은 구식이기는 하지만 충분히 제 구실을 했는데, 운전자는 그것을 잠깐 공중에 휘둘러 보이고는 빵 장수를 겨냥해서 가슴에 쏘았다. 즉시 시청 성탑에서 이 침입자를 향해 화살이 비 오듯 날아들었다. 하나가 그의 어깨에 맞았고 다른 하나가 옆구리에 꽂혔다. 시민들이 그에게 달려들었고, 운전자는 맞아 죽지 않은 것이 기적이었다. 대신에 시민들은 그 남자를 시청으로 끌고 가서 형틀에 묶어 두었다. 다음 날 그들은 남자의 눈을 빼버렸는데, 그 눈으로 아이를 보았어야 했기 때문이다. 그다음 날은 오른발에 못을 꽂았는데, 그 발로 오래전 이교도의 원시적 무기인 액셀러레이터를 밟았기 때문이었다. 그리고 사흘째 되는 날에 남자의 양손을 잘랐는데, 그 손으로 운전대를 잡았으니 손이 진정한 살인자였기 때문이다. 사람들 말로는 남자가 피를 너무 많이 흘려서 죽었다고 한다. 나는 에마우제 성당에서 다른 일로 바빴기 때문에 그 사고를 직접 보지 못했다. 그러나 대단히 많은 사람이 판사도 처형인도 없이 무시무시한 정의가 집행된 현장을 지켜보았다. 그중 시 참사관들도 시청 창문을 통해서 이 광경을 보았는데, 감히 중지시키지는 못했다고 한다. 빵 장수 마르틴은 약초학자가 만들어 준 머위 연고를 바르고 몸을 회복했다. 그 약초학자란 다름이 아니라 이 이야기가 시작될 때 등장하는 조그만 아주머니이다. 그리고 마르틴은 부주지사로 임명되었다. 자동차도 처벌을 피하지는 못했다. 타이어는 잘라졌고 전조등은 부서졌으며 기어 레버는 뜯겨 나가 운전자의 손과 함께 성물 밖에 못 박혀 20세기의 삶을 사랑하는 다른 사람들에게 경고판 노릇을 하게 되었다. 그 이후로는 자동차로 인한 사고가 없다.

　토요일은 생선과 달걀과 과일 장이 서는 날이다. 고기 장은 목요일이다. 행상인과 땜장이들은 금식하는 날에도 노점을 세우지만 시 참사 의원들이 대체로 눈감아 주기 때문에 처벌받는 일은 드물다. 가축 매매는 매우 발전했다. 카렐 대제의 도시 계획에 없는 건물들을 모두 철거한 뒤로 풀밭이 충분히 넓어졌다. 도시 성문 아래 포도 덩굴도 심었고 여름이면 우리는 우리가 일군 조그만 밭에서 처음으로 밀을 수확하게 될 것이다.

일요일이면 나는 길 건너 에마우제 성당으로 미사를 보러 간다. 성 바츨라프 성당에서 몇 번 간 적이 있는데, 그곳의 주교님이 설교를 잘하는 것으로 유명하기 때문이다. 일주일에 한 번 네트르세스크 선생이 카드 게임을 하러 놀러 온다. 아래층에 살며 약초밭을 가꾸는 의원과 약사들은 모두 그가 얼마 살지 못할 것이라고 말한다. 그래서 카드 게임을 하면서 한쪽 눈으로 모래시계를 지켜보며 나의 은사님은 이마에 걱정을 가득 담고 쌉쓸한 미소를 띤 젊은 부인 루치에와 내가 함께 살 인생을 준비해 주려 한다. 그것은 대단히 자상한 배려이다. 나는 그가 세상을 떠난 뒤에 그의 딸에게 좋은 아빠가 되어 주겠다고 약속했다.

음전한 부인답게 루치에는 네트르세스크 선생이 있을 때만 나를 찾아온다. 그녀가 또렷한 회색 눈으로 쳐다볼 때면 나는 그 안에서 우울과 영민함과 어쩌면 앞으로 찾아올 다정함도 느낄 수 있다. 그리고 스스로 놀랍게도 세속의 삶에서 내게 약속된 이 아름다운 여인의 단 한 가지 결점이 바로 그녀를 쉽게 얻을 수 있다는 것이라는 사실을 깨닫는다. 나는 마음이 아프다.

그녀는 내가 유니콘에 대해 이야기할 때면 기꺼이 들어 준다. 어쩌면 관심 있는 척하는 것일까? 그녀는 유니콘을 직접 본 적이 없지만 나는 원하든 원하지 않든 자주 보게 된다. 우리는 자신이 가진 재능에 얼마나 무심한지. 가로등 불빛에 가리지 않은 보름달 아래 중세의 은빛 밤에 그 편자를 신지 않은 짐승이 나의 창 아래서 헤매며 길고 가느다란 뿔을 들어 인사한다. 우리는 서로 이해한다. 주군이 나를 결혼시킨다면 유니콘은 즉시 영원히 사라질 것이다. 그러나 그때까지 유니콘은 계속 찾아와서 나의 허영심을 북돋아 줄 것이다.

첫 저녁 나팔을 불면 나는 깃털 펜이나 붓을 내려놓는다. 양초나 등잔불 아래에서는 일을 할 수 없기 때문이다. 황혼 무렵이면 창밖으로 몸을 내밀고 마티아슈 대왕이 저녁마다 광장으로 찾아와 가축 시장의 건설 현장을 점검하는 모습을 바라본다. 가끔 로제타가 그와 함께 온다. 가끔 운이 좋을 때면 그녀는 살짝 손을 흔들며 내가 볼 때마다 감탄하는 그 날카로우면서도 기묘하게 공허한 시선으로 나를 쳐다본다. 그녀를 그릴 때면 나는 정교하게 장식한 머리부터 가슴까지 투명한 베일로 덮어 준다. 그녀의 끔찍한 비밀을 알지만 로제타는 언제나 내게 수수께끼다. 나는 검은 천사의 꿈을 꿀 때면 안도한다. 우리가 연옥에 함께 있게 되면 그녀는 나의 신부가 될 것이다.

로제타와 마티아슈는 높은 신분에 속한다. 뤼베크의 기사이자 우리의 군주는 화려한 진홍색 가운을 입고 폭넓은 허리띠를 한다. 그 허리띠에는 손잡이에 마노와 몰다브석[91]을 박은 영주의 검이 꽂혀 있다. 주군의 배우자도 땅에까지 길게 끌리는 가운을 입는데, 주로 검은색이나 푸른색이고 보석을 풍성하게 박았으며 소매통이 넓고 허리가 낮고, 그 허리에는 조그만 종이 여러 개 달린 섬세한 금사슬이 걸려 있다. 내 옷차림은 수수하다. 거친 튜닉과 꽉 끼는 바지와 장화인데, 장화 앞코는 뾰족하게 멋을 냈지만 지나치게 눈에 띄지는 않

91 체코 보헤미아 지방에서 나는 투명한 초록색 보석.

다. 내 신분에 맞지 않는 일은 하지 않는다. 나는 내 자리를 알고 있으며 만족한다.

나는 연대기의 채색 장식 속에 몇 번이나 나의 군주와 로제타를 그려 넣었다. 그럴 때면 뤼베크의 기사가 그토록 사랑하는 성당의 길쭉한 창문 모양을 응용하고 주위를 정교한 꽃 문양으로 장식한다. 한번은 마티아슈와 로제타를 아담과 이브로 형상화한 적도 있다. 그리고 우리의 시종장인 프룬슬릭 공에게 약간 장난을 쳐서 뱀의 형상으로 그려 넣었다. 또 한번은 마구간의 성가족을 그리면서 요셉에 영주를, 성모 마리에 부인 로제타를, 그 둘이 내려다보는 아기 예수로는 내 얼굴을 그려 넣었다. 그것이 죄라는 건 알고 있지만 벌써 고해를 했고 참회하는 뜻에서 사제에게 에마우제 수도원에 유리창을 새로 만들어 주겠다고 약속했다.

날씨 좋은 저녁이면 나는 황혼을 보는 것을 좋아한다. 창문에서 몸을 한껏 내밀면 지금도 영주의 거처로 사용되는 부빈 궁전의 조그만 탑에 오렌지색 햇빛이 비치는 모습을 볼 수 있다. 탑 가까이, 왼쪽으로 스무 걸음쯤 간 곳에 지붕 위로 또 하나의 탑이 솟아오른 것을 볼 수 있다. 바츨라프 왕궁이 한때 있었던 그 자리에 다시 세워지고 있는 것이다. 나는 그 홍벽이 저무는 햇빛에 빛나고 마티아슈 공이 나를 그의 새 집에 초대하는 날을 고대하고 있다.

그러나 무엇보다도 나의 마음에 가장 기쁜 광경은 장인과 아낙들이 물을 길러 오는, 커다랗고 아름답게 장식된 돌 분수 바로 뒤에 있다. 마치 재 속에서 날아오르는 불사조처럼 이전에 공원이 있던 자리에 성체 성혈 대성당이 과거 한때와 똑같은 모습으로 세워지고 있다. 그것은 변화한 우리 시대의 가장 순수한 상징이다. 그 작업을 감독하는 것은 다름 아닌 바로 장인 자히르이다. 그가 처형을 직접 겪고 살아남은 뒤에 주군이 그를 사면하자고 로제타를 설득했고 얼마간 망설인 뒤에 그녀도 동의했다. 건축가는 새로운 환경에 재빨리 적응했고 지금은 자기 운명에 만족하는 것 같지만, 고양이처럼 일곱 번 더 살아난다 해도 다시는 걷지 못할 것이다. 조합원 네 명이 그를 들것에 태워 건설 현장으로 데리고 다니며 절대로 그를 혼자 두지 않는다. 나는 자히르의 그림도 그렸는데(여기 보이나?) 아름다운 여자 이발사의 품에 안긴 모습이었다.

성체 성혈 대성당 건축이 진행되는 동안 미사는 근처의 목조 건물에서 본다. 그곳은 또한 비셰흐라드의 성 베드로와 바울 성당에 있었던 황금 제단을 보관하는 임시 보관소 역할도 하는데, 그 제단은 주군의 지도하에 우리 성의 남자들이 강둑에서 구출한 것이다. 이렇게 해서 군주의 성스러운 통치권은 다시 한 번 정당성을 확인받았다. 신실한 프라하 시민들이 이미 수없이 황금 제단을 찾아왔으며 3주 전에는 그 앞에 고개를 숙이기 위해 올로모우츠[92]의 대주교가 방문했다.

태양 아래 새로운 것은 없으며 앞으로도 없을 것이다. 검증된 과거로 돌아가야 한다. 그럴 때가 되었다. 우리는 과거로 돌아가는 오래된 길을 믿는다. 피섹, 쿠트나 호라, 우스텍, 체스키 둡, 세지모보 우스티와 인드르지후프 흐라데츠[93]의 친구들도 우리와 함께 걷는다. 하느님께서 자비를 내리신다

---

92 체코 동부의 소도시 이름.
93 모두 체코의 오래된 도시 이름.

면 우리는 함께 이 나라 전체를 중세의 안전한 품 안으로 돌려보낼 수 있을 것이다. 새 시대는 끝났다. 하느님과 우리의 현명한 지도자 마티아슈에게 영광이 있으리라. 그들이 없다면 우리는 전 인류와 함께 파멸할 것이다. 마지막 순간에 그들은 우리 내면의 눈을 열고 뒤를 돌아볼 수 있게 해주었다. 이렇게 돌아볼 때에만 우리는 종말을 견뎌 낼 수 있을 것이다. 이렇게 믿음을 가질 때에만 우리는 새로운 낙원의 시대, 아름답고 축복받은 14세기에 들어설 수 있다.

옮긴이의 말

　『일곱 성당 이야기』는 출간 당시부터 선풍적인 인기를 얻었던 1990년대 체코의 베스트셀러였다. 프라하 중심가인 신시가지의 중세 성당 종루에서 사건이 벌어진다. 종 추에 어떤 남자가 발목이 매달려 종이 칠 때마다 함께 흔들리고 있는 것이다. 주인공은 우연히 근처에 있다가 가장 먼저 사건을 발견하고 남자를 구해 준다. 그러나 주인공이 우연이라고 생각했던 것은 사실 우연이 아니었다. 이후로도 신시가지 곳곳에서 계속해서 엽기적인 살인 사건이 벌어진다.

　이런 사건들에 휘말리는 주인공 크베토슬라프 슈바흐는 체코와 프라하의 중세에 관심이 많으며 옛 건물에 손을 대면 과거의 사건들을 볼 수 있는 능력을 가지고 있다. 주인공은 이러한 초자연적 능력을 이용하여 사건을 수사하면서 이 모든 일의 중심에 체코의 중세 황금시대를 대표하는 일곱 개의 성당이 있음을 알게 된다. 그런데 여섯 개의 성당은 실제로 존재하지만 나머지 하나는 대체 어디인가? 주인공은 사건을 수사하면서 있는지 없는지 모를 일곱 번째 성당을 찾아 나선다.

『일곱 성당 이야기』는 초중반부에서 이처럼 박진감 있게 사건이 진행되다가 결말은 상당히 예상치 못하게 끝을 맺는다. 그리고 작품 전체적으로 한국 독자들이 이해하기 어려운 정서나 역사적, 사회적 사건들에 대한 암시가 곳곳에 깔려 있다. 본 역자 후기에서는 이를 설명하고 해명하기 위해 최대한 노력하려 한다.

1. 유토피아의 추구

독일의 사회학자 카를 만하임Karl Mannheim은 유토피아에 대한 태도를 대략 네 가지로 구분하였다. 네 번째인 사회주의-공산주의적 유토피아는 따로 설명할 필요가 없을 듯하니 생략하고, 나머지 세 가지는 다음과 같다.

첫 번째는 지금 사는 세상은 견딜 수 없이 불완전하여 망하기 직전에 있으니 모든 것을 일거에 때려 부수고 당장 새로운 이상 세계를 건설해야 한다는 태도이다. 이러한 믿음은 혁명, 혹은 그에 가까운 현실의 급격한 변화로 이어진다. 이런 종류의 유토피아주의자들은 그때까지 지속되던 세계를 일순간에 해체시키는 것과 동시에 유토피아 건설이 이루어질 것이라 믿기 때문이다.

두 번째는 반대로 이상 사회가 지금 당장 이루어지지 않을 것이며 어쩌면 내가 살아 있는 동안에 유토피아의 도래를 볼 수 없을지도 모르지만 그래도 먼 미래의 언젠가는 좋은 날이 올 것이라 믿고 장기적으로, 지속적으로 노력하는 태도이다. 만하임은 이러한 태도를 〈자유주의적-인본주의적 유토피아주의Liberal-Humanitarian Utopianism〉라고 이름 붙였다.

세 번째는 보수주의적이고 회고주의적인 유토피아다. 이
상 사회는 과거에 이미 이루어졌으니 그대로 복구하고 유지
하기만 하면 된다는 주의이다.

『일곱 성당 이야기』는 만하임이 말한 세 번째의 보수주의
적인 유토피아주의를 바탕에 깔고 있다. 그 위에 범죄 스릴
러의 형식을 빌어 중세부터 현대까지 이어지는 체코의 역사
적 격변과 그 안에서 자기 자리를 찾지 못하는 개인의 고립을
묘사하는 복잡하고도 웅대한 이야기이다.

2. 일곱 성당: 종교와 역사

중세 체코의 얀 후스Jan Hus(1369~1415)는 유럽 최초의 종
교개혁주의자였다. 마르틴 루터Martin Luther(1483~1546)가
그 유명한 〈99개조 반박문〉을 만인성자교회 문에 붙인 것이
1517년이었으니 후스는 그보다 한 세기나 더 앞선 셈이다.

종교 개혁의 본질은 종교와 정치, 혹은 종교와 행정을 분
리하여 종교가 종교로서 그 자체의 순수성을 되찾자는 데 있
다. 종교 개혁 이전에 중세 유럽에서 가톨릭은 일반 시민의
일생을 완전히 지배하고 있었다. 중세 유럽에서는 사람이 태
어나면 일단 그 구역(교구)의 성당에서 세례를 받는다. 세례
를 받아서 이름이 주어지면 이 이름은 성당의 성경책에 적힌
다. 이것이 말하자면 오늘날의 출생 신고이다. 어른이 되어
결혼을 하면 성당에서 혼배 성사를 올리고, 죽을 때는 사제
를 모셔다가 종부 성사를 받는다. 그 사이사이에 일요일마다
미사를 가고 고해 성사를 하고 교리 문답을 하고 성찬식을
하고 십일조를 바치는 등등 수많은 가톨릭 의식에 따라 한

사람의 세세한 일상생활부터 출생, 혼례, 사망까지 평생의 통과 의례가 결정되었다. 그렇게 살다가 죽은 뒤에는 성당 뒤의 공동묘지에 묻혔다. 중세 유럽에서 글을 읽고 쓸 줄 아는 사람들은 거의 가톨릭 수도승이나 사제로 한정되어 있었고 일반 서민은 물론 귀족들조차 까막눈인 경우가 많았다. 이 때문에 현실적이고 행정적인 의미에서 출생부터 사망까지 동사무소나 구청 기록에 해당하는 처리를 이처럼 교회에 의존할 수밖에 없었으나, 오늘날 생각하는 행정 처리와는 달리 교회에서 실시하는 이 모든 의례에는 〈이렇게 하지 않으면 죽은 뒤에 영혼이 영원히 불타는 지옥에 떨어진다〉라는 무시무시한 위협이 도사리고 있었다. 그 영혼을 지옥으로부터 구제하기 위하여 반드시 들어야 하는 미사는 라틴어로 집전되었고 성경도 라틴어로 적혀 있었으므로 교육을 받지 못한 대다수의 사람들은 성경에 적힌 내용이 무슨 뜻인지 짐작조차 할 수 없었다.

따라서 중세 유럽의 가톨릭 사제는 인간 위에서 신과 소통하는 신의 대리자로서의 위상을 점유하였다. 사제의 말을 따르지 않으면 영혼이 지옥의 불구덩이에 떨어진다는 위협과 함께 십일조 등 각종 헌금을 걷을 권리가 더해지고, 금십자가와 보석으로 치장한 성찬용 술잔 등 각종 화려한 성물(聖物)들이 사치가 아니라 신의 권위를 나타내기 위해 꼭 필요한 것으로 여겨지는 등 교회가 재산을 축적하기 시작하면서 중세 유럽의 가톨릭 교회는 부패하고 타락하였다.

돈을 받고 죄를 면해 주는 면죄부를 팔았기 때문에 종교개혁이 시작되었다는 간단한 원인과 결과는 십자군 전쟁을 포함하여 중세 유럽에서 종교와 신의 이름을 내걸고 저질러진 여러 우행(愚行)을 축약해 놓은 것에 지나지 않는다. 면죄부가 문제가 되기 전부터 교회의 타락과 성직자들의 부패를 근본적으로 개혁하려고 노력한 사람들은 있었으며, 체코의 얀 후스는 그중에서도 대표적인 인물이었다.

후스는 영국의 존 와이클리프John Wycliffe(1320~1384)라는 종교 개혁가의 사상을 받아들여 가톨릭 성직자의 부패와 타락을 비판했다. 일반 성직자뿐 아니라 주교나 교황에 대한 비판도 서슴지 않았기 때문에 결국 후스는 교회에서 파문당하고 이단으로 낙인 찍혀 1415년에 화형당했다. 그러나 그의 뜻을 이은 〈후스파〉들 중에서도 급진주의자들은 소설에 나타난 것과 같이 성당과 수도원을 휩쓸며 파괴하고 교회재산을 몰수하였다. 이에 교황 마르틴 5세가 전쟁을 선포하여 소위 〈후스 전쟁〉(1420~1434)이 시작되었다. 여기에 유명한 잔 다르크가 1430년에 후스파에 대항하여 가톨릭 신앙을 지키겠노라 선언하였으나 영국군에 의해 포로로 잡히는 바람에 실행에 옮기지 못하기도 하였다. 후스파는 결국 제압당하여 강제로 가톨릭과의 협정에 응할 수밖에 없었다. 남은 사람들이 옆 나라인 폴란드로 도주하여 그곳에서 5년 정도 더 후스파 운동을 전개하였으나, 폴란드는 예나 지금이나 강고한 가톨릭 국가이므로 남은 후스파의 사람들 역시 가톨릭을 믿는 폴란드군에 의해 진압당했다. 이처럼 후스파 운동은 실패로 끝난 것처럼 보이지만, 15세기 당시에 후스파는 종교뿐만 아니라 체코라는 국가의 이익과 국가 정신을 대변하는 역할도 하였기 때문에 후스파의 개혁 운동으로 체코 국민이 단합하는 결과를 가져왔다.

현재 우리가 알고 있는 〈개신교〉의 많은 부분이 후스파의 주장을 따르고 있다. 누구나 신의 말씀을 전파할 수 있고, 성직자가 세속에서 정치적이거나 행정적인 권력을 갖지 못하며, 성상 숭배와 성자 숭배를 배격하고, 여성과 평민도 목사가 될 수 있도록 받아들이는 등의 체제가 사실은 얀 후스가 선두가 되었던 종교 개혁으로 인해 일어난 변화들이다.

3. 일곱 성당: 구습과 잔재인가 역사적 유산인가

이처럼 중세 가톨릭이 부패하여 많은 문제를 안고 있었던 것은 사실이지만 종교가 중세까지 유럽의 학문과 문화예술의 발전에 끼친 영향은 무시할 수 없다.

성당을 짓기 위해서는 일단 건축 기술이 발전해야 한다. 서양 건축에서 성당이나 교회의 기본 구조는 대체로 교파나 건축 양식에 상관없이 비슷하다. 성당은 위에서 보았을 때 십자 모양이 되도록 짓는 것이 일반적이다. 안에 들어가면 신도들이 앉을 수 있는 신도석이 좌우 양편으로 나뉘어 있고, 그 가장 안쪽에 사제가 미사를 집전하는 제단이 있다. 제단은 그리스도가 〈세상의 빛〉이라는 요한복음의 따라 햇빛이 잘 들어오는 동쪽으로 배치한다.

기본적으로 성당은 이러한 구조를 모두 갖추어야 하며, 일반 가정집과 마을 사람들이 한꺼번에 전부 들어와서 미사를 볼 수 있는 크기로 지어야 한다. 그리고 신을 위한 성스러운 건물이므로 아름답고 웅장해야 한다. 동시에 오디오 기기 등이 없었던 시절에 성당 안에서 설교하고 성경을 낭독하는 사제의 목소리나 찬양을 하는 성가대의 목소리가 울려 퍼져 모든 사람이 다 들을 수 있게 하려면 소리가 울리고 모이게 하기 위한 구조도 고려해야 한다. 이러한 조건들을 만족시키기 위하여 발전한 것이 로마네스크 양식이니 고딕 양식이니 하는 성당 건축의 양식들이다. 로마네스크 양식은 벽이 아주 두껍고 출입문이나 창문 등 밖으로 이어지는 출구가 작은 편이다. 안은 아치형 천장으로 밖에서 보는 것보다 넓지만, 이에 비해 바깥에서 보면 건물이 전반적으로 꽉 웅크리고 있는 느낌이다.

고딕 양식은 뾰족뾰족한 첨탑이 특징인데, 신이 계시는 하늘에 가까워지겠다는 종교적인 의미도 있지만 꽉꽉 뭉친 로마네스크 양식 건물의 무게가 분산되었다는 현실적인 이유도 있다. 로마네스크 양식은 천장이 그냥 둥근 아치였다면, 고딕 양식의 천장에는 X자로 교차된 부분들이 있어서 이 부분들에 천장 전체의 무게를 분산할 수가 있다. 그리고 로마네스크 건물들의 벽이 그냥 두꺼운 벽 하나였던 데 비해서, 고딕 양식 건물들의 벽은 바깥에 빗살 모양의 지지대를 대서 무게를 이중으로 받쳐 준다. 그래서 고딕 양식의 건물들은 벽 자체가 받쳐야 하는 무게가 줄어들었기 때문에 로마네스크 건물들에 비해 벽 두께가 좀 얇아지고 창문도 더 커지고, 그래서 스테인드글라스도 크고 화려하고 아름답게 만들 수 있고, 내부 공간도 여러 층으로 나누어 좀 더 넓게 활용할 수 있었다. 작품 안에 나오는 성당 벽 바깥 부분의 지지대라든가 교회 첨탑 등은 이러한 건축 양식에 대해 말하는 것이다.

또한 가톨릭 미사에는 성가대의 찬양과 함께 반주가 있어야 한다. 이를 위해 작곡과 연주를 하면서 교회 음악이 발달한다. 성당 내부에는 화려하고 웅장한 장식이나 예수와 성모 그리고 여러 성자들을 그린 성화(聖畵)와 조각상 등이 필요하므로 이를 위해서 미술이 발달한다. 그 밖에 예식에 사용되는 성물이나 사제복 등을 만들기 위해서도 금속 주물 기술, 보석 세공 기술, 의복을 디자인하고 천을 다루는 기술과 자수를 놓는 기술 등이 발달해야 한다. 그리고 이런 모든 예술 작품들은 신의 권위를 표현한다는 공통의 목적으로 만들어졌기 때문에 장엄하고 웅장하며 화려하고 압도적이다. 종교를 믿는 사람이라면 교리에 따라 이 모든 것을 허례허식으로 여길 수도 있으나, 어쨌든 유럽인의 관점에서 이 모든 문화와 예술은 전통이고 그들의 조상이 노력하여 남긴 값진 유산이다.

후스파는 이 모든 교회 중심의 문화예술을 허례 허식과 부패, 타락의 결과물로 여겼기 때문에 파괴하고 몰수하였다. 그들이 살았던 당시에는 그럴 만한 이유가 있었으나, 5백여 년이 지나 현대를 살아가는 소설의 화자 입장에서는 후스파가 개혁을 한 것이 아니라 화려하고 아름다운 문화유산과 신의 이름으로 세상 모든 것에 질서가 있었던 〈좋았던 옛날〉을 전부 망쳐 버린 것으로 여겼을 수도 있다.

4. 체코 현대사의 질곡

체코, 혹은 구 체코슬로바키아는 제2차 세계 대전 당시 나치 독일에 점령되었다. 체코 내에서도 나치에 대하여 격렬한 저항이 있었으나 결국 소련군에 의해 해방되었고, 당시 체코슬로바키아는 1948년에 정식으로 공산화되었다. 공산주의는 종교를 인정하지 않는다. 그리하여 한때 유럽 종교와 신학 사상의 중심지였던 체코는 이후 40여 년간 공식적으로 무신론, 무종교 국가가 되었다.

그러나 체코 국민이 원하여 공산주의를 받아들인 것도 아니고 러시아의 경우처럼 자체적으로 혁명이 일어난 것도 아니었기 때문에, 공산주의는 전쟁으로 나라가 약해진 틈에 소련이라는 외래 세력이 강제로 주입한 사상에 지나지 않았다. 1989년에 베를린 장벽이 무너지고 1990~1991년에 소련이 완전히 해체되자 소련에 의해 강제로 공산주의 위성 국가가 되었던 체코와 폴란드에서는 대대적인 개혁이 일어났다. 그때까지 권력을 잡고 있던 공산당의 모든 관련자들은 숙청되었고 사회 지도층이 거의 전부 공산당이나 과거 집권층과 관련이 없는 인사로 교체되었다.

거시적인 관점에서 이것은 〈개혁〉이지만, 그 안에서 살아가는 개인의 관점에서는 엄청난 혼란이다. 그때까지 사회와 일상을 유지하고 있던 체제나 질서가 한순간에 모두 뒤바뀌는 경험이기 때문이다. 『일곱 성당 이야기』가 체코에서 처음 출간된 것이 1998년이니 이 소설이 집필될 당시는 그러한 혼란이 지나간 지 겨우 6~7년이 지났을 때이다. 국가적 사상이나 사회 체제가 뒤바뀐다는 것은 개인의 입장에서 이제 아무것도 믿을 수 없고 앞으로 무슨 일이 일어날지 모르게 된다는 의미이다. 무엇보다도, 어제까지 자신의 생계를 이어 주던 직장이 내일도 계속 존재할지 알 수 없다. 소설의 주인공 직업이 경찰로 설정된 것은 범죄 스릴러라는 장르 특성에 적합하기 때문이기도 하지만, 경찰이란 치안을 유지하는 업무를 담당하며 일상생활을 하는 일반인과 사회 제도 혹은 체제 사이에서 양쪽의 관점을 다 엿볼 수 있는 입장이기 때문이기도 할 것이다. 체제는 불안정하고 그 정당성을 믿을 수 없으며 개인으로서 이 세상에서 자신의 자리가 어디인지, 어떻게 살아야 할지 알 수 없을 때, 단지 상상만이라도 〈좋았던 옛날〉을 염원하는 것은 아마도, 혼란한 세상을 혼자 힘으로 헤쳐 나가야 하는 한 인간으로서 당연한 마음일지도 모른다.

5. 작가에 대하여

이 작품이 우르반의 대표작이면서 또한 체코 고딕 문학의 역작으로 꼽히는 이유는 이러한 복잡한 사회적, 역사적 격변을 겪었던 동시대 체코 사람들의 정서와 심리를 정확하게 포착하는 〈체코다움〉이 있었기 때문이다. 작가 밀로시 우르반은 이 때문에 체코 현대문학을 대표하는 최고의 작가 반열에 올랐다.

우르반은 1967년 당시 체코슬로바키아에서 태어났다. 외교관이었던 부모 덕분에 어린 시절을 런던의 대사관에서 보낸 우르반은 프라하 카렐 대학교에서 문학을 전공하고 1992년 졸업했으며, 재학 당시에 옥스포드 대학교에서 교환학생으로 연수하기도 했다. 이후 우르반은 20년 이상 편집자로 일하여, 현재 〈아르고Argo〉 출판사의 편집장으로 있다. 우르반은 장편과 중단편을 포함하여 이제까지 열여덟 권의 작품을 발표했는데, 『일곱 성당 이야기』는 그중에서도 우르반의 대표작으로 꼽힌다. 우르반은 이 작품으로 〈체코 문학의 검은

기사(騎士)〉, 〈움베르토 에코에 대한 체코의 답변〉이라는 찬
사를 들으며 체코 문학에 고딕 느와르 장르를 부활시킨 작가
로 알려졌다.

6. 번역에 대하여

역자로서 느끼기에 고딕 스릴러는 기묘하게 정중한 방식
으로 잔인한 장르이다.

살아 있는 사람의 발목에 구멍을 뚫어 밧줄로 꿰어서 종루
에 매달아 놓는다든가 살해된 사람의 다리가 고급 호텔의 깃
대 위에 꽂혀 있는 등의 엽기적이며 잔혹하기 짝이 없는 사건
들에 대해 작가는 주인공의 입을 빌어 매우 점잖은 문체와 세
련된 문장으로 건조하고도 자세하게 묘사한다. 주인공을 포
함하여 등장인물들의 격렬한 감정 표현조차 정제된 언어로
다듬어져 표현된다. 혼란스럽고 기괴하여 도무지 이해할 수
없는 미로와 같은 상황이나 이미 지나가 버린 몇백 년 전의
플래시백도 주인공은 일단 자신이 보고 들은 그대로를 내놓
는다. 혼란이나 분노나 두려움은 그다음이고, 그렇기 때문에
독자는 자신도 모르게 주인공과 함께 충격을 받고 함께 혼란
에 빠지고 함께 두려워하며 아슬아슬한 스릴 속에 책장을 넘
기게 된다. 번역을 하면서 다음에 무슨 일이 일어날지 궁금해
견딜 수가 없어서, 어서 빨리 결말을 알고 싶어서 흥미진진하
게 작업을 재촉하게 되는 작품을 만나기 쉽지 않은데, 『일곱
성당 이야기』는 바로 그런 작품이었다. 덕분에 작품 자체의
초고는 역자 자신도 놀랄 만큼 빨리 완성되었다. 그리고 이
후 재검토하고 수정하는 과정에서 성당의 건축 양식이나 체

코의 역사 등에 대해 가능한 한 충실하게 각주와 해설을 넣으려 노력했다는 사실 또한 밝히는 바이다.

덧붙여 또 한 가지 번역하면서 느낀 점은, 아무리 사건들이 엽기적이고 결말이 아무리 예상 밖이더라도, 작가는 자신의 도시 프라하를, 그리고 고국 체코를, 그 역사와 문화의 빛과 어둠을 모두 포함하여 진심으로 사랑한다는 사실이다. 『일곱 성당 이야기』는 제목에 나타난 대로 성당이라는 건축물을 중심 소재로 하여 체코와 프라하의 역사와 문화유산, 과거와 현재의 아름다움과 추함, 풍부하고 찬란한 측면과 끔찍하고 기괴한 측면들을 가감 없이 드러낸다. 그러나 이야기를 이끄는 것은 안일하게 과거 회귀를 바라는 비현실적인 향수가 아니다. 주인공이, 그리고 작가가 말하고 싶은 것은 자신이 태어나 자란 나라와 도시와 함께 살아가는 체코 사람들에 대한 애정, 비틀려 버린 과거와 더 좋고 더 아름다울 수도 있었을 현재에 대한 안타까움이다. 역자 입장에서 번역으로도 이러한 마음만은 충실히 전달되었기를 빌며, 이국적인 유럽 도시에서 펼쳐지는 충격적인 사건들과 아슬아슬한 추격전이 독자 여러분께 색다른 재미로 다가오기를 바란다.

정보라

김태훈 열사 추모집

영화 '애수'를 사랑한 젊은이

관악의 별이 되다

광주일고52회 동창회
열사 산화 40주년 추모위원회

21세기북스

우리의 영원한 벗 故 다두 김태훈 열사와
그의 사랑하는 가족,
그리고 어둠의 시대에 온몸으로
불의에 맞서 싸운
이 땅의 형제자매들에게
이 책을 바칩니다.

김태훈 열사 산화 40주년을 맞이하며

2021년은 김태훈 열사가 광주민중항쟁 1주기를 맞아 서울대학교 교정에서 불의에 항거하여 고귀한 목숨을 바쳐 산화한 지 40년이 되는 해입니다.

열사가 산화한 지 40년이나 지났건만 열사는 우리 친구들의 가슴에는 언제나 그리고 영원히 살아 숨 쉬고 있습니다. 열사는 비록 짧은 기간 살았으나 어느 누구보다도 모범적이고 진솔하였으며 인간이 무엇을 위해 그리고 어떻게 살아야 하는지를 온몸으로 보여주었습니다.

그동안 우리는 해마다 열사의 추모식을 광주 5·18 민주묘지에서 거행해 왔습니다. 적게는 10여 명, 많게는 30여 명이 참석하여 열사를 추모하였습니다. 열사의 의로운 뜻을 기리기 위해 몇 차례에 걸쳐 구체적인 추모사업을 구상하기도 하였지만, 우리의 역량과 의지를 한 데 모으지 못해 안타깝게도 열매를 맺지 못한 채 오늘에 이르렀습니다. 열사에게 참으로 부끄럽고 민망한 일이 아닐 수 없습니다.

이제 열사와 더불어 학창시절을 함께 했던 우리 또한 이순을 넘어 고희로 나아가고 있습니다. 세월의 흐름을 따라 우리의 기억은 희미해지고 많지 않은 자료도 퇴색하는 듯합니다. 열사의 산화 40주년을 맞아 우리는 부끄러움과 민망함을 떨쳐버리고서 열사의 고귀한 죽음을 영원히 기리기 위해 열사의 모든 발자취를 역사적 기록으로 남기고자 합니다. 이것이야말로 살아남은 우리가 열사를 위해 할 수 있는 작으면서도 가장 의미 있는 일일 것입니다.

다행스럽게도 열사의 혼령이 도우시고 우리의 정성이 헛되지 않아, 오늘 이 책을 상재하게 되었습니다. 특별히 이 사업을 위해 저미는 슬픔에도 글을 써주신 열사의 가족들, 기꺼이 글을 보내오신 중고등학교 및 대학교 동창들, 그리고 열사와 귀한 인연을 맺었던 여러 지인들에게 깊이 감사드립니다. 여러분의 적극적인 동참 덕택에 열사 산화 40주년에 맞추어 열사의 영정에 추모집을 바치게 되었습니다. 부디 이 추모집이 열사와 그 가족에게 깊은 위로와 치유가 되고, 우리 모두에게 따뜻한 응원과 격려가 되기를 기원합니다.

2021년 4월 13일
광주일고 52회 동창회 / 열사 산화 40주년 추모위원회

II. 열사 김태훈

Ⅲ. 친구 김태훈

I. 가족 김태훈

> 〈가족 김태훈〉에서는 어머니의 자전적 에세이, 학교생활기록부, 입원 서약서, 추모제,
> 동향 보고서, 가족들의 추모글 순으로 편집했다.

故 김태훈 약력

- 1959. 4. 13.   광주에서 김용일 씨와 이신방 씨의 9남매 중 여덟째로
                 태어남(세례명 다두)
- 1971.   광주서석초등학교 졸업
- 1974.   광주숭일중학교 졸업
- 1977.   광주제일고등학교 졸업(52회)
- 1978.   서울대학교 사회계열 입학
- 1979.   서울대학교 경제학과 진입
- 1981. 5. 27   서울대학교 경제학과 4년 재학 중 광주항쟁 추모
                 학내시위가 진행되는 동안 도서관 5층에서 투신 사망
- 1981. 5.   경기도 용인 천주교 공동묘지 안장
- 1991.   제1회 5·18 시민상 공동 수상
- 1999. 2.   광주민주화운동 유공자 인정,
                 국립 5·18 민주묘지 이장(4묘역 16번)

1979년 여름 경 큰형님 댁에서 동생, 조카들과 함께 한 사진

1981. 5. 29.경 장례절차를 모두 마친 후 열사가 거주하던 여의도 아파트에서 부모님, 남은 8남매, 두 형수님이 함께 한 사진

1.《내가 걸어온 좁은 길》
– 이신방 여사 에세이 중에서

이신방 여사
– 김태훈 열사의 어머니

김태훈 열사의 어머니께서 쓰신 자전적 에세이,《내가 걸어온 좁은 길》가운데 김태훈 열사와 직접 관련되는 부분 (157~165페이지, 197~199페이지)만 발췌했다.

민주열사 김태훈

9남매 중 여덟째로 태어난 태훈이는 잘 생기고 건강하고 공부를 잘해서 누구에게나 귀염받는 아이였다. 일고 3학년 가을에 성당에서 주최하는 예술의 밤 행사 때 시 낭독을 담당한 태훈이는 하루도 빠짐없이 교회 모임에 참석했고 성소 주일 전후 교육 때도 뛰어난 성적으로 신부님들 총애를 받아 한때는 신학교로 가서 신부님이 되겠다고 하는 것을 중간에 혹시라도 그만두는 전례가 있었기 때문에 이다음에 대학을 나와서 그때도 변함없다면 그때 신학교에 가도 된다고 하니까 그렇게 하기로 했다. 그런데 서울대학 시험에 떨어졌다. 시험준비에 소홀했던 것이다. 일 년 재수해서 서울상대 경제학과에 다니면서 그때부터 동생 요완이에게 저같은 실수가 있을까 봐 중학교 졸업과 고등학교 3년 동안 내내 1주일에 한 번쯤 편지를 써서(이 편지는 부록에 첨부) 제가 우리 집 전통에 오점을 남겼다며 다시는 그런 일이 없도록 격려하고 지도했다. 그후 요완이는 서울의대에 좋은 성적으로 합격하여 예과에 다녔다. 누이인 선혜가 고시에 실패하자 옆에서 보며 느낀 점을 지적하며 격려했다.

내가 삼 남매가 공부하는 여의도 아파트로 가서 선혜 시험 때는 살림 수발을 하는데 여의도는 물가가 최고로 비싸기 때문에 용산 시장으로 가서 사 오려고 하면 태훈이가 오후 강의 없는 날을 골라 저랑 같이 갔는데 이것저것 사다 보면 짐이 많아 둘이서 옮기기가 힘들었다. 그런데도 제 힘껏 고생스럽게 들고 메고 내게는 될 수 있는 데까지 고생을 덜어 주었다. 다른 대학생들 보면 아무도 그런 사람은 없는 것 같았다. 버스를 타고 어디 같이 갈 때 보면 또 그런 학생도 없었다. 노인이나 어린애는 물론이고 부인들에게도 자리를 양보했다. 처음 본 사람이라도 곤란한 지경이면 선뜻 거들어 주었다.

1981년 5월 27일 운명의 그 날 나는 광주 집에 있었다. 저녁때 선혜에게서 전화가 와서 태훈이가 큰일 났다고 했다. 재차 다그치니 죽었다고 했다. 더 말을 들을 수도 없이 아버지랑 바로 차로 출발했다. 정신없이 몇 시간을 어떻게 지났는지, 서울에 도착하니 성모병원 영안실의 관 속에 누워 있었다. 오똑한 콧날이며, 자는 것 같이 눈 감고 있었다. 만져보니 차돌같이 차다. 그때 번뜻 유명이 다른 것을 느꼈다. 이것이 꿈이냐 생시냐.

동아일보 사회부 차장으로 있던 큰형 재곤이의 얘기로는 그 날 오후 3시경 철통같은 경계망 속에, 서울대학 내에서 학생 데모가 있었는데 검은 리본을 가슴에 달고 80년 그 날 광주사태 때 죽은 영령을 기리며 데모 중 학생 수보다 많은 경찰이 학생들을 잡아가고 탄압 중에 5층 도서관에서 공부하던 태훈이가 창문을 열고 큰 소리로 "전두환 물러가라!" 세 번 외치고 뛰어 내렸다고 한다. 이상하리만큼 외상은 없었고 아직도 죽지 않았는데 그 몸 위에다 얼마나 많은 최루탄을 터뜨려 사람의 접근을 못 하게 하고, 병원으로 옮기는 중 차 안에서 숨이 끊겼다고 했다.

몸에 지녔던 수첩에 가족 상황이 상세히 적혀있었기 때문에 재곤이가 곧 갈 수가 있었단다. 재곤이도 졸지에 당한 일이라 의사인 신곤에게만 바로 연락해서 먼저 와있었다. 군인 부대가 어디서 왔는지 몇 차를 풀어서, 아무도 접근을 못 하게 하고 학생은 물론이고 일반 사람도 친척까지도 들어오지 못하게 했다. 병원에 서 있는 동안은 대통령 명령이라고 하며 음료수와 식사 일체를 조달해 주었다.

제가 다니던 여의도 성당 신부님과 교인 일행이 병원으로 와서 교우로서의 절차를 밟고 교회에서의 출상 미사도 삼엄한 경계 속에 할 수 있었다. 신부님의 권유로 용인 천주교 묘지로 정하고 출상 날은 연도에 100m 간격으로 길 양편에 경찰이 배치돼 젊은 사람은 일체 길가에 서 있지도 못하게 했다. 앞뒤로 몇 대의 차로 경계하고 산소에는 어느새 전화 가설까지 돼 있었고 묘지 텐트도 가설돼 하룻밤을 경찰이 밤새 지켰다. 심신이 어떻게 지냈는지 기억도 못 하겠다.

장사 지내고 삼우 때는 학교 친구들이 왔었다. 모두 끝나고 광주로 돌아오니 성당에서 태훈이의 위령 미사랑 수녀님들의 위로 말씀에 큰 위안을 받았다. 천주교에서는 자살은 구원을 못 받는다고 했는데 첫째 그것이 걱정이었다. 수녀님 말씀은 태훈이는 남을 위해서 희생한 것이니 하느님 앞에 공로요, 큰 사랑의 행위라고 했다.

태훈에게

김태훈 군의 죽음을 애도하며 당시 여러 형제들과 더불어 추모 편지글을 썼는데 이 편지는 어머니 이신방 여사가 직접 쓰신 것이다

이런 편지를 쓰는 것이 이 세상에서는 처음이자 마지막이다. 너와 나의 이 세상에서의 모자의 인연에 연연하여 육신의 어느 기관이 찢어지는 아픔을 느끼며 억제하여 억제하여도 어느 틈에 쳐드는 슬픔이 나를 허물어뜨린다.

세상 사람들은 아깝다고 한다. 나도 역시 아깝다. 너의 용모, 학식, 그 위치 앞으로는 좋은 일만 너를 기다리고 있을 장래, 행복한 생활, 보장받을 지위, 부모로서 자식에게서 받을 호강, 그 순간 한 번 더 생각해 보고 다른 방도로 이 조국에, 사회에 희생하고 봉사할 길을 생각했더라면 부모 형제 친지에 뼈에 맺히는 아픔은 없었을 것이다.

그러나 모든 것은 정해졌다. 너와의 이 세상 연은 끝났다. 너는 이 세상에 있는 22년 동안 정말 고마운 자식이었다. 처음부터 너는 우리를 기쁘게 해 주었지. 딸만 연거푸 셋이 생겨난 다음에 태어난 너는 정말 이쁘고 잘생긴 아이였다.

학교 다니면서부터는 항상 우등생에 연속 기쁨만 주던 너, 궂은 일 힘든 일 군말 없이 도와주던 너, 이것저것 끝없는 일들이 하나도 미운 기억은 없는 너, 너는 천주님께서 나에게 주신 보배였나 보다. 나는 그 보배를 잠깐 잃었다.

그러나 마음속에서 그 보배는 더욱 빛난다. 과분한 은총에 진실로 감사드린다. 눈을 높이 들어 자랑스런 마음으로 세상을 본다. 부모가 먼저 가도 이 세상 이별의 슬픔은 있을 것이고 그 슬픔을

내가 대신했었다고 자위한다.

영원한 나라를 위해 준비하는 이 세상에서 착하고 바르게만 살아온 너. 내가 항상 광주에서 오면 고속버스터미널에서 기다리듯이 미소로 맞으며 천당 문 앞에서 나를 기다려다오.

남은 여생을 열심히 살아서 꼭 그곳으로 나도 가려고 노력하겠다. 거룩하고 공번된 교회와 모든 성인의 통공을 믿으며 육신의 부활을 믿으며 영원한 삶을 믿기 때문에 슬프지만은 않다.

네가 그토록 아끼던 동생과 누나의 뒤치다꺼리를 하고 네가 안심하고 떠날 수 있었던 부모의 장래를 맡길 수 있었던 훌륭한 형제간들을 바라보며 착하게 살다가 천주님 대전에서 환한 얼굴로 만나자.

- 81년 6월 5일 엄마 씀

피에타 상

태훈이는 작명(김해 김씨 삼현파인 태훈이 형제는 곤坤 자 항렬이다. 집안에 일곤부터 구곤까지, 그리고 동서남북 곤이 다 있다. 당시 대부가 자기 손주 작명하는 길에 이름을 정해 권했으며 따라서 처음으로 항렬을 따르지 않게 되었다.)하기 전에 영세명이 다두여서 어려서부터 다두라고 불리었다.

사랑의 사회 실현과 진리 탐구를 위한 끊임없는 노력,
이것이 내 삶의 전부이기를

좌우명으로 제 방 책상 앞 벽에 써 붙여 놓은 구절이다. 이 심정을 어디다 비길까. 아까운 한 생명. 제가 이 세상에 있는 22년 동안 한 번이라도 미운 짓이 있었다면 이렇게 가슴이 아플까. 가족에

가족 김태훈 15

게서나 친구에게서나 사랑만 받던 아이, 하나 부족함이 없던 아이. 앞날도 보장받던 아이. 모든 힘을 다해서 참고 견디고, 거룩한 희생에 감사하고, 제가 믿고 부모를 맡기고 떠날 수 있었던 자식들만 보고 살려고 해도 어느새 허물어질 것 같았다.

그러나 사람은 한 번은 죽는 것, 얼마나 떳떳하고 숭고한 죽음이냐, 교회만 의지하고 예수님께만 매달리고 하는 수밖에 없다. 교회 마당 한 편에 있는 피에타상을 찬찬히 쳐다보고 저 죄 없으신 예수님, 기진맥진과 혹독한 골고타의 길 십자가에 못 박혀 돌아가시고, 아드님의 시신을 무릎에 안으시고 계시는 성모님, 처음부터 끝까지 다 지켜보고 계시던 성모님은 기절하시거나 앞에 나서지도 않고 끝까지 견디신 성모님, 모든 사람의 죄를 대신하신 하느님의 아들이신 예수님의 어머니, 성모님을 날마다 바라보며 다두의 작지만 큰 뜻을 찬양하리. 벗을 위해 내 몸을 바친 자는 행복하다는 성경 구절도 떠올리고. 나라를 위해 모든 것을 내던진 훌륭한 자식을 둔 것을 감사해야지, 내가 할 수 있는 것은 그 영혼을 위해 기도하는 것이다.

국내에서는 통제 때문에 신문에도 잘 안 나왔는데 외국에서는 보도되고 미국에서는 각 주 교포들로 구성된 추도회가 열려 크게 보도되고 녹화 테이프도 보았다. 이 생을 마칠 때까지 성교회의 가르침에 따르다가 천국에 가서 다두를 만나 기쁨을 나누리라.

'사랑의 사회실현(社會實現)과 진리탐구(眞理探究)를 위한
끊임없는 노력(努力), 이것이 바로 내 삶의 전부(全部)이기를'

제가 남긴 그대로를 달필을 빌려 그대로 써서 돋보기 안경을 쓰

고 수를 놓아 액자를 벽에 걸고 조석으로 바라본다.

다두가 간 지 10년 만에 그 당시 동기 후배 교수님들의 힘으로 서울대학교 4·19 기념탑 곁에 김태훈 열사의 비석이 섰다. 큰 보람과 기쁨으로 해마다 5월에 기일을 전후하여 가본다. 용인 묘지에도 매년 5월 27일 전후해서 가족들과 길이 엇갈려도 누가 다녀갔는지 언제나 꽃다발이 비석 앞에 있었다. 누구나 바쁜 세상에 정말로 고맙고 그 죽음이 헛되지 않았다고 감격했다. 내게 위안을 준 그분들을 위해서도 기도하리라.

보상금

작년 5월 말경 판사 연수로 미국 가게 된 선혜를 따라 유치원 다니는 손자의 보호 때문에 미국 갔다가 십 개월여 만에 서울로 돌아와 선혜 집에 있는데 하루는 예고대로 중년의 두 신사가 나를 찾아왔다.

태훈이 동기동창이었던 고등법원 이홍철 판사와 전남대학교 최웅용 교수였다. 최 교수는 광주제일고등학교 때 반장이었고 태훈이가 부반장이었다고 했다. 이 판사는 태훈이와 제일 친한 친구였다. 법원지에 '잊지 못할 친구'로 글도 실었고 태훈이가 죽은 지 18년이 지난 지금도 변함없이 기일에 산소를 찾아주는 친구다. 그날 두 분은 서울서 열렸던 일고 동창회에서 만든 유리로 된 태훈이 기념패를 예쁜 비로드 상자에 담아가지고 왔다.

나는 이 두 사람을 대할 때 만감이 쌓여 한동안 말이 안 나왔다. 우선 고맙고 자랑스럽고 부러웠다. 태훈이는 갔어도 이런 훌륭한 친구들을 두고 있는 것이 감사하고 믿음직스러웠다. 그 두 분 말이 이번 광주 5·18 성지가 생겼으니 태훈이 묘를 그쪽으로 옮기라고 했다. 현재 용인 천주교 공동묘지에 있는 묘는 지금은 형제간이 있어 돌보아 오고 친구들도 찾지만 먼 앞날에는 임자 없는 묘가 돼서 없어지지 않겠느냐고 하면서 이 차제에 서둘러서 광주 5·18 묘지로 옮기는 것이 좋겠다고 했다. 나는 모르고 있다가 귀가 번쩍 뜨였다. 광주서 주로 사는 내가 현재 묘소를 찾으려면 일 년에 한 번이라도 큰 힘이 드는데 광주로 옮긴다면 얼마나 좋을까…. 내 생전에 자주 가볼 수 있고 휴일이면 형제자매간도 찾아갈 수 있고.

광주로 돌아온 즉시 신곤이에게 말하고 절차를 추진해보라고 했다. 처음에 쉽게 생각했는데 뒷조사가 복잡하다. 그 당시에 광주에 있었느냐는 등 전화가 집으로 몇 번 왔었는데 5·18 일 년 후 서울대학에서 5·27 데모 때 희생한 것만 확실하고 다른 묻는 말에는 기억나는 대로만 대답했다. 그러나 시일이 꽤 걸린 후 여러 사람들의 증언으로 승인 났다고 알려 왔다. 용인 묘소 사무실에 가서 이장 절차를 알아보고 마음의 준비를 했다.

그랬는데 10월 어느 날 태훈이에 대한 보상금이 나왔다고 도장을 가지고 나오라 했다. 전혀 생각지도 못한 일이었다. 가까운 데로 묘소 옮기는 것이 소원이었는데 웬일일까. 신곤이에게 들으니 법에 모든 조건이 맞아야 이장이 되고 보상금도 반드시 따라 나온다고 했다. 1억 5천만 원이 넘는 거금이었다. 이 돈이 어떤 돈이냐, 귀중하고 자랑스러운 우리 태훈이의 생명값이다. 생전의 태훈이의 뜻을 따라 써야 한다.

'사랑의 사회실현(社會實現)과 진리탐구(眞理探究)를 위한 끊임없는 노력(努力), 이것이 바로 내 삶의 전부(全部)이기를'

죽는 그 날까지 벽에 붙어있는 제 손으로 쓴 좌우(座右)명, 제 뜻을 살려 가장 뜻깊고 필요한 데다 써야 한다 하고 자식들과 의논 끝에 제가 다니던 서중일고 동창회에 5천만 원 장학금으로 내놓고, 화순 농어촌병원 건립기금으로 5천만 원, 제 일생동안 제일 믿고 섬기던 가톨릭교의 제가 한때 갈망하던 신부가 되는 신학대학에 1천만 원, 조비오 신부님이 지도하시는 소화자매원에 1천만 원, 남은 돈 전부는 5·18 회비로 내놓기로 했는데 그중 100만 원을 내가 걸어 다니는 산수동 성당 신축건립기금으로 내놓기로 했다.

성당에서는 일반교우에게 아직 말이 없으나 바자회를 몇 번 하고 물건도 팔아 건축기금을 장만하는 중인데 나는 자식들이 준 용돈 중에서 아주 없어지기 전에 가을 참에 30만 원을 성당에 냈었는데 이번에 이 돈을 보니 태훈이 영혼도 좋아할 것 같고 이런 일은 산 사람의 힘으로 해야 한다면서도 안 되니까 의논해서 그렇게 하기로 했다.

2. 학창 시절

초등학교 생활기록부

▍ 광주서석초등학교 생활기록부에서 판독가능한 사항 중 특이한 사항은 다음과 같다.

● 건강상태
- 3학년 : 시력이 좋지 못하여 앞자리에 옮겨 앉도록 하였다.
- 5, 6학년 : 대체로 무병하고 건강함

● 행동발달상황 (생활습관, 근면성, 책임감, 사회성, 준법성, 정서안정 등을 가,
나, 다 로 평가함)
- 1학년 : 모든 항목이 '나'로 평가됨
- 2학년부터는 '가'가 더 많아졌으며, 6학년 때는 모든 항목이
'가'로 평가됨

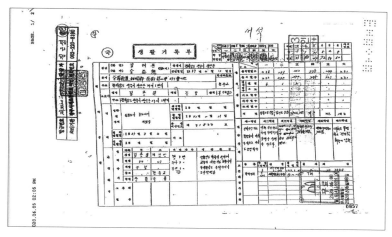

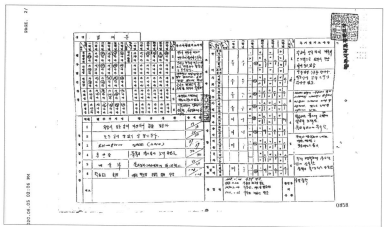

● 특별활동상황

- 2학년 : 모든 일에 말없이 잘 협조한다.

- 3학년 : 호남예술제에 입선함(그리기)

- 4학년 : 분단장, 묵묵히 자기 일에 노력하였음

- 5학년 : 미술부, 불자동차 그리기대회에서 입선했다.

- 6학년 : 학급회 회장, 대회 백일장 초등부 특선 수상

● 교과학습 발달상황
- 1학년 : 각 교과 양호하며 계속적인 노력으로 실력이 향상되어가고 있음
- 3학년 : 전 교과성적이 우수하고 특히 사회의 이해력이 풍부하고 미술과 그리기가 아주 탁월하다.
- 6학년 : 두뇌 명석하며 사회판단에 신중함. 장래가 촉망되는 아동임

중학교 생활기록부

▎광주숭일중학교 생활기록부에서 판독가능한 사항 중 특이한 사항은 다음과 같다.

● 생활환경 : 생활정도 상류, 주위환경 조용하고 부모님의 교육열이 대단하며 가족끼리 화목하며 형제가 전부 수재인 집안임

● 건강상태
- 1학년 : 작고 세련된 몸매에 건강한 듯하나 늘 운동이 부족한 감이 있다.
- 2학년 : 시력이 좋지 못함

● 진로상황 : 1, 2, 3학년 모두 학생과 부형의 희망은 법관임

● 행동발달상황
- 1학년 : 가정적으로나 학생의 신분으로나 모범이며 남을 위하

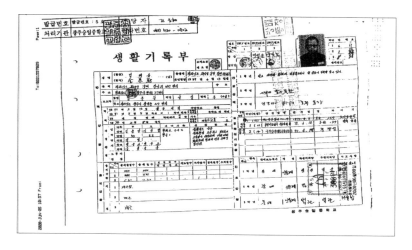

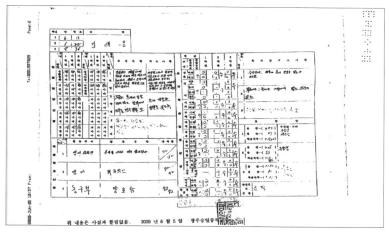

여 봉사하는 아름다운 정신을 여러 번 보여주어 그 모범됨을 전 학급이 본받도록 하였다.

  - 2학년 : 조용히 혼자서 일을 처리하는 성격

● 교과학습 발달상황
- 1학년 : 우수하다. 체육에 좀 더 관심을 갖도록 지도함
- 2학년 : 학급에서 1등이나 가정에서 별로 관심이 없음
- 3학년 : "성경"에서만 '우'이며, 다른 모든 과목은 '수'. 학년석
차 3등

고등학교 생활기록부

▌ 광주제일고등학교 생활기록부에서 판독가능한 사항 중 특이한 사항은 다음과 같다.

● 진로상황 : 1, 2, 3학년 모두 학생과 부형의 희망은 서울대 법
대(이후 사회계열)

● 교과학습 발달상황
- 1학년 : 학급에서 1, 2등

고등학교 때 어머니와 함께

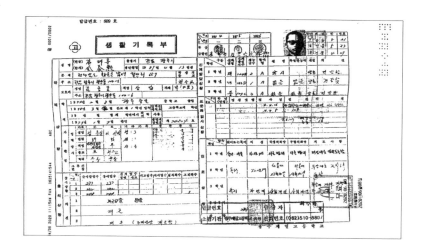

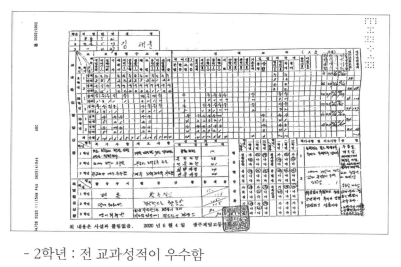

- 2학년 : 전 교과성적이 우수함
- 3학년 : 전 교과가 매우 우수함, 학급에서 4등

● 특별활동상황
- 2학년 : 영어회화반, 적극적으로 활동함

열사가 그린 광주학생독립운동기념탑

　- 3학년 : 영어회화반, 학급 부실장으로 활동이 크다. 지도적 입장에서 적극적인 활동임

●특기사항 및 지도사항
　- 1학년 : 순박하고 좋은 학생이다. 의지가 무섭도록 강하다.
　- 2학년 : 매사에 성실하고 책임감과 준법성이 강한 모범생
　- 3학년 : 책임감이 투철하고 성실 근면하며 투지가 강한 모범적인 성품이다.

대학교 학적부

▌서울대학교 학적부에서 특이한 사항은 다음과 같다.

●병역사항 : 78. 12. 6. 교련 비대상
●상벌 및 기타사항 : 사회 1010-5(82.1.6)에 의거 사망처리 (81.5.27 추락사)

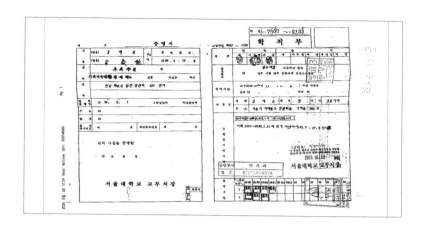

조카와 함께

1981년 봄 캠퍼스에서 동생과 함께

3. 죽음

1981. 5. 27. 서울대학교 경제학과 4년 재학 중 광주항쟁 추모 학내시위가 진행되는 동안 도서관 5층^{주)}에서 투신 사망함

김태훈 열사가 투신한 서울대 도서관
(○ 친 곳)
(자료 : 서울대민주열사추모사업위원회 편, 《산 자여 따르라》)

추모집을 준비하면서 이홍철이 비 오는 2021. 3. 1. 찍은 지금의 서울대 도서관

주) 서울대학교 도서관은 외견상으로 맨 아래층과 열람실용의 네 층으로 이루어져 있다. 도서관의 맨 아래층은 사무공간 및 필로티로 이루어져 있으며, 도서관 위층으로 올라가는 필로티 내의 통행로는 복층으로 이루어져 있다. 이로 인해 열사의 투신 장소에 대하여 민주열사 고 김태훈 추모비 및 광주MBC 프로에는 4층, 김태훈약력 등에는 5층, 서울대 저널에는 6층으로 혼재되어 있다. 도서관의 충수는 4층, 5층, 6층 등으로 다양하게 일컬어지고 있으나, 공식적으로는 5층 건물로 보는 것이 일반적이다. 김태훈 열사가 투신한 도서관 충수는 맨 꼭대기층인 5층이다. 본 추모집에서도 모두 '도서관 5층'으로 표현을 통일하였다.

입원 서약서

　서울대 학생과 소속 직원이 강남성심병원 응급실로 태훈 형을 이송해 가서 응급실 환자로 접수와 인계하면서 받은 서류로 보이며, 도착 당시 이미 돌아가신 상태라는 DOA(death on arrival) 메모가 보입니다. 앰뷸런스라면 안에 의료진이 동반하게 되어 있는데 당시 어떠했는지는 알 수 없습니다(의사인 동생 김요완의 설명).

이 입원서약서는 어머니가 보관해 오던 것인데 아마도 강남성심병원으로부터 받았을 것으로 추정됨.

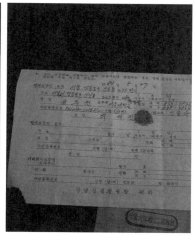

4. 추모제 동향보고서

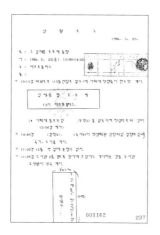

　　열사의 넷째 누나가 2021년 2월 국가기록원에 1981. 5. 27. 서울대 중앙도서관에서의 김태훈 사망사건에 대한 자료를 보여달라는 정보공개 청구를 하였는데 국가기록원 직원이 그 자료는 "부존재" 한다는 답변과 함께 김태훈과 관련하여 추모제 동향보고 자료만 보관하고 있다고 하여 얻은 자료이다.

　　1984. 5. 25. 오후 1시부터 2시 45분까지 서울대학교 아크로폴리스 광장에서 열린 김태훈 추모제에 대한 서울대학교 내부의 동향보고로 보인다.

[298쪽 / 001163]

* 11:30경 학생회관 앞에서 집회가 개최.

* 13:00경 12명 강경하는 강경 가운데 학생 50여명의 투쟁...
* 13:00경 2명 앞에서 대열 200여명이 경찰정권 물러가라 등 구호.
* 13:05경 6명의 지역별 강경·경찰 정권 등, '신군부 퇴진하라' 등 투쟁 등, 대열방송 등 진행.
* 13:10경 강경하는 대열 200여명을 구호제창.
* 13:15경 선두 100여명이 신민당사 앞에서 경찰정권 물러가라 등 투쟁.
* 13:20경 학생 150여명 12명 앞에서 신 군부 퇴진 등 구호 제창.
* 13:20경 선두에는 대열 200여명이 경찰정권물러가라.
* 14:00경 대열 앞 앞에서 학생 200여명이 경찰정권물러가 등 투쟁.

[299쪽 / 001164]

* 13:30경 총 대학생 50여명이 금 대 강당·경문 강당 앞에서 모여, '신 요 열가' 등 노래 부르며 분위기 고양중.
* 13:35경 학생 500 여명이 경기를 선두로
  * 중앙에 집회 진행이 분위기 앙양
  * 본부 퇴진 등 노래 합창.
* 13:40경 본부 되며 학생 500여명이 진행 도 열하며 친구(김민기 작) 노가 등 노래 합창.
  * 경면의 이 대는 분위기 앙양 · 태극기 준비.
* 13:45경 핸드마이크로 아크로폴리스 앞 집결하자, 사회대 선두로 앞반 학생들 투쟁 부르며 본부 뒤 도서관 상록계단·도서관 앞앙도 - 애들앙.
  * 금 양각 앞으로 진행.

[300쪽 / 001165]

* 14:00경 본부 뒤 중앙계단에 연하진 가운데 (인등3) 사회로 투쟁상 시작 (700명으로 증가)
* 14:03경 (경가)는 (경가)를 분향 개계.
* 14:05경 경면 특성.
* 14:06경 강태용 앙쟁의 상황보고 (5·18사망자, 80·5·27 상황 등)
* 14:08경 사회대 학생장의 추도사.
  * 도서관 6층 본부 뒤 앙가 (강태용 퇴어대엔도 1명 현수막 게시)
* 14:12경 경계대 대표 (경가3)의 추모시낭독.
* 14:14경 남을위한 행진곡 '노래 합창 등, 14:16경 추도의 등록.
* 14:17경 이 앙락약 고등 앙 불심검문·불법연행에 대하여 앙의 단과 앙가추의 앙의사항을 앙한.
  * 5·18 그문 앙에서의 불심검문·불법연행 중단
  * 5·23
  * 5·23 불심검문·불법연행에 항의하는 본 앙약 간.

[301쪽 / 001166]

불법 연행한 것에 대한 항의.
  * 경찰 상록에 항의하는 재들이 '경찰앙각'에 부착 · 계각 요인을 살득.
  * 지하 본부에 항의하기가가 우치 앙소 단, 앙자추 외가 연행되면 어어 앙을 에게 되들 부 앙한앙이며. 선동.
* 14:30경 본부 뒤에 (영기2속4)이 학생들 에서 '광주 항쟁영사(개각)'을 구 되(외기) 에서앙락약 핸드 마이크 잡기는 강독 박인이며, 5·18 시 정학 앙가 시위의 친암을 구전 앙변하면서 읽는 도중 가두 시위를 하자고 선동 앙변하며, 오늘 시 위에 앙을 앙인앙을 상득.

용인물 개요 : 국인어버리 통 중국가에 그항
  -광주 항쟁 범 국민 민주투 쟁대학에 부자 -
영의 맛일앙시 : 1984. 5. 25 강독 외
  -군부독 앙권 물러가라
  -살인정권 물러가라
  -광주 항쟁을 욱 가라

용인 낭독 낭동 등 요 등 은 시에게게 이앙락약 가두 시위이앙 5 다시 5 ·18자
강토 불법 앙앙 강문 연 앙행이 자행앙다앙. 앙으로 이 앙아는 시에앙에 대하앙의
전적인 책임 은 경찰앙각에 있음을 앙고 강고 앙각 아앙어
오늘 가두 시위에 강족 4명이 추도 앙 것이며, 광주금 남도 에서
 다시 만남것을 기앙한다앙고 선동 앙변하며, '사회로 앙 부 르 며.
14:35경 단앙별앙로 읽기의 해산 상고 .

5. 자랑스런 일고인상 중 '전통 잇다' 상 수상

(2019. 10. 20.)

열사의 5·18 민주화운동 보상금 일부를 광주일고에 장학금으로 전달

    매년 모교에서 거행하는 '일고인 한마당' 행사에서 '자랑스런 일고인' 상을 수여하는데 올해 처음으로 동문 가족상(명칭 : 전통 잇다 상)을 신설하였습니다.

    자격은 광주고보, 서중, 일고 출신 동문가족으로 졸업 동문 수가 3인 이상인 가족에게 수여되는 상입니다. 단, 장학재단에 일정 부분 기여가 있는 동문이어야 합니다.

    선정위원회 심사 결과 초대 '전통 잇다' 상은 김재곤(33회), 김신곤(37회), 김광곤(39회), 김태훈(52회) 동문을 배출한 이신방(어머니, 5천만 원 장학금 기탁) 여사 가족에게 돌아갔습니다.

'전통 잇다' 상패

전통 잇다 수상 (둘째 형 김신곤)

6. 가족 추모글

동생 태훈을 회상하며

큰누나 (2021년 2월 18일)

내 동생 태훈은 광주항쟁 1년 후인 1981년 5월에 갔다. 그가 죽은 지 만 40년이 되어온다. 그때 그의 나이 만 22세.

Erich Segal의 소설 'love story'의 첫 문장은 "25세에 떠난 그 여자의 죽음을 어떻게 설명할 수 있겠는가?"라는 물음으로 시작한다. 정말 할 말이 없게 슬픈 젊은 나이의 죽음이었다.

만 22세. 만일 1980년 5월의 광주가 없었다면, 태훈에게는 1981년 봄이 얼마나 싱그럽고 아름다웠을까. 서울 의대에 갓 입학한 막내 동생과 햇볕 밝은 교정에서 나란히 앉아 찍은 사진을 들여다본다. 정말 그림같이 아름답고 청청한 청춘이다. 눈물이 솟는다.

여의도 한 아파트에서 한솥밥 먹으며, 한 학교에 다니며, 공부하고 고민하고 웃고 떠들며 지내던 일상, 막내 누나와 막내 동생과 태훈, 앞이 창창한 그들 세 남매의 삶! 태훈이 표현을 빌리면 참 '유복한' 세 남매였다.

태훈이가 그렇게 갑자기 떠난 후, 남겨진 두 남매의 슬픔과 절망을 나는 가늠할 길이 없다. 그 둘의 심경을 헤아려 보려 하면 지금도 내 가슴이 먼저 턱 막혀온다.

태훈이가 지방에서 고등학교 다니던 막내에게 보낸 편지에 자기는 돌아보면 볼수록 모든 면에서 참 유복한 사람이라고 고백했다.

내가 여고 2학년 때 태훈이가 태어났다. 어머니께는 이미 노산이라 태훈이는 병원에서 출산하셨다. 나의 친한 친구가 새 애기를 보러 와서 "뜨는 보름달 같이 환하고 예쁘다!"고 감탄했다. 나는 그 시절을 비교적 소상하게 회상할 수가 있다. 그러나 서울로 대학을 가고, 결혼, 도미 등의 세월이 한참 흐른 뒤에 다시 정식으로 태훈이를 만나고, 같이 지낸 것은 내가 두 아이를 (8살 혜원, 5살 익환) 데리고 첫 귀국한 여름이었다. 1974년.

광산동 부모님의 집 2층에서 마루방을 사이에 두고 한 방은 태훈이와 막내가 공부방과 침실로 썼고, 두 아이와 나는 건넛방에서 지냈다. 그때 나는 한 천사를 만났다.

태훈이는 고 2쯤 되었는데 파란색 윗도리와 회색 바지가 교복이었다. 학교에서 오면 곧바로 조카 유진이(부모님께서 길러주시던 손녀)를 안고 옥상으로 올라가 걸음마 운동을 시키고, 해가 어둑해지면 한 걸음 한 걸음 천천히 층층대를 내려오면서 기분이 상쾌해진 유진이가 아! 아! 하면서 소리를 지르기도 하고 삼촌 따라서 노래를 흥얼거리기도 했다. 마침 그때 도우미가 가고 없어 부엌살림을 혼자 하시느라 고생하시는 엄마를 돕느라, 애기가 저 혼자 숟가락질하게 하여 식사를 끝내도록 기다려주는 일, 목욕시키는 일, 애기가 울기라도 하면 즉각 다가가 달래는 일 등등 수많은 애기(Down Syndrome을 앓고 있던) 수발을 그렇게 참을성 있게, 그렇게 자상하게 돌봐주는 태훈이 삼촌은 나에게는 이 세상에 존재할 수 없는 인간 같이 느껴지곤 했다.

막내가 초등학교 때였는데, 막내여서인지 늦게까지 먹고 놀다가 자면 아침에 늦잠에서 깨어나질 못해, 태훈이가 동생을 깨워 아침 먹으라고 아래층으로 내려보내곤 했다. 우리 아이들이 나중에 '막내 삼촌의 간식'이라는 제목으로 회상하기를 식당방 창턱 '앉은자리'에서 '우유 1gallon에, 긴 빵 봉다리 하나'를 다 먹는다고 했다. 그래 그런지 형제간 중에 단연코 막내 키가 제일 크다. 아무튼 막내가 빠져나간 요 위에 흥건하게 지도가 그려질 때가 있었다. 등교 준비로 태훈이 저도 바빴을 텐데, 젖은 시트를 걷어내고, 물걸레로 방을 닦아내고, 베란다에 요를 걸쳐놓고 나서야 부리나케 집을 뛰쳐 나갔다. 저녁에 동생 이부자리를 깔아주면서 화장실을 먼저 다녀오라고 명령하는 형 태훈의 굵은 음성이 건넌방까지 들렸다. 그의 표 나지 않은 희생적인 동생 사랑, 조카 사랑은 나를 여러 번 그의 성실성에 감격하게 만들었다.

하루아침 어느 날 내가 단도직입적으로 "다두야, 너 천사지!" 했다. 그는 별 대꾸 없이 싱긋 웃기만 하며 하던 일을 계속했다. 나중에 태훈이가 서울대 교정에서 떨어져 죽었다는 소식을 들었을 때, 나는 바로 "바쳤구나!" 생각했다. 언젠가는 자기 자신을 송두리째 바칠 수 있는 인물로 보여졌기 때문이었다.

태훈이는 다른 가족을 위해서도 항상 희생적이었다. 말도 통하지 않고, 음식도 다르고, 갑자기 달라진 환경에 적응 못해 짜증만 늘던 '미국놈' 5살 조카 익환이를 위해서도 무진 애를 쓰는 삼촌이었다. 우유도 거부하고 음식도 전폐한 어린 조카 땜에 태훈이 삼촌은 날은 더운데, 이리저리 뛰어다니며 먹을거리를 찾아주려고 애쓰던 모습이 나에게는 더 안타까웠고 미안했다. 오직 맛이 똑같다는 말 한마디에 '환타'라는 드링크를 구해서 줄창 마실 수 있도록 배려해 주기도 했다.

1980년 5월의 광주항쟁 소식은 워싱턴에서 뉴스와 신문으로 비교적 소상히 접했다. 어떻게 무고한 젊은이들과 어린 학생들, 선량한 시민들까지 그 나라의 국군이 그렇게도 잔인하게 죽이고 짓밟을 수 있는지 도저히 이해가 불가했다.

이젠, 누렇게 바래버린 Washington Post 신문을 다시 읽어보았다. 1980년 5월 28일 첫 면 기사에 이렇게 제목을 썼다. 'Korean Generals Reportedly Seek Greater Power'. Don Oberdorfer(WP staff writer)는 부제 'U.S. Publicly Calls For Civilian Rule' 아래 미 NSC 산하의 강력한 정책결정 위원회(Policy Review Committee)의 meeting을 연일 자세하게 보도했다.

미 국무장관 Edmond Muskie가 주관하고, 국방장관 Harold Brown, 대통령 보좌관 Zbigniew Brezrezenski, CIA director Stanfield Turner, 그 외에도 여러 아시아 전문 보좌관들이 연석한 회의 결과 국무부의 공식 발표는 "'Broadly Based Civilian Government' 수립을 요구한다."였다.

같은 기사는 당시의 한반도 주위의 미 국방부 전시 준비 상황을 꽤 구체적으로 보도했다. 한반도 상공에는 'two airborne command post planes'가 항상 떠 있었고, 오키나와에 정박해 있으나─언제나 출정 가능한 'Two aircrafts', 그리고 강력한 naval task force를 보유한 거대한 미 함대 carrier 'Coral Sea'가 마침 한반도 근해를 지나고 있었다, 등등.

만일 그때 미국의 공식 발표를 국무부 대변인, Thomas Reston에게 맡기지 않고, 카터 대통령 자신이 직접 '미국은 세계 모든 나라의 민주주의와 인권 옹호를 지지하고 군사독재 수립은 배제한다'라고 그의 반독재에 대한 강한 의지를 표명했다면, 한국의 민주주의 역사는 바뀌었지 않았을까, 태훈이를 포함 그 수많은 젊은이들의 죽음도 없었을 것 아닌가, 끝없이 만일, 만일…을 되뇌어 보게 된다.

　Obama가 쓴《A Promised Land》라는 자서전을 최근 팬데믹을 지나면서 읽었다. 그는 아프리카의 작은 독재국가 Tunisia의 21세, 한 청년에 대해서 이렇게 썼다. 그 청년은 길거리의 과일상이었는데 거듭거듭 관공서의 부정 부당한 처우에 시달리다가 견딜 수 없어 "how do you expect me to make a living?"이라고 억울함을 호소하며 자신을 불살라 죽었다. 미국과 군사적 교류가 거의 없는 작은 나라 튀니지의 한 청년의 삶과 죽음에 대해, 미국 대통령 오바마는 숙고 끝에 그해 1월 미대통령 정책 기조 연설(the States of Union Address) 끝 부분에 'Tonight, let us be clear the United States of America stands with the people of Tunisia and supports the democratic aspirations of all people.'이라고 천명했다. 물론 그 연설이 직접 원인은 아니겠지만, 이후 EU 여러 나라가 동조하고, 튀니지 나라 안의 민주주의 열망 때문에, 오랫동안 튀니지를 독재로 이끌던 Van Ali는 사우디아라비아로 가족과 함께 도망치고, 독재 정권 밑에 시달리던 작은 아랍권 여러 나라 국민들이 들고 일어나는 바람에 유명한 'Arab Spring'이 시작된 것은 우리가 주지하는 바와 같다. 또 한 번 만일, 만일 그때 Carter가… 했더라면… 생각했다.

　내가 다시 아이들을 데리고 한국을 방문한 때는 5월의 광주항쟁이 있던 해, 1980년 7월이었다. 미리 계획되었던 한국 가족방문이었지만, 신문에서 본 군인들의 무자비한 살상 사진들이 뇌리에 박혀 있어서 조금 두려운 맘이 들었다. 그때는 11세 된 익환이가 광주 충장로를 걸어가면서 혼잣말처럼 "어! 아직도 사람들이 많이 살아있네!" 했다. 어린아이가 Washington Post의 보도 사진들을 보고 놀랐기 때문에 거리의 풍경과 사람들을 보며 아이의 느낌이 남달랐을 것이다. 그때도 무척 말수가 줄고 조용했지만, 대학생 태훈이 삼촌은 성실하게 아이들을 거두어주고 도와주고 '민속촌' 등등 샅샅이 안내해 주고… 참으로 고마운 동생이었다.

1981년 5월 27일 태훈이가 죽었다는 소식을 듣고 바로 여행사에 전화해 항공편을 예약했다. 생각지도 않았는데 그날 밤 10시경에 여행사 직원이 비행기표를 직접 들고 집을 찾아왔다. 그 친절이 지금껏 고맙다. 다음날 아침 출발해, 샌프란시스코를 경유할 때 나의 둘째 동생 광곤이를 비행기 안에서 만났다.

비행기 안에서 배부 받은 인쇄 냄새도 상큼한 조간신문 동아일보는 3면 구석에 '서울대학생, 발이 미끄러져 도서관 창문에서 추락사'라는 요지로 조그맣게 기사가 나 있었다. 다른 신문은 그나마도 없었다. 참 무섭고 겁나는 세상이었다. 나중에 집에 돌아와 스크랩해 놓은 Washington Post 기사는 이렇게 썼다.

'Police Enforce Quiet on S. Korea's Campuses'라는 제목의 보도에 'At Seoul National, one student leaped to his death from the roof of a five-story library building after chanting', 'Down with Chun Doo Hwan'이라고 쓰고, 그 직후 계속된 3일간의 학생 데모와 구속된 학생 수 등을 자세하게 보도하였다. 군 독재 하의 완전 함구된 한국의 신문과 민주 체제하의 미국 신문은 극명한 차이를 보여

준다. 당시에 집으로 조문 차 들르신 태훈이의 경제과 선배님은 "현 독재 정부는 나는 새도 떨어뜨리는 막강한 권력을 휘두르고 있다" 하시며, 제대로 슬퍼할 수도 없는 태훈이의 죽음을 절통해 하셨다. 독재하란 그렇게 무서웠던 시절이었다. 격세지감을 느낀다.

공항에서 바로 용인의 가톨릭 묘지로 갔다. 태훈이는 이미 관 속에 들어가 있었고 못질까지 완전히 끝나 있었다. 공항서부터 계속 알 수 없는 사람들이 따라다녔고, 묘지 주변도 겹겹이 모르는 사람들로 에워싸여 있었다. 자기네들끼리 "어떻게 미국에서 이렇게 빨리 도착할 수 있지?" 전화로 주고받더라고 했다.

허겁지겁 도착했는데 우리 남매가 오직 볼 수 있는 것은 덮인 나무 관뿐이라니! 늙으신 우리 아버지가 "멀리서 급히 귀국한 형과 누나한테, 내가 태훈이 얼굴이라도 보여주어야 하지 않겠느냐?"고 하시며 옆에 쌓인 진로 소주병에 손을 씻으셨다. 그 결기에 막을 수 없다고 생각했는지 겹겹이 둘러 서 있던 전경들 중의 하나가 쇠끌을 아버지에게 내밀었다. 늙으신 아버지는 다른 사람들에게 맡기지 않고 손수 목관을 끌로 뜯으셨다. 나무 판을 들어 올리니 자는 것 같이 평화스런 얼굴로 태훈이가 누워 있었다.

삼우제에 다시 묘지에 오기로 하고 세 남매가 살던 아파트로 갔다. 곳곳에 태훈이 글씨로 설명한 메모가 붙어있었다. 그 애의 "사랑의 사회 실현" 좌우명도 벽에 적혀있었고, 화장실 입구에는 어느 쪽을 살짝 들어 올려야 쉽게 문이 열린다는 안내서, 물을 내릴 때는 어떻게, 등등 방마다 자상하게 써 있어서, 메모만 찾아 읽으면 모든 문제가 쉽게 풀렸다. 신기했다. 태훈이가 쓰던 책상 위에는 성경이 펼쳐져 있었는데, 누가복음이었던 거 같고 몇 장 몇 절은 잊었으나, '친구를 위하여 목숨을 버리면 이보다 더 큰 사랑이 없느니라'라는 내용이었다고 기억한다. 삼우제에 갈 때 각자 태훈이에게 하고 싶은 말을 써 가자고 했다. 짧은 시간에 쓴 거라 다 기억할 수는 없지만 "언제가 될지는 모르지만 먼 훗날에 네가 간절히 염원한 네 큰 뜻이 이루어 질 날이 반드시 올 거라"고 써 간 것 같다. 물론 그 '먼 훗날'이 1987년 6월까지 미루어질지는 몰랐다. 당시에는 옆에 바짝 붙어 서 있던 사복의 요원이 입만 열면 어깨에 들이대는 녹음기 때문에 먼 훗날이라고 자극을 피할 의도로 말했지만 실제는 훨씬 빨리 민주의 봄이 오리라고 생각했었다. 나는 하늘나라에 가서는 두려움이나 거리낄 것 없이 태훈이가 예수님께 청원을 날마다 쉬지 않고 하리라고 굳게 믿었기 때문이다.

나는 그때 하늘나라는 어떤 사람들로 채워져 있을까 하고 골똘히 생각했다. 흠 없고 티 없는 영혼의 소유자들만이라는 결론을 얻고, 태훈이는 흠 없고 티 없이 자신을 하나님 앞에 산 제물로 바쳤다고 생각했다.

지난 40년의 한국 역사가 그 생각을 증명했다고 믿는다. 완전한 민주주의가 어디 있겠는가? 가능한가?

두고두고 생각해 볼 일이다. 이 기나긴 바이러스로 인한 팬데믹을 거치면서 많은 생각과 가치가 달라지고 관념도 바뀌고 어떤 것이 정상인지 정도인지 혼동이 인다. 그러나 불변의 진리는 확실히 존재하고 그 길을 믿기 때문에 두렵지 않다.

그때나 지금이나 나의 기도는 태훈이 같은 인성은 못 타고났지만, 내가 할 수만 있다면 조금씩이라도 태훈이를 닮아가는 삶을 사는 것이라고 다짐한다. 그런데 그게 쉽지가 않았다. 끝없이 터지는 인생살이, 이제는 '만일… 만일…'은 거의 없어지고 느는 것이 '…

살 걸', '⋯ 할 걸', '⋯ 걸', 걸만 늘어나고 있다. 그 '걸'도 그만 멈추고 회개하고, 이제는 주어진 새날을 감사함으로 살아갈 생각이다. 태훈아! 미안하고 고마웠다. 거기서 만나자.

다두와 둘째형

김신곤 (둘째 형)
2021년 2월

나의 형제들 순번 얘기를 먼저 꺼내 보자. 금슬 좋은 우리 아버지, 어머니 아래서 구 남매가 태어났다. 자연 유산한 적이 한 번 있었다고 들었다. 우리 구 남매 중 나는 세 번째이고 태훈이는 여덟 번째이다. 나는 해방 전 해 즉 1944년생이고, 유아 세례명이 다두인 태훈이는 1959년생이니 만 15년 차이가 나는 동생이다. 태훈이는 고교 평준화 시행 전인 1977년 명문이라는 광주일고(52회)를 졸업했으니 첫째 재곤 형(33회), 나 37회, 넷째 광곤(39회)에 이어 4형제가 동문의 전통을 이은 셈이다. 네 형제가 한 고등학교를 나왔다 해서 〈이어라 전통 상〉이란 특별상을 2019년 가을 〈일고인의 날〉 행사에서 수상하기도 했다.

위에 네 명은 2년 터울로 태어났고, 그 후 6·25 전쟁을 겪으며 변화가 생겼다. 피임법이 보급되면서 일곱으로 끝나는 줄 알았다. 살아가면서 성령의 도움이 있었던지 어머니가 스스로 먼저 천주교 성당을 찾았고 세례를 받았다. 그리고 인공피임이 가톨릭 교리에 어긋남을 들으셨고 그래서 뒤늦게 끝에서 두 형제가 세상의 빛을 보게 된 것이다. 일곱째 선혜와 만 4년의 나이 차가 있다. 집안 최초로 태어나자마자 성당에서 바로 유아세례를 받은 태훈이의 세례명이 다두이고 왼쪽 얼굴에 점을 가지고 태어난 귀여운 꼬마는 내내 다두로 불리었다. 우리 집의 첫 유아 영세자인 것이다.

다두가 두세 살 때 광주 불로동에 살 때인데 집에 '복구'라는 영리한 진돗개를 키우고 있었다. 이 순한 개가 어느 날 갑자기 부엌을 가로질러 달려와 안방에서 잠들고 있는 다두를 향해 돌진해왔다. 마침 옆에 있던 식모가 다두를 얼른 안아 올렸는데 복구가 뛰어올라 다두 발목을 물고 달아났다. 광견병에 걸린 것인지 그 뒤 다시는 우리 집에 나타나지 않았다. 아픈 광견병 예방 주사를 대학병원을 다니면서 맞은 것을 본 기억이 있다.

김해 김씨 삼현파인 우리 형제들의 돌림자는 곤(땅 坤)이다. 사촌, 육촌 형제들이 많아서, 우리 곤자 돌림 친족 이름엔 일곤에서 구곤까지 있었고, 또 동서남북 등이 곤자 이름 앞 자에 모두 동원되어 이름 짓기가 어려운 탓인지 처음으로 항렬을 벗어난 작명이 다두에게서 이루어졌다. 농수대부라는 집안 어른이 광주 서동에 살고 계셨는데 우리 집과 교류가 빈번하였다. 작명에 있어서 아버지의 고민을 들으셨는지 유명 작명가에게서 받아왔다고 태훈 [클 태(泰) 공훈(勳)]이라는 이름을 내미셨다. 큰 공을 이룰 팔자였나. 고향 본적 호적에도 이 이름으로 신고했다. (그 뒤 막내 동생은 세례명을 그대로 화순군 남면 본적지에 전화연락으로 친척을 통해 신고했으나 그때만 해도 세례명이 낯선 때라 아홉째는 요안 → 요완으로 오기가 있었다.)

나는 1968년 의대 졸업 후 다음해에 공군 군의관 재직 시 결혼하였다. 3년 군 복무 후 미국 유학을 계획했는데 여권 발급 전에 국가에서 1년간 무의촌 봉사를 명하여 화순군 남면 공의로 1년간 또 국가를 위해 봉사했다. 1972년 5월 청운의 꿈을 안고 미국 유학길에 올랐다. 태훈이가 1971년 서석초등학교를 졸업하고 중학교 평준화로 광주숭일중학교를 다닐 때였다.

다두는 중고등 시절 천주교 교회활동에도 열심이어서 고교 졸업 시에는 신학교 진학을 희망했다고 한다. 자식 욕심 많은 어머니는 일반대학을 먼저 다녀보고 신학교는 그때 보자고 말씀하셨단다.

그리고 나는 1972년 5월부터 1979년 5월까지 청운의 꿈을 가지고 미국 유학생활을 하였다. 다두가 고교, 대학을 다니며 한창 감수성이 풍부할 시점이다. 1979년 귀국 시 다두는 서울대 경제학과 2년생으로 서울 여의도 아파트에서 바로 위 누나인 일곱째 선혜와 자취하던 때였다. 일곱째는 당시 서울법대를 졸업하고 대학원에 다니면서 사법시험을 준비 중이었다. 나는 귀국 후에도 전남의대 외과에 교수진이 부족하여 9월에 조교수 특채 발령이 있을 때까지 바로 시간 강사로 매일 아침 일찍 시작하는 외과 콘퍼런스부터 오후 늦게 회진까지 일에 파묻혀 살았다. 같은 형제간이지만 남다른 교분을 쌓거나 짙은 친교의 시간을 가지지 못한 변명이 된다.

1979년 8월에 새로 지은 화정동 삼익맨션으로 이사했다. 다음해 정월 대보름에 동네 애들이 쥐불놀이가 한창이었다. 귀국 후 처음 보는 풍속이라 둘째 아들 종진이가 신기했던지 가까이 다가가다 흔드는 깡통에 이마를 다쳤다. 우리 부부는 연락이 안 되고 식모가 방학 중의 태훈 삼촌에 연락이 되었다. 어떻게 수소문 했는지 동네 외과의원에서 봉합술을 마치고 집에까지 잘 데려다 주었다.

그해 겨울에 서울에서 동아일보사 다니는 형이 출장차 광주를 내려와 부모님이랑 식구들 저녁 자리를 집에 마련하였다. 큰형을 만난 태훈이가 대뜸 '형 신문사 그만둘 수 없어? 신문사 논조가 왜 그 모양이야?' 하며 군사정권에 아부하는 언론을 질책하는 한 젊은이를 보고 나도 순간 뜨끔했다.

귀국 후 다음해 5월, 즉 귀국 만 일 년 만에 상상도 못할 '광주사태'가 바로 내 눈앞에서 벌어졌다. 외과에서 모시던 교수님이 새로운 병원장으로 부임하신 지 두 달도 안 된 시점이었다. 나는 계엄 선포 후 교통이 끊긴 상황에서 몇 킬로를 걸어서 대학병원에 출근하였다.

이사 전까지 우리 식구가 얹혀살던 부모님 집은 금남로의 중심인 옛 가톨릭센터 뒤 금남맨션 6층에 있었다. 백주 대낮에 당시 광주시를 가로지르는 금남로에서 벌어진 계엄군의 만행을 부모님들은 그대로 목격하셨다. 광주 지역이 외부와 단절되자 언론보도도 검열을 거치는 계엄령 아래라 여의치 않았다. 당시 동아일보 사회부 차장으로 근무하는 큰형이 후배 기자 두 분과 함께 특파되어 왔다. 광주로 통하는 모든 교통이 끊기어 장성에서 걸어서 들어왔다. 여관도 구할 수 없는 상황에서 부모님 두 분이서 지내던 금남로 아파트가 졸지에 특별 취재 사무실 겸 임시 숙소로 쓰였다. 부지런히 기사를 송고했지만 계엄사 검열과정에서 기사들은 삭제되고 왜곡되었다고 들었다. 방학 때 아버지 집에 내려온 다두는 광주의 참상을 누구보다도 더 소상히 들었다. 격전지 한가운데 위치한 부모님 집에서 다두는 무엇을 느끼고 무슨 생각을 했을까.

병원에서 나는 원장실과 응급실을 연락 장교처럼 왔다 갔다 했다. 지칠 줄 모르는 장년 조교수로서 (1979년 9월 특채 발령을 받음) 근

열흘간을 집에도 못 가고 전남대병원에서 먹고, 일하고, 자고 했다. 계엄군의 발포가 시작되면서 소위 말하는 시민군들이 무참하게 쓰러진 데모 대원들이나 평범한 시민들을 수레 등으로 쉴 없이 응급실로 날랐다. 갑자기 대학병원 응급실은 전쟁 중의 야전병원이 된 것이다. 전대병원은 발포가 시작된 구 전남도청에서 가장 가까이 위치한 대형 병원이다. 현장의 한가운데 있었던 나로서는 그 사이 여러 언론 매체로부터 인터뷰와 원고 청탁을 받았지만 거짓말처럼 내 기억은 부실하고 머릿속은 백지장처럼 하얄 뿐이다. 그해 여름엔 머리가 빙빙 도는 메니에르병으로 며칠 입원한 후로 그나마 남은 기억도 다 달아났나 보다.

큰일은 1981년 5월 광주민주화운동 1주년 때에 일어났다. 당시 서울대 경제학과 졸업반이던 다두는 소위 말하는 운동권 학생이 아니었다. 도서관에서 책과 씨름하던 학구파였다. 그날 외과 외래 환자 진료 중이던 나는 서울 형에게서 전화를 받았다. 신문사 데스크를 지키던 형은 태훈이의 투신 소식을 제일 먼저 접하고 의사인 나에게 바로 연락한 것이다. 부모님에게 어떻게 말씀을 올려야 할지가 고민이었다. 서울행 고속버스 뉴스에서도 서울대생 투신 소식이 들렸다. 상황으로 짐작하신 부모님도 서울 선혜 동생의 연락을 받고 이내 서울행 고속버스에 오르셨다. 결국 태훈이는 경기도 용인 천주교 공원묘지에 묻혔다.

그사이 세상이 많이 변했다. '사태'는 '민주화운동'으로 바뀌었다. 태훈이는 '민주열사' 대접을 받았고, 많은 희생자들이 국립 5·18 묘역으로 옮겨졌다. 여러분의 협조와 도움으로 용인 천주교 묘지에서 유골을 수습 후 조비오 신부님의 집전으로 1999년 2월 27일 광주 5·18 묘역에 안장되었다. 그동안 불편한 교통을 감수하고 용인을 드나들던 어머니가 가장 기뻐하셨다. 가족과 친지, 친구 등 80여 명이 안장을 지켜봤다.

태훈이의 유족 보상금이 지급되었다는 얘기를 들었다. 액수가 얼마인지 어느 통장인지 물어보지 않았다. 피의 값이니 식구들을 위해서 나누어갖지 않겠다는 어머니 말씀만 들었다. 당시 나는 전남대병원 원장으로 재직하며 화순전남대병원 신축에 심혈을 기울이던 때이다. IMF 외환위기 뒤끝으로 기공식 계획을 세우기 어려운 시기였다. 어느 날 병원장실로 어머니가 불쑥 방문하셨다. 고향 땅에 큰 병원을 짓는다는데 일조하고 싶다며 오천만 원을 선뜻 내놓으셨다. 오늘날 잘 나가는 화순병원을 보며 당시 더 큰 금액을 희사하신 김용일 원장 부부도 새삼 생각난다.

세월이 가면 잊혀지지만 더 새로워지는 것도 있나 보다.

우리 김씨 집안 이야기

義石 김광곤 (셋째 형)
2021년 2월 23일

태훈에게

우리 김씨 집안 이야기를 왜 내가 한번 써보겠다고 자원했는지 모르겠다. 내가 우리집 9남매 중에 가운데 위치하여 우리 집안에 대해 보고 듣고 읽을 기회가 그래도 가장 많았다고 자신했던 모양이다. 나는 해방 다음 해에 광주에서 태어났고 (그래서 내 이름을 광곤이라고 지으셨다고 들었다.), 6·25 사변이 일어나자 경찰 간부이셨던 아버지는 즉각 부산으로 후퇴하셨고 어머니는 우리 다섯 자식들을 데리고 아버지의 고향인 화순군 남면 절산리로 피난을 가셨다. 거기는 우리가 보통 장선리(長船里)라고 부르는 김씨 동성 부락인데, 그 부락의 좌우로 꽤 큰 냇물이 흐르다가 그 부락 앞에서 합류하기 때문에 그 지형이 긴 배 같다고 하여 지은 이름이란다. 피난 가셔서 겪었던 이야기는 나는 여러 번 듣고 자랐는데 아마 너도 그랬을 성 싶다. (지금도 어머님 책을 가끔 들여다보면서 그때 어머님의 고뇌를 다시 생각해 본다.) 다시 광주로 돌아와서 나는 유치원도 다니고, 아버지 전근하실 때마다 따라 다녀서, 초등학교 입학은 해남에서 하고, 영광을 거쳐서, 3학년 때에 광주 서석국민학교로 전학을 오게 되었다. 거기를 졸업하고, 전라도의 명문, 서중/일고를 거쳐서 1964년에 서울공대에 입학하여 4년 후 졸업하고, 직장 근무를 2년 마치고 1970년에 미국에 유학하여, 콜럼비아 대학에서 공학박사 학위를 받고 이제까지 미국에서 살고 있다.

내가 광주집을 떠나 서울로 유학 가던 해에 너는 다섯 살이었고, 내가 미국으로 떠나던 해에 열한 살밖에 안 되어 너와 우리 집안 내력 이야기를 나눌 기회가 없었다. 나는 어렸을 때부터 우리 집안은 김해김씨 삼현파라는 이야기를 들었고, 초·중·고 시절에 우리 집에 수많은 친척(대개는 아버지쪽)들이 들락거리시는 것을 보면서 자랐다. 여담이지만, 그래서인지, 결혼한 후 누가 우리 집에 방문오면, 나는 그저 반갑고 어떻게 해서든지 식사도 같이 하고 이야기도 하고 싶은데, 네 형수는 손님이 집에 오시는 게, 매번 그렇게 큰 과제일 수가 없어서, 내내 의견의 일치를 못 보고 살아왔다. 자랄 때의 집안 환경과 풍습이 그렇게 중요할 수가 없다는 이야기다. 중/고등 때에 아버지를 따라서, 추석 때인가 화순 장선리 근처에 있는 할아버지, 증조할아버지, 고조할아버지, 진사 할아버지의 묘지를 찾아다니며 성묘한 기억이 난다.

중학교 3학년 때쯤 무오사화 때에 화를 입으신 김일손 님이 우리 집안의 선조라는 말씀을 처음 들었던 것 같다. 어머니는 광주(경기도) 이씨인데, 무오사화의 가해자인 이극돈과 같은 집안이란 이야기도 들었다. 그래서 처음 부모님들 결혼 이야기가 나왔을 때에 '김해김씨와 광주이씨는 무오사화 이래로 혼인을 하지 않았다'고 집안 어른들의 반대에 부딪혔는데, 결국 '때가 이렇게 오래 지났으니, 당사자만 좋으면 성사를 시켜야 하지 않겠습니까?'라는 반론에 따라서 혼인을 추진하게 되셨다는 이야기도 들었다. 우리 9남매는 이 두 원수 집안 간의 화해의 산물이었다고 할 수 있겠다.

　1991년에 장선리 웃큰집(8촌) 행곤(行坤) 형님으로부터 김해김씨 삼현파 주부공가승보(金海金氏三賢派主簿公家乘譜)라는 긴 이름의 두꺼운 족보책을 받았다. 그 책에 여러 선조님들의 묘지, 묘비의 사진과 주소, 비문, 후대의 자손들과 문인들이 남긴 추모사, 회고록, 역사 기록이나 문집에서 발췌한 글들이 나와 있고, 우리 김해김씨 시조이신 가야국의 수로왕(1世)부터 곤(坤)자 돌림(70世), 종(鍾)자 돌림(71世)에 이르기까지 선조들의 함자가 나와 있다. 이 족보를 읽으면서 무오사화 때에 화를 입으신 김일손(金馹孫) 님이 우리 집안의 15대 선조이시라는 것을 알게 되었다. 더 자세히 들여다보니, 일손 할아버지께서는 34세에 슬하에 자식이 없이 화를 당하셔서, 그분의 큰형님, 김준손(金駿孫) 님의 둘째 아드님이신 김대장(金大壯) 님이 일손 할아버지의 양자로 들어가셨는데, 이분이 우리 집안의 14대 선조라는 것도 알게 되었다. 그 후 무오사화에 대해서 더 잘 알아보기 위해, 《조선왕조실록(박영규 지음)》과 《이조실록》에 근거하여 씌여진 박종화의 역사소설 《금삼의 피》를 읽었다.

　우리 아버지의 함자는 용일(容日)이시고, 조부는 길두(吉斗), 증조부는 창인(昌仁), 고조부(4대 선조)는 국성(國星), 5대 선조는 진사(進士) 할아버지라고도 불리시던 덕희(德喜) (동생도 진사셨는데, 함자는 낙희(洛喜)), 6대 선조는 한호(漢浩)이시고, 그 위의 직계 선조님들은 7대, 의성(義成) → 8대, 일만(鎰萬) → 9대, 립(立) → 10대, 만복(晩福) → 11대, 나경(羅慶) → 12대, 치수(致水) → 13대, 장(鏘) →14대, 대장(大壯)

→ 15대, 일손(馹孫)으로 이어진다. 삼현파(三覽派)의 중조(中祖)는 고려조 때에 판도판서(版圖判書)를 지내신 우리들의 21대 선조이신 김관(金管)이시고, 김해 김씨 경파(京派)와 사군파(四君派)의 중조는 각각 김관님의 큰아버님의 증손자이신 김목경(金牧卿), 김익경(金益卿) 형제분이시다. 삼현파에는 세 분의 현인(賢人)이 계시는데, 그 첫 번째 현인은 효성의 귀감으로 후세에 잘 알려진 절효공(節孝公), 우리의 17대 선조이신 김극일(金克一)이시다. 당대의 석학이시고 영남 사림의 거두이신 김종직(金宗直) 님이 한문으로 쓰신 비명(碑銘)을 행곤 형님이 풀이하신 것을 일부 그대로 옮긴다.

"(전략) 永樂丙申年봄에 조모가 疽瘡으로 辛苦하시자 친히 입으로 빨아 나으셨고 그해 가을에 또 다른 병으로 별세하시자 公이 한수저의 粥도 마시지 않고 거의 사경에 이르렀으며 豊角縣 지경에 장사하였는데 집과 거리가 三十里 되었으나 廬墓를 하고 매일 朝夕奠을 마치고는 도보로 조부님께 往來하여 문안을 하면서 大寒과 큰 더위를 가리지 않았다. 그 뒤 五年 更子에 설사를 만나 심상치 않자 公이 생각하기를 술병으로 장위가 상하였을 것이다 하고 泄便을 그릇에 담아 땅에 묻었다가 맛보고 그위태함을 알았다. 當喪하여 조모 무덤에 같이 장사하고 애통할 뿐 아니라 墓앞에 조석으로 부복하고 있는데 범이 옆에 와 있어도 겁내지 않고 제물의 나머지를 먹이면 갔다 또 오고 하여 害를 끼치지 않으니 동리 사람들이 이상하다 하였다. (중략) 公이 성정이 평탄하여 벼슬을 구하지 않으매 外舅인 漢城府尹 李公諫이 朝廷에 계시면서 벼슬을 勸하였으나 親老로서 사양하고 하루도 親側을 떠나지 않아 布衣로 終身하셨다. 오직 날마다 室堂을 깨끗이 쓸고 子弟에게 張公藝를 칭송하며 勸勉하셨다. 里中人들과 더불어 睦族契를 창설하여 환란과 관혼 때에 서로 돕고 春秋吉日에 모아 놀면서 節目이 있었다. 친구가 사망하면 정분에 따라 부조하며 酒肉을 들지않고 비록 노복이라 할지라도 죽으면 역시 이와 같이 하니 한 달 동안 肉食이 一二日에 지나지 않았다. 享年 六十六세로 별세하자 前郡守 李椅는 實狀을 朝廷에 알리고 郡守 趙歆이 朝旨를 받들어 旌閭를 세웠다. 孟이 벼슬을 사양하고 고향에 돌아와 보니 公의 행적을 돌에 각하지 않으면 후세에 傳할 길이 없음을 개탄하여 원컨대 君은 글을 써서 나의 思親하는 마음을 도와 주소서 하였다. 宗直이 절하고 復言하기를 효도는 백행의 으뜸인데, (중략) 내가 들으매 덕이 있는 자는 뒤가 있다고 하였다. 先生께서 嗣續하셨고 先生의 자제 형제들이 우뚝하게 두각을 내어서 그 業을 繼承할 者가 하나둘이 아니니 참으로 후속 있다 하겠다. (후략)"

　이 할아버지의 묘지는 경북 청도군 각북면 명대일동에 있다고 한다. 이 절효공 할아버지의 비문을 길게 인용한 이유는 이 할아버지의 성정과 행업이, 내가 오랫동안 보아 온 대로의 아버지와 장선리 가문의 친척들의 성정과 심성과 너무 비슷하다는 데 있다. 아버지와 쌍둥이 작은 아버지, 그리고 세 분의 큰아버지와 두 분의 고모님, 그리고 사촌, 조카 할 것 없이 장선리의 모든 친척들과의 관계는 항상 화목이요 우애였다. 6·25 사변 때에 고향 산골로 피난가셨어도, (이북에서 진주한 공산군의 제일의 숙청 대상이 군경가족이었음에도 불구하고) 아무런 생명 피해 없이 6개월 후 광주로 빠져 나오실 수 있으셨던 것도 이러한 성실한 인간관계의 결과일 수밖에 없지 않겠냐?

　또 아버지와 정혼하시기 전에 (1938년경) 있었던 일을 어머님은 《내가 걸어온 좁은 길》 책에 이렇게 기록하셨다. "경찰서에서 일제히 검색을 하는데 늦게 귀가하던 우리 큰오빠가 걸려 들었다. 그날 저녁, 거나하게 취한 채 유치장에서 하룻밤을 보내는데 어느 순경이 물을 청하는 오빠에게 친절하게 시중을 들어주고 다른 사람에게도 깍듯이 예의를 갖추어 대하더란다. 그 순경이 바로 혼인 말이 있는 순경인데 유심히 보니 외양도 나무랄 데 없고 꼭 시골 양반집 자식 행세를 하는데, 몸에 배인 행동이 꾸밈이 없더란다. 그 밤을 지내고 풀려나와 그 심성이 돋보이고 비록 일제하의 경찰일지라도 우리 민족을 위해서도 절대 필요한 존재라고 생각이 되어 적극 알아보기로 했다고 한다."

내가 이 대목에서 꼭 덧붙여야 할 이야기가 또 하나 있다. 내가 서울 공대 2학년으로 재학하고 있을 때(1965년)쯤으로 기억한다. 학교 근처 공릉동에서 하숙을 하고 있었는데, 성이 기씨인 내 중고 등 대학 동기 친구의 큰아버지가 조카도 방문하실 겸 해서 서울에 오셨는데, 내 하숙방에 하루 묵으시는 일이 있었다. 주무시기 전에 나한테, "자네는 성씨가 어떻게 되나?" 라고 물으셔서, "예, 김해 김씨 삼현파입니다."라고 대답했다. 그랬더니 "그러면 자네 고향 은 어딘가?"라고 물으셔서, "화순군 남면 절산리입니다."라고 대답했다. 그랬더니 대번, "자네 집안은 행실이 깨끗한 양반 집안으로 잘 알려져 있네."라고 말씀하셨다. 나중 집안 어르신들을 통해 알아보니 기씨(奇氏)는 '유명한 양반 성씨'라는 것을 알았다. 그때만 해도 집안에 혼인 이야기가 있으면, 집안의 어르신들이 상대방 집 안 내력을 알아보고 추진을 허락하시던 때였던 모양이다.

극일 할아버지께서 보이신 큰 절효의 덕 때문인지, 여섯 아드님 모두 잘 되고 그 시대의 한성과 경북을 오가며 형제간에 서로 화목 하시면서 잘 사셨던 것 같다. 학문을 사랑하시던 성종 임금의 치세 가 한창이던 1480년대에는 한 집안에서, 아버지(孟)와 세 아들(駿 孫, 驥孫, 馹孫)이 다 과거에 급제하여, '효자 집안은 항상 저리 잘 된 다'는 세인의 칭찬과 함께 당시의 학자들과 선비들 사회에서도 존 경과 선망의 대상이 되었음을 상상하기는 어렵지 않을 것이다. 그 절효공 할아버지의 둘째 아드님이 우리의 16대 선조이신 맹(孟)이 시고, 이분의 큰 아드님이 준손(駿孫)이시고, 준손 할아버지의 큰 아 드님이 삼족당(三足堂) 김대유(金大有)이시다. 이분이 우리 삼현파의 두 번째 현인이시다. 맹 할아버지의 셋째 아드님이 문민공(文愍公) 탁영(濯纓) 김일손(金馹孫)이시다. 이 탁영 할아버지가 우리 삼현파의 세 번째 현인이시다. 선조님들과 우리 장선리 어르신들의 행적을 두루 살펴보면 면면히 흐르는 공통점이 있다. 학문은 좋아하시되 벼슬에 나아가시는 것에 큰 욕심이 없고, 효성이 지극하시고 인화(人和)에 힘쓰셨다는 점이다. 또 우직할 정도로 곧고 바른 성정을 지니셨다는 점이다. 이런 전통은 더 위로 올라가서 우리 김해김씨 시조이신 가야국의 김수로(金首露)왕 때부터 시작된 듯하다. 가야왕국은 10대 양왕(讓王) 때까지 이르고, 그 후 평화적으로 신라에 병합되어, 가야왕손들도 대접을 잘 받았던 듯싶다. 그 양왕의 증손자가 우리 역사에 유명하신 김유신 장군이시며, 우리의 직계 57대 선조이시다. 우리 김해김씨 자손들은 영남에 자리잡고 있었는데, 우리의 10대 선조이신 만복(晚福) 할아버지께서 영남에서 호남으로 임진왜란 후 이주하셔서, 화순 지방에 정착하셨고, 우리의 고조부 국성(國星) 할아버지께서 화순군 남면의 장선리에 자리를 잡으셔서, 오늘의 김씨촌(金氏村)을 이룩하신 것이다.

자, 이제 이야기를 무오사화 때 처참하게 사형당하신 탁영(濯纓) 김일손(金馹孫) 할아버지께로 돌려보자. 앞에서 이야기했듯이 우리 삼현파 김씨 집안은 의(義), 충(忠), 효(孝), 화(和), 예(禮)를 중요시 여기는 향촌의 양반 선비 집안으로 자리를 잡아왔다. 그런데 이 탁영 할아버지는 그중 특출하게 학업에 진전이 있으셨던 모양이다. 당시의 영남 사림의 대학자시고 문장가이신 점필제(佔畢齋) 김종직(金宗直) 선생의 제자가 되어 수학했고, 23세에 생원시(生員試)에 제일, 진사시(進士試)에 제이, 그해 겨울의 문과(文科) 시험에서 제이로 선출되시었다. 사관(史官)으로 있으면서 주위에서 보고 들은 것을 사초(史草)에 기록으로 남겼는데, 학문을 좋아하시는 성종 임금이 돌아가시자, 성종실록을 편찬하는 과정에서 1498년(연산 4년)에 실록청이 개설되고, 광주이씨 이극돈이 실록작업의 당상관으로 임명되었다. 김일손이 작성한 사초에 김종직의 조의제문(弔義帝文)과 이극돈 자신을 비판한 상소문이 실려있음을 발견했다. 이 상소 사건으로 이극돈은 김종직을 원수 대하듯 해 왔는데, 유자광, 노사신, 윤필상 등과 모의하여, 이 조의제문을 옛날 중국 초나라의 의제를 조상(弔喪)한다는 명목 하에 은유적으로 세조의 왕위찬탈을 비판하는 것으로 해석하고, 사림세력을 극히 싫어하던 연산군을 충동하여, 김종직을 반역의 괴수로 단죄하고, 김일손을 위시한 모든 김종직의 문하를 제거하는 무오사화를 일으킨 것이다. 그 형벌은 조선 왕조 역사상 가장 잔인하고 전례가 없던 것이었다. 이미 죽은 김종직에게는 부관참시형이 가해졌으며, 김일손 및 다른 네 사람에게는 능지처참형이 내려졌고, 수많은 사림파 구성원들에게 혹독한 형벌이 내려진 것이다. 후세 헌종 때에 영의정을 지낸 조인영(趙寅永)이 쓴 탁영 선생 시장(諡狀)에 보면 7월 17일 동시(東市)에서 화를 당하신 날에 '졸연간 대낮에 어둡고 비바람이 강하게 불어 나무도 전복되고 기왓장이 날아갔다. 도시사람이 떨지 않은 사람이 없고, 公이 사는 마을 앞에 시냇물이 三日間 流血되었다'고 써 있다. 김일손의 큰 형님, 김준손과 큰 조카, 김대유도 이때 귀양을 가게 되었다.

　이 사건의 전후에 일어났던 일들은 박종화의 소설, '금삼의 피'에 잘 나와 있다. 유교의 가르침이 존중받고, 선비들이 존경받던 조선 사회에 이런 전례가 없던 사림의 피비린내 나는 숙청은 조선반도 전체를 뒤흔들어 놓았던 모양이다. '김일손의 능지처참은 온당치 못한 일이다.'라고 동네 사람들끼리 이야기하던 것을 관가에 일러바쳐서, 한 사람은 능지처참 당하게 하고 또 한사람은 목 베어 죽게 하고, 또 다른 사람들은 태형, 가산적몰, 귀양 등의 혹독한 형을 받게 하고, 고자질한 사람은 큰 포상을 받는 일이 천안에서 일어났다고 한다. 그 무서운 세상을 당시의 우리 선조들은 어떻게 살았을꼬 생각만 해도 치가 떨린다. 우리 집안의 수난은 갑자사화(연산 10년) 때까지 계속되고, 중종반정 이후에 신원(伸冤)된다. 중종반정은, 무오사화가 있은 지 8년뒤에, 박원종, 성희안 등이 주도하여 연산군을 폐출한 사건이지만, 그들이 거사를 시작한 동기는 호남에 귀양살이 가 있던 유빈, 이과, 김준손 등이 '의병을 일으켜 서울을 향하여 반기를 높이 들고 장차 경상, 전라, 충청 삼도의 병마절도사와 합세하여 장안을 무찔러 쳐들어 오겠다'고 띄운 격문을 받은 것이었다. 여기에 나오시는 김준손 님이 우리의 15대 직계 선조이시다. 조선 건국 후 106년 만에, 또 세조가 조카 단종을 죽이고 왕위를 찬탈한 불륜불의(不倫不義)의 계유정난을 일으킨 후 51년 만에 일어난 무오사화는 필시 건국 때 공을 세운 훈신, 척신들의 후손들, 또 계유정난 때 공을 세운 훈신, 척신들과 그 후손들이 기득권을 가진 훈구세력을 이루어 성종 때부터 정부 기관에 자리를 잡아 간 신진 사림파 세력들을 숙청하는 사건이었음을 이해하기는 어렵지 않을 것이다. 새 나라를 세우느라고 얼마나 많은 사람이 희생되었으며, 조카로부터 왕위를 빼앗기 위해 또 얼마나 많은 사람이 희생되었더냐? 의리(義理)의 실천을 중요시 여기는 신유학(성리학)에서도 정주성리학을 선호하던 사림파들은 기득권 훈구파들에게는 항상 위협의 존재였을 것이다. 거기에 난폭하고 학문을 싫어하는 무법무도(無法無道)의 임금을 만났으니, 처참한 사림파의 살인극을 벌이기는 그리 어렵지 않았을 것이다.

"내 마음에 드는 것이 세 가지 있으니 그것들은 주님과 사람 앞에서 아름답다. 형제들끼리 일치하고, 이웃과 우정을 나누며, 남편과 아내가 서로 화목하게 사는 것이다." (집회 25,1)

나는 성경의 집회서에 나오는 이 글을 읽을 때마다 아버지가 항상 우리에게 가훈으로 말씀하시던 가화만사성(家和萬事成), 즉 '집안이 화평하면 모든 일이 잘 된다'는 말이 생각난다. 실제로 아버지는, 너도 잘 알다시피, 우리에게 항상 변함없이 자애로우셨고 친척과 이웃들과 평화롭게 지내셨으며, 어머니와도 '큰 소리 한 번 내본 적 없이' 화목하게 지내셨다. 또 나도 가정을 이루어 온 다음, 모든 것이 순조롭게 풀려서 오늘에 이르렀다. 자화자찬일지 몰라도, 내가 가정을 이끌어 오면서 내 자신을 돌아보면, 항상 재산 증식이나 사회적인 지위나 명예의 향상보다는 자식들의 (덕성) 교육, 집안의 평온함에 훨씬 큰 비중을 두고 살아온 것 같다. 이 모든 것이 우리 선조님들이 보이신 효덕, 인화의 덕의 결과로 후손들이 받는 복이라는 것을 믿어 의심치 않는다. 다음에 나오는 성경 구절들을 보아서도 자명한 사실이다.

"아버지와 어머니를 공경하여라. 그러면 너의 주, 너의 하느님이 너에게 주는 땅에서 오래 살 것이다." (탈출 20, 12)

" '아버지와 어머니를 공경하여라.' 이는 약속이 딸린 첫 계명입니다. '네가 잘 되고 땅에서 오래 살 것이다.' 하신 약속입니다." (에페 6,2-3)

"나를 미워하는 자들에게는 조상들의 죄악을 삼대 사대 자손들에게까지 갚는다. 그러나 나를 사랑하고 내 계명을 지키는 이들에게는 천대에 이르기까지 자애를 베푼다." (탈출 20, 5-6)

나는 네가 이 지상에 있을 때에 같이 지낸 시간이 짧아서 잘 몰랐지만, 어머님, 큰형님, 누님, 작은 형님, 세 여동생들, 너의 유일한 동생이며 우리 집안의 막내, 요완이가 쓴 글들을 읽어보면, 너의 덕은 모든 면에서 우리 형제들 중에서 특출하게 뛰어났다는 것을 쉽게 알 수 있다. 70 중반에 접어든 나도 요즘 주위에서, "참 행복하게 보이신다"는 말을 많이 듣는다. 그러면 나는 "예, 맞습니다. 많이 가져서 행복한 게 아니고, 이 지상에서는 더 갖고 싶은 게 별로 없으니까, 이대로 만족합니다."라고 대답한다.

　너의 죽음에 대해서도 그 사이 많이 생각해 보았다. 우리 선조들 중에서 가장 혹독한 죽음을 맞이하신 탁영 할아버지의 행적을 전산기의 검색을 통해서 더 자세하게 들여다보았다. 놀라운 사실은 탁영 할아버지가 과거에 급제한 후, 조정에서 언관, 사관으로 계실 때 시종일관으로 당시 고관들의 부패와 비행을 앞장서 비판해 오셨다는 점이다. 그리고 더욱 이해하기 힘들었던 것은 조의제문 같은, 누가 봐도 자신을 위태롭게 만들 수 있는 글을 사초에 실었다는 사실이다. 그런데 그분의 여러 행적과 사화 시작의 문초 중에서도 처음부터 끝까지 '조금도 두려운 사색이 없이' '청산에 물 흐르듯 거리낌 없이' 대답하시고 마지막에는 지독한 태형의 고통 속에서도 "내가 혼자 한 일이니, 나 한 사람을 죽여주시오."라고 하셨다는 말씀 등을 읽고 묵상하는 가운데 놀라운 깨달음이 일어났다. 탁영 할아버지가 그렇게 하신 것은 불의(不義)를 못 참는 그분의 의도적인 행동이었다! 세조가 조카를 죽이고 왕위를 찬탈한 것을 '아무 일도 없었던 것처럼' 지나가실 수가 없으셨던 것이다. 그래서 용기를 내어 스승의 글을 사초에 올린 것이다. 그 큰 불의를 묵인하고 지나가려 하는 조선의 땅에 '큰 소리를 치고 몸을 내던진' 자기 희생의 행동이었던 것이다. 그래서 나만 이런 깨달음을 가졌는지 알았더니, 계속 김일손 검색에 나타난 글 중에 이종범이란 분이 사림열전에 "김일손은 사람을 감동시키는 재덕과 기상을 타고 났으며, 백성을 아끼는 성찰과 희망을 나타낸 문장으로 일세를 격동시켰다. (중략). 김일손은 기억하지 못하면 내일이 없고, 올바른 기억이 없으면 시대의 아픔을 기억할 수 없다는 역사투쟁의 선봉이었다. 특히 사초에 김종직의 조의제문 전문을 실은 사건은 몰래 부르는 슬픈 기억의 노래를 내일을 위한 불멸의 서사로 오래도록 실린 쾌거(快擧)였다"라고 쓰셨다.

나는 항상 "그 할아버지는 어떻게 그 고통을 이겨내셨을까? 우리는 하느님의 신앙을 가지고 영생에 대한 희망이라도 있지만, 그 어르신은 어떻게 그 참담한 수난의 길을 걸으셨을까?"라고 의문을 던지며 살아왔다. 첫 번째 깨달음을 얻은 후, 예수님의 산상 설교 중 진복팔단의 다음 부분을 읽으면서 또 다른 깨달음을 얻었다.

"행복하여라. 의로움에 주리고 목마른 사람들! 그들은 흡족해질 것이다." (마태 5,6)

"행복하여라. 의로움 때문에 박해를 받는 사람들! 하늘나라가 그들의 것이다. 사람들이 나 때문에 너희를 모욕하고 박해하며, 너희를 거슬러 거짓으로 온갖 사악한 말을 하면, 너희는 행복하다! 기뻐하고 즐거워하여라. 너희가 하늘에서 받을 상이 크다. 사실 너희에 앞서 예언자들도 그렇게 박해를 받았다." (마태 5, 10-12)

의(義)를 위해 자기를 희생한 점에서 탁영 할아버지와 너는 똑같고, 너는 수세(水洗)를 받았고 탁영 할아버지는 혈세(血洗)를 받았다는 점이 다를 뿐이다!

너와 탁영 할아버지, 훌륭하신 선조님들, 아버지, 어머니를 '천국에서 환한 얼굴로 만날' 날을 기대하며 깨끗한 삶으로 이 지상의 삶을 마무리지어야겠다고 결심해 본다. 또 한국에 다시 갈 기회가 있으면 경북 청도군 이서면 서원리에 있다는 자계서원(紫溪書院)도

방문하고 국가문화재로 지정됐다는 탁영 거문고도 봐야겠다. 이 서원은 원래 탁영 할아버지가 관직에서 물러나신 후 학자로서 생을 마감하시려고 자기가 자라난 향촌에 짓기 시작한 운계정사(雲溪精舍)라는 이름의 집인데, 서울 동시(東市)에서 사지가 찢겨 돌아가신 날부터 사흘 동안 동네 앞에 흐르는 운계천(雲溪川)이라는 냇물이 자색(紫色) 즉 보랏빛으로 변했다 해서 이름을 자계천(紫溪川)으로 바꾸고 그 서원도 자계서원으로 바꾸었다고 한다. 빨간색의 핏빛과 파란색의 물빛이 섞여서 보랏빛을 이루어 낸 것일 것이다. 서울에서 피 흘리시며, 큰소리로 외치신 '악(惡)을 멀리 하라'는 탁영 할아버지의 목소리가 향촌의 마을에까지 메아리쳐 왔음을 보여주신 것이 아니고 무엇이겠냐?

| 참고문헌 |

이신방, 《내가 걸어온 좁은 길》, 도서출판 샘물, 1999
박영규, 《한권으로 읽는 조선왕조실록》, 웅진씽크빅, 2004
박종화, 《금삼의 피 (상) (하)》, 삼중당, 1983
이종범, 《사림열전 1, 아침이슬》, 2006

'그게 자살일 리가…'

義石 김광곤(유스티노, 셋째 형)
2021년 3월 7일

존경하옵는 오기선(요셉) 신부님께,

1987년 2월에 돌아가신 저의 아버님의 연미사를 부탁하러 제가 신부님을 서울에서 뵈온 게 마지막이 될 줄 몰랐습니다. 그 3년 반 후에 신부님께서도 굴곡 많고 험난했던 사제 생활을 마치시고, 그렇게 바라시던 영생에 들어가셨으니, 한편으로는 이별의 슬픔이 지금도 크지만, 한편으로는 신부님께서 누리시고 계실 천국의 영광을 조금은 나누어 받는 듯하여 기쁘기도 합니다. 1985년 초에 산호세의 저희 집에 방문 오셔서, 닷새간인가 머무르시면서 주신 가르침에 따라서, 저의 신앙생활의 방향을 잡았습니다. 곧바로 그해 3월 10일에 산호세 본당에 몇몇 경험 있는 교우들과 같이 창설한 레지오 마리애는 오늘날까지 계속 성장 발전하여 그리스도 왕국을 세우는 강력한 성모님의 군대가 되었습니다. 또 그때의 신부님과의 만남이 인연이 되어, 그해 5, 6월에는 광주에 사시던 저의 아버님, 어머님께서도 신부님의 인솔 아래 성지 순례단에 참석하시어 이탤리, 로마 → 교황청 미사 → 교황님 알현 → 불란서 루르드 성지 → 이스라엘 등의 여행을 마치시고, '지나고 보니 내 일생에 뜻 깊고 즐거운 기간이었다고 생각된다'라고 저의 어머님 자서전에 쓰신 것을 보았습니다.

동생 태훈이의 죽음에 대해서 가족의 일원으로서 글을 써달라는 부탁을 받고, 40년 전에 일어난 일의 기억을 더듬어 가면서, 생각을 정리하고 글을 써야 하는데 어떤 형식으로 작문을 시작해야 할지 몰라 헤매고 있었습니다. 그런데 문득 오 신부님께 드리는 서간체 형식을 취하는 게 좋겠다는 영감이 떠올랐습니다. 그래서 글쓰기 준비작업의 일환으로 1985년 9월에 저에게 부쳐주신 '다시 태어나도 司祭의 길을'이라고 제목하신 신부님의 책을 처음부터 끝까지 다시 읽어 보았습니다. 신부님의 소신학교, 대신학교 시절의 이야기에 이어 우리나라 신앙 선조들의 103년에 걸친 박해, 순교, 일제 치하에서의 종교 박해, 6·25사변 당시의 무명의 순교자들, 또 근대의 서양의 성인 성녀들에 관한 이야기를 눈물을 흘리면서 읽었습니다.

1981년 5월 27일 새벽에 국제 전화로 동생 태훈이의 투신 자살 소식을 전해 들었습니다. 저는 놀라움과 동시에 처음 제 머리 속에 떠오르는 생각은 '그게 자살일 리가 없어'였습니다. 지금 생각하면, 동생이 갑자기 죽었다니, 우선 연도도 바치고 연미사도 봉헌했어야 할 것 같은데, 그때는 정신이 황망한 가운데에서도 '그 아이가 자살할 리가 없어'라는 생각에만 잠겨 있었던 것 같습니다.

그 시점은 제가 미국에 유학 와서 11년째 되던 해로서, 결혼하고, 성당에 다시 나가고, 박사학위 받고, 원하던 직장에 취직하고,

새 집 사서 이사하고, 네 번째 아이로 아들을 얻어서, 소위 '젊은 날의 꿈'이 모두 실현되는 때이었습니다. 한국에서 일어나고 있는 일에 대해서는, 미국 신문에 보도된 일반적인 뉴스 외에는 잘 모르고, 더욱이나 태훈이 같은 광주 출신의 대학생들이 겪는 고뇌에 대해서는 한번도 생각해 본 적이 없던 때였습니다.

한국시간으로 5월 29일 아침에 메릴랜드에서 사시던 누님과 함께 김포 공항에 도착하여 바로 용인 천주교 묘지로 향했습니다. 나중 들으니 경찰차가 호송하고, 용인으로 가는 도로상에는 경계가 삼엄했다고 합니다만, 당시에는 주위의 상황에는 전혀 관심이 없었고 머릿속에는 '그게 자살일 리가… 어떻게 그런 일이 일어날 수 있었을까?' 하는 생각만 꽉 차 있었습니다.

묘지에 도착하자마자, 태훈이의 관 주위에 서 계시던 아버님, 어머님, 형제자매들에게 인사를 드렸는데, 정작 태훈이의 관 앞에 서니, 눈물이 비 오듯 흐르기 시작했습니다. 11년 만에 다시 대하는 동생이니까 시신이라도 보여주어야겠다는 생각이 들으셨는지, 아버지께서 "관을 다시 열랴?" 하고 물으셨습니다.

"그래도 마지막 한번 봐야 하지 않겠습니까?"라고 대답했더니, 아버님께서 손수 쇠끌로 목판을 뜯기 시작하셨습니다. 추락할 때 머리가 먼저 땅에 부딪쳤을 것이므로, 알아보기 힘들 정도로 얼굴이 망가져 있을 것으로 각오를 하고 있었는데, 관 뚜껑이 열리자, 첫 눈에 들어온 태훈이 모습은 글자 그대로 '평안히 잠자고 있는' 모습이었습니다. 상처가 얼른 눈에 띄지 않고, 너무 잘 보존된 얼굴과 머리 형상에 다른 가족들도 놀란 듯하였습니다. 하관 예절은 누가 주례했는지, 다른 사람 누구를 만났는지, 예식이 끝나고 어떻게 동생들이 자취하던 여의도 아파트로 돌아왔는지 기억이 잘 나질 않습니다.

그 다음날 아침 어머님과 같이 태훈이가 다니던 여의도 성당에를 나갔는데, 어머님께서 (김택암) 본당 신부님을 뵙자마자, "신부님, 이걸 어떻게 합니까? 태훈이가 자살했어요. 걔 영혼이 구원을 받을 수 있을까요?"라고 말씀하셨습니다.

그랬더니 김신부님이, 이번 일의 추이를 벌써 대강 알고 계시는 것 같았는데, "자기 한 사람을 살리려고 남을 죽이거나 해를 끼치는 사람도 많고, 세상을 비관하고 희망을 잃고 생명을 포기한 사람도 많은데, 태훈이는 남을 위해서 자기 목숨을 바친 거니까, 어찌 장한 일이 아니겠습니까?"라고 어머님을 위로해 드리는 것을 보았습니다.

그날 여의도 아파트로 돌아와서, 태훈이가 쓰던 책상에 앉아 앞에 놓인 책장을 쳐다보니, 얼른 낯익은 책 한 권이 제 눈에 띄었습니다. 6년 전쯤 제가 미국에서 보내 준 Jerusalem Bible (다섯 권으로 되어있음) 중에 신약성서가 들어있는 책이었습니다. 이 영어 성경책은, '현대 영어로 쓰여진 거니까 영어 공부도 할 겸, 성경 공부도 할 겸 해서 읽어 보라' 고 하면서 제가 보내준 책이었습니다. 그 책을 손에 들고 죽 훑으는데, 빨갛게 줄 쳐진 부분이 금방 눈에 들어왔습니다. 그것은 마르꼬 복음 8장 34~35절에 나오는 예수님의 말씀이었습니다.

"Whoever wishes to come after me must deny himself, take up his cross, and follow me. For whoever wishes to save his life will lose it, but whoever loses his life for my sake and that of the gospel will save it." (Mark 8, 34-35)

"누구든지 내 뒤를 따르려면 자신을 버리고 제 십자가를 지고 나를 따라야 한다, 정녕 자기 목숨을 구하려는 사람은 목숨을 잃을 것이고, 나와 복음 때문에 목숨을 잃는 사람은 목숨을 구할 것이다." (마르꼬 8, 34-35)

그 다음날 아침에 여의도 성당에서 주일 미사를 마치고, 가족 전체가 버스를 대절하여 용인 묘지로 삼우제를 지내기 위해 갔습니다. 그때 처음으로 태훈이의 고등학교 동창 친구들, 대학 친구들, 대학 써클 활동으로 가까이 지내던 젊은이들을 만났습니다. 그중에는 태훈이의 죽음을 직접 목격한 사람들도 있었습니다. 이 사람들과의 대화를 통해서 처음으로 태훈이가 '도서관 5층에서 뛰어내릴 때 몸이 일단 위로 솟구쳐 올랐다'는 사실을 알게 되었습니다. 용인 묘지에서 시작된 태훈이의 친구들과의 대화는, 우리 가족을 따라서 여의도 아파트까지 온 네다섯 명의 친구들하고도 계속되었습니다. 이 '증인들' 중에는 "거사 직전에 도서관 앞 땅에 내려와서 꿇어앉아 기도하는 것을 보았습니다." 하는 사람도 있었고, "후배 한 사람한테서 '태훈이 형이 거사 직전에 도서관 계단을 올라가신 것을 보았는데, "태훈이 형! 태훈이 형!" 하고 불렀는데도, 평소 같으면 대답 안 하실 분이 아닌데 돌아보지도 않고 급히 올라가셨습니다.'라는 말을 들었습니다"라고 이야기한 사람도 있었습니다. 이 모든 것을 종합해 보니 이제는 더 이상 '이게 자살일 리가 없어'라는 생각을 떨칠 수밖에 없었습니다.

그날 일요일 오후에 저는 남은 가족들과 같이 광주로 내려갔고, 그 다음날, 6월 1일 월요일 아침에는 부모님들이 다니시던 호남동 성당에 가서 태훈이를 위한 연미사 겸 추모식에 참석하게 되었습니다. 성당에 가기 직전에 부모님께서 "추모예식 때에 형으로서 추모사를 읽어야 한다"고 말씀하셔서 짧은 시간에 마음에 떠오른

바를 급히 글로 썼습니다.

> 슬프다! 태훈아. 나를 너무너무 닮았다는 너를 언젠가는 보겠다는 기대가 항상 컸는데 이게 무슨 소식이냐? 와서 본 너는 이미 가고 없고, 오직 나오는 눈물만이 너의 소식을 맞이할 뿐이다. (중략)
> 네가 너의 목숨을 던졌다고 누가 탓하랴? 너는 다 알고 있었다. "누구든지 자기 목숨을 구하고자 하는 자는 잃을 것이요, 누구든지 나를 위하여 제 목숨을 잃으면 구원을 받으리라"는 예수님의 말씀을. 너는 아버님, 어머님 말씀에 순종하여 모든 학생활동에 참여하지 않고 학업에만 전념하였다. 그래서 그날도 점심을 싸 가지고 도서관에서 공부를 하고 있었고, 끝나면 친구를 만날 약속까지 있었다. 그러나 들리는 저 절규를, 너의 양심의 절규를, 하느님의 말씀을 어찌 더 이상 묻어둘 수 있었겠냐? 너는 너의 사랑을, 너의 희생을, 너의 목숨을 한 알의 밀알로 만들 것을 하느님께 기도했다. 너의 친구들의, 너의 이웃의, 피지 못하고 억울하게 묻혀버린 정의를, 진리를 대변하기로 하였다. 티없는 너의 시신이 그것을 대변하였다. 너의 티없는 과거가 그것을 대변하였다. 예수님의 말씀이 그것을 대변하였다.
> 슬프다! 보고 싶다! 그러나 너의 거룩한 웅변이 나의 슬픔을, 우리의 슬픔을 훗날 천국에서 만날 기쁨으로 승화시킨다.
> 태훈아!
>
> — 1981년 6월 1일 너를 기리는 형 광곤

한국 방문을 마치고 미국의 집으로 다시 돌아온 다음, '내가 한국이 어떻게 돌아가는지, 또 우리 가족들에게 무슨 일이 일어나고 있는지 너무 모르고 있었구나.' 하는 자책감과 함께 우선 5·18 광주사태 전후에 일어났던 일부터 더 자세히 알아 봐야겠다고 마음먹었습니다.

5·18 광주사태 때에 광주 시민들이 당했던 피해는 제가 그때까지 생각했던 것보다는, 그 잔인함의 정도와 범위에 있어서, 훨씬 더 컸었다는 것을 금방 알게 되었습니다. 5·18 광주 군사독재 항거 운동은 12·12 군사반란과 5·17 쿠데타에 바로 뒤이어 일어났기 때문에 그 쿠데타 주동자들에게는 자기들 생명과 안전을 직접

위협하는 것으로 받아들여져, 민간인들인데도 총칼을 들이대고 무자비한 살상을 저지름으로써 진압된 것 같습니다. 5·18 당시 저의 부모님이 그 피비린내 나는 살육의 현장 옆의 금남로 아파트 6층에서 사셨기 때문에 5·18 전후에 창문에서 내다 본 처참한 일들과 젊은 사람들을 찾기 위하여 아파트 내로 군인들이 무단침입한 일들과 다른 아파트 주민들이 경험했던 것 등을 비교적 소상히 어머님 책에 기록해 놓으셨습니다. 더군다나 태훈이는 (1929년의 광주학생 독립운동의 발상지인) 광주일고를 1977년에 졸업했기 때문에 그 동기들 중에 5·18 사태와 그 전후의 군사독재 항거 학생 활동에 참여하여, 퇴학, 감금, 고문, 투옥, 복역, 강제 징집 등을 당한 사람이 부지기수였다고 합니다. 더구나 태훈이는 자기 가까운 친구 하나는 '가난한 집안의 동량이고 희망이었는데, 학생 운동하다가 붙잡혀 서울대에서 퇴학당하고, 강제징집당하여 그 집안은 암운에 빠졌다'고 하면서 그 집을 방문하기까지 했다는 이야기를 저의 막내 동생 요완이에게서 들었습니다.

이런 극악무도한 잔인함이 불러온 참담함을 보아 온 태훈이가 5·18에서 그가 투신한 날까지의 일 년 동안 겪었던 마음의 회의와 번뇌도 제가 한국 방문 당시 상상했던 것보다 훨씬 더 컸던 것 같습니다. 당시 동아일보 사회부 차장으로 계시던 맏형에게 만날 때마다 '광주사태의 부당하고 잔인한 진압 과정에 대해서 신문인들이 제대로 보도도 못하고 또 비판해야 할 직무를 가진 사람이 그 임무를 수행하지 못할 때는 그 직무 자체를 포기해야 하며 그렇지 않고 그 자리에 눌러앉아 있는 것은 방조에 다름 아니라'고 지성인들의 현실 안주와 현실 타협을 통렬히 비판했다고 합니다.

태훈이가 (선혜) 누나한테 1980년 5월 30일 기독교 회관에서의 김의기 열사의 투신자살을 고귀한 자기희생으로 목숨을 던진 것으로 보고 "이야~"라고 소리치면서 '김의기의 결단에 대한 존모의 심정을 표하였다'고 합니다.

또 태훈이 결행의 날 일주일 전에 서울대 정문 버스 정거장에서 만난 친구에게, "병곤아, 우리는 어떻게 해야 하냐?"는 물음을 '절망스러운 어조로' 던졌다고 합니다. 당시 같은 아파트에서 살고 형제 중에서 가장 친한 (선혜) 누나에게 어떤 하루는, "아무 일 없었던 듯 살 수가 없다"고 자기 속 마음을 털어놓았다고 합니다.

최근에 제 사진첩을 뒤지다가, 태훈이와 막내동생 요완이가 같이 잔디밭에 앉아 있는 사진을 발견했습니다. 그래서 그걸 사진 찍어 카카오 대화방에 올리면서 "이 사진은 언제 어디서 찍은 거냐?"고 물어 봤더니, "태훈 형 죽기 두 달 전쯤 서울대 교정에서 찍었어요."라고 요완 동생이 대답했습니다. 그런데 따뜻한 봄날 그렇게도 원하던 서울의대에 갓 입학한 사랑하는 동생과 같이 있었으니, 행복하고 환한 표정이어야 할 텐데, 그 사진에 나타난 침울하고 고뇌에 찬 듯한 표정은 그 이후 한시도 제 마음에서 떠나지 않았습니다.

그 크나큰 불의를 보고도 아무 것도 하지 못하는 자신의 나약함으로 번민과 고통의 늪에서 그렇게 1년 내내 헤매다가, 1981년 5월 27일 오후에 마침내 생사의 갈림길에 맞닥뜨린 게 아니겠습니까? 삶의 길을 택할 것이냐, 아니면, 죽음의 길을 택할 것이냐를 짧은 시간 안에 결정해야 하는 시점에 다다른 것입니다. 그 도서관 밑의 교정에서는 수많은 학생들이 수많은 전경들의 감시를 받으며 1년 전의 광주항쟁 희생자들에 대한 추모 및 군사독재에 대한 항거 침묵시위가 진행되고 있었습니다. 오후 3시쯤 됐을 때부터는,

'저 아래에서 지금 5·18의 불의에 항거한다면서도 아무 말도 못하고 있는 학우들을 대변하여 큰 소리를 치고 몸을 날려야겠다'는 결심이 마음 속에서 솟아오르고 결행하고자 하는 의지가 점점 굳어지는 것을 느끼자, 자기 노트에 유언에 해당하는 글, 즉 부모님에게 드리는 글, 형제자매에게 드리는 글을 급히 써서 남기고 즉시 땅으로 내려와서 기도를 바치고, 바로 도서관으로 올라가 창문을 열고 그 바깥 문턱에 서서, "전두환, 물러가라!…"를 큰 소리로 외치고 몸을 날린 게 아니겠습니까?

생사의 갈림길에서 (거의 자살에 가까운) 죽음의 길을 택하는 위인들의 이야기를 많이 읽습니다. 신부님의 책에도 해방과 6·25 사변 사이에 북한 땅에서 공산당 치하의 교회 탄압과 체포 처형의 위험에 직면해 있으면서도, 자기가 맡은 양떼들을 끝까지 돌보아야겠다는 결심 아래 마지막 남하할 수 있는 기회를 포기했던 신부님들의 이야기가 많이 나옵니다. 신부님의 의형제이셨던 구대준(가브리엘) 신부님도 북한에 남아 계시다가 평양 형무소 감방에 갇히시고 결국은 9·28 수복 후 그 형무소 북쪽 용산리 공동묘지에서 후퇴하는 인민군들에게 총살당하셨다는 것을 아시고 얼마나 애통해하셨습니까?

우리나라 역사에서 가장 존경받는 이순신 장군도 그분의 마지막 전투에서 생사의 갈림길에 서셨을 때, (거의 자살에 가까운) 죽음의 길을 택하신 위인이십니다. 1598년 11월 19일 새벽 2시에 시작된 노량해전은 그 전의 어느 해전보다도 상호 격렬한 필사의 전투였습니다. 고요한 아침의 나라, 조선을 침범하여 수많은 사람을 죽이고 7년 동안 분탕질로 조선의 민중을 괴롭히고 나서도, 아무런 사과도 없고 보상도 없이 도망치려는 일본군을 한 사람이라도 쳐 없애야겠다는 집념 하에 이끌어 온 이 전투에서 그날 정오가 가까워지면서 벌써 적선 300척 이상을 파괴하는 큰 전적을 이루었습니다. 그래도 자기가 탄 대장선을 앞장 세워 도망치는 배들을 끈질기게 가까이 뒤쫓아 포를 쏘고 활을 쏘는 가운데 적함에서는 조총에서 발사하는 총알이 비 오듯 하는 시점에 다다랐습니다. 이러한 생사의 갈림길에서 이순신 장군은 총알이 빗발치는 갑판 위에 '몸을 내던지는' 죽음의 길을 택했습니다. 북채를 손수 들고 빠른 박자로 힘껏 북을 두드려, 둥둥둥 우렁차게 울려 나가는 소리로 전투를 독려하기 위함이었습니다.

구약 성서 요나서에 나오는 요나 선지자도 주님의 말씀을 피하여 달아나고자 탄 배가 큰 풍랑을 만나서 침몰하기 직전에 (거의 자살에 가까운) 죽음의 길을 선택한 것이 아니겠습니까? 그 뱃사람들에게 "나를 들어 바다에 '내던지'시오. 그러면 바다가 잔잔해질 것이오."라고 말합니다. 다른 사람들을 살리기 위해 죽음의 길을 택한 것입니다. 그러자 뱃사람들이 기도를 드린 후 '요나를 들어 바다에 내던지자, 성난 바다가 잔잔해졌다.'고 기록되어 있습니다. 물론 죽음을 택한 요나의 회개를 보시고, 하느님께서는 큰 물고기를 시켜 그를 살리시는 이야기로 계속됩니다.

그래서 저는 태훈이의 죽음에 대해, '그게 자살일 리가 없어'에서 '맞아. 그게 스스로 죽음의 길을 선택한 것은 맞아. 그러나 그것은 아무도 모르게 자기 자신을 이 세상에서 거두어내는 그런 죽음의 길을 택한 게 아니고, 이웃을 사랑하고 이웃을 살리기 위해 그들을 대신하여, "악이여, 물러가라!"를 힘차게 외치고 몸을 날린 의로운 죽음이었어'로 생각을 바꾸었습니다. 그것은 살신성인(殺身成仁, 몸을 죽여 인(仁)을 이룸. 즉, 옳은 일을 위해 목숨을 버림)에서 살신을 한 행동이었습니다. 또 그것은 악과의 맹렬한 싸움에서 다른 무기가 다 떨어졌을 때, 마지막 남은 유일한 무기로 자기의 몸뚱아리를 내던지는 행동이었습니다. 신부님! 이러한 태훈이의 죽음을 어찌 탓할 수 있겠습니까? 그 의로운 영혼의 용감한 투쟁을 어찌 장하다고 하지 않을 수 있겠습니까?

태훈이가 마지막으로 도서관 앞의 땅에서 바친 기도는 뱃사람들이 요나 선지자를 바다에 내던지기 전에 한 기도와 똑같지 않았을까 생각합니다.

> "아, 주님! 이 사람의 목숨을 희생시킨다고 부디 저희를 멸하지는 마십시오. 주님, 당신께서는 뜻하신 대로 이 일을 하셨으니, 저희에게 살인죄를 지우지 말아 주십시오." (요나 1, 14)

주님께서 요나 선지자의 회개와 희생을 보시고 또 이 뱃사람들의 기도를 들으시고, 성난 바다를 잔잔하게 해 주신 것처럼 주님께서는 태훈이와 그 많은 젊은이들의 희생과 기도를 받아들이시어 우리나라를 민주주의의 나라로 이만큼 이끌어 주신 것이 아니겠습니까? 신부님께서 1985년에 저희 집에 오셨을 때 강 아네스 자매님께 예언하셨던 대로 그때 다섯 살이었던 요셉이 2010년에 신품성사를 받고 하느님의 사제가 되어 지금은 이곳 산호세 교구에 속한 큰 (영어권) 본당을 맡아 사목을 하고 있습니다. 태훈이가 이루지 못한 '사제의 길을' 걷는 꿈도 조카한테서 이루도록 하느님께서 은총을 내리신 것이 아니고 무엇이겠습니까? 신부님! 감사합니다. 언젠가는 '천국에서 환한 얼굴로' 뵈올 날을 기대하며 나머지 인생을 성실하게 살아갈 것을 다짐해 봅니다. 우리 모두가 자기 잘못은 회개하고 남의 잘못은 용서하여 영생의 길에 들어설 수 있도록 은

총 내려 주십사 주님께 빌어 주시기를 청하면서 이만 붓을 놓겠습니다.

| 참고문헌 |

오기선 신부《다시 태어나도 司祭의 길을》성 황석두루가서원 1985
이신방《내가 걸어온 좁은 길》도서출판 샘물 1999
한신원, 황광우 편저《무등의 빛》광주 서중일고 100주년 기념 사업회 2003
김재곤《말은 채 끝나지 않았다》전예원 1985
김태훈《이순신의 두 얼굴》창해 2004

태훈이와 함께 했던 나날들을 되돌아보며

2021년 2월

1. 글머리에

〈그리운 언덕〉
내 고향 가고 싶다.
그리운 언덕
친구들과 함께 올라 뛰놀던 언덕
지금도 그 언덕엔 친구들 모여 옛 노래 부르겠지.
나를 찾겠지.

〈겨울나무〉
1 나무야 나무야 겨울 나무야
눈 쌓인 응달에 외로이 서서
아무도 찾지 않는 추운 겨울을
바람 따라 휘파람만 불고 있느냐

2 평생을 살아 봐도 늘 한 자리
넓은 세상 얘기도 바람께 듣고
꽃 피던 봄 여름 생각하면서
나무는 휘파람만 불고 있구나

태훈이가 초등학교 때 구성지게 불렀던 노래들입니다. 제가 초등학교 때는 배우지 않은 새로운 노래들이어서인지 태훈이가 위 노래들을 멋지게 불렀던 것이 뇌리에 남아 있습니다(그리운 언덕 가사는 제 기억대로 적었으나 요즘 가사를 찾아보니 좀 다릅니다).

〈그날〉
꽃밭 속에 꽃들이 한 송이도 없네
오늘이 그날일까
그날이 언제일까
해가 지는 날
별이 지는 날
지고 다시 오르지 않는 날이

〈상록수〉
저 들에 푸르른 솔잎을 보라
돌보는 사람도 하나 없는데
비바람 맞고 눈보라 쳐도
온누리 끝까지 맘껏 푸르다

태훈이가 대학생이 되어 세상을 떠나기 전까지 집에서 자주 불렀던 노래들입니다. 김민기의 노래만 주로 불렀던 것은 아니고 한 상일의 〈웨딩드레스〉를 열심히 연습하여 불러대기도 했습니다.

2. 출생과 유년

태훈이는 1959. 4. 13.에 광주에서 9남매 중 여덟째로 태어났습니다. 태훈이가 태어나기 전에는 제가 막둥이 노릇을 4년간 했습니다. 어머니가 천주교 신앙을 받아들이신 후 4년씩 터울을 두고 여덟째 태훈, 아홉째 요완 형제를 낳으셨습니다. 그래서 부모님은 두 형제는 하느님이 주신 것이라고 말씀하시곤 했습니다. 태훈이는 어렸을 때 잘생긴 귀여운 아이여서 아버지도 '따루상'(태훈이의 세례명이 '다두'였기 때문), '넘버 투'(큰오빠가 가장 잘생겼다고 생각하셔서 넘버 원은 넘기시고) 하시면서 퍽이나 귀여워 하셨습니다. 아버지는 자식 욕심이 많아서 어머니가 저희 9남매를 낳으신 중간에 자연유산을 하신 일이 있었는데 아버지는 "어떤 자식이 나올지 모르는데…." 하시며 퍽 아까워 하셨다고 합니다.

태훈이가 1살 정도로 걷지 못하고 앉아서 놀 때였는데 저희 집에서 키우던 진돗개가 추정컨대 도둑이 던져둔 약을 먹고(당시는 도둑들이 흔히 그렇게 했다고 합니다) 저희 집 방 안으로 뛰어 들어와 태훈이의 뒤 발꿈치를 무는 일이 발생했습니다. 당시 집안일을 도와주던 '노순'이라는 언니가 재빨리 태훈이를 들어올리는 바람에 그 진돗개가 노순 언니의 허벅지와 태훈이의 발뒤꿈치를 무는 정도로 끝난 것은 불행 중 다행이었습니다만 광견병이 염려되어 어린 태훈이는 독한 토끼 혈청주사를 맞아야 했습니다. 태훈이 키가 170cm 정도로 형제들 중 작은 키였던 것과 어려서부터 눈이 나빠 도수 높은 안경을 끼어야 했던 것은 그 때문으로 생각합니다.

태훈이는 자기 판단에 따라 분명하게 행동하는 아이였다고 생각합니다. 태훈이 초등학교 때 당시에는 집에서 신다가 닳은 헌 고무신을 엿수레를 끄는 엿장수에게 갖다 주면 엿장수가 '끌'같이 생긴 것으로 엿판에서 '엿장수 맘대로' 엿을 조금 떼어서 주었는데 어느 날 태훈이가 헌 고무신을 엿장수에게 가져갔다가 떼어 준 엿이 기대와 다르게 너무 소량이라 고무신을 다시 물려온 일이 있어 식구들 사이에서 두고두고 그 일이 회자되었습니다.

3. 중·고등학교

나와 바로 위 언니는 고등학교를 서울로 유학을 갔지만 태훈이는 서울의 고등학교가 평준화되는 바람에 숭일중학교를 거쳐 아직 평준화되지 않은 광주일고로 진학하였습니다. 그래서 나는 태훈이를 방학 때만 보게 되었습니다. 태훈이는 동생 요완이와 같이 잘 지내는 것으로 보였습니다. 둘이서 당시 인기 있던 야구 중계의 아나운서와 해설자 역할을 맡아 코믹하게 중계하는 것을 녹음하여 그 녹음을 들려준다든지 최신유행의 재미있는 유머를 알려준다든지 하여 누나들의 고향 집에서 지내는 방학 생활을 재미있게 만들어 주었습니다.

태훈이는 중·고등학교 때 천주교 신앙이 매우 깊어져서 신학교에 가서 신부가 되겠다고 하였으나 어머니가 가더라도 일반 대학을 졸업하고 가라고 하여 어머니의 말씀에 따랐습니다.

언젠가 태훈이가 청소년기의 고민을 말하며 자기가 고해성사를 보는데 같이 가 달라고 하여 신부님과 면담 형식으로 보는 고해성사에 나도 따라 들어간 일도 있었습니다. 그때가 여름방학 기간으로 가뭄이 심했는데 태훈이가 고해성사를 보고 나오니 하늘에서 비가 내렸던 일이 생각납니다.

4. 재수 및 대학생활

태훈이는 광주일고를 졸업하던 해 서울대학교에 응시했다가 낙방하고 서울 여의도 아파트에서 나와 같이 살면서 종로학원에 다니는 재수생활을 하였습니다. 태훈이는 자기가 우리 형제간 중에 대학에 낙방한 유일한 사람이라며 우리 가문의 전통에 오점을 남겼다고 말하곤 했습니다. 어쨌든 열심히 재수생활을 하여 서울대 경제학과에 지원하였습니다. 어머니도 올라오셔서 도시락으로 군만두를 빚어서 만들어 주셨습니다. 그날따라 눈이 많이 내려 봉천동 고개가 막혀 태훈이는 중간에 택시에서 내려 봉천동 고개를 걸어 올라가 시험장으로 갔습니다. 시험 후 태훈이는 합격을 자신하는 것 같았습니다. 그런데 동아일보사에 다니던 큰오빠가 서울대학교의 정식 합격자 발표 전에 후배 기자를 통해 합격 여부를 미리 확인해 보고는 불합격되었다고 전화해 주었습니다. 그때 우리가 살던 여의도 아파트 11층에서 그 전화를 받고는 나는 무조건 태훈이를 두 손으로 붙잡았습니다. 태훈이가 실망감에서 뜻밖의 행동을 할까봐서...

그런데 태훈이는 침착하게 아무래도 이상하다며 종로학원에 가서 확인해 보아야겠다고 했습니다. 그래서 태훈이와 내가 외출준비를 하고 종로학원에 가려던 중에 다시 착오였다며 합격이라는 전화를 큰오빠로부터 받았습니다.

태훈이는 그렇게 대학생활을 시작했습니다. 두 분 부모님 밑에서 안정된 분위기에서 어머니가 만들어주시는 맛있는 음식을 먹으며 살던 태훈이는 대학생활 내내 마음적, 시간적 여유가 없는 나와 함께 살면서 참 삭막한 시간을 보냈습니다. 태훈이는 1978. 5. 전주에서 고교를 다니던 동생 요완이에게 보낸 편지에서 내가 사법시험에 낙방한 사실을 알리면서 '작년에 나 자신 대학시험에 불합격했을 때도 나오지 않던 눈물이 막 나오더구나'라고 쓰고 있습니다. 그런데 태훈이가 사망한 해까지 5년 동안 사법시험에 실패했으니 태훈이도 나 못지않게 암담했을 것입니다.

태훈이는 EHSA라는 서울대학교 영어 회화 클럽에 가입하여 그 친구들이 가끔 우리 여의도 아파트에서 모이곤 했습니다. 그 클럽 멤버 중에 상일이라는 여의도에 사는 공대생 친구가 있었는데 그 친구와 비교하면서 그 친구를 비롯하여 다른 애들은 서울대학교에 다니면 가족들이 끔찍이 귀하게 여겨 주는데 우리는 그렇지 못하다는 불만을 가끔 내비치기도 했습니다. 또 EHSA 모임에서 그 멤버인 음대에 다니는 여학생이 우리 집에 있는 피아노를 연주한 적이 있었는데 그 모습에 퍽이나 마음이 끌린 듯 그 피아노 연주가 아주 좋았다고 거듭 말하기도 했습니다.

태훈이는 인생에서 부딪히는 모든 문제에 대해 수치나 괴로움 때문에 없는 것처럼 묻어두지 않고 자기 자신에 대해서 솔직하게 문제로 삼아 고민하고 사색했습니다. 태훈이는 가끔 너무도 솔직한 말을 해서 우리를 무겁게 내리누르는 가면을 벗을 수 있게 함으로써 편하게 했습니다. 그것은 상대방이나 제3자를 꼬집음으로써가 아니라 자신의 약점을 노출시킴으로써, 자신의 심정 토로나 행동으로써 그렇게 하였습니다. 태훈이가 신부님이 되었다면 정말 좋은 신부님이 되고 훌륭한 고해사제가 될 수 있었을 것입니다.

언젠가 길을 가다가 모르는 어떤 젊은 여자가 쓰러졌다든가 해서 자기가 업어서 병원에 데려다 주었다는 말을 한 것이 어렴풋이 생각납니다. 태훈에게는 주저 없이 나서는 착한 사마리아인의 면모가 있었습니다.

5. 5·18

이렇듯 평범한 태훈의 대학생활 중 10·26, 12·12, 5·18 등 우리나라 현대사의 큰 사건들이 일어났습니다.

〈부모님의 5·18 경험〉

어머니는 1999년에 쓰신 《내가 걸어온 좁은 길》이라는 자전적 에세이집에서 다음과 같이 1980년 5월 직접 목격하신 광주의 모습을 쓰셨습니다.

> 단독 주택 생활을 그만 두고 옛 금남로 법원 자리에 지은 금남 맨션으로 이사해서 부부가 외출하기 편했다. 5월 17일 부부 동반으로 계림동 가정집에서 계를 치르고 저녁때 집에 돌아오는 길에서 큰길 저편에서 군인이 대학생도 같은 청년을 때려서 넘어뜨리고 군화로 차서 꼬꾸라지니까 군홧발로 차서 시체같이 꼼짝 안 하니까 가버렸다. 도청 앞에 오니까 분수대를 둘러 앉고 서고 많은 사람이 모였는데 젊은 대학생 같은 청년이 한 손에 종이를 쥐고 연설을 하는데 청중들은 조용히 듣고 있었다. 한편에는 정복의 경찰들도 앉아 듣고 있었다. 우리는 조금 듣고 있다가 집으로 돌아왔다.

> 다음 날이 5월 18일이었나 보다. 우리 집은 … 아파트에서 평시에는 내외만 사는데 6층인 집 안에만 있어도 시내가 시끌짝하고 뒤숭숭한 중에 잠근 문을 두드리기에 열어보니 군인 하나가 쑥 들어오면서 말도 없이 군화 신은 채 온 집을 샅샅이 열어보고 안방까지 들어와서 보고 나갔다. 젊은 사람 있나 잡으러 다니는 것이었다. 뒤에 들으니 승강기 속에서 귀가하던 간호원을 데려가 도청에 가두고 사흘 동안이나 내보내 주지 않았다고 했다.

> 집에 있어도 금남로에서 일어나는 일들이 눈에 보였는데 영문도 모르고 눈에 들어온 광경들은 참혹하다고 할까 눈으로만 보고 있어도 떨리고 무서웠다. 지나가는 젊은 사람은 다 군인들이 잡아서 치고 발로 차고 자빠져서 쭉 뻗으면 질질 끌어다가 트럭 뒤에다 던져서 죽었는지 살았

는지 꼼짝 안 한 사람만 쌓여갔다. 한번은 뒷복도에서 보이는 길로 젊은 남자가 하얀 메리야스 상의 가슴에 손바닥만큼 피가 배어서 걸어가는데 모서리를 돌아가길래 앞으로 와서 봤더니 벌써 상의 전체에 피가 퍼져 있었다.

소란은 날마다 계속됐는데 저 앞길에서 50대쯤 되는 아저씨가 자전거를 타고 금남로 쪽으로 오는데 군인이 자전거를 발로 차서 탄 사람까지 넘어뜨리고 큰 길로 못 나오게 하니 그 사람은 무슨 볼 일이 있었든 모양인데 자전거를 끌고 되돌아갔다. 어느 날 아파트 옆길로 카메라를 든 백인 남자가 피가 옷에 배이고 몸을 제대로 가누지 못하는 청년을 팔에 끼고 아마 병원으로 가는 것도 보였다. 길 가는 교복 입은 고등학생을 군인이 쫓아가니까 길가 남의 가정집으로 도망갔는데 군인도 뒤쫓아가는 것을 봤다. 우리 아파트 이웃에 사는 젊은 의사 부인은 아무 데도 안나가고 날마다 집에서 보이는 것만 보고도 입 안이 헐어서 한때 밥 먹기가 곤란하다고 했다.

5월 17일에 어머니는 서울도 광주와 상황이 같은 것으로 생각하고 서울 아파트로 전화를 하셔서 밖에 나가지 말라고 이르셨습니다. 그 후 광주는 한동안 전화연락이 두절되었습니다. 우리 언론에는 광주에 대한 기사가 나오지 않고 하여 태훈이는 AFKN 방송(주한미군방송)을 열심히 들었습니다. 사망자가 백몇십 명이라고 그때그때 알려준 것은 그 방송에서뿐이었습니다.

태훈이는 광주의 봉쇄가 끝난 후에도 당시의 우리나라 현실을 몹시 괴로워했습니다. 이대로 가면 우리나라는 발전이 없을 것이라는 사실을 괴로워했습니다. 우리나라의 발전을 위해서는 아직도 피가 부족하다고 말하기도 했습니다. 또한 한국의 대학생들이 시위를 하게 되면 자신의 장래의 직업적 성공 등 미래가 닫히게 되는데 그럼에도 앞날을 포기하고 시위에 나서는 것이라는 외국(아마도 일본) 언론의 기사를 말하면서 그러한 상황을 진심으로 마음 아파했습니다.

태훈이의 큰형(김재곤 기자)이 당시 동아일보 기자로 근무하고 있었는데 태훈이는 형에게 동아일보를 그만두면 안 되겠냐고 했습니다. 태훈이는 비판해야 하는 직무를 지닌 언론인이 그 임무를 수행하지 못할 때는 그 직무 자체를 포기해야 하며 그렇지 않고 그 자리에 눌러앉아 있는 것은 '방조'에 다름 아니라고 주장했습니다. 나는 한창 커가는 조카들이 딸린 가장인 큰오빠에게 어떻게 평생 직장을 그리 쉽게 그만두라고 하는지 동생이 철없다고만 생각했습니다.

6. 1981. 5. 27.

(1) 태훈이는 왜 죽음으로 나아갔나

사건 1달 후쯤 지나 내가 당시 대학원을 다니던 법과대학에 갔을 때 신 조교는 태훈이가 죽을 구실을 찾고 있었다고 사람들이 그러더라고 나에게 말했습니다. 당시 나는 그 말을 듣고 퍽이나 상심했고 그것은 부모님을 대신하여 서울에서 태훈이를 돌 볼 책임이 있는 나에게는 아픈 상처를 건드리는 것 같았습니다.

어쩌면 이 글은 그러한 견해에 대한 항변으로서 쓴 글인지도 모릅니다. 나는 '그건 아니지' 하고 싶습니다. 영화에서처럼 죽은 사람과 산 사람이 대화할 수 있다면 언제나 솔직하고 예리하며 다감한 태훈이는 옆에서 '그런 면이 없다고 할 수 없지.' 하면서 미소지을지 모릅니다.

그러고서 다음과 같이 대화가 이어졌을까요.

나 : "그렇다면 내 잘못이지. 내가 즐겁게 살아가고 있었다면 너는 더 활기차게 지냈을 텐데… 네가 저번에 뭔가 양말인지 옷인지 꿰매달라고 했을 때 나는 '내가 가정부인 줄 아냐'고 톡 쏘아붙였지. 너는 언젠가는 '누나가 곡해하니까 이젠 개인적 이야기를 하고 싶지 않다'고 하기도 했지…."

태훈 : "아니야, 누나. 요완이가 대학 신입생으로 올라와서 함께 살게 되면서 집에 생기가 돌았어. 엄격히 말하면 죽을 구실을 찾고 있었다는 것은 전혀 정확하지 않은 평가야. 우리는 누구나 가까운 가족에게 자주 잘못하고 가족이 세상을 뜨면 자책하게 될 수 있어. 그렇지만 그러한 자책은 망인이 전혀 바라지 않을 거야. 망인은 더 많이 사랑하지 않고 떠나는 것을 아쉬워 하니 남은 사람들끼리 더 아끼고 살아가는 것이 망인을 위하는 거야."

사건 후 EHSA의 김영성이라는 선배 형이 태훈이가 사건 전날 EHSA 모임에서 활발히 이야기도 잘 하고 안경테를 바꾸어서 인상도 더 밝아 보였다고 하면서 태훈이가 개인적 문제에 대한 고민은 일단락을 지은 것 같다고 위로의 말을 했습니다.

개인적으로 태훈이가 청춘의 문제와 인간의 문제로 깊이 고민했고 생각을 많이 했던 것은 맞습니다. 태훈이가 늘 깊은 생각에 잠겨 있는 때가 많아서 내가 무슨 말을 해도 즉각 대답을 해오지 않았기 때문에 내가 화를 내기도 했으니까요.

한편, 정치적으로 태훈이는 광주에서 야만적인 과잉 진압으로 수많은 사람이 사망하게 한 총책임자인 전두환 씨가 우리나라를 아무 일도 없었던 듯이 다스리고 그 체제가 확립되어가는 것에 대하여 절망하고 있었습니다. 태훈이는 5·18 후에는 맛있는 음식도, 즐거운 일도 없다는 취지로 말한 적도 있습니다.

종교적으로 태훈이는 사건 전 1981. 4. 19. 부활절 판공 고해성사를 보았습니다. 솔직하고 솔직하는 데에 용감했던 태훈이는 마음에 거리낌이 있는 일은 모조리 고백했을 것입니다. 그렇게 마음이 정리되어 있었기 때문에 태훈이는 성당미사에 갈 때면 큰형수님이 맞추어 주신 단벌 양복을 깨끗이 차려입고 갔습니다. 목욕을 하고 가려고 주일 미사를 오후에 따로 가기도 했습니다.

학업의 면에서 태훈이는 사건 무렵 4학년이 되어 한번 공부를 열심히 해 보려고 마음먹은 것 같았습니다. 나에게 인제부터는 10시까지 도서관에 있다 오겠다고 말했습니다. 그날도 도시락을 싸 가지고 등교했고 나중에 누군가가 돌려준 책가방에 빈 도시락이 들어 있었습니다.

그러한 태훈이의 다중적 상황에서 1981. 5. 27.에 학생운동 리더들이 모두 잡혀 들어가거나 도피하여서였는지 기획되지 않은 침묵시위가 답답하게 진행되고 있었던 것 같습니다. 당시 학교에는 수많은 경찰들이 들어와 있었고 외치기만 하면 바로 잡아가니까 침묵으로 광주학살에 항의하는 시위가 경찰과 충돌을 피하면서 진행되었다고 합니다.

광주의 만행을 직접 목격한 부모님으로부터 육성으로 참상을 들었던 태훈이는 시위에 참여한 학생들이 체포되지 않기 위하여 침묵할 수밖에 없는 상황에서 본인이라도 외쳐야겠다고 결심했을 것입니다.

(2) 언제 죽음을 각오했나

태훈이와 같이 기거했던 나와 막내 요완이는 1981. 5. 27. 아침에 태훈이가 집을 나설 때 태훈이의 머릿속에 죽음에 대한 생각이 없었다고 의견이 일치합니다. 그러면 태훈이가 죽음을 각오한 것이 점심 후 도서관에 올라갔을 때였을까요? 또는 도서관에서 구호를 외치려고 난간으로 나왔을 때일까요? 아니면 추락하는 수초의 순간이었을까요?

언론들의 보도도 그랬지만 태훈이의 사망 후 강남성심병원 영안실에 가족들이 있을 때인지 장지에서인지 거기에 온 누군가가 태훈이가 투신하면서 독수리처럼 위로 비상하여 떨어졌다고 하여 우리 가족은 태훈이가 자의로 투신했다고 생각하여 왔고 유서를 넘겨받지 못한 것을 아쉬워했습니다. 나중에 누군가로부터 넘겨받은 태훈이의 가방에 들어있던 태훈이의 학교 노트의 중간 8페이지 정도가 깨끗이 절단된 흔적이 있어서 거기에 태훈이가 가족에게 남긴 마지막 말들이 적혀 있었으리라고 생각하여 왔고 어딘가 유서가 보관되어 있을 것으로 생각해 왔습니다.

그런데 2017. 11. 23. 서울대 동문(자연대 79학번)이라는 사람이 나의 변호사 사무실로 찾아와 아래와 같은 내용으로 말했습니다. 아마도 광주 MBC가 2016년에 방영한 〈그들의 광주, 우리의 광주〉의 '김태훈 편'의 나의 인터뷰를 보고 나를 찾게 된 것 같았습니다.

본인은 1981. 5. 27. 태훈이 도서관에서 구호를 외칠 때 학생회관에서 중앙도서관으로 가는 계단 중간에서 태훈이가 구호 외치는 것과 그 후를 목격하였다. 태훈이를 목격한 내용은 언론에 나온 것과 다르다. 당시 신부님께 그 사실을 말한 바 있다. 태훈이 이름은 3(?)일 전에야 이름을 알게 되었다. 당시뿐 아니라 3일 전 알게 될 때까지 이름을 몰랐다. 태훈이는 실족사도 아니고 투신도 아니었다. 처음에 도서관 난간에서 혼자 구호를 외쳤다. 그 시간이 수분으로 생각된다. 그 후에 제2의 인물이 나와 태훈이와 격렬한 몸싸움을 벌였다. 주먹이 오간 것 같다. 그 격투는 금방 끝났다. 비스듬한 방향으로 힘이 가해져서 태훈이가 추락하였다고 할 수 있다. 제2 인물은 사복경찰로 생각된다.

요약하면 "체포하려고 접근한 사복경찰의 체포 기도에 저항하는 과정에서 폭력이 가해졌고 그 결과 추락하여 부상, 사망했다." 추락 후 학생들이 모여들어 들것 없이 옷으로 태훈이를 들어 봉고차에 실었다. 그때는 살아있었다. 태훈이는 떨어질 때 몸부림이 없었다. 나무토막처럼 떨어졌다. 몸부림이 없었다는 것은 마지막 수초에 태훈이 상황을 받아들였다(?)고 할 수 있다. 태훈이 구호 외치기 전 아크로폴리스 학생들은 침묵시위였다. 당시 학생운동 리더들은 모두 잡혀 들어가 있는 상황이었다.

태훈이는 그 사람 말대로 땅으로 추락하면서 죽음을 받아들였는지도 모릅니다. 혹은 아직 하려던 말을 다 마치지도 못한 상태에서 좁은 난간 위에서 순순히 체포되는 것을 거부하면서 죽음을 각오하였는지도 모릅니다. 태훈이는 바닥에 떨어졌다가 다시 튀어 올랐다고 하는데(당시 서울대 원자핵공학과 재학 이종현 씨 목격. 광주 MBC 김철원 기자가 집필한 〈그들의 광주〉, 김태훈 편) 그것이 혹시 생명을 지키기 위한 태훈이의 마지막 시도였을까요….주)

주) 위 발언 내용의 사실 여부를 확인하기 위하여 2020. 8.에 국가정보원에, 2021. 1.에 서울대학교, 경찰청, 서울관악경찰서에, 2021. 2. 국가기록원에 태훈이의 사망 관련 자료의 정보공개를 청구하였으나 '정보 부존재'의 통지를 받았습니다. 또한 1981. 5. 27. 당시 시위 현장에 있던 81학번 요완 친구들에게 2021. 2.에 확인을 구하였던바, 다음과 같은 반론이 있었습니다.

친구 1 : "구호를 외치신 이후에 투신까지의 시간이 너무 짧아서 당시 다른 어떤 상황이 있을 거라는 생각을 하지 못했다."

친구 2 : "내 기억에는 분명히 투신이었네. 그날 1동과 도서관 사이 잔디밭에 침묵시위하면서 앉아 있었는데 도서관 쪽에서 갑자기 구호가 들리길래 쳐다봤었지. 중앙도서관 중간층 즈음에서 구호를 외치며 투신하는 장면, 공중낙하하는 장면을 목격했었네. 도서관 창가에서 실랑이가 있었다면 투신 전에 도서관 창에서 실랑이 장면을 볼 수 있었을 텐데 그 기억은 전혀 없네. 수분 동안 구호를 외쳤다는 것은 전혀 아닌 듯하네. 짧은 시간 동

아니면 언제부터인가 태훈이가 방문에 붙여 두었던 좌우명을 쓸 때 언젠가 불시에 다가올 죽음을 각오했을 수도 있습니다.

사랑의 사회 실현과 진리 탐구를 위한 끊임없는 노력,
이것이 내 삶의 전부이기를

태훈이가 졸업하면 돈도 벌고 사회에서 인정도 받고 예쁜 배우자도 만나야 할 텐데 사랑의 사회실현과 진리탐구를 위한 노력으로 삶의 전부를 채우려 하다니….

아마도 후에 하늘나라에서 태훈이를 만났을 때 확실히 알 수 있겠지요.

(3) 또 두 번의 전화

1981. 5. 27. 오후에 서울대학교에서 태훈이와 나, 그리고 막내 요완이가 1981년부터 합류하여 자취하던 여의도아파트로 전화가 왔습니다. 태훈이에게 유고가 생겼다는 것입니다. 그 전화는 금방 끊겼습니다. 저는 그 말뜻이 무엇일까 궁금해 하면서 태훈이가 데모를 하여 붙잡혔나 보다 생각하고 집 안에 있던 책들 중 압수, 수색을 나왔을 때 조금이라도 빌미가 될 만한 책들(별다른 이념서적은 없

안 구호를 외치고 갑자기 투신을 했었네. 그 당시에 모두 조용히 침묵시위 중이었기 때문에 격투 또는 실랑이가 있었다면 진작 알아차렸어야 했을 텐데 전혀 그런 실랑이는 기억에 없네. 아주 짧은 시간 동안 구호를 외치고 곧바로 투신했었으며, 자세도 흐트러짐이 없었네. 나무토막처럼 떨어지지 않았네. 머리를 위로 하고 다리는 땅에 착지할 자세처럼 당당히 내려 있었다네. 구호 소리를 듣고 쳐다 봤을 때 이미 도서관 건물 가까이 공중에 있었고 착지 직후에 튀어오르는 장면은 생각나지 않네."

또한 2021. 3. 태훈의 고교동기 이홍철 변호사가 나와 함께 위 79학번 동문을 다시 만나 4시간 동안 여러 이야기를 나눈 후 제반 상황에 비추어 위 동문의 발언 내용은 받아들이기 어렵다고 평가하였음을 첨언합니다.

없습니다)을 트렁크에 넣어서 젊은 부부가 사는 옆집에 맡겼습니다. 그런데 얼마 후에 두 번째 전화가 와서 태훈이의 사망소식을 알려 왔습니다. 태훈이의 대학 합격 때와 같이 나쁜 소식이 좋은 소식으로 바뀌는 행운은 없었습니다.

7. 사망 후

태훈이의 육신은 용인 천주교 공원묘지를 거쳐 광주 5·18 묘역에 누워 있습니다.

태훈이는 사망 후 가끔 꿈에 보이곤 했습니다. 눈에 보이지 않는 태훈이의 격려 때문인지 나는 1982년에 오랜 수험생 생활을 끝내고 제24회 사법시험에 합격하였습니다. 당시 사법시험 2차시험은 시험 시작 시간이 되면 시험장의 앞 칠판에 붙여둔 두루마리가 아래로 툭 펼쳐지면서 그 두루마리에 적힌 시험문제를 수험생들이 보고 답안을 작성하기 시작하였는데 그 두루마리가 펼쳐지기 전 누군가 귓가에서 출제된 바로 그 문제를 알려주는 것처럼 느껴졌습니다. 나는 그냥 내 나름대로 태훈이일지 모른다고 생각했습니다. 그 후인지 태훈이가 꿈에 나와 나에게 이제는 멀리 가려 한다고 말했습니다.

당시 우리 아버지의 쌍둥이 동생인 작은아버지가 허리에 문제가 생겨서 오래 거동을 못 하고 자리에 누워계셨습니다. 그런데 그 작은아버지께서 1982. 11. 14. 광주 호남동 성당에서 있은 나의 결혼식에 지팡이를 짚기는 했으나 걸어서 참석하셨습니다. 작은아버지께서는 꿈에서인지 태훈이가 나타나서 걷게 되실 거라고 한 뒤 작은아버지의 허리가 나아져서 거동하게 되셨다고 말씀하셨답니다.

8. 맺으면서

태훈이가 22살의 짧은 생애를 마친 지 40년이 흘렀습니다. 미친 진돗개로부터 태훈이를 지켜낸 노순 언니처럼 나도 시대의 질곡에서, 5·18의 야만성에 대한 몰입에서 어떻게든 태훈이를 빼냈어야 하는데 지켜내지 못하였구나 하는 자책은 마음 한 켠에 아직도 남아 있습니다.

태훈이가 사망하기 전 봄에 자기는 보스는 되기 어렵지만 보좌관은 훌륭하게 해낼 거라고 말한 일이 있습니다. 요즈음 언론에 나오는 분들과 대비하여 그런 자리에 태훈이가 있었으면 우리나라를 위해 얼마나 좋았을까 혼자 생각해 봅니다. 태훈이가 살아있었다면 자식들 걱정으로 힘겨운 62살 초로의 가장이 되어 있을지도 모르지만 그보다도 사랑과 진리의 말로써 이 어지러운 세상에서 많은 사람들에게 희망과 위안을 주고 있을 것 같습니다.

〈임 쓰신 가시관〉

- 작사 하한주 신부, 작곡· 노래 신상옥

임은 전 생애가 마냥 슬펐기에
임 쓰신 가시관을 나도 쓰고 살으리라

임은 전 생애가 마냥 슬펐기에
임 쓰신 가시관을 나도 쓰고 살으리라
이 뒷날 임이 보시고
날 닮았다 하소서
이 뒷날 나를 보시고

임 닮았다 하소서

이 세상 다할 때까지 당신만 따르리라
임이 태훈이를 보시고 날 닮았다, 임 닮았다 하셨다면 저는 아무런 아쉬움 없이 그저 기쁘기만 할 것 같습니다.

김태훈 외삼촌

백일현 (현 JTBC 기자)
2021년 1월

저는 중학생이던 1993년 즈음, 김태훈 외삼촌에 대해 처음 알게 되었습니다. 광주 외할머니댁 서재방에서 평소처럼 책장을 훑어보던 날이었습니다. 그날따라 제 손이 겨우 닿는 책장 맨 윗칸을 살펴보던 저는, 웬 잡지와 신문 조각을 발견했습니다. 이게 뭔가 싶어 읽어보았다가 저는 큰 충격을 받았습니다. 제가 태어난 해인 1980년에 벌어졌던 광주의 비극이 알려지지 않고 시민들이 신음하는 걸 보다 못한 외삼촌이 이듬해 그 사실을 알리고 세상을 떠나셨다는 걸 그때야 알았습니다. 그동안 엄마나 외할머니가 한 번도 말씀하신 적 없는 이야기였습니다. 아마도 어린 딸이자 손녀가 이해하기엔 버거운 일이라고 생각하셨겠지요.

전 정말 경악을 금치 못했습니다. 내가 살고 있는 나라, 일견 민주적이고 자유로워 보이는 이곳에서 그런 비극이 있었다는 게 참으로 놀라웠습니다. 평소 강한 분이라고만 생각했던 외할머니가 가끔 슬픈 표정을 지을 때가 있었던 건 바로 이 외삼촌 때문이었을 것 같다는 생각도 어렴풋이 했습니다.

저는 그때 읽은 기사 중에서도 특정 구절에 주목했습니다. 외삼촌께서 '만삭의 누님도 그 참혹했던 광주에 있었다'는 취지의 글을 쓰셨다는 부분이 있었습니다. 제가 1980년 생이니 바로 엄마 뱃속에 있던 저와 엄마를 거론하셨던 겁니다. 저란 존재도 외삼촌이 쉽지 않은 길을 결정하는 데 영향을 조금이나마 미쳤을 수 있다고 생각하니 전 그동안 외삼촌의 존재를 몰랐던 게 죄송스러웠습니다. 저는 외삼촌과 5·18 때 희생당하셨던 분들이 있었기에 그나마 자유로운 사회에서 제가 살 수 있게 됐다는 걸 그제야 깨달았습니다.

그러면서도, 5·18이 제대로 알려졌다면 김태훈 외삼촌이 세상을 떠나지 않으셨을 수도 있다고 생각하니 너무 안타까웠습니다. 수많은 언론은 뭘 하고 있었나, 싶었습니다.

전 그때 처음 제가 어른이 되면 해야 할 일을 생각해보게 됐습니다. 1980년 5월의 광주의 비극처럼 제대로 알려지지 못했지만 꼭 알려야 하는 일들이 꽤 있을 거란 생각이 들었고, 내가 그런 일을 최대한 세상에 널리 알려서, 외삼촌과 같은 희생은 더 이상 없게 해야겠다고 감히 생각했습니다. 그렇게 열다섯 살 중학생 소녀는 기자라는 꿈을 처음 품었습니다. 무슨 사명 같은 느낌이 들었습니다.

그 소녀는 점차 자랐고 대학생이 되었습니다. 외삼촌과 같은 과는 아니지만 같은 학교 학생도 됐습니다. 저는 우선 학생운동에 관심을 가졌습니다. 기자가 되기 전 학생운동부터 하는 게 당연하다 생각했습니다. 그런데 1999년의 학생운동 사회는 제가 예상했던 것과는 달랐습니다. 자기 멋에 취해 공허한 구호만 외치는 것 같았달까요. 5월이면 5·18 행사는 하지만 그 정신을 계승하자는 메시지를 전하는 이들에게 진정성은 보이지 않았습니다. 과거 선배들의 뜨거운 희생과는 너무 거리가 멀어보였습니다.

그래서 저는 학교 대학신문에 들어갔습니다. 관념적이고 타성에 젖은 학생운동 사회에 죽비도 날리고, 제 궁극적인 꿈이자 사명 같은 기자라는 직업을 맛보기로 경험해보고 싶었습니다. 그렇게 학생 기자 일을 하면서 저는 캠퍼스를 열심히 오갔습니다. 그러다 서울대 사회대 뒤편에 있는 외삼촌 기념비도 자주 보았습니다. 외삼촌은 매해 5·18 때마다 캠퍼스 곳곳에 걸리는 현수막에 이름이 적히는 유명한 열사는 아니셨지만 꾸준히 외삼촌을 기억하는 후배들이 있었습니다. 5·18 즈음이면 외삼촌 기념비 앞에는 꽃이 놓여 있었습니다. 대학신문 기자로 취재하다가 만난 경제학과 교수들이 외삼촌을 추모하는 말을 하는 걸 들은 적도 있습니다.

저는 그러다 졸업을 했고 시민단체를 경험하다 일간지의 기자가 되었습니다. 기자 선배들이 넌 왜 기자가 되겠다고 결심했냐고 물을 때마다 외삼촌을 떠올렸습니다. 하지만 제가 감히 외삼촌을 거론하기엔 부적절하다는 생각에 우물쭈물했습니다. 선배들과 함께하는 자리에서 광주 출신 선배 기자 몇 분께는 죽음까지 감수하며 5·18을 알리려고 했던 열사 한 분이 제가 기자가 되는 데 큰 영향을 미쳤다고 이야기한 적이 있었습니다. 하지만 제가 그분의 조카라는 건 말하지 못했습니다. 외삼촌에 비하면 그릇이 작은 스스로가 부끄러웠기 때문입니다. 저는 대학 시절 공허한 구호만 외친다고 변질된 학생운동권들을 비난했지만 어느새 저도 초심을 잃고 변질된 직장인으로 살아가고 있다고 생각했습니다.

그러다 몇 년 전 5·18 기념식 때 한 민주화 운동가분이 기념사에서 김태훈 열사처럼 잘 알려지지 않은 숨은 열사를 기억해야 한다고 말하는 것을 듣게 됐습니다. 그때 저는 자문해 보게 됐습니다. 나는 과연 5·18처럼 숨겨진 진실을 알리기 위해 뭘 하고 있는가. 말할 게 없어 부끄럽기만 했습니다.

저는 어느덧 세 아이의 엄마가 되었습니다. 16년차 기자도 되긴 했지만 세 번의 육아휴직으로 일도 많이 쉬었고, 지금은 그저 쉬엄쉬엄 살아가고 있습니다. 현재 스스로가 김태훈 열사 같은 분들께 부끄럽지 않게 제대로 살고 있는가 생각하면 참 할 말이 없습니다. 그분이 만들고자 했던 민주적인 사회의 혜택은 누리면서도, 어디선가 역시 소외되고 있을 이들을 위해 한 일은 없습니다.

제가 기자라는 길을 가는 데 결정적인 역할을 하셨던 외삼촌 김태훈 열사. 한 번도 뵌 적은 없지만, 그분이 저라는 한 사람의 인생을 움직이셨다는 건 분명합니다. 전 그분 덕에 의미 있는 뜻을 품고 사회생활을 시작했지만, 제대로 한 건 없는 너무 부족한 사람이었습니다. 하지만 앞으로 제가 할 일이 조금은 남아있다고 생각합니다. 제가 오늘 당연하게 누리는 것들이 사실은 열사님과 같은 분들의 희생 덕임을 잊지 않도록 노력하겠습니다.

무엇보다 전 세 아이들이 좀 더 크면, 외삼촌에 대해 이야기할 겁니다. 그리고 어떤 세상을 추구해야 하는지 고민하고 살아가라고 말해주고 싶습니다.

외삼촌께 큰 영향을 받았던 조카가, 부족한 글 올렸습니다.

Some Brief Memories of Uncle Taehoon

Hae Won Rhow
Vice President/Executive Director DOWNTOWN BERKELEY YMCA

I remember a sound I had never heard before coming from my parents' bedroom. It was like an animal in great pain. It was the first time I heard anything like it. My mother rarely cried – she was always a positive person who was very even tempered, never angry, never raised her voice, and rarely showed negative emotions. But this revealed how painful the tragedy of my Uncle Taehoon's death was to all of us, but particularly her.

I am the oldest of the generation of nieces and nephews in the Kim Family. Among the nine brothers and sisters, my mother is the second oldest. Because of that, I was closer in age to Uncle Taehoon than my mother was. Although my uncle met me when I was in my mom's tummy in Seoul, I don't remember that seeing him or have any memories of that time since soon after I turned 1, my family emigrated to the United States. In the US, I recall my parents reading letters and looking at pictures from a far away place. I remember my father crying after speaking to my grandparents but at that time, I didn't know why or how much he missed them.

We were able to first visit Korea when I was eight years old. It was the typical Korean hot summer. It was like going back in time because where my paternal grandparents were living, it was the farm lands of Jeonju. In some ways, it was wonderful to experience Korea in a different way than visiting Seoul or other large cities but I didn't appreciate it at the time. All I would complain about is the outhouse, the mosquito netting, and nothing being in English.

I remember being overwhelmed by all the relatives, all of them talking and me not understanding, being constantly given food and treats – and being loved. I wasn't sure why my brother and I were shown so much love, and wondered how they could love their granddaughter/niece/cousin when they had not seen me for so long.

Uncle Taehoon was in high school and I was confused by why he was always studying – so late into the night. But it seemed whenever he had time, he would want to talk with us, practicing his English. He concentrated on every word I said. He shared his English study books and even English song books as a way to keep me and my brother entertained. When my brother broke his leg at Jeonju and started to show signs of juvenile rhematoid arthritis, I seem to remember that Uncle Taehoon came to help my grandparents navigate through the scariness of a hurt child.

Later, in following trips, always in the summer, Uncle Taehoon would go out of his way to spend time with me and my brother, showing curiosity about our schooling, what we liked to do, and insisted on using his English. I sometimes would even get annoyed a little at how much attention he would spend on me because I didn't have any patience to try to work through his English - how it makes me sad to think that I could have been so impatient.

That horrible day when I heard the crying, I couldn't wrap my brain about what Uncle Taehoon did. I was just starting high school and had very little knowledge of the politics of Korea, let alone with the US. I was just focused on what I was going to wear, how hard my algebra class was, and all the typical American teen issues. All I knew was that he had entered the prestigious Seoul National University. Then, as my parents explained, and I read some newspapers (there was no internet then) I felt so much more sadness that my uncle saw such injustice that he was so moved to jump off a building in protest. I never thought suicide in religious aspect. My conclusion was my uncle was so caring of others that he felt the need to do something - out of his faith and love. Uncle Taehoon's intensity in which he cared for and talked with me and my brother, strangers from America, showed me how much he could feel. And that with the suffering of his close friends and the Korean people, that intensity must have been 1000-fold.

In the weeks following, I vaguely remember being in church or at school and crying uncontrollably - thinking of my uncle's brief life. In the years following, there was a melancholy in my maternal grandmother – even during the happiest of times. As many things that are very painful, we put some things on the back shelf in our minds. I think of Uncle Taehoon often in terms of those summers and how kind and curious he was. I almost never think of the time of his death. As a middle-aged adult, I can only think of how he did more for us – our family and for Korea, than many of us have done in our years so far.

태훈 삼촌에 대한 나의 짧은 추억

노혜원 (조카)
2021년 3월

나는 기억한다, 그날 나의 부모님 방에서 새어 나오던 이상한 소리를. 그 소리는 짐승의 울부짖음 같았다. 나의 어머니는 평소에 잘 울지 않았다. 엄마는 매사에 긍정적인 편이고, 침착하고, 화도 잘 안 내고, 목소리를 높이거나 부정적인 감정을 드러내지 않는 사람이다. 그런데 그날의 짐승 같은 울부짖음은 태훈이 삼촌의 갑작스런 죽음이 얼마나 우리 가족에게 충격이었고 특히 엄마에게는 견딜 수 없는 비극이었는지를 보여주었다.

나는 김씨 가문에서 조카/질녀 세대 중 제일 나이가 많다. 9남매 중에, 나의 엄마는 위에서 둘째였고, 그 이유로 나는 엄마보다 태훈이 삼촌과 나이가 더 가깝다. 삼촌은 내가 엄마 뱃속에 있을 때 서울에 와서 나를 만났다고 했다. 물론 나는 한 살 되면서 부모님과 미국으로 이민 갔기 때문에, 나의 첫 기억은 한국에서 보내온 편지와 사진들을 들여다보던 엄마, 아버지의 모습이다. 아직도 기억나는 것은 나의 아버지가 나의 조부모님과 통화 후 눈물을 흘리던 모습이다. 물론 그때는 부모님들이 얼마나 고향의 가족들을 그리워하는지 몰랐다.

우리가 한국을 첫 방문한 때는 내가 여덟 살 되던 여름이었다. 한국 여름은 무척 더웠다. 특히 나의 친할아버지 집은 전주 근교의 농촌이었기 때문에 나는 원시 시대로 돌아간 느낌이었다. 달리 생각해보면 서울이나 다른 대도시에서 지내기보다는 조금 특별한 농촌 경험의 기회였다. 그러나 그때는 그렇게 받아들이지 못하고 바깥 마당에 있는 변소, 치렁치렁한 모기장 친 잠자리, 어느 것 하나 영어로 씌어있지 않는 불편 등등 불평 투성이 마음이었다.

친척들은 모이면 나는 한마디도 이해 못 하는데 상관 않고 끝없이 떠들고, 끊임없이 음식을 대접해 주고, 선물을 주고, 사랑을 베풀었다. 그때는 몰랐다, 왜 모든 친척들이 한 번도 만난 적이 없는 나와 내 동생을 그렇게 사랑하여 주는지를.

태훈이 삼촌은 그때 고등학생이었다. 나는 삼촌이 왜 그렇게 밤늦게까지 공부를 열심히 하는지를 이해하지 못했다. 조금이라도 공부 중간에 틈이 나면 영어 연습 겸 우리에게 말을 걸고 열심히 우리의 대답을 경청했다. 우리에게 그의 영어 교과서를 보여주기도 하고, 우리를 즐겁게 하려고 영어 노래책도 보여주었다. 내 동생이 전주 친할아버지 집에서 다리가 부러지고 이어서 유년형 관절염 증상이 보이기 시작할 때 어린 조카를 다독여 주고 놀라서 걱정하시는 우리 할아버지 내외를 진정시킬 겸 전주 근교 시골집에 왔던 태훈이 삼촌을 나는 기억한다.

몇 년 후에 우리 가족이 다시 한국에 왔을 때 태훈이 삼촌은 정말 지극 정성으로 나와 내 동생을 돌봐주었고 우리의 학교생활들을 자세히 물으며 관심을 보여주었고 또 우리가 뭐하기를 원하는지 열심히 묻고 그대로 해주었다. 모든 말을 영어로 해야 했기 때문에 어떨 때는 내가 답답해서 돌이켜 보면 참 내가 철이 없었다. 왜 그리 철없이 굴었는지 생각하면 슬퍼진다.

내가 그 짐승 울음을 듣던 날은 태훈 삼촌의 죽음과 한국의 정치 현황들이 내 머리를 혼란스럽게 만들었다. 나는 겨우 고등학교를 시작했고, 미국 정치는 물론 한국 정치도 관심 밖이었다. 나는 날마다 뭐 입을까, 어려운 알지브라 수업들, 전형적인 미국 틴에이저들의 고민과 이슈에 빠져 있었다. 나의 기억 속의 태훈이 삼촌은 들어가기 어렵다는 서울대학교 학생이라는 정도였다. 그러나 부모님 설명도 있었고 내 자신이 자의로 신문을 읽기 시작하며 왜 태훈이 삼촌이 그 극심한 불의에 항거하여 학교 건물에서 뛰어내릴 수밖에 다른 길이 없었는지를 알고 나는 엄청난 슬픔을 경험했다.

나는 종교에서 어떻게 자살을 정의하는지 잘 모른다. 그러나 태훈 삼촌의 죽음에 대한 나의 결론은 삼촌은 불의에 고통 받는 다른 사람들을 몹시 사랑했고 그의 믿음과 사랑 안에서 무언가를 행동으로 보여주지 않을 수 없었을 것이다였다. 태훈이 삼촌이 나와 동생에게 보여준 성의와 열성의 깊이를 헤아려 보면 충분히 그의 사고의 영역이 어떤 것일지 짐작이 간다. 가까운 벗들과 한국 국민들이 고통을 받고 있는 현실을 알고 있었기에 그가 당한 마음의 고통의 깊이는 어느 정도인지 측량할 재간이 없다.

태훈이 삼촌이 죽은 후 몇 주일 동안 나는 제어할 수 없게 울었다. 삼촌의 너무나 짧은 생애가 슬펐다. 그해 다음 몇 년 동안 내가 뵌 외할머니는 아주 기쁜 일이 있을 때도 멜랑콜리하실 때가 많았다. 우리는 고통과 슬픔을 겪으면 그것을 마음의 뒷벽에 묻고 살아가기 마련이다. 태훈이 삼촌의 죽음은 묻어두고 나는 가끔은 그 여름에 우리 남매에게 쏟아 부어준 삼촌의 친절과 호기심 넘치던 정성을 생각한다. 내가 이제 중년의 나이가 되니, 새삼 태훈이 삼촌의 짧은 생애가 이룬 것이 우리 가족과 한국을 위해서 우리 모두가 해를 거듭하며 합쳐서 이루어 놓은 것보다 엄청나게 위대하게 생각될 뿐이다.

Uncle Taehoon

Ekwan E. Rhow
미국 L.A.의 로펌 Bird, Marella, Boxer, Wolpert, Nessim,
Drooks, Lincenberg & Rhow, P.C.의 네임 파트너변호사

My Uncle Taehoon was my favorite uncle. Reserved and patient, I never saw the passionate side that clearly existed in him before he took his own life. I only saw the uncle who was my first introduction to Korea and showed me the small things in Korea that made it fun for me - when I was just a young child. The Uncle Taehoon I knew would walk with me, play with me, buy me ice cream and just hang out. He was calm but in how I played with him, I could sense how much he cared for me and I in turn cared for him.

How I wish I was older and could have gotten to know the other side of my uncle. Too young and too American to realize the turmoil that was tearing apart Korea, I never was able to talk to him about why he was so angry, why he was moved and why he felt he had to take his own life for a true cause. How I wish I could have talked to him about that. But I could only learn about and only guess what was going through his mind when I heard the news of his death.

The news came in an early morning phone call to my mother - a memory vivid to this day. In my young life free of tragedy and loss, this was the first time I witnesses that firsthand. It crushed our family but for me, I thought primarily of how Uncle Taehoon was my favorite uncle and how I had gotten to know him. Not as a fiercely passionate protestor for peace and justice, but just as the uncle who took the time to get to know his American nephew. And for me, that was and is the deeper loss I feel - the lost opportunities to hang out with him, perhaps see him on a visit to the United States and evolve from a close family relationship to a lifelong deep friendship. So while others will commemorate the advocate that Uncle Taehoon was - and which I too salute - I will also honor the patient, reserved, kind and very fun uncle that he was to this young American kid. After all, he was my favorite uncle.

태훈이 삼촌

노익환(조카)
2021년 3월

태훈이 삼촌은 내가 가장 좋아하는 uncle이었다. 항상 뒤에 서서 참을성 있게 어린 나를 거두어준 삼촌 모습만 본 나는 그가 주저치 않고 그의 목숨을 던질 수 있는 열정을 내포한 사람인 점을 감지하지 못했다. 태훈이 삼촌은 어린 나에게 처음으로 한국을 소개해 주었고, 한국의 단면 중 어린애에게만 재미있을 법한 구석구석을 보여주었다. 내가 만난 태훈이 삼촌은, 나와 같이 걸었고, 놀았고, 아이스크림을 사주었고, 그저 많은 시간을 같이 보내던 그런 사람이었다. 그는 조용했고 나와 놀이할 때마저도 항상 나를 지켜보고 너 그리웠기 때문에 결국 나도 삼촌을 지켜보고 헤아리게 되었다.

돌이켜보면, 그때 내가 조금 더 성숙해서 삼촌의 다른 마음을 헤아릴 수 있었다면 얼마나 좋았을까.

한국을 찢어 발기는 혼란스러운 정치, 사회 상황을 이해하기에는 그때의 나는 너무 어렸고 너무 '미국 사람'이어서 왜 삼촌이 마음 깊이 분노하는지, 왜 그의 마음이 의분으로 움직여 그의 목숨까지도 버릴 수 있는 결심을 갖게 되었는지는 한 번도 삼촌과 직접 얘기를 나눌 수 없었다. 그때 그런 속마음을 이야기 할 수 있었으면 얼마나 좋았을까. 그러나 그가 죽었다는 뉴스를 들은 후에야 나는 그의 마음을 이해할 수 있었고 그다음 그의 행적 이유를 추정할 수 있게 되었다.

뉴스는 이른 새벽에 어머니에게 온 한국 전화로부터였다. 그 새벽은 지금까지도 내 기억에 생생하다. 그때까지는 어떤 비극도 죽음도 본 적이 없기 때문에, 그 소식은 내가 겪은 생애의 첫 비애의 경험이었다. 그 순간 우리 가족은 모두 무너져 내렸다. 나는 생각했다, 태훈이 삼촌을 얼마나 내가 좋아했고 얼마나 삼촌과 가까워지고 삼촌을 이해하게 되었는지를. 나에게는 나라의 평화와 정의를 부르짖는 열사로서뿐 아니라 시간과 마음을 내어 미국놈 어린 조카를 이해하려고 하고 거두어주는 자상한 삼촌으로서. 그런 면이 내가 삼촌을 잃은 슬픔을 더 깊게 느끼게 했고 지금도 느끼고 있다. - 좀 더 같이 시간을 보낼 수 있는 기회, 좀 더 나아가 미국을 방문할 때의 삼촌과의 깊은 교제의 기회, 더 나아가 그냥 좋아하는 가족에서부터 더 깊은 인생의 벗으로서의 삼촌을 가질 기회를 잃어버린 것 등을.

그래서 다른 사람들은 태훈이 삼촌의 거사가 역사에 기록되고 기억되는 것에 치중하겠지만 – 물론 나도 그 점에 경의를 표하며 – 나에게만은 항상 참을성 많고 앞에 나서기보다는 뒤에서 도와주고 친절한, 그러면서도 어린 미국 조카에게 무지 재밌성스럽던 삼촌에게 경의를 표한다. 결과적으로 태훈이 삼촌은 나의 가장 사랑하는 'Uncle'이기 때문이다.

II. 열사 김태훈

민주공원

▌ 인터넷사이트 '민주공원'에서 민주열사 → 학생운동가 → 김태훈에 수록된 내용을 옮김

독실한 가톨릭 집안에서 태어난 김태훈 동지는 서울대에 입학한 후 EHSA라는 서클에 가입하여 열심히 활동했다. 고향 광주에서 대학살 만행이 자행되고 이에 대한 학내시위가 잦아지자 평소 말이 없던 동지는 더욱 말수가 적어졌다. 동지가 투신하던 그 날도 학교에서는 학생들의 시위가 있었다.

도서관에서 원서를 번역하고 있던 동지는 창 너머로 침묵시위를 벌이는 학우들이 무수한 경찰과 사복형사들에게 구타당하며, 끌려가는 모습을 보았다. 팽팽한 긴장감이 감도는 도서관과 아크로폴리스 주변에서 산발적으로 노랫소리가 울려 퍼지고 있던 그때 동지는 도서관 5층에서 "전두환 물러가라"라고 구호를 외치고 자신의 몸을 던졌다.

학원이 온통 중무장한 사복경찰로 채워지고 폭력과 체포, 위협의 눈초리에 숨조차 막히던 그때, 분노, 두려움, 부끄러움이 뒤섞인 채 싸움이 사그라져 갈 때, 동지는 핸드마이크도, 유인물도 가지지 않은 빈 몸으로 몸을 던져 우리를 일깨운 것이다.

추모집을 준비하면서 이홍철 동문이 비오는 2021년 3월 2일 찍은 열사 추모비
(서울대 사회대 16동 뒤편)

동아일보 1990년 11월 1일자

열사에 대한 추모자료들을 시대순으로
편집하였으며, 마지막에는 광주일고 52회
동창들이 그동안 진행해온 추모행사 가운
데 자료가 저장된 파일들을 시대순으로
정리하였습니다.

1.《산 자여 따르라》

서울대민주열사추모사업위원회
1984. 12. 10

“사랑의 社會實現과 眞理探究를 위한 끝임없는
努力, 이것이 내 삶의 全部이기를”

서울대민주열사추모사업위원회에서 출간한《산 자여 따르라》(1984. 12. 10) 추모집에서
김태훈 열사에 대한 부분(63~100페이지)을 옮겨 편집하였습니다.

1. 1 추모사

(중략)

고인의 죽음은 우리 모두가 분노를 분노로 위안하지 않고 나약한 감상과 교만한 자기 변명 등으로서가 아닌, 가장 처절한 몸부림으로 현실을 헤쳐 나가지 않으면 안 된다는 선지적 지행이었으며 우리 모두가 이 땅의 80년대를 어떻게 살아가야 할 것인가의 좌표를 점지해준 것이었다.

(중략)

아무리 혹독한 탄압과 폭력 속에서도 고인이 이 강토에 뿌린 죽음을 새로운 삶으로 부활시키기 위해 우리는 어떠한 난관도 뚫고 전진할 것이다.

(후략)

1. 2 季春閑談

6·25 이후 최대의 민족적 비극이라고 할 수 있는 광주사태가 일어난 지 4년이 훨씬 지나고 있다. 광주사태는 비단 광주시민뿐만이 아니라 우리 민족 전체에게 슬픔과 충격을 주었다. 또한 그 충격은 아직도 우리의 마음속에 남아 있다. 그리고 김태훈 형은 광주사태에 항의하여 쓰러져 갔다. 이에 광주사태로 피해를 입은 시민과 그 유가족에게 애도의 뜻을 표하면서 비극의 그 날을 되새기는 시를 싣는다.

    I

    하늘과 땅 열리지 않고

    하늘과 땅 열렸으나 아직

    大海엔 불빛 하나

    출렁거림 하나 없었다

    이때 大海의 껍질을 뚫고

    사랑이 거대한 불길로 솟아올랐다

    제 肉身을 살라 피는 불꽃은

    지칠 줄 모르고

    제 몸을 태우다

    한 줌 남은 재까지 살라

    마침내 하늘에 한 점 太陽을 심었다

    太陽은 떠올라

    어김없이 아침이라 할 때

    바다는 끝끝내 구름을 모아

    비를 뿌렸다

    버얼겋게 단 핏빛의 비를

II
어메, 꽃들이 막 지네
거리에 골목에 어우러진 꽃들이

진달래 피고
핀 진달래 지고
복사꽃 피고
핀 살구꽃 또 지고
목련꽃 다시 피었다 졌다

하늘에 몇 번 흔들리다
무너져 장대비가 쏟아지고
할맨 무심한 하늘을
울었다

III
얼굴 없는
아, 무덤조차 없는
주검을 안은
기인 긴 행렬

비 개인 하늘 아래
살아 뛰던 모든 것 입을 다물고
아무것도 없었다
무수한 발자국들이

우람한 소리를 내며 찍혀질 뿐

감정 잃은 얼굴들이
뼈마다 부러지는 인사를 나누고

떨어져 갔다. 시간은 가고
계절은 다시 또 피건만,
이제 떠오르는 그믐달 아래
시계탑의 시계가
머언 기다림의 시간을 가리키면
얼마나 많은 별리를
울어야 할 건가
박제된 꿈을
하이얀 상아로 다듬어
마당 한 구석 그늘진 곳에 둔 채
이제 안녕
오랫 동안, 아주 오랫 동안 안녕

1.3 김태훈 형의 삶과 죽음

김태훈 형은 1959년 광주에서 父 김용일 씨와 母 이신방 씨의 5남 4녀 중 여덟째로 태어났다. 집은 독실한 가톨릭 집안으로 태훈 형은 어려서 영세를 받았다(세례명은 "다두"라 함). 광주에서 서석국민학교, 숭일중학교를 거쳐 광주제일고등학교를 1977년에 졸업하고 1년간 재수를 한 후, 1978년 서울대학교 사회계열에 입학했다.

아버님의 말씀에 의하면, 형은 강한 희생정신의 소유자였다. 어떤 일이건 남들이 어려움에 처해 있을 때는, 자신을 돌보지 않고 희생하였던 것이다. 또 조용한 성품으로 착실하고 온순하였으며, 독실한 가톨릭 신자였다. 한때는 가톨릭 신부가 되고자 하여 수련 강습회까지 참가하였으나, 부모님의 뜻에 따라 자신의 뜻을 굽힌 지극한 효성을 지니기도 했다.

5살 때에 형들이 연습하는 철봉에 매달려 팔이 빠질 정도로 열심히 연습했다는 것만 보아도, 형은 결심한 바에 대해 꾸준히 노력하여 달성하고야 마는 강한 의지력과 책임감의 소유자였다.

형은 어느 한 가지만이 아니라 태권도, 바둑, 음악 감상 등 다양한 취미생활을 하였고, 모두 다 상당한 경지에까지 이르렀다고 한다.

입학 후 형은 사회과학 책들을 읽으면서, 사회 현실에 대하여 여러 사람과 이야기하였으며, 또한 EHSA라는 서클에 가입하여 열심히 활동하였다. 당시 서클 친구들의 이야기에 의하면 책임감이 강했으며, 후배들에게 용기를 북돋아 주고 궂은일을 도맡아 하는 훌륭한 선배였다고 한다.

일례로, 79년도에 서클 친구들과 같이 섬진강에 놀러 갔다가 죽은 친구에 대한 정을 버리지 못해 다음 해 여름(1주기 때)에 친구들 사이에서 돈을 모아 비석을 만들어 직접 손으로 운반하여 묘비를 세울 정도로 친구 간의 우의가 두터웠다(이러한 형의 성격은 형이 동생에게 보낸 편지에 잘 나타나 있다).

두툼한 입술, 볼의 큼직한 점, 돗수 높은 안경의 모습은 상대방에게 편안함을 주는 인상이었고 눈빛은 항상 빛나고 있었다.

1980년 봄! 우리 국민은 어느 누구도 잊을 수 없는 그 날! 그것은 형의 고향인 광주에서 일어났다.

1981년 들어 광주사태의 잔학성과 만행, 그리고 정권의 정통성에 대한 학내시위가 서울대학교에서는 잦게 일어났다. 특히 광주사태를 경험한 형의 동료들이 시위를 주동하게 되자, 평소에 말이 적었던 형은(핵심적인 말은 하였으나) 이후로는 더욱 말수가 적어졌다. 더욱이 81년 봄에 들어 어떤 이유에선지 형은 지금까지 기거했던 누나 집을 나와 하숙을 하며 하숙집과 친구 집을 두루 돌아다녔다고 한다.[주)]

태훈 형이 투신하기 전날 친구들과 점심식사를 하였는데 당시 북아일랜드의 독립을 위해 단식투쟁을 하다 숨져간 보비 샌즈 의원에 대해 관심을 가졌다 한다. 친구들에게 그의 삶을 어떻게 생각하는가 등을 묻곤 하였다는 것을 봐서는 내성적인 형의 머릿속에는 정의로운 삶에 대하여 끊임없이 생각해 왔다는 것을 알 수 있다. 형이 투신하던 날, 도서관에서 원서를 번역하면서 그리고 창 너머로 학우들이 침묵시위를 하는 것이 무수한 경찰과 형사들에 의하여 무자비하게 진압되는 것을 보면서 보비 샌즈의 삶과 죽음

주) 이 부분은 사실과 다르며 와전된 것으로 보입니다(태훈 넷째 누나 김선혜, 동생 김요완 확인).

을 생각했으리라. '사랑의 사회실현과 진리탐구를 위한 끊임없는 노력'이란 형의 좌우명에서 알 수 있듯이 형은 죽음으로써 형의 좌우명을 실천한 것이다.

당시 81년은 광주사태 1주기를 맞이하는 해로서, 새학기가 시작되면서부터 시위가 자주 발생하였다. 3월, 4월, 5월 들어 벌써 4번의 시위가 있었다. 5월 27일에 교내에서는 엄숙하고 암울한 분위기 속에서 광주사태에 대한 침묵시위가 있었다. 1시 정도부터 시작된 침묵시위는 전체 학우들이 참여한 가운데 도서관과 아크로폴리스 주변에서 시작되었다. 주변에는 학생 수와 비슷한 인원의 사복형사와 전경이 배치되어 있어 학교는 침묵과 긴장된 기운이 감돌고 있었다. 아크로폴리스 주변에서 학생들이 산발적으로 노래를 부르고 있던 3시경 태훈 형은 도서관 5층에서 '○○○ 물러가라'는 구호를 세 번 외치며 자신의 몸을 던졌던 것이다. 당시의 상황을 직접 목격했던 한 학우의 목격담을 통해 알아보자.

"유난히도 답답하고 무겁던 5월이었다. 광주의 한 맺힌 영령들이 멀리 관악의 5월 동산까지 찾아와 좌정할 곳을 찾지 못하고 푸르러만 가는 창공을 방랑하며 울부짖고 있었다.

5월이면 언제나 경신년(1980년) 그날의 두려움과 아픔이 마주치는 벗들의 눈길 속에 기억되어 혼연히 고여있던 바로 그날, 학우들이 여기저기 쫓기며 "파쇼타도"를 외치던 목소리조차 점차 사그러져갈 때, 온통 학원은 사복형사들과 중무장한 전경들의 폭력과 체포와 위협적인 눈길 앞에 숨조차 제대로 쉬고 있지 못했다. 분노, 두려움, 부끄러움이 교차된 눈망울들이 힘없는 싸움에 빛조차 바래가던 그 순간, 도서관 난간에 나타난 한 학우로 인해 새로운 긴장, 아니 아크로폴리스를 향해 쏟아지는 이상한 기운이 감돌고 있었다. 그건 방황하던 광주 영령들이 아크로폴리스 동산에 내려와 새로운 영혼을 맞이할 저승사자들의 의례가 벌이는 幼影을 동시에 보았기 때문이었을까?

형은 빈손이었다. 핸드마이크도 벗들을 향해 던져줄 유인물도 가지고 있지 않았었다. 그의 눈 속엔 광주에서 숨져간 친우의 혼이 어려 있었으며 귓속엔 그를 부르는 혼령의 목소리가 울리고 있었다.

너무도 순간적이었다. 아무도 예기치 못했었다. 그러하기에 더욱 더 충격일 수밖에 없었다. "○○○ 물러가라" "○○○ 물러가라" "○○○ 물러가라" 허공을 맴도는 형의 목소리는 그렇게 크지도 않았었다. 그의 두 발이 난간을 떠나 허공에 뜨는 순간 지켜보던 이들은 죽음의 사자를 보았고, 학우들의 입 속에서 터져나온 비명소리는 허공을 갈라놓을 수밖에 없었다. "악" 소리와 함께 붉은 피를 쏟아내며 차가운 시멘트 바닥에 뒹구는, 아직 생명의 숨길이 끊어지지도 않은 형의 몸뚱아리 위엔, 수도 헤아릴 수 없는 최루탄이 터져 내렸다. 이럴 수가 있을까? 아직 숨 쉬고 있는 생명체를 향해 수없는 최루탄 발사라니. 그들에겐 생명이 무엇인지, 죽음이 무엇을 의미하는지 느낄만한 감각이 존재하지 않더란 말인가? 그렇다! 그들에겐 그것이 있을 리 없다. 2천여 목숨을 삼켜버리고 피의 환락을 즐겼던 그들에겐 한 학우의 몸부림은 너무도 가소로울 뿐이었다. "사람 죽었다" "비겁한 놈들아 나와 싸우자" "사람이 죽었단 말이다" 비명과 절규와 분노가 뒤범벅되어 술렁거렸다. 비명소리와 최루탄 연기, 냄새, 정녕 그것은 지옥의 한 모습이었다. 쏟아지는 눈물을 가누지 못하고 흐느끼는 여학생들의 울음, 절규하는 남학생들의 분노, 공중에 쏟아지는 최루탄 발사의 폭음 …. 81년 5월 27일 오후 3시경, 우리는 또다시 한 생명을 민주의 제단 앞에 바쳐야만 했다. 역사는 앞으로 얼마나 더 많은 제물을 요구할지, 어느 누구를 제물로 지명할지 아무도 그 순간을 알지 못했다."

　당시 생생하게 지켜본 학우의 글에서 알 수 있듯이 한 맺힌 형의 육신은 죽은 후에도 편안하질 못했다. 형이 투신한 후 누나 집에서 동창과 경제학과생 20여 명이 모여 사후 수습을 논의하려 했으나, 모두 영등포서에 연행되어 이틀 동안 불법 감금되었다. 또한 형이 여의도 성당에 다닌 관계로(천주교에서 자살을 죄악시함에도 불구하고) 여의도 신부의 노력으로 경기도 용인 천주교 공동묘지에 안장되었으나, 이 과정에서 기관에서는 화장을 하라고 압력을 가하고 차를 세 번씩이나 바꾸어 타게 하면서 장례를 방해하였다. 묻히는 순간에도 편안하게 눈을 감을 수 없었단 말인가?
　형의 고결한 죽음 앞에, 지하에서라도 편안히 눈을 감을 수 있도록 조금이라도 도움이 되고자 이 글을 바친다. 형의 죽음과 넋은 우리의 마음속에 영원히 남아 꺼지지 않는 빛이 되리라.

1. 4 이것이 내 삶의 전부이기를
- 고교생이었던 동생에게 보내는 편지

"이 편지집은 내가 1977년 말 고교입시 준비를 할 때부터 1981년 초 대학에 입학할 때까지 형에게서 받은 조언과 격려의 편지를 스크랩한 것이다. 형의 죽음에 임하여 3년간 꾸준히 나를 정성스럽게 지도해 주던 형의 인품이 새삼 생각되어 모아 두었던 형의 편지들을 편집하여 형의 영전에 바친다. 공부뿐만 아니라 인생 제반사에 사려깊은 충고를 해 주던 형의 고마움과 비교적 좋은 성적으로 원하는 대학에 합격했을 때 나보다 더 기뻐하던 형의 모습이 떠올라 다시금 눈물이 솟는다. 이 편지집으로 형에 대한 추억을, 형의 인품의 향기와 성스런 죽음의 의의와 함께 영원히 간직하려 할 따름이다."

1981. 6. 6
故人의 유일한 동생
要完

要完에게

그동안 잘 지냈니? 生後 처음으로 동생인 너한테 편지를 쓰는 것 같다. 서울에 올라온 지 1년이 다 되어 가는데도 네게 엽서 한 번 안 띄운 것은 내가 워낙 칠칠하지 못한 탓도 있지만, 兄으로서 네게 격려의 편지를 쓰기에는 현재 나 자신이 내세울 만한 입장이 아니기 때문이기도 하다.

아무튼 네게 조금이라도 힘을 불어넣어 주겠다는 목적을 갖고 쓰는 편지치고는 때가 너무 늦었다만 오늘에서야 생각이 나서 지금에나마 펜을 드는 것이다.

너 역시 우리 집 식구니까 별다른 말 없어도 알아서 열심히 잘해 왔으리라고 믿는다. 아버지, 어머니께서도 말씀하셨겠지만 우리 형님이나 누나들은 굳이 공부하라 마라 그런 말 없어도 잘해 왔다는 사실을 너는 잘 알 것으로 생각하기 때문이다. 나야 뭐 예외로 이런 훌륭한 전통에 누를 끼쳤지만.

전에 光州 있을 때 내가 네게 공부에 대해 어떤 질책을 가하면 네가 꽤 기분이 상한 것 같았던 사실도, 다 잘 알아서 최선을 다하고 있는 要完이 네게 대한 나의 부당한 간섭 때문이 아니었나 하는 생각도 든다.

동생에게 충고를 하려면 윗사람인 兄이 먼저 兄다운 처신을 해야 함에도 나는 그러지 못했으니, 내게도 나 자신 어지간히 못난 놈이구나 하는 마음이다. 수험준비로 마음이 바쁠 네게 쓸데없는 말이 길어졌다. 要完이 너한테는 입학시험 치른다는 것이 요번이 처음이니 여러 가지로 마음의 부담이야 가겠지만 현재 너의 실력으로 合格은 거의 확정적일 것이고 다만 시험치를 때까지 별다른 탈이 없으면 하는 바람이니 너도 마음을 좀 가라앉히고 지금까지 배운 것을 착실히 정리해 나간다는 기분으로 임하면 되리라고 믿는다.

나는 오늘 최종 배치고사가 끝났는데 오늘까지 본 3차의 배치고사 결과로 대개 어느 대학 무슨 계열에 갈 수 있다 하는 결과가 나오게 된다. 그런데 나는 독감이 걸린 데다 몸 상태가 별로 안 좋아서 배치고사 공부를 제대로 못한 듯해서 시험 결과가 나쁘게 나올 것 같다. 하지만 배치고사가 실력의 정확한 측정이라기보다는 대학 입학에 대한 최종적인 사정의 역할을 하는 것이므로, 또 학기 초부터 지금까지의 성적으로 보아 이대로만 꾸준히 해간다면 대개 사회계열에 합격할 수 있다는 학원 선생님의 말씀이므로 그렇게 걱정은 안된다만, 앞으로 해이되지 않고 열심히 하는 게 문제겠지. 또 안정권에 든 학생도 간혹 떨어지는 수가 있으니 방심할 수 없는 노릇이다.

마지막으로 信坤 형님이랑 형수님이랑 종선이, 종진이 잘 지내겠지. 키에 있어서 형님에 육박하게 자란 너를 보고 얼마나 다들 놀라셨을지?

오랫만에 편지를 쓰다보니 글이 장황하게 길어졌다만, 結論은 네게 보내는 나와 선혜 누나의 격려이며 성원이다. 그럼, 건투를 빌며 안녕.

'77 년 12월 13일

나는 요즘 어떻게 지내는지 모르게 하루하루를 보내고 있다. 이 말은 매일매일이 재미있어서 그렇다는 것이 아니라, 입학한 지 얼마 되지 않아 아직 大學生活에 익숙하지 않기 때문에 生活에 어떤 갈피를 잡을 수 없다 할까, 틀이 안 잡혔다 할까, 그래서 그런 것이다. 合格의 기쁨과 들뜬 상태도 차츰 새로운 과제거리로 부상해 온다. 萬事가 그렇듯이 山을 하나 겨우 넘으니까 또 더 높은 산이 기다리고 있는 것이다. 하지만 뭐니뭐니 해도 역시 객관적으로 볼 때 大學이란 자유스럽고 활기에 차 있으며 즐거운 곳이라고 해야 할 것 같다. 나도 이제 겨우 freshman이라 잘은 모르지만 과연 값진 대가를 치르고 들어올 만한 곳이라는 생각이 든다.

....

대학은 사회인이 되기 전에 마지막으로 거치는 最高學部이기 때문에 훌륭한 社會生活을 영위할 수 있도록 教育시키는 場所인 것 같다. 그래서 많은 自由와 時間이 주어진 반면, 자기가 할 일은 자기가 알아서 해나갈 것을 요구한다.

....

한편 앞으로의 사회생활에 필요한 원활한 인간관계 형성의 훈련, 교양의 증진, 좀 더 깊은 지식탐구와 연구, 친목 등을 목적으로 하는 수많은 Club, 學會, 연구시설, 보조시설 등이 있다. 아무튼 아까도 말한 바 있지만, 대학생활은 자신이 알아서 노력할 것을 요망한다. 말이 좀 길어졌다만 이렇게 약간 자세히 씀으로써 너에게 어떤 목표의식 같은 것을 불어넣어 주고 싶었다. 그리고 거기는 지금 어떤지 모르겠는데, 내가 고등학교에 처음 입학했을 때는 선배들이 아카데미 Hi-Yi(하이와이)니 하는 클럽들에 들어오라고 하기도 했는데(나도 처음엔 고등학생쯤 됐으니 클럽활동 같은 것을 해야 되지 않나 해서 귀가 솔깃했었고 결국 그런 것의 일종인 성당 학생회 활동을 해서 1, 2학년 때 공부를 소홀히 했기 때문에 재수를 하게 된 것은 너도 잘 알리라 믿는다) 물론 理想的으로는 좋은 Club에 들어가서 교양도 쌓고, 사회를 보는 눈도 기르고, 女學生과도 얘기해 보고(!) 하는 것도 좋겠지만, 현재의 우리나라 現實은 우선 좋은 대학에 들어가기를 바라니, 그러니 金要完이여, 3년간이란 길다면 길고 짧다면 짧은 세월을 열심히 공부하시라! 내가 전번부터 너에게 열심히 공부하라는 것을 자꾸 강조하는데 이말을 어떤 강박관념을 갖고 대할 필요는 없다. 즉 열심히 공부한다 하면 우선 밤잠도 잘 안 자고, 막 고민하고, 몸도 허약해지고 뭐 그런 것을 연상하게 되는데 그런 식으로 생각할 필요가 없다는 것이다. 지금 내가 생각해 보니 공부란 그렇게 어려운 것이 아닐 뿐더러 공부 잘하는 친구들을 봐도 뭐 그렇게 힘들어 하는 것 같지는 않다. 물론 쉽지도 않다. 하지만 막연히 추상적으로 '어렵다'는 의미에서 공부하기가 '어려운 것'은 결코 아니다. 흔히 말하는 '뼈를 깎는 …' 이런 식의 어려움이 아닌 것이다. 그런 식으로 표현하니까 많은 학생들이 오히려 더 용기를 잃고 중도에서 포기하거나 공부를 않게 되는 수가 많은 것 같다. 나는 공부를 잘하게 되는 요소를 네 가지로 나눠보고 싶다. 흥미, 끈기, 요령, 두뇌가 그것인데 처음의 '흥미'라는 것이 가장 중요한 요소가 아닌가 싶다. 물론 공부하기를 좋아하는 사람이 누가 있을까마는 내가 말하는 '흥미'란 그런 뜻에서가 아니라 공부의 과목 그 자체에 흥미를 붙이라는 것이다. 예를 들면 국어는 문학과 관계가 깊으니 그런 면을 통해서 흥미를 붙이고, 數學은 혼자 힘으로 어려운 문제를 풀어냈을 때의 기쁨을 통해서 흥미를 붙인다. 또 일반적으로 흥미를 잃은 과목에 흥미를 붙이는 방법 중의 하나는 그 과목 문제집을 좀 많이 풀어보는 것이다. 이 방법은 문제를 풀 때 자기 힘으로 일일이 생각해 답을 얻는 과정에서 끈기가 요구되지만, 그것이 끝나 답이 맞았을 때 갖는 그 기쁨, 이런 기쁨들이 모여 차츰 그 과목에 흥미를 갖게 되는 것이다. 그리고 현재 우리나라는 학교시험도 그렇고 입학시험도 그렇고 모두 문제를 통한 test이기 때문에 문제를 틈틈이 많이 풀어보는 것이 좋다고 생각한다. 그런데 여기서 한 가지 명심할 것은 문제를 풀 때 시간이 좀 걸리더라도 자기 힘으로 생각해서 풀어야지, 되도록 노트나 참고서, 정답 등을 안 봐야 하는 것이다. 문제를 통해서 사고력을 기르는 것이 중요하기 때문이다.

지금까지 공부에 대한 것만 강조했다만 많이 놀 것도 강조하겠다. 구기 종목이나 탁구같은 것을 권장하고 싶다. 이런 운동은 적당히 하면 건강에도 좋고 Stress 해소에도 좋을뿐더러 친구 관계도 훨씬 원활하게 해준다.

다음에 얘기하고 싶은 것은 책을 많이 읽으라는 것이다. 너도 많이 들었을 테니까 긴 얘기는 않겠고, 되도록 훌륭한 고전 작품을 많이 읽으면 싶다. 마지막으로 얘기할 것은 누구나와 원만한 인간 관계를 유지하라는 것이다.

'78년 3월 27일

너는 이제 어느 정도 고등학교 生活의 틀이 잡혔는지 궁금하구나. 전번에 식구들이랑 보러갔을 때 직접 학교랑 너랑 보고 나니 그런대로 괜찮다는 생각이 들었다. 잘하고 있겠지만 매일매일이 알찬 나날이 되도록 항상 노력해라. 너도 지금까지 지내와서 잘 알리라.

현실은 정말 너무 냉정하고 너무 정확하다. 열심히 노력하면 기대 이상의 좋은 결과가 오지만, 그렇지 못하면 걷잡을 수 없이 현실은 우리를 닦아세운다. 작년에 내가 失敗한 것이나 너의 쓴 잔, 선혜 누나의 연이은 낙방도 역시 노력 부족이란 한마디로 그 이유를 귀결지을 수 있지 않을까 한다. 그 노력 부족을 가져온 이유는 여러 가지겠지만 그중의 커다란 하나가 우리 집이 좀 여유가 있음으로 해서 생긴 마음의 해이, 안일함이 아닐까? 그것은 必然的인 것이긴 하지만 좀 더 잘되기 위해서는 그걸 극복해야겠지. 너도 이걸 항상 마음속 깊이 명심하고 정진해주기 바란다. 그렇다고 항상 팽팽히 긴장해 있으란 말은 아니다. 놀 때는 실컷 뛰놀아버리고 피곤하면 푹 자버리고 그렇지만 가슴속 깊이는 꾸준히 노력해야겠다는 자세, 남에게 뒤지지 않겠다는 오기, 외유내강의 실속을 간직하고 있으란 말이다.

......

너도 이제 사춘기의 절정으로 접어들게 되는데 그러면 精神的으로도 어려움이 있을지 모르겠다. 그럴 때마다 너와 얘기가 잘 통하는 선혜 누나나 또는 내게, 또 선생님에게 상의해라.

마지막으로 내가 좀 신경질적이어서 어렸을 때는 너와 다투기도 했지만, 나는 마음속으로 너를 깊이 사랑하고, 또 너를 항상 염두에 두고 있다는 것을 알아주기 바란다. 또 네가 나보다 나이가 어리다고 해서 만만하게 보거나 어린애 취급하거나 너의 존재를 무시하거나 하지 않으므로 너도 내게 의견이 있으면 당당하게 피력하고 여러모로 상의할 것이 있으면 의논도 하고 했으면 한다.

'78년 5월 28일

네게 글을 띄운 지도 꽤 오래된 것 같은데, 한번쯤 마음먹고 쓴다는 것이 게으름을 피우다 보니 이렇게 늦어졌다. 전번의 네 편지는 잘 받아 보았는데, 거기에는 네가 의젓한 고등학생으로 잘 성장해가고 있음을 읽을 수 있어 무척 기뻤다. 고등학생 된 지가 벌써 1년이 돼가니 고교생활이 대개 어떤 것이란 것을 대강 체험했을 줄 안다. 학교에서도 윤리 시간에 배웠겠지만 사춘기니, 어린이에서 어른으로의 과도기니 하는 표현을 굳이 빌지 않더라도 고교시절이 중요한 시기임은 확실하다. 하지만 이런 것을 자꾸 강조한다 해서 어떤 부담감을 가질 필요는 없다. 현재의 너는 가장 정상적으로 잘 보내고 있으니 말이다.

....

나는 아주 재미있지도 않고, 또 그리 재미없지도 않은 나날이다. 대학이란 것이 개인에게 많은 자유시간을 주기 때문에 그 시간에 앞으로의 사회생활의 밑거름이 될 수 있는 일을 할 수 있다. 그 대표적인 일이 책 읽는 일이라고 할 수 있다. 나도 선배들이나 많은 사람으로부터 책을 많이 읽으라고 누누이 들어오지만, 쉽사리 되지는 않는 것 같다.

......

너의 '全人的 人間'이 되겠다는 의견을 네 편지에서 읽고 선혜 누나랑 무척 대견해했다. 물론 너도 고등학교 1학년쯤 되니, 생각도 많이 하게 되겠지만, 어떤 올바른 과정이랄까 뭐 그런 것을 네가 밟고 있다고 생각하니, 나나 누나에게 기쁜 마음이 든 것이다.

'78년 11월 28일

나는 아르바이트 가는 것을 빼고는 집에서 뒹굴뒹굴, 책을 좀 많이 보려는데 집에만 주로 있는 따분한 生活이어서 그런지 그것도 잘 안된다.

네 공부는 잘 되는지 모르겠구나. 식구들하고 떨어져 客地에서 고군분투하는 네가 苦生이 많으리라 여겨진다. 공부에서는 분위기도 중요해서 식구들이 옆에 있어주면 그것이 촉진제가 되어 더 잘 되는데, 너는 그런 면에서는 손해를 보고 있는 셈이다. 네 나이 때는 思春期의 진통을 겪게 마련이다. 여러 가지 고민도 많고 집중이 잘 안되고, 의욕을 잃는 등 내가 재수하게 된 것도 실은 이러한 공부 외적 문제를 이겨내지 못해서이다. 그런데 사람이란 누구나 네 나이 때는 그런 어려움을 경험한다. 물론 각자 정도 차이는 있지만, 공부 잘하고, 내성적이고, 감수성이 예민하고, 종교적 가정에서 자라난 사람들이 일반적으로 더욱 심하다. 무슨 죄책감 같은데 시달리는 것도 여기에서 기인하는 것이다.

이런 것은 사람의 성장 과정에서 생기는 하나의 생리현상이므로 크게 걱정할 것은 못되고, 공부에 더욱 심혈을 기울임으로써 이겨내야 하지 않을까 싶다. 가장 좋은 해결책은 책을 많이 읽고 마음껏 뛰어놀고 해서 건전하게 심신을 단련하는 것이겠지만, 우리나라의 현 여건은 그러하지가 못하니 모든 것을 대학 때까지 미루고 우선은 공부에 전념해야겠지.

나는 너 자신보다야 못하지만, 얼마 전에 고등학교 시절을 보냈기 때문에 너의 입장을 어느 정도는 이해한다. 가끔 공부가 지긋지긋하게 싫어지는 일이며, 성적이 푹푹 떨어지는 일이며, 실의에 빠지고 좌절하는 일이며 등등. 이 모든 것을 나도 꽤나 뼈저리게 경험했다. 그렇지만 승자가 되기 위해서는 이를 이겨내야 한다. 만약 이러한 어려움이 없다면 누군들 공부 못하랴?

교양인이 되고 지성인이 된다는 것은 바로 이 정신적 고통을 많이 체험했다는 얘기다. 그렇다고 해서 내가 전에도 얘기했지만, 공부한다는 것이 무턱대고 추상적으로 어려운 것은 결코 아니며, 얼마나 끈기 있게 달라붙느냐의 문제다. 지성이면 감천이란 말이 있듯이 열심히 하다 보면 자기대로의 요령도 생기고 흥미도 붙게 마련이다. 세상 일이 모두 그렇듯이 뜻대로 쉽게 되지는 않지만, 한편 현실은 언제나 정확하므로 노력한 만큼의 보상은 반드시 온다.

'79년 2월 5일

너는 연고자도 없는 타향에서 고생이 많겠지? 현실적으로 볼 때 네가 어려운 처지에 있는 것은 사실이지만, 이것을 역이용해서 너의 성장에 도움이 되는 요소로 만들기 바란다. 사실 너는 그렇게 역경을 딛고 꿋꿋이 자라고 있는 것 같다. 위대한 인물들은 가만히 살펴보면 모두 역경을 딛고, 오히려 그것을 자기 발전의 계기로 삼아 성공한 사람들이다. 요즘 와서 나도 느끼는 바인데, 내가 너무 편하게, 유복하게 살아 왔다고 여겨진다. 물론 나보다 더 편안하고 행복하게 살아 온 사람도 적지 않지만, 나의 주위의 친구들이나 아는 사람들을 자세히 살펴보고 그 사람들의 생활 여건이나 환경들을 조목조목 꼼꼼히 따져보면 참 나처럼 그런대로 괜찮게 편하게 (여러 면에서 볼 때) 사는 사람도 드물다는 생각이 들 때가 한두 번이 아니다. 공부는 잘하는 데도 집안이 매우 어렵다든지, 집안은 부유한데 가족끼리 불화가 심하고 건강이 나쁘다든지 등등. 그래서 내가 가끔 게으름을 피우고 싶고, 하는 일이 귀찮아지고 할 때면 내가 너무 나약해서 그렇지 않나 하고 나 자신을 돌아다본다. 너도 젊었을 때 고생은 사서라도 한다는 옛말을 항상 염두에 두고, 힘들겠지만 끈기 있게 노력해 주기 바란다.

누가 인생을 축구 경기에 비유했다는데 상대방이 골문 가까이에서 한참 위협적인 공격을 하면 위기이지만, 이 위기만 잘 극복하면 기습 공격을 해서 오히려 우리 쪽에 유리할 수 있다는 것을 인생의 성공과 실패에 비유할 수 있으리라. 그리고 설사 한 골 먹었다 할지라도(인생에서 어떤 실수나 실패나 시련을 겪었다 할지라도) 자기가 센터 라인에서 공격할 기회가 주어진다. 이 기회만 잘 살린다면 한 골을 만회할 수 있을 뿐 아니라 여세를 몰아 역전승을 거둘 수도 있다 (인생이란 축구 경기, 즉 자기 자신과 외적 조건과의 시합은 어느 한 편이 우세한 게 아니라 둘 다 실력이 비슷하기 때문에 자신이 최선만 다한다면 누구나 승리할 수 있는 축구 시합인 것이다).

……

다만 너에게 최선을 다하라고 당부할 뿐이다. 어떤 사람이 훌륭한 삶을 영위했다는 것은 실은 그가 외적으로 인생에서 성공했느냐 실패했느냐에 있는 게 아니라, 얼마나 성실히, 얼마나 최선을 다해 살아왔느냐에 있는 법이다. 너도 최선을 다하면 되는 것이다. 그리고 절대 무엇이든지 자신이 목표한 바 있으면 포기하지 말라고 말하고 싶다. 물론 때로는 좌절도 하고 고민도 하고, 시련에 부딪히기도 하겠지만, 절대로 포기하지 말고 끈질기게 나가야 한다. 지성이면 감천이란 말은 조금도 틀림없다. 그리고 설사 자신의 목표가 이번에 안되더라도 다음 번도 있으며 그 목표를 향해 노력하는 과정 자체가 자신에게 굉장한 도움을 준다.

'79년 4월 22일

너도 방학 때 서울 와 봐서 잘 알겠지만 나랑 선혜 누나의 생활은 무미건조하고 삭막하다. 1학년 때만 해도 대학생활에 대해 막연한 기대 같은 것을 가졌었지만, 2학년이 되어 전공도 갖게 되고, 차츰 자신의 장래 준비도 해야 된다고 생각하니 어떤 초조감이나 불안감이 마음 한구석을 차지하게 되었다. 다른 애들도 이번 학기부터는 학점을 잘 받아야겠다느니, 行政考試 준비를 해야겠다느니 하면서 (경제학과에서 국가시험을 치는 경우에는 주로 행정고시를 많이 본다) 들썩댄다. 이런 유의 초조함이나 들썩거림은 대학입시를 앞둔 고교시절의 그런 것과는 또 다른 양상을 띤다. 즉, 졸업하고 자신이 어떤 직업을 택할 것이냐 하는 일생의 향방이 달린 문제라서 나름대로의 어려움이 있는 것이다. 우리 科 같은 경우는 유학을 가거나, 대학원에 진학해서 학자나 교수가 되느냐, 회사나 은행에 들어가느냐, 행정고시에 합격해서 관리가 되느냐 하는 등의 방향이 있는데, 나는 아직 어디로 나아갈까 하는 게 미정이다. 어느 방향으로 진출하든 공부 열심히 하고, 학창생활을 충실히 보내는 게 물론 가장 중요한 일이겠지만 말이다.

  ……

사실 영원한 승자도 영원한 패자도 없듯이 너의 앞날은 너의 과거가 결정해 주는 것이 아니라, 너의 현재, 네가 현재 얼마나 열심히 노력하느냐가 결정하는 법이다, 나는 여기 와서 그런 예를 많이 보고 들었으며 나 역시 낙방의 쓴 잔을 마셔본 경험이 있기 때문에 그런 것을 더욱 절실히 느낀다.

　네가 실력으로 나를 한번 이겨보겠다는 생각으로 더욱 매진해라. 선의의 경쟁을 통해 서로 간의 발전을 가져오고, 아울러 우애를 더욱 돈독히 할 수 있을 것이다. 위에서 말했듯이 승부란 정해질 수 없고, 항상 누가 더 노력하느냐, 누가 더 人生을 알차게 보내느냐 하는 것이 중요하다.

'79년 9월 18일

　요컨대, 무엇보다 중요한 것은 '용기를 가져라'라는 것이다. '남들도 하는데 내가 못 하랴' 하는 마음으로 … 안녕, 건투를 빈다.

'79년 11월 11일

　아버님이 이번에 상경하신 일은 상당한 의미를 지니고 있다. 무슨 말인가 하면, 아마 아버지께서 3월쯤에 지점장 자리를 그만두시게 될 모양이다. 정년퇴직 비슷한 것이 되겠지. 구체적 내용(아버님이 지점장직을 그만두신 후 회사를 완전히 떠나서서 집에서 지내실 것인가, 또는 딴 직업을 갖게 되실 것인가 등의 문제)은 아직 잘 모르고, 또 그만 두시게 된다는 것도 아직 남에게 잘 알려져 있지 않으니, 너도 우선 이 정도로 알아두기 바란다(딴데 함부로 이야기하지 말고). 자세한 것은 3월달에 발령이 나봐야 알게 될 것 같다. 이 일이 우리 집에 앞으로 오히려 플러스 요소가 안되리라는 보장은 없지만, 우선 생각할 때 그리 반가운 일은 아닌 것 같다. 아버님이 失職하신다 해서 우리 식구 살기가 굉장히 어려워진다거나 그러지는 않겠지만 암만해도 그 전보다야 못해지겠지. 또 아버님이 규칙적인 근무생활을 그만 두시게 된다면 아버님 건강이 상하게 될까 염려도 된다.

　이런 일이 있다고 네가 크게 신경 쓰거나 상심할 필요는 없다.

네 할 일만 그대로 꾸준히 해나가면 되지. 다만 공부할 때 해이해지는 마음을 다잡는데 이 일이 오히려 도움을 주게 되었으면 하는 바람이다. 나도 이것을 계기로 비교적 안일하고 게을렀던 나의 생활을 반성하려고 한다.

그리고 한 학기나 1년쯤 休學하려 했던 나의 계획을 버리고 말았다. 식구들, 백자형, 친구 등 누구 하나 동조하는 사람도 없을뿐더러 괜히 아버지, 어머니 신경쓰게 해드릴까봐 생각을 고쳐 먹게 되었지. 나는 이런 반대를 각오하고 휴학을 강행하려 했었는데(나대로의 계산과 계획이 있긴 있었다), 이번 일이 생겨서 되도록 빨리 졸업하는 것이 부모님 노고를 덜어드리는 것이리라고 여기고서는 할 수 없이 휴학 계획을 취소하고 말았지.

휴학하면 시간 여유가 있으므로 너에게 좀 더 신경을 써주고, 도와줄 일이 있으면 도와주려고 마음먹었는데 불가능하게 됐지. 하지만, 학교 다니면서도 편지로나마 너를 격려하고 하나님께 기도드리겠다.

…….

나도 이제 3학년이 되었으니 더욱 열심히 공부하려고 한다. 열심히 생각하고 열심히 들여다봐야지.

……

삶이란 어떻게 보면 시련과 좌절의 연속처럼 보이지. 하지만 그런 가운데도 굽히지 않고 노력하면 반드시 좋은 성과 있으리라. 내가 특히 강조했지만, '자기 힘으로 풀고 생각하라.'

내가 형으로서 너에게 좀 더 실질적인 도움을 주지도 못하고 글로만 몇 자 긁적거렸지만 문제는 마음 아니겠냐? 헌데 또 너무 성급하게 마음먹고서 허둥거릴 필요도 없고, 차분하면서도 날카롭게 피나는 노력을 기울여야지.

'80년 2월 28일

그리고 내가 자주 강조했지만 사고력이 중요한 것 같더라. 원래 이것이 학문에서 중요한 것인데 우리나라 현 교육제도는 주입식 위주가 되어서 왜곡되어 있는 형편이지. 그런데 서울대 입시는 이 점(사고력 위주)을 중시하니 오히려 낫다면 낫다고 할 수 있지. 암기라는 것도 자주 생각해 보고 따져보는 과정에서 자연스레 되는 것 같더라.

이런 것 모두 네가 잘 알아서 하리라 믿는다. 굳이 내가 뭘 '주장'해야 한다면 절대로 낙담하거나 실망 말라는 점일 것이다. 내가 자꾸 한 소리 또 하고 그러는데, 그것은 이런 것들이 그야말로 '아무리 강조해도 지나치지 않기' 때문이다. 네게 공부만 자꾸 강조해서 나 자신 가끔 비참해지는 경우도 있는데, 우선은 그래야만 하지 않겠냐? 내가 대학 들어오면 좋은 책도 소개해 주고 미팅도 주선해 주겠다. (미팅이란 자신이 하기보다 주선하는 일이 더 쉽긴 하지만!) 허허.

힘을 내라, 김요완!

앞으로도 자주 편지내겠다. 네게 부담스러우면 특별한 일이 없는 한 답장할 필요는 없다. 그 대신 어렵거나 힘든 점, 고민되는 점이 있으면 기꺼이 편지하기 바란다. 내가 훌륭한 조언자가 되리오마는 그래도 형제 중에 너와 가장 오랫동안 같이 지냈고, 너와는 어렸을 때 서로 싸움도 했으니 만큼 그런 면에서 오히려 서로 터놓고 더욱 친숙해질 수 있었으니, 무엇보다도 나 자신 고교시절 정신적으로 상당히 어려운 시기를 보냈고, 지금도 大差 없고 해서 心的인 어려움엔 많은 경험이 있다거나 그러니 말이다 (내가 대학 와서 오히려 더 내성적이 된 것은 너도 느꼈으리라).

'80년 3월 16일

나는 1, 2학년 때 많이 놀았으니 3학년 때부터는 열심히 공부할 작정으로 노력하고 있다. 수업이 끝나면 즉시 집으로 와서 집에서 주로 공부하고 있다. 재곤 형님이 공부 잘하는 것은 진짜로는 대학 때 알 수 있다더니, 이제 그 말이 무얼 의미하는지 알 만하구나.

어느 정도 학문다운 공부를 하려 하니 실로 엄청난 노력이 요구되는 것 같다. 건강과 학문에 대한 정열이 있어야 대학 때 학문다운 학문에의 접근이 가능하겠더구나.

....

나 자신 갈수록 뼈저리게 느끼는 바인데, 꾸준한 노력이 공부에는 무엇보다 중요한 것 같다. 그래서 나도 3, 4학년 동안에는 오직 공부에만 정진할 결심이다.

어려움을 참고 서로 열심히 노력하도록 하자. 집안 사정도 좀 안 좋아졌는데, 이런 것을 계기삼아 더욱 서로 분투해야 되지 않겠냐?

'80년 4월 6일

학교에서 과제물이 잔뜩 와서 나는 그동안 빈둥거린 죗값을 달게 받고 있다. 열심히 노력하는 사람에게 좋은 결과를 가져온다는 것을 명심하고서 성실히 꾸준히 정진해주길 바란다.

'80년 6월 24일

휴교령은 해제되었으나, 서울대학은 아직 개강 일자가 확정되지 않아 집에서만 지내고 있다. 9월 중순께부터 학교에 가지 않나 싶다.

가을은 유난히 날짜가 금방 금방 지나갈 테니 너의 고생기간도 얼마 남지 않은 것 같다. 네가 페이스만 유지한다면 유종의 미를 거둘 수 있으리라 확신한다.

가을이 되니 옛날 나의 체험이 되살아나서 네가 하는 고생을 더듬을 수 있을 것 같구나. 아무튼 최선을 다해주기 바란다.

'80년 9월 5일

要完에게

요즘 초조하면서도 바쁜 나날이겠구나. 선혜 누나가 옆에서 항상 격려하고 있을 테니 나로서도 어느 정도 마음이 놓인다.

누누이 얘기하지 않아도 많이 들었겠지만, 긴장되고 초조하더라도 마음을 가다듬고 꾸준히 해나가는 게 중요하겠지. 당사자인 너로서는 불안한 마음을 누그러뜨리는 게 쉽지 않을 것이다. 조그만 시험을 앞두고도 사람들은 누구나 다 부담스러워 할 정도니. 그런데 사실 가만히 생각해 보면 시험의 결과는 평소의 집적된 노력에 의해 정해져 있는 것이고, 우리가 시험을 치른다는 것은 단지 현실적으로 그 결과를 알아보기 위한 것에 지나지 않는 것 같다. 시험 당일의 운수 같은 것도 작용은 하겠지만, 큰 차이는 없을 것이고 가장 중요한 것은 시험 보는 순간까지의 성실한 노력인 것이다. 이것은 극히 당연한 얘기인데도 사람들은(사람인 이상 그렇겠지만) 시험 당일 그 자체를 너무 중시한다. 시험 날짜가 언제구나, 아! 그날 Condition이 좋아야 할 텐데 등등을 시험 보기 전에는 자주 뇌까리고 시험 본 후에는 아 ! 오늘 시험 망쳤어. 실수를 해버렸지 뭐야 등등의 말을 뇌까리는데 이것들이 좀 우습다는 느낌이 들게 된다. 실수하지 않는 게 바로 실력이고 성실한 노력 속에서 그런 것이 나온다는 것은 매우 당연한 얘기가 아니겠냐?

물론 사람들은 사람인 이상 어쩔 수 없이 시험 당일에 '운수대통'하여 실력 이상으로 잘 보기를 기대하고, 시험 당일을 초조한 마음으로 기다리지만(이런 얘기하는 나 자신도 항상 그렇지) 네가 초조한 상태에 있다면 그것을 조금이나마 풀어보라는 의도에서 이 얘기를 하는 것이다.

너는 비교적 안정적으로 상승하는 추세이고 열심히 해왔으니, 전에도 얘기했듯이 페이스를 유지하면서 해나가면 좋은 결과 있으리라 믿는다. 너의 평소 실력을 발휘한다는 기분으로 임하면 되리라. 컴퓨터 카드 사용법은 학교에서 잘 주지했을 터이므로 자신의 평소 노력만큼만 예비고사 성적을 받는다는 차분한 자세로 대하면 시험 당일 실수 없이 무난히 잘 할 수 있을 것이다. 당일날 시계도 가져갈 것이니, 1문제당 평균 1분을 소비하면 된다는(수학은 2분) 계산 하에 문제를 풀어가면 되겠지. 나름대로의 문제 푸는 요령이랄까 이런 것은 네 자신 여러 차례의 시험을 통해 어느 정도 터득했을 테니 긴 말 않겠다.

올해 문제가 예년에 비해서 좀 어려워지리라고 했는데 현저한 차이가 있을 것 같지는 않고, 설사 어렵다고 하더라도 너도 잘 알다시피 어려운 문제가 쉬운 문제와 병 떠서 확연한 거리를 두고 있는 게 아니라, 논리체계 속에서 더 깊이 들어간다는 것이니 어려우면 어려운 대로, 쉬우면 쉬운 대로 푸는 것 아니겠냐?

나 같은 경우에는 시험 당일 예비고사 문제지의 오프셋 활자가 큼지막하고 깨끗한 게 문제가 잘 풀릴 듯한 기분이었고, 보고 나서도 뭔가 허전하면서 막연히 시험이 잘 봐진 듯한 느낌이었다. 이 감정은 누구나 갖는 모양인데, 객관식이고 예비고사가 비교적 쉬우니까 그런 것 같더라. 그런데 나중에 뚜껑을 열고 보면 역시 실력대로 나오지. 나는 재수하고 2번째 예비고사를 치를 때 미리 막연한 기대를 떨구어 버리려고 기억을 되살려 쓰라림(!)을 무릅쓰고 채점을 해봤는데, 신통하게도 진짜 성적과 맞아떨어졌었다. 이번에는 문제지를 공개한다니, 미리 채점해 보면 대강의 자기 성적을 알 수 있겠구나. 너도 느껴 왔겠지만, 미리 채점해 보는 게 그리 기분 좋은 일은 못되지. 틀린 게 나오면 마음이 쓰리고 얼마나 틀렸을까 조마조마하고.

지저분하게 얘기가 길어졌는데 요컨대 '예비고사 성적은 곧 평소의 노력이다'라는 것을 명심하고 초조와 긴장, 불안을 달래가며 차분히 공부해 주기 바란다. 며칠 남지 않은 기간(이 말부터 긴장감을 자아내는구나) 열심히 해라. 건강에 유념해서, 딴게 아니라 밥을 잘 먹고 잠은 너무 작게 자지 않도록.

사족 같은 얘기 한 마디 덧붙이자면 시험보다 보면 자기도 모르게 한 문제에 시간을 너무 소비해 버리거나 시간 배당상 자기 뜻대로 안되어 마음이 급해지는 경우가 많은데 대개 아직 안 푼 문제는 더 쉬운 문제가 많으니 초조해하지 말고 열심히 풀면 된다. '설사 조금 실수한다 해도 대세에 큰 지장이 없음은 평소의 노력이 성적이다'라는 기본 명제가 항상 뒷받침해 주는 사실이다.

나는 2박 3일로 수학여행 갔다 왔는데 그런대로 재미있었다. 한 가지 중요한 실수는 필름을 잘못 끼워 사진이 아예 전혀 나오지 않은 것이다. 원래 사진기에 있던 필름으로 찍은 것은 몇 장 나왔는데, 새로 필름을 끼울 때 필름이 감기지 않은 것을 모르고 찍다가 왕창 나간 것이지. 더욱이 내 사진기로만 전체 사진을 찍었는데 그것이 하나도 나오지 않았으니 그야말로 망신살이 뻗쳤지. 여기에도 역시 '평소' 논리, 즉 평소에 사진기를 안 다뤄봤으니 이런 결과를 빚었다는 교훈을 새삼 절감했지.

아무튼 역사적인(?) 비극이었다. 그건 그렇고 건강히 잘 있거라.

건투를 빈다.

1980년 11월 12일
兄

要完에게

좋은 성적을 받은 것을 축하한다. 네가 열심히 노력한 결과이리라. 여러모로 생각해서 의대에 진학하기로 했다니, 앞으로 더욱 분발하기 바란다(노파심에서 하는 소리인데 색각이상 등 신체검사에 결격될 것은 없겠지. 학생 모집 요강 참조해라).

졸업 정원제도 있고 해서 그렇지 않아도 의대는 많은 공부를 필요로 하는 만큼 대학에 가서도 더욱 열심히 할 각오가 필요할 것 같구나. 신곤 형님의 조언도 받고 해서 앞으로 유익한 학창시절을 보내도록 노력하자. 특히 지금은 틈틈이 영어공부에 주력해야 할 것 같다(회화는 학원에서 하는 걸로 끝내고 어휘나 독해에 치중).

그리고 아버님과 상의해서 네가 입학한 후에 서울 아파트를 옮기는 등의 문제도 확정지어야 할 것이다.

여기에 입학원서를 보내는데, 원서는 하나에 600원씩 밖에 안 해서 여분으로 하나 더 보낸다. 원서 작성은 학교에서 잘 알아서 지도해 주겠지만 학생 모집 요강 등을 참조해서 착오 없도록 해라.

다시 한번 너의 좋은 성적을 축하하며, 아직 입학하기도 전에 공부하는 독려를 보냈는데 그것은 네가 자만함이 없이 계속 열심히 하라는 의도에서이고, 비교적 고생스러웠던 너의 고교시절에 유종의 미를 거두었으니, 이제 좀 더 즐거운 대학시절을 기대해도 될 것이다.

'81년 1월 12일
兄

가족 김태훈 137

이 글은 태훈 형이 대학 1학년 때부터 3학년 때까지 고등학생인 동생에게 보낸 편지들의 전문과 발췌문입니다,

이 글 속에서 형으로서 동생을 아끼고 사랑하는 마음을 구절마다 느낄 수 있습니다. 또한 부모님들이나 집안 식구들에게는 훌륭한 아들이고 동생으로서의 모습도 볼 수 있습니다.

그리고 편지 중에서 형의 생각의 일면들을 읽을 수 있었으며, 형이 얼마나 성실하게 살려고 노력했는가는 몇 구절만 읽어보아도 알 수 있습니다. 형은 자신을 크게 내세우지도 않고, 자신이 해야 할 일들을 성실히 생각하며 수행했던 것입니다. 자신과 가족과 사회에 성실하게 살려고 했던 형의 삶의 자세가 마침내 자신을 역사에 바쳤던 것입니다. 성실하게 살려 했던 형의 삶의 자세가 우리에게 귀감이 아닌가 생각합니다.

다시 한번 형의, 작지만 커다란 뜻에 머리 숙이며 하나님 품 안에서 영생을 얻으시길 빕니다.

1. 5 나의 목숨을 한 알의 밀알로

- 가족들의 추모 글

태훈에게

슬프다! 태훈아. 나를 너무너무 닮았다는 너를 언젠가는 보겠다는 기대가 항상 컸는데 이게 무슨 소식이냐? 와서 본 너는 이미 가고 오직 나오는 눈물만이 너의 소식을 맞이할 뿐이다. 그러나, 이 크나큰 슬픔이 어찌 너의 강한 뜻을 가릴 수 있으랴! 너는 천주교도로 세상에 낳고 천주교도로 세상을 살고 천주교도로 세상을 갔다.

네가 너의 목숨을 던졌다고 누가 탓하랴? 너는 다 알고 있었다. "누구든지 자기 목숨을 구원하고자 하는 자는 잃을 것이요, 누구든지 나를 위하여 제 목숨을 잃으면 구원을 받으리라"는 예수님의 말씀을.

너는 아버님, 어머님의 말씀에 순종하여 모든 학생활동에 참여하지도 않고, 학구에만 전념하였다. 그래서 그날도 점심을 싸 가지고 도서관에서 공부를 하고 있었고 끝나면 친구를 만날 약속까지 있었다. 그러나 들리는 저 절규를 너의 양심의 절규를, 하나님의 말씀을 어찌 더 이상 묻어둘 수 있었겠냐?

너는, 너의 사랑을, 너의 희생을, 너의 목숨을 한 알의 밀알로 만들 것을 하나님께 기도했다. 너의 친구들의, 너의 이웃의, 펴지지 못하고 억울하게 묻혀버린 정의를, 진리를 대변하기로 하였다.

티 없는 너의 시신이 그것을 대변하였다. 너의 티 없는 과거가 그것을 대변하였다. 예수님의 말씀이 그것을 대변하였다.

슬프다! 보고싶다!

그러나, 너의 거룩한 웅변이 나의 슬픔을, 우리의 슬픔을 훗날 천국에서 만날 기쁨으로 승화한다.

태훈아!

1981년 6월 1일
너를 기다리는 형 光坤

태훈에게

태훈아.

이제는 소리내어 부르지 못할 이름이구나. 안경을 한 손으로 치켜 올리며 눈을 좀 크게 뜨면서 미소하던 너의 모습이 금방 눈앞에 보이는 듯 느껴진다. 그 굵디굵은 음성과 독특한 너의 손짓이 이제는 나의 가슴을 아프게 하는 기억이 될 줄이야.

1981년 5월 27일, 서울대학교 상과대학 경제학과 4학년, 22살의 젊은 나이로 너는 갔다. 앞으로도 너는 항상 늙지 않을 것이야. 너의 높은 정신처럼, 자세처럼, 늙지 않을 것이야. 사람의 한평생에 그리 대단한 일을 남길 수 없음을 너는 너무 잘 알았기에 더 없이 큰 용기가 너를 도서관에서, 이 세상에서 뛰어 내리게 하였겠지. 불의와 잔인과 교만과 증오가 위에 있는, 사회정의에의 부르짖음이 의미없이 사그러져 가는 시대에 너는 무언가 경종이 되고 싶었지. 그리하여 너는 하나의 불꽃이 되었다. 목숨으로 불꽃이 그리고 한 알의 밀알이 되었다.

태훈아.

부모님과 형, 누나, 동생에 대한 고려를 네가 안 하지 않았음을 나는 믿어. 그러기에 그들 모두가 이제는 슬픔을 딛고 너의 죽음을 이해하고 장한 아들, 형제로의 자부심에 가슴 뿌듯함을 아픔과 함께 간직할 수 있게 되었지. 그 이상의 배려가 어디에 있겠니.

태훈아.

어느 산에서인지 찍은 너의 사진을 마주하고 나는 이 글을 쓰고 있지만 한없이 고독하게 보이는 너의 모습의 고고함에 나는 놀라고 존경과 눈물이 함께 옴은 어인 일이니? 순수무구한 용기가 그 속에 있었나 보다. 형들이 말하는 '대단한 놈'의 기개가. 그러나 그건 아무것도 아니야. 너의 착함이 없었다면. '사랑'이 없었다면. 사랑의 사회실현을 위한 노력, 이것이 네 삶의 전부가 아니었다면.

태훈아. 다두야.

보고 싶구나.

깨끗하기만 했던 너의 일생이 부러웁다. 잘 있어. 천국에서 다시 만날 때까지. 그리고, 우리 가족 모두가 그곳에서 다시 만날 수 있도록 천주님께 기도해 줘. 안녕.

주여, 망자에게 평안함을 주소서.

1981년 6월 2일
셋째 누나 헬레나

1. 6 친구들의 추모글

너무 멋진 녀석

"그는 정의롭게 살고, 신성하게 죽었다"

다두는 나의 가장 친한 친구 중의 한 사람이었으며, 아직도 내 마음속에 살아있다. 우리는 1학년 때 EHSA라는 서클에 같이 들어온 뒤로 친구가 되었다. 처음에는, 그는 나를 끌어 당기지는 않았지만, 그건 아마도 누구에게도 마찬가지였을 것이다. 그는 어떤 면에서는 너무 내성적이어서 우리와의 사귐을 그렇게 즐기지는 않았다. 가끔 그는 다른 친구들이 서로 잡담할 때도 혼자서 서 있곤 하였다.

1학년 기간 중에서 그의 잠재적인 개성을 발견한 것은 겨울 MT에서였다. MT가 끝난 후 그는 친구들 사이에서 'MT의 꽃'이라고 불리었다. 그때 이후로 그는 우리들의 마음속에 깊이 존재해 왔다. 그 MT 동안 주목할 만한 것은 그의 18번 '밤차'였다. 그 노래를 부를 때 그는 우리에게 그의 독특한 제스처를 보여 주어, 그때 이후로 여러 번 그 노래를 부르도록 요청받았었다. 그는 매우 위트가 있는 녀석이었다.

어느 날 밤 우리는 도서관에서 같이 공부한 후 노량진으로 향하는 버스에 올랐다. 밖은 매우 추워 창에는 서리가 하얗게 내렸다. 나는 손가락으로 창에 EHSA라는 글자를 쓰기 시작했다. 내가 'EH'라는 글자를 쓰자마자, 그는 자기 이름의 첫글자인 '태'라고 말했다. 그래서 EHSA라는 글자를 볼 때, 나는 가끔 그를 생각하게 된다.

특히 2학년 동안 그는 우리에게 그의 능력을 보여 주었다. 봄 학기에 이어 가을 학기에도 그는 히어링파트를 맡았으며, 게다가 그의 숨은 능력을 보여줌으로써 우리를 놀라게 하곤 하였고, 그의 특유한 위트로 우리를 즐겁게 하곤 하였다. 내가 그를 생각할 때 가장 기억할 만한 그의 성격은 불행한 때나 어려운 일이 생길 때 보여준 그의 자발적인 행동이다. 이것은 그가 어떠한 인물이었는가를 나타내는 가장 독특한 점인 것 같다.

2학년 여름 MT 동안 우리는 어떤 사건을 겪었는데 그것은 79년 서클의 여름 MT 때 일어났던 1학년 후배의 불행한 익사사고였다. 그때 그는 그 다급한 상황에서 시골의 어둠 속으로 상당히 먼 거리를 뛰기를 자원했다. 그 후에도 그는 우리에게 그 후배의 묘비를 세우는 데 필요한 기금을 모으도록 했다. 그 묘비는 그의 제안과 노력에 의해 세워졌던 것이다.

그가 자신을 던졌다는 소식을 들었을 때 우리는 큰 충격을 받았다. 그것은 전혀 생각할 수 없었던 일이었다. 그러나 그는 감히 그렇게 한 사람이었던 것이다. 그것은 신성한 죽음이었다. 그는 우리를 위해 자신을 희생했으며, 그 큰 희생은 다른 이들과 사회를 향한 위대한 사랑에서 유래했던 것이었다. 그는 성실한 천주교인이었으며, 자신이 바로 순교자였던 것이다. 그는 그런 녀석이었다.

그의 죽음 후 나는 그 어느 때보다 그를 잘 이해할 수 있었다. 그는 남에게 해를 끼치지 않았으며, 누구에게나 좋은 일만 하였다. 그가 우리의 기억에 남긴 것은 선하고 아름다운 것이었다. 그는 항상 조용했다. 그러나 어려운 일을 할 때는 어느 누구보다 앞장섰다. 우리는 태훈이가 죽고난 후 그 엄청난 사건을 의연히 대처해 나가는 가족에게 놀랐으며 한편으로 기뻤다. 그는 9남매 중의 한 명이었으며, 그들 모두는 친절하고 훌륭했다. 그의 부모를 포함하여 그의 가족들은 그들의 지극한 슬픔을 극복했으며, 오히려 신에게 그의 매우 귀중한 죽음을 감사드렸다. 천주교는 그들을 놀라운 가족으로 만들었다.

우리들은 가끔 우리가 존경하는 이가 누구인지 질문을 받게 된다. 그러면 많은 사람들은 어떤 위대한 사람을 존경한다고 말한다. 나는 내가 존경하는 몇 안 되는 사람 중의 한 사람으로 태훈을 감히 말한다.

너의 미소를 잊지 않으리

다두에게 (DaDu: 그의 천주교 세례명)

이제 가을에서 겨울로 넘어가는 길목에 접어들었네. 날씨도 조금씩 추워지고 가을은 막바지에 이르고 있네. 어제 신문에는 교정의 낙엽이 쌓인 가운데에 결혼식이 열렸다고 하더구만. 참으로 재미있는 대조가 아닌가? 김소월 자신도 "가시는 걸음걸음 놓인 그 꽃을 사뿐히 즈려 밟고 가시옵소서" 하지 않았던가.

그들 한 쌍에게는 이번 가을이 행복하고 잊을 수 없는 가을이 되겠지만, 내 심정은 매우 우울하네. 대개 실체는 오직 하나뿐이지만, 각자에게는 저마다의 감정이 있는 것일세. 많은 사람들이 가을에는 우울해지는 것 같네. 나 또한 그들 중의 한 평범한 사람일세. 그렇지만 이번 가을은 유달리 더 감상적이 되고 쓰라림이 더하네. 마치 교문 밖으로 쫓겨난 기분이랄까. "청춘은 아름답다(Schön ist die Jugend)"는 말이 우리에겐 낯익은 말이지.

다두, 며칠 전에 자네를 만나러 갔었다네. 거기에 닿자마자 무덤 앞에 바쳐진 꽃송이를 보고 자네 형제들과 누님이 다녀가셨다는 걸 알았네. 우리는 거기에 없는 자네에게는 쓸모없는 것인지 모르지만 명복을 빌었다네. 자네는 물론 하나님의 나라에 있겠지. 하나님은 그의 의로운 아들을 사랑하시므로.

　나도 또한 인간의 형상을 하고 태어나서 진정 가슴 깊이 스며드는 슬픔을 어쩔 수 없었네. 이 감정의 근원은 육신의 한 제한된 인생이라는 것도 알고 있네. 하나님이 왜 우리에게 슬픈 감정을 주셨는가를 이해하려 애썼네. 아마도 인생에 있어서의 슬픔은 음식에 들어가는 소금과도 같은 것인가 보네. 편지를 쓰는 동안 자네의 모습이 내 눈앞에, 가슴속에 나타나는구만. 그 단정한 머리, 두터운 테의 안경, 조용한 얼굴, 자주 우리를 웃기던 익살스런 동작들, 그리고 특별히 티 없고도 순진한 깊이 있는 미소가… 이 모두가 내 생각의 주변을 배회한다네. 자네를 처음 만난 것은 EHSA(English Hearing & Speaking Association) 모임에서였지. 첫 인상은 아직도 잊혀지지 않네. 자네는 서투르고 어색하게 친구가 되자고 악수를 청했었지. 결코 말이 많지는 않았지. 서너 번 만나본 이후로 서서히 나에게는 없는 무엇인가를 자네에게서 느끼게 되었지. 또한 익살 속에 드러나는 자네의 순진함을 발견하게 되었지. 자주 만나면 만날수록 우리는 더욱 가까운 사이가 되었고 우리 모든 EHSA인들은 자네에게 호감을 느꼈지. EHSA에서의 3년 동안 우리는 함께 공부하고, 얘기하고, 토론하고, 다투다가 또 함께 놀고 즐기기도 하고 슬픔과 기쁨을 같이 했지. 너무나 많은 잊을 수 없는 추억들을 갖게 되었지. 그 가운데에는 너무나 유명해서 잊혀질 수 없는 일들이 있지. 바로 '밤차' 노래를 부르던 자네에 관한 얘길세. 겨울 MT 때 자네는 그 노래를 불러 대단한 히트를 쳤었지. 비록 유감스럽게도 그 유명한 공연을 보지는 못했지만, 들리는 말만으로도 생생히 그 당시 광경을 상상할 수 있네. 그 후로 '밤차' 없는 자네를 생각할 수도 없게 되었지. 자네는 재능을 가지지 못했다 하며 애석해했지만, 내 생각에 자네는 진짜 재능을 지녔던 것 같네.

다른 한편으로 자네는 정말로 가슴이 정의로 가득찬 의로운 놈이었네. 나는 자네의 진정한 정의감을 발견하고는 놀라움과 때때로 나 자신의 비겁함을 느꼈다네. 자네에게 솔직히 말하자면 대학 1학년 시절에 나 자신은 정의가 무엇인지 몰랐고, 비겁함과 부끄러움 때문에 알려는 노력조차 하지 않았네.

내 자신이 어리기만 했을 때 자네는 참인간이 되어가고 있었네. 결국 자네가 어깨 위에 십자가를 지게 되었지. 이제까지 내가 깨달은 오직 한가지 사실은 바로 언제 어느 곳에서든지 의로운 사회는 의연히 밤에 빛나는 불꽃이 되기 위한 십자가를 간절히 필요로 한다는 것이었다네.

이때까지 말할 것을 다 말하지 못했다네. 보여주어야 할 문제로서 남아있을 것이리라. 하늘에 계신 신 이외에 그 누가 자네의 참뜻을 쉽게 알 수 있을 것인가?

중국의 우화에 이런 이야기가 있지. 오래된 중국에 인생이 무엇인지 간절히 알고 싶어하는 승려가 있었다네. 어느 날 그는 꼭 만나보고 싶어 하던 유명한 승려를 만났지. 그래서 그는 물었다네. "인생이란 무엇인가요?" 그러자 갑자기 유명한 승려는 대답 대신에 그의 따귀를 때렸다네. "감사합니다." 오히려 물어보던 승려가 답하는 게 아닌가? "감히 누가 알 수 있겠습니까?" 하고는.

그러는 사이, 우리는 진지한 사이가 되었지. 같이 모일 때면 우리의 관심사는 당연히 장래 진로문제였지. 우리는 서로 물었지. "무엇을 할 거야?"고. 누구는 정해진 길이 있었고 또 누구는 그렇지 못했지. 자네한테 내가 물었을 때, 자네는 대수롭지 않게 또 냉소적으로 아무 사업이나 하겠다고 했지. 하지만 어느 누가 그 말을 믿었을까? 3년간 내가 보아왔던 자네의 의지나 성격으로 보아서, 진심이라고 받아들일 수는 없었네.

매일매일이 꼬리를 이어 지나갔고. 신이 자네를 갑자기(아니 미리 예정된 지도 모르지만) 불렀네. 난 내 자신 내부에 큰 변화를 맞았지. 내 자신의 깊은 양심의 세계 속으로 빠져 들어갔지….

우리는 모두 자네 집의 편안한 분위기를 결코 잊지 못하네. 우리 모두의 사랑을 받았지. 무슨 일이 있을 때마다 우리는 일체의 외부 간섭과 방해에서 벗어난, 작지만 넓은, 모든 선배들로부터 사랑받던 바로 자네의 꿈이 잉태하고 펼쳐지던 곳에서 모였었지.

지적인 여성이셨던 자네 누님은 항상 우리를 환영해주었지. 그리고 거기에 자네의 삶의 흔적을 남겨 놓았지. '사랑의 사회실현과 진리탐구를 위한 끊임없는 노력. 이것이 내 삶의 전부이기를'

우리도 여러 차례 낙엽을 밟은 후에 義로운 세계에서 언젠가 만나리라. 하느님이 그의 의로운 아들을 사랑하는 천국에서 우리 다시 만나리라. 자네를 위해 기도하네.

'義를 위하여 핍박받는 자는 복이 있나니, 천국이 저희 것임이라' (마태복음 5 : 10)

To 태훈

MERRY CHRISTMAS

HAPPY NEW YEAR

'너희가 내 이름으로 무엇을 求하든지 내가 시행하리니 이는 아버지로 하여금 아들을 因하여 榮光을 얻으시게 하려 함이라.' (요한복음 14 : 13)

담백한 맛을 지니고
무한히 잠재된 자신을 가진
너를 사모한다
틈틈이 우리를
웃음바다로 몰아넣던
너를 우린 좋아해

'80년 12월

요완에게

오늘 친구로부터 편지를 받았다. 형의 소식을 읽었다.

오늘 낮은 무척이나 밝았던 모양인데 내 눈에는 흐렸던 것 같고 지금은 도서관에서 공부하는 학생을 지켜보고 있는데 그 무엇을 위해 나나 학생들이 이 외롭고 고통스러운 시간과 씨름하고 있나 하는 생각과 더불어 눈물이 한없이 흐르는구나. 해맑은 얼굴에 속세의 티끌 하나 묻지 않았고 순진하고 천진난만했던 안경 속의 눈빛, 오직 진리 탐구에만 정진했던 그의 생활이 몸에 배인 듯한 몸짓 하나하나가 서울대에 한 사람이라도 많이 보내겠다고 안간힘을 쓰는 고등학교의 한 교사의 마음을 휘어잡기에 충분했던 형. 만물이 약동하는 계절 오월에 옳다고 생각하는 일에 청춘을 바친 형의 명복을 삼가 비는 바이다. 내 그 누구보다도 생사관이 정립되어 있다고 자부하는 처지이고 하느님께서 오라 하시면 당장이라도 미련 없이 털고 일어선다는 자세로 하루하루를 살고 있는 처지이나 형을 부르셨다는 데는 단견의 소인으로는 눈물만이 앞서는구나.

주님께 간절히 비오니 형의 뜻이 헛되지 않게 하옵소서. 아멘.

2. 민주 넋들의 진혼과 보훈을

김삼웅 정치평론가
《한겨레》칼럼/논단 1993년 11월 12일

오는 13일은 전태일 열사가 지난 70년 노동자를 혹사시키지 말라며 온몸에 석유를 끼얹고 분신한 23주기가 되는 날이다.

전태일 열사 분신 23주기

군사정권 시절에 많은 학생·노동자·민주인사들이 희생되었다. 총에 맞아 죽고 고문으로 죽고 의문사로 죽은 경우가 수두룩하다. 타살된 죽음과 함께 독재와 불의에 항거하여 스스로 목숨을 끊은 사람도 많았다.

75년 4월 11일 유신거부의 양심선언을 남기고 과도로 왼쪽 하복부를 찔러 숨진 서울농대생 김상진, 79년 8월 11일 경찰의 탄압에 항거하여 야당당사에서 투신 사망한 YH 여공 김경숙, 80년 5월 30일 광주학살에 항의하며 '동포에게 드리는 글'을 남기고 종로 5가 기독교회관 5층에서 투신한 김의기, 81년 5월 27일 광주항쟁 1주기를 맞아 서울대도서관 5층에서 '전두환 타도' 구호를 세 번 외치고 몸을 던진 김태훈, 82년 10월 12일 고문과 옥중단식 끝에 죽은 박관현.

그리고 83년 11월 16일 반독재시위를 주도하며 서울대도서관 6층 창문을 통해 내려오다 죽은 황정하, 85년 9월 17일 학원안정법을 거부하며 온몸에 석유를 끼얹고 죽은 송광영, 86년 4월 28일 반전·반핵과 양키 용병교육을 반대하며 분신한 서울대생 김세진과 이재호, 86년 5월 20일 몸에 신나를 뿌리고 "폭력경찰 물러가라"고 절규하며 숨진 이동수, 86년 6월 5일 청량리 맘모스 호텔 옥상에서 군사정권을 비판하며 투신한 재수생 이경환, 86년 6월 6일 목포역 광장에서 독재 타도를 외치며 분신한 청년 강상철, 86년 11월 5일 건대 사건의 진상을 촉구하며 문과대 옥상에서 불이 붙은 채로 투신한 산업대생 진성일, 새삼 설명이 필요없는 박종철과 이한열.

그리고 또 있다. 80년 6월 9일 신촌로터리에서 광주학살 규명의 전단을 뿌리며 분신한 방위병 김종태, 84년 11월 30일 은평구 민경교통에서 노동탄압에 항거하며 분신한 운전기사 박종만, 85년 8월 15일 민주회복을 요구하며 분신한 노동자 홍기일, 86년 3월 17일 열악한 노동조건의 개선을 요구하며 분신한 노동자 박영진, 87년 광화문 미대사관 근처에서 미국의 정치개입·내각제 개헌 반대를 외치며 분신한 표정두, 부산상고 앞에서 독재 타도를 절규하며 분신한 황보영국, 광화문에서 '인간쓰레기 처단'을 외치며 분신한 백종수, 91년 5월 1일 신나를 끼얹고 분신한 안동대생 김영균, 5월 3일 분신한 경원대생 천세용, 강경대 씨 죽음에 항의하며 병원 옥상에서 투신한 한진중공업 노조위원장 박창수, 5월 8일 서강대 본관 옥상에서 노 정권 타도를 외치며 분신 뒤 투신한 김기설,

5월 10일 노 정권 퇴진 유서를 남기고 전남대에서 분신한 윤용하.

그밖에 이른바 '녹화사업'으로 죽은 한영현·김두황·정성희·이윤성·한희철·최온순, 경찰의 쇠파이프에 맞아 죽은 강경대, 옥포에서 최루탄에 맞아 숨진 이석규, 그리고 의문사의 대표적인 장준하 선생·최종길 교수·임기윤 목사와 '사법살인'의 억울한 죽음이 줄줄이 이어진다.

오늘의 문민정부는 이들의 죽음의 바탕에서 이뤄졌다고 할 수 있다.

그렇다면 민주화에 온몸을 던져 희생한 넋들에 대한 진혼과 감사와 보훈이 따라야 하지 않겠는가. 이것은 산 자들의 도리요 문민정부의 의무이다.

위령제·기념관 건립 절실

독일의 철학자 야스퍼스는 전후 독일인의 4가지 죄를 들어 참회운동을 전개한 바 있다. 형사·정치·도덕 상의 죄와 더불어 히틀러 치하에서 살아남았다는 것을 그는 '형이상학의 죄'로 단정했다. 군사독재 치하에서 살아남은 우리 '형이상학의 죄'를 씻기 위해서라도 민주 넋들의 위령제와 국가의 보훈 조처가 있어야 한다. 비명에 가서 중음신이 된 민주 넋들이 영원한 안식처를 얻을 수 있도록 국민의 정성을 모아 위령제를 지내고, 그들의 고귀한 정신이 이어지도록 합동 묘소와 기념관 건립이 추진되었으면 한다.

3. '대중적' 학생운동의 발전

《서울대학교 60년사》(865~866쪽)

2006년 1월 5일

서울대학교 60년사

　1981년에 들어와 서울대생은 더욱 활발한 학생운동을 벌였다. 특히 '무림'보다 조직적이고 전투적인 '전국민주학생연맹'(이하 전민학련)이 조직되면서 시위는 더 활발해졌다. 1981년 3월 19일 학생회관 4층 옥상에서 확성기와 횃불을 든 학생 2명이 구호를 외치자 순식간에 모여든 학생 1천여 명이 시위를 벌였다. 구호는 "살인마 전두환 타도", "파쇼 독재정권 타도"였다. 5월 27일 사회과학대학에서 열 예정이던 '광주민주화운동 희생자 위령제'를 경찰이 저지하자 1천 명이 침묵시위를 벌였다. 이때 김태훈(경제학과 4학년)이 도서관에서 "전두환 물러가라"고 외치며 투신하는 사건이 일어났다. 피투성이가 된 채 쓰러진 김태훈 주변에 학생이 모여들자 경찰은 최루탄을 쏘았고 격앙한 학생들은 격렬한 시위를 벌였다. 김태훈의 투신은 학생들에게 엄청난 충격을 주었고 광주 문제를 본격적으로 제기하는 계기가 되었다. 또한 김태훈의 투신 당일 경찰이 행한 무자비한 대응은 이후 학생운동을 더욱 거세게 만들었다. 하지만 1981년의 학생운동은 6월 10일 흥사단 아카데미 계열의 전민학련 지도부 30명이 연행되면서 일단 주춤한다. 경찰은 당시 이들을 같이 연루된 노동자 그룹과 구별하여 '학생 측 조직'이라는 의미에서 '학림(學林)'으로 불렀다.

4. 서울대 '민주화의 길' 열렸다

서울대학교 홍보팀
《서울대뉴스》 2009년 11월 18일

　　민주화운동 과정에서 목숨을 거둔 19명의 서울대생을 추모하는 '민주화의 길'이 서울대에 조성됐다. '민주화의 길'은 두레문예관 앞 4·19 기념탑에서 시작해 인문대와 자연대를 지나 농생대에 위치한 이동수 추모비에 이르는 1.2km의 길을 가리킨다.

　　11월 17일에는 중앙도서관 옆 고(故) 박종철 추모비 앞에서 '민주화의 길' 조성 기념식을 가졌다. 행사에는 민주화운동 과정에서 희생된 학생들의 유가족 등 50여 명이 참석했다. 이장무 총장은 "4·19부터 6·10 항쟁에 이르기까지 우리 사회는 민주화를 위해 많은 헌신과 희생을 아끼지 않았다"며, "정의를 위해 목숨을 아끼지 않았던 동문들이 있었기에 우리는 희망과 의지를 갖고 지금까지 올 수 있었다"고 '민주화의 길' 조성 의의를 밝혔다.

조흥식 민주화의길추진위원회 위원장은 "오늘(11월 17일)이 국가가 정한 순국선열의 날이기도 하다"면서 "이번 민주화의 길 조성을 통해 과거와 기억을 되새기는 큰 의미를 갖게 되기를 바란다"고 전했다. 고(故) 박종철 씨의 아버지 박정기 씨는 민주화운동 희생자 유가족 대표 인사말에서 민주화의 길을 만든 서울대의 취지와 노력에 감사를 표했다.

서울대는 2007년 6·10 항쟁 20주년 기념식에서 '서울대 민주화운동 기념사업회'를 발족했다. 올해 3월에는 '민주화의 길 추진위원회'를 구성해 곳곳에 흩어져 있던 추모비들을 길 가까이로 옮기고, 길 중간 4곳에 안내 표지판을 세웠다. 또한 1960년 4월 혁명에서 희생된 학생 6명을 기리는 4·19 공원을 조성하고, 지난 30여 년 동안 민주화운동에 몸을 던진 학생 19명을 기리는 추모비와 동상을 세웠다.

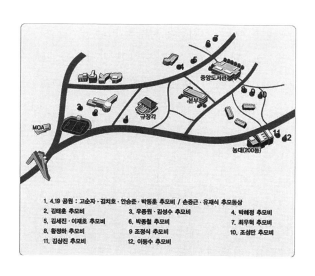

열사 김태훈 155

5. 서울대 민주화의 길

민주화운동기념사업회 2012-07-16
글 : 한종수
자료 : 민주화운동기념사업회

한국 사람이라면 관악산을 등지고 있는 아름다운 캠퍼스가 있는 서울대학교를 모를 리 없을 것이다. 누가 뭐라고 해도 우리나라 최고 대학으로 수재들이 모인 곳이기에 모든 학부모와 입시생들이 선망하는 곳이기 때문이다. 또 관악산 입구에 위치해 있기에 산을 사랑하는 수많은 서울 시민들이 지나쳐 가는 곳이기도 하다.

하지만 이 학교 학생들이 우리 사회의 민주화를 위해 얼마나 많은 희생을 치렀고 그래서 이곳에 민주화의 길이 조성되어 있다는 사실을 아는 사람은 얼마나 될까? 하기야 나도 서울대에 '민주화의 길'이 조성되었다는 것을 안지 2년이 넘었음에도 이제야 이곳에 처음 왔으니 남 흉 볼일만은 아니다.

예전에는 서울대학교를 가는데 서울대입구역에서 내리는 친구를 바보라고 불렀는데 요즘은 서울대입구역에서 택시를 타고 정문에서 내리면 바보라고 한다나. 어쨌든 필자는 서울대에 볼 일이 있음에도 불구하고 정문에서 내렸다. 정식 명칭인 '서울국립대학교'

의 ㅅ, ㄱ, ㄷ 을 형상화했다는 독특한 정문은 1980년대 거리로 나가려는 학생 시위대와 이를 막으려는 경찰들 간의 격전이 벌어졌던 곳이다.

(중략) 정문을 지나 조금 가면 대운동장 뒤쪽에 김태훈 열사의 추모비가 있다. 광주항쟁 다음해인 1981년 5월 27일 "전두환 물러가라"는 구호를 외친 뒤 투신 자결한 열사로서 광주 출신이기도 했다. 그 옆에는 우종원 열사와 김성수 열사의 추모비가 서 있다. 우종원 열사는 민추위 사건으로 대공과의 수배를 받아오다 의문의 죽음을 당하고 시신이 경부선 철로변에서 발견되었다. 기관원이 유인해 나간 뒤 실종되었던 김성수 열사는 1986년 6월 20일 부산 송도 앞바다에서 죽음을 당한 채 발견되었다. 이 두 추모비는 그다지 눈에 띄는 곳에 있지 않다.

(중략) 1960년에서 1988년까지 희생된 서울대생 출신 열사는 모두 19명. 730명이 제명되었고 그 대부분이 구속되었다. 무기정학을 받은 학생은 681명, 유기정학 496명, 근신 886명, 경고 1,579명, 지도휴학 206명 징계자의 총수는 4,578명에 달한다. 민주주의는 정말 피를 먹고 자란다는 것을 보여주는 생생한 증거가 아닐 수 없다.

6. 그들의 광주, 우리의 광주 - 김태훈 편

그들의 광주, 우리의 광주 -김태훈 편
광주MBC [뉴스데스크], 2016.5.18.

https://www.youtube.com/watch?v=KZwnIdbReQc

(앵커)

지난 1981년 5·18 1주기 추모식 때 '전두환은 물러가라'고 외치며 스스로 몸을 던진 서울대 학생이 있었습니다. 故 김태훈 씨입니다.

그의 죽음은 살아남은 자들의 삶도 바꿔놓았습니다. 김철원 기자가 취재했습니다.

(기자)

1981년 5월 27일. 학생 수백 명이 서울대도서관 광장에 모였습니다.

1년 전 광주에서 있었던 학살의 진상규명을 요구하고 도청에서 숨진 이들의 영혼을 위로하기 위한 자리였습니다.

학생운동 탄압이 기승을 부리던 때라 학생들 모이기가 쉽지 않았습니다.

(인터뷰) 이종현 / 故 김태훈 씨 투신 목격자

"81년도 5월달이 됐잖아요. 그러니까 각 서클이라든지 몰래몰래 얘기들을 나눠가지고 침묵시위를 하기로 한 거죠. 경찰이 아직 최루탄을 그때는 쏘지는 않았어요. 침묵시위하고 있으니까. 우리가 뭔가 시위를 하고 있는 게 아니잖아요. 모였을 뿐인 거에요."

수백 명의 학생과 경찰이 쫓고 쫓기는 상황이 계속되던 그때, 도서관 5층에서 외마디 구호가 들려왔습니다.

(인터뷰) 신형식 / 故 김태훈 씨 투신 목격자

"김태훈 열사가 도서관에서 '전두환 물러나라', '전두환 물러나라', '전두환 물러나라' 세 번 외치면서 투신했습니다."

故 김태훈 씨 약력

광주에서 나고 자라 서울대에 입학한 김태훈 씨.

9남매 중 여덟째, 집안의 기대를 한 몸에 받던 동생의 예기치 못했던 죽음에 가족들의 충격은 이만저만이 아니었습니다.

바로 손위 누나인 김선혜 서울지법 전 부장판사는 현재 세월호 특별조사위원회에서 상임위원으로 활동하고 있습니다. 세월호 특조위로 가면 힘들 것이라며 남들은 말렸지만 김 판사는 세월호 유족을 돌보는 일이 먼저 세상을 뜬 동생에게 부끄럽지 않은 일이 될 것이라 생각해 위원직을 수락했다고 말했습니다.

(인터뷰) 김선혜 / 세월호 특별조사위원회 상임위원

"세월호 유가족들의 그런 상실감이나 이런 것을 제가 이해하고 제가 태훈이 경험이 있기 때문에 (저도 유족으로서) 도움이 될 수 있겠다고 생각했습니다."

(스탠드업)

'전두환은 물러가라'는 외침을 남기고 숨진 김태훈 씨는 아직 22살 청년인데, 그가 물러가라고 했던 전두환 씨는 그로부터 35년이 지난 지금까지도 사과 한마디 없이 잘 살고 있습니다.

도리어 자신은 발포책임이 없다는 주장이 담긴 회고록 출간을 준비하고 있습니다.

7. 인간을 깊이 사랑한 김태훈 열사를 기억하다
부조리한 시대에 대한 숭고한 항거

박민규 기자
《서울대 저널》 2016-9-17

1981년 5월 27일 오후 3시 서울대학교 중앙도서관 앞 아크로폴리스 광장에는 가슴에 검은 리본을 단 1천여 명의 학생들이 모였다. 학생들은 광주항쟁에서 숨진 이들의 넋을 기리고, 진상규명을 요구하는 침묵시위를 벌였다. 곧 학생 수보다 더 많은 전경이 달려와 시위를 저지했다. 당시 도서관 5층에서 이 장면을 지켜보던 김태훈 열사는 누가 말릴 틈도 없이 "전두환 물러가라!"를 세 번 외치고 창밖으로 몸을 던졌다. 전경들은 열사의 시신 주위로 몰려든 학생들을 향해 최루탄을 터뜨렸지만 시위는 걷잡을 수 없이 격양됐다.

언제나 남을 위할 줄 알았던 청년

김태훈 열사는 1959년 4월 13일 광주광역시 불로동에서 아홉 남매 중 여덟째로 태어났다. 순하고 착한 아이였던 열사는 누구에게나 사랑받았다. 그의 어머니는 자서전에서 '이것저것 끝없는 일들이 하나도 미운 기억은 없는 너'라며 열사의 어릴 적을 회상했다. 그는 동생에게는 믿음직스러운 형이었고, 부모님께는 효성이 깊은 아들이었으며, 반에서는 책임감 있는 반장이었다. 특히 그의 동생인 김요완(의예과·졸업) 씨는 열사가 "공정함, 정의 이런 것이 기본적으로 자리 잡힌 사람이었다"고 회상했다.

열사는 성당 모임을 하루도 거르지 않을 정도로 독실한 가톨릭 신자였다. 그는 학창 시절 내내 성당 학생회에 참여해 가톨릭 교리에 대해 공부했고, 교리 교육 때 뛰어난 성적을 거뒀다. 대학에 입학하기 전, 김태훈 열사는 어머니께 신학교로 진학해 신부가 되고 싶다는 뜻을 밝혔다. 어머니는 "대학을 졸업해서도 변함없다면 그때 신학교에 가도 된다"고 열사를 설득했다. 열사의 어머니는 지인 중 신학교를 다니다가 그만둔 사례가 있었기 때문에, 열사 역시 중간에 마음이 바뀔 것을 우려한 것이었다. 김태훈 열사는 재수생활을 거쳐 서울대학교 사회과학계열에 입학했다.

열사는 자신을 내세우지 않는 조용한 사람이었다. 그러나 그는 강한 희생정신과 의로움으로 주위의 이목을 끌었다. 그가 대학교 2학년이 되던 해, 동아리 MT에서 후배가 목숨을 잃는 사고가 발생했다. 한적한 시골이었기 때문에 누군가 먼 밤길을 달려 다급한 상황을 알려야 했다. 김태훈 열사는 망설임 없이 자원했고, 이후 기금을 모아 비석을 마련하고 직접 운반해 묘비를 세웠다. 한 친구는 열사를 기리는 추모 글에서 "불행한 때나 어려운 일이 생길 때 보여준 그의 자발적인 행동은 그가 어떠한 인물이었는가를 나타내는 가장 독특한 점인 것 같다"고 강조했다.

김태훈 열사의 지인들은 이구동성으로 열사가 곤경에 처한 사람을 그냥 지나치지 못하는 일종의 박애정신을 지녔다고 전했다.

고등학교, 대학교 동창인 이홍철 변호사(법학과·졸업)는 "(김태훈 열사는) 남을 도울 수만 있다면 어떤 희생을 하든 불이익을 받든 전혀 개의치 않는 성격이었다"고 말했다. 김태훈 열사는 무조건적인 배려 정신으로 노약자를 부축하고 짐을 대신 들었으며, 버스를 탈 때면 노약자에게 자리를 양보했다. 말수가 적었던 열사는 행동으로 인간에 대한 사랑을 표현했다. 이 변호사는 열사가 "인격적으로 정말 훌륭한 친구였고 그릇이 큰 사람이었다"고 전했다.

깊어가는 고뇌와 유신 종식

김태훈 열사가 대학에 입학한 1978년은 유신체제의 부조리함이 절정에 달했던 해였다. 학생운동은 탄압으로 동력을 상실했고, 학내에는 수많은 사복경찰이 상주했다. 긴급조치 9호로 인해 유신을 비판하는 말 한마디로도 체포될 수 있던 시기였다. 열사 역시 유신체제에 강한 염증을 느꼈지만 그럴수록 학업과 일상에 충실하려고 노력했다.

김태훈 열사는 어머니가 우려하는 것을 알았기에 학생운동에 거의 참여하지 않았다. 그 역시 가족을 아끼는 마음이 컸다. 타인의 작은 고통도 지나치지 못했던 열사는, 자신 때문에 가족이 괴로워하는 것을 용납할 수 없었다. 그러나 동시에 그는 불의에 저항하지 못하는 자신이 부끄러웠다. 수많은 광주일고 선배들과 대학교 선배들이 유신체제에 저항하다 고통을 겪었고, 더 많은 사람들이 군부독재 아래에서 신음했다. 그들을 마주할 때 열사는 떳떳할 수 없었다. 그는 홀로 괴로워했고 자신이 나아갈 길을 고민했다.

1979년 10월 유신이 갑작스럽게 종말을 고했을 때도 김태훈 열사는 고뇌를 계속했다. 동시에 그는 빠르게 변하는 시대상황을 좇기 위해 노력했다. 그의 책장에는 자신이 전공하는 경제학 서적보다 일반 사회과학 서적이 훨씬 많았다. 열사는 틈틈이 외신을 들으며 당시 국내 언론이 말하지 않은 사실까지 알리려고 노력했다. 김요완 씨는 "당시 형이 시대상황을 다 꿰뚫고 있는 것처럼 보였다"고 회상했다. 유신 종식 후 학내 통제가 완화되자 민주화를 요구하는 시위가 열렸고, 열사 역시 여기에 참여했다.

광주민주화운동을 전해 듣다

1980년 5월 17일 신군부는 민주인사 수백 명과 학생대표 백여 명을 연행한 후 비상계엄을 전국으로 확대 실시했다. 이틀 전인 5월 15일 이른바 '서울역 회군'으로 10만여 명의 학생들이 해산했다. 당시 학생들은 자신들의 시위가 새로운 독재의 빌미를 줄지도 모른다고 염려했고, 자신들의 역할을 다했다는 낙관적 전망 속에서 헤어졌다. 그러나 이는 명백한 오판이었다. 학생대표가 연행되고 공수부대가 투입되면서 학생들은 군부독재의 도래에 제대로 대응하기 힘들어졌다.

그러나 광주에서는 대학생들이 시작한 운동이 대규모 민주화운동으로 확대됐다. 공수부대는 학살을 자행하며 광주항쟁을 무력 진압했고, 광주 시민들은 외부와 철저히 단절된 채 열흘간 비극을 견뎌야했다. 광주와 연락이 두절되자, 김태훈 열사는 자신의 고향에서 벌어진 참상을 알기 위해 수소문했다. 김요완 씨는 "형님께서 그 이후에 광주에 있던 친구에게 참상에 대해 전해들은 것 같다"고 짐작했다. 열사는 자신이 사는 동네, 금남로에서 수백 명의 사람들이 군인에게 죽임을 당했다는 사실을 믿을 수 없었다.

광주 참사는 열사의 마음에 큰 응어리로 남았다. 그에게는 비극의 한가운데 선 사람들이 생생하게 그려졌다. 하지만 정부와 언론은 시민을 폭도로 몰았고 어느 누구도 계엄군의 잘못을 지적하지 않았다. 게다가 군부독재가 시작돼 김태훈 자신도 함부로 광주항쟁을 말할 수 없었다. 김태훈 열사는 사람들이 거대한 불의를 보고도 침묵하고, 자신도 침묵을 강요받는 현실이 한없이 고통스러웠다. 김요완 씨는 "(김태훈 열사가) 표현은 안 했지만 많이 힘들어 하는 것이 느껴졌다"고 회상했다.

사랑의 사회실현을 위한 노력, 그것이 내 삶의 전부이기를

김태훈 열사의 지인들은 투신 직전 열사가 북아일랜드 독립운동가들의 자기 희생에 관심을 가졌다고 말했다. 1980년과 1981년 북아일랜드에 있는 교도소에서 두 차례의 단식투쟁이 있었다. 수감된 북아일랜드 독립운동가들은 감옥의 처우를 개선하고, 자신들을 일반죄수가 아닌 정치범으로 대해주기를 영국정부에게 요구했다. 당시 일어난 단식으로 열 명에 이르는 독립운동가들이 사망했다. 김요완 씨는 김태훈 열사가 "우리나라의 부조리한 상황을 해결하려면 의식 있는 사람들이 자기를 희생해야 한다고 생각하신 것 같다"고 말했다.

5월 27일 도서관 5층에서 창밖으로 동료들이 탄압받는 모습을 보던 김태훈 열사는 더 이상 침묵할 수 없었다. 누군가 모든 것을 바쳐 이 침묵의 부조리함에 경종을 울려야 했고, 그는 자기 자신이 그 사람이 되고자 했다. 그에겐 어떤 도구도 배포물도 필요하지 않았다. 그는 "전두환 물러가라!"를 세 번 외친 후 자신을 제물로 바쳤다.

김태훈 열사는 운동권에 참여하지 않았음에도 인간을 너무나 사랑했기에, 사람이 어떤 모습으로 살아야 하는가 하는 고민 끝에 스스로의 목숨을 바쳤다. 수많은 사람들이 부당하게 생명을 빼앗겼음에도 누구도 이를 잘못됐다고 지적하지 않는 시대였다. 김태훈 열사는 죽음으로써 광주 학살이 절대로 묵과할 수 없는 잘못임을 세상에 고발했다. 《서울대학교 60년사》는 열사의 희생에 대해 '김태훈의 투신은 학생들에게 엄청난 충격을 주었고 광주 문제를 본격적으로 제기하는 계기가 되었다'고 서술하고 있다.

대학 신입생 시절부터 김태훈 열사의 책상 앞에는 '사랑의 사회실현과 진리탐구를 위한 끊임없는 노력, 이것이 내 삶의 전부이기를'이라는 글귀가 있었다. 이홍철 변호사는 "(김태훈 열사는) 좌우명에 적힌 그대로 살았다"며 "그는 말과 행동과 삶이 일치했다"고 말했다. 그의 누나 역시 그를 추모하는 글에서 '그건 아무것도 아니야. 너의 착함이 없었다면, 사랑이 없었다면, 사랑의 사회실현을 위한 노력, 이것이 네 삶의 전부가 아니었다면'이라며 그의 죽음을 안타까워했다.

시대를 넘어선 양심의 종소리

김태훈 열사는 용인 천주교 묘지에 안치됐다가, 망월동 5·18 묘역을 거쳐 현재에는 국립 5·18 민주묘지로 이장됐다. 그의 고등학교 동창들은 매년 그의 기일이 돌아오면 국립 5·18 민주묘지를 찾는다. 김요완 씨는 "기일이 돼 찾아가면 언제나 꽃이 놓여있다"며 아직까지 그를 기억하는 사람들에게 고마움을 전했다.

열사의 지인들은 열사의 조용한 얼굴, 순진하고 깊이 있는 미소, 그의 속 깊은 마음을 쉽사리 잊지 못한다. 이홍철 변호사는 "그의 모습이 아직까지 선명하게 그려진다"며 "그를 단 한 번이라도 좋으니 보고 싶다"고 말했다. 그는 열사가 스스로를 희생함으로써 횃불과 같은 큰 역할을 했지만, 살아 있었다면 더 큰 일을 해냈을 것이라며 안타까워했다.

이홍철 변호사는 김태훈 열사가 아직까지도 자신의 삶에 큰 울림을 준다고 말한다. 그는 "판사가 되고 변호사가 되면서 그 친구에게 부끄럽지 않으려고 노력했다. 그 친구가 살아있었으면 했을 행동을 나도 따라서 하겠다는 마음가짐으로 그동안 살았다"고 말했다. 실제로 1987년 6월 항쟁 당시 판사였던 이 씨는 시위자에게 무더기로 청구된 구속영장을 기각하는 용기를 냈다. 이러한 결정을 내린 것은 그의 마음 한편에 김태훈 열사가 있었기 때문이다.

열사는 떠났지만 약자를 사랑하는 그의 마음, 정의를 부르짖는 용기, 자기희생은 한 시대에서만 기억되지 않을 것이다. 열사는 아직까지도 많은 사람들의 양심에 경종을 울리고 있다.

8. 일고역사관 김태훈 추모공간 제막식

1981년 5월 27일 서울대 경제학과 4년 재학 중 '5·18 광주민주화운동' 추모 학내 시위 진행 중에 "전두환 물러가라"는 구호를 3번 외치고 도서관 5층에서 투신 운명한 '故 김태훈(3-4) 열사 추모전시 제막식'이 고교졸업 40주년 기념행사가 시작된 지 100일째 되는 날인 9월 16일(토) 11시에 광주학생 독립운동 기념역사관(모교 내) 2층에서 가족들과 많은 동기들이 참석한 가운데 엄숙히 진행되었습니다.

고용호 역사관장의 개요 설명이 있은 후 고3 시절 열사와 같은 반 반장이었던 최웅용 전남대 교수의 사회로 정해진 식순에 따라 고인에 대한 묵념과 윤영종 총무의 경과보고 후 가족들의 대표와 최석 회장을 비롯한 동기들 대표에 의해 열사의 추모전시관에 대한 감격적인 제막이 있었습니다.

제막 후 가족 대표와 동기들 대표에 의한 추모사는 열사의 누님 중 한 분과 최석, 송양민, 이홍철, 정병석, 전남대 양채열(광주고 졸,

고인의 대학 동기) 교수가 해주셨습니다.

　마지막으로 민영돈 동기의 선창으로 참석자들 모두가 〈임을 위한 행진곡〉을 제창하여 '김태훈 열사 추모 전시 제막식'을 마쳤습니다.

* 제막행사에 참석한 친구들 : 고용호, 문인, 민영돈, 박재석, 손
규선, 송양민, 윤왕중, 윤영종, 이기종, 이주로, 이홍철, 전영수, 정
병석, 정상우, 정성환, 최석, 최웅용, 한병곤, 허두현, 형광석, 홍성
범 - 21명

9. 아무 일 없었던 듯 살 수가 없다 - 김태훈

《무등의 빛》271~280페이지
광주서중일고 100주년 기념사업회
한신원, 황광우 편저

1981년 5월 27일 침묵시위

1981년 5월 27일 서울대 아크로폴리스엔 1,000여 명의 학생들이 모여들고 있었다. 광주항쟁 희생자들에 대한 추모 집회였다. 마이크도 없었고 사회자도 없었다. 침묵만이 흐르고 있었다. 분명 시위였다. 하지만 아무 구호도 없고 성명서 낭독도 없는 시위, 침묵의 시위였다.

학생들이 도서관 등지로 이렇게 몰려다니면서 산발적인 시위를 하고 있었는데, 당시 경제학과 4학년이었던 김태훈 학생이 도서관에서 "전두환 물러가라", "전두환 물러가라", "전두환 물러가라"를 세 번 외치며 투신했습니다. 그때 당시 도서관 근처에 있던 학생들이 특히 여학생들이 엄청난 비명을 질렀죠. 그런데도 불구하고 전투경찰 백골단은 시신 위로 최루탄을 쏘면서 학생들의 접근을 막았습니다.

― 신형식(서울대 사회학과 79학번)

우리의 벗 김태훈의 마지막 순간을 사람들은 이렇게 증언한다. "전두환 물러가라" 세 번 외치며 빛나는 청춘을 역사의 제단에 바친 김태훈, 그의 손엔 유서 한 장, 성명서 한 장 없었다. 그러했기에 우리의 가슴은 더욱 아프다. 김태훈은 서울대에 입학하였으나 이념 서클에 소속하지 않았다. 광주일고 출신들이라면 다들 입회하였던 이념 서클으로부터 김태훈은 저만치 멀리 떨어져 있었다. 친구는 말이 없던 벗이었다. 그런 내성적인 친구이었으니 죽음의 결단에 이르기까지 그가 치러야 했을 고뇌는 얼마나 깊었을까? 죽어 민주의 별이 된 벗….

김태훈의 누나 김선혜 씨로부터 동생의 인간됨을 알아본다. 어려서 예쁜 애였고, 부모님의 사랑을 한 몸에 받은 귀여운 애였다. 대학 들어가서도 운동권하고는 거리가 먼 애였다. 학생운동 그런 것에 상관없이 살아온 타입. 누나는 태훈이가 휴머니스트였다면서 동생이 고등학교 때 신부님이 되고 싶어 했다고 한다.

5·18 때 저희 집이 광주 금남로 가까이 있는 아파트에 있었거든요. 부모님들로부터 (광주항쟁 당시의) 여러 가지 험한 이야기 많이 듣고 그랬어요. 저한테 태훈이가 그러더라구요. '아무 일 없었던 듯 살 수가 없다.'고요. 지금 돌이켜보면 태훈이 본인은 5·18을 아주 심각하게 생각했던 것 같습니다. 전두환 대통령이 돼가지고 아무 일도 없었다는 듯이 평화롭게 살아가는 것에 대해서 무척 괴로워했던 것 같아요.

"김태훈은 어떤 청년이었나요?" 먼 훗날 자라나는 청소년 누군가가 이 물음을 던질 때, 우리가 줄 수 있는 답변은 매우 궁색하다. 워낙 말이 없었고, 또 남긴 글도 없기 때문이다. 동생 요완에게 보낸 편지 몇 통이 남아 있어 김태훈의 대학 시절을 증거하고 있을 뿐이다.

편지

　나는 오늘 최종 배치고사가 끝났는데 오늘까지 본 3차의 배치고사 결과로 대개 어느 대학 무슨 계열에 갈 수 있다 하는 결과가 나오게 된다. 그런데 나는 독감에 걸린 데다 몸 상태가 별로 안 좋아서 배치고사 공부를 제대로 못한 듯해서 시험결과가 나쁘게 나올 것 같다.

- 1977년 12월 13일, 동생 요완에게 보낸 편지

　지금 김태훈은 재수 시절의 마지막 고비를 넘기고 있다. 아마도 종로학원에서 공부를 하였을 것이다. 독감에 걸려 몸 상태가 좋지 않은 여건에서 배치고사를 보았나 보다. 시험 결과가 좋지 않을 것이라는 김태훈의 예측에는 입시를 앞둔 모든 수험생들의 불안이 수반되어 있다. 학기 초부터 김태훈은 사회계열에 무난히 합격할 수 있는 성적을 냈기에 특별히 걱정할 일은 아니었으리라. 그럼에도 불구하고 방심해서는 안 된다는 다짐을 하고 있다. 일탈을 자제하는 모범생의 학습 태도이다.

　성당 학생회 활동을 해서 1, 2학년 때 공부를 소홀히 했기 때문에 재수를 하게 된 것은 너도 잘 알리라 믿는다. 물론 이상적으로는 좋은 Club에 들어가서 교양도 쌓고, 사회를 보는 눈도 기르고, 여학생과도 얘기해 보고(!) 하는 것도 좋겠지만, 현재의 우리나라의 현실은 우선 좋은 대학에 들어가기를 바라니, 그러니 김요완이여, 3년간이란 길다면 길고 짧다면 짧은 세월을 열심히 공부하시라!

- 1978년 3월 27일, 동생 요완에게 보낸 편지

　대학 1년 신입생 김태훈이 동생 요완에게 쓴 편지이다. 이 편지에서 태훈은 자신이 재수를 하게 된 이유를 성당의 학생회 활동 때문에 공부를 소홀히 한 탓이라고 밝힌다.

　역시 신입생에게는 예약된 약속이 많다. 그래서 하루하루가 정

신없이 지나간다. 고교 시절과 대학 시절의 차이는 시간의 자유이다. 태훈은 '자기가 할 일은 자기가 알아서 해 나갈 것을 요구한다.'면서 대학 생활의 자세를 다짐하고 있다.

동생에게 세 가지를 부탁했다. 탁구와 같은 운동을 할 것, 책을 많이 읽을 것, 원만한 인간관계를 유지할 것을 동생에게 요구했는데, 아마도 세 가지 요구는 태훈의 자기 다짐이었을 것이다.

어머니의 회고에 의하면 태훈은 노약자에 대한 배려가 몸에 밴 청소년이었다. "노인이나 어린애는 물론이고 부인들에게도 자리를 양보했다. 처음 본 사람이라도 곤란한 지경이면 선뜻 거들어 주었다." 원만한 인간관계를 유지하라는 것은 처세훈이기 이전에 타인에 대한 배려를 강조한 말이었을 것이다.

> 마지막으로 내가 좀 신경질적이어서 어렸을 때는 너와 다투기도 했지만, 나는 마음속으로 너를 깊이 사랑하고, 또 너를 항상 염두에 두고 있다는 것을 알아주기 바란다. 또 네가 나보다 나이가 어리다고 해서 만만하게 보거나 어린애 취급하거나 너의 존재를 무시하거나 하지 않으므로 너도 내게 의견이 있으면 당당하게 피력하고 여러모로 상의할 것이 있으면 의논도 하고 했으면 한다.
>
> – 1978년 5월 28일, 동생 요완에게 보낸 편지

태훈은 동생 요완에게 네 살 연상의 형이었다. 그런 동생을 어린애 취급하지 않았고 동생의 인격을 무시하지 않는다고 밝힌다. 형에게 제시하고 싶은 의견이 있으면 당당하게 피력하라고 주문하고 있다. 짧은 문구이지만, 태훈의 인격을 웅변하고 있다.

태훈은 자존감이 높은 청년이었다. 자신의 인격에 대한 자존감이 높은 만큼, 동생의 인격을, 나아가 모든 이웃들의 인격을 존중하는 인간이었다. 대학 1학년이었지만 태훈의 인격은 원숙하였다.

네 나이 때는 사춘기의 진통을 겪게 마련이다. 각자 정도 차이는 있지만 공부 잘하고 내성적이고 감수성이 예민하고, 종교적 가정에서 자라난 사람들이 일반적으로 더욱 심하다. 무슨 죄책감 같은데 시달리는 것도 여기에서 기인하는 것이다.

- 1979년 2월 5일, 동생 요완에게 보낸 편지

1979년, 태훈이 대학교 2년 초에 쓴 편지이다. 태훈은 사춘기의 진통을 깊이 앓았나 보다. 그 이유를 태훈은 네 가지로 정돈하고 있다. 첫째 공부 잘하고, 둘째 내성적이고, 셋째 감수성이 예민하고, 넷째 종교적 가정에서 자라난 사람들이 그런다는 것이다. 이것은 태훈의 기질에 관한 자기 고백이다. 태훈은 말이 없었다. 그것은 예민한 감수성 때문이었다. 여기에다가 종교적 심성이 발달한 벗이었다. 그래서 남달리 '죄책감 같은데 시달리는 것'이라고 자술하였다.

위대한 인물들은 가만히 살펴보면 모두 역경을 딛고, 오히려 그것을 자기 발전의 계기로 삼아 성공한 사람들이다. (중략) 젊었을 때 고생은 사서라도 한다는 옛말을 항상 염두에 두고, 힘들겠지만 끈기 있게 노력해주기 바란다. (중략) 지성이면 감천이란 말은 조금도 틀림없다.

- 1979년 4월 22일, 동생 요완에게 보낸 편지

태훈은 동생 요완에게 모범생의 삶의 태도를 거듭 강조하고 있다. '위인은 역경을 자기 발전의 계기로 삼는 사람이다', '젊어서 고생은 사서 하라', '지성이면 감천'을 역설하고 있다. 동생에게 들려주는 이 좌우명은 태훈 자신의 좌우명이었을 것이다.

2학년이 되어 전공도 갖게 되고, 차츰 자신의 장래 준비도 해야 된다고 생각하니 어떤 초조감이나 불안감이 마음 한구석을 차지하게 되었다. 다른 애들도 이번 학기부터는 학점을 잘 받아야겠다느니, 행정고시 준비를 해야겠다느니 하면서(경제학과에서 국가시험을 치는 경우에는 주로 행정고시를 많이 본다) 들썩댄다. (중략) 우리 과 같은 경우는 유학을 가거나, 대학원에 진학해서 학자나 교수가 되느냐, 회사나 은행에 들어가느냐, 행정고시에 합격해서 관리가 되느냐 하는 등의 방향이 있는데, 나는 아직 어디로 나아갈까 하는 게 미정이다.

– 1979년 9월 18일, 동생 요완에게 보낸 편지

　대학교 2학년 2학기, 태훈의 심경을 잘 보여주는 편지이다. 유학을 가거나, 대학원에 진학하거나, 은행에 들어가거나, 행정고시를 준비하거나…. 서울대 경제학과 학생들에게 열려 있는 진로를 놓고 태훈은 아직 '미정'이라고 했다. 현실적 이해관계에 대해 비교적 무감한 청년이었던 것 같다.

　　나는 2박 3일로 수학여행 갔다 왔는데 그런대로 재미있었다. 한 가지 중요한 실수는 필름을 잘못 끼워 사진이 아예 전혀 나오지 않은 것이다. (중략) 아무튼 역사적인(?) 비극이었다. 그건 그렇고 건강히 잘 있거라.

– 1980년 11월 12일, 동생 요완에게 보낸 편지

　1980년 1년이 다 가도록 동생에게 보내는 편지에는 시국에 관한 언급이 없다. 입시를 앞두고 있는 동생에게 시국에 관한 언설은 금기였을 것이다. 과 여행을 갔고, 재미가 있었고, 필름을 잘못 끼웠고…, 역사적인(?) 비극이었고.

　병곤아, 이제 우리는 어떻게 해야 하냐?
　태훈의 마지막 만남, 마지막 말을 추적하였다. 1981년 5월 27일 1주일 전 서울대학교 정문 버스 정거장에서 태훈을 만났다는 친구

가 있었다. 한병곤(77, 서울대 중문과)이었다. 태훈과 병곤은 광주일고 동기생이었다. "병곤아, 우리는 어떻게 해야 하냐?"는 물음을 던졌다는 것이다. 아주 절망스런 어조였다고 한다.

누나 김선혜 씨는 동생이 1980년 5월 30일 기독교 회관에서 투신한 김의기의 이야기를 생전에 했다고 한다.

> 김의기 열사 그분 이야기를 태훈이가 저한테 했었어요. 본인이 그야말로 자기를 희생해가지고 뭔가를 알렸던 그 이야기를 저한테 강조했던 게 기억납니다. "이야~"하고 놀라는 것 있잖아요. 일종의 감탄 비슷한 느낌으로 제게 말했던 것 같아요.
>
> - 2016년 3월 24일 인터뷰

김태훈의 내면으로 들어가는 실마리는 이것이다. 김의기의 투신을 태훈은 '고귀한 자기희생'으로 보았을 것이다. 그렇게 목숨을 던질 수 있다니, "이야~"라고 김의기의 결단에 대한 존모의 심경을 표현하였던 것이다. 태훈은 김의기의 호소문을 보았을까?

> 동포여, 무엇을 하고 있는가?
> 피를 부르는 미친 군홧발 소리가 고요히 잠들려는 우리의 안방까지 스며들어 우리의 가슴팍과 머리를 짓이기려고 하는 지금, 동포여 무엇을 하고 있는가? 동포여 지금 우리는 무엇을 하고 있는가? 보이지 않는 공포가 우리를 짓눌러 우리의 숨통을 막아버리고 우리의 눈과 귀를 막아 우리를 번득이는 총칼의 위협 아래 끌려 다니는 노예로 만들고 있는 지금, 동포여 무엇을 하고 있는가? 동포여 지금 우리는 무엇을 하고 있는가? 무참한 살육으로 수많은 선량한 민주시민들의 뜨거운 피를 뜨거운 오월 하늘 아래 뿌리게 한 남도의 봉기가 유신잔당들의 악랄한 언론 탄압으로 왜곡과 거짓과 악의에 찬 허위선전으로 분칠되지고 있는 것을 보는 동포여, 우리는 무엇을 하고 있는가?
>
> - 1980년 5월 30일 김의기

김태훈은 독실한 가톨릭 신자였다. 순수한 기독교인의 가슴속엔 '십자가 콤플렉스'가 있다. 예수처럼 인류의 십자가를 지고 가야 하는데, 그런 고결한 삶을 살지 못하고 있는 자신의 나태한 삶을 괴로워하는 심리기제 말이다. 태훈이처럼 순수하고 순결한 영혼이 광주 학살의 소식을 접하고서, 김의기의 행동을 떠올리는 것은 자연스럽다. 아마도 태훈이가 호소문을 작성하였다면, "동포여 무엇을 하고 있는가?" 묻는 김의기의 호소문과 아주 유사했을 것이다.

김태훈의 내면을 탐색하고자 하는 우리의 시도는 여기에서 마쳐야 한다. 지인 몇 분의 증언을 소개한다.

> '사랑의 사회 실현과 진리 탐구를 위한 끊임없는 노력, 이것이 내 삶의 전부이기를'
> 태훈은 이 좌우명을 제 방 책상 앞 벽에 써 붙여놓았다.
>
> — 이신방 여사 (김태훈 어머니)

> 효심 덩어리이고 길거리서 나이 지긋한 어르신을 보면 꼭 짐을 들어드리곤 했던 자네. 살면서 자네만큼 착한 사람을 보지 못했네. 그리고 자네만큼 바르고 용기 있는 사람을 보지 못했네. 자네는 영혼이 참 맑은 사람이었지. 영화 〈애수〉를 좋아하고 비비안 리와 로버트 테일러가 했던 그 가슴 시린 사랑을 꼭 해보고 싶어 했던 사람.
>
> — 이홍철 (김태훈 친구)

10. 추모 모임

10. 1 자랑스러운 동창에게

오늘 이 뜻깊은 자리에는 우리와 같이 졸업을 하고도 이미 세상을 달리해 참석할 수 없는 친구가 많이 있어 우리를 숙연하게 합니다.

하지만 우리보다 먼저 갔어도 항상 우리와 함께 하는 자랑스러운 동창이 하나 있습니다.

우리들의 친구 김태훈은 안개 자욱한 워털루 다리를 무대로 한 애틋한 사랑 이야기를 다룬 영화 '애수'를 좋아하고 가수 이은하가 부른 '밤차'를 즐겨 부르기도 하였듯이 누구 못지않게 자신의 삶을 사랑했지만, 자신보다도 남을 더 사랑하는 따뜻한 마음씨를 지녔고 항상 주님과 정의의 편에 서고자 노력하던 친구였습니다.

친구는 1981. 5. 27. 광주항쟁 1주기 때 서울대학교 교정에서 경제학과 4학년에 재학 중이던 몸으로써 엄청난 불의에 항거하고자 단 하나뿐인 자신의 몸을 스스로 바쳤습니다.

친구는 우리 학교 광주학생 독립운동기념탑과 우리 머릿속에 항상 살아있는 "우리는 피 끓는 학생이다. 오직 바른 길만이 우리의 생명이다"는 가르침을 몸소 보여주었습니다.

친구는 우리들이 무엇을 위해 그리고 어떻게 살아가야 하는가를 훤하게 밝혀준 등불이며 우리가 항상 일고인임을 자각하도록 하여 주고 있습니다.

우리는 졸업 20주년을 맞아 우리들의 자랑스러운 동창 고 김태훈에게 존경과 추모의 마음을 담아 이 상을 드립니다.

1997. 5. 10.

광주일고 52회 동창 일동 드림

10.2 5월, 우리들의 영원한 친구 김태훈을 잊지 말자

정철
광주일고 52회 동창

> 광주일고 52회 동창회 사이트에 올라온 글(작성자 정철, 2001/05/18)을 옮겨 실었습니다.

5·18 민중항쟁 21주년입니다. 그리고 우리들의 영원한 친구 김태훈 열사가 조국의 민주화를 열망하며 광주학살 책임자 처벌과 퇴진을 요구하며 목숨 바친 지 벌써 20주기입니다.

오월 민중항쟁을 '광주문제'로 축소하고 박제화하려는 수구세력의 음모 속에서도 우리 민중은 오월 민중항쟁을 통일운동으로, 민중생존권운동으로 힘차게 계승하고 있습니다. 21주년 기념행사는 어김없이 그러한 흐름을 보여 주고 있습니다.

그러나 아직도 적지 않은 사람들이 이 면면한 흐름을 외면하고 있습니다. 불과 21년밖에 안 된 그날을, 그리고 희생하신 분들을 너무나 쉽게 잊어버리고 있습니다. 오늘 자신들이 누리고 있는 기본적인 민권과 자유가 그이들의 덕택임을 아는지 모르는지….

광주학생독립운동의 자랑스런 전통을 이어온 우리 동문들만은 최소한 잊어서는 안 되겠지요. 21세기 이 나라의 민주주의와 민권, 통일을 선도할 오월 광주민중항쟁의 살아 있는 역사와 수많은 민주열사들, 그리고 우리들의 영원한 친구 김태훈 열사를….

우리들의 영원한 친구 故 김태훈(金泰勳) 열사는 1959년 4월 13일 광주에서 출생하였습니다. 1971년 광주서석초등학교 졸업, 1974년 광주 숭일중학교 졸업, 1977년 광주제일고등학교 졸업(52회), 1978년 서울대학교 사회계열 입학, 1979년 서울대학교 경제학과 진입, 1981년 5월 27일 서울대 경제학과 4년 재학 중 광주항쟁 추모 학내시위가 진행 중에 서울대학교 도서관 5층에서 광주항쟁 책임자 처벌과 퇴진을 요구하며, "전두환 물러가라"는 구호를 외치면서 투신 항거하여 그날 현장에서 숨을 거두어 용인 천주교 묘역에 묻혔습니다.

1999년 2월 5일 광주 망월동 제5묘역에 이장, 안장되었고, 유가족은 보상금으로 1억5천만 원을 받았으나 어머니 이신방 여사님은 전액 사회에 환원(전남대 화순 농어민병원 건립기금: 5천만 원, 광주일고 장학금: 5천만 원, 천주교회 및 5·18 관련단체 : 5천만 원)하셨습니다. 이신방 여사님은 1919년 전남 고흥에서 태어나 슬하에 5남 4녀를 두셨습니다. 이 여사님은 6·25전쟁 때의 피난살이, 남편의 실직, 광주민중항쟁 등 숱한 이야기를 담은 자전적 에세이 《내가 걸어온 좁은 길》

(샘물)을 펴내기도 하셨습니다.

아래는 관련 기사입니다.

"아들 5·18 보상금 1억5천만 원 장학금 등 내놔"
- 1998. 10. 19. 동아일보-

5·18 민주화운동 피해자로 인정돼 1억4천6백여만 원의 보상금을 받은 유족이 전액을 장학금 등 공익기금으로 내놓았다. 81년 서울대 경제학과 재학 중 '광주학살 진상규명과 군사정권 퇴진'을 요구하며 관악캠퍼스에서 투신자살한 김태훈(金泰勳·당시 22세) 씨의 어머니가 화제의 주인공.

김 군의 어머니 이신방(李新芳·79·광주 동구 산수동) 씨는 18일 "5·18 보상금 가운데 5천만 원은 아들의 모교인 광주일고 총동창회에, 5천만 원은 전남대병원 화순농어민병원 건립기금으로 기탁했으며 나머지 4천6백여만 원은 5·18 유가족협회에 장학금으로 내놓을 것"이라고 밝혔다.

13일 5·18 보상금을 받은 이 씨는 이날 광주일고에서 열린 광주 서중·일고 체육대회에서 문창수(文昌洙) 총동창회장에게 "가정형편이 어려운 태훈이의 후배들을 위해 써달라"며 기금을 전달했다. 이 씨는 "태훈이가 살아있을 적에 '사랑을 사회에 실천하고 끊임없이 진리를 탐구하자'는 말을 해 그 뜻을 살리고 싶었다"고 소감을 밝혔다.

이 씨의 다섯아들 중 김재곤(金在坤·58·전 동아일보 논설위원) 신곤(信坤·54·전남대병원장) 광곤(光坤·52·재미사업가) 태훈 씨 등 네 형제가 모두 광주일고를 졸업했다.

"자녀 7명 서울대 보낸 이신방 여사 자전적 에세이 펴내"
- 1999. 4. 12. 동아일보-

평범한 공무원의 아내로 일곱 자녀를 서울대에 보낸 이신방(李新芳·80) 여사. 그가 자전적 에세이《내가 걸어온 좁은 길》(샘물)을 펴냈다. 팔순의 나이에 구수한 호남 사투리로 써내려간 꼼꼼한 인생 기록은 마치 영화 '아름다운 시절'을 보는 듯 정겹게 다가온다.

이 여사는 스무살에 경찰관이었던 김용일(金容日·87년 작고) 씨를 만나 결혼하고 큰아들 재곤(在坤·59·전 동아일보 논설위원) 씨부터 막내 요완(要完·36·한일병원 이비인후과 과장) 씨까지 모두 5남 4녀를 낳았다. 이중 7명이 서울대 법대 상대 공대 의대 가정대 사범대 등을 졸업, 현재 판사, 의사, 영양사, 교사, 재미사업가 등으로 일하고 있다.

이 여사는 아이들의 숱한 병치레, 6·25 전쟁 때의 피란살이, 남편의 실직, 광주민주화 운동 등 숱한 삶의 고비를 책 속에 담았다. 특히 81년에는 서울대 경제학과 4학년에 재학 중이던 여덟째 태훈(泰勳)이 민주화를 외치며 교내 도서관에서 투신해 사랑하는 아들을 가슴에 묻어야 하는 고통을 겪기도 했다.

이 여사는 "특별한 태교나 육아법은 없고 사람 사는 당연한 도리를 가르쳤을 뿐"이라고 말한다. 고흥보통학교 졸업이 학력의 전부. 자녀들과 대화할 땐 항상 '…검토해봐라' '…연구해봐라'며 결정은 스스로 하게 했다.

10. 3 열사 23주기 추모식 (2004-5월)

고 다두 김태훈 열사 추모 모임 안내

(2004년 5월 22일 게시. 게시자 이주노)

　광주일고 52회 벗님들께

　5월을 맞아 여러 52회 벗님들로부터 다두 김태훈 열사의 추모 모임을 가졌으면 하는 바람을 들었습니다. 그리하여 전남대에 재직중인 최웅용님 및 정병석님과 이 일을 상의한 결과, 비공식적인 추모 모임을 갖기로 하였습니다. 돌이켜보면 우리의 20대 시절은 분노와 한숨, 눈물과 탄식으로 얼룩져 있었습니다. 다행히 우리의 바람은 헛되지 않아 이제 민주화를 향한 첫걸음을 내딛고 있습니다. 우리 벗님들 모두의 눈물 한 방울, 피 한 방울이 모여 도도한 민주의 열망의 강물을 이루고, 우리의 탄식과 한숨이 평등의 세상의

깃발을 나부끼는 바람이 되었다고 믿습니다.

　5월을 맞아 무심히 흐르는 세월의 강물 속에서 그날의 함성을 다시 듣고 싶습니다. 다디단 5월의 훈풍 속에서 그날의 맵짠 눈물을 다시 보고 싶습니다. 우리의 사랑하는 벗 다두 김태훈의 '전두환 타도'의 외침과 꽃잎처럼 떨어지던 몸짓이 지닌 의미를 되새겨보고 싶습니다. 현재 다두 김태훈 열사는 5·18 국립묘지(신묘역) 제4묘역 16호에 안장되어 있습니다. 여러 벗님들께서 아내와 함께 아이의 손을 잡고 참석하신다면 더욱 의미 깊으리라 생각합니다.

　일시 : 2004년 5월 26일 오후 4시

　모이는 장소 : 5·18 국립묘지 민주의 문 앞(주차장 바로 앞)

고 다두 김태훈 열사 참배를 마치고

(2004년 5월 27일 게시. 게시자 이주노)

　52회 벗님들께

고 다두 김태훈 열사 추모 모임의 공지를 보시고 여러모로 관심을 가져준 여러 벗님들께 감사의 인사를 올립니다. 이 추모 모임을 위해 애써준 최웅용 님, 정병석 님께 감사드립니다. 급박하게 연락드렸음에도 불구하고 각지의 여러 벗님께서 참석해주셨으며, 특히 3학년 4반의 담임이셨던 유재호 선생님께서 친히 왕림해주셔서 모임을 더욱 의미깊게 해주셨습니다. 다시 한번 감사드립니다.

어제의 추모 모임은 항쟁기념탑 앞에서의 분향, 다두 김태훈 열사 묘소 앞에서의 헌화, 묵념 및 '님을 위한 행진곡'의 합창, 유영 봉안소 참례 등의 순으로 진행되었습니다. 참배 후 담양의 전통한 정식당에서 저녁식사를 하며 담소를 나눈 후 모임을 마쳤습니다. 어제 참석하신 벗님들은 아래와 같습니다.(가나다 순, 존칭 생략)

참석자 : 유재호 선생님, 김치걸, 나웅인, 문석환, 유일선(및 가족), 이세경, 이주노, 이홍철, 정병석, 최웅용, 한병곤, 한일섭

어제 유재호 선생님께서 특별히 어려웠던 70년대와 80년대를 회고하시면서 김태훈 열사 추모 모임의 정례화를 말씀하셨으며, 참석한 벗님들 모두 비공식적인 모임으로라도 만날 것에 공감하셨습니다. 비록 담당할 기구나 주체가 명확히 정해지지는 않았지만, 내년에도 추모 모임은 갖고자 합니다. 올해는 준비가 부족한 탓에 많은 벗님들께서 참석하지 못 하셨지만, 다음 기회에는 더 많은 벗님들께서 함께할 수 있기를 기대합니다.

참고로 고 다두 김태훈 열사의 기일이 오늘입니다. 혹 시간이 나는 벗님께서는 오늘 5·18 국립묘지 제4묘역 16호로 찾아가 우리 벗의 이름을 불러보셔도 좋으리라 생각합니다. 감사합니다.

10. 4 열사 24주기 추모식 (2005-5월)

김태훈 열사 24주기 추모식 안내

(2005년 4월 29일 게시. 게시자 장훈열)

해마다 오월이 오면 우리들의 고향 빛고을 광주는 그날 스러져 간 숭고한 영혼들과 살아남은 자들이 만나, 슬픔과 기쁨을 나누고 자유와 민주를 노래하는 민주화의 성지로 부활합니다. 그리고 오월 광주에는 우리들의 친구 김태훈 열사가 있습니다.

너무 오랫동안 잊고 있었던 건 아닌지 부끄럽습니다.

작년 태훈이를 기억하는 친구들이 담임선생님이신 유재호 선생님을 모시고 처음으로 추모식을 가졌습니다. 그리고 작년 광주일고 52회 동창회 정기총회에서는 김태훈 열사 추모식의 정례화를 결의한 바 있습니다. 위 결의에 따라 '김태훈 열사 24주기 추모식'을 아래와 같이 개최하오니, 귀한 시간 쪼개어 손에 국화꽃 한 송이씩 들고 태훈이를 만났으면 합니다.

- 일시 : 2005. 5. 22.(일요일) 오후 4시
- 장소 : 5·18 국립묘지(신묘역) 제4묘역 16호 (5·18 국립묘지 주차장 바로 앞에 있는 '민주의 문' 앞에서 모여 이동합니다)
- 주최 : 광주일고 52회 동창회
- 주관 : 김태훈 열사 추모위원회
- 연락처 : 추모위원장 최웅용, 추모위원 이주노, 광주동창회장 장경석, 광주동창회 총무 한일섭, 재경동창회장 장훈열, 재경동창회 총무 김원배
  * 당일 행사 전 서울 등지에서 미리 오시는 분들을 위해 전남대

식당에서 점심식사를 할 예정이고, 행사 후에는 조촐한 저녁식사가 예정되어 있습니다.

   * 그동안 우리 홈페이지에 게시되었던 김태훈 열사에 대한 글들을 퍼서 '리플' 형식으로 올려놓습니다. 김태훈 열사를 이해하고 행사에 참가하는 데 조금이나마 도움이 될 걸로 보입니다. 많이들 읽어 주십시오.

열사 참배를 마치고

(2005년 6월 8일 게시. 작성자 장훈열)

   태훈이 묘소를 참배한 지 벌써 보름 이상 지났는데, 이제서야 경과를 보고하게 되어 죄송합니다.

① 추모식

당일(2005. 5. 22. 일요일) 오후 4시경 5·18 묘지 민주의 문 앞에서 유재호 선생님을 비롯하여 약 25명 정도의 동창들이 모여 김태훈 열사의 묘지로 이동하여 추모식을 가졌습니다.(참석자 명단은 한 총무께서 기록한 것으로 알고 있는데 시간 나시면 답글로 올려주시면 감사하겠습니다.)

   추모객 중에는 서울에서 내려온 김태훈 열사의 대학내 서클 선배였던 김종훈 변호사님(대북송금특검보로 활약하셨던 분인데 아마 이광범 동문을 통해 소식을 알고 참석하신 것 같습니다)도 함께해 주셨습니다.

   추모식은 추모위원장인 최웅용 동문의 진행으로 유재호 선생님의 추모사, 재경동창회장 및 광주동창회 부회장(회장님은 해외 나가는 바람에 참석하지 못 하였답니다), 그리고 위 김종훈 변호사님의 추모사가 있은 후 헌화, '님을 위한 행진곡' 제창 순으로 진행되었고, 이어서 기념 촬영을 한 후 민주열사들의 영정을 모신 봉안실 참배가 있었습니다.

유재호 선생님께서는 미리 준비하신 추모사를 낭독하며 제자에 대한 깊은 사랑을 보여주셨고(위 추모사 역시 한 총무가 챙긴 것으로 알고 있는데 우리 홈피에 올려주셨으면 감사하겠습니다), 김종훈 변호사님은 "김태훈 열사에 대한 추모는 단지 과거에 대한 회상이 아니라 지금 우리의 삶을 바로 잡기 위한 것이다"는 취지의 말씀으로 숙연한 마음이 들게 하였습니다.

② 저녁식사

일행은 추모식을 마친 후 최웅용 동문이 미리 예약한 식당으로 자리를 옮겨 (약간의 동동주와 함께) 저녁식사를 한 후, 김태훈 열사 추모식에 대한 의견을 나누었습니다.

위 자리에서 참석자들은 김태훈 열사에 대한 추모식을 동창회 차원에서 계속 이어가기로 하고, 김태훈 열사에 대해 잘 모르는(심지어 그러한 일이 있었는지조차 모르는) 동창들도 있는 것으로 보이므로 어렵더라도 김태훈 열사에 대한 자료를 수집, 정리하기로 하였습니다. 물론 이 일은 어느 한 사람의 힘만으로는 될 수 없는 일이어서 어려울 것으로 예상되나 작지만 서로의 관심과 시간을 쪼개어 함께해 나가기로 하였습니다. 그리고 유일선 동문은 MBC에서 기획, 제작한 것으로 알고 있는 김태훈 열사에 대한 자료를 확보하여 가능하면 우리 홈피에 게시하기로 하였습니다.

③ 기타

서울에서 내려온 동문들과 이들을 광주역까지 바래다주겠다는 동문들이 광주역 근처에서 중간에 잠시 남는(?) 시간을 이용하여 오랜만에 회포를 풀었습니다. 정말 오랜만에, 그러니까 고등학교를 졸업하고 처음 보는, 그것도 반가운 친구를 만났으니, 앞으로 또 언제 볼지 모른다는 생각이 아니 들 수 없었던 것 같습니다. 그리고 귀경길에 올랐는데, 그날은 김태훈 열사 덕에 참으로 뜻깊고 충실한 하루를 보낸 것 같습니다.

2005년 김태훈 열사 24주기 추모식을 준비하고 진행하는데 수고하시고, 참여해주신 여러분께 깊이 감사드리며, 내년에는 김태훈 열사를 기억하고 사랑하는 동문들이 더 많이 참석하여 더욱 뜻깊고 충실한 행사가 되기를 기원하면서 경과보고를 마칩니다.

김태훈 열사 24주기 추모식 보고

(2005년 6월 13일 게시. 게시자 최웅용)

김태훈 열사 24주기 추모식이 2005년 5월 22(일) 오후 4시에 5·18 국립묘지에서 개최되었습니다. 관심을 가져주신 동문, 당일에 참석하신 30여 명의 동문들께 감사 드립니다.

이번 추모식은 동창회 차원에서 정례화하기로 결의된 바에 따라 프로그램이 진행되었습니다. 당일 프로그램은 항쟁기념탑에서의 분향, 김태훈 열사 묘소 앞에서 묵념, 헌화, 추모사(장훈열 동문, 나해주 동문, 유재호 선생님), 님을 위한 행진곡 합창, 유영봉안소 참례 등의 순으로 진행되었습니다. 참배 후 저녁식사를 하며 담소를 나눈 후 모임을 마쳤습니다.

내년은 추모 25주기입니다. 세월이 흘러가다 보니, 우리들의 기억과 자료들도 없어지는 듯합니다. 추모 25주기와 관련하여 아이디어가 있으면 리플을 달아 주시기 바랍니다.

참석자 (20명) : 장훈열, 이주노, 박재석, 이광범, 이홍철, 이찬국, 유일선, 김창옥, 황규현, 하태환, 김홍돈, 명동호, 정병석, 한병곤, 최웅용, 나해주, 한일섭, 정일용, 선배님, 유재호 은사님 등

다음 내용은 유재호 담임선생님의 추모사입니다.

자랑스러운 김 군의 영전에

유재호 2005. 5. 22.
광주제일고등학교 3학년 담임교사

가슴 아프게 가버린 김 군!

자네가 나의 묘비 앞에 서서 묵념해야 할 터인데, 어찌하여 내가 제자의 묘 앞에 서야 하니 가슴 깊이 아픔이 서리네.

군사 독재정권의 암울했던 시절, 그 어느 날, 동료 교사가 비밀리에 전해주는 새벽방송 뉴스. "일고 졸업생으로 서울대학교 재학생인 김 군이 '독재정권 물러나라' 절규하며 도서관에서 투신했다."는 말을 듣고 몸서리치도록 우울했으나 그 때는 김 군이 자네가 아니었으면 하고 빌었네.

그런데 1교시 후, 안기부 모 과장의 전화를 받고 부인하고 거부할 수 없는 현실 앞에, 나는 오열하고 말았네. 고등학교 재학시절 성실하게 공부하고 훌륭한 인재가 되려고 노력했던 한 제자를 다시 볼 수 없는 세상으로 떠나 보내는 아픔을 오래도록 가슴에 안고 세월을 보내야 했네.

그러나 이제는 자랑스럽게 말할 수 있는 김 군!

"민주주의는 많은 시민의 피를 먹고 자라며 시민들의 절규와 오열 속에서 발전해 간다."는 말이 우리 사회에서도 예외는 아니었네. 5·18 광주민주항쟁으로 수많은 시민들의 피가 민주제단에 받쳐졌고, 민주영령들이 이 속에서 함께 머물고 있다네.

김태훈! 자네의 귀중한 피는 우리나라 민주발전에 징검다리가 되었고, 자네는 민주성전에 우뚝 선 자랑스러운 일고인이 되었네. 자네의 죽음이 헛되지 아니하였기에 이제 우리나라도 민주사회로 점점 발전되어 가고 있으니 군사 독재정권의 탄압이 없는 천당에서 안식하길 비네.

한때 민주주의를 가르쳤던 사회교사로서, 아니 학급 담임교사로서, 자네는 영원히 자랑스러운 내 제자이기에 명복을 빌며 끝맺네.

10. 5 열사 25주기 추모식 (2006-5월)

(2006년 5월 21일 게시. 게시자 이주노)

오는 5월 27일은 다두 김태훈 열사의 25주기입니다.

그동안 작년 추모식에서의 논의에 따라 서울과 광주의 회장단에서 이번 25주기 행사를 준비해주리라 기대하면서 지켜보고 있었습니다만, 이제 일주일밖에 시일이 남지 않은 오늘까지도 아무런 공지사항이 없기에 이 글을 올립니다.

작년 추모식 모임에서 25주기를 뜻깊게 보내기 위해 자료집의 발간을 논의한 바가 있었지만, 아무 성과도 거두지 못한 채 1년을 보내지 않았는가 싶습니다.(유일선 동문으로부터 1980년대 중반 서울대학에서 출간한 책자를 확보하였다는 소식을 개인적으로 들은 바 있습니다.) 이제 며칠 남지도 않았지만 서울과 광주의 회장단이 함께 논의하여 동문들께 추모 행사에 대해 공지해주시기를 앙망합니다.

김태훈(다두) 열사(3-4) 25주기 추모식 안내

(2006년 5월 22일 게시. 게시자 한일섭)

먼저 추모식 안내를 늦게 올리게 되어 송구스럽게 생각합니다. 작년 행사 때 결의한 바와 같이 올해부터는 동창회가 주관하기로 함에 따라 25주년을 맞아 많은 동문들의 참석을 바랍니다.

재경 동창회는 곽준호 회장님, 김원배 총무님, 김상철 총무님, 최장일 동문께 연락을 주시면 준비하는 데 도움이 되겠으며, 기타 지역 동문들은 한 총무에게 연락을 주시면 되겠습니다.

*일시: 2006년 5월 27일 오후 3시

*장소: 망월동 5·18 국립묘지

*집결지: 민주의 문 입구

김태훈 열사(3-4) 25주기 추모식 보고

(2006년 5월 31일 게시. 게시자 한일섭)

김태훈 열사 25주년 추모식이 지난 5월 27일(토) 5·18 국립묘지에서 오후 3시 유재호 은사님을 비롯한 동기 여러분들이 참석하여 숙연한 가운데 거행되었습니다.

특히, 금년 추모식은 작년에 결의했던 바와 같이 동창회가 주관하여 행사를 치루기로 하였는데 회장단이 준비를 소홀히 하여 동문 여러분에게 죄송한 마음 금할 길 없습니다.

그렇지만 보슬비가 내림에도 불구하고 20여 명의 동문들이 그날의 뜻을 기리며, 가신 님의 넋을 위로하였습니다.(재경 동창회장 곽준호, 김상철 총무, 장훈렬, 이옥헌, 최장일 동문에게 고마운 마음 전합니다.)

먼저 5·18 기념탑에 단체 묵념을 올린 뒤 김태훈 열사 묘역에 도착하여 묵념을 시작으로 행사가 시작되었습니다(이주노 동문 진행). 이어서, 유재호 은사님, 52회 회장(정병석 수석 부회장 대독), 재경 곽준호 동창회장 추모사가 진행되었으며, 각각 헌화를 하면서 김태훈 열사 명복을 빌었습니다. 그리고, 이옥헌 동문의 선창으로 '님을 위한 행진곡'을 경건하면서도 우렁차게 함께 불렀습니다.

묘소를 중심으로 기념 사진을 찍은 뒤 봉안소로 자리를 옮겨 태훈이를 비롯한 민주 열사들의 영정도 둘러보았습니다. 5·18 국립묘지를 중심으로 단체사진을 찍고 내년을 기약하고 행사를 마무리하였습니다.

재경 동창들의 귀경 시간(오후 8시 KTX)이 남아 근처 식당에서 술과 함께 저녁식사를 하며 오붓한 시간을 보냈습니다. (참고로 이옥헌 여식이 일본에서 활동중인 그 유명한 '천상지희' 멤버랍니다. 많은 관심 바랍니다.)

* 참석자 명단 : 유재호 은사님, 고용호(행사 사진 촬영 수고), 곽준호, 김상철, 문석환, 문인, 오영규, 윤왕중, 이주노, 이태훈, 이옥헌, 장경석, 장훈렬, 정병석, 최석, 최웅용, 최장일, 한병곤, 한일섭 등

* 행사에는 참석치 못 하였으나 꽃바구니와 조화를 보내주신 노진영 총동창회장님, 광주대학교 김혁종 총장님께 진심으로 감사드립니다.

* 내년에는 많은 동문들의 참여를 기대하면서, 유재호 은사님과 행사에 수고해 주신 모든 동문들에게 깊은 감사를 드립니다.

金泰勳 君의 英靈 앞에 서서

유재호
광주일고 52회 3학년 담임 선생님

오늘 우리는 또 다시 그대의 英靈 앞에 서서
그대의 眞正한 勇氣에 머리를 숙이네.
軍部獨裁의 시퍼런 총칼에 맞서
民主와 自由를 절규하며
貴重한 한 生命을 던지었던
그대의 勇氣를 讚揚하네.

오늘 우리는 또 다시 그대의 英靈 앞에 서서
값진 그대의 선택이 숭고하다고 말을 하네.
쓰레기통의 장미로만 비아냥 받던
우리나라의 民主主義가
민주투사의 피를 머금고
5월의 新綠처럼 자라고 있다네.

오늘 우리는 또 다시 그대의 英靈 앞에 서서
살아서 남은 자들이 해야 할 일을 생각해 보네.
참된 民主社會를 建設하여
자유롭고 평화스러운 낙원을 만드는 것이
먼저 간 民主英靈들에게 바칠
산 자들의 몫이라 다짐하네.

오늘 우리는 또 다시 그대의 英靈 앞에 서서
눈물처럼 내리는 비를 맞으며 그대의 명복을 비네
(저 푸르른 소나무들과 더불어)

이곳의 민주發展은 산 자들의 몫으로 남았으니
죽어서도 오래 사는 그대가 사는 그곳에서
民主英靈들과 함께 民主社會를 이루어
自由를 구가하며 永生하라고 기도하네.

2006. 5. 27.

우리의 벗 김태훈 25주기 추도사

곽준호
재경광주일고52회 동창회장

26년 전 오늘은 군사 독재에 맞서 용감하게 투쟁한 위대한 광주 민중항쟁의 횃불이 마지막으로 타올랐던 날이며, 25년 전 오늘은 우리의 벗 김태훈이 서울대학교 교정에서 꽃잎처럼 떨어져 간 바로 그날입니다. 우리들은 대부분 대학을 졸업하고 대학원에 다니거나 아니면 군대를 가거나 해서 자기 앞날을 개척하기에 급급했던 시절, 우리의 친구 태훈이는 졸업을 앞둔 대학 4학년을 그냥 보낼 수만은 없었나 봅니다. 해마다 5월이 오면 우리는 도저히 잊혀질 수도 없고, 때로는 생각하기도 싫은 아픈 기억을 가슴에 묻고 사는데, 태훈이는 그 생생한 기억을 가슴에 묻어 둘 수만은 없었나 봅니다.

1980년대를 거쳐온 많은 사람들은 25년 전 태훈이의 결단이 그 이후 몇 년간 우리나라 민주화 운동에 미친 커다란 영향력에 대해서 말하곤 합니다. 그는 살아있는 모든 7080 세대들에게 "살아가는 책임"을 던져주고 떠났습니다. 그러나 그 장본인과 학창시절을 함께 해 왔던 우리 52회 동기들은 그동안 친구에게 너무 소홀했던 점을 인정하지 않을 수 없습니다. 그나마 금년부터는 52회 동창회가 공식적으로 친구의 추도식을 주관하게 되어서 다행스러운 마음입니다.

그 당시 친구가 떠나가는 길을 목도하고, 함께 서러워하면서 그이후로 인생이 바뀐 사람들이 많았다는 사실을 우리는 오늘에야 새삼 알게 되었습니다. 우리는 앞으로 해마다 5월이 오면, 진달래 철쭉꽃이 다 떨어져 버린 따스한 5월이 오면, 검은 안경테 짙은 눈동자 태훈이를 기억하고자 합니다. 그리고는 아직 살아있는 우리들은 앞으로 무엇을 남기고 세상을 떠날지를 저마다 고민하겠습니다. 각자의 삶의 자리에서 태훈이가 주고 간 숙제를 보듬고 나름대로 씨름하며 살아가고자 합니다. 어쩌다가 삶이 느슨해질 때면 이곳 망월동에 친구를 찾아와 살아가는 책임을 다시 지고 갈 것입니다.

친구를 기억하는 것에 그치지 않고 25년 전에 친구가 뿌린 씨앗을 꽃피우기 위해 마음을 새롭게 하겠습니다. 옆도 살피고 뒤도 돌아보고 가끔은 멀리 내다보는 따뜻한 가슴을 배워가겠습니다. 그리고 우리 자식들에게 아빠 친구 중에는 이런 분이 있었다고 이야기해 주고 싶습니다. 영원을 건너 우리들의 친구의 자리에 그대 다두 김태훈을 앉혀 놓고 싶습니다. 지난 25년간 말 없는 대화 속에서 더욱 가까웠던 우리 친구 태훈이의 영혼이 더욱 평화롭게 안식하기를 두 손 모아 기원합니다.

김태훈 열사 헌신 25주년을 맞이하여

- 추도사

이홍철 2006. 5. 27.
광주일고52회 동창

봄꽃이 흐드러지게 피는 5월만 되면 우리는 왠지 모르게 가슴 한 켠이 시려지는 것을 느끼게 됩니다. 광주민주화운동의 희생자와 유족들의 아픔과 함께 꽃다운 나이에 온 몸을 던져 무엇이 옳은가를 증명하고자 했던 우리의 영원한 친구 김태훈 열사의 얼굴이 떠오릅니다.

열사가 가신 지도 어언 25년이 흘렀습니다. 그 25년은 열사가 살았던 시간보다도 더 긴 시간입니다. 하지만 열사가 생전에 보여준 착하고 아름다운 마음씨, 항상 남에게 따뜻하고 자신에게는 엄격했던 올곧은 성품, 그리고 무엇보다도 불의를 보고는 결코 물러서지 않으려고 했던 불같은 용기는 우리 가슴에 영원토록 살아남아 있습니다.

열사는 용감히 불의와 맞서 싸우고 산화하였지만 아직도 세상에는 불의가 판을 치고 있고 그 악령은 변함없이 위세를 떨치고 있습니다. 그럴수록 우리는 열사를 사모하고 그리워하는 마음이 깊어지고, 살아남아서도 열사의 숭고한 뜻을 제대로 실천하지 못하는 부끄러움에 몸 둘 바를 모르게 됩니다. 그런데도 열사는 어리석은 우리를 꾸짖기는커녕 우리를 달래주고 앞길을 인도해주고 있습니다.

오늘 이 시간에도 하늘에서 우리를 지켜보고 있을 친구 김태훈 열사를 다시금 회상하면서 "사랑의 사회실현과 진리탐구를 위한 끊임없는 노력! 그것이 내 삶의 전부이기를…"이라고 한 열사의 좌우명을 우리가 실천하기로 다짐해 봅시다.

열사이시여!

부디 하느님의 곁에서 편히 쉬시고 용기 없고 어리석은 우리를 올바른 길로 인도하소서.

▌ 편집자 주 : 광주일고 52회 동창회 사이트에 올라온 글(작성자 최장일, 2006/05/22)을 옮겨 재인용하였습니다.

그 날은 오리라, 자유의 넋으로 살아

이창학
고 김세진 · 이재호 추모가 '벗이여 해방이 온다'의 작곡 · 작사자

그 날은 오리라, 자유의 넋으로 살아.
벗이여 고이 가소서, 그대 뒤를 따르리니.
그 날은 오리라, 해방으로 물결 춤추는
벗이여 고이 가소서, 투쟁으로 함께 하리니.
그대 타는 불길로, 그대 노여움으로
반역의 어두움 뒤집어 새날 새날을 여는구나.
그 날은 오리라, 가자 이제 생명을 걸고.
벗이여 새날이 온다, 벗이여 해방이 온다.

벌써 20년인가. 10년이면 강산도 변한다고 하던데, 그새 강산은 두 번이나 옷을 갈아입었나 보다. 그러나 세월의 더께를 인정하기가 참 힘들다. 모두 그렇겠지만 기억은 아직 뇌리에 선하고, 그 노

랫소리들은 귀에 울리고 있기에.

난 부끄러웠다.

81학번인 나는 졸업 후에 문화운동에 뛰어들었다. 학교 동아리 '메아리'에서 하던 일의 연장이기도 했고, 그땐 그렇지만 내겐 당연한 선택이었다. 전공이 원자핵공학이었지만 졸업 후 첫해에는 감리교청년연합회 문화선교위원회의 노래 팀을 이끌었다. 그리고 김세진·이재호 두 친구가 우리 곁을 떠나던 86년, 난 민중문화운동협의회 노래분과 '새벽'을 후배들과 다시 조직하면서 창작·공연 활동에 몰두하고 있었다.

아직도 또렷한 기억. 86년 전방입소 반대투쟁이었다. 두 친구가 우리 곁을 떠난 4월 28일이 월요일이었던 것으로 기억한다. 전날 일요일에 TV 뉴스에선 서울의대 점거 농성 기도가 진압되었다는 말로 들끓었고. 그래서 난 서울대의 전방입소 반대투쟁은 그리 끝날 것이라고 별스럽지 않게 생각했다.

그날 4월 28일. 토론 세미나에 정치적 시위나 행사, 그리고 조직적인 창작·공연 활동에 눈코 뜰 새 없이 보내던 내게 오랜만의 하루 휴가가 주어졌다. 과천에 살고 있던 나는 못 보았던 책들을 좀 집중해서 읽고 싶어 과천의 도서관에 갔었다. 저녁 늦은 무렵, 커피나 한잔하고 쉬러 나오는데, 잘 알던 서울대 후배들이 모여서 수군거리고 있었다. 서울대생이 시위 도중 자기 몸을 불살랐단다. 가슴이 덜컹 내려앉았다. 바로 그 날이었다.

광주민주항쟁 다음 해인 81년도에 입학한 나로서는 학우들의 죽음이 그리 낯선 이야기가 아니었다. 대학 1학년 때 김태훈 선배의 도서관 투신을 목격했고, 그리고 황정하 선배가 시위를 위해 밧줄을 타고 내려오다가 콘크리트 바닥에 몸이 부서지면서 떠나는 모습도 지켜보았다. 그리고 녹화사업으로 군에 죽어간 학생들의 소식들….

하지만 불을 살라 자기 몸을 태우고 절규하면서 떠나간 후배들의 모습은 상상만으로도 정말 괴롭고 슬픈 일이었다. 전태일 열사도 있었지 않은가? 하지만 내겐 좀 먼 이야기였다. 개인적으로 솔직하게 이야기해서 한번도 마주친 적이 없는 두 후배들이다. 그러나 같은 캠퍼스 아래에서 얼굴 부딪히며 울며 웃고 함께 하던 어느 83학번 후배들과 다름없을 것이라 여겨지면서 가슴이 터질 것 같이 슬픔이 밀려옴을 주체할 수 없었다.

스스로 사회변혁을 위해서 노력하고 있다고 자부하고 있지 않은가? 부끄럽지 않은가? 난 이런 후배들에 비추어 이 비극적이고 폭압의 시대를 과연 떳떳하게 항거하며 살아가고 있는가? 스스로 많은 반문을 해보고, 뒤돌아보고… 하지만 부끄러웠다.

다두가 언급된 유시민 항소이유서 (일부)

자신이 변함 없이 온화한 성격의 소유자임을 의심치 않습니다. 그러므로 늙으신 어머니께서 아들의 고난을 슬퍼하며 을씨년스러운 법정 한 귀퉁이에서, 기다란 구치소의 담장 아래서 눈물짓고 계신다는 단 하나 가슴 아픈 일을 제외하면 몸은 0.7평의 독방에 갇혀 있지만 본 피고인의 마음은 늘 평화롭고 행복합니다.

빛나는 미래를 생각할 때마다 가슴 설레던 열아홉 살의 소년이 7년이 지난 지금 용서받을 수 없는 폭력배처럼 비난받게 된 것은 결코 온순한 소년이 포악한 청년으로 성장했기 때문이 아니라, 이 시대가 '가장 온순한 인간들 중에서 가장 열렬한 투사를 만들어 내는' 부정한 시대이기 때문입니다. 본 피고인이 지난 7년간 거쳐온 삶의 여정은 결코 특수한 예외가 아니라 이 시대의 모든 학생들이 공유하는 보편적 경험입니다.

본 피고인은 이 시대의 모든 양심과 함께 하는 '민주주의에 대한 믿음'에 비추어, 정통성도 효율성도 갖지 못한 군사 독재 정권에 저항하여 민주 제도의 회복을 요구하는 학생 운동이야말로 가위눌린 민중의 혼을 흔들어 깨우는 새벽 종소리임을 확신하는 바입니다.

오늘은 군사 독재에 맞서 용감하게 투쟁한 위대한 광주민중항쟁의 횃불이 마지막으로 타올랐던 날이며, 벗이요 동지인 고 김태훈 열사가 아크로폴리스의 잿빛 계단을 순결한 피로 적신 채 꽃잎처럼 떨어져 간 바로 그 날이며, 번뇌에 허덕이는 인간을 구원하기 위해 부처님께서 세상에 오신 날입니다.

이 성스러운 날에 인간 해방을 위한 투쟁에 몸 바치고 가신 숱한 넋들을 기리면서 작으나마 정성 들여 적은 이 글이 감추어진 진실을 드러내는 데 조금이라도 보탬이 될 것을 기원해 봅니다. 모순 투성이이기 때문에 더욱더 내 나라를 사랑하는 본 피고인은 불의가 횡행하는 시대라면 언제 어디서나 타당한 격언인 네크라소프의 시구로 이 보잘것없는 독백을 마치고자 합니다.

"슬픔도 노여움도 없이 살아가는 자는 조국을 사랑하고 있지 않다"

1981년 10월 23일 태훈 군 장례식 관련 선언문

반파쇼 민주 투쟁 만세

피끓는 민주 학우여!

사천만 민중의 피맺힌 절규가 우리를 부르고 있다. 피에 굶주린 살인마 전두환 파쇼의 폭력의 마수가 민중의 숨통을 죄어 오고 있는 이 순간에도 요원의 불길과 같이 번져 가는 노호한 민중의 외침은 살아있다. 자유는 억눌리고 정의는 짓밟히며 진리가 왜곡되어 가는 고통스러운 상황에서도 전두환 파쇼를 분쇄하려는 격노한 학우들의 투쟁의 몸짓은 우리 학원을 진동시키고 있다. 박정희 유신 파쇼의 암울한 시대에 맞서 이 땅의 민주화를 애타게 갈구하는 민중들의 투쟁은 면면히 그 맥을 이어 내려와 79년 10월의 부마 항쟁으로 폭발 10·16을 낳았다. 이제 그 악랄함의 도를 훨씬 더하는 살인마 전두환 파쇼에 대항하여 우리 학우들은 어떻게 싸워야 하는 것인가! 그것이 이제까지의 학생운동의 연속선상에서 끊임없이 투쟁해 나가는 것으로, 그럼으로써 민중 투쟁의 계속적인 가열화의 계기를 마련하여 제2의 부·마 항쟁으로 발전시켜 전민중적 투쟁의 기반을 지속적으로 확보해 나가는 것이다. 그리하여 민중이 주인이 되는 진정한 민주의 나라를 건설하는 것이다. 이제 우리는 살인마 전두환 파쇼의 본질을 폭로하고 그 폭력적 만행을 규탄함으로써 우리의 투쟁의 입장을 밝히고자 한다.

먼저 경제적으로 전두환 파쇼는 구체제로부터의 누적된 모순을 연장, 심화시키고 있다. 오늘날 우리 경제는 심각한 위기 상황에 놓여 있다. 연평균 40%의 살인적인 물가 상승률 하에서 수많은 노동자들이 기아와 임금으로 생존권마저 위협당하고 있으며 저곡가 정책을 근간으로 하는 농촌 방기 정책은 농민의 생활 수준을 저하시키고 구매력을 상실케 하여 균형 있는 국민 경제 발전을 저해하고 있으니 한국이 미국의 중요한 농산물 수출 시장으로 되고 있다는 것은 이를 잘 입증해 주고 있다. 뿐만 아니라 외자 위주의 성장 정책이 낳은 300여억 불에 달하는 외채는 국민 1인당 50여만 원의 상환 부담을 안겨주고 있으며 다른 후진국에서도 유례를 찾기 힘든 엄청난 과세 부담으로 각종의 조세 저항을 야기시키면서 폭등하는 물가와 고율 인플레로 사실상 전혀 의미가 없는 세율 인하를 저소득층에 선심 쓰는 양 기만 술책을 펴고 있다. 우리는 이제 재벌과 이에 결탁한 정부 관료, 군부의 매판성을 고발한다. 그것은 우리의 경제가 산업 제부분 간의 분업 관련을 가지는 자율적 재생산 구조를 마련하는 것과는 반대로 외국 자본과 밀착하여 저임금을 근간으로 하는 민중 수탈 체계를 통해서 민중의 피와 땀을 착취하는 이들 매판적 독점 기업의 논리에 의하여 움직여 왔으며 이는 매판 관료, 매판 군부와의 결합에 의해서만 가능하기 때문이다. 그러나 전두환 파쇼는 이미 허구성이 입증된 수출 주도형 차관 경제의 망상을 저버리지 못하고 오히려 증권 시장 자유화, 해외 투자의 적극 유치 정책을 시행함으로써 보다 적극적으로 국내 경제 시장을 국외에 개방하고 있으며, 5차 5개년 계획을 날조하여 선진국에의 허구적 환상을 조장하는 한편 그 충당 재원을 마련하기 위해 60억 달러의 대일 구걸 외교를 펴고 있으니 5차 5개년 계획은 또다시 외국 자본의 힘의 논리에 내맡겨져야 한단 말인가!

또한 정치적으로는 이러한 경제적 제문제의 본질을 호도한 채 자신들의 정치적 재생산 기반을 구축하려고 가능한 모든 제도적, 물리적, 폭력, 기만 수단을 총동원하고 있다. 국내적으로는 농민, 노동자, 학생, 양심적 지식인들의 민중 투쟁에 대한 탄압책으로서 각종의 폭력을 휘두르고 있으니 집회 및 시위에 관한 법률, 사회보호법, 언론기본법, 노동관계법 등의 개악, 신설에 의한 제도적 폭력과 수많은 민주 인사, 학생들에 대한 연행, 구속, 고문 등의 물리적 폭력, 그리고 관제 언론을 통한 대중 조작의 기만적 폭력이 그것이다. 뿐만 아니라, 전두환 파쇼는 안정 기반 확보와 세력 확대를 위해 교묘하게 민심을 조작, 이용하고 있으니 사회 정화니 청탁 배격이니 하는 기만적 선전 구호가 그것이다. 이는 명백히 군·관·재계 질서 개편 작업의 일환으로서 반대 세력을 제거하고 저희들 파쇼의 명령 계통을 수립하려는 저의가 숨어 있는 것이다. 행정 간소화의 비용 절감을 표방하고 실시되고 있는 최근의 정부 기구 축소 작업도 동일한 맥락에서 파악될 수 있는 것으로 그것은 82년도 예산 규모에 있어서 실제로 축소된 입법·사법부이며 행정부 지출은 오히려 29%나 증대되고 있는 것에서도 명백하다. 이러한 제반 국내 상황에 대한 전두환 파쇼의 극악한 탄압책은 저들 파쇼, 군부의 불안 의식을 나타내 주는 것으로서 이는 얼마 전에 군의 실력자의 자리에서 제거된 노태우, 박세직, 정동호들과의 내부적 암투에서 알 수 있다.

다른 한편으로 전두환 파쇼는 심각한 국제적 고립의 난관에 봉착해 있으니, 이는 근본적으로 총칼로 등장한 체제의 정당성에 대한 신뢰 상실에서 나오는 것이며, 민중이 주인이 되는 자주적인 국가 발전의 염원을 저버린 채 우리의 경제를 미·일에 떠맡겨 버리는 매판적 파쇼 집단에 대한 경멸에서 비롯하는 것이다. 여기에 전두환 파쇼는 과연 어떠한 작태를 보이고 있는가.

한마디로 저들은 미국에의 적극적 밀착으로 그 돌파구를 찾고 있으니 군사 동맹 체제를 더욱 강화하여 미국을 앞세워 국제적 신용을 회복하려는 것이다. 그러나 이것은 실상 국내의 매판적 독점 재벌의 경제적 요구를 반영하는 것으로, 이미 한국에 진출해 있는 미·일 자본 논리의 관철이기도 한 것으로 경제적 종속 상황을 더욱 심화시킬 뿐 아니라 군사 체제의 강화에 필수적으로 붙어다니는 허구적 냉전 구호를 양산하여 국내의 가열되어 가고 있는 민중 투쟁의 탄압의 국민적 합의 기관을 마련하여 통일된 민주적 민족 국가 건설의 길을 막으려는 음모가 깔려 있기도 한 것이다. 전두환 파쇼의 기만적 만행은 이루 헤아릴 수가 없다. 최근에는 88년 올림픽을 서울에서 개최하겠다는 대대적 선전을 통하여 국민을 우롱, 기만하고 있으니, 아니! 생존의 절박한 상황에서 허덕이는 민중들이 여기 있는데 우리가 올림픽 유치로 자화자찬하고 있을 때란 말인가! 22억 달러에 달하는 막대한 경비는 국민의 피와 땀으로 염출하겠다는 것인가! 아니면, 외자를 도입하겠다는 건가! 그리하여 국내 시장을 또다시 해외에 개방하려는 것인가! 일본 산업 부문에서 특수품을 노리는 독점 재벌의 논리인가! 선진국의 환상을 날조하여 국민을 기만할 수만 있다면 충분하다는 속셈인가! 심각한 국제적 고립을 회피해 보겠다는 것인가!

그러면 살인마 전두환 파쇼의 학원 탄압책의 본질과 실상은 과연 어떠한가. 그리고 우리 민주 학우들은 여기에 대하여 구체적으로 어떻게 싸워야 하는가! 전두환 파쇼가 민주 학우 투쟁을 두려워하고 학원 탄압에 혈안이 되어 있는 것은 민주 학우 투쟁이 민중 투쟁에 가지는 전위적 성격 때문이다.

민주 학우 투쟁은 이승만 정권의 부패와 억압에 항거하여 혁명으로 승화시킨 4·19를 거치고 박정희 파쇼의 폭력과 탄압에도 굴하지 않고 끊임없이 민중 투쟁의 선구를 담당하여 70년대 말의 부마 항쟁을 낳아 이 땅의 민주주의 실현의 계기를 마련할 수 있었다. 살인마 전두환 파쇼는 바로 이러한 권위적 투쟁 세력으로서의 학생 계층을 두려워하여 학원 탄압의 개 이규호를 앞세워 가혹하게 폭력을 휘두르고 있는 것이다. 전두환 파쇼의 학원 탄압 술책은 학도호국단을 통한 공식적인 제도적 수단과 수많은 민주 학우들을 연행, 구속, 강제 입대시키는 비공식적 폭력으로 관철되고 있다. 축제는 대학 문화의 총체적 표현의 장이다. 축제는 특권 계층으로 서의 대학인의 향락적, 퇴폐적인 것이어서는 안 되며, 불행한 시대를 살아가는 우리 대학인들이 이 상황을 어떻게 받아들이고 어떻게 고민하는가의 모습까지도 보여 줄 수 있어야 하는 것이다. 따라서 축제는 전 성원들이 주체적인 참여 아래 자율적으로 진행되어야 함에도 호국단은 행사를 총주관하겠다고 학생들에게 일방적으로 명령하고 있으니 이는 명백히 축제의 성격과 내용을 말초적이고 퇴폐적인 비생산적인 것으로 한계 지어 참된 대학 문화의 속성을 부정하려 하는 것이다. 더욱이 최근에는 각 단대 편집실을 학도호국단 문예부 산하 기구로 만들고 그 구성도 비상설화하려고 학칙을 개정하였으니, 이는 더욱 악랄한 학내 언론 탄압책이 아닐 수 없다.

이제 우리는 반파쇼 민주 투쟁의 구체적인 당면 과제를 밝힌다.

첫째, 故 김태훈 열사의 죽음은 결코 한 개인의 헛된 희생이 아니라 우리 사회의 구조적 모순과 전 파쇼 집단의 총칼에 의한 것이므로 故 김태훈 열사의 장례식을 다시 학교장으로 치루어야 한다.

둘째, 이미 전학생들의 중지에 의해 부정된 축제를 대신해서 10월 26일부터 10월 31일까지를 민주화 투쟁 기간으로 설정하여 각 과 단대 써클별로 행사를 계획 실천하여 우리들의 민주 투쟁 역량을 강화시켜 나아가야 한다. 단, 10월 31일 12시 아크로폴리스에 모여 전두환 화형식을 거행한다.

셋째, 파쇼 집단의 논리를 학원 내에서 관철시키고자 하는 학도호국단 간부들과 그들을 배후 조종하는 학원 민주화를 저지하는 일부 어용 교수들은 우리 민주 학우의 동료와 스승이 아니라 적이므로 그에 대한 적절한 제재를 가한다.

넷째, 낙서, 페인팅, 스티커, 시위를 통하여 반파쇼 민주 투쟁을 계속 과감하게 전개해 나간다.

자! 이제 우리가 할 일은 명백해졌다. 암울한 시대의 어두운 상황은 우리를 고통스럽게 한다. 그러나 일어서야 한다. 정작 고통스럽기에 싸워야 하는 것이다. 결코 우리만의 외로운 싸움이 아니고 시대에 단절된 고립된 투쟁일 수는 없다. 우리는 사천만 전민중과 함께 싸우고 있으니 4·19와 부마와 광주의 투쟁을 계승하고 있는 것이다.

학우여! 피 끓는 민주 학우여! 우리 최후의 일인, 최후의 일각까지 반파쇼 민주화 투쟁에 온 마음을 불사르자.

반파쇼 민주투쟁 만세! 만세! 만세!

우리의 구호
학원탄압 저지하여 학원자유 쟁취하자!
학원탄압부 장관 이규호는 물러나라!
때려잡자 전두환 분쇄하자 파쇼집단!
개악 신설된 집시법, 사회보호법, 언론기본법, 노동관계 제법을 폐지하라!
관제언론 몰아내어 언론자유 쟁취하자!
학도호국단 박살내고 학생회를 부활하자!
향락축제 거부하고 민주투쟁 전개하자!
1981년 10월 23일 서울대 민주 학우 일동

고 김태훈 열사의 넋을 오늘에 다시 기리며...

박준성

또 5월 27일이다 2005년 05월 28일 00:35

(중략)

81년 5월 27일이다. 1년 만에 광주는 다시금 뜨겁고도 치열한 이슈가 되었다. 아침부터 학교는 학생들과 경찰들 사이에 일진일퇴 공방이 계속되고 있었다. 당시엔 사복 차림의 경찰들이 잔디밭에 모여앉아 카드놀이도 하고, 그랬다. 오후의 어느 시간, 모두들 녹초가 되어 휴식(?)을 취하고 있을 때였다. 말하자면 소강 국면이었다. 어디선가 높은 곳에서부터 굵고 분명한 음성이 들렸다. 전두환 물러가라! 전두환 물러가라! 전두환 물러가라!

그 목소리가 들리는 곳으로 시선을 옮기는 순간, 도서관 5층에서 지상을 향하여, 한줄기 굵고 선연한 빛줄기가 내려꽂혔다. 나는 벌떡 일어났다. 일순 침묵의 순간이 흘렀고 그 낙하지점으로 학생들이 우르르 몰려들었다.

다음 순간, 그곳을 향해 최루탄이 날아들었고 잠시 학생들이 흩어진 사이에 학생회관에 자리 잡은 보건진료소에서 들것이 달려나왔고, 그 높은 곳에서 뛰어내린 몸뚱아리, 그 들것에 실려 나갔다. 그것으로 끝이었다. 싸움은 다시 시작되었지만 곧 끝났다.

81년 5월 29일이다. 자취방에서 조금 늦게 나섰다. 1교시 수업에 약간 늦었다. 강의실 밖에 학교 버스가 두 대 서 있고, 교수와 학생들이 실랑이를 벌이고 있다. 소모임 활동에 열심이던 몇몇의 친구들이 저만치 도망쳐 갔다. 약화학 교수와 학생담당 학장보 교수가 버스의 맨 앞자리에 앉아 있다.

나는 맨 뒷자리에 가만히 앉아 있다. 안양에 있는 유한양행 공장을 견학하러 간다고 했다. 버스가 후문을 벗어나는 순간, 나는 맨 앞자리로 뛰어나갔다. 두 교수 앞에 무릎을 꿇었다.

오늘은 김태훈 선배의 장례식 날입니다. 우리를 학교로 되돌아가게 해주십시오.

너 뭐야? 학장보 교수의 싸늘한 반응.

난데없이 수업을 팽개치고 우리를 다른 곳으로 데려가는 것은 말이 안 됩니다.

너 영웅 되고 싶어서 그러는 거야? 약화학 교수의 무심한 목소리.

나는 그 자리에서 통곡을 했다. 나한테서 그렇게 많은 눈물이 쏟아지다니.

교수들이 이윽고 약속을 했다. 안양까지만 가자. 그리고 돌아가고 싶은 사람은 가라. 그렇게 우리는 안양에 갔다가 곧 돌아왔다. 학교는 이미 상황이 끝난 다음이었고, 최루탄 매캐한 교문 안 잔디밭에서 누군가 초라한 우리 모습을 찍었다. 그 사진 어딘가에 있다. 아주 평범한 학생이던 나는 그 사건으로 인하여 교수와 학생 모두에게 찍혔다. 좋은 의미든 나쁜 의미든, 별로 개의치 않았다.

그리고 그것은 그해 가을 나를 서울을 떠나게 했고, 한 학기 쉬게 했다. 그다음 해부터는 5월만 되면 이른바 요주의 학생들은 교수와 함께 어디론가 여행을 떠났다. 나도 한번은 집에 가서 좀 쉬라고, 출석 신경 쓰지 말고 쉬다가 오라고, 지도교수가 그리기에 그러겠노라고 하고서 집에 내려갔다가 이내 학교로 돌아간 기억도 있다.

그 후로 숱한 죽음의 순간을 목도했거나 죽음 이후를 함께 서러워하면서 나의 20대가 지나갔다. 그것은 내 인생을 궁극적으로 결정해 버렸다. 말하자면, 80년 5월의 광주가 내 인생을 바꿔버린 것이다. 그 시기에 청춘의 한 시기를 보낸 사람이면 지금 어떻게 살고 있든지 간에 이미 광주에서 자유로울 수 없는 것 아니겠는가.

아, 이렇게 말하면 너무 거창하다. 나는 20대 초반의 어느 날 우연히 어떤 사건을 마주하였고 그 이후 그 사건으로 말미암아 많은 것을 새롭게 배웠노라고 하자.

고 김태훈 열사의 넋을 오늘에 다시 기리며…

10. 6 열사 26주기 추모식 (2007-5월)

김태훈 열사 26주기 추모식 안내

김태훈 열사 제26주기 추모식 행사가 5월 27일(일) 오전 11시 망월동 5·18 국립묘지에서 거행될 예정입니다. 동문 여러분의 많은 관심 있으시길 바라며, 숭고한 열사의 발자취를 되새기며 의미 있는 하루가 되었으면 합니다.

   * 일시: 2007년 5월 27일(일) 오전 11시
   * 집결지: 주차장 옆 '민주의 문' 입구

김태훈 열사 26주기 추모식 경과보고

(2007년 5월 28일 게시. 게시자 한일섭)

봄날치곤 너무 일찍 찾아온 무더위가 걱정스러웠는데 서울에서 내려온 이홍철 동문을 포함한 여러 동문들이 참석한 가운데 5월 27일(일) 5·18 국립묘지에서 추모식이 경건하게 거행되었습니다.

국립묘지 참배 후, 김 열사 묘지로 옮겨 열사에 대한 묵념, 정병석 회장님의 추모사, 기념촬영 등 간단한 의식과 함께 주변 묘소를 둘러본 후 정 회장님께서 동문들을 위해 맛있는 점심을 제공해 주셨습니다.

좀 더 많은 동문들이 참석하여 그 뜻을 기렸으면 의미가 한층 컸었을 텐데 하는 아쉬움이 있었지만 다음 추모식 때 많이 참석하시길 기대하면서 참석하신 모든 동문들에게 심심한 감사의 말씀을 드립니다. 대단히 수고하셨습니다.

* 참석자 : 정병석, 이홍철, 최웅용, 한영현, 최일섭, 장경석, 이용균, 전영수, 한일섭 등

10. 7 열사 27주기 추모식 (2008-5월)

김태훈 열사 추모행사

(2008년 5월 24일 게시. 게시자 정병석)

김태훈 열사 27주기 추모행사에 참석 부탁합니다.
일시: 5월 25일 (일요일) 오전 11:00
장소: 5·18 국립묘지
일정: 11:00 국립묘지 입구 집결
     11:10-11:50 묘역 방문, 추모행사
     12:20-14:00 광주호 인근에서 점심식사

14:00-15:00 광주댐 수변공원 산책

15:00 해산

김태훈 열사 추모행사 보고

지난 5월 25일 오전 11시 김태훈 열사 27주기 추모행사가 국립
5·18 민주묘지에서 있었습니다. 예전에 비해 많은 동기들이 참석
하지 못하여(홍보 부족으로 인한 총무의 불찰임) 아쉬웠지만 바쁘신 가운
데에서도 참석하신 유재호 은사님을 비롯한 여러 동문들에게 깊은
감사를 드립니다.(아신 바와 같이 이 추모행사는 52회 동창회 차원에서 치르기로
했던바 내년에는 많은 동기들이 참석할 수 있도록 부탁드리며 적극 알리겠습니다.)

참배가 끝난 후 묘소와 봉안관을 둘러본 뒤 근처 식당으로 자리
를 옮겨 점심을 먹고 아쉽지만 내년에도 만나길 기원하면서 헤어
졌습니다.

1년에 단 하루라도 김태훈 열사의 그 날의 뜻을 기리는 날이어
서 의미 있는 하루였습니다.

* 참석자 : 유재호 은사님, 문인, 이홍철, 정병석, 최응용, 정일
용, 전영수, 한영현, 한일섭

10. 8 열사 28주기 추모식 (2009-5월)

다두 김태훈 열사 추모 모임 안내

(2009년 5월 13일 게시. 게시자 이주노)

어느덧 5월입니다.

여러 가지로 바쁘시리라 생각되지만, 그래도 넘겨버려서는 안될 행사라 여기에 글을 올립니다. 그동안 몇 년간 해마다 5월이 되면 다두 김태훈 열사 추모 모임을 크건 작건 가져왔습니다. 올해는 광주민주화운동 29주년이자, 다두 김태훈 열사의 고귀한 희생이 있는 지 28주년입니다. 앞으로 2년 뒤인 2011년이면 30주년이 되지요. 30주년을 이태 남겨둔 현재, 30주년과 관련된 기념 활동을 기획하지 않으면 안 되리라 봅니다. 이와 관련하여, 이번 행사에 오신 분들과 이런저런 의견을 나누고 싶습니다. 이번 행사의 일시와 장소를 안내하오니, 많은 분들이 참여해주시기를 부탁드립니다.

일시 : 2009년 5월 23일(토요일) 오후 2시 반

모이는 장소 : 5·18 국립묘지 민주의 문 앞(주차장 바로 앞)

* 서울이나 부산 등지에서 오시는 분은 동광주 인터체인지로 나와 담양 쪽으로 가시다 보면 안내판이 마련되어 있습니다.

10. 9 열사 30주기 추모식 (2011-5월)

김태훈(3-4) 열사 30주기 추모식 안내

(2011년 5월 11일 게시. 게시자 한일섭)

올해가 김태훈 열사 30주기입니다. 참으로 많은 세월이 빨리 흘러간 듯합니다. 그동안 5월 말이 되면 추모식을 가졌습니다만 올해는 30주기인 만큼 많은 관심과 참석 부탁드리며 다음과 같이 알려 드립니다.

일시: 5월 21일(토) 오후 3시

장소: 광주 5·18 국립묘지 "민주의 문"

진행 순서(예상)

 – 항쟁기념탑 분향

 – 김태훈 열사 묘소 묵념 및 헌화

 – 추모사(이용균 회장, 유재호 담임선생님), 약력 소개(재경 이홍철.전회장)

 – 유영봉안소 참배

김태훈(3-4) 열사 30주기 추모식 보고

(2011년 5월 22일 게시. 게시자 최웅용)

많은 동문들의 관심과 참여 속에 5월 21(토) 오후 3시에 '김태훈 열사 30주기 추모식'이 거행되었습니다. 추모식은 한일섭, 최웅용 동문의 진행에 따라 다음과 같은 순서로 이루어졌습니다.

 1) 항쟁기념탑에서의 분향
 2) 김태훈 열사 묘소에서 묵념, 헌화
 3) 열사의 약력 소개(이홍철 동문)
 4) 추모사(이용균 광주회장), 헌정 가사(정철 동문), 헌정 시(이옥헌 동문)
 5) 유영봉안소 참례

추모행사에는 최웅용 교수(김태훈 열사 추모사업회장), 이용균 회장, 한일섭 총무, 김상철 총무, 김영철 교수동문회 회장, 함께 내려간 장훈열 변호사(고속버스비용 부담), 김치걸 변호사(중식 제공), 최장일 목사, 이옥헌 목사, 이홍철 변호사, 그리고 차량 운행으로 크게 협조해준 신성렬 동문, 그리고 참석해준 정병석 교수, 최영수 교수, 정철 동문 등 대단히 수고 많으셨습니다.

추모식 이후에 술과 저녁식사를 함께 하였으며, 김영철 동문이 전액을 부담하였습니다. 역사화가 필요한 미래를 위해 점점 희미해지는 과거의 기억들을 첨부파일로 정리하였습니다.

추모사

이용균 동기회장

또다시 오월이 왔습니다. 벌써 우리 친구 김태훈 열사가 모두의 곁을 떠난 지 30년이 되었다니, 세월의 덧없음에 아픈 마음이 더욱 저려 옵니다.

모교 1학년 때 열사는 대의원으로, 저는 부반장으로 그렇게 열사를 처음 만나게 되었습니다. 공부밖에 모르는 것 같았으나, 학급 일을 같이 해보며 진지하고 책임감 있던 열사의 모습은 그의 선한 눈망울만큼이나 퍽이나 인상적이었습니다.

그러던 그가 서울대 4학년 때, 광주 민중을 학살하고 정권을 찬탈하며 폭정을 휘둘렀던 전두환 군부정권에 항거하여 분연히 일어나 온몸을 내던진 것은 충격 자체였고 남아있는 우리에겐 부끄러움으로 다가왔습니다.

열사의 희생이 보탬이 되어 진전이 되던 민주주의가 이번 정부에 들어와 다시 주춤하고 비틀거리는 것에 대해 안타까움을 금할 수 없으며 남은 우리들의 책임이 막중함을 다시 생각하지 않을 수 없습니다.

끝으로 어떤 이름 없는 독립 우국지사에게 바쳐졌던 노래의 한 구절을 차용하여 열사의 영전에 헌시로 바치며 추모의 글을 마칠까 합니다.

'그날의 분노와 그날의 함성,

꽃같이 스러진 그날의 더운 피와 눈물로

아아 조국의 민주주의를 위해 온몸을 불살랐던 열사의 희생정
신으로
　또다시 오월,
　우리들의 가슴마다에 꺼지지 않을 불멸의 글씨를 쓰나니
　그 이름 다두 김태훈 열사여,
　조국의 민주주의와 더불어 영원하시라.'

헌정 가사

정철 동문

　새벽네시 계엄군은 도청을 포위하고
　폭도소탕 이름아래 무차별 사격했네
　최후까지 사수하던 수많은 시민군들
　민주수호 한을품고 세상을 떠났다네

　도청에서 와이에서 전일빌딩 호텔에서
　광주를 사수하던 수백명의 시민군들
　어디로들 가셨는가 오월의 영령이여
　민주수호 한을품고 구천을 떠도는가

　오월하고 이십칠일 피로물든 신새벽에
　빛고을을 지키다가 어디로들 가셨는가
　애고애고 원통하다 오월영령 원통하다
　피지못한 꽃송이들 꽃잎처럼 떨어졌네

이젠부활 하옵소서 빛으로 살아오소서
민주화와 자주통일 평화로 부활하소서
광주시민 대동단결 하나됐던 대동정신
우리들의 마음속에 아직도 살아있네

학살에 굽힘없이 항쟁했던 저항정신
억압받는 세계민중 마음속에 이어지네
동남아와 아랍에서 자유위해 투쟁하니
영령이여 어디서나 민주화로 부활하소서

최후까지 사수하던 오월영령 뜻을이어
민주주의 수호하고 평화인권 수호하세
5대과제 잊지말고 5월진실 규명하고
광주학살 책임자를 이땅에서 쓸어내세

공법단체 기치아래 5월단체 하나되어
명예회복 피해보상 제대로 쟁취하세
최후까지 사수하던 오월영령 뜻을이어
사적지를 지켜내고 역사왜곡 바로잡세

오월의 영령이여 최후의 투사여
민주화와 자주통일 평화로 부활하소서
차별없는 평등세상 환하게 부활하소서
억압받는 민중들의 자유로 부활하소서

헌정 시 – 망월동에서

오늘 아침엔 하얀 찔레꽃에게
시월에 피잖고
오월에 펴줘서
고맙다는 인사를 했습니다.

오월에 죽은
친구의 무덤가에 피어
서럽도록 고운 그 향기로
망월동 넋들을 위로해줘서
고맙다는 인사를 했습니다.

눈물은 흐르는 대로 내버려두고
그냥 고맙다고 입맞춰줬습니다.

살아남아 부끄럽다던
그 눈빛을 그리워하며
살아남아줘서 고맙다며 웃는
찔레꽃에게 입맞춰줬습니다.

10. 10 열사 31주기 추모식 (2012-5월)

제31주기 김태훈 열사 추모식 안내

(2012년 5월 10일 게시. 게시자 한일섭)

2011년 작년이 김태훈 열사 30주기였습니다. 참으로 세월이 빨리 흘러간 듯합니다. 그동안 매년 5월 말이면 추모식을 가졌습니다. 올해에도 다음과 같이 추모식을 진행하고자 합니다.

일시: 5월 26일(토) 오후 3시

장소: 광주 5·18 국립묘지 '민주의 문' 주차장

제31주기 김태훈 열사 추모식 보고

작년에는 30주기여서 많은 동문들이 참석하였는데, 올해는 31주기라는 점과 석가탄신일 연휴가 겹친 관계로 조촐하게 추모식이 거행되었습니다. 광주에서는 유재호(담임선생님), 한일섭, 최웅용, 정병석, 김영철이 참석하였고, 서울에서는 이홍철, 김원배 동문이 참석하였습니다. 그날이 연휴와 겹치고 여수박람회 등으로 서울에서 광주까지 고속버스로 6~7시간이 걸리는 험한 일정을 소화하고 당일에 다시 서울로 올라간 이홍철, 김원배 동문께 다시 한번 감사드립니다. 이날의 추모사를 아래에 정리합니다.

태훈 군의 영령 앞에서

유재호
3학년 담임선생님

군화 발에 짓밟힌 민주
억압된 자유, 그 암울했던 시절
"독재정권 물러나라" 감히 외치며
김군의 뜨거운 피가
민주제단에 뿌려지던 날
우린 무등산에 안기어 통곡했다네.

5월이 오면
뜻을 같이 했던 자
망월의 민주묘역에 모여
그대의 제단에 흰 꽃을 놓고
김군이 바라는 민주발전은
살아남은 우리의 몫이라 다짐하며
오늘도 민주열사의 명목을 빈다네.
2012. 5. 26.

10. 11 열사 34주기 추모식 (2015-5월)

김태훈 열사 추모 모임 보고

(2015년 6월 1일 게시. 게시자 한일섭)

5월 31일(일) 오전 11시 30분 "김태훈 열사 34주기 추모식"이 국립 5·18 묘지에서 거행되었습니다. 추모식 이래 처음으로 관리소 직원 안내로 5·18 영령들에 대한 묵념을 드렸으며 이어서 김태훈 열사 헌화 및 참배를 하였습니다. 유재호 은사님께서 김 열사를 추모하는 글을 낭독하셨으며 최웅일 동창회장을 비롯한 참석 동기들이 김 열사를 회상하며 추모하였습니다.

앞으로 동창회가 주최하고 4반 동기들이 주관하여 김 열사에 대한 추모식을 거행하기로 하였습니다.

매년 추모식을 치렀지만 이날은 김태훈 열사 가족을 만나서 더욱 뜻깊었고 감회가 새로웠습니다. [대표로 김태훈 열사 바로 위 누님이신

김선혜 교수(법학전문대학원) 부부를 만났습니다.]

　참석자 : 유재호 은사님, 최웅일, 이홍철, 정병석, 이주노, 정일용, 최창주, 이용균, 범장기, 김재영, 한일섭 등

10. 12 열사 35주기 추모식 (2016-5월)

김태훈 열사 35주기 추모식 안내

(2016년 5월 19일 게시. 게시자 한일섭)

　'님을 위한 행진곡'을 5·18 지정곡으로 부르니 마니 부질없이 허송세월만 보내는 작금의 현실에 김태훈 열사의 마음은 어떠할까 하는 생각에 개탄을 금할 수가 없습니다. 어김없이 찾아온 5월의 하늘 아래 여러 동기분들을 모시고 추모식을 가질 예정입니다. 이

날 하루만이라도 국립 5·18 민주묘지에 오셔서 열사뿐만 아니라
5·18 영령들에 대한 참배를 함으로써 그 뜻을 기리시기 바랍니다.

많은 참석 바라면서 식이 끝난 후 점심식사를 준비하겠습니다. 미리 참석 여부를 알려 주시면 준비하는데 도움이 되겠습니다.

일시 및 장소: 2016년 5월 29일(일) 오전 11시 국립 5·18 민주묘지 '민주의 문' 입구

김태훈 열사 35주기 추모식 보고

(2016년 5월 31일 게시. 게시자 한일섭)

유재호 은사님을 비롯하여 동기들이 참석한 가운데 35주기 추모식을 운정동 국립 5·18 민주묘지에서 하였습니다. 금년은 일고 52회 동창회가 주최하고 4반이 주관하는 첫 해이기도 합니다.

앞으로도 많은 관심과 참여를 바라며 하루만이라도 김태훈 열사와 5·18 민주 영령을 기리는 뜻깊은 날이 되었으면 하는 바램을 가져봅니다. 그리고 얼마 전 우리 곁을 떠난 의행 정철 묘소를 찾아 참배하고 그 뜻을 기렸습니다. 그리고 보니 5·18과 관련되어 묘지에 잠든 학우가 두 명이나 있어 가슴 한편이 시려옵니다. 혹시 시간이 나시거든 찾아가 그 뜻을 되새기고 그 날을 기억하시면 참된 시간이 될 것입니다.

－ 참석자 : 유재호 은사님, 최웅용, 형광석, 전영수, 정일용, 이용균, 이홍철, 정상우, 박재석, 한일섭

10.13 열사 36주기 추모식 (2017-5월)

김태훈 열사 36주기 추모식 안내

(2017년 5월 23일 게시. 게시자 윤영종)

올해의 5·18 기념식을 생방송으로 보면서 10년 동안 왜곡된 역사에 의해 억눌려 왔던 울분의 감정이 조금은 해소됨을 느꼈습니다. 올해가 어김없이 찾아온 우리들의 동기 김태훈 열사의 36주기입니다. 세월이 참으로 빨리 흘러간 듯합니다.

그동안 매월 5월 말이면 추모식을 가져왔습니다. 올해에도 다음과 같이 추모행사를 진행하고자 하오니 동기들께서는 많이 참석하시어 열사의 뜻을 기리고 그 정신을 되새겨 보는 뜻깊은 하루가 되기를 바랍니다.

일시 : 5월 27일(토) 12:00 (5월 27일이 열사의 추모일입니다)

모임장소 : 광주 5·18 국립묘지 〈민주의문〉 주차장

김태훈 열사 추모 넋두리

이기종
광주일고52회 동창

글쎄요, 이곳에 제가 왜 왔을까요. 저도 궁금합니다. 며칠을 고민했습니다. 가야 되나 말아야 되나. 태훈이와의 인연은 그다지 깊지 않습니다. 고등학교 2학년 때 홍도로 놀러가서 함께 찍은 빛바랜 사진 한 장 정도.

81년 5월 27일, 서울대 도서관 앞 침묵시위 현장. 그때 그 자리에 저는 다른 목적으로 있었습니다. 저는 군인의 신분으로 전두환

의 딸 전효선의 신변을 학내에서 경호하는 팀의 일원이었습니다. 김 열사의 투신을 목격했고 나중에야 김 열사라는 걸 알았지만. 그후 가슴 한켠에 멍울져 있는 형언키 어려운 감정의 덩어리는 살면서 문득문득 저를 괴롭혀왔습니다.

오늘 이 자리에 제가 왜 왔을까요. 죄송한 말씀이지만 김 열사를 추모하는 마음보다도 어쩌면 저의 삶을 되돌아보고 앞으로 어떻게 살아야 할까 결의를 다지는 계기가 되고자 하는 마음이 훨씬 더 크지 않나 짐작합니다.

광주의 5월 학살을 자행한 전두환 일당의 만행에 분노하여 온몸을 던져 항거했던 열사의 삶과 정신에 비하면 한없이 초라해지는 나. 대의보다는 개인의 안위가 우선이었던 삶을 반성합니다. 그만큼 그릇이 크지 않기 때문이겠지요. 그러나 오늘을 기점으로 작은 그릇만을 핑계 삼지 않고, 비록 작은 그릇이지만 그 그릇 속에 대의를 위한 삶을 꼭꼭 채워보겠노라 다짐합니다.

어쩌면 길을 잃은 이들에게 삶의 좌표를 알려주는 등대 같은 친구를 둔 우리는 그렇지 못한 사람들보다 더 행복한지도 모르겠습니다. 아무쪼록 김 열사의 삶과 정신이 잊히지 않고 해마다 되살아나 다시는 이 땅 위에 그날과 같은 비극이 되풀이되지 않기를 기원합니다.

10. 14 열사 37주기 추모식 (2018-5월)

김태훈 열사 37주기 추모식 안내

(2018년 4월 30일 게시. 게시자 윤영종)

1981년 5월 27일 서울대학교 경제학과 4년 재학 중 5·18 광주
학살의 책임자 전두환 정부의 퇴진을 요구하며 숭고한 희생을 한

고 김태훈 열사의 넋을 기리는 37주기 추모행사를 올해에도 다음과 같이 진행하고자 하오니 동기들께서는 많이 참석하시어서 그 뜻을 기리고 정신을 되새겨 보는 뜻깊은 하루가 되기를 바랍니다.

　일시 : 5월 26일(토) 11:30

　모임장소 : 광주 5·18 국립묘지 '민주의문' 주차장

10. 15 열사 39주기 추모식 (2020-5월)

김태훈 열사 39주기 추모행사 안내

(2020년 5월 8일 게시. 게시자 한일섭)

　올해는 우리들의 동기 김태훈 열사가 우리 곁을 떠난 지 39주년이 되는 해입니다. 어느덧 내년이면 40주년이 되는 해로 세월이 참으로 빨리 흘러가고 있습니다.

　그동안 매월 5월 말이면 추모식을 가져왔습니다. 올해에도 다음과 같이 추모행사를 갖고자 하오니 동기들께서는 많이 참석하시어 열사의 뜻을 기리고 그 정신을 되새겨 보는 뜻깊은 하루가 되기를 바랍니다.

　일시 : 5월 23일(토) 11:30 (5월 27일이 열사의 추모일입니다)

　모임장소 : 광주 5·18 국립묘지 '민주의문' 주차장

III. 친구 김태훈

광주일고 3학년 졸업사진(1977년)

열사 산화 40주년을 맞이하여 고3 은사님, 고등학교 동창, 대학 동창, 사회의 지인들로부터 많은 추모글을 수집하였습니다. 필자의 가나다순으로 글들을 편집하였습니다.

1975년 10월 2학년 가을소풍
앞줄 왼쪽부터 김태훈, 홍광희, 임경석, 최웅일, 이세경, 가운뎃줄에 이정선, 유일선,
윗줄에 정완수, 김형운, 이주노, 손남승, 강종구, 김성근, 문석환, 송경호, 김원배

EHSA 회원 모습. 태훈이는 맨 뒤 좌측 끝

1. 친구 김태훈 열사의 꿈을 그리며

강성열
광주일고 52회 동창
호남신학대학교 구약학 교수

세상이 참 빠른 속도로 변해간다. 고등학교를 졸업한 지 벌써 45년이 다 되어가니 하는 말이다. 지금 생각해 보건대, 고등학교 졸업 이후의 대학 생활은 참으로 어두운 시기였던 것 같다. 그때는 1970년대 후반의 유신 말기 상황이었기에, 대학 생활 내내 유신 반대 시위에 휩쓸렸고, 그 까닭에 수업도 공부도 많이 못했다. 어쩌다 시위의 한 구석을 차지하는 경우도 부지기수였다. 최루탄 가스도 많이 마셨고, 사복 경찰에게 잡혀서 많이 맞기도 했다.

이제 조금 있으면 곧 5월이다. 41주년을 맞는 5·18도 그렇지만, 5월이면 같은 시기에 고등학교와 대학교를 다녔던 친구 태훈의 기억이 늘 새롭다. 같은 반도 아니었고 친한 사이도 아니었으나, 한 캠퍼스 안에서 지내다 보니 이모저모로 고등학교 동창들 얘기를 들을 수 있었고, 직접 만나서 모임도 갖고 대화도 나누는 경우가 많았다. 김태훈 열사는 당시에 그런 과정 중에 몇 번 마주쳤던 원거리 친구였다. 무엇보다도 그는 유신 말기의 혼란스러운 때에 인간의 생명과 정의를 소중히 여기는 세상을 꿈꾸며 자신을 희생했기에 기억 한켠에 깊이 남아 있다.

친구 태훈이를 캠퍼스 안에서 모처럼 만에 아주 가까이서 만난 것은 아이러니하게도 그가 "전두환 퇴진" 구호를 외친 후 도서관에서 투신한 직후의 상황에서였다. 당시 나는 학생회관에서 도서관으로 오르는 긴 계단의 중간 지점에서 시위하는 학생들 그룹에 묻혀 있었다. 그때 갑자기 도서관 5층 난간에서 누군가 큰 목소리로 구호를 외치는 소리가 들렸고, 바로 이어 순식간에 그가 도서관 아래로 투신하는 모습이 보였다.

시위 행렬에 속해 있던 상당수의 학생들이 울부짖으면서 그가 떨어진 곳으로 우르르 몰려갔고, 나도 본능적으로 그 물결에 휩쓸려 도서관 아래쪽으로 달려갔다. 이미 많은 학생들이 그곳을 둘러싸고 있었다. 그 틈바구니 속에서 투신한 그의 모습을 직접 볼 수 있었다. 당시에는 그의 얼굴을 직접 볼 수 있는 각도가 아니어서 그가 누구인지를 알지 못했다. 나중에야 그가 태훈 친구라는 사실을 전해 들었다.

그 착하고 순하던 친구가 우리나라의 어두운 현실을 가슴 아파하면서 사람의 생명과 권리를 소중히 여기는 사회가 건설되기를 바라는 마음으로 자신을 희생했다는 사실이 충격으로 다가왔다. 그의 가슴 속에 우리가 모르는 생명과 정의의 불꽃이 타오르고 있었다니, 참으로 놀라운 일이었다. 한 알의 썩은 밀알이 되어 세상을 변화시키고자 한 그의 엄청난 결단에 가슴이 막혀왔다. 아무도 할 수 없는 그 일을 했으니 한편으로는 부끄럽기도 했다. 지금에 와서 생각해 보면, 그 귀한 생명을 가지고서 끝까지 분노함으로 투쟁하여 세상이 변하는 모습을 보았으면 얼마나 좋았을까 하는 안타까운 마음도 한켠에 남아 있다.

태훈이 정의로운 민주 사회의 건설에 대한 열망을 가슴에 안고서 자신의 목숨을 던졌던 그 날 저녁의 일이 지금도 생각난다. TV 뉴스를 보는데 교육부 장관이 태훈 친구의 죽음에 관해 언급하면서, 그가 실족사했다고 말하는 모습이 눈에 들어왔다. 정말 어처구니없는 일이었다. 많은 사람들이 태훈의 구호 외침과 투신 장면을 직접 목격했음에도 불구하고, 우리나라의 공교육을 책임지고 있던 장관의 입에서 사실을 왜곡하는 말이 나오는 것을 보니 화가 나기도 했다. 엄연한 객관적인 사실이 저렇게 왜곡될 수도 있구나 하는 생각을 하니 군사 정권의 폐해가 정말로 크다는 생각이 들었다.

이제 금방 5월이 된다. 우리 광주 사람들에게는 4월이 아니라 5월이야말로 잔인하고 슬픈 달이다. 겨우내 차가운 땅속에 묻혀 있던 생명의 씨앗들이 얼어붙은 땅을 뚫고 나오는 고통스러운 모습을 본 엘리엇(T. S. Eliot)이 4월을 일컬어 "잔인한 달"로 노래했다지만, 우리 광주 사람들에게는 5·18과 그 연장선상에 있는 태훈 친구의 자기희생을 담고 있는 5월이야말로 잔인하고 슬픈 달이 아닐 수 없다. 그러면서도 5월은 이 땅에 희망과 생명과 정의의 세계를 가능케 했다는 점에서 한없이 고맙고 행복한 달이기도 하다.

태훈 친구를 포함한 많은 사람들의 고귀한 희생에 힘입어 새롭게 변화된 세계를 살고 있는 우리는 이제 다시금 5월을 맞이하면서, 5·18 희생자들과 친구 태훈이 꿈꿨던 생명과 정의의 세계가 이 땅에 완전히 뿌리내리도록 하는 데 최선을 다해야 할 것이다. 마지막으로 친구 태훈에게 진심으로 고마운 마음을 전하면서 짧은 글을 마친다.

"태훈아 고맙다. 그대 덕에 우리가 이렇게 살고 있다."

2. 태훈이를 추모하며

김용규
서울대 경제학과 78학번 동기

내가 태훈이를 처음 만난 것은 1학년 때인 1978년 가을 학생회관의 EHSA 서클룸에서였다. 태훈이는 하얀 피부에 굵은 뿔테 안경을 끼고 있었고 부드럽고 말수가 적지만 진중한 친구였다. EHSA는 1977년에 설립된 대학 내 영어 동아리였는데 다양한 단과대학의 친구들이 모였고 우리 2기는 대략 20여 명 정도였다. 태훈이를 기억하는 선배들과 동기들이 모두 잘 알지만 태훈이는 조용하고, 수줍어하고, 앞에 잘 나서지 않고, 늘 다른 친구들을 배려하곤 하였다.

친구와 후배들은 태훈이를 다음과 같이 회고한다.

"말이 별로 없고 조용한 친구였지만 도수 높은 안경 넘어 총명한 눈빛만큼 그의 말은 재치있고 핵심을 꿰뚫는 예리함이 있었다. 우리는 다듬어지지 않은 원석같은 태훈이의 순수한 모습을 참 좋아했다."

"가끔 수줍어하면서 위트가 넘치는 말로 웃음을 주기도 하였던 모습이 떠오르네요."

"진짜 말이 없이 얌전하셨고 뒤에서 묵묵히 여러 일을 하셨던 선배였지요."

한번은 내가 서클의 어떤 행사에서 단과대학 호칭을 잘못 이야기한 적이 있었는데 혹시 해당 대학의 친구가 마음이 상할까 봐 내게 조용히 알려주어 참 고마웠던 적이 있었다. 서클에서 의사결정을 위하여 투표를 할 때에는 거의 모두 찬성하는 투표에도 가끔 혼자 반대를 하면서 "민주주의에서는 한두 표의 반대가 있어야 해" 하고 해서 좌중을 웃게 하곤 하였다. 한번은 미시경제학 시험 준비차 우리 집에서 같이 잔 적이 있었는데 태훈이가 어머니께 참으로 공손하게 인사하고 예의가 바랐던 것이 매우 인상적이었다.

태훈이는 대학원 법학과를 다니시는 선혜 누님과 여의도 시범 아파트에서 같이 지냈는데 태훈이는 누님이 대단히 사려 깊고 자기를 많이 아껴주었다고 이야기하곤 했다. 누님은 우리 친구들에

열사 30주기 때 친구들과 서울대 사회대 추모비 앞에서

게 식사 대접도 해 주시고 또 늦으면 자고 가도록 배려해 주시곤 하셨다.

1979년에는 서클 MT에서 큰 사고가 있었다. 지리산 섬진강 가에서 물놀이를 하다 그만 공대 1학년 후배가 익사를 한 큰 사고였다. 우리는 큰 죄책감을 가지며 그곳에서 장례를 치렀고 후배 부모님께 깊이 사죄드리고 서울로 돌아왔다. 후배 한 명을 잃은 충격은 컸고 이후 내내 우리의 마음을 억눌렀다. 그런데 언젠가 우리는 태훈이가 사고 1년 후 기일에 개인적으로 그 후배 묘소에 찾아가서 추도비(?)를 세워주었다는 이야기를 전해 들었다. 우리 모두는 태훈이의 따뜻한 인간미에 감탄하였다.

태훈이는 1981년 4월 한 친구에게 영국의 사제 겸 시인인 John Donne의 영시집 《For Whom the Bell Tolls(누구를 위하여 좋은 울리나)》를 선물로 주었는데 첫 장 안쪽에 "나의 삶이 끊임없는 진리 추구로 이어지기를"이라고 적혀있었다고 한다. 그리고 얼마 지나지 않은 5월 27일, 태훈이가 광주민주화운동 1주기를 맞은 교내 침묵시위 때 광주에서의 잔인한 진압에 항거하여 도서관에서 투신하여 산화한 날 우리는 그 친구가 태훈이라는 소식을 듣고 큰 충격을 받았다. 그날 저녁 서로 연락하여 여의도 태훈이네 모였다. 비록 우리는 모두 경찰에 연행되어 며칠 가두어졌지만 두 친구는 대림동 성모병원 영안실에서 기도를 하며 밤을 같이 지샜다. 태훈이의 죽음은 우리 시대의 많은 친구들에게 큰 영향을 미쳤고 여러 친구들이 우리나라의 민주화에 투신하고 기여하게 된 중요한 계기가 되었다고 생각한다.

태훈이를 아는 모든 친구들처럼 우리도 태훈이에 대한 마음의 빛이 크다. 늘 앞에 나서지 않으면서도 조용하고 겸손하게 아름다운 인간미를 보여주었던 태훈이를 우리는 그리워한다. 대학 동기 친구가 아들의 이름을 태훈이로 정한 것 같이 우리에게도 태훈이는 지금 다시 만나고 싶은 너무 그리운 친구이다. 마지막으로 태훈이가 좋아했던 존 던의 시로 글을 맺는다.

누구를 위하여 종은 울리나 ----- 존 던 (번역: 고은정)

어느 사람이든지
그 자체로서 온전한 섬은 아닐지니
모든 인간이란 대륙의 한 조각이며
또한 대양의 한 부분이리라

만일에 흙덩어리가
바닷물에 씻겨 내려가게 될지면
유럽 땅은 또 그만큼 작아질 것이며
만일에 모래벌이 그렇게 되더라도 마찬가지며

그대의 친구들이나 그대 자신의
영지가 그렇게 되어도 마찬가지어라.
어느 누구의 죽음이라 할지라도 나를 감소시키나니
나란 인류 속에 포함되어 있는 존재이기 때문이라

누구를 위하여 종은 울리나
이를 위하여 사람을 보내지는 말지라.
종은 바로 그대를 위하여 울리는 것이므로…

3. 난 너와 더 친하고 싶었다

나성수
광주일고52회 동창
나성수 마취통증의학과의원 원장

태훈과는 초등학교 6학년부터 중고등학교를 같이 다닌 인연이 있다. 다만 태훈에게 나는 그러그러한 張三李四 중 한 명이었을 것이 분명하나 나로서는 친구와의 인연이 너무나도 소중하여 글로써 그리움을 대신하고자 한다.

1970년 서석초등학교 6학년 5반 정대성 선생님(후일 광주 향교 典校를 지내신 분으로 덕망이 높으셨음) 반에 배정되었다. 우수한 인재들이 많은 반이었으나(김건기, 김혁종, 문종호, 박영규, 오규택, 이승석 등이 한 반이었음) 중키에 검은 뿔테안경, 두툼한 입술, 귓볼이 큰 태훈은 나직하고 묵직한 목소리에 발표력도 좋았고, 선한 눈빛과 미소를 지닌 모범생으로 선생님의 총애를 한 몸에 받았으며 친구들에게는 선망의 대상이었었다.

나는 시골(송정리)에서 5학년 초에 대성초로 전학 왔다. 11월에 다시 서석초로 전학한 관계로 친구 관계가 소원하였고, 이유 없는 열등감으로 괜히 부잡스러운 행동을 하는 장난꾸러기에 불과하였으나, 다른 친구와 달리 태훈은 항상 엷은 미소로 대해 주곤 했었다.

당시 학급 회의 시간에는 또래들이 "매식하지 맙시다, 복도를 한줄로 갑시다, 수업 시간에 잡담하지 맙시다" 등 하나 마나 한 이야기로 시간을 보낼라치면 태훈은 그 나이에 걸맞지 않게 발언 사이에 "우리가 좀 더 성숙하면 이랄지, 사춘기가 지나고 어른이 되면 이랄지, 좀 더 사색하자" 등 어른스러운 발언을 하여 분위기를 일순 애매하게 만들며 논란에 종지부를 찍곤 하였었다.

그해 가을쯤 사회탐구('국회는 무엇이며, 국회의원은 무슨 일을 하는가요'의 주제로) 일환으로 우리 반 10여 명이 당시 광주을구 7대 국회의원이던 정래정 씨의 광천동 사저를 방문하였을 때(아마도 같은 반 혁종 친구 아버님의 주선이었을 것이다. 지금 생각하면 초등학생으로선 참 유별났던 것 같다) 나도 태훈의 추천으로 동행하게 되었는데 그 댁 정원에서 다과 중 활발히 의견 개진을 하면서 궁금함을 질문하던 친구의 모습이 지금도 눈에 선하다.

그 무렵 친구 몇 명과 도청 뒤 골목에 있던 태훈의 집을 방문한 적이 있었다. 넓은 정원, 높은 마루, 여러 개의 방, 또래 어머님보다도 연세가 지긋해 보이셨던 어머님을 뵈었었다. 자상하시고 인자하신 모습이 기억에 또렷이 남아있다.

중고등학교 시절은 6년 내내 같은 반이 아니어서 간혹 지나칠 때 보여주던 착한 미소만 기억이 날 뿐이다. 여전히 그는 공부 잘하고, 품행 단정한 모범생이었으나 해가 갈수록 말수가 줄어든 모습으로(나와는 반대되는 성격인지라) 형 같은 친구, 함부로 대하기 머시기한 친구, 애늙은이 같은 인상을 지울 순 없었다. 고등학교 졸업 후 나는 응당 태훈이 원하는 대학에 간 줄 알았으나, 재수를 하고

있단 소식을 들었고(누군가 성당에 열심히 다닌 관계로 학업을 약간 등한히 하
였을 거란 말을 들은 적 있다) 대학 입학 후 서울로 유학 간 동창들에게는
흔한 일이 되어있던 민주화 투쟁, 반정부 투쟁으로 인한 제적, 구
금 등의 소식이 전해질 때마다 당시 시국에 대한 울분, 억울함으로
가슴이 몹시 아리던 차 81년 5월 태훈에 대한 황망한 소식을 들었

[열사의 초등학교·중학교·고등학교 앨범 사진]

다. 안타까움으로 몇 날을 멍하니 지냈었고, 소소했던 그와의 스침조차도 별다른 의미로 마음속에 되새기곤 했었다.

우연이랄까? 나는 그해 2학기에 일반외과 젊은 교수님이셨던 태훈의 仲兄(일고 7회. 전남대 병원장. 순천 성가롤로 병원장 역임)께 간담도계 강의를 듣게 되었다. 당시로는 파격적인 수업과 평가 방식, 센스있는 유머가 담긴 열정적인 지도, 멋진 턱수염까지 대다수 학생의 호평과 존경 속에 수업에 열중하시던 교수님의 강의 모습에서 나는 언뜻언뜻 보이는 태훈의 모습을 찾느라 시간을 허비하곤 했었다. 확실한 언행일치, 빼어난 의술, 글솜씨도 대단하셔 많은 후학에게 존경을 한 몸에 받으셨던 교수님을 수련 기간과 그 뒤로 뵐 때마다 교수님 가까이 앉기를 일부러 했던 기억이 난다.

세월이 지난 1990년대 말 慈堂 이신방 女史님의 자서전을 어렵게 구해 그날로 일독하고 태훈의 관련된 부분을 밤을 새우며 읽고 또 읽었다. 자식들에 대한 부모님의 특별한 교육열과 자상함, 6·25 등 환난에 대처하시는 어머님의 강인함과 검소함, 독실한 신앙심, 자유분방하면서도 위계를 지키는 특별난 형제간의 우애, 태훈이 9남매 중 늦둥이 여덟째로 태어난 것 등을 알 수 있었고, 태훈의 그런 성품의 유래함을 조금이나마 이해할 수 있었다.

이제 태훈에게 항상 하고 싶었던 말을 속삭여 보련다.

"친구 태훈아. 난 너와 더 친하게 지내고자 했고, 더 많은 대화를 나누고 싶었었다. 혹여 너의 의로운 결정이 없었다면 지금쯤 사회의 빛과 소금의 역할을 하는 큰 어른이 되었지 않았을까? 아니야! 너의 결정이 옳았을 거야… 시간이 갈수록 많이 보고싶고 더욱더 그리워지는구나…."

4. 승자독식 사회에서 더 빛나는 열사의 삶

나익주
前 광주지산중학교장

같은 학교를 다닌 적도 같은 동네에 거주한 적도 없다. 그래서 개인적으로 나는 김태훈 열사와 아무런 인연이 없었다. 하지만 비슷한 또래로 동시대를 살았던 사람들 중에서 독재의 편에 서지 않았다면 김태훈 열사의 삶을 기억하지 않는 사람이 있을까?

이 글을 쓰려니 바로 김태훈 열사가 '전두환 물러가라'를 외치며 생을 마감한 그해 1981년의 칙칙한 봄이 그대로 떠오른다. 그해 대학을 막 졸업하고 광주의 한 고등학교에서 영어교사로서 근무하고 있었다. 바로 한 해 전에 우리 자신들이 살던 바로 이곳에서 벌어진 그 억울한 죽음을 목도한 뒤라서 그런지 우리 도시는 여전히 무언가에 짓눌린 느낌이었고 모두들 가슴 한편에 분노와 부끄러움으로 뒤범벅된 복잡한 심사였다. 시민들의 민주화 투쟁에 참여하지 못하고 숨어서 보기만 했던 나도 당연히 그랬다.

교사 생활을 시작하고 난 지 채 한 달도 안 된 그해 3월 중순 조회 시간, 교감 선생님이 전라남도교육청에서 보낸 공문을 읽어주었다. '서울대에서 불순 학생들이 시위를 주동하고 도피해 경찰에서 수배 중인데 주동자 중의 두 명이 우리 광주 출신이니 바로 신고해 주기 바란다.'라는 요지였다. 그러면서 그 두 명의 이름을 말했다. 그 공문은 '불순 학생'이라고 지칭했지만 광주 시민들의 민주 항쟁이 무참히 진압당한 지 1년도 안 된 시점의 공포 분위기 속에서 일어난 시위라서 그런지 그 주동 학생들이 너무나도 용기 있다고 생각했다. 그래서인지 광주 출신 두 분의 이름을 꽤나 오랫동안 기억했다. 둘 다 처음 듣는 이름이었지만 그중의 한 이름은 아직도 기억한다.

지금 생각해 보면 어이없는 일이다. 교육청에서 그런 내용의 공문을 보낼 리도 없고 그런 공문을 그대로 전달하는 생각 없는 교장이나 교감도 없을 터이다. 만약 그들이 그대로 전달한다면 교사들이 가만히 앉아 있지 않을 것이다. 이른바 좌파 성향의 '전교조' 교사이든 뉴라이트 성향의 '자유교원조합' 교사이든 상관없이 저항할 것이다. 하지만 그 당시는 일상화된 감시와 통제로 모두들 주눅이 들어 있던 시절이었다. 나 자신도 풋내기 교사로서 속으로는 '우리가 뭐 경찰의 하수인인가?'라는 반감이 들었지만 그대로 듣고 있었다.

광주항쟁 1주기인 5월이 다가오자 교육청으로부터 교내외 학생 지도를 철저히 하라고 요구하는 공문과 지침이 자주 왔다. 전두환과 그 독재 정권이 바라던 대로 5월이 다 지나가던 어느 날 아침 교직원 회의에서 "서울대 도서관에서 한 학생이 투신자살을 해서 대학생들이 동요하고 있는데 하필 광주 출신이라고 합니다. 선생님들 이런 시국엔 각별히 교내외에서 언행에 유의하고 학생 지도에 만전을 기하십시오."라는 취지의 당부를 했다. '그 학생'이 바로 김태훈 열사였다. 그 교직원 회의로부터 며칠 뒤 광주일고 출신의 한 대학 친구를 만났는데 술자리에서 이렇게 말했다. "내 친구 태훈이는 목숨을 내놓으면서까지 전두환의 불의와 무도에 항거했는데 우리는 그냥 쳐다보기만 하는구나…."

김태훈 열사는 서울대의 학우들이 침묵시위로 광주항쟁 희생자들을 위로하고 전두환 정권에게 저항하던 도서관 앞 잔디밭으로 '선언문' 한 장 뿌리지 않고 확성기도 없이 두 손을 모아 '전두환 물러가라'를 외치며 자신의 삶을 마감했다는 말을 전해 들었다. 나는 어쩌다 시위에 참여하면서도 도망칠 생각을 먼저 했기에 당연히 "죽음도 두려워하지 않는 그 결심의 근원은 무엇이었을까?"라는 의문이 들었다. 그리고 "이론과 이념으로 '무장한' 운동권의 '투사'도 아니었다는데 왜 도서관 5층에서 투신하며 전두환 타도를 외쳤을까?" "한쪽 눈만 감으면 대다수의 부모가 바라는 사회적 성공과 평안한 삶이 보장된다는 서울대생이 왜 그런 결심을 했을까?"와 같은 의문도 들었다. 이러한 자기 헌신이 쉬이 이해되지 않는 것은 나 자신이 세속적인 삶을 살아왔기 때문이리라.

형용사 '거룩하다'는 주로 신이나 성인을 수식하는 데 사용하는 낱말이지만, 김태훈 열사의 이타적인 삶은 이 형용사로밖에 묘사할 수가 없다. 김태훈 열사의 '거룩한 죽음' 이후 수많은 사람들이 전두환 정권을 타도하고 자유와 민주를 쟁취하는 긴 여정에 죽음을 두려워하지 않고 나섰다. 1987년 6월 항쟁으로 전두환 정권이 굴복하기까지의 기나긴 저항 과정에서 희생당한 수많은 거룩한 죽음 위에서 우리는 '자유'와 '민주'를 찾았다.

세월이 흘러 풋내기 교사이던 나는 한 학교의 교장으로 정년을 앞두고 있었다. 민주화 과정에서 생명을 잃거나 처참한 고문과 기나긴 수배와 투옥의 고통을 마다하지 않았던 분들에게 늘 마음의 빚을 느끼고 있었다. 그러면서도 "이제는 설마 또 군부독재가 다시 올 수는 없겠지?"라며 조금은 마음을 놓고 있었다. 하지만 박근혜 정권의 역사 교과서 국정화 시도에서 민주주의의 퇴행과 돌아온 전제주의를 보았다. 또한 먹고 살기 위한 경쟁은 더 치열해진 우리 사회의 현실 때문인지 자신들의 권리는 강하게 주장하고 책임은 다하지 않는 이기적인 학생들이 아주 많았다. 이른바 우수 학생들이 특히 더 그랬다.

이러한 가운데 이들에게 우리나라 교육이 추구하는 이상적인 학생인 "배려와 나눔을 실천하는 학생"을 '말로만'이 아니라 '행동으로' 실천했던 분들의 삶을 보여주면 어떨까 라는 생각이 들었다. 그래서 4·19와 5·18, 6월 민주항쟁, 세월호 참사 등의 사건이 우리 사회에 미친 영향과 그 의의를 함께 고민해 보는 계기 수업을 활용해 보기로 했다. 많이 알려진 열사들보다 덜 알려져 있지만 우리들이 누리는 자유의 토대가 되었던 분들의 삶을 주제로 삼고 싶었다.

이러한 구상의 일환으로 2018년 5월에 지산중학교가 있는 용전 마을 출신으로 서울대학교 정치학과 4학년이던 1986년 5월 민주화 투쟁 과정에서 희생당한 '이재호' 열사를 기리는 계기 수업을 하도록 계획을 세웠다. 다행히 두 명의 교사가 적극 참여했다. '이재호·김세진 열사 기념사업회'에 연락을 하니 《아름다운 청년 김세진·이재호》라는 추모집을 소개해 주고 계기 수업 진행자로 이재호 열사와 고교와 서울대를 함께 다녔던 친구인 고원 교수(서울과학기술대)를 추천해 주었다. 먼저 학생들에게 추모집을 읽히고 계기 수업 당일에 고원 선생님이 이재호 열사의 삶을 얘기하는 수업을 진행하고 망월동 묘지로 학생들을 이끌고 가서 함께 참배했다.

그다음으로 김태훈 열사의 삶을 기리는 계기 수업을 하고자 교사들과 의논했다. 담당 교사들이 와서 추모집도 없고 그날의 소식 말고는 인터넷에도 아무런 자료가 없어서 불가능하다고 말했다. 대학 때 친구인 고용호 선생님에게 말했더니 열사 모친의 일기를 구해주고 김태훈 열사가 타계하기 전까지 대학시절을 함께 했던 친구로서 전남대 경영학과에 근무하는 양채열 교수를 소개해 주었다. 교사들은 그 일기 중에서 김태훈 열사의 성품을 기록한 부분과 '그날' 전후의 심정을 기록한 부분을 발췌해 2학년과 3학년 학생 중 선발한 50여 명에게 먼저 읽혔다. 그리고 양채열 교수가 '좋은 사회와 Tit for Tat'이라는 주제로 어떤 사회가 좋은 사회인지, 김태훈 열사의 삶이 현재 우리의 삶에 어떤 의미를 지니는지, 앞으로 학생들이 좋은 사회를 만들어 가는 데 어떤 태도를 지녀야 하는지 등을 얘기하고 질의응답을 받는 형식으로 수업을 진행했다. 이 계기 수업이 끝난 뒤, 지금은 고등학생이 된 지산중학교 2학년 학생 원태연은 이렇게 썼다.

> "5·18과 민주화에 대해 어느 정도는 알고 있었지만 깊이 있게는 알지 못했습니다. 하지만 이 계기 수업 덕택에 5·18과 한국 민주화에 대해 더 깊이 생각해 보면서 열사 분들에게 다시 한번 감사의 마음을 가지게 되었다. 그리고 지금 우리가 당연하게 생각하고 누리고 있는 것들에 대한 소중함을 깨달을 수 있었습니다."

고용호 선생님과 황광우 선생님이 김태훈 열사 추모 글을 써달라고 했을 때 주저했다. 생전에 한 번도 본 적이 없어서 행여 열사의 삶과 거리가 먼 얘기를 쓸 수도 있다는 우려 때문이었다. 그렇지만 위 학생이 말한 것처럼 지금 내가 누리는 '자유로운' 삶이 김태훈 열사와 다른 수많은 열사들의 헌신 덕택에 가능하다는 얘기를 하고 싶어 감히 서툰 글을 써 보았다. 다시 한번 김태훈 열사의 거룩한 뜻을 새겨 본다.

5. '사랑의 사회실현과 진리탐구를 위한 삶'

문재도
광주일고52회 동창
에너지밸리포럼 대표
前 산업통상자원부 차관

그날도 평소처럼 수업을 마치고 신림동 하숙집으로 귀가를 하던 즈음이었다. 어디선가 서울대학교 도서관에서 한 학생이 투신했다는 소문이 돌았다. 당시는 5·18 광주민주화운동이 일어난 이듬해이어서 캠퍼스 안은 항상 긴장감이 팽팽하였다. 학교에서 나는 조그만 휘파람 소리에도 모든 신경이 곤두세워질 정도였다. 일년 전인 서울의 봄 시절 도서관 앞의 아크로폴리스 광장은 활기찬 학생들로 넘쳐나며 시국을 논의하던 민주의 광장이었다. 그러나 제5공화국의 출범 이후 학교내 사찰이 심화되면서 더 이상 합법적으로 학생들이 모여서는 안 되는 낯선 광장이 되어 버렸다. 이제 여기는 가끔씩 학생들의 민주화를 위한 투쟁의 목소리와 그들을 체포하려는 경찰들의 숨바꼭질의 장으로 변했다. 그런데 이곳에 학생이 투신을 했다고 하니 심각한 사태가 아닐 수 없다. 물론이 일이 벌어지고 학생들의 현장 접근은 불가능한 상황이었다.

그런데 얼마 후 그 학생이 '김태훈'이란다. 나하고 고등학교를 같이 다니고 대학 생활도 함께 하며 방금 전까지 수업도 같이 들었던 그 친구란다. 태훈이가 그런 낌새를 전혀 비친 적이 없었는데. 태훈이는 소위 학교에서 학생운동을 깊게 하던 친구도 아닌데. 무슨 이유로 그런 일이 일어났다는 말인가? 도저히 믿을 수가 없었다. 아니 믿고 싶지 않았다. 수소문하고 그 친구가 살던 집으로 갔다. 그런데 사실이란다. 도서관 5층에서 있다가 '전두환은 물러나라, 전 두환은 물러 나라, 전 두 환은 물 러 나 라' 외치고 투신하여 현장에서 사망하였단다. 시신은 경찰이 수습하여 알지 못하는 어딘가 안치되었다고 한다. 몇 친구들과 충격 속에서 우왕좌왕하는데 관할 경찰서에서 연행을 한다. 그 후로 장례가 끝날 때까지 경찰서 강당에서 울분을 삭일 뿐이다. 그저 무력감만이 몰려온다. 며칠을 지내며 몇 가지 의문이 들기 시작했다. 아무도 답해주지 않기에 혼자 묻고 혼자 답해 본다.

'태훈이가 왜 극단적인 선택을 했어야만 할까?' 태훈이는 항상 생각이 깊고 선한 웃음을 가진 친구였다. 더구나 고등학교 시절 신부가 될 것을 생각할 정도로 독실한 천주교 신자여서 자살은 생각할 수도 없다. 아마도 그런 순수함 때문에 당시 시대 상황에 대해 참을 수 없는 울분을 느꼈고 3번의 구호 이후 영원한 자유의 몸이 되기 위해 소중한 영혼을 보낼 수밖에 없었을 것이다. 그래서 나중에 알았지만 그런 시대적 상황을 받아들여 천주교장으로 장례가 치러지고 용인의 천주교 묘역에 안장되는 것이 가능했다.

'태훈이가 광주에서 태어나지 않았다면 이런 일이 벌어졌을까?' 나는 일제 식민지 치하에서 느낀 처절함을 이역만리 만주에서 글로 쓴 윤동주 시인을 생각한다. '죽는 날까지 하늘을 우러러 한점 부끄럼이 없기를, 잎새에 이는 바람에도 나는 괴로워했다'는 시인의 마음이 당시 태훈에게도 똑같이 느껴졌으리라. 일 년 전 광주의 아픔은 광주에서 그 시대를 살아온 우리에게는 다른 지역 출신이 함께 할 수 없는 우리만의 괴로움이었다. 정권의 철저한 언론통제로 광주민주화운동의 진실이 심각히 왜곡된 상황에서 겪어야 했던 우리의 비통함을 제대로 이해시키기는 쉽지 않다. 그래서 살아남은 우리 세대는 어쩌면 당시 피 흘리고 죽어간 영혼과 피해자들에게 어떤 남다른 부채 의식을 갖지 않을 수 없다. 5·18 당시 전남도청에서 끝까지 항전하다 산화한 윤상원 열사의 말씀이 귀를 감돈다. "오늘 우리는 패배할 것이다. 그러나 내일의 역사는 우리를 승리자로 만들 것이다." 열사가 행동할 때 느낀 심정이 이와 똑같지 않았을까?

'태훈이가 살아있다면 우리에게 무슨 이야기를 해줄까?' 열사는 아마도 어려서 생각했던 신부의 길을 걸을 수도 있었겠다. 아니면, 그가 그토록 좋아했던 경제학 공부를 계속해서 훌륭한 경제학자가 되었을 것이다. 만약 신부가 되었다면 어려운 곳에서 낮은 곳으로 임하는 선한 사도의 길을 걸었을 것이고, 학업을 계속했다면 뜨거운 가슴을 가지고 세상을 바르게 만들어 보려 한 개혁적인 학자가 되었을 것이다. 열사가 대학 신입생 시절부터 책상 앞에 써 놓았던 '사랑의 사회실현과 진리탐구를 위한 끊임없는 노력, 이것이 내 삶의 전부이기를'이라는 글귀가 이를 말해 준다.

몇 해 전 5월에 서울대 경제학과를 함께 다녔던 친구들과 열사를 추모하는 여행을 광주로 다녀왔다. 광주 망월동 5·18 민주화 묘지에 가서 우리보다 빨리 세상을 떠난 열사를 마주하고, 광주 도청이었던 기념관을 들러 당시 상황을 회상한 후 금남로를 지나 광주일고 교정에 있는 학생 탑을 참배하였다. 그러면서 친구들은 그

동안 가지고 있었던 마음의 빚을 조금이나마 덜고 열사를 다시 한 번 회고할 수 있는 좋은 시간을 가졌다. 이때 태훈이의 환한 얼굴과 학생 탑에 쓰여 있던 비문이 내 눈앞에 유독 크게 다가온다.

'우리는 피 끓는 학생이다. 오직 바른길만이 우리의 생명이다.'

6. 빙긋이 웃고만 있던, 영혼이 맑은 친구

박일서
광주일고52회 동창
광주창조경제혁신센터 센터장

강진중학교에서 광주일고에 합격한 친구들은 9명이었다. 그 지역에서야 공부 좀 한다고 했지만 다들 교과서나 들입다 파고 문제집이나 많이 풀어 보는 것이 공부 방법의 전부라 입학하는 것만 해도 벅찬 일이었다. 중3 막바지에 구미의 금오공고에서 전국을 대상으로 입학설명회를 다녔는데 특히 시골 학생들이 그 주 대상이었던 듯하다. 한 친구는 일고에 합격하고서도 결국 금오공고로 진학할 정도였을 정도로 시골 친구들 마음을 흔들었다. 구미냐 광주냐의 선택은 내 앞길에 결정적인 영향을 미쳤다.

시골 출신의 나는 존재감 없이 조용히 학교나 다니는 편이어서 고1 때 총장로까지 진출했던 시위 때도 교실에 있었다. 참여를 하지 않았는지 아니면 못했는지 정확한 기억은 나지 않지만 교실까지 쫓겨 온 친구들 교복에 묻은 허연 최루탄 가스에 눈물, 기침이 범벅이 되었던 기억은 생생하다. 이듬해(1975년) 봄 서울 농대 김상진 열사의 할복으로 인해 학교 내에서는 목소리를 죽여 가며 유신

정국을 비판하는 얘기들이 귓등으로 들리곤 하였다. 곧이어 시위 준비 중이던 선배와 동창생들이 한꺼번에 제적당했던 사건은 아무리 모범생이었던 나 같은 사람에게도 크나큰 충격으로 다가왔다.

김태훈 열사는 나와 고3 같은 반이었고 서울의 종로학원에서 재수도 같이 하였다. 2년간을 같은 공간에서 같이 지냈음에도 그에 대한 개별적 추억은 별로 없다. 나는 그나마 방과 후에 친구들과 축구나 탁구를 하기도 하였으나 열사는 운동도 그리 즐겨하지는 않았던 것 같다. 돌이켜 보면 항상 평온한 얼굴로 중간 자리를 지키고 묵묵히 공부만 하였고, 친구들의 재미있는 얘기에도 같이 끼어들지는 않고 그냥 가벼운 미소만 짓곤 하였다.

추모문집에 글을 하나 써 달라는 최응용 교수의 부탁에도 선뜻 그리 해 보겠다는 마음을 정하기 어려웠다. 열사와의 추억이 빈약하기도 하였거니와 잘 알지도 못하면서 내가 무엇을 쓴다는 것이 무언가 열사에게 미안하다거나 내 스스로도 조금 쑥스럽다는 마음이 있었기 때문이다. 그러나 한편 개인적인 끈끈한 관계는 없어도 내 마음속에는 일종의 연대 의식이 있었던 것은 분명하다. 1981년도 겨울쯤이었던가 군에서 휴가 나와서 열사가 투신하여 이 세상 사람이 아니라는 말을 듣고는 가슴이 쿵 하고 무너져 내렸던 그 느낌은 지금도 생생하다.

나 같은 모범생도, 열사와 같은 그 평온한 영혼의(내가 보기에) 소유자에게도 최루탄 냄새와 제적당한 친구들에 대한 기억은 공유되고 있지 않았을까? 일고 다닐 적 서로 이야기를 나누지 않았어도 말이다. 무엇보다 "우리는 피 끓는 학생이다. 오직 바른길만이 우리의 생명이다."는 학생 탑의 글귀가 우리 일고인들 각자의 마음에 깊이 각인되어 서로를 강력히 맺어주고 있지 않았을까?

이러한 집단 기억이 시간과 공간을 따로 하여 각자의 모습으로 발현되었으리라 짐작해 본다. 당시 후기였던 외대에 재수하여 입학하였을 때 나는 마음을 둘 데가 없었던 차 자연스럽게 선배들이 이끄는 이른바 이념 서클(?)에 가입하였다. 아마 제적당한 친구들에 대한 부채 의식과 모범생 시절에 대한 보상심리가 시대적 상황과 맞물려 큰 영향을 미쳤으리라. 유신시대라는 숨 막히던 시절, 긴급조치라는 강력한 통제 수단에도 불구하고 학생들은 계란에 바위 치기식의 민주화 투쟁을 수년 동안이나 벌였다. 나같이 순진한 사람이 운동권에 발을 한번 들이고 나니 온 세상이 불합리하게 보여 도저히 그대로 참을 수가 없었다.

따지고 보면 열정만 가득했지 대학 신입생이 3~4개월간 얼마나 공부를 했겠는가? 1978년 6월 26일의 광화문 연합시위에 참가하였다가 결국 구속, 징역을 살고 제적까지 당하였던 것은 사실 너무 준비가 안 된 얼치기 운동권에는 가혹한 시련이었다. 당시 20명 가까운 구속 학생들의 대부분은 나처럼 단순 가담자들이었다. 그 이후 강제징집 당하여 제대할 때까지가 나에게는 가장 힘든 시기였다. 나중에 복학하여 이후로는 비교적 순탄한 생활을 하고 있다.

지금 김태훈 열사와 내가 공통으로 가지고 있었을 의식과 감정들의 실체는 정확히 무엇이라 정의하지는 못하겠지만 아마 동시대를 살아온 모든 친구들의 삶의 과정에 무언가 깊은 영향을 미쳤으리라. 운동권에 있었든 없었든 간에. 요즘 우리 동창생의 단체 톡방에서 나누는 시시콜콜하고도 사람 냄새 나는 이야기들을 보면서 그러한 생각들이 더욱 들곤 한다.

영혼이 맑은 친구에게 한 번도 못해 보았던 말을 하고 싶다.

사랑한다, 태훈아. 보고 싶구나.

네가 그토록 깊이 갈망하던 하느님 품 안에서 편히 쉬거라.
이 풍진 세상일랑 우리 살아남은 사람들에게 맡겨 두고.

7. '욕망이라는 이름의 전차'

양채열
광주고등학교 27회
서울대경제학과 78학번 동기
전남대학교 경영대학 교수

사랑의 사회 실현과 진리 탐구를 위한 끊임없는 노력,
이것이 내 삶의 전부이기를

태훈이 묘비 뒷면에 적혀있는 글귀, 이는 대학 신입생 시절부터 책상 앞에 두었다고 한다. 이는 내가 존경하는 Bertrand Russell 경이 말하는 "사랑으로 고무되고 진리로 인도되는 삶"과 유사한 정신이다. 사랑과 진리, 이는 또한 경제학도로서 항상 생각하는 '뜨거운 가슴과 차가운 머리'이다. 이웃을 사랑하는 마음이 충만하고 그 사랑을 사회에 실현하기 위한 진리탐구 노력을 인생 목적으로 세웠던 김태훈 학우….

좋은 사회를 갈망하던 학우가 당시 국가/정권이 사회를 해치는 장본인이 되었을 때 가장 소중한 자신의 생명을 내던지며 표현하고자 했던 고귀한 뜻을 다시 생각하며 내 자신을 반성해 본다. 나는 젊은 시절의 의지를 제대로 간직하고 그 방향으로 계속 노력하고 있는가?

우리나라는 물론 세계적으로도 대안적 사실(alternative fact), 탈진실(post truth) 등의 신조어까지 탄생하였다. 공통의 인식 영역이 좁아지고 있는데, 이는 진리 추구로 극복할 수 있을 것이다. 또한 사회 곳곳에 있는 마음 아프게 하는 뉴스들(사회적 약자, 빈자의 삶의 조건)은 공감에 근거한 사랑의 중요성을 웅변해준다. 특히 사회에서 혜택받고 영향력을 미치는 전문가들은 의식의 존재 구속성을 뛰어넘을 수 있도록 공감의 대상을 넓혀야 한다. 지식인을 '자기와 상관도 없는 일에 참견하는 사람'으로 말한 사르트르는, '동상 위에서 내려다보는 관점'이 아니라 '동상 아래 깔린 사람의 관점'을 가질 것을 지식인에게 요구한다. 따라서 지식인은 해리포터 작가 롤링처럼 "누구와 공감하기로 선택하느냐?" 하는 문제로 고민해야 한다. 많은 사람이 사회적 약자는 물론 심지어는 원수까지도 포용하고 공감할 수 있으면 태훈이가 바라던 좋은 사회가 될 수 있지 않을까?

나는 광주고등학교 출신이고, 태훈이는 광주제일고등학교 출신으로 나보다 고향 일 년 선배가 된다. 함께 한 기억이 많지는 않지만, 과거를 돌이켜 보면 생각나는 일이 있다. 태훈이 사망 한두 달쯤 전인 4학년 1학기 봄의 기억이다. 나는 태훈이와 같이 광주가 고향이라 서울 동기생들에 비하여 미팅 기회가 적었다. 그런데 모처럼 내가 미팅을 주선하는 기회가 있어서 태훈이에게 권유하여 함께 가게 되었다. 그때 버스를 타고 시내로 가면서 '욕망이라는 이름의 전차'라는 연극표를 가지고 있다며, 미팅한 파트너와 마음이 맞으면 함께 보러 가겠다며 좋아하던 모습이 생각난다. 그 후 TV에서 명화극장 등의 프로그램에서 〈욕망이라는 이름의 전차〉 영화를 간간이 볼 때 태훈이가 생각난다.

8. 친구와 대화

유일선
광주일고52회 동창
한국해양대학교 국제무역경제학부 교수

　　인간의 운명은 비극적이다. 인간이 아무리 의지와 신념을 불태워도 선택할 수 없는 생로병사라는 운명의 굴레를 벗어날 수 없기 때문이다. 또한 존재 자체가 결국 죽음과 함께 사라지기 때문에 인간의 삶은 허무하다. 그럼에도 인간은 이런 비극성과 허무함을 딛고 온갖 물리적, 인지적 한계와 시공간의 제약 속에서도 어떻게든 삶의 목적과 의미를 찾아내고 삶을 영위한다. 그런데 신부를 꿈꾸던 22살 청년이 이런 운명의 굴레를 자신이 스스로 선택하는 실존적 결단을 내렸다. 그의 마지막 외침은 '전두환은 물러나라'였다. 이것은 내 삶에서 거대한 물음표가 되었고 그와 새로운 대화의 시작이었다.

　　1981년 5월 27일 오전 11시쯤 '이상한' 시위가 시작되었다. 1980년 이날 광주민주화투쟁 당시 신군부의 이른바 상무충정작전 이름으로 전개된 진압 작전으로 광주시민이 가장 많이 희생된 날이다. 1년이 지난 그 날 경제학과와 무역학과 학생들이 오전수

영창으로 보내졌다. 한 달간 영창에 있으면서 가짜가 진짜가 되어 진짜가 가짜가 되는(假作眞時眞亦假) 세상에서 나는 어떻게 살아야 하나? 국가와 그 하수인들이 수행하는 폭력에 맞서야 하는가? 그 때 앞으로 내 삶은 어떻게 될 것인가? 내가 이들의 폭력의 실체를 제대로 알기나 하는가? 아니면 제대할 때까지 눈 딱감고 그들에게 순응하여 하수인이 되어야 하는가? 밤마다 내 빵부스러기를 얻어 먹기 위해 찾아오는 쥐를 물끄러미 바라보다가 '그건 아니지' 하는 친구의 목소리를 들었다. 그러면 무엇을 어떻게 해야 하는가? 나 보고 찾으라는 듯 조용히 서 있었다.

대학 시절, 어줍게(?) 배운 지식들로 우리들이 모여서 식민지 모순, 민족모순과 자본모순을 안고 있는 군부독재 체제를 혁파하고 새로운 사회 건설을 위해 혁명이 필요하며 그 수단으로서 폭력도 정당하다고 이야기할 때쯤이면 조용히 듣고 있던 친구의 답은 '그 건 아니지'였다. 어려움이 있으면 제일 먼저 다가와 손 내밀고, 외로우면 제일 먼저 벗이 되어주고, 아픔은 다 같이 느꼈지만 그 아픔을 가장 마지막까지 간직한 사람. 그의 마음의 깊이를, 그 심연 속의 실존적 자아가 느꼈을 고통을 어찌 헤아릴 수 있었겠는가? 그러나 내가 아는 친구는 지금 내가 느끼고 있는 죽이고 싶을 만큼 분노와 증오심을 갖고 그런 결단을 하지 않았을 것이다. 부끄러웠다. 내 마음에서 폭력에 대한 복수심과 증오를 지우고 그 분노의 에너지로 세상의 실체를 알아야겠다.

사람들은 평화로운 세상을 꿈꾸는데 왜 세상에는 폭력이 끊이지 않을까? 세상에는 약탈하는 습성이 '나쁜 늑대'그룹과 자신의 몫으로 살아가는 '착한 늑대'그룹이 있다. '착한 늑대'들이 자기 먹잇감을 '나쁜 늑대'에게 전부 빼앗기는 경우 '착한 늑대'들은 굶어 죽고 빼앗을 대상이 사라지면 자기들끼리 서로 뺏기 위해 싸울 것이고, 결국 '나쁜 늑대'도 세상에서 도태됨으로써 늑대는 멸종된다. 반면 '착한 늑대'가 자신들의 몫을 지켜내는 경우이다. 쉽지 않은 싸움일 것이다. '나쁜 늑대'들은 '착한 늑대'의 몫을 빼앗지 못하니까 자신들 무리를 서로 공격하면서 싸우다가 사라진다. 결국 '착한 늑대'만 살아남아 이 늑대 사회는 존속된다. 이 '늑대 모형'이 사회에 던지는 메시지는 '착한 늑대'들이 자신의 몫을 지켜내지 못하면 궁극적으로 우리의 생존은 없다. 그래서 최고의 정의는 자기 몫을 빼앗기지 않고 살아남는 것이다. 아직도 우리 사회에 '나쁜 늑대'들이 존재한다는 것은 '착한 늑대'들이 자신의 몫을 온전히 지켜내지 못했다는 이야기다. 현실에서 대부분 '나쁜 늑대'는 권력이나 금력 그리고 물리적 폭력을 행사할 수 있는 힘 있는 강자로, '착한 늑대'는 대부분 이러한 힘이 없는 약자로 나타난다. 강자들은 사람을 자신의 의지대로 분리하여 때론 직접적인 폭력으로, 때론 구조적인 차별을 통해서 약자들을 약탈해왔다. 그래서 '착한 늑대'들의 싸움은 끈질기고 처절할 수밖에 없다. 자기 몫을 지켜내기 위해 때론 빼앗긴 것을 되찾기 위해 목숨까지 걸어야 하기 때문이다.

친구야, 1987년 6월, 수많은 '착한 늑대'들이 빼앗기지 않기 위해서, 빼앗긴 것을 되찾기 위해서 무얼 했는지 보았다. 제대 후 대학원생으로 최루탄 자욱한 명동거리에 서 있었다. 수많은 사람들이 빼앗긴 것을 되찾기 위해 절규하듯이 품어내는 함성, '전두환은 물러나라'. 저 멀리 사람들 속에 서 있는 친구를 보았다. '전두환은 물러가라' 목숨 걸고 불렀던 이 외침이 이제 모든 사람의 마음속 메아리가 되어 거대한 함성으로 거리로 쏟아져 나왔다. 손을 맞잡고 어깨동무를 하며, 빌딩 곳곳에서 길거리에서 박수치고 환호하며 함께 분노를 모아 외치는 '전두환은 물러가라'. 그때 '전두환'으로 표징되는 비합헌, 불법, 학살, 국가폭력과 그 하수인 폭력, 약탈, 특권, 부정부패, 반칙, 차별, 인권유린 등 우리 일상을 지배하는 모든 '나쁜 늑대'는 다 물러나기를 바랐다. 6·29 선언으로 공복(公僕)으로서 대통령은 우리가 뽑게 되었지만 '전두환'은 정말 '물러났는가?' 친구는 말없이 뒤돌아서며 사라졌다.

1990년 교수가 되었다. 학원 민주화 바람을 타고 학생들의 도움으로 저 멀리 부산에서 겨우 한자리 얻게 되었다. 당시 광주청문회로 광주 진상이 밝혀지기 시작하고 '광주사태'가 '광주민주화운동'으로 바뀌었던 시절이다. 대부분 '빨갱이'들이 주동했다고 믿고 있는 이 지역에서 학생들이 이런 시대의 변화를 가장 예민하게 받아들였다. 당시 학생들 사이에는 광주가 민주화 성지처럼 받들어져 순례(?)를 해야 하는 분위기였다. 학생들이 찾아와 조언을 구하길래 광주에 가지 말라고 했다. 광주는 세상을 살다가 죽고싶을 만큼 힘들 때 딱 한 번만 가거라. 그리고 이 자리에서 광주의 의미를 다 함께 찾아보는 것이 좋겠다. 친구의 이야기를 들려주면서 나도 아직까지 온전한 광주의 의미를 몰라 그 친구와 대화 중이다. '전두환'은 아직 물러나지 않았다. 우리 일상에서 끊임없이 작동하면서 우리를 시험할 것이다. 우리가 서 있는 이 자리가 바로 광주다.

강의실에서 학생 면담에서 우리가 어떻게 살아야 하는가를 '늑대론'을 가지고 빼앗기지 않는 삶을 이야기했다. 사람들은 세상을 살면서 머리로 이해할 수 없고, 말로 표현할 수 없고, 몸으로 해낼 수도 없는 수많은 위험과 부딪치며 생존의 위협을 받아왔다. 이런 위협 앞에서 과거의 경험을 발판 삼아 세상과 사물의 이치를 구하고 그것을 지식으로 축적하여 세상에 대한 이해의 지평을 넓히며, 누군가 약탈을 시작하면 다 같이 공멸한다는 것을 깨달으며, 혼자 개별적으로 하는 것보다 집단(사회)이 분업을 통해 하는 것이 개인의 인지적 한계와 물리적 한계를 완화하여 삶이 좀 더 나아진다는 것을 인식하며, 이것을 삶 속에서 실천하고 후세대에 유증함으로써 인간의 생존 가능성을 높이는 지혜를 발휘해왔다. 인간은 죽음과 그 공포의 굴레를 벗어날 수 없는 비극적인 운명을 안으면서도 주관에 사로잡히지 않고 세상과 사물의 이치를 보편타당하게 이해하고 평가하려는 고도의 합리성을, 또한 개인의 이익만을 탐닉하지 않고 남의 악덕으로부터 자신과 이웃을 지켜 모든 사람들이 공존할 수 있는 영역을 찾아내고 그것을 실천하는 고도의 윤리성을 추구해왔다. 그리고 잊지 말자. 유한한 삶을 사는 동안 어느 정도 죽음의 공포를 잊고 삶에 집중할 수 있는 것은 누군가 생명을 지켜주기 위해 그 위험을 떠안고 있다는 것을.

그러나 대학 사회는 그렇게 우호적이지 않았다. 본대 출신 교수와 위계질서가 강한 제복 입은 학생들은 광주 출신 교수가 빨갱이 사상으로 학생들을 선동한다고 하고, 지역대학 출신 교수들은 어디 호남 출신이 감히 여기서…. 그러나 또 한편에서는 비제복 학생들은 학원 민주화 분위기에서 제복 학생들의 학생회 독점과 억압적인 규율에 저항하고 비 지역대학 출신 교수들도 불공정한 학사 행정에 대해서 단합된 소리를 내기 시작했다. 이런 분위기에서 우리들은 '외부 총장 영입론'으로 결집하여 새 총장 임명에 성공했다. 총장을 초대한 동창회 자리에서 백발이 성성한 동문들이 서울에서 장관까지 하신 분이 본대 출신이 유일하게 차지하는 장관 자리가 그렇게 탐이 났냐는 둥, 비 지역대학 출신의 젊은 교수들을 등에 업고 본대의 '전통'을 무시하면 가만있지 않겠다는 둥, 우리 일상 속의 수많은 '전두환'의 민낯을 보았다.

숨겨진 약탈자들의 예산이 들춰지고 교수평가시스템이 바뀌고 연구년과 안식년이 제도로 정착되었다. 그러나 교수초빙 문제에서 외부심사위원 참여 여부로 대립을 하였다. 이미 일부 교수가 사유화한 특정학과들은 교수를 뽑는 것이 아니라 총장선거 1표와 자신의 부하직원 한 명을 뽑는 것이었다. 제대로 된 교수를 뽑을 수 있는 제도를 만들고 싶었다. 지역신문에 거짓이 진실인 것처럼 보도되고, 우리 그룹 안에서도 의견이 갈리고, 다른 교수들의 의구심이 커지는 상황에서 학생들은 자신들의 미래 교수직을 빼앗아간다고 저항하였다. 학생들을 대동하고 위협하는 그 교수의 심장에 비수를 꽂을 만큼 분노와 적개심을 느꼈다. 사람을 죽일 수 있다는 것을 그렇게 가깝게 느껴본 적은 처음이었다. 그때 누군가 분노로 치떨리는 내 손을 잡았다. 저희가 이야기하겠습니다. 이것이 진실이 아니라는 것을. 친구야, 그냥 얼굴만 알고 지내는 젊은 교수들에게 누가 알려주었을까? 그 얼굴들이 친구 얼굴로 보인 것은 단순한 착시였을까?

외환위기로 나라가 위태위태하던 시절 어느 모임 회식자리에서 한 교수가 물었다. "세상 사람은 김대중이를 빨갱이라 하는데 도대체 그 사람은 어떤 사람이요?" 그분의 생각은 한마디로 '서생의 문제의식과 상인의 현실감각'을 갖추라는 것이지요. 서생의 문제의식만 있는 사람들은 그의 상인적 현실감각을 비천하다고 나무라고, 상인의 현실감각만 가진 사람들은 그의 서생적 문제의식을 가지고 빨갱이라고 비난한다고 했다. 그때 다른 교수가 버럭 소리를 질렀다. "그렇게 고상한 생각을 가진 사람이 대통령이 되더만 호남지방에 개가 돈을 물고 다니는 세상을 만듭니까?". 누군가가 직접 보셨냐고 묻고 직접 봤다고 대답하고 그것이 말이 되냐고 다그치자 친한 친구가 봤다고 한발 물러서고, 누군가 우리 대학 교수 수준이 이것밖에 안 되냐고 한탄하고 고성이 오가고 결국 터져나오는 한 마디, "전라도 쌍놈의 ××", 모임의 현안은 사라지고 모두들 각자 분노와 실망을 한 자락 움켜쥐고 이미 아수라장이 된 현장을 떠났다. 친구야 소문이 추론이 되고 추론이 사실이 되어 진실로 확정되는 우리 안의 초현실 속에 당당히 '전두환'은 살아있었다.

그날 늦은 밤 영도다리를 홀로 건너면서 군대 때와 또 다른 기약 없는 막막함이 두려움과 함께 다가왔다. 어떻게 형언할 수 없이 마음이 복잡했다. 친구야 어떤 막막함을 온몸으로 떠안았길래 그리 선택했는가? 그 두께를 헤아릴 길 없어 무심한 달빛만이 은빛으로 부서지는 바다를 쳐다보았다. 아내와 애들의 얼굴이 보였다. 주말 부부로 살아오면서 어쩌다 집에 오면 아내의 표현대로 '독립운동' 때문에 가정에 소홀히 하는 필부의 모습이 비춰졌다. 대학 짐을 혼자 다 진 것처럼 말에는 날이 서 있고, 아내는 애 때문에 직장을 그만둘지를 고민할 만큼 힘들어하고, 애들은 항시 화나 있는 아빠를 무서워하고…. 내 안의 당당한 '전두환'을 바라보았다. 친구야 나는 내 안의 '전두환'조차도 감지 못하는 무지한 인간이었다.

1998년 겨울, 망명(?)하는 심정으로 방문 교수로 미국으로 갔다. 철저한 외부인으로 살았다. 그 대학 운영에 참여할 필요도 개선할 책임도 없고, 그저 그 대학에서 나에게 허용된 범위를 찾아 내가 필요한 것만 얻으면 되었다. 박사과정 세미나에 참석하여 교수와 대학원생들과 교류하고 주말은 가끔 가족과 함께 공공도서관에서 보내고, 부족한 영어를 업그레이드하기 위해 영어학습 프로그램에 참여하고… 편했다. 그런데 친구야, 살의를 느낄 만큼 살벌한 현실을 벗어났는데 왜 이리 마음이 허허로울까?

　어느 날, 미국 정착을 도와주신 전주대 교수님의 권유로 교회에 나가게 되었다. 숲과 연못이 어우러져 있는 아담한 교회였다. 우리 애 또래 자녀가 있는 젊은 목사님이 사목하고 있었다. 주말마다 어울릴 애들이 있고 유학생들과도 교류하면서 대학과 미국생활에 대한 정보도 얻고, 사모님의 어눌하지만 귀여운(?) 한국 말씨와 유머스러운 이의제기에 모두들 유쾌해 했다. 여기 온 지 두어 달쯤 우리 집에 심방 오셨다. 자연스럽게 성경 이야기가 오고 갔고 누군가 기독교적 믿음에 대해서 차분하면서도 뜨겁게 말했다. 그러나 '예수천국 불신지옥'의 장황한 클리셰이었다. 날 선 말이 나도 모르게 튀어나왔다. 자기가 창조해놓고 유혹에 넘어간 여자를 원죄의 근원으로 만들어 온갖 분쟁과 갈등의 씨앗을 심어놓고, 자기 자신을 믿는가를 시험하기 위해 자기 자식을 제물로 바치라고, 십계명을 봐도 4개는 자신만 믿으라 하고 6가지는 약간 생각만 하면 누구나 다 말할 수 있는 그런 율법을 신의 이름으로 이렇게 믿으라 하는 이유가 이해가 잘 안 된다. 이런 믿음이 맹목과 맹종을 초래하여 불상을 깨뜨리고 학살자 앞에서 위대한 지도자라고 칭송하는 독단과 배척을 유발하는 것 아닌가? 현재의 삶에 대해서 이야기하지 않고, 있는지 없는지도 모르는 천국만 말하는 것이 우리 삶에 무슨 의미가 있는지 모르겠다. 분위기가 싸해졌다. 목사님이 조용히 말했다. 집사님, 저도 매일 이해할 수 없는 성경 말씀에 도전받고 있습니다. 신약을 읽어보시면 혹시 답을 구할지도 모르겠습니다. 친구야, 생각났다. 언젠가 어떻게 기독교 목사들이 학살자 앞에서 위대한 지도자라고 칭송할 수 있느냐고 따져 물었더니 신약의 예수의 말씀을 들어보라는 그 말이….

  전기 작가들이 덧붙인 신화적, 초자연적, 이적적인 행위 너머에 30대 초반의 한 젊은이가 보였다. 조국은 강대국의 지배하에 있고 지배계층은 통치에 협조하여 자신의 기득권을 유지하고, 지식인은 율법을 팔고 성전을 이용하여 재물을 축적하고, 독립운동 일환으로 크고 작은 분란이 끊임없이 발생하고, 빼앗긴 수많은 백성은 궁핍, 차별과 학대로 고통받고 있는 땅. 모두가 죽거나 죽이지 않고 살 수 있는 방법을 알고 그것을 천국이 아닌 이 땅에서 실현하려는 그러나 그것이 빌미가 되어 십자가에 매달린 한 젊은이를 목도했다.

  '사랑의 사회실현과 진리탐구를 위한 끊임없는 노력, 이것이 내 삶의 전부이기를' 꿈꾸며, 이것을 모두 함께 잘 살 수 있는 방법으로 체득한 한 청년이 실천적 의지로 생로병사의 운명의 굴레를 스스로 선택하였다는 것을, 학살자와 그 하수인들이 가하는 두려움과 공포 속에서 그 실체를 마주할 자신이 없는 어둠만 가득한 세상에서 생명 바쳐 또 다른 생명들을 구하며 하나의 별이 된 서사의 의미를 머리가 하얗게 세고서야 겨우 한 자락 알게 되었다.

  "인자가 온 것은 섬김을 받으려 함이 아니라 도리어 섬기려 하고 자기 목숨은 많은 사람의 대속물로 주려 함이니라." (마태:20:28)

  어디에 속하면서도 결코 속하지 않으려고 하고, 나의 안과 밖의 경계에 서서 '전두환은 물러나라'를 때론 머리로, 때론 마음으로,

때론 몸으로 외칠 것이다. 내가 어디에 서 있던 두 청년이 우리에게 건넸던 서사의 의미에 대해서 이야기할 것이다. 친구가 있어 경계인의 삶은 고독할 수는 있어도 외롭지는 않았고 누추할지 몰라도 자유로웠다. 사후세계를 믿지 않지만 있다면 그때 그곳에서 늙어버린 이 몸으로 22세 청년 김태훈을 꼭 안아보고 싶다.

> "구하는 자는 찾을 때까지 구함을 그치지 말지어다. 찾았을 때 고통
> 스러우리라. 고통스러울 때 그는 경이로우리라. 그리하면 그는 모든 것
> 을 다스리게 되리라." (도마복음서 2장)

9. 교단생활 회고

유재호 2021. 2.
김태훈 열사 고3 담임선생님

하나

나는 국가와 사회의 동량이 될 훌륭한 인재를 길러내야 할 무거운 책임감으로 어떠한 고통도 잊은 채 가르치는 재미로 한평생을 뜻깊게 살았다고 자부하고 싶다.

그 당시의 봉급으로는 절약하고 검소하게 살아야만 겨우 자녀들을 키우고 가르칠 수 있을 정도로 가난한 교육자이었지만, 사회 곳곳에서 훌륭히 활동할 수많은 제자들이 내 마음속의 풍요로운 자산이었기에 가난한 생활도 청빈낙도할 수 있었다. 또한 교육자에게 고귀한 덕목인 권위를 함양하려 노력하였고 가르치는 일에 보람을 가졌기에 어떠한 권력 앞에서도 비굴하지 않고 당당하게 살 수 있었으니 80 노년에 생각해 보아도 교육자로서 일생에 후회는 없다.

부임한 학교에서마다 제자들과의 크고 작은 이야기들이 큰 책이 되어 뇌리에 입력되어 있나 보다. 잠이 안 오는 밤이면 희망에 찬 제자들과의 아름다웠던 추억이 주마등처럼 스치어간다.

교육자에게는 맹자의 三樂 중 하나인 "영재를 얻어 가르치는 즐거움"이 크지만 가르친 뒤 훌륭한 제자들이 사회 각 분야에서 성실히 활동하여 국가와 사회에 크게 공헌하는 모습을 먼 발치에서 보고 제자들의 기쁜 소식을 듣는 것도 보람스럽고 행복한 일이다.

호남의 영재들이 모여든 광주제일고등학교에서 제자들을 가르쳤던 인연은 지금 생각하여도 통쾌할 만큼 내 교육 인생에 자랑스럽고 보람 있었으며 희망에 찬 수많은 제자들의 빛나는 눈동자들을 지금도 잊을 수 없다.

그 당시 65여 명의 건장한 학생들로 꽉 채워진 좁은 교실에서 무더운 여름철이나 혹한의 겨울철에도 냉난방시설 하나 없이 성실히 가르치고 부지런히 배웠던 지난날을 되돌아보면 오늘날 학교의 교육환경이 오히려 생경하게 느껴진다.

둘

40년 전 5월 어느 날, 오전 일찍이 모 수사기관의 과장으로부터 전화를 받았다. "김태훈 군이 광주제일고등학교 3학년 때 담임선생이었냐"며 몇 가지 문의를 했으나 요령껏 잘 대답하여 그 후 문제가 발생하지 않았던 것은 다행이었다. 그러나 새벽방송에서 들었던 "서울대학교 학생이 도서관에서 투신하였다"는 내용과 연결이 되어 하루종일 수업을 제대로 할 수가 없었고 나쁜 쪽으로 별생각이 스치어갔다.

내가 알고 있는 우리 반의 부반장이었던 김태훈 군은 어느 누가 시비를 걸어온다 해도 바로 다투거나 토라질 학생이 아닌 매우 친교적이고 평화스러우며 부드러운 성격의 소유자로 추측이 된다.

평소 수업 태도가 매우 성실하여 학업성적이 우수하였고 생활 태도 역시 흠잡을 데가 없는 훌륭한 제자로 기억이 된다. 또한 데모에 앞장서거나 불의에 항거하여 큰소리로 정의를 외치는 다혈질의 학생도 분명히 아닌 것으로 생각된다. 그런 그가 귀중한 생명을 던져 군부독재 정권에 항거한 모습을 보면 그의 정의감은 누구보다 뜨거웠고, 평소에는 인품에 억눌려 있었지만 그의 가슴 속에서는 불의에 항거하는 뜨거웠던 힘이 더 참지 못하고 화산처럼 터져 나왔을 것이다.

당시에는 김 군의 죽음이 얼마나 슬프고 억울하였던가. 총칼로 독재하던 신군부 때문에 고귀한 젊은이가 희생되었으니 말이다. 그들의 고귀한 피가 민주 제단에 바쳐졌기에 오늘의 민주화가 이루어진 것을 우리는 자랑스럽게 생각하고 무거운 책임감을 가져야 한다. 자랑스러운 학우 김태훈 열사의 정의로운 죽음을 한 해도 잊지 않고 먼 곳에서도 많은 제자들이 와서 긴 세월 동안 추념하여 주었기에 그들 또한 자랑스럽다.

한 사람의 부주의가 엄청난 사고를 야기할 수 있었던 사건이라서 45년이 지난 지금도 기억이 생생하다. 방과 후 자습하는 학생들을 격려하고 늦게 귀가하여 저녁식사를 마쳤는데 학교로부터 "교실에 불이 났으니 급히 나오라"는 전화가 왔다. 자전거를 타고 급히 달려가던 중 돌고개의 높은 길 위에서 학교 쪽을 보아도 불길이 보이지 아니하여 전소되었으면 어떨까 걱정하며 달려 학교에 도착하니 운동장에 소방차 몇 대가 있는 것이 어둠 속에서 보였다. 확인하려 혼자 급히 교실로 가는데 3학년 교실이 있는 별관 건물이 다행스럽게 그대로 있음에 크게 안도하였다. 코너에 있는 우리 반 교실에 도착하니 연기 냄새가 지독하였으나 전기불을 켜고 화재 현장을 확인하였던 바, 유리창 편의 제일 뒤 책상 한 개와 의자, 그 밑 마루가 타버린 채 불은 완전히 꺼져 있었다. 행정실에 들렀더니 교장선생님과 교감선생님이 교장실에 계신다기에 찾아 뵙고, "학생 지도를 잘못하여 죄송합니다." 하였더니 교장선생님께서 "담임선생은 잘못은 없으나 소방차가 출동하였으니 화재 원인을 소방서 직원이 요구한다."는 것이다.

"누가 고의로 방화한 것 같지는 않고 초저녁 쉬는 시간에 담배 피우던 학생이 순찰하던 교사가 나타나자 급히 꽁초를 책상 속에 넣어버리고 자리를 피하여 생긴 것 같다"며 "담배 피우는 학생을 찾아내며 조사해보라"는 말씀이셨다. 나는 담배 피우는 학생을 한 사람도 알고 있지 못하였기에 실장에게 조용히 물어보았으나 역시 전혀 모른다는 것이었다. 손의 냄새를 맡아보거나 담배 피우는 학생의 이름을 학습 학생들에게 적어내게 해보라는 언질도 있었으나 학습 분위기가 흐트러질까 심히 걱정이 되어 실행하지 않았다.

다음날 교장선생님께 "담배 피우는 학생을 찾기가 매우 어렵고, 학습 분위기가 흐트러져서 진학에 지장이 될까 심히 걱정이 됩니다. 또한 실외변소 옆의 교실이라서 다른 반의 학생일 가능성도 있고 만약 실화의 원인을 제공하였던 학생을 찾아낸다고 하여도 앞날이 창창한 그 학생의 진학과 장래가 아주 걱정이 됩니다." 하고 말씀드렸다. 며칠간 기다리고 있는데 교장선생님께서 화재 규모가 극히 작았고 선배의 도움이 있어 해결되었으니 담배 피울만한 학생 2명을 적어 달라는 것이다. 내가 그 학생의 장래를 거듭 걱정하자 그 학생에게는 책임을 전혀 묻지 않고 호출하여 조사하는 일도 없을 터이니 안심하라는 것으로 끝이 났다.

사후에 알고 보니 책상 속의 휴지에 담배꽁초가 불을 붙이고 열린 창문으로 연기를 계속 뿜어내자 옆의 상점에서 소방서에 신고하여 소방차가 출동은 하였지만 소방차가 오기 전에 학교 직원들이 발견하여 불을 꺼버린 것이다.

만약 불이 커져서 낡은 목조건물인 별관의 3학년 교실이 타버렸다면 진학에 기대가 컸던 선발집단 마지막 회인 3학년 학생들이 공부할 곳이 없어서 진학에 큰 타격이 있었을 것이다. 그러나 불행 중 다행스럽게 화재 규모가 아주 작았기에 화재 현장은 바로 복구되었고 방과 후 밤에 일어났던 일이라서 화재 사실을 알고 있는 학생들이 그리 많지 않은 듯하여 학습 분위기에 거의 지장이 없었으므로 그해 진학성적은 매우 만족스러웠다.

그해 졸업하였던 제자들이 사회 각 분야에서 훌륭한 지도자로서 국가와 사회에 크게 공헌하고 있으니 참으로 다행스럽고 자랑스럽다.

셋

민주화는 정치, 경제, 사회, 문화 등 모든 분야에서 실현되어야 한다. 또한 개인의 생활태도에서도 민주주의는 실천되어야 한다. 우리가 눈을 크게 뜨고 보면 자신의 생활 속에 사소한 것일지라도 비민주적 행태가 있음을 알게 될 것이다. 또한 국민들의 정치적 무관심이나 정치적 냉소, 그리고 극우와 극좌로 나누어진 지나치게 편향된 정치의식도 정의의 기준을 흐리게 하고 독재의 싹을 키울 수 있음을 우리는 항상 경계해야 할 것이다. 우리가 함께 힘을 합하여 민주 발전에 노력하는 일이 열사들의 고귀한 희생에 보답하는 길이며 국가와 사회를 크게 발전시키는 원동력이 될 것이다.

일고인들은 상기(想起)해야 한다. 일본제국주의의 포악했던 식민통치에 맞서 정의의 횃불을 높이 들고 국권 회복에 앞장섰던 선배들의 애국심을 본받아야 한다.

잊지 말자 열사들의 고귀한 희생을!
발전시키자 민주주의를!

김태훈 군의 명복을 두 손 모아 빈다.

10. 꽃이 진들, 바람이 흩어진들

이주노
광주일고52회 동창
전남대학교 인문대학 중어중문과 교수

프롤로그

거긴 어때? 지낼 만해? 나야 뭐, 그럭저럭 그냥저냥 살고 있어. 학생들 가르치는 재미? 좋은 교수? 그래, 너도 아마 훌륭한 교수가 되었을 거야. 근데 이젠 재미로 가르치는 시절은 지난 것 같아. 새 학기가 돌아올 때마다 한두 주일은 힘들어. 그래도 젊은 학생들하고 늘 부대끼다 보니 생각하는 것도, 하는 짓도 우리 또래보다는 젊다고 봐야지.

요즘은 왜 친구들하고 함께 오지 않느냐고? 그래, 몇 년간은 네 날짜에 맞추어 동창들이랑 함께 널 찾아 갔었지. 그런데 언제부턴가 우르르 함께 가기가 싫어졌어. 동창들이랑 사이가 안 좋은 거냐고? 아냐, 그렇진 않아. 그냥 나 혼자 널 만나고 싶어서야. 꼭 날짜를 정해놓을 필요도 없이 광주 학교로 오는 길에, 아니면 전주 집에 가는 길에 문득 네 생각이 나면 들르는 게 편해서. 언젠가 우리 집 두 딸이 광주에 왔다가 전주 집에 가는 길에 네게 들렸지. 네 이야기를 들려주었더니, 우리 집 둘째가 묻는 거야. 아저씨 일이 일어났던 그 날, 아빠는 그때 뭐 하고 있었어? 음, 그냥… 그러고 있었어….

그 날 그 일이 있은 지 올해가 40년이야. 너도 나만큼의 시간의 길이를 느끼니? 그렇게 흐르지 않던 영어와 불면의 시간들, 계속될 것만 같던 폭력과 공포의 시간들, 영영 오지 않을 것만 같은 자유와 해방에 조바심이 일어 가슴이 까맣게 타들어가던 시간들, 이 모든 시간이 한데 섞여 어느 한순간에 우리를 스윽 스쳐 지나간 것만 같아. 마치 아무 일도 없었던 듯이 말이야. 자취 없이 흘러간 시간 속에서도 널 떠올리지 않고는 부를 수 없는 노래가 있어. 하나는 너도 나중에 자주 들어보았을 '임을 위한 행진곡'이야. 통일운동가 백기완 선생님의 옥중시 '묏비나리' 일부에 김종률 동창이 곡을 부쳐 만든 노래이지. 다른 하나는 '한 밤의 꿈은 아니리 오랜 고통 다한 후에'로 시작되는 '그 날이 오면'이야. 난 제법 씩씩한 편인데도 이 두 노래만큼은 끝까지 부르지를 못해. '세월은 흘러가도 산천은 안다'와 '그 날이 오면 그 날이 오면 내 형제 그리운 얼굴들'에 이르면 목이 메고 숨이 막혀와.

동창회에서 너를 기념하는 추모집을 만든다면서 너와 함께 했던 추억을 글로 써서 보내달라고 했어. 그래서 가만 생각해보았지. 언제 처음 널 만났지? 네 첫 인상은 어땠지? 몇 학년 때 같은 반을 보냈나? 너랑 절친이거나 앙숙인 적이 있었나? 그런데 도무지 특별히 생각나는 일이 없는 거야. 아무래도 학창시절의 우리는 둘 다 범생이과에 속하는 평범한 아이들이어서 그럴 거야. 그런데 참 희한하지. 그래 희한한 일이야. 너하고 내가 무려 10년 가까이를 거의 동일한 공간에서 지냈다는 거야. 숭일중학교 3년, 광주일고 3

년, 서울에서의 재수 1년, 서울대학에서의 3년. 10년 가까이를 함께 지냈는데 뭐라도 있을 거 아니야? 그래, 머릿속 어느 구석엔가 네가 틀어박혀 있을 거야. 아무래도 중학교와 고등학교의 앨범을 들추어봐야겠어. 사소하더라도 몽땅 끄집어내어 네게 시시콜콜 물어보고 따져봐야겠어. 이렇게 하노라면 나 스스로 만든 빚더미와 올가미에서 풀려나 딸에게 그날 그 시각에 아빠가 무엇을 하고 있었는지 대답해줄 수 있고, '임을 위한 행진곡'과 '그날이 오면'을 끝까지 다 부를 수 있지 않을까.

  1
  1973년 숭일중학교 3학년.
  까까머리의 우리는 고등학교 평준화를 앞둔 마지막 시험세대였지. 너와 함께 다니던 숭일중학교는 광주에서 이름난 학교였어. 명색이 미션스쿨인데 어쩌자고 폭력이 심한 학교로 낙인이 찍혀 있었던 건지. 그래서 국민학교를 마치고 은행알로 무시험 추첨 끝에 3번을 뽑았던 우리 가운데에는 숭일중에 배정되었다는 소식에 울고불고 난리를 피운 애들도 있었어. 그랬던 터인지라 숭일중학교 선생님들은 그동안의 악명 혹은 오명을 벗어던지고 명문으로 거듭나려고 우리에게 스파르타 교육을 강요했지.
  그래서였겠지만 3학년 때에 우수반을 별도로 운영하였어. 각 반의 상위 10% 정도 학생을 정식 수업이 시작되면 따로 편성된 반으로 불러모아 수업을 진행했던 거야. 사실 교육적인 측면에서 보자면 이건 무자비하고도 비인간적인 교육방식이야. 난 지금도 매일 아침 조례시간이 끝나 반을 떠나 우수반으로 갈 때마다 보았던 나머지 아이들의 눈동자가 떠올라. 부러움과 시샘, 그리고 그보다 훨씬 짙은 열패감이 뒤얽힌 시선 말이야. 그래도 난 드러내지는 않았어도 우수반으로 가는 게 좋았어. 왜냐고? 쉬는 시간마다 행해지는 교실 내 폭력이 우수반에서는 없었거든. 아직 어렸던 나는 우수반의 비교육적 운영의 폐해보다는 몸집 큰 아이들의 일상적 폭력이 훨씬 두렵고 절박한 문제였지.

어쨌든 우수반을 운영한 덕분에 너와 난 같은 반이 아니었음에도 한 교실에서 공부할 수 있었어. 몸집이 고만고만한 우리는 대체로 앞자리를 차지하고 있었어. 우리 주위에 있던 친구 녀석들이 떠올라. 아직 솜털이 가시지 않은 앳된 얼굴의 송상종, 활기가 넘쳤던 장난꾸러기 송경호, 재치 있고 싹싹했던 재간둥이 박창수, 나랑 티격태격 다투면서도 가장 오랫동안 짝꿍을 지냈던 김원배, 새악시처럼 얌전하기만 했던 정시성. 흐흐, 기억나? 넌 진중했던 걸까, 말이 조용조용했어. 앞자리에 앉은 누군가의 등을 손으로 쿡쿡 치면서 네가 건네는 "야아, 이것 좀 봐봐."라는 목소리. 우리 모두 그랬겠지만, 변성기를 막 지난 불안정한 저음의 목소리가 들려오는 것 같아. 아아, 그리고 또, 그땐 왜 그랬는지 모르지만, 우린 공부하면서 중요한 부분을 볼펜 끄트머리로 마구 문질렀지. 볼펜의 끄트머리가 닳고 책장이 찢어지도록 책을 문질렀어. 그렇게 문질러야 책속의 글자가 머릿속에 박혀 외워진다고 여겼던 것일까? 너나없이 우리는 입으로 무언가를 웅얼거리면서 책을 문질렀어. 물론 너도 그중의 하나였지. 우리 어렸을 때는 안경 쓴 아이들이 그리 많지 않았는데, 넌 안경을, 그것도 도수 높은 안경을 낀 채로 말이야. 안경 렌즈에 어룽진 겹무늬와 함께 굵은 안경테 너머로 눈망울이 유순하고 맑았어.

2

1975년 광주일고 2학년.

1975년 5월 대통령배 전국고교야구대회에서 우리 학교가 우승을 했었지. 강만식, 차영화, 이현극, 그리고 3연타석 홈런타자 김윤환. 그 기세를 업고서 우리는 버스에 대통령배 우승 소식을 알리는 현수막을 매단 채 강원도 설악산까지 수학여행을 다녀왔었지. 그리고 또 신나는 일이 있었어. 기억나? 그 당시 차인태가 진행하던 장학퀴즈에 우리 동기 이세경과 강진수가 출연했잖아. 이 녀석들이 이듬해 2월에 열린 결선에서 맞붙어 기장원과 기차석을 차지했지. 그런데 신나는 소식만 있었던 건 아냐. 4월에 서울대학교 농대에서 김상진 열사가 '대통령께 드리는 공개장'을 남긴 채 할복자결하는 일이 일어났고, 얼마 지나지 않아 우리 학교에서도 반정부시위를 계획하던 학생들이 검거되어 퇴학을 당하였지. 우리 학교 학생들이 반정부시위를 벌인 것은 사실 1974년 가을에도 있었지만, 1975년의 거사는 비록 불발에 그쳤음에도 주모자들이 2학년과 3학년의 반장급인지라 이전보다 파장이 컸지.

세상이 어지럽고 내 주위의 학우가 어느 날 갑자기 사라졌어도, 우리의 일상은 크게 달라지지 않았어. 우리에게는 좋은 대학에 가야 한다는 강박적인 공통의 목표가 있었지. 왜 가야 하는지는 몰라도 괜찮았어. 나중에 어른이 되면 저절로 알게 될 테니까. 우선 고생하신 부모님의 원을 풀어드려야 했었어. 가진 것 없고 배운 것 없어 억울하고 서러운 일 많았던 부모님의 유일한 삶의 낙과 희망은 그래도 집안에서 제법 똑똑하다는 큰자식이 보란 듯이 출세하여 판검사가 되는 것이었으니까.

한 눈 팔지 않고 공부만 열심히 하라는 잔소리에 귀에 딱지가 앉던 시절, 너는 나와 처음으로 한 반이 되었어. 2학년 5반, 김낙삼 선생님이 담임선생님이셨지. 우리 반에는 재미있는 녀석들이 많았어. 양복완이는 교탁 앞 첫 줄의 책상, 선생님 코앞에 앉아서도 교과서 속에 무협지를 끼워넣어 읽곤 했었어. 이세경이는 학교도서관의 도서대출량이 제일 많다는 소문이 돌았어. 나도 도서관에 갔다가 세경이의 도서카드를 보고 깜짝 놀란 적이 있었어. 여전히 생기가 넘쳤던 송경호는 쉬는 시간이면 괴이한 한자어를 들고 와서 우리에게 읽어보라 닦달했었지. 輾轉反側이나 寤寐不忘, 曖昧模糊, 이런 것들 말이야. 내 대신 경호가 중국문학을 전공했어야 했는데… 영특한 기운이 흘렀던 김성근, 임경석이도 우리 반이지 않았나? 두 녀석은 뭐하고 지내냐구? 음, 성근이는 82년도엔가 누나가 백운동에서 산부인과 개원한다고 우리 몇 명이 도와준 일이 있는데, 그 뒤로는 미국으로 이민 갔나 소식을 오랫동안 듣지 못했어. 경석이는 지금 대학에서 학생들 가르치지. 간혹 들려오는 소식으로 보아 한국 근대사를 전공했나 봐. 생각나니? 쉬는 시간에 가끔씩 어려운 수학 문제를 내놓고서 누가 먼저 푸나 내기를 하곤 했었지. 맨 먼저 풀어놓고서 자랑스럽게 씨익 웃는 네 모습이 떠올라.

어찌 된 일인지 2학년 2학기에 갑자기 과외 붐이 불었어. 1년 남짓 남은 대학입시의 중압감이 우리에게 터무니없는 불안감을 안겨준 게 틀림없어. 게다가 누구누구는 어느 선생님에게 무슨 과목의 과외를 받는다는 수군거림이 우리의 쓸데없는 경쟁심을 자극했을 거야. 가을 무렵 너와 나는 조희성 선생님의 수학과외반에 함께 있었어. 누가 짠 과외반인지는 기억나지 않아. 다만 계림동인가 산수동인가 선생님 댁에서 새벽반 과외를 일주일에 두세 차례 두어

달 받았어. 선행학습의 효과가 있었는지의 여부는 판별하기 어렵지만, 이번 과외 덕분에 너의 오래전 모습을 다시 만나게 되었어. 어느 날 과외를 마치고 선생님 댁을 나섰어. 8시가 가까운 시간인지라 많은 학생들이 등교를 하고 있었지. 그런데 네가 불쑥 이렇게 내게 말한 거야. "여학생과 사귀면 얼마나 재미있을까?" 호기심 어린, 하지만 간절한 네 눈망울이 여전히 유순하고 맑았어.

3

1981년 5월 28일.

이 날은 1주년을 맞은 광주항쟁의 마지막 날의 이튿날이었어. 나는 영등포구치소 1동 하층 0.73평의 독방에 갇혀 있었어. 내 이름을 **빼앗긴** 채 '던 2097'로 불리고 있었지. '던'은 공범을 알리는 기호야. 내가 왜 여기에 오게 되었느냐고? 왜 그렇게 갑자기 학교를 떠났느냐고? 일이란 게 늘 그렇잖아? 어쩌다 보면 내가 그 일을 해야 할 때가 있잖아? 피할 수도 없고, 피해서도 안 되는 그 순간 말이야. 순순히 받아들인 거야. 물러서고 싶지 않았고, 피하고 싶지도 않았어. 하고 싶지 않은 일이라면 하지 못할 이유가 수백 가지 있겠지만, 해야 할 일이라면 단 하나만의 이유로도 하는 거야. 그 한 가지 이유가 뭐냐고? 단순해. 내 능력이 닿지 못해 광주의 눈물을 닦아주지는 못하지만, 통곡의 광주를 위해 함께 울어주는 주어야겠다는 거였어. 마침 시위를 주동하려는 친구들에게서 학기 초에 연락이 왔어. 함께 하자고. 나는 원래 5월쯤으로 계획을 잡고 있었는데, 그 친구들 덕분에 거사가 앞당겨진 셈이지. 이 친구들 덕택에 불면의 고통스러운 밤들을 줄일 수 있었고, 꿈속의 자지러지는 비명소리에서 풀려날 수 있었어. 광주에 다녀온 6월 이후로 너무 고통스러웠거든. 시간이 지나니 그때의 고통도 아름다운 추억의 일부가 되기도 하더라만, 그때에는 모든 게 허망하고 덧없고 절망스럽고 살아있는 게 죄스럽고…. 그래서였을 거야, '갈 테면 가라지 푸르른 이 청춘 피고 또 지는 꽃잎처럼'으로 시작되는 노래를 입에 달고 살았던 것도. 아마 넌 나보다 더 고통스러웠던 거야.

너의 일이 있던 그 날 27일, 우리 구치소에서는 광주항쟁을 기념하기 위해 단 하루만이라도 단식을 하자고 했지. 아침식사를 거부하자 보안과에서 나와 우리의 동정을 살폈지만, 하루 동안의 단식인데다 구호를 외치는 것도 아니어선지 별다른 조처를 취하진 않았어. 그런데 단식이란 게 말이 쉽지, 그렇게 간단한 게 아니었어. 배고픔을 면하려는 원초적 욕망을 참는다는 게 만만치 않았던 거야. 일반재소자들을 위해 배식이 이루어지는 동안 풍겨오는 밥과 국의 냄새는 가히 살인적이었어. 어쨌든 꼬르륵 소리로 요란한

1985년 5월 경기도 용인의 천주교 공원묘지.
왼쪽부터 문재도, 유일선, 이주노, 김만태, 최장일

굶주린 배를 움켜쥐고 하룻밤을 보내면서, 나는 차라리 나가서 얻어맞으면서 싸울지라도 앞으로 다시는 단식투쟁은 하지 않겠노라 다짐했어.

5월 28일, 아침 세면을 위해 문 앞에 서서 내 차례를 기다렸어. 교도관이 방문을 따주자 쏜살같이 세면실로 달려가 양치질과 세수를 해치웠어. 방으로 돌아오는 길에 물을 한 통 받아왔어. 이 물로 설거지도 하고 변기통의 변을 흘려보내기도 할 거야. 오늘은 밥을 먹고 기운을 차려야지. 일단 '빨리, 빨리' 소리치며 재촉하는 교도관의 잔소리가 없는 것만 보아도 오늘 일진은 괜찮을 거라는 생각에 기분이 좋았어. 수감된 지 한 달여가 지나자 어색하던 수감생활도 익숙해졌지. 다만 독방에서 이야기할 상대 없이 하루 종일 지내다 보니 생각은 제대로 이어지지 않은 채 동물적인 본능만이 살아 움직였어. 어쨌든 오늘은 기분 좋은 소식이 전해지거나 입에 맞는 반찬이 한 가지라도 더 나올지 몰라.

배식을 받기 위해 나는 식구통에 그릇을 올려놓은 채 서 있었어. 복도 저쪽 편 끄트머리에서 배식 담당 소지가 밥과 국, 반찬을 배식하는 소리가 구수한 냄새와 함께 요란스레 들려오기 시작했어. 내 맞은편은 소년범들이 수용되어 있는 방이야. 소년범들이 우리 학생들을 대하는 태도는 각양각색이야. 들어온 지 얼마 되지 않은 어느 날 배식을 받으려고 방문 앞에 서 있다가 창살 너머로 내다보던 중에 소년범 한 녀석과 눈이 마주쳤어. 그때 이 녀석이 '어딜봐, 눈을 확 뽑아버릴라!'라고 으르렁거리는 거야. 들짐승의 눈처럼 파랗게 번쩍이는 녀석의 눈을 보는 순간, 난 섬찟 놀라 뒤로 물러섰어. 적개심을 품은 녀석과 달리, 오지랖 넓게 내 신세를 걱정해주는 천진난만형 속없는 녀석도 있었어. 좋은 대학 나와서 편하게 살지 뭐 잘났다고 데모를 해서 신세를 조졌냐는 거야. 그럴 때면 나도 한마디 해주지. 아이고 네 신세나 걱정해라, 이 녀석아.

　이날 소년범 감방에서 배식을 받는 당번은 낯선 녀석이었어. 대개 배식 당번은 새로 들어온 신참이 맡는 게 통례거든. 이 신참은 틀림없이 유치장에서 어젯밤에 이곳 구치소로 넘어온 녀석일 거야. 우린 자연스럽게 복도를 사이에 두고 서로의 창살 너머로 마주 보았어. 솜털이 채 가시지 않은 녀석이 소곤거리듯 내게 물었어. 서울대생이야? 그래. 다음 순간 녀석이 너의 그 일을 꺼냈어. 어제 서울대에서… 도서관에서… 학생이 떨어져…. 몇 방이얏! 어떤 새끼가 아침부터 통방이야! 교도관의 새된 목소리와 함께 창살을 긁는 막대기 소리가 들려왔어. 우리는 얼른 입을 다물고서 시선을 돌렸어. 아무 일도 없었던 듯이 밥과 국, 반찬을 받아들고 마룻바닥에 앉아 허기진 뱃속을 채우려고 했지. 그런데 입 안에 밥을 넣고 우물거리면서도 자꾸만 '학생이 떨어져'의 미처 듣지 못한 뒷마디에 마음이 걸렸어. 신참 녀석이 분명히 뭐라고 했는데, 아무래도 내 의식 저편에서 그 한마디를 애써 밀어내는, 아니 거부하는 느낌이 들었어. 그건, 그건 그래서는 안 되는 거니까, 그럴 수는 없는 거니까.

　먹는 둥 마는 둥 식사를 마치고 짬밥을 버리려고 다시 창살 문 앞에 섰어. 맞은편의 신참 녀석도 문 앞에 서 있었어. 나는 녀석에게 되물었어. 어제 서울대에서 무슨 일이 있었다고? 시위하다가 학생이… 도서관에서… 떨어졌대. 그래서? 죽었을 거래. 그것 말고는? 아 참, 광주 출신이라던데…. 뭐? 광주? 경영학관가 경제학과 학생이라던데. 아, 맞아, 4학년이래. 어제 일을 네가 어떻게 알아? 아이 씨발, 어제 유치장에 있었으니까 알지. 믿기 싫으면 관둬.

친구 김태훈　293

아니, 그건 아니고…. 형도 혹시 광주 출신이야? 짬밥을 버렸는지 아니면 그대로 주저앉아버렸는지는 기억나지 않아. 나는 내가 아는 동기들의 이름과 얼굴을 떠올렸어. 도형이, 재도, 응용이, 너… 그러다가 신참 그 녀석이 학과를 제대로 알고나 있을까? 경제학과가 뭔지, 경영학과가 뭔지? 문득 의문이 들었어. 혹시 무역학과? 광채, 일선이… 갈피를 잡지 못한 채 어수선한 혼돈 속에서 오전이 지나갔어. 의문은 너무나 허망하게 풀렸어. 그날 오후에 매일처럼 면회를 오시던 이모가 내가 묻기도 전에 네 소식을 전해주었어. 6월 어느 날인가 남부지원에 공판을 받으러 갔는데, 그날 방청을 왔던 오춘석이 호송차에서 막 내린 나에게 건넨 말이 내 귀에 또박또박 꽂혔지. 태·훈·이·가·죽·었·어

4

1984년 초여름.

네 이름 자체는 금기가 되어 망각의 늪 속에 깊이 가라앉아 있었어. 그런데 다시 너를 끄집어내야만 했던 일이 일어났어. 왜 금기가 되었느냐고? 살아있다는 자괴감, 네게 무언가를 빚지고 있다는 부채 의식, 네 죽음에 우리 모두 일부 책임을 져야 하는 강박증. 이 모든 것들이 너로부터, 너의 죽음으로부터 자꾸만 멀리 도망가게 만들었을 거야. 우리는 애써 네 이름을 입에 담지도, 네 사건을 들먹이지도 않았어. 그렇게 한 해, 또 한 해가 흐르다 보면 우리의 가슴에 묻은 네가 시나브로 잊힐 줄 알았지.

난 형기를 마치고 출소한 후 광주로 내려왔어. 한때는 친구 아버지 밑에 들어가 인쇄소 잡일을 하다가 마스터인쇄소에 시다로 들어가 일하기도 했지. 인쇄 기술이 언젠가는 우리 일에 필요하다는

생각이 들어서였어. 그러다가 입시학원에 자의 반 타의 반 들어가 학원강사를 지냈지. 그렇게 그럭저럭 지내던 1983년 겨울에 복학 조치가 내려졌지만, 나는 곧바로 복학을 택할 수가 없었어. 기대를 저버린 자식에 대한 절망감으로 삶의 의지를 놓아버린 아버지를 대신해서 몇 푼이라도 모아놓아야 했고 내 서울 생활비라도 얼마쯤 마련해야만 했어. 그래서 나는 광주에 홀로 남아 학원강사 생활을 계속하고 있었어.

그러던 초여름 어느 날 서울에 있는 심재철 형으로부터 전화가 왔어. 그래 맞아, 미래통합당의 원내대표를 지낸 그 심재철. 심재철 형은 복학한 후 학생회에서 다시 활동을 재개한 듯했어. 그와 연계된 여러 사업 가운데의 하나가 서울대학 재학 중에 민주화를 위해 목숨을 바친 열사들의 문집을 내는 것이었어. 그가 내게 네 집의 전화번호를 알려주면서 부탁한 내용은 대충 이런 것이었어. 열사 문집 출판을 위해 부모님의 동의를 구해줄 것, 열사 문집에 들어갈 내용물로서 너의 일기나 편지 등이 있는지 확인해줄 것. 나는 그의 부탁을 싫다고 거절했어. 애써 묻어놓은 상처를 파헤쳐 덧나게 하고 싶지 않았거든. 하지만 광주일고 동기인 내가 하지 않으면 누가 하겠느냐는 그의 설득에 결국은 지고 말았어. 문제는 네 부모님께 연락을 드리는 것이었는데, 난 도저히 전화를 걸 엄두가 나지 않았어. 네 부모님께 전화를 드리는 일은 결국 우리 어머니의 몫이었어. 어머니의 도움으로 겨우 네 부모님을 찾아뵐 시간을 정했어.

그날 날씨는 청명했지만 약간 더웠어. 왜 기억하냐고? 어떤 옷차림으로 금남로 너의 집에 가서 네 부모님을 뵐까 고민했거든. 반팔 셔츠에 넥타이 없는 양복차림을 하기로 했어. 너의 집 대문을 쭈뼛거리며 들어서자 기다리고 계시던 어머님이 맞아주셨어. 좁다란 응접실 저쪽 소파에 네 아버님이 계셨어. 어머님은 날 아버님께 안내하고는 저쪽 방으로 들어가셨어. 난 어머님이 나오시길 기다렸지만 금방 나오시지 않아 하는 수 없이 아버님에게 먼저 큰절을 올렸어. 그 순간 저쪽 방에서 어머님의 숨죽인 오열 소리가 새어나왔어. 아버님의 눈빛이 잠시 흐려지셨어. 내가 가장 두려워하던 일이 벌어진 거야. 난 순간 당혹감에 휩싸인 채 무엇을 어떻게 해야 할지 몰라 허둥거렸어. 눈물을 감추려고, 아니 눈물방울이 흘러내리지 않도록 고개를 힘껏 쳐들어 목젖이 아프도록 입을 앙당물고 천장을 뚫어져라 바라보았어. 아무 말 없이 그렇게 짧은 침묵이 흘렀어. 잠시 후 안정을 되찾으신 어머님이 저쪽 방에서 나오셔서 음료를 내오셨어.

그날의 기억은 선명치 않아. 부끄러움과 죄책감, 두려움과 당혹감… 설명할 수 없는 여러 감정들이 혼재되어 그렇지 않아도 긴장해 있던 나를 엉망으로 만들고 말았어. 다행히 아버님께서 말문을 열어 이것저것 물어주셨어. 이름은 무엇인지, 너와는 어떤 관계인지, 너의 그 일이 있던 그 날 현장에 있었는지, 지금은 무얼 하고 있는지… 질문에 답하면서 차츰 정신을 차린 나는 서울대학 학생회에서 요청하는 사항에 대해 말씀드렸어. 중언부언하는 것 같지만 그 당시 나의 정신상태는 온전하지 않았던지라 기억나는 게 별로 없어. 다만 네 일기는 없지만 동생 요한에게 보낸 편지가 있으니 이게 도움이 될 것이라는 말씀, 그리고 편지 원본 대신에 복사본을 보내주겠노라는 말씀만은 똑똑히 기억나. 나는 이후 열사의 문집 출판에 간여하지 않았지만, 1984년 말에 문집은 《산 자여 따르라》라는 제목으로 출간되었지.

흩어진 네 흔적을 찾으려고 오랜만에 중학교와 고등학교의 졸업앨범과 사진첩을 뒤지고 그동안 모아두었던 편지 더미를 헤쳐보았어. 중학교 졸업앨범 속의 너는 여전히 까까머리에 두터운 검정 뿔테 안경을 쓰고 있고, 단체 사진에서는 맨 앞줄 한가운데에 이창국과 함께 오른쪽 무릎을 세우고 왼쪽 무릎을 땅바닥에 댄 채 앉아 있어. 그리고 서클활동 사진 속에서는 문예부의 뒷줄 오른쪽 끝, 정완식 뒤쪽에 서 있군. 수학여행 사진 속에도 어디엔가 네가 있을 텐데 내 눈이 어두워선지 찾을 수가 없어. 고등학교 졸업앨범 속의 네 모습은 중학교 때와 별반 다른 게 없네. 혹시 중학교 앨범 사진을 그대로 옮겨놓은 게 아닐까 의심이 들 정도야. 와우, 다행히 고등학교 수학여행 사진 속에서는 너를 찾아냈어. 넌 아랫줄 왼쪽의 맨 끝에 있어. 그런데 앉은 포즈가 중학교 졸업앨범 속의 단체 사진과 똑같아. 네 오른쪽에 안영순, 네 뒤쪽에 문석환과 나, 그리고 네 왼쪽에 김낙삼 담임선생님이 서 계셔. 아마 불국사 대웅전 앞에서 우리 반이 단체로 찍은 사진일 거야. 사진첩을 뒤지다 보니 1975년 10월 2학년 2학기 가을소풍 때 찍은 사진이 몇 장 있어. 그중의 한 장에는 앞줄 맨 왼쪽에 네가 앉아 있고 그 옆으로 홍광희, 임경석, 최웅일, 이세경, 가운뎃줄에 이정선, 유일선, 윗줄에 정완수, 김형운, 나, 손남승, 강종구, 김성근, 문석환, 송경호, 김원배 등이 나란히 서 있네. 실을 수만 있다면 이 사진을 이 책에 싣고 싶어.

작년 말에 네 기념문집을 준비한다는 동창회의 공지를 받고서 맨 먼저 했던 일이 뭔지 아니? 그래,《산 자여 따르라》라는 제목의 문집을 찾는 일이었어. 이 책이 출간되고 나서 읽은 적은 있지만,

내 책장 어디에서도 찾을 수가 없었어. 인터넷 공간을 뒤지다가 중고서적 사이트에서 겨우 이 책을 찾아냈어. 이 책을 구입해 손에 받아본 순간, 이 책이 그 시절 출간되지 않았더라면 너의 빈 자리가 얼마나 쓸쓸하고 우리의 살아있음이 얼마나 구차했을까, 하는 생각이 들었어. 이 책이 있기에 40년이 지난 오늘 그나마 너를 다시 마주할 용기를 낼 수 있었어. 난 간혹 이런 생각이 들 때가 있어. 그 엄혹한 시절, 끝 모를 좌절감과 한없는 패배 의식 속에서 나를, 아니 우리를 붙들어 일으킨 것은 무엇일까? 나를 일으켜 세워 고함을 지르게 만든 건 순전히 분노였어. 분노로 인해 가슴이 터져버릴 것 같아서, 아니 그 분노가 나를 태워버리고 집어삼킬까 두려워서 내가 먼저 나를 버렸던 거야. 아마 너도 알고 있었을 거야. 두려움과 무서움을 이겨내게 해주는 힘은 분노밖에 없다는 것을. 너의 분노는 나보다 더 철저하고 가차없는 것이었어. 나는 너의 그 지극한 분노를, 너의 분노를 형용할 수 있는 수사적 언어를 변영로에게 빌려올 수밖에 없어서 안타깝기는 하지만, '거룩한 분노'라고 부르고 싶어. 꽃이 진들 그 향기 가시겠으며, 바람이 흩어진들 그 뜻 바래겠어? 기억하고 기리는 것은 우리의 몫이야. 이제 넌 우리를 잊어도 괜찮아.

11. 영원히 꺼지지 않으리

이창봉
가톨릭대학교 영어영문학부 교수

* 필자인 가톨릭대 영어영문학부 이창봉 교수는 서울대 영어영문학과(동 대학원 영어학 석사) 졸업 후 미국 펜실베이니아대(University of Pennsylvania)에서 언어학 박사(세부전공: 화용론(Pragmatics)) 학위를 받았다. 주로 조건절(Conditionals) 연구 논문을 발표해 왔으며 최근에는 은유(metaphor)를 통한 인간 본성 탐구와 언어문화의 보편성과 다양성 관련 주제 연구를 해왔다. 영어와 미국문화 관련 글과 언어를 통해 한국 사회와 문화를 비판하고 성찰하는 글도 활발히 쓰고 있다.

나는 1981년에 서울대학교 인문대학에 입학했다. 여느 새내기들처럼 청운의 뜻을 품고 멋진 미래를 그리며 공부도 열심히 하고 낭만적인 대학 생활을 해야겠다고 꿈꾸고 있었다. 그러나 그 시절은 정치적으로 매우 암울한 시기였다. 그 시대의 아픔에서 자유로운 젊은이들은 아무도 없었다. 나도 예외는 아니었다. 대학 캠퍼스 내에서 연일 소요 사태가 끊이지 않았으며 사복경찰들이 데모하는 학생들을 개를 패듯 잡아가던 시절이었다. 특히 여학생들의 머리를 휘어잡고 질질 끌고 가는 모습을 보고는 당장 달려들어 구하고 싶은 충동이 일곤 했다. 그렇지만 막상 용기를 내서 달려들지 못하는 나를 보며 한없이 부끄러워했을 뿐이었다.

이 시기가 내게는 가치관 정립의 최대 혼돈 시기였다. 민주주의 회복과 사회정의 실현을 위해 투쟁하는 학우들이 고초를 겪는 것을 보는 것이 너무도 괴로웠다. 그것이 옳고 용기 있는 일인 것을 알지만 병환 중인 아버지와 온 가족의 기대를 받고 있는 집안의 장남으로서 선뜻 그런 길을 걷기에는 내겐 용기가 부족했고 늘 그들에게 빚지고 미안한 마음으로 학창 시절을 보내고 있었다.

그러던 1학년 어느 날 1981년 5월 27일에 서울대 캠퍼스에서 있었던 일을 지금도 생생하게 기억하고 있다. 수업을 듣고 있었는데 보통 시위 때와는 다른 유별나게 큰 함성들이 들렸고 곧이어 어느 학우가 강의실 복도에서 "학우가 죽었다"라고 외치는 소리를 들었다. 나도 친구들과 밖으로 뛰쳐나왔고 도서관에서 한 학우로부터 "전두환 물러가라"라고 크게 외치고 투신자살했다는 소식을 전해 들었다. 그 소식을 듣자마자 우리들은 도서관 쪽으로 급히 달려갔는데 현장에 도착했을 때 본부 직원들이 선혈이 낭자했던 현장을 물로 씻던 처연한 모습을 볼 수 있었다. 나는 그 순간 마음 속 깊은 곳에서 분노와 슬픔의 불기둥이 솟아오르는 것을 느낄 수 있었다. 그 덕분에 용기를 내서 나도 그날 처음으로 학우들과 뭉쳐서 큰 소리로 구호를 외치며 시위에 참가할 수 있었다.

후에 나는 투신한 선배의 이름이 김태훈이고 광주일고 출신으로서 그날 광주항쟁에서 숨진 이들의 넋을 기리고 진상규명을 요구하는 침묵시위가 약화되는 안타까운 모습을 보자 항쟁의 불꽃을 다시 점화하기 위해 고귀한 생명을 바친 것을 알게 되었다.

전두환 군사 독재로 사회 정의가 짓밟히던 그 시절 대학생들은 크게 4가지 선택을 할 수 있었다.

1. 정의를 복원시키기 위해 적극적으로 투쟁하거나 저항한다.
2. 그렇게 하지는 못하지만 마음으로라도 응원을 보내고 힘이 되려고 한다.
3. 썩은 것은 알지만 중립인 척 모른 척하며 눈치를 살피며 자신의 이익을 추구한다.

4. 권력의 편에 뛰어들어 자신의 이익과 영달 추구를 극대화한다.

그때의 대학생들은 위의 네 가지 선택 중 한 길을 의식적으로 혹은 무의식적으로 걸을 수밖에 없는 상황이었다. 나는 대학 재학 중 김태훈 열사를 떠올리며 1번의 길을 가지는 못하더라도 2번의 길을 가다가 내가 어느 정도의 능력을 갖춘 사회인이 되었을 때는 내 전문 분야의 적성과 실력을 살려서 1번의 삶을 살겠다고 다짐하게 되었다. 그러면서 나름 학업에 충실히 임하면서 마음속으로나마 민주화 운동을 하는 친구들을 응원하는 것을 위안으로 삼곤 했다. 그래도 마음 한구석에는 늘 그들에게 크게 빚진 마음을 가지고 살게 되었다. 특히 김태훈 열사에 이어서 수많은 선후배 학우들이 희생되고 고초를 겪는 모습을 보면서 너무도 괴로웠다. 그럴 때면 친구들과 라면과 김치를 안주 삼아 소주잔을 기울이며 서로를 위안하고 시대에 대해 고민하곤 했다. 그 시절 운동권 친구가 괴로워하는 내게 해 준 성숙한 말이 떠오른다.

"친구야… 너무 슬퍼하지 말라. 이런 시대에도 결국 각자의 선택과 길이 있는 것이 아니겠는가? 나는 데모하다 붙잡혀 고문을 당하고 감옥까지 가는 투쟁의 삶을 택했지만 너 같은 친구는 더욱 열심히 공부해서 각 분야에서 이 나라를 이끌 수 있는 일꾼이 되어야 하지 않겠는가? 우리 모두 다 데모하다가는 이 나라가 어디로 가겠냐? 투쟁하는 우리들도 있어야 하지만 앞으로 학자와 교수도 나와야 하고 학교 선생님도 있어야 하고 회사원도 있어야 하고 얼마나 할 일이 많겠냐?"

김태훈 열사의 책상 앞에는 '사랑의 사회실현과 진리탐구를 위한 끊임없는 노력, 이것이 내 삶의 전부이기를'이라는 글귀가 있었다고 한다. 어느 책에서인가 이 글귀를 처음 접했는데 그 이후 내 인생의 좌우명으로 삼았다. 나는 이 글귀를 미국 유학 시절 내가 공부하는 전공 서적 첫 페이지에 써서 경구처럼 읽고 음미하곤 했다. 학업이 힘들다고 느껴질 때마다 김태훈 열사는 소중한 목숨을 바쳤는데 이까짓 고생쯤이야 아무것도 아니라고 다그치며 스스로를 독려하곤 했다. 그러면서 내 전공 분야의 학자와 교수가 되었을 때 내 전공 지식을 살려서 '사랑의 사회실현과 진리탐구를 위한 끊임없는 노력'을 하는 사람이 되겠다고 결심을 다지곤 했다.

열사가 일깨워 준 '사랑의 사회실현' 정신은 교수로서 제자를 사랑하고 올곧은 정신을 가진 인재로 길러내는 노력을 통해서 교육적으로 구현할 수 있었다. 구체적으로는 수업 시간 중 해마다 5월 말이면 김태훈 열사의 기일에 맞추어서 수업 시간 시작 전에 약 10분간에 걸쳐 영어로 그 당시 있었던 일을 전하고 그분의 숭고한 희생정신과 순수한 삶의 자세를 학생들에게 알려 주는 'Something to think about'이라는 영어 스피치를 하곤 했다.

반면 '진리탐구를 위한 끊임없는 노력'의 실천은 단순한 전공 분야 연구 업적을 쌓는 것이 중요한 것이 아니라 내가 전공 분야 연구를 통해 쌓은 지식으로 얼마나 의미 깊은 사회적 공헌을 하느냐가 관건이라는 인식을 키우며 구체적인 실천 방법을 모색하던 중이었다. 그러던 중 정의구현사제단 소속 어느 신부님의 강연을 듣고 깊은 깨달음을 얻을 수 있었다. 신부님 말씀 중 예수님이 제자들에게 "가난과 싸워라"라고 하신 진정한 뜻은 가난한 자들을 금전적으로 도우라는 뜻이 아니라 구조적 가난을 해결하려고 노력해야 한다는 뜻이라는 지적이 내 마음을 울렸다. 결국 참 그리스도인은 가난하고 소외된 이들이 핍박받는 사회의 구조적 모순과 불의에 저항하고 싸우는 사람이 되어야 한다는 것을 강조하신 것이다.

결국 예수님이 나와 같은 학자에게 전하는 메시지는 민주주의 발전과 사회정의를 방해하는 악의 세력들의 진실 왜곡과 맞서 싸우라는 뜻임을 깨달았다. 이후 나는 한국 언론의 진실 왜곡을 비판하고 언어를 통해 한국 사회와 문화를 분석하고 성찰하는 글도 활발히 쓰면서 한국 사회의 여론을 올곧은 방향으로 이끄는 노력을 하고 있다.

나는 대학 2학년 때에 가톨릭 신자가 되었다. 김태훈 열사도 가톨릭 신자였다고 한다. 그분이 그날 도서관 난간에 서서 자신의 목숨을 바치기 전 얼마나 많은 생각이 오갔을지 상상하게 된다. 그분은 모든 인류를 구원하기 위해서 자신의 몸을 십자가에 못을 박히게 하는 길을 택한 예수님의 삶을 살았다고 생각한다. 자신의 목숨을 바쳐 순교함으로써 나와 같은 후배들에게 민주주의와 사회 정의의 실현의 가치를 일깨워 주었기 때문이다. 나는 가톨릭 신자로서 '모든 성인의 통공'을 믿는다. 김태훈 열사는 우리들을 위해서 그리고 한국의 민주주의 발전을 위해서 기도하고 있을 것이라고 믿는다. 나도 그분을 기억하고 기도한다.

그분은 내게는 나의 인생을 올바른 방향으로 안내한 등대와 같은 특별한 분이다. 그분은 내 마음 속에 민주주의와 사회정의 실현 위한 불꽃으로 영원히 꺼지지 않고 살아계실 것이다.

12. 내 가슴 속 영화, 내 가슴 속 친구

– 영화 '애수(哀愁)'를 보고

– 《법원회보》(1997. 5. 1.)에 실린 글

이홍철
광주일고52회 동창
법무법인 세종 변호사

얼마 전 텔레비전에서 다시 보고 싶은 영화 50선을 재방영한다는 소식을 듣고 또 다시 영화 애수(哀愁)를 보았다. 이 영화는 30대 이상인 사람들치고 보지 않은 사람이 없을 정도로 유명한 영화이다.

사실 이 영화는 요즘 세태의 눈으로 보면 줄거리가 그다지 참신할 것도 없고 전쟁을 배경으로 한 그저 그런 신파극의 하나라고 볼 수도 있는데도 언제 봐도 우리에게 애틋하고 진한 감동을 준다. 그동안 아마도 이 영화를 서너 번은 보았던 것 같다.

그런데도 나는 이 영화를 보게 되면 보기 전부터 가슴이 설레고, 보고 나면 가슴 한구석이 아리는 듯한 아픔을 느끼곤 한다. 그것은 이 영화를 볼 때마다 내 가슴 속에 깊이 새긴 한 친구가 떠오르기 때문이다.

대학교 2학년 봄 내가 나온 고등학교 동문 출신 신입생을 환영하는 모임이 있었다. 그 자리에 온 신입생들은 대부분 나와 함께 고등학교를 같이 다녔다가 재수하여 서울대학교 사회계열, 인문계열, 교육계열에 들어온 친구들이었다.

내 기억으로는 그때 선배들이 신입생들에게 자기 소개를 시키며 가장 좋아하는 영화를 말하라고 했던 것 같다. 그런데, 고등학교 3학년 때 나랑 같은 반이었던 친구 김태훈이 바로 영화 애수를 지목하며 좋아하는 이유를 이렇게 설명하는 것이었다.

"우리들의 청순한 연인 비비안 리와 뭇 여성을 사로잡은 미남 로버트 테일러가 열연한 영화 애수! 안개 자욱한 워털루 다리를 무대로 벌어진 그 애틋한 사랑 이야기가 항상 내 가슴에 남아있고 나도 그런 사랑을 하고 싶어서…."

나는 그때 애수를 아직 보지 않았던 것 같다. 그때까지만 해도 나는 영화를 별로 보지 않았고 이름을 기억할 수 있는 영화배우도 몇 명 없었으니까…. 그래서 그런지 그 친구의 이야기가 내 귓전을 때렸고 나는 언젠가 그 영화를 볼 기회가 있으면 꼭 보리라 다짐했다.

그 뒤 텔레비전에서 애수를 보게 되었는데 과연 그 친구 말과 같이 애틋하고 눈물 나는 감동을 가슴 깊이 아로새기게 되었다.

평소 테가 두툼한 안경을 쓴 채로 말이 없이 수줍음을 많이 타던 이 친구를 은연중 주목했지만 그 뒤부터는 나는 이 영화를 알게 해준 그 친구를 좋아하게 되었다.

그 친구는 사회계열에서 경제학과를 선택하였고 교수가 되기 위해 열심히 공부하였다. 그런데, 1980년 봄 친구는 고향인 광주 그것도 자신의 집이 있는 금남로에서 전두환 일당이 광주학살을 자행한 데에 큰 충격을 받았던 것 같다.

그 친구는 집안 모두가 독실한 가톨릭 신자였는데 항상 정의를 사랑하고 남을 위해 궂은일을 맡으려고 노력하는 의리파였다. 누구보다도 정의감이 투철한 그 친구는 광주학살을 보고도 이에 항거하지 못하는 현실 때문에 가슴앓이를 심하게 했던 것 같다.

그 친구는 결국 4학년 때 1981년 5월 27일 봄꽃이 흐드러지게 핀 서울대학교 교정에서 대학생들이 광주항쟁 1주기를 맞아 침묵시위를 벌일 때 도서관 5층에서 "전두환은 물러가라!"를 세 번 외치고 공중에 몸을 솟구쳐 스물셋 꽃다운 나이로 장렬하게 산화하였다.

그 친구가 숨진 보름 뒤 나는 23회 사법시험 2차 시험 합격자 발표를 맞이하였다. 그날 오전 나는 왠지 허전하고 합격할 자신도 없어 그 친구가 묻힌 경기도 광주의 천주교 묘지를 혼자서 다녀왔다.

그 친구의 무덤은 풀도 없는 메마른 흙으로 덮여 있었고, 묘비에는 그 친구의 일기장에 써있던 좌우명인 '사랑의 사회실현과 진리탐구를 위한 끊임없는 노력! 이것이 내 삶의 전부이기를….'이 적혀있었다.

나는 서울에 도착한 뒤 전화로 내 합격을 확인하면서 그것이 사법시험 2차 시험 마지막 날 시험장에서 나를 위로해 주던 그 친구의 가호 때문이라고 믿었다. 물론 그 친구가 그때 거기 온 것은 나 때문이 아니고 같이 사법시험을 친 누나를 마중하러 온 것이었지만 우연히 만난 내게 그 친구는 누나는 혹 합격하지 못하더라도 나는 꼭 합격할 거라며 격려해 주던 일이 지금도 생생하다. 그 누나도 몇 년 뒤 합격하여 지금 법관으로 일하고 계신다.

그 뒤부터 그 친구는 보이지 않는 내 정신적 지주가 되었고 나는 그 친구의 좌우명을 내 좌우명으로 삼고 싶어 했다. 그리고, 난 약 2년 뒤 그의 뒤를 따라 가톨릭 세례를 받았다. 나는 내게 어려운 일이 있을 때면 그 친구의 묘나 서울대학교의 교정에 있는 기념석을 찾아 그 친구를 회상하곤 했다.

나는 법관 생활을 하면서 선배 법관이나 동료로부터 외곬스럽다는 이야기를 많이 들었는데 어쩌면 그 친구의 죽음이 크게 영향을 미쳤는지도 모른다. 물론 외곬스럽다는 것은 신념이 강하다는 뜻과 편협하다는 뜻을 동시에 지니고 있기에 장점이면서 단점이기도 하다.

그래서 충고를 해 주시는 주위 분들의 이야기를 들을 때마다 나름대로 노력하기는 하지만 쉽사리 되지는 않는 것 같다. 그러나 그렇다고 해서 내게 그런 그림자를 남겨준 그 친구를 조금이라도 원망해 본 적도 없고 오히려 그 친구의 뜻을 만분의 일이라도 실천하지 못하고 있음을 부끄러워하고 있을 뿐이다.

요즘 혼란스러운 시대 상황을 보노라면 영화 애수의 여주인공과 내 친구 태훈이가 그리워진다.

약혼자가 죽은 줄만 알고 목숨을 부지하기 위해 거리의 여자로 살다가 전쟁에서 살아 돌아온 약혼자를 보고 그 청혼을 받아들일 수 없어 끝내 죽음을 택하고 만 애수의 여주인공처럼 마음이 순결한 사람이나, 엄청난 불의를 보고도 항거하지 못하는 현실에 가슴앓이를 하다가 온몸을 던져 항거한 친구 김태훈과 같은 진정 의로운 이는 요즘 세상 어디를 돌아보아도 찾을 수 없기 때문이다.

그 친구가 그렇게도 물러가라고 온몸으로 외쳤던 무리들이 엄한 판결을 받는 것을 보았을 때도 나는 가슴 속 응어리를 완전히 풀지 못한 채 그 친구의 묘를 찾을 생각조차 하지 못했다.

내가 꽃 한 송이를 들고 떳떳하게 그 친구의 묘를 찾아나설 수 있는 봄날이 언제나 오려는지 손꼽아 기다려지기만 한다.

13. 그로부터 20년
- 《사법연수》(2003년)에 실린 글

이홍철
광주일고52회 동창
법무법인 세종 변호사

　지난 9월 1일은 내가 판사가 된 지 정확히 20년이 되는 날이었다. 그 하루 전인 일요일 아침 7시에 혼자서 차를 몰고 수원을 향해 달렸다. 왠지 모르게 20년 전 초임 발령을 받고 부임한 곳에 가보고 싶었기 때문이다. 그 당시 수원지방법원 청사는 수원시 권선구 남창동 언덕에 있었는데 바로 뒤는 수원성이었다. 내가 부임한 지 1년 남짓 만에 청사가 다른 곳으로 이전했지만, 나는 조선시대 정조가 축성한 유서 깊은 수원성 아래에 자리 잡은 이 청사를 항상 내 판사 생활의 고향으로 여기며 마음속 깊이 간직하고 있다.

　20년 만에 다시 찾은 그곳에는 옛 청사 건물은 온데간데없고 SK 그룹이 기증했다는 5층짜리 현대식 도서관 건물이 들어서 있었다. 그래도 마당 한가운데에 이곳에 1972년부터 1984년까지 수원지방법원과 수원지방검찰청이 있었다는 지석이 남아 있어 아쉬운 마음을 달래주었다. 온 김에 수원성에 잠깐 올라가 보려 했으나 예전과 달리 울타리가 굳게 쳐 있어 아쉬운 마음을 뒤로한 채 서울로 향했다. 돌아오는 길에 20년간의 내 판사 생활을 회고해 보니 나도 모르게 눈물이 나 한참 동안 울먹이기도 했다.

필자가 1981년 사법시험 합격 발표를 듣기 열흘 전쯤이었다. 필자랑 고등학교 3학년 때 같은 반이었고 서울대학교 경제학과 4학년이던 '그 친구'는 광주민중항쟁 1주기를 맞이하여 무고한 시민을 학살한 불의를 고발하기 위하여 대학교 도서관 5층에서 "전두환은 물러가라"를 세 번 외치고 공중에 몸을 솟구쳐 23살의 꽃다운 나이로 산화했다. 그는 독실한 천주교 집안에서 9남매의 여덟째로 태어나 한때는 신부가 되려고도 했으며, 학과 공부도 열심히 하고(그 집안은 9남매 중 7남매가 서울대학교를 졸업할 정도로 대단한 집안이다. 그 친구의 누님은 부장판사로 재직하고 계시며 그 부군도 사법연수원 교수로 재직하고 계시다) 이른바 운동권은 아니었다. 그는 로버트 테일러와 비비안 리가 열연한 영화 〈애수〉를 좋아하고 청순한 사랑을 꿈꾸던 친구이기도 했다.

나는 사법시험 합격자 발표가 있던 날 합격할 자신도 없어서 용인 천주교 묘지에 있는 그 친구의 묘소에 갔다(친구의 장례가 있던 날까지 나는 경찰서에 갇혀 있어야 했다). 그의 묘비에는 그의 일기장에 적혀 있었다는 글귀인 "사랑의 사회실현과 진리탐구를 위한 끊임없는 노력, 이것이 내 삶의 전부이기를!"이 씌어 있었다. 서울에 도착해서 합격을 안 나는 그것이 시험 마지막 날 시험장에서 나를 격려해 주던 그 친구의 가호 때문이라고 믿었다. 그리고 그 친구를 본받고 싶어 1년 뒤 천주교 세례를 받았고 그 친구의 좌우명을 내 것으로 삼고 싶어 했다.

내가 판사 생활을 시작한 것은 군부독재가 한창 기승을 부리던 때였다. 나는 항상 그 친구를 가슴속 깊이 존경하기는 했지만 막상 내 직업에서 깨어 있지도 못했고 용기를 실천하지도 못했다. 즉결 심판에서 군부독재를 타도하자는 내용의 유인물을 돌린 대학생에게 구류를 선고하기도 하고, 농민들이 솟값 파동에 항의하여 건물을 점거하고 시위를 할 때 구속영장을 발부하기도 했으며, 택시회사에서 노동쟁의 중 택시 기사가 분신자살하자 노조위원장이 격렬한 불법시위를 하려 했다는 이유로 구속영장을 발부하기도 했다.

내가 무언가를 깨닫고 용기를 실천하기 시작한 것은 판사 생활을 한 지 2년 남짓된 때부터였다. 이른바 시국사건 등 결단이 필요한 경우에 내 소신껏 판단하고 과감하게 결정하기 시작한 것이다. 그러한 결정에는 항상 고민과 용기가 필요했는데, 나는 때때로 그 친구의 묘소나 대학 교정의 기념석을 찾아 그 친구의 목소리를 들으면서 용기를 얻곤 했다.

그 친구 외에 내가 법관 생활을 하면서 법관으로서 존경하던 분은 이회창 전 대법관님이었다. 그분은 대법관, 감사원장, 국무총리를 거쳐 1996년 봄 신한국당 선거대책위원장으로 정계에 입문하셨다. 그런데 그해 8월 광복절 특사 때 슬롯머신 사건으로 유죄판결을 받은 사람 등이 풀려 나왔다. 내가 우상으로 생각하는 분이 여당에 들어가고도 그런 불의에 대하여 한마디 말도 못 하는 것을 보고 울화가 치밀어 그분에게 항의성 편지를 보냈다. 결국 며칠 뒤 나는 그분의 전화를 받고 어느 날 아침 그분과 단둘이 만나 식사를 하면서 이런저런 이야기를 나누었다. 아니 20년 이상 법조 선배인 그분과 이야기를 나누었다기보다는 거의 그분의 해명(?)을 들었다.

다만 끝 무렵에 나는 그분께 귀중한 이야기를 청해 들었다. 그분은 법관 생활을 하면서 항상 두 가지를 가슴에 새겼다고 말씀하셨다. 첫째로, 세상에는 수많은 모순이 있고 그러한 모순이 모두 판사에게 사건으로 돌아오는 것은 아니며 또한 그 사건조차 판결만으로 다 해결 짓지는 못하지만 적어도 소신 있는 올바른 판결을 한다면 세상 모순의 상당한 부분은 제거할 수 있다는 것이다. 둘째로 그분은 항상 자기가 처한 위치에서 최고가 되려고 노력하였다는 것이다. 즉 지금까지 살면서 어느 때든지 동료들 중 최고의 사람이 되기 위하여 공부하고 바르게 생활하였다는 것이다.

정치인이었던 그분에 대한 평가는 사람마다 다를 수 있겠지만 적어도 법관으로서 그분만큼 존경을 받을 만한 분도 드물 것이다. 하지만 지난 대통령 선거 때 나는 고민 끝에 그분을 지지하지 않았다. 그분을 개인적으로 존경하기는 했지만 정치에 대한 것은 별개 문제였기 때문이다. 어찌나 평소에 그분을 칭찬하는 말을 많이 하였던지 내 집사람조차 대통령 선거 후 내가 그분을 찍지 않은 사실에 깜짝 놀라기까지 했다.

천주교가 정한 순교성월인 9월 첫날 내 법관생활 20주년을 함께 맞이하여 새벽 미사를 드리면서 나는 한없이 숙연해졌다. 나는 그동안 법관생활에서 누구보다도 정치와 사회, 경제의 거대한 세력에 맞섰고 약자를 보호하려 노력했노라고 은근히 자부했다. 하지만 냉철히 생각해 보건대 그렇지 않은 경우가 더 많았는데도 애써 이에 눈감았기 때문에 그러한 자부심이 들었음을 부끄러워한다. 그리고 내가 의식하지 못하는 사이에 수많은 사건에서 오판을 하고 사건 진행 과정에서 당사자에게 더 배려하지 못하는 잘못을 저질렀을 것임을 통회한다. 내 비록 순교자들이나 내 친구처럼 살

만한 위인이 전혀 못 되지만 앞으로 죽는 날까지 그분들을 본받으면서 살고 싶다. 마음을 다하고 목숨을 다하고 뜻을 다하여 주님이신 하느님을 사랑하는 것, 그리고 이웃을 내 몸같이 사랑하는 것(마태오 22:34~40) 그것이 곧 그 길이 아니겠는가?

14. 그리운 친구에게!

–《그들의 광주》(한울출판사, 저자 김철원, 2017-5-27)에 실린 글

이홍철
광주일고52회 동창
법무법인 세종 변호사

'눈이 부시게 그리운 날은 그리운 님을 그리워하자'

어느 시인은 그리움을 그렇게 노래했지. 하지만 나는 '가슴이 아리게 눈부신 날은 그리운 님을 그리워하자'라고 하고 싶네. 눈부신 날이면 나는 문득 가슴이 아리게 자네가 그립기 때문이네.

하늘나라로 가기 한 달 전 자네는 내 사법시험 시험장에서 꼭 합격할 거라며 내 등을 두드려 주었지. 나는 자네가 하늘에서 도와주어서 합격한 것이네. 자네가 떠나고 난 뒤 자네가 독실한 가톨릭 신자였다는 것을 알고는 나도 세례를 받았네. 나는 지금까지 살면서 늘 하늘의 자네에게 물어보곤 했지. 혼돈에 휩싸일 때, 그리고 용기가 없을 때 자네는 늘 천진난만하게 웃는 얼굴로 대답해주곤 했네.

효심 덩어리이고 길거리서 나이 지긋한 어르신을 보면 꼭 짐을 들어드리곤 했던 자네. 살면서 자네만큼 착한 사람을 보지 못했네.

그리고 자네만큼 바르고 용기 있는 사람을 보지 못했네.

　자네는 영혼이 참 맑은 사람이었지. 영화 애수를 좋아하고 비비안 리와 로버트 테일러가 했던 그 가슴 시린 사랑을 꼭 해보고 싶어했던 사람. 살아있다면 얼마나 멋진 남자, 자상한 아버지가 되었을까? 그런 상상을 하노라면 눈물 나게 자네가 보고 싶네.

　자네가 천국에서 돌아와 단 하루만 지상에서 살 수 있다면 성당에서 함께 미사를 드리고 성가를 부르고 싶네. 영화관에 들러 영화애수를 다시 보고 싶네. 그리고 5월에 열리는 고교 동창 골프대회에 자네를 초대하고 싶네. 자네가 친 공이 푸른 하늘을 날 때 환히 웃는 자네 모습을 꼭 한 번만이라도 볼 수 있다면….

15. 거기 너 있었는가? 그 때에

임효숙
한국항공우주연구원

　미국 텍사스에서 박사과정을 마치고 1993년 12월에 워싱턴 DC 근교에 있는 NASA로 Post Doc을 떠날 때, 친구 부부가 소개해 준 교회로 가게 되었다. 학생들이 주로 다녔던 텍사스에 있는 교회와 달리, 그곳 교회는 워싱턴 DC 근교에서 전문가로서의 삶을 살고 계시는 교포분들이 많으셨다. 당시 나는 박사학위를 막 마친 싱글로써 풋풋한 젊은이였다. 타국에 유학 와서 공부에 쫓기는 학생타운 분위기와는 사뭇 달랐으며, 교회 구역모임 차 가정을 방문해 보면 여러모로 여유로운 삶을 살고 계셨다.

　동향에서 온 젊은 나를 여러모로 보살펴주시던 노상칠 박사님 부부를 그곳 교회에서 만나게 되었다. 내가 그곳에 정착하여 어느 정도 시간이 흘렀을 때에, 사모님께서 조심스럽게 동생 얘기를 꺼내셨다. 그때 나는 너무 놀라운 마음에 1981년 5월 사건 당일 얘기를 하게 되었다. 1981년 당시 나는 대학 신입생으로서, 재수 후 입학 한 대학 생활은 만만치 않았다. 당시 학생회관 식당은 식사

뿐 아니라, 강의 중간중간 빈 시간에 친구들과 즐겁게 대화를 나누던 카페의 역할도 했다. 친구들과 대화를 나누고 학생회관 식당을 나오려는데, 중앙도서관 난간에서 누군가가 "전두환은 물러가라"를 3번 외치면서 저 멀리서 떨어지는 모습을 보게 되었다. 어리버리 신입생이었던 나는 너무 놀랍고 떨렸던 기억뿐이었다. 시간이 조금 지나서 떨어진 학생의 신분도 밝혀지고, 광주일고 졸업생이라는 것도 알게 되었다. 1978년에 사회계열로 입학해서, 법과대에 다녔던 당시 고향 선배셨던(그중 한 분은 형부가 됨) 분들을 비롯하여 많은 지인들이 참으로 안타까워하셨던 기억이 난다. 1994년에 미국에 있던 나를 방문했던 형부와 언니 가족을 노 박사님 부부께서 따뜻하게 맞아주셨는데, 그들을 보면서 사랑하는 동생을 많이 그리워하셨을 거라는 생각이 자녀를 키우고 있는 이 시점에 들게 된다.

세월은 흐르고 흘러서 40년이 지났다. 나는 1996년에 귀국하여서 대덕연구단지에 연구원으로서, 또한 결혼 후 두 자녀를 낳고 기르면서 정신없이 살았다. 세계 곳곳을 바삐 출장은 다녔지만, 젊은 날 내가 살면서 많이 사랑받았던 워싱턴 DC를 차분하게 방문할 기회가 닿지 않아 노 박사님 부부와는 계속 친교를 이어갈 수 없었다. 그러나, 내 마음속 깊은 곳에는 그분들에 대한 감사의 마음과 타국에서 훌륭한 전문가로서 살아가실 뿐 아니라 기품있는 신앙의 삶을 살아가고 계심에 존경의 마음뿐이다.

내게도 같이 대학을 다녔던 동생이 있었다. 같이 서울대를 다녔지만 캠퍼스 내에서는 만나보기 어려웠다. 1980년 당시 광주에 있는 고등학교 1학년이었던 동생은 서울대 인문대를 다니면서 언더서클에서 엄청 열심히 활동하였다. 결과적으로 어느 날 동아일보에 서울대 점조직 수배명단에 동생의 이름 석 자가 떡하니 난 거보고서 얼마나 부모님께 죄송한 마음이 들었는지 모른다. 동생과 비슷한 시기에 광주에서 올라 온 대부분의 대학생들이 참으로 많은 방황을 하였던 거 같다. 광주 민주항쟁의 목격자인 그들이 주위 친구들로부터 "너희들은 그곳에 있었기에 메신저가 되어야 한다"는 무언의 압박이랄까?

40년의 세월이 훌쩍 흘러버렸다. 누군가가 나를 기억해 줄 수 있을까? 하는 생각이 조금씩 드는 나이가 되었다. 그 이름 석 자만 언급해도 서슬이 퍼렇던 시절에, 그 이름을 부르면서 물러가라고 외치며 용감하게 자신의 젊음을 바쳤던 김태훈 선배께 나의 작은 소고가 누가 되질 않기를 바라는 맘뿐이다. 사랑하는 아들과 동생을 먼저 떠나보내야 했던 가족들의 아픔은 아무도 모를 것이다. 자녀를 낳아 길러보니까, 그런 아픔을 겪은 후 삶을 품위 있게 살아가시는 분들을 보면 더욱 존경스럽다. 내겐 노 박사님 부부가 그런 분들이셨다. 대가족으로 알고 있는데, 많은 형제자매 분들도 훌륭한 삶을 살고 계시리라 생각한다. 대한민국이 이만큼 자유를 누리고 살 수 있도록 발전하는 데 한 알의 밀알로 살다 가신 분께 가슴 깊이 존경의 마음을 담아본다.

16. 태훈이가 민주의 제단에 몸을 바쳤다

장훈열
광주일고52회 동창
법무법인 이산 대표변호사

태훈이는 나와 중학교, 고등학교, 대학교 동창이다. 가깝게 지낼 기회는 없었지만, 선한 인상에 온화한 성품이었던 것으로 기억한다.

나는 1979년 10·26 직전에 학내 시위를 벌이다가 잡혀간 적이 있다. 학교에서 군대 보내려고 지도 휴학을 시키는 바람에 시위를 하게 되었다. 시위를 막기 위해 도입된 제도가 도리어 시위를 하게 만든 셈이다. 당시 네 명의 형사들에 의해 들려가던 내 모습을 본 동창이 나중에 "일고 체육복을 입고 있는 게 보여 가슴이 아팠다."라고 했다. 정작 나는 어떤 옷을 입었는지 기억에 없는데, 그 친구의 눈에는 그 옷이 보였던 모양이다. 혹시 태훈이도 보고 있었을까?

1980년 봄 캠퍼스에는 자유의 시간이 찾아왔다. 학생운동으로 잘렸던 선배와 친구들이 돌아오고, 학생회가 부활하고, 아크로폴리스 광장에는 집회가 열리고, 학생들은 가두로 진출하여 서울역까지 행진하였다. 당시 서울역 광장에는 10만 명 이상의 대학생이 모여 민주화를 외쳤다. 나도 그 인파 속에 있었고, 태훈이도 그 자리 어딘가에 함께 있었을 것이다. 그러나 우리의 민주화 열망은 전두환 신군부의 총칼 앞에 처참히 무너졌다.

5·18 광주민주화운동 소식을 나는 경찰서 유치장 안에서 들었다. 5월 18일 아침 학교로 갔다가 정문 앞에 M16, 장갑차로 무장한 계엄군이 도열해 있는 모습을 보고 영등포역으로 자리를 옮겨 시위를 벌이다 잡혀 들어갔고, 항쟁이 끝난 한참 후에야 광주에서 공수부대가 수많은 학생과 시민들을 학살했다는 말을 들었다. 부모 형제들이 살고 있는 광주에서 그런 비극이 있었는데도 나는 아무것도 모르고 있었고, 세상은 마치 아무 일 없었다는 듯이 돌아가고 있다. 절망감이 들었다.

1981년 5월 광주민주화운동 1주기, 태훈이가 민주의 제단에 몸을 바쳤다. 나는 그 소식 역시 제대하고 한참 후에야 들었다. 믿기지 않았다. 모두가 침묵하고 있는 동안 그의 마음이 얼마나 힘들었을까?

태훈이는 광주 민주 영령의 제단에 독재자를 소환하기 위해 자신의 몸을 희생하였다. 살아남은 우리는 태훈이의 희생이 있었기에 해마다 5월이 오면 민주의 제단에 독재자를 소환하여 역사의 심판대에 세울 수 있었고, 마침내 민주화에 성공하여 독재자를 감방에 보냈다. 태훈이도 하늘에서 기뻐했으리라.

미얀마에서 군부 쿠데타에 반대하는 시민들이 희생되고 있다. 탄식이 절로 나온다. 태훈이를 잊어서는 안 되는 이유가 추가되었다. 광주 국립묘지에 있는 태훈이 묘소를 참배하는 행사에 참석한 적이 있다. 친필로 작성하신 추모사를 가슴에 품고 오셔서 잔잔하게 낭독하시던 은사님이 기억난다. 해마다 5월이 오면 잊지 않고 행사를 지탱해온 친구들, 궂은일 마다하지 않고 행사를 준비하고 진행하는 동창회 관계자들에게 미안하고 감사하다는 마음을 전한다.

17. 태훈아, 네가 소망하는 세상이
어디만큼 왔을까?

정일용
광주일고52회 동창
조선대학교 컴퓨터공학과 교수

태훈아, 네가 세상을 떠난 지도 벌써 40년이 다가오는구나. 묘소에 있는 너의 사진은 젊은 청년의 모습이지만 나는 60대 중반의 상늙은이가 되어가고 있구나. 고교시절의 너를 생각한다. 교련받는 모습, 수줍어하는 모습, 함께 교실 청소하는 모습 아직도 생생하구나. 너는 항상 가장 힘든 일을 묵묵하게 하는 그런 아이였다. 예수님 옆에서 이름 없이 겸손하게 작은 일에 충성하는 안드레아 같았다. 조용하게 말없이 행동으로 실천하는 너의 모습이 참 좋았다.

매년 선생님과 일고 동기들과 함께 너의 추모식에 가서 너의 무덤가를 돌아보면서 너의 숭고한 뜻이 조금이라도 세상에 반영되기를 기원하였다. 조금씩 한국 사회가 변혁이 되고는 있지만 진정한 의미의 정의롭고 모든 사람이 존중받는 그런 사회가 되기에는 아직도 요원한 것 같구나. 우리 자신도 스스로 엘리트적인 사고를 깨트리고 겸손하고 낮은 자세에서 힘들고 어렵게 사는 이들과 공감하는 자세를 가져야 하는데 쉽지가 않구나.

4차산업혁명 시대에서 얼마나 많은 사람들이 실직하고 고통을 받을 것인지 컴퓨터공학과 교수이기 때문에 잘 인지하고 있다. 자율주행 차량이 완전하게 기능을 수행한다면 미국의 경우 350만 명의 트럭 운전사, 이들에게 서빙하는 고속도로 주변의 소규모의 카페, 레스토랑에서 일하는 수백만 명은 일자리를 잃을 수밖에 없을 것이다. 우리나라도 비슷한 상황이 될 것이다. 자율주행 차량 및 자동화시스템만이 아니라 여러 영역에서 AI 기술이 정착된다면 일자리는 급속하게 줄어들게 되는 현실을 맞이할 것이다. 우리가 이야기하는 '고용 없는 성장' 시대가 빠르게 다가오고 있다. 과연 우리 아들, 딸 그리고 손자들이 감내할 수 있는 상황이 되도록 사회시스템이 정비되어야 하는데 능력주의와 각자도생이 지배하는 현재 한국의 사회구조에서 과연 가능하겠는가 하는 안타까움이 든다.

태훈아, 만일 살아있다면 너의 성품상 학문하는 사람이 되어서 대학에서 제자들과 함께 현 사회현상을 고찰하고 경제 사회학적으로 올바른 방향을 제시하기 위해서 노력할 것 같구나. 겸손하고 따뜻한 마음을 가진 너는 소외되고 고통받는 사회의 약자들의 아픔을 공감하면서 그들과 함께하고 싶어 하는 모습이 선하게 느껴진다. 이는 고교 시절에 너를 보아온 나뿐 아니라 너를 아는 많은 이들이 그렇게 느낄 것이다.

태훈아, 나도 정년이 얼마 남지 않았다. 30년에 가까운 재직기간 학교나 제자들에게 그다지 큰 도움이 되지 못한 것 같아 죄스러움이 다가온다. 요즈음은 퇴임 후에 어떤 모습의 두 번째 산을 올라가야 하는가에 대한 많은 생각이 든다. 인생의 남아있는 시간 동안 나는 너의 고귀한 삶을 간직하면서 이 세상을 살아가고 싶다.

18. 스승 김태훈

제자 조각희
미쓰이스미토모은행 서울지점 자금외환사무 및 리스크관리그룹장 역임

내가 태훈이 형을 만난 때는 중학교 3학년이 되었던 1978년 4월쯤으로 기억된다. 그 당시 나의 영어 실력을 향상시키기 위해서 셋째 누나가 서울대 동문이며 친구인 선혜 누나에게 서울대 경제학과에 다니고 있었던 선혜 누나의 동생, 태훈이 형을 소개받고 영어 과외를 부탁했다.

태훈이 형이 처음 집을 방문했을 때의 첫인상을 지금도 잊을 수가 없다. 두꺼운 안경 너머의 선한 눈동자와 구수하고 다정한 목소리를 가지고 있었는데, 어느 누가 봐도 딱 모범생이라는 느낌을 받았을 것이다.

난 곧 그런 태훈이 형을 좋아했고 잘 따랐지만, 영어 공부에는 그다지 흥미를 느끼지 못했다. 그러나 태훈이 형은 어떻게 하면 내가 영어 공부에 흥미를 가질 수 있을까에 공을 들였는데, 보통의 과외선생님들이 주로 문법이나 문제집 풀이를 하였던 것에 반해 태훈이 형은 나에게 영어 동화책이나 영어소설 등을 교재로 쓰

면서 자연스럽게 영어에 관심을 갖도록 하였고, 나도 조금씩 영어에 관심과 흥미를 느끼기 시작했다. 그리고 태훈이 형은 종종 내가 뭐가 되고 싶은지 그리고 그 꿈을 이루기 위해서 무엇을 해야 하고 어떻게 해야 하는지에 대하여 토론식으로 이야기하곤 했다. 그래서 그런지 비록 공부를 열심히 하지도 않았고 또한 잘 하지도 못했지만 나름 큰 목표만은 마음속에 담고 공부를 했었고, 성인이 된 후에 경제에 많은 관심을 가졌던 것도 태훈이 형의 영향이 크지 않았나 생각한다. 그렇게 중학교 3학년이 끝날 때까지 1년 정도를 함께 공부했고 고등학교에 올라가면서 더 이상 태훈이 형과 함께 하지 못했다.

내가 다시 태훈이 형의 소식을 들었던 것은 1981년 5월 어느 날이었다. 누나에게서 태훈이 형이 고인이 되셨다는 소식을 접했는데, 그 충격과 슬픔은 이루 말할 수가 없었다. 항상 잔잔한 미소와 차분하고 다정한 목소리로 나에게 여러 가지 이야기를 해 주셨고 또한 함께 웃으면서 공부했던 것을 생각하면, 태훈이 형의 죽음을 도저히 믿을 수가 없었다.

나에게 태훈이 형과의 만남은 큰 행운이었고, 내가 대학에 들어간 1982년 이후 그리고 사회에 첫발을 내디딘 1989년 이후 내 삶의 진로와 사회를 바라보는 시각에 많은 영향을 끼쳤다. 태훈이 형은 나의 삶에 좋은 영향을 준 사람들 중 한 분이시다. 43년 전 1년이라는 짧다면 짧은 시간의 만남이었지만 아직도 태훈이 형의 미소와 구수한 목소리를 잊을 수가 없다.

태훈이 형,

고맙습니다!

고 김태훈 스승님의 40주년을 추모하며…

19. 5월의 외침

조상현
광주일고52회 동창
서강대학교 자연과학부 수학과 교수

해마다 5월이 오면 마음 한구석에서 올라오는 뜨거운 느낌 때문에 가슴이 뭉클해지곤 한다. 나는 고등학교 때 이과여서 문과인 김태훈을 잘 알지는 못했다. 그를 처음 만난 것은 81년 5월 초순쯤이었고, 그 만남이 처음이자 결국 마지막이 되었다. (당시 나는 전남대학교를 졸업한 뒤, 81년 3월부터 서울대 자연대 대학원 수학과를 다니고 있었고, 서울 생활이 처음인 나는 동창이었던 몇몇 친구들과 교류하고 있었다.)

81년 5월 초순경 동창 친구들(약 10명 정도)과 함께 막걸리 한 잔씩을 나눌 기회가 있었다. 그중 한 명이 김태훈이었다. 검은 뿔테 안경을 쓰고 있었는데, 별로 말이 없었고 온화한 표정이었지만 뭔가 깊은 생각에 자주 잠기는 듯했다.

그때 당시 전두환 정권하에서는 언론 통폐합과 언론 검열로 5월 광주항쟁에 대해 제대로 아는 사람이 드물었다. 오히려 모든 매스컴을 동원해 폭도들의 난동으로 몰아가 사실을 은폐하고 조작했다. 이런 암울한 시대에 광주의 참혹했던 진실을 알리고자 광주의 시민들, 학계, 종교계, 외신기자들의 노력이 힘겹게 계속되고 있었다.

81년 5월이 되자 서울대 캠퍼스는 긴장감이 돌기 시작했다. 사복경찰들이 쫙 깔려있었고, 한두 학생이 군부 세력의 퇴진과 민주주의 회복에 대한 구호를 외치곤 했었지만, 곧바로 사복경찰에 연행되어 가서 다시 잠잠해졌다. 5월 18일이 지나고 하순이 되자 도서관을 중심으로 학생들과 사복 경찰 간의 긴장감은 더욱더 팽팽해졌다.

5월 27일 나는 TA(조교)여서 평소대로 연습문제 풀이 수업을 진행하고 있었다. 내가 수업했던 장소는 중앙도서관에서 불과 몇십 미터 떨어져 있었다. 한창 수업 중에 밖에서 크게 와와 외치는 소리가 들리더니 잠시 후 한 학생이 도서관에서 투신했다는 소리가 크게 들렸다. 수업 중인 학생들은 동요하기 시작했고, 그중 절반 정도의 학생들이 뛰쳐나갔다. 나는 황급히 수업을 마무리하였다. 도서관 앞은 벌써 많은 학생들로 아수라장이 되었다.

전두환은 물러나라! 전두환은 물러나라! 전두환은 물러나라!

이 구호를 세 번 외치고 투신한 학생이 약 20일 전 만났던 김태훈이였다는 것을 알고 나는 큰 충격을 받았다. 전두환을 비판만 해도 신고하면 감옥 가던 암울한 시절… 김태훈 열사는 고뇌 끝에 자신을 희생함으로써 스스로 메신저가 되어 어두운 시대에 등불을 켠 것이다.

나는 지금까지 수학만 공부하면서 살아왔다. 광주항쟁의 대부분을 지켜본 사람이지만, 누가 5·18을 비하하는 말을 해도 인간관계를 생각해서 강력히 항의를 하지 못했다. 그러나 최근에는 내가 할 수 있는 일이 있다면 적극적으로 하려고 한다. 교수들 시국선언 또는 성명서 등에 참여하고 있고, 잘못 알려진 사실에 대해서는 팩트를 전달하려고 한다. 이런 일들이 김태훈 열사의 외침에 조금이나마 동행하는 일이기 때문이다.

김태훈 열사! 그대를 생각하면서 이 글을 쓰는데, 눈에는 눈물이 아른거리네. 자네는 먼저 갔지만, 그대의 이상과 꿈은 아직도 많은 사람의 가슴에 살아있네.

앞서서 나가니 산 자여 따르라~

20. 열사 추모 공간에 대하여

최석
광주일고52회 동창
유탑엔지니어링(주) 회장

"오메! 애기들이 징하게 예쁘게 생겨 부렸네잉!"

때는 1999년 8월 일요일, 미국 캘리포니아주 산호세 한인 성당 마당에서 우리 애들 옆에서 구수한 토종 전라도 사투리가 들려왔다. 그날 처음 뵌, 사투리의 그분은 바로 김광곤(일고 39회) 박사로 김태훈 열사의 친형이었다. 미국 생활의 어려움을 극복하고 쉽게 정착할 수 있었던 것은 친구 태훈이의 형이자 고향 선배인 광곤 형의 도움이 절대적이었다. 고향이 그리워 가끔 형님과 기울인 레몬즙 보해소주의 추억을 지금도 잊을 수 없다. 이런 인연과 함께 태훈이는 나의 중학교 고등학교 동기동창이다.

몇 년 후 귀국하여 중견 사업가로 대한민국 건설 문화 발전에 매진하다가 2017년 동기동창회장직을 맡아 졸업 40주년 행사를 여수에 250여 명의 동창과 보내면서 마음 한구석에 먼저 가신 동기동창에 대한 아쉬움과 그리움이 있었다. 그 해 총 동문 체육대회 때 고용호 광주학생독립운동 기념역사관장의 안내로 역사관을 둘러보다 역사관 2층 민주화 투쟁 공간에 김태훈 열사의 추모 공간을 만들어야겠다는 생각이 불현듯 일어났다.

사실 5·18을 광주에서 직접 체험하면서 살아온 나로서는 항상 먼저 가신 분들에 대한 부채 의식이 있었던 것 같다. 몇몇 친구들의 도움으로 열사에 대한 콘텐츠를 모으고 고용호 관장의 도움으로 "추모 공간"을 만들게 되었다.

김태훈 열사의 가족들을 모시고 오픈 행사를 치렀는데 김 열사의 누나 김선혜께서 "동생이 살아있었다면 지금 친구들의 모습과 비슷할 텐데" 하면서 울먹였던 것이 가슴 아프게 지금도 남아있다.

지금 환갑을 훌쩍 넘어버린 나이에 돌이켜보면 동기회장을 하면서 김태훈 열사의 추모 공간을 만든 것이 인생에서 가장 의미 있는 일이었다고 생각한다.

끝으로 추모 공간을 만들기 위해 헌신적인 노력을 아끼지 않은 졸업 40주년 행사 준비위원장 민영돈과 물심양면으로 도와준 52회 친구들에게 무한한 감사를 드린다. 아울러 전시실 공사를 맡아서 잘 꾸며 준 ㈜아텍 박준범에게도 감사를 드린다.

21. 짧은 인연, 긴 인연

최웅용
광주일고52회 동창
전남대학교 경영대 교수

김태훈 열사의 40주기 추모집을 준비하면서 유재호 고등학교 3학년 시절 담임선생님, 고등학교 동창들, 열사의 대학 동창들, 열사를 기억하는 사회 지인들에게 원고를 청탁/독촉하는 일을 맡게 되었다. 나도 책상 앞에 앉아 열사와의 인연들을 생각해 보았다.

짧은 인연

고3 시절에 나는 (진짜로) 본의 아니게 반장을 맡게 되었다. 당시 3학년 4반이었는데 고2 때 반장/부반장 했던 친구들이 총 4명(?)이 배정되었다. 그중에 나와 태훈이가 포함되었다. 당시 고3 학급 임원은 서로 기피하던 시절이라 누구도 선거에 나서지 않았고, 담임선생님은 고2 때 임원을 했던 4명을 (강제로) 입후보시켜 학급선거를 진행하셨다. 나는 고2 때 같은 반 친구들에게 다른 사람을 찍으라고 역 선거운동을 하는 등 노력하였으나, 뜻하지 않는 결과가 나와 내가 반장을, 태훈이가 부반장을 맡게 되었다. 이렇게 같이 학급 임원을 맡게 되었지만, 다들 학업에 매진하던 상황이었고 개인적인 교류는 많지 않았다. 다들 예상한 대로 역시나 임원을 맡은 것은 공부에는 도움이 되지 않았던 것 같다.

　나는 정일학원에서, 태훈이는 종로학원에서 재수생활을 하였다. 1년 뒤 같이 사회계열에 입학한 것을 두 번째 인연이라고 할수 있겠다. 나는 경영학과에, 태훈이는 경제학과에 진학하여 역시 직접적인 교류는 많지 않았다. 더구나 이때는 개학해서 조금 수업을 하는가 싶으면 휴교를 반복하던 시절이었다. 1980년 5·18을 겪은 후, 같은 해 9월 말경에 나는 학내시위에 관여했다는 이유로 징계를 받게 되었다. 6개월 정학이라고 했다. 기억에 의하면 그해 10월은 1, 3, 5, 7, 9일에 징검다리 휴일이 있었다. 임남섭, 김갑용, 오명석, 차재화를 포함한 가까운 친구들이 서오릉에서 '입양전야'를 불러 주었던 기억이 난다. 그 당시에는 한 학기 정학이면 바로 군대에 가야 했다. 10월 10일에 학교에 갔더니 당시 학생주임 교수가 자신이 열심히 "쫓아다녀" 최종적으로 1개월 정학으로 정리하였다고 하셨다. 그렇게 대학 3학년이 지나고 1981년이 되었다.

　1981년 당시 4학년 때 열사는 홀연히 떠났다. 모두들 시대적 상황에 절망하고 무기력에 신음하고 아픔을 외부로 발산하는 선배와 친구들이 학교에서 쫓겨나갔다. 그 혼돈 속에서 차분히 공부하는 것은 사치이자 몰염치라 느껴졌다. 열사 역시 진리를 탐구하고 사랑을 사회에 실현하는 것이 자신의 삶의 전부이기를 바라는 이상과 시대적 아픔이라는 현실 속에서 허우적거리고 발버둥 치면서 참을 수 없는 갈등을 승화시켜 자신을 산화하였다. 열사가 떠나던 날 나는 신림동 하숙집에서 소식을 전해 들었다. 너무나 엄청난 충격이었다. 캠퍼스가 싫어지고 졸업한다는 것이 오히려 수치로 느

꺼지는 암담한 현실에서 빨리 캠퍼스를 벗어나고 싶었다.

긴 인연

고등학교 시절이 끝나면 반장 역할도 끝나는 줄 알았다. 그런데, 고3 반장은 평생 반장이 되는가 보다. 동창회 활동도 반을 중심으로 하다 보니 졸업 이후에도 (진짜로) 본의 아니게 계속 반장 역할을 하게 되었다.

1989년에 전남대학교에 교수로 부임하면서부터 광주에서 지내다 보니 자연스럽게 열사의 추모 모임을 주관하게 되었다. 이것이 열사와의 세 번째이자 진정한 인연이라고 생각한다. 세 번째 인연은 오래 지속되었고 지금도 이어지고 있다. 해마다 5월이 되면 전국적 행사가 된 5·18 추모식과 겹치지 않도록 일 주 뒤의 토요일에 김태훈 열사 추모 모임을 가졌다. 적게는 10여 명이, 많게는 30여 명이 참석하였다. 해마다 참배를 하고 열사와의 추억들을 더듬어보기도 하면서 그렇게 39주기가 흘렀다.

한 번은 아내의 직장에서 5·18 묘역 참배행사를 하는 날과 우리의 추모 모임이 겹친 적이 있었다. 아내는 주차장에서 내 차를 보고 전화를 해서 잠시 만나게 되었는데, 멀리서 동창 중 몇 명이 눈시울이 붉어져 있는 것을 보았던 모양이었다. 그저 동창들이 의례적으로 한 번씩 모이는 연례행사라고 여겼다가 대학시절, 시대의 아픔을 품고 떠난 친구를 눈물로 기리는 반백의 동창들에 적잖이 감동한 눈치였다.

3년 전 미국 대학교수가 전남대 경영전문대학원에 교환교수로 왔다. 당시에는 내가 경영전문대학원장이어서 미국 교수 부부를 5·18 국립묘지에 안내하였다. 영어로 가이드해주시는 분이 없어 짧은 영어로 내가 5·18 국립묘지를 안내하였다. 일반적으로 역사 유적지 자체에서 감흥과 의미를 찾는 사람들은 많지 않을 것이다. 그런데, 김태훈 열사 묘비 앞에서 열사의 인생, 삶의 궤적, 그리고 나와의 인연을 설명하였더니 역사 속의 민주화가 바로 눈앞에서 보는 듯 실감 난다는 반응이었다. 대학 보직을 맡고 있는 동안에는 자주 5·18 국립묘지를 방문할 기회가 있었고, 방문 시마다 열사의 묘비 앞에서 참배하고, 동행하는 일행들에게 열사를 자랑스럽게 소개하기도 하였다.

나에게 이 세 번째 인연은 짧고 별반 특별하지도 않았던 앞선 두 인연들과는 달리 지속된 기간만큼이나 깊어진 것 같다. 한 해 한 해 태훈이를 기념하며, 태훈이의 꿈이 민주화로 하나씩 계속해서 쌓아가고 있다는 것을 느끼게 되었다.

인터넷에서 떠돌아다니는 UN이 정한 청년 나이는 18세부터 65세까지라 한다. 공자는 40이 不惑, 50이 知天命, 60이 耳順이라고 하였다. '이순'이라 함은 남이 어떤 말을 하여도 이치를 깨달아 이해하고 실천하여야 한다는 것이다. 스스로를 돌아보면 나이 먹을수록 싫은 소리, 반대하는 소리를 더 듣지 않으려고 한다. 이순이 되려면 한참 멀었다. 하기사 아직 유혹에 흔들리기도 하니 아직은 청춘인 듯도 하다. 태훈이를 추모하는 행사를 25주기에도 기획했다가 중도에 포기한 적이 있다. 이번 기회를 놓치면 아마도 다시는 동창들의 뜻을 하나로 모아 의미 있는 행사로 발전하기가 현실적으로 힘들 것이라 생각한다.

이번 추모집을 준비하면서 많은 기억들이 사라지고 있음을 실감한다. 1997년에 졸업 20주년을 맞아 광주일고 52회 동창 일동 명의로 '자랑스러운 동창에게'라는 상을 만들어 '우리들의 자랑스러운 동창 고 김태훈에게 존경과 추모의 마음을 담아 이 상을 드린다'는 기록을 발견했다. 그리고 그 상을 열사의 어머니에게 전달한 것 같다. 그런데 기억에서는 사라졌다.

또한, 열사의 어머니 자서전에 의하면 나와 이홍철이가 어머니 댁을 방문해서 상을 전달하고 묘역을 5·18 국립묘지로 옮기는 것을 권유했다는 것이다. 이 역시 나의 기억에서는 사라졌다.

이러한 의미 있는 인연들이 하나씩 기억에서 멀어지면서 새삼 세월이 많이 흘렀다는 사실을 느끼면서 역설적으로 이번 추모집이 인연의 집대성이 되지 않을까 하는 의미를 나름대로 부여해본다. 이번 추모집이 청춘의 마지막 역작으로 승화되길 진심으로 바란다. 이것으로 먼저 간 열사의 고귀한 '사랑의 사회실현과 진리탐구' 명제에 대한 살아남은 자의 책무를 조금이나마 덜어내고 싶다.

22. 사랑의 사회실현과 진리탐구가
삶의 전부이기를

– 《남도일보》 2017년 5월 26일 〈남도시론〉에 실린 글

형광석
광주일고 52회 동창
목포과학대학교 사회복지학과 교수

1981년 5월 27일! 내겐 오늘 저녁부터 내일 새벽까지는 그날 돌아가신 여러분을 경건히 추모하는 시간이다.

필자가 용봉골에서 수학을 전공하다가 3학년 겨울방학 무렵에 경제학 공부를 시작하면서 고교 동창인 친구의 도움을 받았다. 친구는 서울대학교 경제학과 2학년이었다. 겨우 한계효용 개념이나 이해할 정도로 경제학 기초가 갖춰지지 않은 필자에게 친구는 공부하는 요령을 알려줬다. 금남로 가톨릭센터(현재는 '5·18 민주화운동 기록관') 뒤에 위치한 친구 집에서 한나절 가량 공부했던 기억이 새록새록 난다.

1980년 이른바 '서울의 봄'은 깨지고 5·18 광주민주화운동이 일어났다. 5월 27일 신군부 계엄군의 공격작전으로 5·18 광주는 무참히 짓밟혔다. 주지하듯이, 참극 그 자체로 국내보다는 국제사회에 더 잘 알려졌다.

트라우마 증상이었던지, 그 이후 어깨는 쇠뭉치에 짓눌리는 듯

했고 마음도 늘 옥죄었다. 대학원에서 경제학을 거의 독학하다시피 공부하다 보니 정서장애(emotional disorder)까지 겪었다.

5·18 광주가 짓밟힌 지 1주년인 그해 5월 27일 친구는 천국 유학을 떠났다. "꽃이 지는 아침은 / 울고 싶어라."(<낙화>-조지훈). "꽃이 져도 나는 너를 잊은 적 없다."(<꽃 지는 저녁>-정호승).

친구의 최후에 관한 목격자의 증언이다(광주MBC, 2016.5·18). 1981년 5월 27일, 1년 전 광주에서 벌어졌던 학살의 진상규명을 요구하고 전남 도청에서 숨진 이들의 영혼을 위로하려고 학생 수백 명이 서울대 도서관 광장에 모였다. 학생과 경찰이 쫓고 쫓기는 상황이 계속되던 그때, 서울대 도서관 5층에서 외침이 3번 들렸다. '전두환 물러나라', '전두환 물러나라', '전두환 물러나라'

그 친구를 기억하고 기려온 움직임이 상당하다. 서울대 민주열사 추모사업위원회는 《산 자여 따르라》(1984.12)에서 친구의 삶과 죽음, 좌우명, 추모글 등을 다뤘다. 고교와 대학교 친구인 이홍철 변호사는 "(열사는) 좌우명에 적힌 그대로 살았다"라며 "그는 말과 행동과 삶이 일치했다"라고 말했다(《서울대 저널》, 2016.9.17.).

1987년 7월 9일 이한열 열사의 장례식에서, 고(故) 문익환 목사님은 민주주의 제단에 몸 바친 열사 26명의 이름을 절규했다. "전태일 열사여! 김상진 열사여! 장준하 열사여! 김태훈 열사여! …광주 2천여 영령이여! …이한열 열사여!"

문재인 대통령님은 제37주년 5·18 광주민주화운동 기념사에서 젊은 열사 4명의 이름을 또박또박 불렀다. "…스물아홉 살, 전남대생 박관현. … 스물다섯 살, 노동자 표정두. …스물네 살, 서울대생 조성만.…스물다섯 살, 숭실대생 박래전."

스물두 살, 김태훈 열사! 고 문익환 목사님이 네 번째로 부르짖

은 인물이다. 열사는 용인 천주교 묘지에 안장됐다가 광주민주화
운동 유공자로서 1999년 2월 27일 국립 5·18 민주묘지 4묘역 16
번으로 옮겨 5·18 광주의 증언자로 우리에게 다가온다. 시간은 떠
나가도, 묘비 옆에 놓인 열사의 사진은 여전히 20대 모습이다. "추
모 대통령 문재인" 리본이 달린 국화 한 송이는 순백 그 자체이다.

  민주화 운동 과정에서 목숨을 거둔 19명의 서울대생을 추모
하는 '민주화의 길'이 서울대에 11월 17일 조성됐다(서울대 뉴스,
2009.11.18). 그 길에 〈민주열사 고(故) 김태훈 추모비〉가 자리 잡았
다. "1981년 5월 27일 / 서울대학교 경제학과 4학년 때 / 광주민
중항쟁 1주년 맞이 / 교내 민주화 시위 중 / 학살정권을 규탄하는
구호를 외치며 / 도서관 5층에서 투신 운명"

  《서울대학교 60년사》(2006)는 말한다. "'전두환 물러가라'고 외
치며 투신하는 사건이 일어났다. …김태훈의 투신은 학생들에게
엄청난 충격을 주었고 광주 문제를 본격적으로 제기하는 계기가
되었다."

  열사가 대학 신입생 시절부터 책상 앞에 적어놓은 좌우명이 새
겨진 묘비를 읽는다.

사랑의 사회 실현과 진리 탐구를 위한 끊임없는 노력,
이것이 내 삶의 전부이기를

23. 김태훈 열사의 정신과 화순전남대학교병원

형광석 2021. 3. 15
광주일고52회 동창
목포과학대학교 사회복지학과 교수

> "사랑의 사회 실현과 진리 탐구를 위한 끊임없는 노력,
> 이것이 내 삶의 전부이기를"

　김태훈 열사가 대학 신입생 시절부터 책상 앞에 적어놓은 좌우명이다. 또한 묘비명(墓碑銘)이다.

　"김 군의 어머니 이신방(李新芳·79) 씨는 18일 '5·18 보상금 가운데 5천만 원은 아들의 모교인 광주일고 총동창장학회에 장학금으로, 5천만 원은 전남대병원 화순농어민병원 건립기금으로 기탁했으며 나머지 4천6백여만 원은 5·18 유가족협회에 내놓을 것'이라고 밝혔다."(동아일보, 1998.10.19.) 어머니께서는 그 후 약 8개월이 지난 1999년 6월 선종(善終)하시면서 두 안구를 기증하여 다른 사람이 세상을 보도록 하셨다.

　김 열사의 정신은 '사랑의 사회실현'이다. 그 정신은 장래의 젊은 후배들을 통해서, 건전한 신체와 정신을 기르고 앙양하는 병원

을 통해서, 5·18 광주민주화운동의 정신을 계승·실천하는 여러분을 통해서 길이길이 드러나리라 믿는다. 말하자면, 열사의 정신의 발현되는 방식은 세 가지다. 그중 두 가지는 얼른 이해가 가도 나머지 하나는 그렇지 않으리라.

왜 화순전남대학교병원인가?

첫째, 위의 신문 기사에 나오는 '전남대병원 화순농어민병원'이 바로 오늘날 세계적인 암센터로 유명한 '화순전남대학교병원'이다. 당시에 화순농어민병원 건립기금 모금 운동이 벌어졌다. 어머니께서는 열사의 5·18 광주민주화운동 보상금의 1/3을 기금으로 전달하셨다.

둘째, 누가 화순전남대학교병원을 기획하고 설계하였는가? 김 열사의 둘째 형님인 김신곤이다. 그 당시에 형님은 전남대병원 제2대(통산 25대) 병원장(1996.3.27.~ 1999.3.26.)이었다. 이러한 과정을 거쳐 화순전남대학교병원은 2004. 4. 26.에 문을 열었다. 한편 그 형님은 5·18 당시 전남대학교병원의 처절한 의료 활동을 기록한 〈5·18 10일간의 야전병원〉(전남대학교병원, 2017.4.)에 증언하였다. 2017년 5월 2일 출판기념식에서 5·18 당시 외과 조교수였던 김신곤 전남대학교 의과대학 명예교수는 대표로 나서서 소회를 밝히기도 했다.

셋째, 김 열사 집안이 대대로 내려온 터전은 화순이다. 《내 고장 화순 향토사료》(www.hwasun.go.kr/area/)에 올라온 '화순군의 마을 유래지'를 살펴보니, 김 열사의 5대조는 1802년 화학산(華鶴山; 화순군의 청풍면과 도암면 일대에 걸쳐진 높이 613m의 산) 자락의 청풍면 어리에서 화순군 사평면(예전 이름은 '남면') 사평리를 구성하는 5개 자연 마을의 하나인 원진마을로 입향(入鄉)하였다가 다시 넷째아들 국성(國

晟, 1802~1863)을 데리고 화순군 사평면 장선(長船)마을로 옮겨 정착하셨다. 장선마을은 주변의 지형이 마치 긴 배와 같이 생겼다 하여 장선이라 했다. 이곳에는 행주대혈(行舟大穴)의 명당이 있다고 한다. 마을의 주요 인물은 김덕희(金德喜, 1767~1827; 1801년 생원 급제, 효행), 김용일(金容日, 1916~1988; 경찰서장) 등이다. 두 분은 각각 김 열사의 5대조이고 부친이시다.

"화순군지"의 '인물' 편에 김 열사의 형님 세 분에 관한 기사가 나온다. 핵심을 간추리면, 언론계의 인사로 김재곤(金在坤)은 동아일보 논설위원이다. 의료계의 인사로 김신곤(金信坤)은 전남대학교 의과대학 교수이고 그 부속병원에 근무 중이다. 학계의 인사로 김광곤(金光坤)은 1976年에 공학박사 학위를 취득 후 현 미국 시카고 국립연구원에 근무한다. 그 기사에 나오는 조상에 관한 기록이다. "金海人. 文愍公 濯纓 馹孫의 后 進士 致齋 德喜의 五代孫 志庵 容日의 子이다."(김해인. 문민공 탁영 일손의 후 진사 치재 덕희의 오대손 지암 용일의 자이다.)

탁영 김일손(1464~1498)은 조선 성종·연산군 때의 문신이며 학자, 사관, 시인이다. 세조 찬탈의 부당성을 풍자하여 스승 김종직이 지은 〈조의제문〉(弔義帝文)을 사초에 실었다. 당시 고관들의 불의와 부패를 규탄하였다. 그리고 김 열사의 맏형님, 둘째 형님, 셋째 형님은 각각 광주서중·일고 33회, 37회, 39회이시다.

넷째, 김 열사의 '사랑의 사회실현' 정신은 그 뿌리의 깊이가 상당하다. 널리 베풀어준 은혜를 잊지 못한다는 보시불망비(普施不忘碑)와 시혜불망비(施惠不忘碑)가 장선마을 입구에서 눈길을 끈다. 〈학남공손 집성촌〉(비문)의 설명을 보면, "보시불망비는 진사공 덕희님의 따님이 능주 구씨 가문에 출가 후 남편 죽고 자식 없어 친정에 살면서 1857년(철종 정사) 흉년 들어 능주 일향의 세금을 독담 납부하여 향민이 여러 곳에 세운 송덕비 중 하나다." 두 개의 비석에 은혜를 널리 베푼 분의 이름은 김상옥(金尙玉)이라고 새겨졌다. 이는 적잖은 관심이 가는 대목이다.

다섯째, 화순(도암면 운월리 굴개마을)은 민족혼을 일깨운 선각자이자 광주학생독립운동의 큰 스승인 운인(雲人) 송홍(宋鴻; 1872~1949) 선생이 태어난 지역이다. "그날의 분노와 그날의 함성 / 꽃같이 쓰러진 / 그날의 더운 피와 눈물로 / 아아 타오르는 그날의 불꽃으로 / 이제야 여기 / 엄한 당신의 이름을 씁니다./건립: 1967.11.02." 광주일고 교정의 광주학생독립운동기념탑 앞 운인송홍선생상(雲人宋鴻先生像)에 새겨진 글이다. 광주서중·일고 동문이라면 누구나 송홍 선생을 기리며 호연지기를 키웠으리라.

김 열사와 나는 고등학교 1학년 때 태권도반에서 처음 만났다. 그리고 1979년도 대학교 3학년 겨울방학 때 내가 전공을 바꿔 경제학 공부를 시작하면서 열사의 도움을 받았다. 1980년 이른바 '서울의 봄'은 깨지고 5·18 광주민주화운동이 일어났다. 1981년 5월 27일 김 열사가 산화하셨다. 지금도 먹먹할 때가 많다.

참고로 내가 태어난 곳은 송홍 선생이 태어난 곳에서 약 2.1km 떨어진 도암면 도장리이다. 그 마을은 기묘사화가 일어난 1519년에 진주형씨가 터를 잡으면서 이뤄졌다. 2019년은 진주형씨 입향 5백 주년이었다. 김 열사의 조상이 임진왜란 후 초기에 은거하셨던 청풍면 어리에서 약 23km(자동차로 26분 소요) 떨어진 마을이다. 두 마을은 모두 예전에는 능주 고을이었다. 아마도 문중 간에 서로 교유(交遊)하셨으리라 생각한다.

화순전남대학교병원에 가거나 그 앞을 지날 때 잠깐 김태훈 열사와 어머니의 거룩한 정신과 고귀한 정성을 기억하는 일은 무엇에도 비길 바 없이 값지리라.

사랑의 사회실현! "꽃이 져도 나는 너를 잊은 적 없다."(《꽃 지는 저녁》-정호승).

| 참고문헌 |

학남공 대문종, 〈학남공손 집성촌〉(비문), 2017, 장선마을 입구
한국민족문화대백과사전
형광석, 〈진주형씨입향오백년〉, 진주형씨병사공파종친회, 2019
화순군의 마을 유래지
金進士德喜之女尙玉普施不忘碑(김진사덕희지녀상옥보시불망비), 1857, 장선마을 입구
州內金姓尙玉施惠不忘碑(주내김성상옥시혜불망비), 1858, 장선마을 입구

24. 태훈을 회고하며

황광우
광주일고52회 동창
작가

"전두환은 물러가라!" 천지를 향해 외치고 목숨줄을 놓은 그 날, 나는 어디에서 무엇을 하고 있었는지 기억나지 않는다. 내가 오월 광주의 비극을 접한 것은 1980년 5월 28일이었다. 이후 나는 광주의 진실을 서울 시민들께 알리고자 유인물을 만들어 서울의 온 동네에 뿌리고 다녔다. 만일 전두환 일당이 민주화의 일정을 짓밟는다면 학생들은 캠퍼스에 집결하여 항쟁하겠다는 서울역 앞의 공언은 빈 말로 끝났다. 1980년 6월 이후 광주의 진실을 서울에 알리는 활동은 대부분 광주 출신 젊은이들의 몫이었다. 나는 그 해 가을까지 줄곧 유인물을 만들어 서울의 골목에 뿌리고 다녔다. 1981년 5월 태훈의 소식을 들었던 것은 분명한데, 그때 내가 언제 어디서 무슨 일을 하고 있었는지 기억나지 않는다.

어두운 죽음의 시대였다. 1981년부터 1982년 내내 나는 술을 먹으면 "어두운 죽음의 시대, 내 친구는 굵은 눈물 붉은 피 흘리며 사라져간다"는 노래를 불렀다. 내 가슴엔 태훈의 얼굴이 또렷이 보였다. 태훈은 말이 없었다.

　나는 광주일고 2학년이었던 1975년 5월 1일 광주일고 개교기념일을 기해 박정희 유신정권 철폐를 주장하는 데모를 모의하다 서광주 경찰서에 연행되었고, 이어 광주교도소에 수감되어 짧은 옥고를 치르고 난 후, 출감을 하였으나 그때는 이미 광주일고로부터 제적된 처지였던지라 이후 나는 태훈의 얼굴을 볼 수가 없었다. 태훈은 조용한 친구였다. 속으로 고민을 삭히는 친구였다. 쉬는 시간에도 아무 말이 없었다.

　그런 친구의 소식을 다시 듣게 된 것이 1981년 5월 어느 날이었다. 지금이야 오월 광주를 자랑스러운 일로 이야기하지만, 당시는 그렇지 않았다. 박정희를 비판하고, 전두환을 비난하면서 자유와 민주를 외치는 것은 분명 정의로운 일이었으나, 사람들은 그렇게 보지 않았다. 못된 소 엉덩이에 뿔 난다면서 우리들의 주장을 시류에 영합하지 못하는 불평불만 자들의 모난 언행으로 치부하였다. 촛불 정권이 들어선 지금이야 대통령이 망월동 국립묘지에 찾아와 오월 희생자를 껴안아 주는 시대이지만 당시는 그렇지 않았다. 계란으로 바위를 깨려는 무모한 짓으로 질타당하였다.

　1981년 외롭고 절망적인 시대를 우리는 경유하고 있었다. "전두환은 물러가라" 깜깜한 밤 온몸을 던지며 외친 태훈의 외침은 우리들의 가슴에서 잊히지 않았다. 이후 서울대의 학생운동은 1970년대의 학생운동과 달랐다. 결의에 찬 학생운동가들이 줄을 지어 나왔다. 태훈의 외침은 1982년에서 1987년까지 전투적 학생운동의 불길을 되살아나도록 한 불쏘시개였다. 신림동 4거리에서 신나로 몸을 불태우며 항거한 김세진과 이재호, 서울대 도서관 5층에서 밧줄을 잡고 내려오면서 항거한 황정하 모두가 민주대항쟁의 불꽃을 지핀, 하여 오월 광주를 부활하게 한 불씨들이었다. 태훈처럼.

25. 벗 태훈이를 잊지 못하는 동문들이 만나, 함께 회고하다

때 : 2021년 3월 4일
곳 : 광주 대궁일식
참석 : 고용호, 나성수, 박일서, 최웅용, 한일섭, 황광우
참관 : 나익주(전 지산중 교장), 고수형(녹취), 유미정(사진)

나성수 : 나는 초등학교 6학년 때 서석초등학교로 전학을 왔어. 당시 서석초등학교는 총 14반이었는데 남학생이 8개 반이었고, 한 반은 65명이었지. 같은 반에 김태훈, 오규택 등의 친구들이 있었어. 태훈이와 나는 숭일중에 배정되었고 숭일중에선 이광범, 장훈렬 등이 함께 다녔어. 태훈이 생활기록부를 보니 '성경' 과목에서 '우'(優)를 맞은 것으로 나오네. 이것은 매우 이례적인 사실이야. 왜냐하면, 교회에 출석만 하면 다들 수(秀)를 맞을 수 있었는데, 태훈이가 '성경' 과목에서 '우'를 맞은 것은 태훈이가 교회를 가지 않았다는 거다. 당시에는 교회를 가지 않고도, 교회에서 도장만 맡아오는 학우들이 대다수였는데 태훈이는 양심상 그러지 못하여서 전 과목이 수(秀)인데도 유독 성경이 우(優)였던 것일 거야. 가톨릭 신도였던 태훈이가 종교적 순수성을 고집한 것이지.

한일섭 : 태훈이와 나는 고교 시절 남동성당에 다녔어. 그 유명한 김성룡 신부가 성당을 이끌었지. 문일현 선배의 권유로 나는 남

동성당 학생부에 나가게 된 것이야. 해마다 크리스마스 행사 때 전남 광주 교구의 합창 대회가 열렸는데, 나와 태훈이는 잘 부르지는 못하지만, 열심히 합창을 연습했어. 김태훈, 김태현(당시 지휘자) 친구와 합창부 활동하면서 성당별 합창대회에서 1등했던 기억이 나네.

황광우 : 태훈이의 선택과 가톨릭은 매우 관계가 깊다. 1981년 5월 그날의 행동은 우발적 충동에 의해 일어난 일이 아니야. 태훈이의 내면에는 인류의 죄를 대속하기 위해 십자가를 진 예수가 들어 있었음이 분명해. 예수처럼 사는 것이 태훈이의 마인드였지. 태훈이가 재수하게 된 것도 고 3학년 내내 성당 활동에 몰두했기 때문이었는데.

나성수 : 그 일이 있고 난 뒤 나는 한동안 멍했어. 아무것도 할 수 없었다. 무슨 기연인지 이상하게도 그해 2학기에 태훈이의 형 김신곤 교수의 수업을 듣게 되었다.

고용호 : 광주일고 학창 시절에 관한 이야기를 자유롭게 하자. 우리가 어떤 학교에 다녔던가를 회고하는 것도 태훈이를 회고하는 것만큼 의미가 있을 것이야.

박일서 : 나는 강진중학교를 졸업하고 일고에 들어왔는데, 학우들의 광주 사투리 억양이 영 듣기 거북하였던 기억이 나. 광주 사람이 서울 사람의 말을 들을 때 불편한 것처럼, 나는 학우들의 광주 사투리가 듣기 거북했어.

황광우 : 완도, 해남, 강진으로 이어지는 남도 바닷가 말투는 매우 거칠어. 반면 담양, 장성, 전주로 이어지는 북쪽 말투는 매우 부드럽지. 그래서 강진 촌놈 일서가 그런 느낌을 받은 것이야.

박일서 : 나는 고교 시절 내내 방과 후 축구만 했다. 고3 때도 공

을 찼어. 정병석이가 축구를 잘 했는데, 나랑 헤딩하다가 큰 사고를 내기도 했다. 하루는 수돗가에서 땀을 씻고, 귀가하였는데 집에 와 보니 시계를 수돗가에 놓고 온 것이야. 그 시계는 광주일고 입학선물로 아버지가 주신 것이었어. 정신없이 학교 수돗가로 가 보니, 그 자리에 시계가 그대로 있는 거야. 그때 그랬었는데….

나성수 : 야! 전당포에도 맡기지 못할 구닥다리 시계였던 거 아냐?

황광우 : 나는 체육 시간에 유도했던 게 기억난다. 도복을 입고 낙법을 배웠는데, 지금도 빙판길에서 떨어질 때 유용하게 써먹는다. 80년대 수배 중에 형사와 격투를 한 적이 있었는데, 그때 내가 형사를 엎어 쳤지. 유도 덕분이었지. 광주일고의 관현악반이 참 부러웠던 생각이 난다.

나성수 : 시험을 보고 들어온 광주일고 학생이 720명이고 별도로 특기로 뽑은 학생이 40명이었다. 그래서 760명이 다닌 것이다. 그런데 졸업생은 780명이었어. 뭐냐? 그 이유는 병가 등의 사유로 1년을 유급한 21회 선배들이 20명 되었던 것이야.

황광우: 맞아, 소병철 같은 동문이 그 경우이지.

나성수 : 관현악부 특차로 5명이 입학하였어. 유공자 자녀가 정원의 2%였응께 18명, 그 외 야구부, 육상부 특기로 40명이 들어온 것이야.

일동 : 와… 성수야 넌 어떻게 그런 걸 다 기억하냐?

나성수 : 성인의 날이 되면 교무실에 가서 선물을 받는 학우들이 있었다. 같은 학년이었지만 54년생에서 61년생까지 나이 차이가 7년이나 났다. 체력장 시험을 볼 때, 나이가 드러나지. 1조에서 15조까지 나이순으로 열다섯 조로 나누었어. 최연상자가 1조, 최연

하자가 15조였다. 1960년대 공설운동장에서 전국체전이 열렸는데, 이때 대통령을 향해 "우로 봐!" 외친 분이 유도 담당 정일택 선생이었어. 정일택 선생은 이 인상적인 구령 덕택에 광주일고 체육 교사로 특채된 거지.

일동 : 와… 죽여주네, 성수.

나성수 : 모자가 있지. 대다수 학생은 싸디싼 망사 모자를 쓰고 다니는데, 까진 학생들은 달랐어. 빳빳하게 서는 육각 모자를 별도로 구입하여 폼내고 다녔다. 야구 때문에 공부를 놓친 학우들이 꽤 많았다. 우리 동기 중에 서울대에 들어간 수가 현역 88명이었고, 재수 합하여 총 132명이었다.

황광우 : 21회 선배들은 4차례의 데모와 야구 전국 우승 때문에 아예 공부를 놓쳤던 것으로 안다. 21회의 경우 1976년 서울대에 들어간 사람이 고작 4명이었어. 21회의 경우 대다수가 재수하였고, 이듬해 77학번으로 대학을 다니게 되었다.

고용호 : 광주일고가 1970년대 한 해 평균 130명의 서울대 합격 자를 냈는데, 이 수치는 지금도 광주지역 전 학교를 통틀어도 경신 (更新)하지 못하고 있다. 음악 담당 김정수 선생이 유별났다. 음악 시험을 실기로 치렀지. 보통의 경우 1번부터 부르게 하였는데, 이 날 하필이면 31번부터 부르라는 거다. 내가 31번이었어. 배에 힘을 주고 부르면 좋은 성적을 주지.

나성수 : 미술 시험 있지? 내가 좀 요령을 부렸제. 데생 모델을 내가 자처했잖아. 소랍게 수(秀)를 땄어.

최웅용 : 고3 때 담임선생한테 혼난 적이 기억나. 담임선생께서 나더러 반장을 하라는데, 내가 반항을 했나 봐. 나와 함께 김태훈, 김홍돈 등이 반장 후보로 지목되었어. 청소 시간에 급우들에게

"나를 절대 찍지 말라."고 했으나 결과적으로 내가 반장으로 선출되었고, 태훈이가 부반장이 되었어.

일동 : "야, 영리하게 선거 운동했구먼?"

고용호 : 고3 학년 3월에 지망대학 쓰라고 하면 90%가 다 서울대를 써. 근디 9월이면 쉬는 시간에 다들 화장실로 갔어. 담배 피우러 말이야. 어떤 급우는 담배를 사다가 낱개로 판매하여 짭짤한 수입을 올리기도 했지.

황광우 : 학생 탑의 비문은 사춘기 청소년의 영혼을 압도해버렸던 것 같아. "우리는 피 끓는 학생이다. 오직 바른길만이 우리의 생명이다." 1929년 광주학생독립운동은 이 비문으로 우리에게 절대적 영향을 미쳤던 같아. 그래서 광주일고 출신 청년들이 1970년대 한국의 민주화운동을 주도했지. 1972년 유신체제에 저항하는 최초의 투쟁을 전개한 김남주, 12회야. 1973년 서울 문리대 시위를 주도하였고 이후 민청학련의 모형을 주조한 나병식, 14회야. 1974년 4월 민청학련의 호남책 윤한봉, 11회야. 민청학련 구속자 120여 명 중 광주일고 출신이 26명이었어. 대단한 거지. 윤한봉 선배가 최철(16회)을 통해 지병주(20회)에게 영향을 주었고, 그러면서 1974년과 75년 네 차례의 시위를 우리가 벌인 거야. 나는 태훈의 선택에는 광주일고 출신 학우들의 시위가 영향을 끼쳤을 것으로 봐. 1977년 9월 시위 도중 형사와 싸우다 구속된 진재학 학우, 1978년 6월 광화문 시위로 구속된 박일서 학우, 1979년 9월 서울대 시위를 주도한 장훈렬 학우, 1980년 계엄 포고령 위반으로 제적된 황광우 학우, 1981년 3월 서울대 시위를 주도한 이주로, 송상종…. 이들의 소식이 태훈이의 가슴에 앙금처럼 쌓였을 것 같아. 한병곤에게 들은 이야기야. 1981년 5월 초 어느 날, 서울대 정문

앞 버스 정류장에서 태훈이를 만났는데, "병곤아, 이제 우리 어떻게 살아야 하냐?"고 물었대.

나성수 : 태훈 형제가 9남매야. 장남인 김재곤(1940년생)은 막내 김요한(1963년생)과는 스물세 살 차이고, 여덟째 김태훈(1959년생)과는 19년 차이야. 형제가 많은 경우, 동생들은 형들로부터 많은 것을 배우지. 그래서 태훈이가 어려서 성숙했던 것 같아. 우리는 쉬는 시간에 오줌을 싸고 나면 "와, 기분 좋다." 하고 나오는데, 광우나 태훈이는 화장실 갔다 오면서도 무슨 고민이 많은지 진지한 표정이었어.

황광우 : 고2 때 태훈이랑 한마디도 대화를 나눈 기억이 없네. 점심시간이면, 형들한테 주워들은 시국 이야기도 많이 하곤 했는데 말이야. 2016년에 타계한 '광주의 원효' 정철 법사도 같은 반이었는데, 이 친구도 말이 없었어. 이번에 태훈이 학적부를 떼어 보니, 서울대학교 학적부에 "추락사"로 기록되어 있더라. 5층에서 누가 밀어서 떨어져 죽었다는 거야? 야, 이거 서울대학교 총장한테 항의해야 하는 거 아니냐? "전두환 독재정권에 항거하여 투신 자결하다."로 바꿔야지. 나는 광주항쟁 관련으로 수배를 받고 있던 처지여서 태훈에 관한 소식을 직접 듣지 못했어…. 송영천 학우의 동생 송영길이 있어. 나랑 같이 인천에서 노동운동을 했는데, 송영길은 대학 1학년 김태훈의 비보를 듣고서, 다니던 연세대에서 서울대까지 그 먼 거리를 뛰어왔다는구먼. 이후 태훈의 죽음은 송영길이 학생운동에 몸을 바친 결정적 계기가 되었다고 회고하는 것을 내가 들은 적이 있네.

KI신서 9700

김태훈 열사 추모집
영화 '애수'를 사랑한 젊은이
관악의 별이 되다

1판 1쇄 인쇄 2021년 5월 11일
1판 1쇄 발행 2021년 5월 18일

엮은이 광주일고52회 동창회, 열사 산화 40주년 추모위원회
펴낸이 김영곤
펴낸곳 (주)북이십일 21세기북스

TF팀 이사 신승철
TF팀장 김익겸
영업팀 한충희 김한성
제작팀 이영민 권경민
디자인 함성주 다함미디어

출판등록 2000년 5월 6일 제406-2003-061호
주소 (10881) 경기도 파주시 회동길 201(문발동)
대표전화 031-955-2100 팩스 031-955-2151 이메일 book21@book21.co.kr

ISBN 978-89-509-9543-0 (03340)

(주)북이십일 경계를 허무는 콘텐츠 리더

21세기북스 채널에서 도서 정보와 다양한 영상자료, 이벤트를 만나세요!
페이스북 facebook.com/jiinpill21 포스트 post.naver.com/21c_editors
인스타그램 instagram.com/jiinpill21 홈페이지 www.book21.com
유튜브 youtube.com/book21pub